Sutermeister, Otto

Sammlung deutsch-schweizerischer Mundart-Literatur

Aus dem Kanton Zürich

Sutermeister, Otto

Sammlung deutsch-schweizerischer Mundart-Literatur

Aus dem Kanton Zürich

Inktank publishing, 2018

www.inktank-publishing.com

iSBN/EAN: 9783747762837

All rights reserved

Sammlung

deutsch-schweizerischer Mundart-Literatur

<hr>

Aus

dem Kanton Zürich

Erstes Heft

Gesammelt und herausgegeben

von

Professor O. Sutermeister

Verlag von Orell Füssli & Cie. in Zürich.
1886.

Ein Wespenstich.

(Winterthur.)

Vor der Stadt usse staht es Landguet, und um das Land=
guet ist en Garte, und i dem Garte hät 's e Laube, und die
Laube lueget gägen es Fäldströßli use, und gäge das Fäldströßli
use lueget au no öpper Ander, und dä Öpperander ist e jungs
Frauezimmer, und das jung Frauezimmer hät es Zeichnigs=
buech uf em Schooß und zeichnet ken Birbaum, ken Berg und
kes Huus ab, sunder Öppis us em Chopf und zwar wider en
Chopf und derzue na en Chopf mit eme Schnauz und eme
Bart. Und wo das jung Frauezimmer mit eme Durwüschläder
am Nasezipfeli vo dem Chopf es bitzeli abnäh wott und 's na
echli syner mache, das herzig Nasezipfeli, se chunnt Öpper
z'springen und si tuet ires Buech gschwind zue und sitzt druuf.
Und wo si aber b' Bleistift au verberge will und lueget, wer
chömm, se staht si wider uuf, nimmt 's Zeichnigsbuech wider
vom Bank und bletteret, bis si zum Chopf chunnt. Unterdesse
chunnt 's dusse gschwind nöcher, und grad wo das Nasezipfeli
mit eme „Faber B" sött syner gmacht werden iez, se schüüßt
es zweits jungs Frauezimmerli i b' Gartehütten und rüeft:
„Er chunnt, er chunnt!"

„Jesis! wo?"

„Bi der Säupfesüüderei unnen ufe."

„So, äntli emale! — Nu, gnad em Gott!"

„Warum? Was häst gägen e?"

„Gnueg — ach, es ist ja himelschreied — gräßli isch es!"

„Ä bbitti was au?"

„Eim seuf Wuche nüd z' schrybe . . ."

„Jä so! — Jä bä chunnt gar nüb, i meine nib bin Karli; min Emil mein i, Bertha!"

„Was, nu ber Emil? — Ein goge so verschrecke, bu müeſts Chind!"

Die Anderi gigelet echli unb ſtreckt bänn hübſcheli hübſcheli ires Gſichtli zwüſchet be Roſinliräbe burre, jahrt aber gſchwinb wiber zruck unb lat en Göiß; benn en uverſchannts Eſtli iſt eren i b' Friſur cho unb hät ſi rächt tüchtig zehrt.

„Das iſt iez b' Straf für 's Erſchrecke," ſeit b' Bertha zur Emma.

Bbitti, bbitti, er chunnt ja, ſchwig ſchwig, er iſt ja ſcho faſt ba! Er börf nüb wüſſe, baß i ba bi; i wott e nüb itel mache, baß er öppe meinti, i tüeg wägen ihm es Schrittli...."

„O Emma, Emma!" rüeſt b' Bertha unb ſaht a lachen überebigsluut.

Duſſe ghört män iez es Roß ſchnuuſe; es chlöpft uf de Steinen unb gly bruuf ryt' ebe bä Emil unber ber Laube verby unb 's preſſiert em erſchröckeli langſam — 's iſt vilicht nüb 's erſtmal — unb er ſperberet gruuſam ſcharf i bie Bletter ine — 's iſt vilicht au ſcho uſgfüert worbe —; aber bie tunſtigs Lauben iſt ebe nüb lang, chuum zweimal ſo lang als ſis Roß, unb brum iſt er ebe grüüſeli gſchwinb verby, er mag na ſo langſam tue; unb z' warte, ober öppe ſis Schnupftuech ſalle z' la, traut er ſi ſchynts nüb, unb ſo gaht bie ganz Freud vo ber Emma ſo gſchwinb verby, wie män es Schoggelabe= ſchüümli verſüggelet — en Truck unb en Schluck!

Nu was, beſſer als gar nüt; 's iſt boch ämnel au bas unb
„Genüeremkeit iſt mis Vergnüege"
hät be Göthe gſeit i ſim Taſſo gäge ber Mitte zue.

Chunn iſt aber ber Emil verby, je ſchüüßt b' Emma wiber mit em Chopf bur b' Roſinliräbe burre unb luegt em nahe, bis 's en nümme gſeht, unb bas gaht orbeli lang, b' Bertha chömnt irem Karli ſi Naſe na zwänzgmal burwüſchen unb wiber aſetze.

Aber b' Bertha lat das iez sy; b' Bertha ist höh. D' Bertha wird alliwil höhner; b' Bertha wird z'letscht rächtschaffe taub und stuunet ihre Karli a usem Bapyr ... es git nach und nach es Tränli, es chlyses luuters Tränli und das fallt dem Karli bolzgrad uf die korrigiert Nase; aber gschwind verwüscht si 's mit em Finger, nu unglücklicher Wys gäge 's Aug usen, und so chunnt dä guet Karli en gruusame Schlänggen über's Gsicht über, grad wie wänn er 's Aug verbunde hett mit eme floret= sidene schwarze Halstüechli.

'S Bild ist etschide hy — da hilft kei Gartschu und kei linds Brod meh; denn 's Bapyr hät si vo der Nessi und vom Drüberfahren am Naseflügel usgribe und dä guet Karli hät en Blätz ab übercho, wie wänn er en scharfe Pfnüsel hett und 's vom ebige Schnüüze chäm.

D' Bertha schletzt 's Buech zue und rüeft: „Du bist b' Schuld!" — staht uuf und gaht us der Laube.

Wo b' Emma äntli ire Chopf wider zruckziet, dasmal aber bedüüted langsamer, erstes vowäge der Frisur, und zweites us Truur, daß der Emil um 's Egg ummen ist bi den üßerste Häge — se findt si kei Bertha meh.

D' Bertha wandlet b' Schattewäg fürre und bänkt an ire Karli. — „En wüeste Gast ist er, das ist usgmacht," dänkt si. „Hätt er iez .... ach was, i mag gar nümmen an en dänke, er verdient 's gar nüd, nei gwüß nüd. Iez esange seus Wuche surt und erst esangen en einzigs Briesli! Und im leiste staht, er göng iez zu sim Unggle, vo det uus well er mer dänn wider schrybe. Gseh nüd vil devu. Ach wa, 's ist zum Uufflüügen esange! — I mag gar nümmen an en dänke."

Und je weniger si an en dänke will, desto weniger dänkt si an anders — und so gaht sie wyters dem Gartehag nahe und stuunet i's Grie und ist so unglückli wien e jungs gsunds verliebts Mäitli eben ist — schröckeli unglückli, würkli über alli Bigriff, eigetli gräßli, bestimmt. Dänn b' Bertha ist e verwönnts Mäiteli, e gar e verwönnts Mäiteli — es ist ere bis iez Alles nach em Schnüerli ggange — si ist 's einzig

Chind — da händ er die ganz Veräxplizierig. — Und a dem
Karli betrachtet die guet Bertha ebe das as en gwaltige Fehler,
daß er si nüd chümberet drum, wänn si öppedie au gägen ihn
's einzig Chind spile wott — de Karli ist eben en Pfiffikus
und dänkt: Gib i im Bruutstand scho nahe, se han i 's im Eh=
stand lang verspilt, und wer si i sim Hus uf de Chopf rägne
lat, ist nüd z' verbarme; — das merkt d' Bertha woll, aber
si merkt au, daß 's Scherze nüt hilft und daß be Karli
Meister ist.

D' Bertha staht bim Gartetürli still und stuunet i's
Fälb use.

„So cha 's nümme gah", dänkt si, und es mottet es
Reveluziönli gege de Karli in ihrem Herze. Wänn er iez dä
Augeblick chäm, si wüßt scho, wie 's em gieng. De Bappe
und d' Mamme folged ere, und so wer's benn doch gspässig,
wänn si 's bim Karli nüd au bezue brächt. Do hütt a mueß
es anderst gah, dänkt si; wänn er iez nu grad chäm, si wett
em 's bewyse.

Dä Gedanke regt si ordeli uf und si wott en iez grad ase
warm irer Fründin mitteile; do chunnt bie eren etgägen, und
wer chunnt mit ere?

De Karli.

De Karli chunnt, mit sim feste Schritt, mit sim ruebigen
ernsthaftfründliche Gsicht, und wou e d' Bertha gseht, ist das
ganz Reveluziönli verflogen und dafür flügt si em um de Hals
und faht a briegge.

„Ja warum nüd gar," seit de Karli, „was häst z'briegge,
Chindli? Daß i so lang nümme gschribe ha?"

„Ja ebe das," seit d' Emma, „das ist rächt grusam von
Ene; das wett ich dem Emil nüd rate."

„So?" seit de Karli, „scho e so wyt?"

D' Emma wird füürrot, si hät si verschnäpft; dänn 's
dörf 's eigetli na Niemer wüsse.

„Bis tes Närli," seit der Karli zu siner Bertha, „i will

der iez Alles verzelle, wie 's zue- und herggangen ist, daß i nüd gschribe ha; be wirst lache."

„Ja, etschuldige di nu, du Böse", seit b' Bertha, „es wird guet sy."

Daß er si ämel au etschuldige wott, tuet ere wohl, und daß er überhaupt iez wider da ist, tuet ere na wöhler. Wär er nüd furt gsy, chönnt er si nüd etschuldige, und en Etschul= digung, und wer 's au die tümmst, händ b' Frauezimmer erschröckeli gern. De Karli faht si Etschuldigung damit a, daß er es Visitechärtli fürre nimmt und 's der Bertha git.

D' Bertha list:

„K a r l   M ü l l e r
M a r g a r e t h a   B i r c h e r
Verlobte."

„Was? Margaretha Bircher?" fraget b' Emma. „Sid wänn heißest du eso, Bertha?"

D' Bertha weiß es nüd und lueget be Karli a; fast echli tummlächtig lueget sie en a.

„Ist das Spaß oder Ernst?" fraget b'Emma.

„Spaß?" seit be Karli, „nüd im mindesten ist das Spaß; ha na e mängi bi mer. Gfallt der die Schrift, Bertha? — Gäll, si sött si nüd se übel usnäh? — Es ist my Erfindig. D' Margret hät zwar gar kei Verlobigscharte welle, das sei nüd nötig, hät si gmeint; aber du weist, Bertheli, wänn ich Öppis im Chopf ha, so . . ."

„Also e Margreth händ Si irged im Chopf?" rüeft b' Emma im hellige Zorn, „und das chömed Si Jrer arme Bertha sälber gogen is Gsicht säge, Sy . . . hett fast Öppis gseit."

„Ja, mi Verehrtesti, das chumm i miner Bertha sälber gogen in ires lieb Gsichtli säge, und wenn Si 's erlaubed, se will i die ganz Gschicht des breiteren erzelle, wie 's zue= und herggangen ist bi der Verlobig vom Unggle Karl und der Margreth Bircher."

„Unggle Karl?"

„Aber doch nüb bin alten Unggle, wo mer im Früelig
bin em gſy ſind?" frageb b' Bertha. De Karli nickt. „Ja
ebe, mer heißeb glych, bekanntermaße mein i!"

„Was, dä herzig alt lieb Herr," rüeſt b' Emma, „wo
fern an uf ber Scheidegg gſy iſt? Dä iſt en Brütigam?"

„Warum werdeb Si eſo rot?" fraget be Karli.

„Ich? — Ich wirde gar nüb rot, wüßt nüb warum?"

„Alliwil röter," ſeit be Karli. „Aber en ganz beſunders
warme Grueʒ hät er mer na ſpeʒiell a Sy uftreit und es
tüeg em würkli leib, baß die Margrithe . . ."

„Ach gönd Si mer doch au mit Jre Maliße, Sy mog=
gante Mänſch Sy."

„Alſo dä Unggle, bi bem b' ieʒ gſy biſt?" frageb b'
Bertha.

„Dä glych Unggle. Wänn er wänd loſe, will i die ganʒ
Gſchicht taläntvoll erʒelle."

„Ach bbitti ja," rüeſt b' Emma, „i ghöre für mis Läbe
gern e Hüretsgſchicht. Iſch' piggant?"

„Piggant wien en Wäſpiſtich, wörtli gnah! — Aber ſitʒe
chönntib mer eigetli au."

De Karli büüt ſiner, ieʒ wider ganʒ beruehigte Bertha be
Arm und ſi gönd alli wider i b' Roſinliträblaube. Det lyt
na der Bertha ires Album.

„Aha, häſt zeichnet?" fraget be Karli. Aber b' Bertha
ſchüüßt wien en Weih uf ires Buech und rüeſt: „Nirtebrer für
bi!" — Und ſi gnüßt ſi maleriſch uf de Divan der Ereigniſſe
und b' Emma vertuet ſi ebeſalls näbetʒue; be Karli ʒündt na
es Sigärli a und lat ſi dänn bito in en Garteſäſſel niber.

„Wänd er loſe?" fraget er.

„Mer loſed ſcho lang."

„Guet. Alſo! — Schwer rollte des Donners furchtbar
beladener Frachtwagen an dem majeſtätiſchen Himmelsgewölbe
hin, als ein lechʒender Wanderer . . ."

„Näi bbitti, rächt!" rüeſt b' Bertha.

„ . . . . lechʒender Wanderer bur den Feldweg nnnenufen

kam und hinter den Häusern eines Dörfleins durren gieng, dann links ännenaben sich schlug und gerade vor der Haustür ussen noch einen großen Rägentropfen auf die Nase überkam."

D' Bertha verschrickt ordetli. „Hät er ächt mi Zeichnig doch scho gseh?" dänkt si und lueget in etwelcher forschende Verwirrig 's Karli's Nasen a. Dä merkt aber nüt und fahrt furt:

„Desäb Wanderer, dä lechzed Wanderer bin ich gsy, ver=ehrtesti Zueloserinne, und diesäb Haustür ist dem Unggle Karl si Hustür gsy. De chast di gwüß na erinnere, Bertha, a das reized Landgüetli, wo Alles usgseht, wie von Tuube zämetreit?"

„Fryli, guet", seit b' Bertha. „Lueg, Emmeli, es ist Alles wie neu us eme Trückli use, so herzig, so bbüschelet und unfgrüümelet; mä sött würkli nüd meine, daß ekei Frau im Huus wär. Und der Unggle sälber . . ."

„Ja," fahrt de Karli furt, „d' Bürstemanne händ gueti Loosig bin em. Er gseht würkli au uns wie us eme Trückli use."

„Weiß es na vom Rigi nähe," seit b' Emma und wird wider echli rot. Er hät ere dazmal erstuunli guet gfalle, der alt Unggle Karli, i sim chestenebruune Rock, siner schneewyße Halsbinde, dem bländede Schaboh und mit sim suuber und glatt rasierte, guetmüetige, früntliche Gsicht, siner zierliche Sprachwys und sine syne, höfliche, wenn au scho öppis alt=väterische Maniere.

„Nu guet," fahrt der Newö furt, „wenn er 's scho müssed, bruuch i weniger z'schwätze."

„Bitti nei," erzelled Si nu rächt, rächt witläufig," seit b' Emma.

Der Erzeller macht e mild ironischi, chlyni Verbüügig.

„Chuum bin i au underm Dach, je faht's a Tröpfe gee wie wälsch Haselnussen, und chumm hämm mer enand au gueten Abig gseit und „bis willkomme" und „isch 's erlaubt?" je faht's a schütten und machen und chlöpfen und chrache wie zmitzet im Summer und nüd wie Aends Herbstmonet. I bi froh gsy, daß i na trochen under 's Dach cho bi; denn die ebig gfäget

Laube und dä peinli reinli Stubebode sind ebesowenig für kotigi Stifel und zum en nasse Huet uszschweie da, wien es Pianino für d' Füüscht vom ene Zueschläger us der Schmitte. Ueber= haupt, wenn Eine nid sälber erstuunli ordeli ist, so wird 's em wind und weh bim Unggle. Es gseht Alles so ernsthaft neu und unbruucht us wie uf eren Industryuusstellig und es fehlt nüt, as daß da und bet na großi Zädel hanged, wo jäged: „Jedi Birüerig seig sträng underseit.“ — 'S ist grad, wie wenn Alles nu zum alnegen und nid zum bruuche da wär, wie wenn de Besitz meh Nächt hett als de Besitzer und dä von em abhängig wer. — Es gseht ämel eso uus. Aber eso gföhrli isch es doch nanig wie mit derfäbe Bibliothek, won Eine gha hät. Chunnt emal en Fründ zuen em und gschauet die Bücher und fraget, öb er nid dörfi eis devu heinäh. „Nei, potz tusig nei, i liene keini us; si sind zue schön ybbunden, i lis es sälber nüd.“

„So engächz ist der Unggle denn doch nanig. Er bruucht, was er hät; aber si ruig süüberli Natur, sin chlynen Ordnigs= pedantismus verstaht eben Alles sunntägli z'bhalte. — Nu guet, i bin also trochen unter 's Dach cho, und der Unggle hät gseit, vor vier Wuche lös er mi iez nümme furt. I seiti das nüd, wenn 's nüd zur Gschicht ghörti, werded denn gseh warum. — Spröchled also mit enand; i mueß vo heimen erzelle, vo Verwandte, Fründen und Bekannte; i chramen alles Böses fürre, was i vo dir weiß, Bertha, und stellen au bi lieb Fründin da i's leidist Liecht, wien er 's beidi rychli verdieneb ...“

„Si werded schön gloge ha über is,“ seit d' Emma und dräut dem Karli mit em Finger. „Was händ Si dänn Alles gseit?“

„Alles wüsse macht Chopfweh,“ seit be Karli. „Unterdesse macht 's bussen immer erger aben und es ist e wahri Freud gsy, am Feister z'stah und dem Pletschen und Tätsche zuezluege. Der Unggle fryli, dä hät gseit, es tüeg be Zwätschge nüd guet, si suulib vo der Nessi. — D' Schuel ist do grad uns gsy und „die Tuged und Wüsseschaft liebed Juged“ (wie si ebe so

schön as verlogen uf den alte Neujahrsbletteren ab der Chor=
herre tituliert wird) ist mit großem Freudegschrei und Nare=
possen underem Räge durregloffen und Einigi sind au under 's
Unggle's breitem Schüürdach undergstanden und öppedie in an=
gestammter Raublust wider in Räge use gschosse, go Zwätschgen
ufläse näbet der Schüür. Der Ungglen und ich händ dem Allem
zueglueget und er hät gseit: „Lueg, 's ist e Straf und e Blag
mit dere liebe Juged. Wä me ne z'hampflewys git, so
stähled 's eim Seck voll — es lat si halt nu nüt mache." —
„Lieben Unggle," säg i, „verbottes Obst ist süeß, und si dänked
halt, wie 's im Sprichwort heißt:

    „D' Zwätschge händ Stei für Keinen elei,
    D' Zwätschge händ Steel, 's chas ässe wer will,"

und mer sind, dänkwol, in euserer liebe Juged au nüd vil
schlimmer gsy." Der Unggle hät fryli welle ha, i siner Juged
heb na kei eso e Verdorbeheit gherrscht; aber es hät Oppis um
sini Mundwinkel zuckt, wo mer hät merke la, er heb vor vierzg
Jahre doch au gwüßt, wie d' Zwätschgen usgsehnd, won an
anderer Lüüte Bäume wachsed. — Gschäch nüd Bösers!"

„En suubere Wunsch!" meint b' Emma.

„Jez wo mer so am Feister stönd und uselueged, chunnt
zu dene Chinden under 's Schüürdach mit gschwinden, aber
zierliche Schritten es Mäitli und staht au under. Usem Dorf
hät 's nüd gschunne z'sy; dänn die lieb Juged hät 's erstuunli
neugierig aglueget. Und wil e schöni Figur und e liebligs
Gsicht dänn doch immer zu denen Erschynige ghöred, wo me
b' Auge nüd prezis zuetuet devor, so hämm mer ämmel das frönd
Mäitli au aglueget. An staubige Schuene, am Chorb und am
Schnyhuet a isch es is vorchoh, as heit 's scho en zimli wyte
Weg zruckgleit. „Unggle," säg i, „wänn iez b' Bertha da wer,
so müeßt si das Mäitli in ihres Album zeichne; lueg nu, ist
das dänn nüd e Prachtserschynig von ere Wehntaleri?"

„Gar nüd leid," seit der Unggle, „und was mer am meisten
an ere gfallt, si schynt mer e rächt ordetliche Person z'sy; „lueg
nu, wie si de Staub abbutzt und si ördlet und pützlet. 'S ist

würkli gar nüd leib, das Mäitli. Am Gwand a mueß es vo hablichem Huus sy." „'S wird en Dienst neime sueche," säg i. „In euserem Dorf nüd," seit der Unggle, „höchstes öppen i der Müli. Chan au vilicht nu neimen uf Bsuech cho."

„Lacheb mer nüd, mini wißbigierige Zuehörerinne; lacheb mer nüd über eusers Gspräch. Dänn uff eme Dörfli isch es eben anderst as i der Stadt. Da macht eniedere frönde Mänsch meh oder weniger Ufsehen und wird verhandlet und werdeb Vermuetigen über en agstellt."

„Ja, min Liebe," seit b' Bertha, „wenn 's iez en alti Bättleri gsy wer, hettib er gwüß kes Wort über si verlore."

„Chast nüd ganz lätz ha, Mäitteli," seit be Karli, „be ver= ratist etschide psychologische Scharfblick, das freut mi; fahr nu so furt."

„Ha 's iez scho gseit, du Spötter. — Und do, wie isch es na ggange? Me mag scho Allerlei gmerke, gäll, Emma?"

„Trotz psychologischem Scharfblick," seit b' Emma und wird von ihrer Fründin mit eme dankbare Blick belohnt.

„Wie 's do na ggange sei? — Wie 's uf der Wält gaht: be Näge hät äntli wider naheglah; b' Schuelerchind sind hei= gloffen und bie Wehntaleri ist au furt und der Unggle und ich sind nüd am Feister bblibe, bis si wider chömm. — So sind etli Tag vergangen und i ha das Mäitli nümme gseh und au ganz vergässe gha."

„Gwüß?" fraget b' Bertha.

„Gwüß. — Wie gseit, so ist b' Zyt vergange, der Ungglen und ich sind i sim Guet umegstiflet und händ is la wohl sy; er hät mer öppen e chlyni Vorläsig ghalten über bi höcher Obstkundi, das ist sis Stäckepferd, und das glychet em uf 's Haar; i wüßt für ihn würkli kei passederi Beschäftigung. Die eigetli Landwirthschaft ist nüd ganz für in; es chunnt da doch allerhand meh oder weniger Unreinlis debi vor und 's git hin und wider doch kotigi Stifel, wä mer Allem und Jedem rächt grüntli wott nocheluege. D' Baumzucht aber tuet's ehner für eso en ordelis Mannli und 's ist würkli e wahri Freud, wä me de Unggle gseht vor sine Spaliere und andere Bäume stah. Er lueget die Frücht mit so eme Wohlwollen und so ere vätter- liche Zärtlichkeit a, daß mä würkli meint, si dörfid nüd anderst als rächt syn und edel und schmackhaft werde, scho us luuter Dankbarkeit und Anerchännig für sis Zutraue und sin Glaube aj'. Und obschon ich ken besundere Oepfelfründ bin — aber wänn der Unggle ab eme Spalier en Oepfel loslöst, nüd bricht, sunder mild loslöst; wän er dä Oepfel dänn mit zwee Fingere zierli Eim zeiget und seit: „Ist iez das nüd e wahri Pracht? Lueg iez emal das Hüütli, das syn, glänzig Hüütli, und schmöck iez emal dra — gäll das ist en edels Grüchli? —" und wänn er Eim dänn mit liebeder Grüntlichkeit b' Gschicht vo dem Oepfelbäumli erzellt und mit was für ere Müe und Sorgfalt und Ufopferig er das Bäumli erzoge heb; wänn er Ein dänn gheißt mit em i b' Stube gah und er dä Oepfel zerst na ufen es zierlis Tällerli leit und e namal alueget, wien er si i der Stuben und uf eme Tällerli usnämm; wänn er dänn 's Mässer sorgli zerst schärf abziet am Stahel und fast echli süüfzed, das edel Naturgebild des syne, glänzige Hüüili's mit ere Sorgfalt und ere Gwandtheit erlediget, daß es nu ein Schnisel git vom ganzen Oepfel; wänn er dänn Stückli macht und 's Bütschgi usechnydt und alli Chernli uf enes Bapyrli leit, und er Eim dänn äntli es Stückli uswartet mit mild lüüchtede Augen und scho zum Voruus es bitzeli sürslet und schmatzget — ja, da müeßt Eine dänn doch e rächt verstockts Gmüet ha, wänn er nüd us luuter Achtig vor der Herzesfreud dä Oepfel ebefalls deliziös fänd. — Und wä me dänn dä Oepfel lobt: „Würkli, er ist wie Anke, er vergaht eim völlig uf der Zunge — und das syn Bouquet, bbitti, a was erinneret 's iez au?" — dänn isch es vil, wänn der Unggle nid asaht zäbele vor Freude, und jedefalls bricht er in es etzückts: „Gäll, gäll?" uus. — Und die zierli Umständtli- keit hät er bi allem anderen Obst au: bin Birre, bin Zucker- pfluume, bin Zwätschge, bin Truube, sogar bin wälsche Ha- selnusse."

„Die schellt er au alli?" fraget b' Emma.

„Nenei, das dänn doch nüd, aber bi Allem lat er e chlyni passebi Abhandlig über dä beträffed Fruchtkörper voragah; die großen Eierpfuimen aber, die schellt er und bemerkt deby mit ere gwüsse Wehmuet: Um de Stei ume seigib j' halt doch alliwil echli suurlachtig; das sei nüd z'ändere; er heb scho mäugmal drüber nahedbänkt."

„Ach, dä herzig Mänsch!" seit b' Emma under der Stimm.

„Bi so ere liebivolle Behandlig und Sachkänntniß cha 's natürli nüd anderst sy, als daß si b' Sach vo sälber belohnet. Aber si bringt em au Anerchännig vo ussen, und wo neimen e landwirtschaftliche Uusstellig ist, se treit der Unggle gwüß für siis Obst eini von erste Prämie hei. — „Wänn b' dänn emal en eigne Garten aleist," hät er zue mer gseit, „se la mer 's wüsse; i will der dänn wägen Obstbäume scho raten und hälfe." — J ha 's mit Dank agnah."

„Das ist brav vo der," seit b' Bertha. — „Aber wie isch es dänn na mit der Wehntaleri ggange?"

„Das chunnt iez, Liebi: nu Gedult! — So simm mer dänn au emal am ene Morgen im Garte gsy und händ is erlabet a der liepliche Sunnewärmi und i luegen eso umeu und ane, luege das zierli Huus a mit sine prächtige Trüetere, wie 's eso suuber und proper und wonnli dastaht im Sunnescho und wie b' Schwalbe drum umeflüüged, luegen au de Baumgarten a und de Bluemegarte, wie Alles i fröhliche Farbe duftet und lüüchtet und nüd heimeliger und schöner chönnt sy — und do säg i zum Unggle: „Unggle, 's ist eigetli doch schad für dich."

„Warum?" fraget er.

„De häst Alles so herzignätt binenand; es fehlt nienen es Tüpfeli, 's ist nienen es Mössli, nienen es Chritzli, und doch fehlt na 's Tüpfli uff 's i."

„J weiß woll, was b' witt säge," seit er und süüfzget echli.

„Gäll, de gspürsch es au?" säg i. „Aber warum tuest dänn nüd defür?"

„Jä, du guete Mänsch," seit er, „das ist gschwinder gseit als ta!"

„Dörf me frage, warum?"

„Frage dörf men und gantwortet ist gschwind: Es gaht halt nüd."

„Mit Erlaubniß, lieben Unggle," säg i, „die Antwort ist gschwinder as düütli."

„De häst rächt," seit er, „und i will der 's ehner na echli düütlicher mache: I finde halt Niemer, wo für mi passet, und umkehrt isch es leider au be Fall."

„Jez aber bbitt i," säg i, „Du?"

Der Unggle nickt und günnt mit ere lyse Trüebsäligkeit e tüürs Blatt ab und trüllet 's in Fingeren ume.

„Du?" säg i namal, „en Ma, wo so ganz defür gschaffen ist, es Fraueli glückli z'mache, und dur e bravs Fraueli glückli z'werde — eso en Ma sött ekeis finde? Das wer mer dänn doch gspässig das."

„Sei 's gspässig oder nüd, es ist iez halt emal doch eso," seit er. „Es Frauezimmer us der Stadt wer nüt für mich; i bin ebe halbe verpuuret und si würd vor Langerwyl sterben im erste Vierteljahr, dänn wer's au wider uns; und Eini abem Land ... Guete Tag, Frau Lisebeth, wänd Er au wider a b' Arbet?" seit er zuen ere Frau über de Hag use. — Die löpli Tugeb hät er au, der Unggle: er schwätzt mit alle Lüüten, und das wird usem Land erstuunli guet ufgnah; i ha's nach und nach au agnah, cha 's aber bi wytem nüd se guet wie der Unggle.

„Ja," seit d' Frau Lisebeth, „echli go Räbli haue, guete Tag, Herr Müller."

„Händ Er e Hülf byn I!" fraget der Unggle und meint demit das Wehntalermäitli, wo mit der Frau Lisebeth cho ist und nach churzem Grueß es Streckli voruusgaht esange.

„Ja," seit si, „es ist e Bäsi vo miner Stüüfschwöster, si ist sid einiche Tage byn is uf Bsuech. I ha's nüd welle ha, daß si mitchömm, aber si hett's nüd anderst ta. De verderbst der ja nu 's Sunntiggwand," säg i zuen ere. „Heb kei

Chumber, i weiß scho, wie me mueß Sorg ha," seit si, und
ist ebe nüd devn abzbringe gsy."

„So, so?" seit der Unggle, „nu, nu, sind nu nüd z'flyßig."
„He me mueß Öppis tue!" seit d' Frau Lisebeth, „Läbed
Si woll!"

„Würkli iez dänn doch au e Prachtserschynig, das Mäitli,"
säg i zum Unggle. „Die stattli Figur, e gwüssi Grazie dänn
doch au wiber, und das schön, syn Gsicht — aber was häst
iez au welle sägen, Unggle? Bo einer abem Land? — Möchtist
würkli ekeini abem Land? — Es git dänn doch au Byspil,
wä mer iez au nüd grad das näh wänd, wo mer vorig gseh
händ... Wie alt mag si öppe sy? — Doch scho gege de...

„J chume grab wiber," seit der Unggle und gaht eme
Ma etgäge.

„Hät 's ächt scho echli zündt?" dänk i und hau im Lauf
vom Tag namal echli sondiert; aber der Ungglen ist alliwil
gschwind brüber ewäggange.

„Nu, das wer aber dänn doch au gar echli z'gschwind
ggange," bemerkt b' Emma.

„O, es git Byspil i der Wältgschicht," seit de Karli. „Und
grad die ruigste Lüüt überrumplet's mängmal am gschwindste —
was lachist, Bertha?"

„Nüt, nüt — nu wäge dene ruige Lüüte."

„Wart, i will der!" seit de Karli — „Nu, i will furt=
sahre. — Am folgeden Abig ström mer wiber am Gartehag
und gsehnd das prächtig Mäitli vom Fäld hei cho. Jez will
i achtig gee wien en Häftlimacher, dänk i bi mer sälber und
zünde zu dem Zwäck gschwind e Sigaren a, um b' Forscher=
blick passed hinder Rauchwulche z'verschleiere.

„Händ er Fyrabig gmacht? fraget der Unggle.

„Ja, mer sind fertig worde," seit b' Wehntaleri.

„So? — das ist brav. — Echli e ruuchi Arbet, nüdwahr?"

„O, es macht si, wä me's gwonet ist."

„Ja, ja, säb ist wahr. — Wie staht 's im Wehntel
unne hüür?"

„Ordeli, danke dem Herre, 's git woll uns."

„So? — Das ist brav."

Pause.

„Ja, i wirden au müeße durhei," seit si äntli, „läbed Si woll!"

„Abie, abie!" seit der Ungglen und lupft 's Chäppli.

Wäge dem Gspräch hätt i grad nid bbruucht e Sigaren az'zünde, dänk i by mer sälber, sägen aber zum Ungkle wie gester: „Würkli, es Staatsmäitli, gäll Ungkle?"

„D' Tracht macht au vil," seit er, aber im ene Ton, wie wänn e lengeri Gedankereihe voruusggange wer und er 's eigetli meh zu si sälber seiti.

„I glaube nüd, daß Die na lang ledig blybt," säg i.

Der Ungkle git kei Antwort uf das und i finden, i well vo iez a lieber der östli Beobachter spile und nüt meh vo dem säge. — Me mueß b' Lüüt mache la, 's ist besser; und b' Liebi chunnt vonem sälber, wänn 's sy mueß.

Wä men aber emal uf Öpper es Verdächtli ha wott, se lueget me be Beträssed und Alles, was er tuet, uf einmal mit ganz anderen Augen a. Und so isch es mer au mit dem Ungkle ggange. Wer doch nett, dänk i, wänn i au emal es Novelleli erläbti, würkli vor minen Auge, nüd mit Buechdruckerschwerzi und uf Papyr, sunder i lustiger, närrischer, nächster Würklich= keit. Und so han i dänn agfange, dem gueten Ungkle Karli bedänkli uf z'luuren und han au würkli verdächtigi Zeien uuf= gfunde."

„S' ist doch au Niemert sicher vor Ine!" seit b' Emma. „Aber was händ Si dänn usegfunde?"

„Ja, so zum Byspil isch es mer vo iezt a nüd ganz urche vorcho, daß der Ungglen im Garten uf der Syte gäge be Fäld= wäg ungwönnli vil z'päschelen und z'örbele gfunde hät; ja daß er bsunders gäge be Nüüne und dänn au gäge be Zwölfe, so= wie z'Abig bet umenand allerlei gheimnißvolli Vermässigen agstellt hät mit emen eebiglange Mäßband, und daß er bi dem Gschäft so starch hät müeße nahedänke, daß er mängmal e paar

Minute lang tüüſſinnig is Fälb uſe gſtunnet hät i der Richtig
vo der Frau Liſebeth irer Pünt. Dänn b' Frau Liſebeth und
ire Bſuech ſind doch nanig ganz fertig gſy mit ire Fälbarbeite.
— Au nüb ganz normal hät 's mer welle ſchyne, daß der
Unggle, wänn er die Beibe gſeh hät cho ober gah, ſtatt mit
ene z'ſchwätze, allimal tüüfer in Garten inen iſt und in gläß=
licher Betrachtig von irgedere Bluem oder Frucht ine de Rugge
kehrt hät und zwar nu ſo lang, as bis er öppe bdänkt hät,
ſi ſeigib ſcho e Strecki verby iezeb. Dänn iſt er ſtarregangs
wider gege de Hag ſürren und hät wider agſange mäſſen und
ſhuune. Gar verdächtig bſunders aber iſch es mer gſy: won
i emal elei im Gartehüüsli ſitzen und der Ungglen im Huus
mit Rächnige beſchäftiget gwüßt ha und i emal ganz zuefellig
ſo 's Huus aluege, ſo gſehn i uf emal us eme Guggehüürli
uſen öppis Glänzigs luege, das ſi öppedie es bitzeli verrobt hät.
    So, ſo, das ſind die Rächnige, dänk i, und i ha doch
gmeint, i müeß grad luut uſelache. J gahnen uſem Garte=
hüüsli uſen und luege heimli, was es für en Effäkt machi am
Guggehüürli — und richtig, das Glänzig verſchwindt hinder
de Schindlene vom Lade und gſy drual gaht de Laden uuf
und der Unggleu erſchynt under em Feiſter mit emen unghüüre
Chrüüterbuech und bletteret brin us Lybeſchrefte. — „Schlau=
heit, dein Name iſt Unggle Karl!" dänk i bi mer ſälber und
mache bruuf en paarſtündige Spaziergang; dänn i hett beſtimmt
nüb anderſt chönne, as dem Unggle grad uſen is Gſicht z'lache.
Bis i wider heicho bi, iſt 's Lache verroche gſy."
    „Glaubſt würkli, er heb dur 's Perſpäktif glueget?" fraget
b' Bertha.
    „Nüt anders, i weiß es ſogar."
    „Ach, das iſt herzig!" ſeit b' Emma. „Und bo, und bo?" —
    „Ja, 's hät na allerlei eſo ggä. So iſch es mer au
vorcho, as lüüchti öppenemal über 's Unggle 's Gſicht en eige=
tümli jugebliche Schy und emal, er hät grad 's Rindfleiſch
verſchnitten und mer rebeb vo ganz trochene ſtatiſtiſche Sache,
ſe ſaht er uf eismal a ganz kurios unzytig lächle, aber nu en

Augeblick, ganz gschwind, ganz flüchtig wie in Chindewehne, das ist mer au echli ungrad vorcho. Und so na allerhand, was i iez nümme weiß. Iez aber chunnt b' Hauptsach.

I sitzen am ene Namittag wider im Gartehüttli und lisen im ene Buech, das i mitgnah ha und won i mine Zuehörerinne nachdrückli möcht epfole ha, ebefalls z'läse; bänn 's ist eis von synften und edelste Produkten i der neueste Literatur. Es heißt: „Clara Vere. Novelle von Friedrich Spielhagen. Hannover, Carl Meyer. 1858." I lisen i dem reizede Büechli und bin ganz vertüüft bry; bo ghör i der Unggen in Garte cho. I luegen uuf und gsehne, baß b' Margrithe vom Fäld her chunnt. — „Nimmt mi iez boch Wunder, was der Unggle mache wird," bänk i, „und ob er si nüb zum Hag fürre trout, bis si verby ist." I luegen also zwüschet be Blettere burren und gsehne, wie der Ungglen i Gedanke zmitzet im Garte staht und en Oepsel astunnet, won uf em Boden lyt. Dänn zupft er urueig am Chäppli, chunnt mit em Schueh a bä Oepsel anne und merkt 's nüb emal — öppis ganz total Unerhörts für bä zärtli Pomolog oder Oepselbeflissene uf müütsch! — Ganz un- erhört das! — „'S hät e, 's hät e bestimmt," sag i zue mer sälber, „das ist iez etschiden und uusgmacht." Die stattli Wehn- taler-Margrithe chunnt nöcher; es hät mer vor Erwartig sälber echli tötterlet, i ha gfürcht, me gsäch 's au mir a, baß i be Beobachter spilli, und obscho vo der Laube verborge für Beidi, lueg i boch ysrig is Buech ine und schääche nu ganz hübscheli brüber ine. D' Margrithe chunnt alliwil nöcher, si mönet vor si ane und iri prächtigen Auge luegeb ruig über be Garten ine. — Wänn i bisber die Jdee mit bem Unggen und ber Margrithe meh us Spaß und behaglichem Müeßiggang ghegt und Freud gha ha bra, sen ist mer im säbe Momänt die Sach uf eismal räch ernsthaft in Chopf cho, won i iez, 's erstmal eigetli, das Mäitli recht betrachte. Stillchreftig, ruigumsichtig, „uf sich sälber schön beruebeb und chlarverständig i b'Wält luegeb," ist mer die Margrithe erschinne, und au ganz im e rächten Alter für en Ma gäge be Füfzge."

„Wie alt ischi?" fraged b' Bertha und b' Emma glychzytig.

„'S tuet mer leid, aber im Taufbuech wird 's woll z'finde sy."

„Ach, nu so ungfähr?"

„So ungfähr echli elter as ich."

„Nu, nu, dänn cha's es tue mit der Juged," meint b' Bertha.

„'S ist 's schönst Alter, grad das Alter," seit be Karli, „wo me mit Würdi sich als Tante benäh cha."

„Bbitti, bbitti, ich bi scho lang Tante," seit b' Emma.

„Soll Enen öppen es Kumplimänt mache?" fraget de Karl.

„Nenei, lön Si 's lieber sy, 's wer Ene doch nüb Ernst."

„Los au, Bertha!" seit be Karli.

„Fahr iez lieber furt," meint b' Bertha.

„Wer hät mi underbroche? — Nu se wil i. — J stellen also mini Betrachtigen a über die Margrithe, und underdesse gaht si bim Hag verby, und was meined er? — Min Unggle chehrt si nüd um, er gaht nüd in hindere Garte; mit unge= wönnli lunter Stimm, wo ganz büütli en inneri Ufregig ver= ratet, rüest er: „Gott grüez i woll," und gaht mit halb gschwinde, halb zauberede Schritte zum Hag fürre.

„Herrli Wätter," seit er.

„Ja Gottlob," seit b' Margrithe und staht still.

„Wie gfallt 's J in euserer Gegend?"

„'S gfallt mer woll," seit si. — „Si händ da schöni Zwätschge."

„Wänd Er echli?"

„Si sind güetig, aber i ha 's nüd wäge dem gseit," seit si munter.

„Das glaub i gern," seit der Unggle und lachet echli. Dänn günnt er e Hampfle großi wälschi ab und git 's eren über de Hag. D' Margrith danket und rüemt 's namal; dänn ißt si eini. Aber chumm hät si au rächt dryybbisse, se fahrt si zäme und spauzt mit eme liechte Schrei die ganz Gschicht wider use."

„Was ist, was ist?" fraget der Unggle. „En Wurm?"

„Nei," seit si müesam, „i glauben, es ist es Wäschpi brin gsy."

„Um 's Himmelswille, hät 's gheckt?"

D' Margrithe schüttlet nu mit em Chopf und mungget Oeppis und ist fuúrrot.

„'S hät J gheckt, 's hät J bestimmt gheckt, Er säged's nu nüd," rüeft der Unggle. „Bbitti, zeiged mer b' Zunge!"

D' Margrithe schüttlet wider mit em Chopf, leit die andere Zwätschgen uf be Hag und wott gah.

„Karl, Karl!" rüeft der Unggle ganz trostlos und lauft gäge 's Huus. J stürzen us der Laube und underdesse, bis der Unggle wider umechunnt, ist b' Margrithe scho furt und loset uf keis Zruggrüefe meh.

„Bbitti, lauf ere nahe, hol si zruck, so dörf si mer nüd furt, i hole der Hufeland, der Osiander, be Paulitzky — was meinst au, was meinst au — meinst nüd, wänn si es Hämpfeli frischi Erden is Muul nähm? — 'S ist fryli — gang, lauf, spring, renn, Karli, i bbittebi bedoch au — o daß mer iez au das hät müeße begägne .... oder nei, blyb ba, i gahne sälber, i gahne sälber, blyb nu!" —

Und se gschwind as er cha, wäbelet er us em Garten und is Huus, und chuum e Minute vergaht, sen erschynt er mit eren Arfle Büecher und hübelet demit der Margrithe nahe. Die ist aber underdesse scho hinder be Hüüsere verschwunde. — Chuum vergaht wider e Minute oder anderthalbi, se chunnt der Unggle mit siner Arfle Volksarzneimittel, Makrobiotik und „Anleitung für Landleute zu einer vernünftigen Gesundheits= pflege" wider umen und i gahn em so ernsthaft as mügli etgäge.

„J wüßt es Mitteli," säg i. „'S hät mi au emal bim Hunguusnäh und Wabenässen es Jmbli i b' Zunge gheckt."

„Ach, warum häsch es au nüd grad gseit, was b' weischt? Was isch es, was isch es?"

„Und da bin i mit großem Zetter zur Mamme gloffen und bo hät si mer gschwind — aber fryli, ob 's grad iez z'ha wer, weiß i nüd ...."

„Se säg's boch, se säg's boch! Was hät si der ggee?"

„Es Stuck Oepfelwähe — 's hät mer guet ta, 's hät herrli küelet."

„Spassist oder isch es der Ernst?"

„Bluetigen Ernst."

„Hät ächt de Beck?" macht er. „E rings Mitteli wer 's."

„E rings Mitteli — me cha ja frage la," säg i und rette mi schlüünig uf mis Zimmer; dänn lenger hett i 's Lache nümme chönne verhebe. — Aber er chunnt mer nahen und bittet um tuusiggottswillen, i söll em au raten, i söll em au hälfe — und die Büecher hät er alliwyl na starr under em linggen Arm. — „Si werdeb bi der Lisebeth obe scho öppis müsse," säg i, „aber chumm, zur Beruhigung wäm mer en ärztlichi Conferänz ha. Nimm Platz, Unggle!" — Der Ungglen ist würkli ganz usem Hüüsli gsy im säbe Momänt und hett ta, was i hett welle. „Mer wänd emal luege," tröst i, „'s wer doch kurios, wänn i bene Büechere kes Mitteli stiend. J schlanen eis uf i der Mitti: „Bätterkinden, Pfarrdorf von 97 Häusern an der großen Straße von Bern nach Solothurn."

„Ach, mach iez au kei Dummheite," rüeft der Ungglen und nimmt mer 's gschwind ewäg. „J mueß mi i der Yl vergriffe ha. — Da, im Osiander wäm mer luege. Waden= krampf — Warzen — Wasserkopf — ach bah — Weichsel= zopf — Weihrauch — Wespenstich! — Wespenstich 548 . . . . da — 548, 548, 548. Gegen den Wespen= und Bienenstich: Kaltes Wasser — nu, das wer eifach," seit er.

„'S eifachst jedefalls," stimm i by. „Was hät 's na?"

„Salzwasser?"

„Nei, das byßt."

„Kochsalz mit Rindermark gerieben? Hät ächt de Metzger?"

„Das ist nüt," säg i.

„Weinessig oder Citronensaft mit Läppchen aufgelegt?"

„Gaht nüd guet, es Läppli uf d' Zunge. — Aber weisch du was, Unggle, mer wänd 's sy la, Alles; si händ bestimmt scho es Mitteli gfunde, glaub mer 's nu."

„Meinst gwüß?"

„Sicher! 'S wird nüd se gföhrli sy."

„Jä jä jä aber . . . ." seit er, „i will iez doch na öppis
luege." Er nimmt sini Büecher zämen — es ist au en Band
Verhandlige vo der schwyzerische gmeinnützige Gsellschaft i der
Yl mitgflosse — nimmt sini Büecher zämen — und wäbelet
mit abe. Nach eme Wyli gsehnen e zum Huus uus gah und
zwar wider mit eme Buech. „Unggle," rüef i em nahe, „häst
au rächt glueget, daß b' nüd öppen es Buech über chünstlichi
Fischzucht oder en Zinsknächt bi der häst?" — Er schüttlet
nu mit em Chopf und sträbt buruuf gäge 's Dörfli.

„Wänn 's dä nüd hät, will i en Herdöpfel sy," säg i zue
mer sälber. „Allgemeini Mänscheliebi cha 's nüd sy, dänn
tet er nüd eso konfus und fast gar echli eiseltig — also cha 's
nüt anders sy, as e ganz speziells Gfühl für die bblessiert
Wehntaleri — und nach altem Vbricht weißt me, daß es i
gwüsse Fällen um 's Mitlyden en eigeni, e heiggeli Sach ist —
es schlat nu z'gern i Liebi um, und wänn vo Liebi scho es
Chymli da ist, se verwandlet si die Milch der „frumme Dän=
kungsart" um se gschwinder i Schotten — i will iez b' Folge vo
dem poetische Glychnuß nüd wyter usfüere."

„Bist en Pfüdi!" seit b' Bertha.

„Und mini Berächnige häm mi dänn au nüd täuscht. —
Der Ungglen ist zwar um viles ruiger wider ume cho, as
er ggange ist und hät erzellt, es göng ordeli, b' Zunge sei
fryli zimmli gschwulle worden und b' Margrithe chönnt nüd
guet reden iez — aber me hoffi, mit Essiggurgle werdi 's
bessere. — Aber i han em's woll agseh, er ist doch alliwil na
zimmli verstört gsy und sis sust so ruig, heiter, guetmüetig
Gsicht hät besorglichi Falten und es Chumberzügli bybhalte.
Si 's gordnet, reindli Dasy hät bur dä Wäschpisstich en Schupf
übercho und 's ist Allerlei underenand cho drinn und verrütscht
und umgfalle. Er hät mi im Grund verbarmet, min gueten
Unggle Karl, i mueß es säge, und i ha mer alli Müe ggee,
sini Sälbstvorwürf z'widerlegge.

„Das mer iez au das hät mueße begägne," hät er gfeit.
„Was wird ſi au vo mer dänke?!" —

„Lieben Unggle," ſäg i, „das cha Jedem begägnen, und
im Grund iſt d' Margrithe ſälber d' Schuld, warum hät ſi
die Zwätſchge grad a=bbiſſen und nüd glueget, öb nüd en Wurm
oder na öppis Füülers brininne ſei? Ich tät das ämmel nie!"
„Ja, du häſt guet ſäge," meint er. „Si hät ebe 's Zue=
traue gha, daß ere kei ſchlächti Frücht werd gee . . . . Fryli
i hett doch zer'ſt ſolle luege — i han allimal na d' Frücht
gſchauet, ehn i Öpperem ggee ha — und iez dasmal mueß i 's
vergäſſe, mueß i 's ſo gſchwind gee! — Wett beſtimmt lieber,
mich hettid zwölf Wäſchpi gheckt, tuuſigmal lieber wett i 's! —
Was mueß ſi au vo mer dänke!"

Und i tüüfſtem Unglück wäbelet er alliwil um be rund
Tiſch ume und weiß es nüd, daß ſini ſyni, wolpflegte Härli
ganz verzuuslet ſind und daß em 's Schnupftuech zur Rock=
täſchen uus faſt bis uf de Bode abe lampet.

„Was mueß ſi au vo mer dänke? Was wird ſi au vo
mer diheim erzelle?" faht er wider a.

„Ach, aber i bitte di iez dänn doch, Unggle," ſäg i, „ſterbe
wird ſi nüd bra, dafür chönnt i garantiere."

„Sterbe?" rüeft er und ſtaht ſtill. „A das han i nanig
emal bbänkt. — Sterbe? — Ja los, Karl," ſeit er und ſtaht
vor mi ane, „iſt nüd au ſcho en Apitegger am en Muggeſtich
gſtorben uf der Lippe?"

„Muggeſtich iſt öppis anders," ſäg i, „wer weiß, was die
Mugg am Rüſſel gha hät? Erſtes. — Dänn iſt das Wäſchpi
in ere Zwätſchg inne gſy und die ſind bekanntli nüd giftig.
Zweites. — Dänn hät das Wäſchpi d' Margrithe nüd mit em
Rüſſel uf b' Zunge gſtoche, ſunder mit em Stachel, und wänn
alſo au ber Rüſſel vom Zwätſchgeſaft giftig gſy wer, was
aber unmügli iſt, — je hett das Wäſchpi doch kei Zwätſchgegift
im Stachel chönne ha, was? Drittes!" —

„Ja, das ſcho, aber . . . ."

„Drum alſo iſch es nu au en ganz gemeine Wäſchpiſtich

und b' Margrithe lachet villicht iez scho drüber. — Schla der
iez bie Schreckbilder usem Chopf, Unggi, chumm, mer wänd
en Lauf mache, magst?"

„'S wird 's Gschydscht sy," süüfzget er, und mer gönd
mitenand. J ha mer alli Müe ggee, en underwegs z'zerstreuen
und uf z'heitere; öppen emal hät er wider echli möge lachen,
aber bald ist er wider verstuunet und ist uf em Waldsträßli
emal ungsinnet in es Gümpli ine trätte, was em just gwüß
nie passiert. — Z'Nacht hanen e na e eebigi Lengi ghört i der
Wonnstuben une laufen, und am Morgen ist er scho bi Tages=
abruch zur Huustür uus und ist wider mit katige Stifle heicho, und
's Kafi ist scho ganz chalt gsy. — Er, bä ordeli, pünktli Ma!"

„J meine fast gar, Si übertrybid echli, min liebe Herr!"
seit b' Emma.

„Nüd im Mindiste," erchlert der Erzeller mit ernsthafter
Bestimmtheit. „Wänn i au scho echli glächerig erzellt ha mag,
sen ist Alles do wörtli eso gsy; im Gegeteil, i ha na Viles
gmilderet. — Ja, lached Si iez nu! — Wenn Si aber meineb,
i übertrybi, se chan i b' Schlußscene nüd woll erzelle — just
meintid Si villicht na z'letscht, es sei nüd nur übertribe, sunder
na gar erfunde. Und säb verdient i dänn würkli nüd," seit
be Karl im ene Ton, wom me ebeso guet für Ernst as für
Spaß neh cha.

„Also b' Schlußscene!" länkt b' Bertha i.

„Nu minetwäge," seit de Karl. — „Mit em Ungglen isch
es alliwil bedänklicher worden; es händ's esangen au ander
Lüüt gmerkt; b' Dienste händ gflismet underenand, was nu
au be Herr heb, und emal han i's eigenöhrig ghört, daß be
Chnächt zur Magd seit: „Katheri, eusi Chatz hät doch vil
z'butzen a si die Tag her. J meine fast, 's gäb en Bsuech."
— „Wer?" fraget b' Katheri. — „Frag nu bi 's Fischers
obe." — D' Katheri ist keini von Gmerkigsten und hät de Felix
nüd verstande; ich aber ha woll gwüßt, was er säge will. —
Nu guet. Jez emal am e Morge sitzed mer bim Kafi mit
Umständen und i merke dem Ungglen alliwil meh a, daß er

Öppis uf em Herze hät. — Aentli dänk i, i well em hälfen und sāge:

„D' Margrithe ist also wider ganz gsund?"

„Ja, Gottlob," seit er. „De fahst grab rächt devo a, i ha der scho lang Öppis welle sāge, Karl!"

Jez gaht be Schutz los! dänk i.

„J bin iez würkli bopplet froh, Karl, daß b' grab by mer bist, grab du by mer bist, Karl. Du häst mer da vor einiger Zyt gseit, es fehli miner Existenz na 's Tüpfli uf 's i — und i ha der dozemol bekännt, Karl, be hebist rächt. Es hät si siber allerhand veränderet . . . ." seit er und bstäckt.

„Ha, glaub i, echli Öppis gmerkt," säg i hülfrych. „J chönnt mi aber au täuscht ha."

„Meinst sit der Wäschpigschicht? — Nu, de häst rächt, ebe das isch es. — J mueß es der iez ufrichtig gstah, i fürche nu, es werd nüt drus."

„Warum?" frag i.

Der Unggle macht e lengeri Pausen und fahrt mit der Mässerspitzen im Hung umenand. Äntli seit er: „'S ist iez würkli schad, daß di Bertha nid da ist."

„Säb wer fryli nett," säg i. „Aber warum?"

„Lueg," seit er, „i hett es Plänli. Dobe bi 's Fischers chan i nüb mit der Margrithe rede und ere sāge, was i möcht und weusche — und zu mir ylade chan i si au nüb woll, das fiel uf. Jez han i ebe bdänkt, Karl, wänn nu di Bertha da wär, die chönnt si ylade, si well ihres Portrett zeichne . . ."

„Aha!" säg i.

„Gäll, das wär nid sen übel?" fraget er.

„Gar nüb übel," säg i, „wänn b' mer e guets Wort gist, se zeichn i das Portrett sälber."

„Jä — chast du dänn zeichne?"

„Das ist gar nüb nötig," säg i.

„Jä, aber . . . ."

„La mi nu machen, Unggle," säg i. „Wänn soll i si portrettiere?"

„Jä, aber los doch . . . ."

„Säg nu wänn? Hüt? Jez? Z'Mittag? Z'Abig?"

„Am liebste gly," seit er, „aber . . . ."

„Guet, Unggle," säg i, „'s soll gälte."

Stahnen uuf, gahne zur Margrithen use.

„Tag," säg i, „wie gaht 's?"

„O ganz guet wider," seit si.

„J hett e Bitt an J," säg i. „J han e Bruut deheim und die ist e bsunderi Fründin vo Portrette und Trachtebil= dere. — Möcht eren es Freudeli mache. — Wettid Er nib iez villicht se guet sy und öppe morn gschwind für es Viertel= stündli zu mim Ungglen abe cho, daß i chönnt es Portrettli von J mache? 'S gaht nüd lang, wie gseit, und Er tetid mer würkli en große Gfallen und miechid miner Bruut e großi Freud."

„Ja, was fallt au dem Herren y," seit si, „i glaube, Si gspassed?"

„Spasse nie zur Unzyt," säg i. „Chönned Er J etschlüüße?"

„Ja," seit si z'letst, „i verreise mornemorge bi Zyte."

„Se hettid Er villicht hütt na es vorigs Viertelstündli? — Wie gseit, 's ist gly richtig. Wänd Er se guet sy?"

'S hät na allerhand Redes bbruucht, bis si äntli ja gseit hät. — Nu churz und guet, nach zwo Stunde chunnt si. Ich han underdessen i der Visitenstuben oben en alte Theet und Bapyr z'wäg gmacht und Bleistift gspitzt, linds Brot parat gleit und der Unggle hät si im Näbezimmer in Sunntiggstaat gworfe. Jhn hät 's fast versprängt vor Angst und mich fast vor Lache.

D' Margrithe chunnt also und wo si so ebefalls im schönste Gstaat i b' Stube tritt, han i gar nüd bbruucht en Maler z'sy, um z'gseh, daß si dem Huus und dere Stube ganz prächtig astiend.

„Aha," säg i, „das ist brav. — Wänd Er ebe so guet sy? — J bin J zum Voruus dankbar. — Wettid Er villicht da vorne Platz näh?"

Si nimmt ruig Platz und tuet überhaupt, wie wänn 's ere nüt Neus wär, in ere Visitestube z'sitze. Jch postiere mich mit mim Theek an es Tischli vor ere zue, bitte si, de Chopf na echli meh gägem Ofe durre z'ha, und won Alles i der Ordnig ist, fahn i a berglychetue und machen en erstuunli gnotgluegerigs Malergsicht a si ane. „Ach, iez han i na Oppis vergässe," säg i nach e paar Minute, stahnen uuf und gahnen i's Näbetzimmer.

„So, Unggle," säg i, „'s Bapyr lyt parat."

Er hät würkli allerliebst uusgseh, der Unggle, i sim fynste Gwändli; aber b' Händschen und de Huet han i em wider abgnah; das sei nüd nötig im eigne Huus. Dänn han em na alles Herrgotteglück gwenscht und ha welle gah.

„Nei, bbitti, blyb au im Näbetzimmer," seit er.

„Wie b' witt," säg i, er druckt mer b' Hand und gaht i b' Visitestube. Chuum ist b' Tür zue, so strych i mi b' Stägen ab, gahnen i Stall, lane sattlen und ryte furt, aber nüd vor de Feistere verby, just hett 's en us em Concept bbracht, dä guet Unggle. Nu, 's Concept ist glückli fertig worden und b' Reinschrift staht da usem Verlobigschärtli."

„Aber wie isch es au ggangen eigetli, echli Nöchers möcht i wüsse?" seit b' Emma.

„Ja, das han in nüd gfraget. Fraged Si nen emal sälber, er chunnt in e paar Wuche zuen is. Glückli ist er, säb weiß i — und zwar us Herzesgrund. — Nu, sind Si iez zfride mit bere „piggante" Gschicht? — Wer chunnt da eso z'galoppiere?"

„Herrjeses!" rüeft b' Emma und schüüßt i b' Höchi. D' Bertha lachet.

August Corrodi.

Chelleländer Stückli

bschnitte und uusbütschget
vo 's Häiri-Häiche-Häiggels-Häier.

(Sternenberg.)

1. Rettur.

Wo si be Chasperli mit em Annerägeli hät welle lo zäme
geh, so sind s' mitenand uf Schirmesee gfahre mit ener Wy=
suerme, dem Gnehm. Zersten aber hät 's Chasperli's Mueter
es Blättli volle Chellechüechli gmacht; bo hät das jung Paar
Volch chuum möge gwarte, bis die Chüechli echli bschallet gsy sind,
und händ s' grad ase häiß vo dr Pfanne ewäg gnoh und in
es Bapyr iegrugelet. Und beewäg hät s' be Chasperli hinnen
in Schoopesäcken iegschoppet. Si händ halt tänkt und gsäit,
si chämed vill wölfner a, wänn s' mit Chüechlene vo Häime
be Bode leggeb, weder wänn s' i b' Wirtshüser ie goh wored,
wo me um 's Gäld fast nüt meh überchämm weder en große
Hunger. Dänn word's Neine boch gheie, wäm mer die Feufer,
wo men eso lang mües schaffe besür, zletscht für nüt und aber
nüt uusggee het.

Uf em Wäg, häißt das, uf em Wagen obe, säit be Cha=
sperli: I wott boch emol luege, wie's um die Chellechüechli
bohinne stand, und langet hindere. „Näi, näi!" macht er,
„Alles ist borgflosse, do wir i iez suber Mosen übercho i mis
Hochsiggwand!"

S' Annerägeli säit: „Was säist ä! De chönntst mi rächt
verchlöpse; hette mer au die wuests Chellechüechli bihäime glo!
Gi mer äis, es glust mi isam berno."

„De häsch es wien ich," säit be Chasperli, „ich mäine, mer
welled s' grad zvollig ässe; mer müend ene bänn nümme Sorg
ha und händ bänn de Glust egoppel au eberächt vollfüert."

Und so halt' bänn mis Hochsigpaar uf em Wywagen obe
sis Möli mit eme vatterländischen Abibit. Und underdesse säget

s' zäme, wie s' im Ehstand welleb huuſen und ſpare, daß s' chönneb mit Gott und Ehre dur b' Wält cho. Anke mües nüd vill bruucht ſy, und Brot nu dann und wann es Bitzeli no be Heröpfle zum Kaſi, und zum Kaſi töreb nu öppen am ä Sunnbig es paar Börnli gnoh werde; für be Werchtig müeſet's b' Wägluegere tue. Habermues ſei e gſunds Aeſſe, häig be Heer gſäit; und Heröpfel und chalti Milech ſei Öppis, wo äim nie verläidi. Igrüerti Brüe ſei dänn woll echli unguet; aber grad b' Mählſuppe und be Brägel und be Heröpfeltampf ſei wol z'verhorre.

Deewäg redet s' mitenand und macheb benand mängsmol, wänn be Gnehm nüd lueget (oder tuet, wie wänn erſch nüd tet) es Schmützli.

Wo s' z' Schirmeſee acho ſind, ſen iſch grab es Tampf= ſchiff bether z'chute cho und hät do fre wit uſſe ſtill gha. 'S Annerägeli ſäit: „Das iſt e gſürchigs Ding! Wäm mer nu nüd e Letzi bevo trägeb!"

Aber be Chaſperli macht: Er ſürch em käs Brösmeli; er ſeig a ber erſte Muſterig au druff gſy und 's häig weder Büüler no Löcher ggee.

„Sä wäm mer's ä Gottsname brobiere," ſäit's Annerägeli, „lueg au, eb mi Schäppeli a br Chappe nüd verwörgt ſeigeb, und eb mis Gſtalt und br Umlauf dihinne käi Rümpf häigeb vom Hocke noe."

„Gar nüt," ſäit be Chaſperli, „de biſch wie uſbböglet. Heb Sorg, mr müenb iez i das uſlots Schiffli ie; das wird äis gampe, bis mer buſſe ſind."

Und bim Tampfſchiff goht er wäidli voruus bur 's Stägli uuf und ſüert mit tuuſig Aengſte ſis Annerägeli hinderm har und ue.

„Wohi wänd er?" fröget boben Aeine im ä churze blone Schoope. „Uf Horge bure," ſäit be Chaſperli friſch. „Nu äin Wäg?" fröget br Under. „Jo jo!" macht be Chaſperli und tänkt, das werd gnueg ſy für ſi Zwäi, wo müeſeb be Rappen eſo Sorg ha. Wo s' bie zwee Zäbel überchönb und be Chasperli zahle sett, se säit er, me werd au echli töre meerte? Aber 's hät nüt druus ggee. „Tänk!" säit er berno zum Annerägeli, „iez chostet nu das Schiffahre meh weder zwee alt Züriböck! Aber wa zletscht — me hät nüd all Tag Hochsig."

Z'Horge hät de Pfarrer si Sach i br Ornig gmacht; 's sind Beebi wol mit em z'fride gsy und händ gsäit zünenand: Wänn si überchömed, was enc de Heer agwewscht häig, se sei's nüd so gfohrli; er tüecht s' en Freine und en Früntliche und allwäg nüd übel en Glehrte, wänn er scho bi witem kän Ranze häig wie irre biheime.

Uff das händ s' dänn welle züen ere Bäsi z'Dorf goh; aber si isch nüd z'finde gsy und 's hät s' niemer chönne wyse. Das hät en wüeste Strich dur iri Rächnig gmacht, vowäge, si händ halt tänkt, bi derre Bäsi chönnet s' z'Mittag ässe, wo dänn nüt chosti; si sei vor Johr und Tage au mängsmol bi inne z'Dorf gsy und nüd allimol werd cho.

Desür sind si do uff Bocken ue und händ dirt oben e Halbi gha und zwee Schüblig. D' Uussicht sei nüd läid, händ f' gsäit; aber doch gsäch men uf em Bachtel guet e Mol meh und witers ume. D' Wirtene hät dänn gfröget, wo si har chämmed und eb si grüüsz äigeli es Hochsigpaar seigeb. Do wereb Beebi es Bitzeli schamrot und töred denand sälber fasch nüd aluege. Glych macht do de Chasperli druf: „Jo ebe, 's hät emol müesen überegmacht sy. Aber 's chostet Aeine jre vill; nu usem Dampfschiff hät's weger über zwee alt Züriböck gchostet."

„Ja, i cha mer's tänke," säit b' Wirteni, „ir wered iez echli wolfäiler acho, wän er Rettur gnoh hettib; oder gönd er öppe hüt nümme häi?"

„Jä wowol," macht be Chasperli, „es möcht's für eusergattig Lüt nüd ggee, so lang umenand z'vagiere; gä du nüd, Annerägeli?"

„Nä bhüetis!" säit 's Annerägeli und nimmt e Brodbrösmeli ab br Schoos und isset's.

No emme Wyli chehred s' wider um. Wo s' i's Dorf abe

chönnb, se chunnt grab 's Tampffchiff unen ue unb fi ftygeb gläitig wiber y. „Wohi wänb er?" fröget wiber Aeine im ene blone Schoope unb mit ere bräite Tällerchappe. „Aein Wäg?" frö= get er au wiber.

„J hett gern echli Rettur, wän i chönnt ha," macht be Chasperli. „Guet, nu ggrebt!" säit be Ma unb chunnt hanbum mit sim Züüg.

Aber es wirt bem Chasperli süttigheiß, wou er zahlt; er tuet, wie wänn's em wett gschwinbe. 'S Annerägeli gseht's unb erchlüpft schülig unb fröget: „Jesis Gott, was häst au?"

„Jo lueg, Annerägeli!" jomeret be Chasperli in ere halbe Rooch: „Das sell mer e schöni Chlunt si bo uff bem Bocken obe, b' Lüt eso schambbaar gen azlüüge! Tänk: iez hät si gsäit gha, 's Rettur wer wölfner gsy — unb iez hän i no faft e Mol meh müese zahle befür, weder für 's Anber. O i wett si chönne zue Schnupf verrybe, wänn i si bo het!"

'S Annerägeli bhüet unb gsägnet si au bevor, eso für en Raare gha z'werbe. Aber es tröft si mit bem, baß si balb wiber biheim seigeb, wo 's bänn glych, Gottlob, no breoner Lüt häig. Unb Beebi verschwereb si, baß si ber Bockewirtene ir Läbtig kän Rappe meh z'löse gäbeb.

---

2. Eb de Rybel müeß gfitzt sy.

Wo 's Höperlis Bueb a sim Huus e neui Stotzwanb hät lo mache unb e Guggeeren uff 's Dach ne, gänz höffärtig, wien er sälber ist, unb grüe agftriche — se seit er zue sire Frau: „Las iez nu be Rybel von ere Chue stoh bis über vierzäh Tag; i will br bänn säge, eb mües Weie gmacht sy, ober eb b' e müesist sitze unb 's Aenkeli bevo verchaufe. Mr läbeb iez in ere wichtige Zit, es cha benanbrigsno e Veränberig yträte."

Da lueget b' Bäckeni be Bueb styff a unb säit: „De bist egoppel überhöschelet; ämel mnulift wien en Spitoler; bu Rarchtlig, was sett 's au über vierzäh Tag gee?"

Er säit: „Uff die Arb lon i iez nümme lang mit mer rebe; berglyche Schnötterlig lot sich dänn en Gmeindamme nümmen ahänke . . . . Verstohjch es iez?"

Do lachet si, jo, halt daß 's chnellt, und säit: „Nüd e Wunder! jo jo, dänn mag 's scho Weie verträge."

Nu, d'Zit goht dure und be Wahltag chunnt und de Höperlis Bueb ist Aeine von Erste underem Vorzäie bim e Trüppeli, wo vo der Wahl redt. Won er merkt, daß Niemer öppis von im säit, so macht er br Alos: Es seig merkwürdig, wie d'Lüt grad uff b' Sach Achtig gäbeb. Wil er iezed e neui Stotzwand häig und en artigs Guggeerli voruse, so häigeb iezed scho z'Totzedewys gsäit, er müeß Gmäindamme gee; aber er müeß offe gstoh, er chönnt 's schiergarigs nüb aneh. — Die Anberen aber tüend, wie wänn si 's nüd ghöre woreb und rebed in ihrer alten Anbacht furt.

J br Chillen inne, wo 's hät wellen agoh, se stoht be Höperlis Bueb uf enen Stuel ue und seit a preetsche: „Wärti awäsebi Votante! Es isch eso es Gsäg, i mües Gmäindamme werbe; aber, i wäiß nüb . . . . wä mä mi bartun wott ha . . . . dänn mira zletscht . . . . aber sust . . . . macheb iez, was er wänb, i tanke fürsch Zuetroue."

D' Wahl goht übere, und wie? säb lot si tänke. Won er heichunnt, se pfnuchset er schülig und säit zu br Frau: „Um tuusig Gottswille, gläitig mach mer echli Chümmibrüe, i hä 's Buuchweh vo de Wabe bis under b' Uechs ue. Ae Jocheli, wie isch es mir! . . . . Und be Nibel chast dänn sitze, bald br Wyl häst."

---

3. Rych und Arm.

Wo 's Botte Häiri und 's Bürstemachers Bäbeli denand ghürotet händ, se händ s' dänn au eso über das grebt, was 'n Jeders häig. De Häiri ist aber bald ume gsy mit Ufzelle; er hät nüt gha weder es Sunndiggwändli, won 'r 's Tuech

und be Macherloh no schuldig gsy isch bevo, und es Werchtig=
gwändli, wo se plätzet uusgseh hät, wien e Chart vo Tütschland.
'S Bäbeli aber hät über füfzg Gulbi erhuusets Gält gha
und es Bett vo br Mueter sälig, und es Gütschli und es Gätzi
und es Stitzli und es Tüpfi und en Ablaßtisch und zwo Sibela
und e schälbi Weieschüssel. Aber be Häiri ist em trutz siren
Armuet se lieb gsy wie nu öppis, und es hät em äis Aeli
gmacht um 's ander und berzue mit eme gwüssne Stolz gsäit:
„'S wär ebe guet, wänn 's es äisig eso treess, baß die
Rychen und die Arme zämecheemed!"

---

4. De Butzimü.

„Bhüet mi be lieb Gott nu vor em Gnüße!" hät 's
Hanseliß Feek hundertmol gsäit, wänn 's em vor Öppis bbaumet
hät. Hät me dänn gfroget, was er mit dem mäini, sen ist
er mit Verzelle gly barad gsy. Zum Aerämpel:
J bin öppe füfzäh Johr alt gsy und halt au gsund und
gsreeß, wie 's i be Höchene mede be Faal ist, wo Aeine be
Brägel besser tüecht, weder am en audere Ort b' Fläischsuppe,
und wo me b' Heröpselschlarpe für Chüechli nimmt, ie meh,
ie lieber, natürli.
Do hät dänn 's Chleveli'ß Tövet en wältsche Chriesbaum
bi br Schüür zue gha, und bozmol, won i iez bevo rede, ist
er bim Hackermänge gsy wien es Tach, baß b' Est äisig ase
langsam gschwanzet händ — 's ist halt e wohri Pracht und
e Freud gsy azluege. Nu, i tänke: Wett emol möge brusue,
und hä 's e paar Mol an Obige brobiert; aber 's hät si nie
welle schicke, 's ist äisig öpper im Brätt gsy. Aentli tänk i:
Warted, ich gohne be Morge früe, wo no niemer uuf ist. Und
ich nüb suul und tuene baß.
'S hät no chuum gwyßet am Himmel, won i scho be
Chrampf gha hä i be Zee vom Chläbere noue; und won i ue
cho bi, hän i's nu müesen aseien im Griff neh; gseh möge
han i no nüt. Do hän i dänn sryli äin Chriesigauch un br

anber verwütjcht, baß 's mi balb glupjt hett; ji hänb ebe be=
kanntli kän agnehme Guu. Ich mach mich in Grohen ue unb
uf b' Eſt uſe, ſe wit aß mügli. Do hän i bi ber Sterne=
häiteri bie runbe Dinger aſe möge gſeh glihere unber bem
ſchwarzgrüene Laub füre unb i hä ſ' z'gauſlewyß abzehrt unb
iegſchoppet. O, öppiß Herrlicherſch cha 's uf Gottes Erbewält
nüb gee weber eſo eß Schnabeliere!

Wo 's mr bo ſo am wöllſte iſt, ſe ghör i bim tuuſige
Wätter bunne 'ß Tänntörli ufgoh .... unb wien i abeluege,
ſe gſehn i be Tövet voruſſe ſtoh unb grab a min Grohen
ueſtirre. Ich bi ſuſt nüb chlupfherzig, aber bo bin i ämel gott=
loß erchlüpft unb wer i ſäbem Triff allwäg lieber am en an=
beren Ort gſy. Nu, i ghöre, baß er züen em ſälber ſäit:
„He, wänn hät iez ä enſere Bueb en Buhima birt ue to?
Gſchabt hät 's nüt; aber er ſett no eß Bibeli witer obe ſy."
Es ſim mer halt eſo Föhel unb Schlämpe vo be Hämper=
ermlen abeglampet, unb ich hän im Hebe b' Arme grab eſo
uußgſtreckt gha, baß mi be Tövet wol hät chönne für en Buhi=
maa aluege.

Daß Ding iſt guet; ich bi müüßliſtill unb gſehne, baß er
mit ere Sägeſſe wot bobänne goh. Ich blange faſt Bläh ab,
biß er gang. Aentli macht er be Rank um 'ß Egg ume, unb
ich tänke: „Jez biſt erlöſt!" Aber i ſäbem Augeblick mueß i
halt aſeie gnüße, baß 's gchrachet hät unb be Grohe gſchwanzet.

Do lueget bänn fryli be Tövet ume unb gſeht, wie bie Eſt
ue unb abe macheb. Unb er macht eß Tächli vo br Hanb über
b' Auge unb rüeſt: „Waß für en Läckerſchbueb iſch birt obe?
Wart! i will ber für'ſch Wätter lütte, ſeiſch we b' welliſt.
Chumm iezeb obenabe, wän i ber öppis z'befehle ha!" Unb
bo — — — Aber i mag iez nümme witerſch verzelle — — —
i hä halt für langiſchzit gnueg Chrieſi gha.

Jakob Senn.

De Hochzyter.

J gahn so gern uf 's Bergli,
J gahn so gern i 's Holz.
Bim Holz det staht en artigs Huus;
Es Mäitli gaht drin y und uus,
So schön und doch nid stolz.

Mi Mueter hät mi gchybet
Und au mi Schwöster Grith,
J ruck iezt bald i 's Drißgist ja,
Und luegi na kes Mäitli a;
Zum Wybe wer 's doch Zyt.

Si ired Beidi gwaltig;
Mys Herz ist nid vo Stei.
Gänd Acht, eh b' Amsle wider
    singt
Und 's Ys bim Föhnechute springt,
Füer ich my 's Schätzeli hei.

Me mues nid galoppiere,
Wenn 's Wybe grate söll.
Scho Mänge hät 's nu z'ylig gha
In Hüretshimel und derna
Dä gländet in e Höll.

J gahn so gern uf 's Bergli:
Zwee Sterne lüüchted det,
Und drunder blüed Rösli rot
Und glänzed Perleschnüer bigott,
Wie me nie schönri gseht.

Und alles das ist myne,
Si hät mer 's ebe gseit.

'S Herz ist mer gsprunge schier
    deby,
Es cha vor Freud so glückli sy
Ken König wyt und breit.

Jezt, Presidut, chast trotte,
De wirst dys Wäible la.
Und bist au rycher weder ich,
Gäl, 's Anneli hät doch meh uf
    mich
Als Dich und b' Gülte gha?

De häst mer 's gnueg la werde
Und häst mi wüest verchlöpft.
Doch 's Anneli hät si nid dra
    gchehrt,
Nei, brav und tapfer für mi gwehrt
Und dir fest use gschöpft.

Gsehst, b' Liebi ist doch stercher
Als alli Erdegwalt.
Und fiel 's der öppe namal y,
Du Schlycher, bi mim Schätzli z'sy,
Bim Eicher, würdist zahlt.

Ganz heillos haß i b' Chatze,
Gönd 's uf der Amsleftrich.
Chäm Eine z'näch mym Amsleneft,
J flick' em Eis, was gist was häst,
Daß im vergieng de Schlich.

Was säged 's ächt biheime,
Chram ich mys Gheimniß uus?

Si händ bisher kei Ahnig gha,
Daß ich so gern uf 's Bergli gah,
So gern i 's Forsters Huus.

Die werdeb mer au lose,
Rüef ich i b' Chuchi luut:
„Es Axtrakafi richteb a
Und fini Chüechli wott i ha,
Hüt z'Abig chunnt my Bruut!

I gahn so gern uf 's Bergli,
Wo 's Forsters Heime lyt.
Det, Mueter, wont my künftigi
                    Frau,
My's Anneli. I glauben au:
Jetzt isch 's zum Wybe Zyt."

Otto Haggenmacher.

De Zeinema.

Mueter:

Es chunnt en Ma dur 's Gäßli y,
Das sell mer gwüß en Chrämer sy.

Zeinema (eintretend):

Guet Tag mitenand, bin au wider da,
De Fischetaler Zeinema;
I bring i gueti, suberi Waar,
Und billiger no as andri Jahr.

Mueter:

I säg J's brüewarm grad i 's Gsicht:
Mer sind iez nüd zum Handle gricht.
Mer bruuched nüt und chaufeb nüt:
Es ist au gar e bösi Zyt.

Zeinema:

So lueged doch nu au mi 's Wäärli a,
I tuen J 's gern umesust füre la.

Mueter:

Weiß scho, wie 's mit dem Luegen ist,
Das ist eso e Chrämerlist.

Zeinema:

Nu, chömmeb 's cho gschaue,
Ihr Chinden und Fraue:

Da han i großi, chöpfigi Chrätte,
Sind eebig ſtarch, chaſt druf uſe trätte;
Die Öpfelchörb ſind au famos,
Die Böge lönd ſi Läbe nüd los;
E berigi Schinner, das dörf i ſäge,
Wird nüd grad Einen i der Wält umeträge;
Und da die wyße Bändezeine
Sind au nüd ſchlächt, ſäb will i meine.

Bueb:

Ja, Mueter, e Zeine ſötted mer ha,
A ber alte hät es Handhebi gla.

Mueter:

A bhüet is, ſi iſt nüd ſtarch verheit,
Mer chönn ſi la flicke, häd de Vatter gſeit.

Zeinema:

O wer nu au de Vatter da!
Er müeßti gwüß öppen es Faßhähni ha;
Au Bündte und Zäpfe han i ſo vil,
Die bruucht er im Chäller gwüß alliwyl.
Seh! Müend er e kei Wöſcherchlüppli ha?
Oder ſo en Räbeſtößel da? —
Und Fleiſchtäller, Gwürzfaß und Wähebrett
J keiner Hushaltig fehle ſett.
Da lueged die herzige Fabezeinli,
Und die Lismerchörbli, wie ſyn und reinli;
Die Chrättli bruucht mer für d' Spüeli bim Wäbe;
Herr Jeger! i gib es halbe vergäbe.
Au Brod= und Ebbeerichörbli han i da,
Im ſchönſte Gſchäft cha 's kei beſſeri ha.
Oder nämed mer e ſo es Salzfäßli ab,
Er werded gwüß nüd ermer drab.

Bueb:

Es Salzfaß, es Salzfaß, das wänd mer ha,
Mit ſo mene artige Deckel dra!

Mueter:

I säg der, Heiri, heb mer Rue;
Mir chönned 's Salz in es Becki tue.

Zeinema:

Guet Stierechrätte und Chalberchübel?
Au da bä Ruggechorb wer nüd übel.

Mueter:

Aech, Muulchörb häm mer gnueg i der Schür,
Und Chalber sauged mer keine hür!

Zeinema:

Bis er chönnted settige Rytere chaufe,
Müeßted er, dänk, de Kanton uuslaufe.
Und setted er suft nüt chrame welle,
So bruuched er doch grüß öppen e Chelle.
'S gib allerhand Chelle, säb isch wahr,
Aber derig, wien ich ha, sind echli rar.

Bueb:

Herr Zeinema, säged, tüend Ihr die Sache
Im Chelleland hinne sälber mache?

Zeinema:

Ja fryli, Alles, mit Usnahm von Chelle,
Die müend mer im Chnonauer=Amt äne bstelle.

Mueter:

Und 's Holz und d' Bändli, wo nämed er 's her?
Möcht i frage, wenn 's z'erfrage wer.

Zeinema:

Am Schneebelhorn, Hörnli und det umenand,
Im Thurgi und im St. Gallerland,
Det schnyd i Ruete, so vil i mag,
A mängem schöne Summertag.

Bueb:

Hät det dänn Niemer Öppis dergäge,
Wänn Ihr dere Zug tüend zum Holz usträge?

Zeinema:

Nei blüetis, da hinne läbt me na frei,
Da häb 's kei eso bösi Polizei — —
— Jez aber, ihr Lüt, mueß i gwüß wider gah!
Chan i dänn würkli nüd handle da?

Mueter:

He nu! so gänd bet es halb Dotz Chelle,
Se händ Er nüd müeße vergäbe abstelle;
Was heuscheд Er aber au defür?

Zeinema:

Ach myn Trost, i gib es wäger nüd z'tür,
Zwänzg Santine sött i ha für 's Stuck;
Wänn 's nüd guet sind, nimm i 's wider zruck.

Mueter:

I gib I en Franke und kein Rappe meh,
Und isch' I nüd gnueg, chönd Er 's ume neh.

Zeinema:

Ja nu, mira, so chönned Er 's ha;
I verdiene zwar ekei Blutzger dra.

Mueter:

Chind, tuen em e Glas volle Most anegeh
Und en ordlis Stückli Ridelwäh.

Zeinema:

Das nimm i würkli vo Herze gern a,
I ha hüt no nüt in Lyb ine gnah.
Dem Zeinema gaht 's halt eister guet,
Drum häb er au so en fröhliche Muet.

(Nachdem er gegessen und getrunken):

Nu danf i zum schönste, ihr liebe Lüt,
Jez bhüet i Gott wohl und zürnet mer nüt!

Mueter:

Guet Nacht, guet Nacht, und läbed wahl,
Herr Zeinema vo Fischetal!
Gänd 's alle Lüte so artig a,
Dänn müend Er e gueti Loosig ha.

                               Eduard Schönenberger.

De Komet.

„De Herrgott streckt e Rueten uus.
Lueg, Hans, am Himel det
De füürig Schweif, es ist en
Gruus.
Ist 's öppen en Komet?
Es chunnt e schlimmi Zyt, gseh
scho,
Ich trau der Sach nüd rächt;
D' Wält ist, me mag zäntume cho,
Au gar esange schlächt.

De Glaube schwynt ja wyt und
breit
Und b' Religion gilt nüt.
Es gänd uf Treu und Redlikeit
Ken Pfifferlig meh b' Lüt.
Si felsched Alles, 's Tuech und
's Brot,
D' Milch und de Wy dezue,
Und gaht 's so wyter, ist bi Gott
Nüd sicher 's Ei im Hue.

Drum wänn 's scho Chrieg und
Süüche git,
Söll 's Niemert Wunder neh;
Für 's Vosge hät 's na allizyt
Verdienti Strafe ggee.
Das ist mi Meinig, Hans. Mer
wänd,
Wie 's chunnt, gedultig sy.“
D' Frau Züse seit 's und faltet
b' Händ
Und tuet es Bätt deby.

Doch druuf de Hans: „Mi liebi
Frau,
Fast allwyl händ er 's so,

Ihr Wybervölcher, glaubed au
Was Usöds nu mag cho.
Ja, säb ist wahr, es git vil
Schlächts,
Vil Lumperei im Land,
Und Mänge tuet, was Gotts und
Nächts,
Verachte, 's ist e Schand.

Ist 's aber früener anderst gsy?
D' Grosmueter hät scho gschlagt,
'D Wält mües bald undergah.
Deby
Hät 's immer wider tagt.
'S Urättis Aetti hät scho gseit,
'S göng nümme lang eso.
Doch was die Alte profizeit,
Ist meistes anderst cho.

Und derig füürig Sterne händ
Au dozmal glüüchtet z'Nacht,
Und keine hät doch z'letzt am Änd
So grüusli Uheil bbracht.
Die Astrinome rächned uus,
Wänn 's cho müend, bis uf b'
Stund.
En Füürstern ist im Sternehuus
En lustige Vagabund.

Vo jeher ist das Eint nu wahr
Und ist en grosse Trost:
Schynt so en Stern, i säbem Jahr
Git 's guete Wy und Most.
I meine, dasmal grat is au
Nach langer Zyt es Trank
Voll Chraft und Füür. Drum
liebi Frau,
Säg i dem Herrgott Dank.

'S chunnt gwüß nüd bös, heb nu
    kei Angst;
Und ist de Wummet da,
Zum Chröhhahn muescht, was d'
    nu verlangst,
Mi gueti Züse, ha.

Und chrällelet be Suuser rächt
Und lauft wie Süeßöl y,
Dänn juuchz' i: D' Wält ist nanig
    z'schlächt:
'S git na Kometewy?"
          Otto Haggenmacher.

Bi me Glas Eigegwächs.

Zum Wohlsy, liebe Fründ! J ha der da
Es Tröpfli vo mim sälber zogne Gwächs,
Wie 's Gott und b' Räb git, us em Chäller bbracht.
Es reut mi nüt, trink nu, so vil as b'magst,
Und 's tüeg der guet und mach der wohl, wie mir!

'S ist schön, wänn öppen ame liebe Fründ
Es Glas me büte cha vo frischem Trank;
Und schöner na, wer säge cha derby:
'S ist eigne Säge, den mer Gott hät ggee.
Zwar chunnt 's nüd ganz vergäbe, glaub mer 's nu,
Und 's lyt mängs Tröpfli suure Schweiß im Faß.
Dänn chuum sind Schnee und Ys vergange, mueß
De Buur si Räbscheer näh und b' Räbe schnybe.
Sorgfältig undersuecht er jedes Schoß,
Eb 's Hoffnig gäb, daß Öppis wachsi dra.
Das Schönst blybt stah; die Andre haut er ab,
Demit si nüd dem Schöne Schade bringed.

Gäll, Fründ! Du häst biheim en liebe Bueb,
Er lyt na schier in Windle. Chumm und los:
Mängs Schößli wird, wänn Gott bir ihn erhalt,
Zum Vorschy cho und wird der Frucht verspräche.
Gib Acht uf 's Schönst und Chreftigist und pfleg 's
Und länk bis vollsti Augemerk daruuf;
Die Andere laß ligge! . . . . Los! Es weiß der Buur,
Warum er nu eis Schoß am Stock laht stah.
Bi vile wurdet b' Truube schlächt und sunr.

E ganzi Mängi zwar; doch ziet er vor,
Nur wenig z'ha, derfür dänn öppis Rächts . . . .
So mit dim Bueb. 'S ist besser Einerlei.
Das Bilerlei macht nu be Chopf verwirrt,
Und wer uf sibe Chünst si Chraft verteilt,
Der wird si Läbetag nie öppis Rächts.

Es gaht nüb lang, so weckt be Sunnestrahl
De Saft. Der stygt, und Fäld und Wald wird grüen.
Au b' Räb erwachet; doch — was gsehn i da?
E ganzi Mängi Wilds schüützt uus am Stock!
Mit großer Müe und mängem Ruggeweh
Wird 'S use gmerzt. Worum? 'S ist halt nüt nutz
Und wurd mer b' Räb am Änd total verberbe;
Und immer wider will's vo Neuem cho
Und immer wider chlimm i's sorgsam uus.

Meinst, mit dim Bueb gang 's anderst? Bhüetis nei!
Es nehm mi Wunder, wenn nüb au an ihm
Mängs schädligs Räbeschoß si zeige wurd!
Nimm 's nüb für Gspaß! Hau 's ohni Gnad eweg!
Und wänn 's der au vil Müe und Arbet git,
Und wänn di au bis schreieb Büebli duuret:
Gib ja nüb ab und wehr bi bis uf 's Bluet,
Damit nüb Gott dich mit dim Büebli straft!

Wie prächtig wachst 'S! Wie stönd die Bolle schön!
Us jedem Aug trybt 'S Schößli, bruun und grüen!
Eis, zwei, brü Trüübli güggleb füre scho
Und herzli freu i mi uf 's Herbste hi.
Da chunnt e challi Nacht. Ach Gott! ach Gott!
Wenn 's nu nüb gfrüürt! Wie wer 's au eebig Schad!
Du arme Mänsch! Ja, ja, 's ist eebig Schad!
Lueg, lueg! Wie überal e Decki lyt,
Schneewyß, als eb der Winter wider chäm!
Die Freud und Hoffnig, ach, si ist zerstört,
Und truurig lampet die erfrorne Trüübli
Am Stock. Du jammerist und schlahst i b' Händ.
Und witt schier gar verzwyfle.

Ach min Fründ!
Vilicht erfahrst du 's Glychlig mit dim Büebli!
Gfehst en im Wirtshuus, d' Charten i der Hand,
Um 's Vatter's suur erworbe Gäldli spile?
Und gsehst e deht, es Jümpferli am Arm,
Hi ga go tanzen und wo 's lustig gaht?
Das wer scho schlimm! Doch hät me Schlimmers gieh!
Wie mänge junge Mänsch hät nüd si Chraft
Und Läbesfreud dur eigni Schuld zerstört,
Hät asä lampe, wie erfrorni Trüübli?
I weusch der nüd, daß d' Öppis so erläbist.
Doch wä u n b's erläbst, so folg dem Buur.

Troz Gfrüre

Git der nüd ab und hoffet immer na;
'S cha sy, se schüßt na da und deht en Zwyg
Voll Trüübli füre; und ist 's Wätter guet,
Sen ist si Arbet nüd unsunst. Und lueg!
'S ist ein Tag wie der a n d er, hell und warm!
Im Sunneschyn ist bald der Wuest verderbt!
Wie gwaltig trybt 'S! Nei! Nei! Die junge Zwyngli,
Si dufteb bald vo süeßem Truubebluest,
Daß d' Beili chömed und si dra erlabed.
Und wie die Beeri wachsed! 'S gaht nüd lang,
Gsehst Truube hange, 's ist e wahri Pracht!
Und ein Tag um der ander schöner wird 's,
Und ein Tag um der ander gstaht der Buur:
„'S chunnt besser use, als na Mänge meint
Und trägt nüd Alls, so git 's en guete Herbst."

Zun Wohlsy, liebe Fründ! Mer händ en Herbst,
Mir Beidi händ na keine so erläbt.
Hesch nüd ghört juhchse zringel um und um?
Hesch nüd ghört schüße zringel um und um?
Hesch nüd gseh Schaare Wümmer d' Straße zie?
Hesch nüd gseh Fueder Wy i d' Chäller füere?
I ha ja gseit, es gäb en guete Herbst
Und han im Früelig scho mi herzli gfreut.

Drum unverzagt! Und wänn 's din Bueb au miech,
Wie n i nüd weusche, daß er 's mach, so nimm 's
Nüd allzuschwer, min liebe Fründ, und bis
Nüd ganz verzagt, i bitt di, bis es nüb!
De Glych, wo a de hoffnigslose Räbe
En ryche Säge Truube wachse laht,
De wird, wenn d' redli du das Dynig tuest,
Au a dim gfehlte Bueb na Wunder würke,
Daß d' Lüt müend säge: „Woll, me hett 's nüd gmeint,
Es häd halt doch na Öppis us em ggee!"

Säg, ist de Wy nüd guet? Gott Lob und Dank
Für jede guete Tropfe, won is wachst,
Und au für alli Nahrig, die n is Gott
Eis Jahr wie 's ander rychli wachse laht.

Doch wänn din Bueb zum brave Ma erwachst,
A dem e redlis Mänscheherz si freut,
Was gilt 's, dänn seist, wänn d 's nämli na erläbst:
'S ist Eigegwächs — und guets, Gott Lob und Dank!

St.

'S Spätzli.

De Liebgott hät zum Spätzli gseit:
„Wänn d' Hunger häst, so nimm, was lyt,
I ha der All's vor 's Chöpfli gleit,
Wänn d' Hunger häst, so muest nit wyt.

De muest im Winter au do sy,
Wänn 's asse chutet, schneit und macht;
De bist halt wäger bbrig und chly,
Drum nimm, was findst, bi Tag und Nacht!"

Und 's Spätzli dänkt: So gohn i dänn,
I han ja 's göttli Rächt derzue,
I flüge grad vor 's Müller's Tänn,
De Hunger loht mer just kei Rue.

Näi, lueged au, wie 's Wäiße pickt,
Wie isch es froh, wie hät 's en Gluft!
Potz Blitz! De Müller hät 's erlickt,
De Sackerlot, er chunnt dei juft!

Und mit der Geißle ftäubt er dry:
„Goft furt, du chlyne Wäißebieb!"
Und 's Spätzli dänkt: „Es blybt derby,
Au dir ist ja be Wäiße lieb!"

Zwar macht 's nit lang, es folgt uf 's Wort,
Die Geißle het 's ja chönne gee;
Es flügt nu an en anders Ort,
Do darf 's ungfraget Chörnli neh.

Es pickt däi juft vor 's Wächters Huus,
Drin wohneb grunsam braoni Lüt,
Si giehnb das Spätzli, chly und chruus,
Und winkeb: Chumm, mer tüenb der nüt!

Näi au! es darf uf b' Simse ftoh,
Si gänb em gwüß vum Chillebrot;
Wie pickt's! wie nickt's! wie isch es froh!
Hät 's berig Lüt, so ist kei Not.

Es pickt no z'vollig b' Brosmen uuf,
Und äugelet die liebe Lüt,
Und schwänzelet, und seit dänn druuf:
„Jez läbeb wohl und zürneb nüt!"

Konrad Meyer.

Aus der Kinderstube.

Am Bizistollebergli.

Am Bizistollebergli
Da woned sibe Zwergli,
Die baued a de Räine
Es Stettli under be Steine.
Am Abig dänn, wänn 's dunklet
Und b' Sternli bobe funklet
Und b' Chindli gönd i's Bettli,

Dänn schlüüffet 's us em Stettli
Und schlüüffed lys wie b' Müüsli
Dur b' Chämi ab i b' Hüüsli
Und singed uf ber Winde:
„Guet Nacht, guet Nacht, ihr
Chinde!"

Meta Heusser-Schweizer.

Hans-Joggeli.

Hans-Joggeli! Hans-Joggeli!
Du bist en chlyne Dieb:
Du nimmst mer Alles us der Hand
Und bist mer gar nüd lieb.

Hans-Joggeli! Hans-Joggeli!
Du bist e chlyni Muus:
Wänn ich mi 's Büebli fange will,
So lauft 's mir weibli druus.

Hans-Joggeli! Hans-Joggeli!
Du bist en schlimme Gast:
Du chlopfist wie en Zimberma
Und schlyßest b' Stube fast.

Hans-Joggeli! Hans-Joggeli!
Du bist en schlaue Gsell:
Wänn öppis Süeßes umen ist,
So merksch es uf der Stell.

Hans-Joggeli! Hans-Joggeli!
Du machst mer vil Verdruß:
Chumm her, i will der b' Ruete gee — —
Nei, nei, es git en Chuß!

J. J. Bänninger.

49

D' Krämeri.

Chind:

Gueten Abig dem Herre,
Gueten Abig der Frau;
'S freut mi Jhres Wohlsy,
Und wie staht 's asen au:
Chaufet Si Nadle,
Chaufet Si Fade,
Öppis Bändel und Schnüer,
Öppis Häftli und Gufe?
Gibe 's wäger nüd z'tür.

Mueter:

Bin scho verseh.

Chind:

Herr jegerli je!
Bruuchet Si Chetteli,
Manschetteli,
Brasseletteli vo Haar,
Wolleni Side,
Lineni Wolle?
Grüseli bravi Waar!

Mueter:

En andersmal, Frau!

Chind:

Nei, was säget Si au!
Bin en arms Wybli,
Ha zwei Chind und drü Büebli,
Kei Geis und keis Rind.

Chramet Si Bauelis,
Chramet Si Linis,
Für de Herr und für b' Chind!

Mueter:

Wie gänd Jhr be Stab?

Chind:

J säge 's bim Heller
Und lane nüt ab:
'S Ghüslet zwölf Schillig
Und 's Druckt echli meh;
'S ist grüseli billig,
'S chönnt 's Niemert so gee.

Mueter:

Se gänd mer sächs Elle
Und mässed mir recht!

Chind:

Herr jeger, Herr jeger,
Ich misse nüd schlächt.
Chramet Si meh:
Ringli und Chnöpfli,
Strähli für b' Zöpfli,
Fränseli, gar nett,
Zöbbeli,
Tröbbeli
A b' Umhäng und 's Bett!

Mueter:

Nei, nei, es mueß es tue.

Chind:

Danke für b' Loosig.
Sprächet Si zue!

J. Staub.

De Hannoppeli-Chly.

Weist nüd, was da de Noppeli druckt,
Wo d' Aeugli wüscht und Süfzer schluckt?
Sis Müeterli lauft hindrem dry:
„Jez, Noppeli, laß mer 's Briegge sy!"
'S Züsettli redt em früntli zue:
„De söttst au nüd so schülig tue!" —
Won i das Müeterli gfraget ha:
Was hät 's au ggee mit dem Bürstli da?
So git f' mer gschwind en churze Bricht
Vo deren eebigtrurige Gsichicht:
„Hüt ist mis Noppelis Herz so schwer;
Wänn nu de Tag scho umme wer!
Er läbt in Angst und großer Qual:
Er mueß i d' Schuel zum erste Mal!
Er meint, da göng 's erschröckli zue,
Me dörfi nu keis Lächli tue.
Und 's Becke Heirch hät gester z'nacht
Min arme Bueb na z'fürche gmacht:
De Lehrer sei en räße Ma,
Da werd 's em gwüß rächt übel gah,
Jez chömm mer tröste, so vil mer wänd —
Mis Büeblis Leid nimmt gar kes Änd.
Zletst han i gseit: Es mueß halt sy!
S' Chind gahd ja mit der, schick di dry!
. . . . Do reist er ab mit Schmerz und Chlag;
Wird 's ächt nüd anderst bis z' Mittag?" —
Und wo das Glöggli Elfi schlahd,
'S Hannoppelis Chly uf de Heiweg gahd.
Potz Wält! wie luegt dä munter dry!
Säg, junge Schüeler, wie isch es gsy?
Mis Büebli springt uf b' Mueter zue,
Und juchzt und lacht und hät kei Rue:
„O Mueter, b' Schuel! die ist mer rächt,
Das Lehre gfallt mer gar nüd schlächt.
Und 's Becke Heiri ist en Naar,
Was er mir gseit häd, ist nüd wahr:

De Lehrer ist en liebe Ma!
Wie luegt er ein so fründli a,
Und seit eim d' Sach so schön und guet
Und spasset, wie 's de Vatter tuet!
Gäll, Müeterli, de chochist gly,
Am Eis mueß ich im Schuelhuus sy!"

Eduard Schönenberger.

Hans im Glück.

Hät ächt de Hans en Fenster gfunde?
Er gumpet ume sit zwo Stunde,
Rüert b' Bei i b' Höchi und de Huet,
Und genßt und singt und tuet nüb guet.
Lueg, wien er ase lache mag!
'S git allwäg öppis Guets z'Mittag:
Si Mueter sell mer Chnöpfli mache,
Pastetli oder derig Sache. —
Du dunstigs Lappi, säg, was häst?
Weist ächt im Wald es Vogelnäst?
Kriegst neui Hosen oder gar
E großi Trummen uf 's Neujahr? —
„Ä bhüetis näi, ihr guete Lüt,
Ihr rated läß, 's ist Alles nüt!
I will i säge, was es sei:
I bi so volle Lumperei —
Morn ist kei Schuel! mir häud nüt z'lehre!
De Lehrer lahd en Zah uuszehre!

Eduard Schönenberger.

De Samichlaus.

„Jez chunnd de Samichlaus emal!
I hä vorläufig ghört,
Er hei 's Hans Heiris Chind im Tal
Vil schöni Sache bschcert.

Wie isch scho b' Stube gstecket voll
Va Chinden allerlei!
Jä sind mer still, tüend nüd so toll,
Suft jagt men alli hei!"

So seit de Vater, do git 's Rue.
„Seh, macheb echli Platz,
Se chann au Öpper ab und zue
Vom Tisch zum Osechratz!"

Zwei Chindli stönd do uf em Bank,
Es Büebli au deby;
Si lueged gnod und lönd kein Wank,
Ob 's ächt well agah gly.

Jez chunnt 's lieb Müeterli und seit:
„Nu, sind er au parad?
I 's Schlossers häd er scho ngleit,
Jez bringt er Euers grad.

Du, Heirli, tue dänn 's Chäppli ab
Und bätt em dänn au schön;
De Chlaus, i weiß es, freut si drab;
Wenn d' nüd chast, wird er höhn.

Los, los! ich ghöre 's Glöggli scho."
„Er chunnt!" so rüefed b' Chind.
Seh, daß er au chan inecho,
Gönd va der Türe gschwind!

Seh, loset au, er klöpflet ja;
Nur ie, Herr Samichlaus!
Ihr Chinde müend uf b' Site gah,
Suft macht men i der Faus.

Ganz langsam chunnd be Chlaus daher,
D' Frau Chläuseni a der Hand;
Er trait es prächtigs-Sitegwehr.
Sy ist voll Spitz und Band.

Ei höbschleb züchtig hy zum Tisch,
'S ist Alles müslistill;
Doch lueged, wie der Bueb se frisch
Dem Chlaus scho chlöpfe will.

Au b' Mueter und de Vatter gänd
Gar früntli Beede b' Hand:
„E witi Reis ihr gmachet händ!
Wie staht 's au im Wälschland?"

„'S staht guet! Es häb vil Nusse ggee
Und sust na allerlei
Va Zuckerzüg, er werdet 's gseh —
Seh, sind die Chinde frei?

Für die Chind, wo nüd folge wänd,
Ist da ne Ruete fix;
Wänn s' öppen ase 's Schälkli händ,
So gib mer n' echli Wix."

Die beede Meiteli sind se tuuch,
Si macheb gar kein Mux
Und schreieb schier, si sind sust ruuch
Und hurtig wie der Flux.

„Seh, Chinde, bätteb mer jez au!"
De Heirli saht luut a:
„I weiß e jungi hübschi Frau,
Die häb en alte Ma ...."

„Nüd das, du Läcker! Chast sust keis?
Schlaf, schlaf, mis Chindli lieb?" —
„Herr Samichlaus! I cha na eis:
„Im Gädli ist en Dieb ...."

De Chlaus mueß lache: „Guet eso!
Jez warteb nu echli;
Es mueß i Öppis umecho,
Wänn ihr wänd artig sy!"

Und dusse brünneb b' Liechtli scho
Am Bäumli, b' Tür gahb unf.
„Herr Je! Was bringt de Chlaus au do?"
Es freut si Alles druuf.

Es glitzeret wie Sunneschy
Und bländt eim b' Auge schier.
Nei, lueged, b' Stuben ist fast z'chly!
Es ist e wahri Zier.

Die Chinde sind fast lätz im Si,
Si wüffed nüd wie tue;
Si strecked b' Händ na Allem hi,
De Bueb gryfft na dr Chue.

Do gseht me Schöfli uf der Weid,
E Schäferi mit dem Ma,
E Tocketen im sydne Chleid,
Und Bändeli rot und bla.

Und Tirggeli und Eierring
E ganzi Zäine voll,
Dürs Obs und na vil andri Ding,
De Chlaus ist goppel toll!

Ne nei, was häd er ächt au dänkt?
Dä macht si Sach nüd schlächt!
Er häd i so vil Sache gschänkt!
Jez tüend er, meini, rächt?

Tanner.

Sylvester.

> Sylvester stand uuf!
> Streck d' Bei zum Bett uus!
> (Kinderruf am Sylvestermorgen.)

Wänn Öpper vom Sylvester redt, so tuet 's mi ganz erschütte:
Es fahred mer dur Chopf und Herz die alte Chinderfitte.

Es git kei tollers Fest im Jahr as so en letste Morge,
Und wänn d' en Fründ vom Schlafe bist, so muest en schwer ersorge.

Die chlyne Lüüt in euser Gmeind stönd uf scho vor de Viere,
Und tüend i Huus und Gaß und Schuel en Heidelärm versüere.

Si ziend dur 's Dörfli uus und y mit Schelle, Horn und Flöte,
Mit Pfannedeckel, Gloggespil, mit Trummen und Trumpete.

Und wänn me 's öppe bschelke wett, rumored s' nu no fester
Und heeped, daß es widerhallt, vil tusig mal: „Sylvester!"

Ist Alles gweckt im ganze Dorf, so reised b' Chind und b' Buebe
Zum Schluß na in fidelem Zug i 's Schuelhuus goge ruebe.

Und Chümmiwegge, Birrebrot tüend f' trostli bet verzehre;
Druuf füereb f' be Sylvester furt; wer wett ene 's verwehre?

Wer zerstebotts i 's Schuelhuus schlycht, kriegt „Stubefuchs" zum
Titel;
Eu Jedre neckt und plaget eu und ryßt eu a sim Chittel.

De, wo bet b' Händ am Ofe wermt, wird gfoppet: „Ofebrueter!"
Und won er briegget, säget f'em: Gang hei und chlag's der Mueter!

Und Eine staht zum Feister hy und trümmelet au Schybe,
Defür mueß er be ganze Tag eu „Feisterschüblig" blybe.

Doch, wänn das Glöggli Achti schlahd, — wer chunnd bet über b'
Selle?
Es ist be Lehrer . . . . Wie be Blitz tüend b' Chind a b' Plätzli
schnelle.

Si singeb ihres Morgelied, und druuf gahb 's an es Lehre;
Me meinti fast, si wettib hüt die sterchste Strick verzehre.

Chuum ist iez b' Schuel echli im Gang, so gyret nomal b' Türe:
De Letst, be Hans im Rütihof, chunnt gschnuufig ine z'füüre!

Jez isch es mit dem Lehren uus; Keis blybt meh a sim Örtli,
De Lehrer ist eu arme Ma, si loseb em keis Wörtli.

„Sylvester!" und „Sylvester" tönt 's. De Hans sinkt schier in Bobe;
Si lönd en nümme fürsi gah; er cha si nüd verrobe.

De Lehrer weiß nüd, was er will; bo mueß er zletste lache:
„I gsehne scho, mit eu ist hüt nüd vil Vernünftigs z'mache.

So strÿched i zum Tämpel uus, gönd hei go jubilire;
Im neue Jahr, da wämm mer dänn scho wider äÿiziere!"

E. Schönenberger.

Volksüberlieferung.

Märchen.

Der Bräutigam auf dem Wasser.

Es ist emol en Chnab im e Schiffli inne gsässen und gfahren uf eme Fluß, wo vill breiter gsy ist weder d' Tööß. Er hät welle überdure zu sire Liebste, eme gstaats Mäitli, wie's wit und breit ekeis meh gha hät. Won er i d' Mitti use cho ist, so hät er Öppis ghört rüefe, wie wänn Öpper am Vertrinke wer. Er lueget ume und gseht en alti Frau zable, wo 's Wasser am tüüfsten ist. Er gitt aber nüt drum und sicht, se vill er mag, das er bald überänne seig. Die Stimm rüeft äisig no, aber vill lysiger und schwecher. Underdesse schwimmt die alt Frau hert am Schiffli durren und durab, und 's Rüefe nimmt en Änd.

Aber äismols, chuum e paar Chlofter vom Schiffli ewäg, stygt Öppis us em Wasser uuf, wien e wyßes Näbeli. 'S ist e wyplichi Gstalt, aber kä bbrumpfeni Alti, näi im Gägeteil: 's schönst Mäitli, wo me hett chönne gseh, no vill, vill schöner, weder des Chnabe Liebsti, wo scho dänne bim Wuer gstanden ist und grunken und planget hät. De Chnab achtet's aber erst, wo das Mäitli uf. em Wasser rüeft: „Fahr alliwyl, fahr zue in Ebigkeit!" Won er umelueget, se gseht er, wie 's langsam durabschwimmt, wien en Schwan. Und im wird's uuussprächli öd und bang um 's Herz; e gränzelosi Sehnsucht chunnt er über no dem frömde wyße Mäitli; und er vergißt si Liebsti dänn und rüederet der Frönde noue, wo äisig glychwit

von im ewäg vorußschwimmt und nüd loſet, wien er iez rüeſt
und ahalt, ſi ſell em warte, und nu dann und wann ireß
Gſicht, 'ß ſüüberſt, wo me hett chönne gſeh, gägen im iechehrt —
aber nüd früntli, ſundern ernſt und böß.

Und bewäg iſch dänn be Chnab durabgſahre Tag, Wuchen
und Johri lang; aber das fröud wyß Mäitli hät er nie mögen
erlange, und eſo iſt er gſahre ſiß ganz Läbe dur biß i b' Ebig=
keit ie. Jakob Senn.

D' Hüendli im Wümmet.

'S iſch emol en Güggel gſy, be hät ſibe Hüendli gha
und ſaht bo emol a und locket ene: „Chumm, chumm, mer
wänd in Siberg uſe!" De Siberg iſt aber en ſchöne Wingerte
gſy, und 'ß iſch bo grad gägem Wümmet zue ggange, und bo
händ ſi ebe au ſolle goge Truube bicke. Aber die Hüendli
händ nüt welle dervo müſſe und händ gſeit: „Nei, nei, de
Fux nimmt iß, de Fux nimmt iß." Aber be Tuſigs Güggel
hät ſ' nu usglachet, was ſi für Fürchtibutze ſeigid, und hät
halt nit naegla, biß daß j' zletſt ggange ſind. Und wo ſi bo
ebe aſahnd Truube bicke, ſo chunnt be Fux und tuet bänn ſo
rächt hübſcheli mit ene und ſeit zum Hüenere: „Das iſch jez
au brav von eu, ir liebe Hüener, daß ir emal zu mir uſe
chömed;" und ſeit zum Güggel: „Chumm, i will der e Schmützli
gee, Güggel" — und byßt em grad de Chopf ab. Aber die
Andere, die ſind bo gloſſe wie b' Schölme und ggrännt und
gſladeret be Berg ab und händ übereebigs luut grüeſt: „Han
i'ß nit giſiggiſagt, han i'ß nit giſiggiſagt, de Fux nimmt iß?"
Do iſch es aber z'ſpat gſy. Durch W. Wackernagel.

Volkslied.

De Joggeli.

Joggeli sott go Birreli schüttle,
D' Birreli wänd nüd falle.
Da schickt der Meister 's Hündli use,
'S soll de Joggeli byße:
Hündli wott nüd Joggeli byße,
Joggeli wott nüd Birreli schüttle,
D' Birreli wänd nüd falle.

Da schickt der Meister 's Bängeli use,
'S soll das Hündli prügle:
Bängeli wott nüd Hündli prügle,
Hündli wott nüd Joggeli byße,
Joggeli wott nüd Birreli schüttle,
D' Birreli wänd nüd falle.

Da schickt der Meister 's Füürli use,
'S soll das Bängeli bränne:
Füürli wott nüd Bängeli bränne,
Bängeli wott nüd Hündli prügle,
Hündli wott nüd Joggeli byße,
Joggeli wott nüt Birreli schüttle,
D' Birreli wänd nüd falle.

Da schickt de Meister 's Wässerli use,
'S soll das Füürli lösche,
Wässerli wott nüd Füürli lösche,
Füürli wott nüd Bängeli bränne,
Bängeli wott nüd u. s. w.

Da schickt de Meister 's Chälbli use,
'S soll das Wässerli trinke:
Chälbli wott nüd Wässerli trinke,
Wässerli wott nüd Füürli lösche,
Füürli wott nüd u. s. w.

Da schickt de Herr de Metzger use,
Er soll das Chälbli stäche:
Metzger wott nüd Chälbli stäche,
Chälbli wott nüd Wässerli trinke,
Wässerli wott nüd u. s. w.

Da gaht de Meister sälber use,
Gaht ga räsonniere:
Metzger wott iezt Chälbli stäche,
Chälbli wott iezt Wässerli trinke,
Wässerli wott iezt Füürli lösche,
Füürli wott iezt Bängeli bränne,
Bängeli wott iezt Hündli prügle,
Hündli wott iezt Joggeli byße,
Joggeli wott iezt Birreli schüttle —
Jezt wänd b' Birreli falle!

Schnaderhüpfel.

Vreneli ab em Guggischberg,
Mädeli vo Schaffhuuse —
'S wott en chalte Winter cho,
Laß der nüd drab gruuse.

* * *

Späck und Rebe sind my Spys,
Lon e s' nüd grad fahre —
Und wer de Verstand verlürt,
Wird halt zum e Nare.

* * *

Fischli schwümmed i dem See,
Chräbsli i de Bäche —
Styg mer uf kein dürren Ast,
Chönnst es bei abbräche.

* * *

Beeri wachsed a der Stuud,
Truuben a de Räbe —
Und wer nüt vom Sterbe weißt,
Weißt au nüt vom Läbe.

* * *

Züri ist e großi Stadt,
Winterthur e chlyni —
Und wer Gäld im Chaste hät,
Luegi, daß 's nüd schwyni.

* * *

Öpfel, die sind chugelrund,
Dörnli, die sind spitzig —
Dänk, wänn di de Zorn asicht:
Hitzig ist nüd witzig.

* * *

Ankebruut und Hung druff ue,
Das ist währli z'ässe —
Häst emol en Fehler gmacht,
Tue en nüd vergässe.

* *

Rebe bichnyben ist de Bruuch,
Rüebli tuet me schabe —
Und wer z'höch ue styge will,
Fallt zletst oben abe.

* * *

Zusleu ab der Eierbrächt,
Bis mer fromm und sittlig!
Wänn die Hüener gstorbe sind,
So gitt de Güggel en Wittlig.

* * *

Rösli i dem Garte stönd,
Blüemli uf de Haide —
Tag und Nacht bim Schätzli z'sy,
Tät mer nüd verleide.

* * *

Chabisstöck und Chriesistil
Brucht mä nüd zum Schrybe —
Nare chönned mängsmol au
Gschnybe b' Zit vertrybe.

* * *

En gspässige Chauf isch
Um b' Liebe — Vallery!
Si Herz, da verschänkt men
Und be Chopf git me dry.

* * *

Mi Herz sei vertrublet,
Min Chopf nümme gschyd —
So heißt 's. Chient i's ändre,
Bim Bluest! I tät 's nid.

* * *

Zwei Sternli sind am Himel,
Die Sternli sind mer treu;
'S eint zündt mer zum Schätzli
Und 's ander zündt mer hei.

* * *

E Traumbüechli chaufe?
I wüßt nüd wofür;
Denn traumt' s mer, lieb Schätzli,
So traumt 's mer vo dir.

* * *

E Gwand cha me büeze
Und flicken e Netz;
Verrhßt aber b' Liebi,
Wo nimmt men en Blätz?

* * *

Es lot si nid gspasse
Mit der Liebi, wie b' witt:
Me chännt wohl der Afang,
Doch 's Änd vom Lied nit.

Rätsel.

Won i jung gsy bi, han i blaa Chrone treit; won i elter wore bi, bin i gchlopft und wider gchlopft wore; und won i ganz alt gsy bi, händ mi all Lüüt treit.

(Floß.)

Sobald de Vatter geboren ist, ist de Sohn scho im Chämi obe.

(Füür und Rauch.)

Im Wald han i gläbt, det bin i tödt worde; im Läbe bin i stumm gsy, im Tod han i gsunge.

(Gyge.)

Feuf fliend und Zäh ziend.

(Bim Strumpfstricke.)

'S ist Öppis chlyner as e Muus.
Und füllt doch alli Stuben uus.

(Luft.)

Es gnippet und gnappet
En ysene Zapfe;
Es gnippet und gnappet
En ysene Draht;
Es gnippet und gnappet,
Was Niemert verrat.

(Wanduhr.)

Was ist am gschwindste dur en Hund bure?

(E Flintekugle, er schwindster grad.)

Wo treit me b' Söu in Hände?

(Im Chartespil.)

Was ist 's Grööst uf der Wält?

(Es Roß ist grööß.)

Worum lueget de Schuemacher in Schue ine?

(Wänn er binne nid, wot er nie zuege.)

Worum ist de Chileturm mit Chalch agstriche?

(Wel me ne mit Hung agstriche heti, wur die ganz Gmeind drage dra schläcke.)

Mit was ist b' Chile deckt?

(Mit nüt, just gleech me si nüd.)

Was hät 's z'Basel in allen Egge?

(Ängy.)

E Halbi Bändliker zu 3 Batze; was macht e Moos? (Zuckung.)

Weli Zit chunnt de Dachdeck vo Winterthur? (Die Winter.)

Wie heißed d' Heröpfel am Zürisee? (Die wer se überdrucke.)

Sprichwörter.

Mit Zirlimirlimache chunnt mer nüd fürsi.

D' Nare wachsed, me brucht si nüd z'bschütte.

En bständige Lächler ist underem Brusttuech nüd suuber.

Hochsig macht Hochsig.

Nieders Chind bringt si Bbündeli Liebi mit uf d' Wält.

Vil Chind vil Vatterunser.

Es ist keis Schädli, es ist au es Nützli.

'S Unglück bindt de Lüte d' Chöpf zäme.

Vil Muuls, wenig Herz.

Der Fulenz und der Lieberli sind Veebi glychi Brüederli.

De Hansheiri Früegnueg und de Hansheiri Guetgnueg sind zwee
Brüeder gsy.

Der Buur im Chot erhalt, was rit und goht.

Us em Bächli wird en Bach, us em Sächli wird e Sach.

D' Chappen i der Hand und 's Gottgrüezi parat, git offeni Ohren
und guete Rat.

En große Brüemer, en chlyne Tüener.

Niemert ist se demuetsvoll, wä me ne lobt, se tuet 's em wol.

Inhaltsverzeichniss.

Notizen über die Schriftsteller und Dichter des 1. Heftes.

Bänninger, J. J., von Oberembrach, geb. 1821, Lehrer in Horgen, gest. 1880.

Corrodi, August, von Zürich, geb. 1826, studirte Theologie, 1862 Zeichnungslehrer in Winterthur, seit 1881 Privatier in Zürich.

Haggenmacher, Otto, von Winterthur, geb. 1843, Pfarrer in Richtersweil, seit 1871 Pfarrer am St. Peter in Zürich.

Heußer-Schweizer, Meta, geb. 1797, in Hirzel, gest. 1876.

Schönenberger, Eduard, von Fischenthal, geb. 1843, Lehrer 1861 in Horgen, seit 1869 in Unterstraß-Zürich.

Senn, Jakob, von Fischenthal, geb. 1824, gest. 1879 in Zürich.

St., Lehrer, Mitarbeiter an der „Schweizerischen Familien-Ztg.", 1879.

Staub, Johannes, von Männedorf, geb. 1813 in Zürich, Lehrer in Fluntern, gest. 1880.

Tanner, Rudolf, von Richtersweil, geb. 1781, Kunstmaler, gest. 1853. Zeichnete die Illustrationen zu Jakob Stutz' „Gemälden aus dem Volksleben." Mitarbeiter an J. J. Bär's Kinderkalender auf das Jahr 1835.

Wackernagel, s. Basel.

Sammlung

deutsch-schweizerischer Mundart-Literatur

Aus

dem Kanton Zürich

Zweites Heft

Gesammelt und herausgegeben

von

Professor O. Sutermeister

Verlag von Orell Füssli & Cie. in Zürich
1882

Buchdruckerei Fisch Wild & Cie. in Brugg.

Vor alter Zyt.

Soll alti Fründschest gstorbe sy
Und Alls verschwunde wyt?
Soll alti Fründschest gstorbe sy
Und d' Tag us alter Zyt?
    Der alte Zyt, min Fründ,
    Der alte Zyt!
    En guete, treue Schluck
    Der alte Zyt!

Weist, wie mer zäme klättered sind
In Bergen une wyt?
Wol mängmal hät 's müed Füeß ggä, Fründ,
Sid alter Zyt!

Weist, wie mer kötlet händ im Bach
Bis spat zur Suppezyt?
Dänn hät is 's grusam Wältmeer trennt
Sid langer Zyt!

Da häst mi Hand, du alte Fründ,
Gib dyni, her demit!
Und iez en guete, feste Schluck
Der alte Zyt!

I glaub, du magst din Stifel na,
Mir ist er au nid z'wyt;
So chumm, mer pütsched fröhli a:
Der alte Zyt!

(Nach Rob. Burns.)

Min Hans.

Min Hans ist doch de suuberst Chnab
Land uus Land y, Land uuf und ab;
Keis Finkli pfyft so schön as er,
Keu Stadtherr tanzt so liecht as er;
Und wänn er seit, i gfall em au,
Mini Auge seigid dunkelblau,
Dänn ist mer 's Herz doch mängmal scho
Vor Freud uf d' Lippen usecho.

Und wänn ne z'Acherfahre gseh
Dur Wind und Wätter, Blaast und Schnee,
Und 's wider gaht der Heimet zue,
Dänn lueg em nahe, ha kei Rue;
Und lüüt 's dänn äutli Bättzytstund,
Dänn weiß i scho, wer zue mer chunnt
Und wer mi chüßt und wer mer seit,
Er blyb mer treu in Ebigkeit! Ame.

(Nach Rob. Burns.)

Selbstbeherrschung.

Es isch mer doch so herrewol,
I weiß nid, wie mi bhebe soll!
I möcht nu tanze, gumpe, springe,
I möcht nu pfyffe, juuchzge, singe,
I möcht grad wien en Torchtig lache
Und tuusig Naareteie mache:
I möcht an alle Türe rüttle,
I möcht an alle Bäume schüttle,
I möcht en Heidelärm verfüere,
I möcht vor Freud min Huet surtrüere,
I möcht der Überrock verchehre,
I möcht an allen Ohre zehre,

I möcht an alle Nase zupfe,
I möcht an alle Zöpfe rupfe,
I möcht all Lüt i b' Höchi lupfe,
I möcht Kanonebulver schnupfe,
I möcht all Sache umerucke,
I möcht en Brunnetrog verschlucke —
Weiß wol warum, weiß wol warum,
Verrat i 's nid, so bringt 's mi um;
'S vertruckt mi na, 's vernagt mi na,
'S versprengt mi na, 's versagt mi na —
Nu, sei 's dänn gjuuchzet überluut:
'S Anneli . . . . . .
Oder nei, i säg es doch nid!

'S Anneli.

Ja, i der höchere Bildig isch eufers Anneli nänig
Schröckeli wit usglehrt; zwar höcher au isch es bildet,
Grad so höch wie sis Hochland ist; doch findt me da obe
Nu eso 's Eifachst: herrlichi Luft, vil Arbet voruffe,
Gsunde Mänschenerstand und heiteri fröhlichi Gsinnig,
Mueterwitz und Rächtschaffeheit — i derige Sache
Ist mis Anneli gwachsen und isch es Jumpferli worde,
Isch es sim alte Vatter und sine jüngere Gschwüstre
Früntliche Trost und wackeri Hülf. Sust weiß es nid gar z'vil;
Frag mer 's nid nachem Göthe, sust seit 's, dä seig de Kantonsrat,
Was au wahr ist in anderer Art: er ist würkli sin Götti.
Frag mer 's au nid nachem Schiller, sust seit 's, das seig en Ver-
wandte
Von em im Ländli unne, dä seig sis Zeiches en Chüefer.
Dänk, nid emal französisch verstaht 's der, vom Süü und vom
Düma
Weiß es ken Schnifel — ja stell der nu vor, wie grüüseli läntli
Ach, und wie grüüseli zruck: es rupft der nid emal Gittar
Öppen im Maaschy); und was dänn 's Herz, wänn b' Schwalbe
verreisid,

Fragi i bangem Schmerz, vo dem hät 's Anneli leider
Gar ekei Ahnig und gar ken Bigriff, 's ist wäger bibänkli....
Ja, nid emal Bantoffle brodiert 's mit giarbeter Wulle,
Hät der au nid die schüüchst Jdee vo me ghägglete Spitzli,
— Chriesi häggle, säb cha 's — ja und meinst, es chönnt der en
Bricht gä,
Wie män es Glychschwer macht, verbruetni Chuglen und Gräme,
Nybeltürtli und Derigs, und wie me Chüttene ymacht?
Nei, weiß Gott nid! — Es chrüselet mer, daß 's Anneli däweg
Fürechunnt vor der Wält as e ganz uwüsseds Persönli,
Und 's wär schier nid z'bigryffe, worum de Götti Kantonsrat
So en Narr hett gfrässen am Anneli, wänn er nid ebe
Au öppis Bsunderbars wer... und er, bä sust eso vil weiß,
Vil und meh as mänge Profässer, und da ja si Gotte
Prächtig hett chönne schuele und wo 's bi 's Anneli's Chöpfli
Öppis Gfreuts hett chönne gä a Bildig und Fynheit
Us dem Mäitli — iez lueg, kes Brössmeli hät er 's erzoge!
Mache und grape lat er 's, und so wird 's eben es Landchind,
Gsund und ruuch und sunneverbrännt und tifig und gwerchig.
„'S git na mäng gnueg Ander; me mues au na chli Natur ha,“
Seit de Herr Götti, „hütigstags, wo b' Chuchihusare afe
J de verspüelete Tööppen es Sunneschirmli wänd trülle.“ —

Aber so gar uwüssed ist eusers Anneli doch nid;
Frag emal umenand, dänn wirsch es vernäh und erfahre.
Wien es Härzli so gschyd und wien es Näterli lisiig
Ist mis Anneli; gang mer emal und schick 's in Abrelle,
Gib der en Feuer, wänn b's chast; und wottist es Müsterli wüsse,
Frag nu der Nechel im Schloß, dä weiß der Öppis z'verzelle
Vom ene Chnopf a der Nase, won eusers Mäitli em knüpft hät
Fern im Wümmet; es Glächter hät 's ggä im ganze Bizirk druuf —
Will der 's dänn spöter verzelle ....

(Aus: De Herr Professer, Jdyll usem Züripiet.)

Es Wätter im Wald.

Hinderem Albis still und schwer chrüücht usen es Wätter;
Hinderem Hörnli tinteschwarz chrüücht eis em etgege;
'S sacket si überem Rhy, es sacket si dinnen in Berge.
D' Sunne bländet und sticht; alsgmach göhnd Wulchen iez drüber.
Lueg, gegem Irchel wätteret 's scho, im Schwobeland usse
Schynt na b' Sunne, es schüüßt au en Strahl na uf 's Hörnli's
         Steiwand;
Und wie si b' Wulche drucked, so sind au die nächere Wälder
Öppedie na glänzig im Liecht; me cha d' Bletter erchänne
Det vor der ysefarbige Wand — iez sinked s' in Schatte.
'S gaht kes Lüftli, es singt kes Finkli und tüüf überm Bode
Schüßed b' Spyre her und hy und gryned und gyred.
Heiße Harzgruch ziet dur d' Tannen und öppedie chunnt 's eim
An ere gholzete Stell wie uß emen Ofen etgege.
Alles ist ruehig und wartet; nu b' Hummle lönd si nid störe.
Brummled und summled na umenand an Agleien und Brumbeer.
D' Wulheist werched au na und träged Nädeli zämme;
'S Bächli sprächlet wie sust und de Guggu rüeft usem Lerchli.
Aber iez alliwil tüüfer und alliwil dunkler und dunkler
Drucked si b' Wulchen; es nachtet fast — los, iezed hät 's tunnret,
Tüüf und wyt na — es Lüftli chunnt, ganz lysli und heimli;
'S fahret scho einzelni Tröpfe durab und versprützed am Bode
Schwer und groß, oder falled uf d' Bletter und chehred s' es bizli....

Los, iez chunnt es Runsche duruuf usen undere Wäldre
Alliwil nächer und alliwil lüüter; iez wirft si 's i bä Wald —
Jez wird 's heller und iez wird 's dunkler, wänn d' Tanne si büüged,
Eini der andere nahen, und wider i b' Höchi schnelled.
Jez en Blitz..... e Toteftilli en Augeblick... iezed
Chrachet 's in Lerchlene dänne, kei zähe Minute vom Heiri.
Und iez schüttet 's durab und ruuscht und raßlet durnahe,
Und iez Blitz uf Blitz und Schlag und Chrachen und Rumple.
Alliwil dunkler und dunkler wird 's; es wüelet de Sturmwind
Dobe in höchste Gipfler und dunnen im niderfte Chrüütli,

Vögel und Bletter flattred dur d' Luft und gflügleti Sämli.
'S bricht in Äften und chrachet in Stämmen, es garet und gyret,
Zuckt i roferotem Schy dur d' Dunkelheit durre,
Chnellt und cheßlet und rumplet und chlöpft, as fött Alles in Bode....

Aber es heiteret wider, und gaht 's au lysli der Nacht zue;
D' Wulke verziend fi und 's Abigrot fchynt zwüfchet de Tanne
Glänzig und tröftli in Wald; es robt fi es Abiglüftli,
D' Läubli lönd glitzrigi Tröpfli falle; es fchimmeret Alles
Suuber gwäfchen und frifch und gfterkt nach der bruetige Tröchni.
D' Amslen orgeled wider und d' Finke wänd fchier verfprütze
Jezeb vor Freud und Übermuet; en einfame Guggu
Nimmt fis Gfätzli au wider uuf — er cha nid verirre.
D' Müggli tanzed und gifpled und hafpled durenandbure —
Zähl f' emale, wänn b' chaft — und d' Schnägge ziend uf em
                                                        Holzweg
Gnäufig und gwunderig dur 's naß Gras ihri gfchlymrige Schlychweg.
Los, es rumoret in Berge na furt; bi eus aber ift fcho
Zäntumyne blaue Himel wider und Friden und Stilli.
Lueg, es Summervögeli flügt i flattrige Böge
Au wider umenand — be chönntift warte bis morn, du,
Jez ifch de Bluemeftaub vernetzt, mueft warte bis b' Sunn chunnt! —
Hä, es hät Hunger villicht und me bruucht kei Sunne zum z'Abig.
Find was b' chaft und iß was b' häft, i mag der 's ja gunne. —

                                                (Aus: De Herr Profeffer.)

De Vikari.

'S find zwei Jährli bireits, fid euse Vikari im Huus ift.
Hät fi erftuunli gwehrt gha fäbmal, be würdig Herr Pfarer,
Gägen es Vikariat; aber b' Gfundheit hät em 's gibotte.
Eben en elters Mannli efange, fcho znitzet in Sächzge,
Hueftebihaftet und luunifch und mürrifch, ift niene meh nahcho,
Hät echli mängs vergäffen und öppedie Öppis au lätz gmacht,
So mit de Schynen und Briefen; au 's Bredigen ift em nid glückli
Ggange wie früener; bä fürchterli Huefte hät eifter drybbäcket,

Daß au bim beſte Wille die ſchönſte moraliſche Lehre
Eben im Hueſte verrunſchet ſind und 's niemer verſtah hät
Chönne. Ja jeger, er weiß es na guet, de Vikari, wie dozmal.
Won er i's Huus cho iſt, de Herr Pfarer en grimmigli agluegt
Hät und em düütli z'verſtah ggä, mä chönnti en füegli epehre.
Bhüet is, er weiß es na wol, wie die erſte Mönnet verby ſind:
Schröckeli leid! — De Herr Pfarer perſec, bä hät gmeint, mä ver=
                                           dräng en,
'S ſeig e Verſchwörig und Umtrib gäge'n; und 's Leidiſt vo allem,
Was en na vil i höcherem Grad im Mißtroue bſterkt hät:
Leider na näbet dem Hueſte hät au fis Ghör ſo bidänkli
Abgnah — bhüetis der Himmel, was 's da für Scenen und Gſchichte
Öppedie gſetzt hät! — Eu Andere wer i der ſibete Wuche
Über all Berg und hett dänkt, da möcht ja de Guggu Vikar ſy! —
Aber es git keis Dörnli, wo nid au na öppen es Blüeſtli
Trybti, und euſe Vikari iſt juſt nid Dä, wo fi ſo gly laat
Zfürchemachen, und wänu de Herr Pfarer de Böölimaa gſpilt hät.
Hät er em ebe fis Freudeli gla — hä mä mues Öppis z'tue ha. —
Aber das Blüeſtli am Vikariatsborn hät i den andre
Lüüten im Pfarhuus bblüet: er hät drei Töchtere gſunde
Mit ere ſeeleguete Mama, won erſchröckeli froh gſy
Sind, daß e neus Elimänt i ſtattlicher ſchöner Erſchynig
Dur dä Vikari i's Huus cho iſt und i's Balge und Hueſte,
Hueſten und Balgen en Abwächslig bbracht und au allerlei Neus
                                           gwüßt
Hät us der Wält, us der Literatur, won au herrlichi Büecher
Bbracht hät us neuere Zyten. J 's Vappe's Chaſte ſind ebe
Blos ſo die eltere z'finde gſy, ſo de Gleim und de Gellert,
Au öppis Haller und Hagidorn, de Meſſias vom Chlopfſtock,
Gäßners Idyllen und Derigs; nu ja, wer wett denn au allwil
Einzig nu Die widerchöye? Die händ f' ja all eſang uſſe,
Fürfi und hinderfi kännt, und fi hettib ſi fryli nu zue gern
Öppen i's Steiners Bibliothek abonirt, uſe Winter
Bfunders; aber de Vappe wott abſeluti nüt wüſſe.
Da für das ſchäbli Romänliläſe, da geb er ke Gäld uus,
Und wem de Gellert nid gnüegi, dä chönn im Kaländer go läſe.
Hät ja au mitem Vikar welle chybe, daß dä em ſo wältlis
Züüg herſchleiki i's Huus, wo ja gar nid ghöri zum Hamperch.

Da en Schangpaul und en Stifter und gar na dä liederli Scheggsbyr,
Au bä Fantasi da, bä Eichedorff, won en „Taugenichts" sy mües,
Und dänn dä Broz da, bä Dickens! — Mä sötti ja wägerli meine,
'S chäm en en Literatus i's Huus und nid en Vikari.
Aber Dä hät e la schmälen und huesten und hät dezue glächlet.
Zwar er hät s' müese verschlütze, die Büecher, und keis hät dem Bappe
Dörse de Chinden i d' Händ cho; nu, nachem sibete Monnet
hät aber d' Clara, die eltist, scho gschwärmt bim heimliche Liechtli
Mit der Liane im Titan; und 's Mary, die mittler, hät alli
Lieder im Eichedorff gläsen und gsunge nach eigene Note.
D' Mamme hät d' Stubie vum Stifter verschlungen, und lysli und
                                        alsgmach
Sind eso hindrem Bappe sim Rugge mit wyplicher Fynheit
Eusers Vikaris sämmtlichi Büecher, in Ängsten und Zittre
Zwar, aber beste bigieriger drum, verspisen und gnosse
Worden, und ohne Gifährde na gar und ohni Bischwerde.
Alli sind blibe was' sind, eso guet, eso still, eso lustig.
Kunteräri, si händ profitiert. Und bsunders die Eltist,
D' Clara, ist schröckeli glückli gsy, wo 's glägetli uuscho
Ist, dass ihre Vikari nid einzig latynisch und griechisch
Und au es bitzli arabisch verstönd — au französisch und änglisch,
Wo si scho lang mit grässlicher Müe us 's Hürzels Gramatik
Vo Anno Elfi und änglisch us 's Arnold's steialtem Läsbuech
Vo Anno Siebezähhundertundsächsedrytzgi, studiert hät.
Dänn im Familierat isch es scho sid lengere Zyte
Bschlosse worde, dass d' Clara e Guvernante sött werde,
Nid öppe vo wägem Praktische just; dänn i dem ischi nid starch;
Nei, aber wil si etschides Talänt für Sprachen etwicklet,
Freud a der Juged bikundet, und just halt, wil mä 's iez ha wott.
Nu, es ist nid dem Vikari si Sach, da en anderi Meinig
Z'üssere, wänn en au scho das Mäitli im Stille verbarmet,
Wänn er au d' Wält scho besser durluegt, um etschide z'vermuete,
Dass trotz alle Talänte die äng und läntli Erziehig
Nid i de Chreise brilliere chönn, wo fast Alles uf Wältton,
Üssere Schick, Elastizität, eleganti Turnüre
Und wie das Ghänk na heisst — churzum uf Derigs halt achunnt.
Nu, chömn 's use wie 's well, was gaht dänn das de Vikar a?
D' Sach mues sy und ebe se nimmt mä 's darum mit Dank a,

Daß mä da dä alt Schwartehals vo me polnische Flüchtig,
Won ere Stunde ggä hät bis iez, und wo dem Herr Pfarer
Unuusstehli gsy ist, mit guetem Grund cha bidüüte,
Daß män em danki für d' Zuekunft, mä heb de Lehrer im Huus iez.
Ja, da ist fryli en andere Geist und en frischeren Pfer
Jez i die Stunde cho! — Sogar 's Mary, das gischpelig Mary,
Hät uf eismal en bsundere Gschmack a dem Änglische gfunde
Und hät wätterli mitgstudiert. Aber möcht i iez boshaft
Werden und Gheimnuß verrate, se wär a dem Enthusiasmus
Nid eso ganz nu das Änglisch eleinig en schuldige Grund gsy;
'S chäm villicht use na zletst, daß 's Mary der Schwöster dä Lehrer
Öppen es bitzli z'vergunne heb gschinne — doch das sind so Sache! —
Muesch es au niemerem sägen iez wyter, es ist nu Vermuetig.
Churz, die Stunde sind heimelig gsy, und de Lehrer und d' Schüeler
Händ si allimal gfreut druf hy; de Vikar hät en Art gha
Z'lehren und z'zeigen und ihne die tröchniste Sache bihagli
Z'mache — du liebi Zyt, ja die Meitli wärid de ganz Tag
Hinderem Änglische gsässen und hettid im Vigger of Wegsild
Gläsen; au 's Mameli ist i de Stunde mit lächleden Auge
An ihrer Büezete gsässe... Nu churz, das Läben ist schön gsy.
Au dem Vikari hät 's gfalle; und wil er in andere Gschäfte
Gwüsschaftig und pünktli gsy ist und dem huested e Pfarherr
Nie widersprochen und gschalket hät mit em, so ist au de Bappe
Münterer wider und früntlicher worde; bis Mitti Septämber
Plötzli e schröcklichi Lungenetzündig sim schwächliche Läbe
Leider es Änd gmacht hät und in Alles e großi Verändrig
Bbracht; aber würkli au do hät de Herr Vikari für alli
Wider als Stützen und Trost si biwährt und hät ghulfen und grate,
Won er und wien er hät chönne; er ist der verlassene Mueter
Ganz wien en Ängel vom Himel erschinne, de Chinde dessglyche.
Cha mä 's der Mame verarge, won iez in e trüeberi Zuekunft
Inetruuret, wänn re de Wunsch im Herze si rodt oft:
Wänn 's nu au Gottswille wär, daß si nid us dem heimlige Huus
müeßt
Furt und i d' Stadt, wo si niemer meh hät und so ganz ase fröd ist?
Furt us dem Huus, wo si zweiezwänzg Jahr i mängerlei Sorge,
Aber au mängerlei Freude verläbt hät? Cha mä 's verarge,
Wänn si au na echli wyters dänkt — eso mit dem Vikari? —

Aber 's ift eben en eigeni Sach mit dem tuufigs Vifari.
Allwyl blybt er fi glychlig und tuet wien en eltere Brüeder,
Zeichnet efeini von Töchteren uus, weder b' Clara no 's Mary,
('S Emmeli ift na es Chind) und doch hät b' Frau Pfareri fichri
Bricht, daß er fuft i der Ferni biftimmt na niene nüt Liebs hät.
Derigs merkt män an Briefe, wo chömed: fe wyplichi Handfchrift,
Nie na e gfpißlets Cuvert und na gar nie bblüemleti Zältli
Sind an Vifari ygloffe; nu luuter männlichi Handfchrift.
'S Mary hät 's au fcho probiert und mit liftigem Fröglen und
    Förfchle,
Was es im Fundemänt verftaht, de Vifar welle fange.
Aber 's ift Alls umefuft; de Vifari lueget fo ehrli,
Lueget fo offen i b' Wält und verrännt fi fo gar efes bißli,
Ja, daß mä würfli mit Grund cha bizwyflen, er heb fcho es Schäßli.
Aber was nüßt das, und wämm mä 's au weiß, hä was hät mä
    mit ggunne? —
Allwyl blybt er de glychlig und tuet wien en eltere Brüeder,
Zeichnet efeini von Töchteren uns, weder 's Mary no b' Clara,
Jezed ja fcho zwei Jährli bireits — 's ift zum Tötterlen afe!

(Aus: De Herr Vifari, Winteridyll ufem Züripiet.)

De Vikari fchrybt an en alte Fründ z'Bafel.

Fründ, i han e verdienet, din humoriftifche Drohbrief:
Wänn der nid fchrybi iez gly, daß du dänn mi Fründfcheft ver-
    fänfift
Mit eme Müliftei am Hals vo der Pfalz i de tüüfft Rhy.
Was mä dänn heb von enand, fe fchrybft, wänn 's Läben ein
    trenni,
Wyt furtfchleudri zletft uffenand, en iedere fin Weg? —
Was eim blybi vo all dene gmüetliche, trouliche Zyte,
Wo mä fo füürig und ungiftüm über Glauben und Wüffe,
Fründfcheft und Vatterland und all das gftritten und fämpft heb? —
Was eim blybi na zletft vo dem ganze heimlige Läbe
Säliger Studiezyt, wänn 's äntli duffe z'Sant Jofeh
Heißi bim Comitat: „Das lezte Glas und den lezten
Kuß" — as fpöter na z'brieffen und wär 's an nu jede Silvefter.

Ob dänn au Alles und Alles verraucht, verchollet, verweht sei
J mer? se fragst mi i früntlichem Zorn, und ob das mer dänn
z'vil wer,
Uf eme gglettete Lumpenäxtrakt mit me Chiel vu me Gansarm
Und eme Tüpfli Gallöpfelsaft emen alte gitrene
Fründ es Zeicheli z'gä, daß i läbi und schnufi na wacker?
Ob i dänn alles Bappyr nu einzig für Brebige bruuchi?
Wien i dänn ruehig na würke chönn uf 's Gwüsse vo Andre,
Wänn mer doch 's eige Gwüssen e Last vierjähriger Briefschuld
Drucki? — „Ja, Mänsch, vier Jahr!" und du understrychisch es
na sächsfach,
Seist, sächs Ruete bibüütid die Strich, mit dene b' mis Gwüsse
Fitzen und wecke wellist. — Nu ja, de häft orbeli troffe,
Will der 's bikännen: es hät mer mis Bluet ganz süttig i 's Gsicht
giagt!
Aber im glyche Momänt, won i fertig bi mit dim Drohbrief,
Freut er mi wider, us mängerlei Gründe: Emal, wil i gsehne,
Daß b' na der alt lieb Kärli bist wien as Zofingerpreses,
Graduus, ehrli und treu, und au alliwil na echli ungschlacht!
Freut er mi au i sim früntliche Gwand: die poetisch Epistle
Heimlet mi alliwil a, und du häst eusen Hebel verdauet,
Fründ, das chann i der säge, be häst ganz wackeri Vers gmacht.
Einzig emal, wo din Zorn au gar so erschröckli in Zug chunnt
Hät er en sibete Fueß aghänkt, daß er gschwinder bi mir sei.
Aber mer sägeb mit Göthe: „Mer chönneb die Bestie stah la!"
Eigetli wär 's vernünftiger gsy, wänn i nüt devo gseit hett;
Dänn iez zellst mer au nahen und chast mi bilangen und söpple
Wäge Trochäen und falscher Cäsur und hinkigem Schlußfueß.
Will der das Freudeli la; wänn ich 's ha, gunni 's au dir ja.
Hinkt dänn au öppen en Fueß — wänn nu be Chopf defür fest staht.

Aber i mues der gstah, mitem letstere hät 's echli gwagglet
Bi mer, die Zyt, und i gunne der iez na en anders Vergnüege,
Nib 's Uuslachen clei, wänn i schlächti Hexameter mache,
Das wär 's Wenigist — nei, aber daß si diesäb Profizeiig
Äntli erwahrt hät a mer! — Ja, Fründ, i weiß es wie hütt na:
'S sind vier Jahr a der Pfingste, do sitzed mer uf der Chriichone
Dussen im Wald am e prächtige Tag, und bo han i bi uusglacht,

Ha der 's an Fingere nahezellt und ordeli beed Händ
Bbruucht, dini Schätzli z'zellen im Lauf vu sibe Semestre.
„Mänsch," so häst mer do gseit, „o es ist nid Jeden en Ysbär
Wie min Theologykandidat, min frostige Fründ da.
Aber i profizeie der iez," so rüefst do mit Pathos,
„Lueg, i profizeie der iez, daß es äntli au dich gitt,
Fürchterli gitt, wo b's am wenigste dänkst, und daß b' Reihen a
mich na
Chunnt mit Lachen und Spotte — das merk der, Beste, i säg der 's!"
Chönnt der iez fryli verzellen und gstah, min Fründ, daß scho dozmal
Nid se gar Alls i mim Herzen i frostigem gletschrigem Zuestand
Gschlotteret hät, daß i do scho es Plätzli, heimli verborge
Mitten im Ys, känut ha, wo die lustigste Dänkeli bblüet händ.
Aber i ha der iez Anders z'verzellen und tuene's vo Herze
Gern und i will der in epischer Breiti und Witti iez brichte,
Was i sider Alles erläbt, ersträbt und erlickt ha.
Fryli, erschröckeli eifach, schlicht und wenig verwicklet
Wird der da Alles erschyne; — und wartist uf ene Dorfgschicht,
Wartist uf chünstli verwickleti Sachen und läbigi Handlig,
Gotthälfderbheit und Auerbachischi Sunntigpersone,
Wurisch di bitterli täusche, min Alte, das säg der zum voruus.
Aber es wachst ekes Blüemli im Hag und sei 's na so verborge,
Daß nid an ihns es Bienli erlickt und mit njrigem Töne
Surrti es Wyli drumummen und bin em es bitzeli Grüüsch miech;
Aber es wachst ekes Blüemli im Hag und sei 's na so verborge,
Daß nid zu ihm au es Lüftli na chäm und 's biwegti es bitzli,
Grad wie die andere Pflanzen au, wie b' Stunden und Größers.
Jederi Hütten, eniedre Palast und eniedere Mänsch au
Hät si eigeni Gschicht — nu fryli verdienet dänn nid Alls
Bschriben und gschriben au z'werden; und bsunders na eso chünstli
Grad na i Verse, wien ich 's da versueche se fröhli as ungschickt.
Sei 's aber iezed wie 's well, be häsch es verlangt und se heb 's au.

Aber wo fang i dänn a, dur die grüseli Briefschuldschneelast
Zue der es Wegli mer z'schuufen? — I glaube vo da, won i stahne,
Grad vo der Pfarrhuustüre; — i will der nid zerste na Hälmli
Zänmeträge vo West und vo Nord, und vo Reise der brichte:
London, Paris und Berlin — nu de bist ja sälber au det gsy. —

Mitte drüne träg i di grad, nach horazischer Vorschrift,
Stelle di ab im e jäsede Herzen und lane di lösle.
„Otto," jäset das Herz und es ghört eme gwüsse Vikari;
„Otto," jäset das Herz, „das hett i nid vo der erwartet,
Daß d' mi na asen i Kampf und Zangg und leidigi Nöte
Brächtist mit dim chalte Verstand und mer gar ekel Rue meh
Liesist sid lengerer Zyt — wart nu aber, nimm di nu zämme,
Will ne scho zwingen und underebringe, din chalte Verstand na!
Mög er mer vordemonstriere so vil und so heftig as mügli,
Lanen emalen iez nümme se liecht vo dem herzige Mäitli,
(Clara seit mä re, gäll?) und i will en blagen und drucke,
Din Verstand, bis er nahegitt und zum Chrüüz mer na chrüücht zletst.
Hä, was bröötscht er der vor? was blast er der immer i d' Ohre?
'S seigi em z'säntimäntal, das Mäitli? — Erfundeni Sach das!
Säntimäntal! — Nu fryli, en Bock wie das Mary, si Schwöster,
Isch es grad nid, das gib i der zue, und da hilf i der sälber:
Las mer das Mary nu machen; i chönnt mi nid mit em bifründe . . .
Aber die Clara — se lueg si nu a und studier si nu gnauer;
Säge der, 's git uf der Wält ele liebers und bessers Persönli
As die Clara. — Säntimäntal! — E poetisches Herzli
Hät si und schwärmt für 's Guet und für 's Schön — hä, was
                                    witt dänn na wyters?
La mi nu mache, Tyrann, und überla mer 's nu willig!
Han i 's emalen i sicherer Huet, nu se cha din Verstand dänn
Allwil magisterle na, und in Einigem will i der nahgä.
Chasch es na schnele wie d' witt und das ist ja vo jeher di Freud gsy,
Weiß es ja wol. — Nu, und was de Verstand vormungget und
                                    steckt der:
'S sei nid se praktisch, das Meitli, in hüüsliche Gschäften und
                                    Gschichte —
Ordeli isch es und bbüschelet doch und huusli und tifig,
Wänn 's emal gilt; — es ist Alles ja da, nu fryli nid uusbbildt.
Aber 's Chrymli ist guet und es wartet uf günstigi Sunne
Einzig — das merk der. Wie sött dänn das Chind, was män iez
                                    mit em asöht,
Anderst werden und tue? Und wie sött 's si dänn chönnen
                                    etfalte?
Hinder de Heften und Büechere, säg, wo mä 's allwil drabindt? —

Seit der dänn nid bin Verstand ja sälber au, mues er 's nid zuegä,
Daß es en Irrtum ist, wänn si söll en Erziecheri werde?
Läntli erzogen und gwännt, und mit stedtischem Läben und Trybe
Unbikannt und se schüüch — hä, es chönnt der es Reech nid se
schüüch sy.
Häsch es nid sälber der Tanten au gschriben und breiter etwicklet?
Hät der di Tante nid gstande do druuf, wo si säbmal di bsuecht hät,
D' Clara gfall ere guet, und si heb si so gfunde nach diner
Bschrybig? — Was sperzist di na eso lang und blagist das Mäitli?
Säg, warum tuest eso brüeberli na und was losist kes bitzli,
Was i der sägen, ich, dis Herz, dis plaget und zruckgsetzt?
Aber i la mi nid schäufen, i spile der wäger en Streich na,
Dir und dim stränge Magister Verstand — ja, da macheb i gfaßt
druuf."

Ase hät mer mis Herz unushörli abekapitlet,
Fründ, und i mues der bikännen, i ha da en schwirige Stand gha.
Han i si unterrichtet im Änglische, han ere ghulfe
Wörtli suechen im Diggsionär und han ere Wältgschicht,
Päbagogik und Literatur und alles das Züüg da,
Was so es Guvernäntli ja bruucht (ach und wär 's au zum Schy
blos!) —
Vordoziert, se hät si mis Herz in Alles halt ygmischt:
„Lehr si nu zue, ja, und bild si nu uus, daß si glyner i b' Wält
chann —
Lueg dänn nu, wie 's mer gaht, und es wird di na wägerli greue!"
Aber i han em Stilli gibotten und ha mer kes bitzli
Merke la, wien i plaget sei vo mim chislede Herze.
Hett i 's ta, nu se hett i villichter en anderi Dorfgschicht
Glyner etwicklet und z'rysse bbracht, won i au e Figur drinn
Gspiult ha närrischer Wys — villicht gfallt 's der, i will der 's
verzelle.

'S huuset da ännert em Wald im e nette bihagliche Güetli
Ganz eleigen en Herr — vo de syneren ist er grad nid just;
Aber en ehrlichi redlichi Huut, guetmüetig zum Lache,
Bitzeli hitzig dänn au öppedie und dänn chydt 's echli ruuchlacht!
Aber er hät mer scho sälber verzellt bi asemen Alas,

Won i ſi chreſtigi Stimm und di küene verſchlungenen Usrüeſ
Höchli biwunderet ha — nu, do ſeit er: „Min guete Vikari,
'S iſt mer nid halb eſo Ernſt und 's chybt vil lüüter as 's wärt iſt;
Lueged, und mitten im Futtere drinn, wänn Alles verſchrickt drab,
Mues i ſcho 's Lache verhebe; ä bhüetis, 's iſt nid eſo bös gmeint!
Aber mä mues doch de Meiſter zeige, ſi miechid juſt Alls lätz.
Lueged, Vikari, Er glaubed mer nid, was die Puuren oft Chöpf händ;
Chönntid Buechis verſchytte druff obe, ſi gſpürtid 's bim Stram nid.
Nämmed mer 's nid für in übel, Ihr ſind nu z'guet, min Vikari!
Wer wien ich uſem Land uufgwachſen und zoge und gwännt iſt,
Kännt 's Volch beſſer as Ihr, min Fründ und gibildete Stadtherr.
Gſehnd Er, das lehred Er nid us de Büechere känne; das mues mä
Sälber erfahren und mit em verchehre. Nu, 's wird J ſcho cho na!
Dänked an Walder, Vikari!" — Er hät au in öppiſem Nächt gha,
Mues es gſtah; i der Erſti ſe han i na öppen en Fehlgriff
Gmacht. und es hät en erſtuunli gfreut, wänn en öppen um Rat
                                                                    gfragt
Ha, aber meh ſo us Gſpaß — ſi Gſellſcheft hät mer bihaget. —
Lueg, eſo reduziert mä ſi, Mänſch, wänn ein 's Läbe wie mich iez
Uſen i d' Einſemkeit füert — das bricht vil geiſtige Hochmuet,
Sönderet vil in eim innen und lehrt ein meh uf de Grund gah.
Aber iez wider zum Walder. — Nu, hät er ſi grüemt, wien er 's
                                                                    Volch känn,
Iſt er in andere Sachen erſtuunli verbländet und ungſchickt
Drypütſcht, hät mer 's an redli bikännt — 's iſt e närriſchi Sach gſy.
„Lueged," ſo ſeit er emale (mer ſind am en Abig im Wald gſy),
„Lueged, Vikari," ſe ſeit er, „i mues J iez Oppis bikänne.
Simm mer en lieben und rächte Ma: aber Oppis das gfallt mer
Gar nid an J. — J weiß, Ihr hänn mer das Mary verruckt
                                                                    gmacht —
Sperzed J nid, es iſt wahr und i weiß es us ſicherſter Quelle.
Lueged, Vikari, voranne, eb Ihr mer da aſen i's Ghäg cho
Sind, iſt das Marieli nid eſo räß und ſo trochen und chalt gſy
Gäge mer; 's hät mer es Wörtli na ggunnt und i glaube, mer
                                                                    hettid
Zleiſte na ordeli gmeindwerchet zämme — bis Ihr do i's Huus chönd,
Siber iſch uns und verbu . . . . Hä, was händ dänn au Ihr vu
                                                                    dem Mäitli?

'S paſſet für Läbtig nid zum ene Pfäffli wien Ihr ſind, Vikari! —
Lueged, mä hät ſini Pläntli eſo, ſiſ Wenſchen und Hoffe.
Ha mer 'ſ ſo ſyn uuſgmölelet gha, wie das Mary mi Frau wer,
Wie mer en orbeliſ Läbeli füertib — nid alliwil z'lyſ grad,
Nei, das weiß i, es hetti e gwitterrychlichi Eh ggä —
Aber das wär mer uf 'ſ Tüpfli ja glych, das erſpart män am Dokter.
Starchi Biwegig iſt alliwil gſund, die rüttlet de Mänſche,
Wänn er verſtummen und ſuule wott wie nen Gumpe voll Fröſche.
Aber 'ſ iſt uuſ und verby, und Ihr ſind b' Schuld, Herr Vikari.
Hänum mi dem Mary vertleidet mit Enere ſyne Maniere,
Euerem glehrten und gſchyde Binäh und mit Diſem und Jenem . . . .
Fryli, i gib es ja zue, daß das Mary de Nare heb gfräſſe
An J — Er händ ſo en Art mit de Wybere z'gſchyren und z'ranggе ;
Wett, i wüßti das Mitteli an, i zahlti 'ſ mit Gold uuſ.
Aber 'ſ iſt nüt, 'ſ iſt bim Eicherli nüt, Vikari, i ſäg J 'ſ,
Lueged, i ſäg J 'ſ, i chönnt J verchnütſche, daß Ihr mer miſ Maryſ
Chöpfli vertrübelet händ, und i gſpüren, eſ chönnt na es Unglück
Gä, dänn ohni das Mary da chan i emale nid läbe!
Loſed iez, tüe mer dä Gfallen und nämed Ihr lieber die Clara,
'S iſt bim Eicherli beſſer für Eu, und lömm mer miſ Mary.
Fryli, das weiß i ja ſcho, wien en Händſche cha mä ſi nid grad
Ghehren; aber Er werbed 'ſ erläbe, wänn Er J Müe gänd,
D' Clara gſiel J ebeſo guet und biſtimmt na vil beſſer.
Lueged, die Clara, die iſt für Eu, eſo ſchüüch und ſo . . . . nu, wie
Soll i grad ſäge? — nu mira, 'ſ iſt glych, Er müſſed 'ſ ja ſälber.
Die paßt zum ere Pfareri guet; ſi iſt früntli und liebrych,
Fraged nu nahen im Dörfli, e brävneri Pfareri gäb 'ſ nid,
All Lüüt ſäged 'ſ, biſtimmt. — Aber 'ſ Mary iſt vil z'vil en Rüüchlig,
Vhüetis der liebi, Ihr chämid i b' Suppe mit ſo eme Wybli,
Ja, potz Luſt! das gäb mer es Läbe — Er zehrtid J b' Haar uuſ
Z'Hampflewyſ, grad wie Gartechreſſi, in erſte ſöif Wuche!
Möcht 'ſ ja miſechtig mim bitterſte Fründ nid gunne, das Mary!"

'S iſt em von Lippe grumplet die Red wie ne Tauſe voll Rebe,
Gſchwitzt hät er ordli deby, ſe grüeſeli iſch es em Ernſt gſy.
Aber en Kauz iſt er doch und es zuckt em Öppiſ um b' Auge
Faſt wie Humor . . . . Nu, i han en do tröſt und em ordeli Bſcheid ggä,
Däweg: „Liebe Herr Walder, Si chönned ein wäger verſchrecke!

Aber da händ Si mi Hand und miß Wort: i lan Ene 's Mary,
'S Mary wie 's lybt und läbt und es ist mer im Traum nid in
Sinn cho,
Z'jagen in Ihrem Revier, vil z'chrezig ist mer das Bärli.
Gunn Ene 's würkli, Herr Walder, und lehred Si 's tanze nach
Gluste.
Füered Si 's hütt na hei und leged Si 's sorgli a b' Chette,
'S soll mer e Freud sy, bistimmt, und i mag Enes gunne vo Herze.
'S hät mi scho lang bileftiget gha, daß das Mary mer allwil
Eujen Herr Walder verzürnt und so gar ckes bizeli ygseh
Wott, daß er gschaffen ist für 's wie de Dokter Kern zu me Gsandte."

„Gälled Si?" juchzet er druuf und packt mi an Achslen und
druckt mi,
„Gälled?! — Iez han i Respäkt, Vikari, iez zie i de Huet ab!
Chömed, iez trinked mer eis na bi mir vo me bsündrete Tröpfli!"

Trunke hämm mer vom bsündrete Tröpfli und ja, es ist guet gsy.
Aber es ist mängs Tröpfli nachher na de Rhy abegschwumme,
Aber es ist mängs Tröpfli dem Herr vo der Stirne na grunne,
Bis er fis Bärli verwütscht hät zletst — du guete Herr Walder! —
Bis do am Sächsilüüte .... nu wart, das will der verzelle.

Was en rächtschaffene Burger ist, gaht doch na a dem Tag
Inen i b' Vatterstadt nachem guete horazische Sprüchwort:
„Dulce est desipere in loco"*) — mä cha ja na 's Jahr dur
Ernsthaft gnueg sy! — nu guet, i proponiere 's dem Walder
Etlichi Tag vorher, fi neui prächtigi Schäse
Pzwische da bi der Glägeheit und mit is uf Züri
Z'fahren a 's Sächsilüüte; es schwani mer neime so halbe,
'S chönnti vo günstige Folge villicht für 's Mary und ihn sy.
Nu, a dem Mändig am Morgen, am zweiezwänzigste Merze
Fahrt er bim Pfarhuus vor mit sine prächtige Rappe.
'S ist der en stattlichen Ablick gsy, ja, und herrli birächnet
Uffen e wyplis Herz die Schäsen und b' Roß und de Ma au
Sälber. Im üfferste Wiz, nid lächerli, wie eso b' Gäldlüüt
Oppedie parabiered mit Modeschurnal und dem Goldschmid,

_____

*) Es bizeli Unsinn zur rächte Zyt ist herrli.

Nid eso, nei — im üsserste Wix, aber würdig und eisach
Ist er dether cho und stiller as sust; mä hät gseh, er well Ydruck
Mache, und 's ist em au grate, das hät mä dem Marieli agseh.
Zwar, es hät 's welle probiere und Witzchlöpschügeli losla,
Wie 's es im Bruuch hät gäg en; de Walder ist ruehig und ernsthaft
Bbliben und hät sini Rößli glänkt, der Automedon chönnt 's nid
Besser, 's Achilleus' wackere Guutscher, de Bueb vum Diores.

Säg mer was d' witt, so e Fahrt i be Früelig mit füürige Rosse
Im enen offene Gsehrt und i lieber lustiger Gsellscheft,
Hundertmal schöner, poetischer isch es, as gschlossen und ygspeert
Det in e zittrigs Gibend, dampsatembiseelt, militärisch
Pünktli organisiert, i noadhischem archigem Mischmasch
Z'sitzen und z'schwitze bi gwundrigem Volch, wo mä chnum si cha robe.
Ha s' ekeis bitzli binnybet, die Lüüt, won i s' gseh ha dur b' Tanne
Raßlen im Baltischwylerholz. — Nu, simm mer au nid so
Gschwind wie die Anbre go Züri cho — es hät gar nid pressiert gha.
Wäge dem Böögg= und Mareielizüüg, won am Morge dur d' Stadt
                                                          häuscht,
Hät mä si nid bruucht z'yle; das hämm mer bi eus ja am Chlausmärt.
Ordeli wol hät 's mer ta, uff der alte verachtete Landstraß
Z'güütschlen emale do wider; vil alti fröhlichi Bilder
Hämm mi bigleit' us der Buebezyt, us versunkener Postzyt,
Wo män all söif Minute mit plangendem Herze na gfragt hät:
„Mameli, wie wyt isch es iez na?" — „Na e Stund und e Viertel."
„Mameli, isch es e Viertel iez scho? . . . . Simm mer nanig bald
                                                          dinne? . . . .
Mameli, 's ist eso wyt und i han eso grüüseli Hunger!" —
Enseri Mäitli händ fast eso planget; si sind scho sib Jahre
Nümme go Züri cho und si händ 's chuum möge erläbe
Ussen a Schwamebinge duruuf. — Wo mer aber do äntli
Fürre zum Ziegler chömmed und aben in sunnige Grund giehnd,
Wyt i die bländede Wytene hindre zun schneeige Berge,
Aben in funklede See, und wo d' Chronen usem Großmeuster
Jästli etgägen is blitzed, wo nach und nach so mis Züri
Usetaucht eso heimlig, vertrout, us dem funklede Morge —
Ja, da hät 's mer krüüselet doch! — Bin keine vun Weichste
Sust, de weisch es, min Alte, und 's wär mer au nid ase worde,

Wer i eleinige cho — aber mit eine liepliche Brüütli
Inen i d' Vatterstadt, i mis herzig heimelig Züri
Z'fahren, i derigen Auge mi eigeni Freud eso sunnig,
Glückli und sälig da lüüchte z'gieh — und so grüüseli z'plange,
Alli die prächtige Plätzli mit Ihre dänn chönne go bsueche,
Aben in Platz und uf d' Prumenaden, uf d' Chatz und uf d' Buu=
               schanz —
Und dänn dä Himel, die Sunne dezue und dä Glanz und die Wermi
Grad a dem Sächsilüütetag, wo sib Mänschegibänke
Immer vergnüslet, verrägnet ist worden, und wo i dem Humor
Alle Humor ist ertrunken und 's Schad gsy ist für de Fästzug —
Lueg, hütt isch es en andere Bricht, das hät mer en Früelig
Gweckt i mim Herze, so sunnig und dustig, i cha der 's nid säge. —

Nu, und die Früeligsstimmig, das fröhli und heiter Bihage
Hät au in Andere gläbt, und mer händ dä Tag eso usgschlürft
Grüntli und sälig uf 's Tröpsli, und mir hät 's gmundet wie nie na,
Nie uf der Zousf so us guldigem Bächer en guldige Labtrunk.
Fründ, i bin uf mis Züri so stolz wie du uf dis Basel!
'S Best a der Sach ist dänn fryli, daß Beed au e ggründeti Ursach
Händ, und es wur mi iez glusten, i rychliche Verse z'biwyse,
Daß mis Züri na heimliger ist as di würdigi Gränzstadt.
Aber das tuen i im Summer emale; do isch es na nid ganz
Völlig im Gstaat gsy; hä nu, mä hät ebe de Früelig erst yglüüt'.
Aber au dänn isch es schön, i der Zyt, wo de Himel ein tröste
Wott na für laublosi Bäum und bluememangledi Matte,
Tröste wott mit sim silbrige Glanz und der früntlichste Sunne,
Won eim lysli de Wintermänsch usem Herz und dem Geist lockt,
Daß män au sälber chynnet dänn wider und fröhlicher uufschnuust.
Aber es hät au an Blueme nid gfehlt, vil tuusig und tuusig
Munteri heiteri Gsichter in alle Formaten und Farbe,
Grad wien en Orchideeesammlig, häst chönne do gschaue.
'S läbt na Öppis im Zürivolch, das la mer nid durtue,
'S läbt na Humor i dem Volch, und chunnt dänn erst na de rächt Ma,
Won ene z'wecke vermag und zur schönste Blueme z'etfalte
Weiß, wie eusere Chramer, dänn troolet 's an Eggen und Ände
Usen i freudigstem Blüe — o i han das Mannli binydet!
Wett iez, i hett sin Humor und sin Witz, dänn wett i der bschrybe,

Was er is bbotte hät hüür, er, vou „frohe Seele" die fröhlichst.
Mänge Zug ist scho glänziger gsy, aber keine wie dä da
Hät eso paßt für die ernsthaft Zyt und die gwaggelig Wältlag.
„Froher Seele fröhliche Zug" ist d' Poängte vom Ganze
Gsy oder: Alli wo nid spekuliered und akziefchwindled,
Alli, wo nid usem saftigsten Ast und nid usem tüürste
Läbed und pfyffed, die Freien im Land und die luftige Vögel,
Stand= und Zug= und anderi Vögel, wo niene kei blybeds
Näst händ, won i der Wält ummefahred und nisted, wo 's möged,
Mängist so chünstli wie d' Schwalben und mängist so strublig wie
b' Spaße,
Chriegedi, gygedi, singedi, springedi, schrybedi Vögel
Hät euse Papageno verfammlet mit lockeder Syrinx,
Hät er dem fröhliche Volch i fröhliche Gruppen und Züge
Vorgfüert, und d' Mamagena hät Allem na prächtig de Glanz ggä,
D' Sunne meini. Das ist der es Gwüel und es Gwodel und
Ddräng gsy
Über die Straßen und Pläß — euse Mäitlenen isch es fast gschwunne,
So us men einsame Dorf, wo mä chuum Zwei gseht binenandstah;
Aber mis Mary hät doch welle mit dur dä Gräbel; es ist em
Nid wol gsy so uf d' Lengi, vum Feister uus usem Wyplaß,
Wo mis Tanteli wonnt und won ich vorannen au gwonnt ha,
Alles z'gschauen, es hät welle furt und Luft und Biwegig
Ha, und do ist em de Walder als chummliche Füerer erschinne.
Richtig, z'Mittag nachem Ässe, se strycht si mis Päärli i d'Wyti.
D' Clara und ich sind bim Tanteli bblibe bis spöter am Abig,
Händ au verabredet gha mit den Andere dänn uf die Sächsi
Zämmezcho uf der Prumenade, go lose, wie 's lüüti.
Ja und mer sind uf b' Minuten au dobe bim Nägelidänkmal
Gsy; wer aber nienen umtweg — ist de Walder und 's Mary! —
Aber dä Abig det obe! — I ha doch scho hundert und hundert
Äbig verläbt uf der Prumenade — doch keine, gar keine
Hät mi na himmlischer bdunkt, und sind au b' Linde na chahl gsy.
Lueg, die Alpe, so bländed wyß voll lüüchteder Schneelast,
Gsunklet händ s' usem Abigrot — zum Gryne so prächtig!
Und au dä heimelig Uetliberg hät na grüüseli frostig
Abe gglizret im Wintergwand uf sis gsümmerlig Züri.
Aber er hät is besür do en fästfüürflammede Grueß gschickt

Durre zum grüenede Züriberg, und dä hät em gitreuli
Antwort ggä, und so ist mis herzig heimelig Züri
Zwüschet zwei Füür ine cho — gäb Gott, 's seigib immer nu
　　　　　　Fästfüür! —

O und am Sächsi das Glüüt mit der große Gloggen im Meuster,
Lueg, das hät der so voll, so groß in goldigen Abig
Ufegwoget — es ist eim giy as erwachti iez zringsum
Alles i Bluest und Duft, as ghörti män ordli de Früelig
Z'flüüge cho uf de tönede Wälle mit freudigem „Grüeß Gott!" —

Sälige Früelig im Land, und sälige Früelig im Herze!

Aber was säg der na meh! — So wie mer 's im innerste Herze
Gnosse händ und epfunde, das lat si nid säge und bschrybe.
Gwartet hämm mer na lang uf die Andren und wo mer zur Taute
Chömmed, so sitzt de Walder und 's Mary vergnüegli und sälig
Byn ere, alli im yfrigste Gspräch. „Jez han i mis Bärli!"
Rüeft er mer zue und es hät em si Freud us den ehrlichen Auge
Bblitzt übereebigsluut und 's Mary ist giy wie vertuuschet. —
Euseri Heisahrt bschryb i der nid und d' Freud vo der Mame
Chan der nid bschrybben — iez weist du was, i der Wuche na Pfingste
Hämm mer e drüfachs Hochsig: de neu Herr Pfarer und d' Clara,
'S Jetteli mitem Profässer und 's Mary mit ihrem Herr Walder,
Alli in euserem Childli — das ist für mis Dorf es Ereignuß. —

Aber i ghöre di schmäle scho lang: da chömm ja de Guggu
Sälber nid us der Konfusion und de wüssist ja gar nid,
Was dänn au das für Mäiteli seigib, wem s' ghörid, wo s' wonnid,
Was das au für es Jetteli sei und was für en Profässer,
Was für es Dörfli und wo d's uf der neue Charte vom Ziegler
Sueche müesist? — I ghöre di schimpfe, daß i so gräßli,
Ohni im mindsten uf 's chünstlerisch Gsetz, Ytteilig und Ordnig,
Götheschi Klarheit z'halten, in Tag ine raßli und d' Fädre
Chretze lös über Stock und Stei und holprigi Versbahn.
Gsehne di, Beste, wie d' schnüüfelist wild und d' Brülle der zwegruckst
Uf dim chnochige Näsli, und wie d' mit wüetige Schritte
Ummerännst i der Stuben und wider d' Epistle durluegist:
„Das ist nüt, das ist gar nüt," seist, „das ist gar ekel Dorfgichicht;
Wett ja lieber en fragmentarischen Jchthyosaurus
Us ere Triasgruppen erlösen, as da us dem Brief z'cho!" —

Weist du was, i will der's bikänne, 's ist Alles Birächnig
Vo mer, bä Wirrwarr, Alte; das ebe soll di iez locke,
Sälber emale cho z'luegen im Summer, dänn will der die Chnöpf all
Ordeli löfen. Iez blüet bi der Himel, i mues as Capitel!

(Aus: „De Herr Vikari.")

Schwizer=Idille.

Eben es Chnüüpeli Hüüfer, nu, mängi stedtische Gaß hät
Zwölfmal meh — so es Dörfli, a wenig bifahrener Landstraß,
Wyt vo der lärmede Wält, mit luuter Puure bivölkret...
'S füübt em heiß bur de Chopf, won er dänkt: Wie gfallt das
der Fanny?
Ja, die erwartet persee, wie si's händ, die Tüütsche bet usse,
Die erwartet persee cho Schwizerhüüsli, so zierli
Gschnitzlet und bbüschelet zringelig um, wie s' im Oberland macheb,
Wie mä s' uf Kumode stellt as Fadetrückli und Schrybzüg. —
Ebe! Das wur si bräme, das guet Chind, gsäch's ba die Trucke:
Oben es Ziegelbach wien en Chappedeckel, en alte,
Unne dänn grigleti Muure, en Mist vorem Huus as Verzierig,
Oder e Schyterbyg und öppis verstaubeti Blueme;
D' Schüür dernäbet mit schlottrigem Tor, voll prächtigem Spinn=
gwäb,
D' Stube muusfallehöch, und 's Grüchli — das wämm mer ver=
schwige...
Die erwartet persee, daß enieri püürischi Chleidig
Dene verlogene Helglene glycht, wo mä „Schwizerkostüm" heißt —
Die wur luege, jawolle, jawolle! — I grüenliche Trilch kleibt
D' Manne. „Kei gäli Hösli?" Ä bhüetis. — „Kä Strümpfli mit
rote
Zwickle!" Nei, blani mit läderne Ferse. — „Kei gfältleti Hämper?"
Fryli, persee, wien es Nachthämp gfälltet. — „De Chrage nid um=
gleit?"
Umgleit? Ja, Familie mörder, won eim i b' Auge

Stäched, wämm mä de Chopf echli chehrt. — „Kei herzigi gstickti
Seeleträger?“ Ja wol, zwee starchi läderni Rieme,
Mängmal au einen elei und der ander e duurhafti Packschnuer. —
„Aber doch Strauhüet, goppel, mit munterfladerede Bande?“
Ebe ja: Tällerchappe mit Schirme, wo für en Schirm gönd.
Öppen e Nachtchappen au, e schwarzi oder e wyßi. —
„Aber en liechte Schoope doch gwüß mit Schnüere verbändlet?“
Sicher, do hämm mer en Uswahl, Fanny, e stattlichi Uswahl:
Wottst viellicht zerst vom e Güllerock e gnaueri Bschrybig?
Gäll nib, nei. Aber lueg mer iez drum mit größerer Andacht
Öppen en Kommunionsfrack a, wie dä da sin Ma ziert.
Oben en Chrage, dä hüllt de Familiemörder mit Schonig
Y, und en Mänschefründ vom e Schnyder weiß, daß de Nacke
Gar en heiggele Gegestand ist, wo me liecht cha verchelte;
Drum se schoppet de Schnyder wie öppe sin Nachber, de Sattler,
Chartedeckel und derigs dry, Bapyrschnitz und Sagipöh,
Daß er as glungeni Böschig de Hals über b' Ohren in Schutz
nimmt.
Wo dänn an andere Mänsche sust b' Schulterbletter wänd asah,
Setzt dä Schnyder der Gstalt scho b' Marchen und b' Gränze mit
Chnöpfe,
Lat dänn i syner Verjüngig die Frackschwänz faltig durab gah,
Büezt unabhängig vom Fueter na grüümigi lynneni Seck dry,
Macht — daß i's ja nid vergisse — zum Zeiche, Symbol und Er-
innrig,
Daß ja en iedere Schwizer entschide giborne Soldat ist.
Au a de Sunntigfrack an Achsle mit zierliche Falte
Öppis vo Epolette — und vorne, daß män i b' Weste
Lange chönn und de Frack nid verchnülli, se lat er de Schoope
Scho bi der dritte Ripp usgah, von oben a grächnet. —
„Aber doch läderni Hösli vo syner gälachter Hirschhut
Bis zum Chnüne?“ so flehist mi a, o Fanny, mit Ängste.
Läderni Hösli? Herrje — i dem schlottrige Geist wie der Urfrack
Bildet de Schnyder au 's Beichleid, Chind, vo Tuech bis a b'
Chnöde
Unne, und obe so herzgruebhöch, au öppe na höcher. —
„Aber doch Ringglischue, wo de synere Forme des Fueßes
Äng sich schmieged?“ Etschide, wie Wasserstifel vu Sturzbläch. —

„Aber doch b' Wyber sind anderst?" O ja, die sind echli an=
derst. —

„Roti Röck bis a d' Chnü?" Bla Chölschröck bis über d'
Chnöde. —

„Schwäbelhüetli mit Mäie?" En Amelette vo Tafet
Hinne jänkrächt am Chopf und en Lätsch wie verfahrene Teigg
dra. —

„Aber es Mieder vn gfarbetem Stoff mit silberne Chette?"
Fryli, Häftli bis ufen as Chinni und drunder es Halstuech. —

„Rofalätsch uf de Schuene?" Ja wol, vo läderne Schnüere....
So ist euferi Tracht ungfähr i der herrliche synne,
Als nivellierede Zyt; du wurist luege, du, Fanny!
Aber de fragist mi wyter, i ghöre 's und gibe der Antwort.
„Joble?" Ken Ton. — „Und zaure?" Ke Spur. — „Und chäje?"
Kei Ahnig. —

„Nationalspiel?" Bhüetis! ja, Brüglete am ene Sunntig. —

„Hirt und Hirteni spile, mit sanft ufhimmleden Auge,
Wandlen uf fetter Trift, Herr Damon und Chloe die Jungfrau,
Mit bibändertem Stäcken und Stöcklischuenen und Reifrock —
Er mit obligater Flötebigleitig an Baumstamm
Gheftet, verschränkte Gibeins — gitt's nüt vn deriger Sorte?"
Weniger das. Schmiergfichtigi Buebe mit leimfarbne Fratze
Chalbered ummen an Hägen und stähled eim b' Öpfel und d'
Birre. —

„3'Abig öppe Schalmeiegetön und fröhliche Reige?"
Fryli, warum denn au nid? Los nu rächt: „Dryßgi in Eichle,
Gstoche dä Hagel, drü Aß und d' Stöck ... he, bring na e Hälbsli!"
Chybt's zu de Pinten uns. — „Doch gsundi läntlichi Eifalt,
Unschuld, Herzesgüeti und Sittereinheit und derigs?"
Ganz eischide, idillisch: det zangged Zwei enand b' Bei ab;
Die lönd taufe, vor f' Hochsig händ; Dä stilt dem Herr Nachber
D' Sage zum Holzschopf uns und buechi Spälte für Arthälm;
Dä binogled der Ander, dänn fönd f' en lange Prozäß a.
„Aber doch b' Geged alpin und Gletscher, Lawinen und Alphorn,
Treichlebihangeni Chüe und Geißen uf bluemige Felse,
Adler und Lämmergeier und Murmeltierli und Urhähn,
Gämsen e rychs Sortimänt, in alle Formate natürli,
Gseht mä vom Feister uns hoffetli doch?" Etschide, verstaht si,

Gseht mä vum Feister uus vil. Da fahrt e Frideskanone
Duftig mit Ohdemillflör gfüllt i die steinigen Ächer;
Gwaagge lagreb si druff; und halb verhungeret Chatze
Schlyched im Chlee de Müüse nahe; an sandige Halde
Chräsmet öppen es Wyb und holt es Seckli voll Fägsand.
Weih und Spärber sind b' Adler, und Gänse hanged im Schuel-
                                        huus
Kanntli mit anderem Bäch a de Wänden i gmaalete Helge.
Urhähn? Fryli, warum dänn au nid? Uf iederem Mist hät's,
Gluggere, Burz- und anderi Hüenli uf Wegen und Stege.
Alperose? Herrje, ganz Hüüsse, nu heißed s' bi eus z' Land
Heidelbeeri. Und Alphorn? Gnueg; en iedere Bueb macht
Dunnen am Bach, sind b' Widen im Saft; nu heißed mir 's
                    „Pääpe." —
„Aber doch b' Sprach melodisch und weich, treuherzig und zierli?"
D' Sprach? ... Die la mer nid schälte, das hieß der Mueter en
                    Schimpf tue.
Züritütsch, dich grüez i wider mit freudigem Herze,
Baden und schwadere wider i dine stärkede Fluete!
Züritütsch, du umhüllst mi wider as gschmeidige Schlafrock,
Schmiegst di jedem Gidanken a, und schüttist es Füllhorn
Wort vor mer uus, für Alles und Jedes; und wer i en Sprachma,
Wett i vo dir e Grammatik schrybe; mer wettid dänn luege,
Welli Sprach e rycheri hett, die griechisch nid uusgnah!
'S Imperfectum indicativi, das manglet is fryli;
Bist au es bitzeli runch und säged b' Nachbere vo der:
Seigist en Flüechlichratte, en eebigs Gwitter mit Hagel,
Blitz und Tunder und gstorbenem Bäch und derige Gwalte —
Möged s' ja rächt ha echli — aber weist, 's ist luuter Vergeustig,
Gar nüt anders; vergunneb di Chraft und di markigi Sprachgwalt.
Lases du mache und chrach du furt bis hert Konsonantgwald,
Bhalt dem Winterthurer sis a, so dunkel wie 's Füürhorn,
Bhalt dem Zürcher sis a, so hell und lang wien en Dampfpfiff,
Schränz dem Seebueb 's Muul ussenand mit sim äi- und sim ä-
                    Schrei —
Alles ist guet, was b'häst, und brav und urchig und währschaft;
Hau nu zue, mis Züritütsch, mi chalti Verstandsprach! —
Grad aber ebe beßwägen und darum, mithin und also

Jſch es e tummi Sach, wänn das Pragerchindli zu eus chunnt;
Hochtütſch rede, das cha mä nid guet; mi Mueter wur ſterbe,
Müeßt ſi de Seebialäft ufgä, ſi ſchenurr ſi etſeßli …

(Aus „De Herr Dotter, Herbſtibyll uſem Züripiet".)

Diheim!

Heimet, Heimet, du laaſt nid los! — Mit heimliche Gwalte
Faßſt eim d' Sinnen und 's Herz; und chömm mä vom Parabys her,
Seig män umnegſchwamplet uf gruuſam gwälligem Wältmeer,
Chömm mä vo Japan her us palmenumſchattetem Theehuus,
Heb män im Ysmeer Seehünd zähmt und uf d' Haſejagd abgricht',
Seig mä ſo lang bin Kaffere gſy, bis mä ſälber zum Kaffer
Worden iſt, heb dem Vergueiro bbienet z'Braſilien änne,
Heb ſi in Indie d' Käſte gfüllt mit luuter Dublone —
Heimet, i ſäge, de laaſt nid los! — Mit heimliche Mächte
Hebſt ein immer am Bändel, wie d' Mueter 's Chind am e Schnupf-
                                                      tuech.
Gaht män uſen i d' Wält, was giſt eim mit na bim Abſchib?
Heiwehſame ſtreuſt eim i's Herz e heimlichi Hampfle.
Faßt er au nit grad z'chymen a, nu, ſe wartet er d' Zyt ab,
Eis Jahr, zwei oder zächni; dänn faßt's a drucken und ſchürge,
Schwellen und wahlen im Herz, dänn trybed die Chymli i d'Höchi,
Gnehrt vom Tau der Erinnrig a hei, vo chumbrigem Räge,
Unglückbläſchten und was es dänn ſei — es ſeßt ſi es Geiſtli
Z'Nacht zu dim Bett, ſchwäßt ſchwizertütſch, verzellt der vo heime,
Zeiget der Vatter und Mueter und was d'diheime na Liebs häſt,
Maalet der d' Schneeberg vor und z'oberſt uf luſtiger Zinne
Schynt 's wyß Chrüz im rote Fäld und wiukt der vo wytem.
Ach wie loſiſt und luegiſt ſo gern, und am Morge, wänn d' uuf-
                                                      ſtahſt,
Treiſt bin Traum in blänbebe Tag und vergiſſiſt e zmißet
Underem Haudlen und Jagen und Spekuliere, Studiere,
Maalen und Achere nid — und ſo gaht's wyters und wyters,
Bis d'dis Bündeli ſchnüerſt, bis d'über de waldige Gränze
D' Schneeberg güggele gſehſt, bis d'äntli über de Grabe

Gumpist und juuchzed de Huet i vatterländischi Luft wirfst,
Bis d'biheime bim Müeterli sitzist und äng um de Tischfueß
D'Bei verchranglist und bis d' 's erstmal i der Heimet häst gschlafe;
Bis d' am Morge verwachist und wänn d' en wackere Gein tuest,
D'Auge rybst und di streckst, mit urbihagliche Blicke
D' Chammer gschauist und seist: „Ja wäger, da wärid mer wider!
'S staht na Alles am glychligen Ort, wie do, won i furt bi."

Glückli, wänn b's eso findst, wänn d' chast bi der Mueter im Stübli
'S Käfeli trinken und wänn d'si nid muest go sueche im Chilch-
                                          hof . . . .
Glückli, wänn b's eso findst und frischweg ine zur Huustür
Gah chast, daß b'ekei Fröndi triffst, wo di fraged: „Wer sind
                                          Ihr?" . . . .
Glückli, wänn b'us der Fröndi chunnst mit freudigem Herze,
Wänn der de Vatter es Chälbli schlachtet, nid wil d' as verlores
Söhnli em heichunnst, nei, froh agseit, froher dänn unsgnah . . .
Aber na drümal glücklicher bist, wänn der d' Heimet au spöter
Wider bihagt und bequem di umschlüüßt, wien en altrede Huusrock,
Wänn d'nid neui Jdece mitbringst, wo nienehy passed,
Wänn d' nid en Marmorpalast in es Schnäggehüüsli witt pfropfe,
Wänn d' nid b'Chabishäuptli verschimpfst, daß s' kei Ananasfrücht
                                          sind,
Wänn d'nid Gaasbilüüchtig verlangst in en eifachi Dorfgaß,
Wänn d'nid mit eme Puur witt sprache, wie mit eme Humboldt,
Wänn d'nid Fygen an Dörne suechst und Dattlen an Wide . . .
Drümal glückli bist dänn, wänn d' wider biheime biheim bist!
                                          (Aus: „De Herr Dokter".)

Schwizerisches Chernebrod.

Wilhelm.
Also grateliere dörf i?

Setti.
Bst, bst, 's ist nanig a dem, ämel öffetli nanig.

Wilhelm.
Aber i's Öhrli ine.

Setti.

Sitz ab und los . . . .

Wilhelm.

Und wie heißt din glücheb Unermlete?

Setti.

Ach ebe, i mache scho lang am ene Gidicht ume; aber er hät
au gar eso en etsetzli unpoetische Namme. Läbrächt heißt er.

Wilhelm.

Das ghört scho meh i b'Moralpoesy ine. — Aber es lat si au
Öppis bruus gestalte. Läbrecht . . . Pah, ba gitt's ja Rym ganz
Hüüffe.

Setti.

Ja, warum nüb gar! Ich cha boch nüb ryme:

Läbrächt,

Sträb rächt

Himmelwärts . . . .

Wilhelm.

Warum nüb? Ganz guet. Das klingt für e Pfarersbäsi ganz
erbauli geistli. — Und dänn chönntist ja echli wältlicher surtfahre:

Läbrächt,

Chläb rächt

A mim Herz!

Ober du chönntist en au zersten a dim Herz la chläbe und en uuf=
forbere, wänn's em da nüb gfalli, erst dänn himmelwärts z'sträbe.
Mir gfiel's aber.

Setti.

Meinst würkli, 's gieng?

Wilhelm.

Ober las e zerst echli flattere und erst nachher chläbe. Säg
zum Byspil:

Läbrächt,

Schwäb rächt

Um mich her.

Und dänn las en echli absitzen und öppis tue, zum Byspil:

Läbrächt,

Wäb rächt —

So ungfähr.

Setti.

Ach, gang mer ewegg, das ist dumms Züg! I mache lieber
gar nüt.

Wilhelm.

Säb ist vilicht na 's Schönst, liebs Tanteli — und wän i der
just cha hälfen und bystah, in öppis Anderem, wär's au mir recht.
Also din Giliebten ist en Ma vom schönste, bstandnen Alter, mit
ere Roßhaargrawatte, ere silberne Pfundbrülle, sibehundertfüfzgtusig
achthundertnünzähe Franke Vermöge und natürli en Ma des Kaufes
— das heißt nüd, daß du en kauft hebist, sunder en Chausmä.
Und bi dem Ma soll ich guet Wätter mache für Dich mit eme halbe
Franke Provision per Mille — Tante Elise, ich gelobe dir, dieser
Gebhart Christof Läbrächt wird dir gesotten oder gebraten franko
in's Haus geliefert werden innert einem Monat a dato.

Setti (gedankenvoll).

Wilhelm, min Zuekünftige ist eine von geachtiste und biliebtiste
Schriftstellere der Gägewart — bitti, la mi usrede — der Gäge=
wart. Er ist Verfasser von zahlryche Schau=, Lust= und Truur=
spile, won uf be giachtiste Bühne schöni Erfolg errunge händ — i
ha b' Rezensione verehrt übercho von em und cha der s' zeige.

Wilhelm.

D' Werk au?

Setti.

D' Werk chan i der au zeige. — Ferner hät er e Reihe birüemti
Roman gschribe, won in alle Leihbibliothefe lideschaftli verschlunge
werded.

Wilhelm.

Und vom Verleger au lideschaftli honoriert werded?

Setti.

De Läbrächt chlagt echli, i der letste Zit heb b' Lideschaft vom
Honoriere echli abgnah, d' Verleger sangid a chnorze.

Wilhelm.

Nanu, das tüend s' scho lang.

Die Leidenschaft flieht,
Die Liebe muß bleiben,

seit be Herr Schiller. — Und was hät er gägewärtig i der Machi?

Setti.

Gägewärtig? — Hm, — aber gäll, de verratist mi nüd?

Wilhelm.

Ich miß Tanteli verrate?

Setti.

Er macht mer min Roman fertig.

Wilhelm.

De Roman vo dim Läbe?

Setti.

Nei, du Tümmi, en weritable, sälbererfundene Roman — ich
ha scho dreiezwänzg Böge fertig gha, do aber bin i untrüli bstächt
und iez hilft er mer wider uf b' Strümpf.

Wilhelm.

Und wo hät miß Tanteli das Wundertier ufggablet?

Setti.

Red ärtiger, Willi. Im Bad unne, z' Ding! — Ach Willi,
han ich drei romantische Wuche verläbt — heischt, wänn i der asieng
verzelle, i chönnt nümme höre! — Was dä Ma für e Fantasy
hät, e blüehedi Sprach, en Gidankerychtum —

Wilhelm.

Und en Schnauz?

Setti.

Ach du prosaische Mänsch! — Aber wänn b's witt wüsse, ja,
er hät en Schnauz und zwar en schönere, aß du.

Wilhelm.

Chunnt er i der Tracht?

Setti.

I was für ere Tracht?

Wilhelm.

Nu, vilicht dachauerisch=malerisch: en lange, schwarze Mantel,
e langi, roti Weste mit senfesibezg silberne Zwanzigerchnöpfe, schwarzi
Läderhose und Brunnestrifle — usem Dänkerhaupt e Hochsig=Gelte,
deren oberi Hälfte wider den Strich gebürstet ist, wien en zornige
Nänel . . . .

Setti.

Mach du schlächti Späß, se lang d' magst — jedesalls gseht er
vil nobler uns aß du. 'S nimmt mi nu Wunder, wie du der
Marget gfalle chast; du gsehst ja uns wien en Wilde.

Wilhelm.

Poh!
> Laßt mich nur in meinem Sattel gelten,
> Bleibt in eurer Hütte, euern Zelten;
> Und ich reite froh in alle Ferne,
> Ueber meiner Mütze nur die Sterne.

Aber Tanteli, ich rate dir jez na mitem letzte Räst vo Wol= meineheit: Nimm lieber de Dokter, as dä tütsch Scribax; — schwizerisches Chernebrod und Berliner Pfannkuchen passen nicht z'samm!

(Aus: „Mir hürated nüd", Akt II, Szene 7.)

Amanda.

Lustspiel in 3 Aufzügen*).

Personen.

Papa.
Amanda, deßen Tochter, vierzehnjährig.
Heinrich, Bedienter, weißes Haar.
Lisette, Stubenmädchen.
Marie, Köchin.
Anton, Gärtner.

Scene: Auf einem Landhause.

Erster Aufzug.

Wohnzimmer mit zwei Türen, links und in der Mitte.

1. Scene.

Lisette (mit Kleidern).

Richtig, d' Amanda schlaft na; hät 's nüd gmerkt, daß de Papä verreist ist, ohni si mitzneh. Wird d' Augen uffpere, wänn si's ghört! — Gschieht eren aber rächt, ist e zue arg uverschants, nase=

---

*) Aus Corrodi's Alemannischem Kindertheater, Verlag von H. R. Sauer= länder in Aarau, zufolge Uebereinkunft mit dem Verleger in's „Schwizer= dütsch" aufgenommen.

wyfes, eigefinnigs Ding, die Amanda. — Und dänn dä Namme!
— Amanda fei latynifch, feit de Dofter, und bibüti uf tütfch: Eini,
wo mä müeß lieb ha. Ja, lieb ha — das ift nüd guet überfetzt;
dänn erftes ifch es falfch und zweites nüd wahr. — Nenei, Amanda
chunnt ufem Franzöfifche und heißt uf tütfch: bitteri Mandle. Bäh,
das byßt uf der Zunge, alltag fo e bitteri Mandle müeße chöje und
— Aber was tuet mä nüd um 's tägli Brot: wänn 's Brot guet
ift, cha mä echli fchlimms Zuegmües zletst au na abeworge.
(Ruf: Lifette!) Ja! — Ach, wie langwylig, iez gaht 's Eländ wider
a! Wänn fi doch nu bis detufe fchlief; fi ift efo herrli brav, wänn
fi fchlaft. (Lifette!) J chume! (Will abgehen.)

2. Scene.
Vorige. Heinrich.

Heinrich.
Preffiert nüd, Lifettli, preffiert gar feis Brösmeli. — Cha warte,
's Jümpferli, cha warte, und wänn 's nüd warte cha, foll 's es lehre.
Nu babblibe, Lifette, nu babblibe, nu rüefe, chrähe, fchreie, gepfe la.

Lifette.
Jä nei, Heiri, das dörf i nüd; Er müffed ja . . .

Heinrich.
Fryli weiß i, und weiß villicht na meh as b' Lifette.

Lifette.
Ja, das will nüd vil heiße, wänn en alte Ma fcho echli meh
weiß, as es Mäitli.

Heinrich.
Ift nüd fo gmeint . . . (Drinnen Schellen und Rufen.) Preffiert nüd,
Lifette.

Lifette.
Nei, gwüß, i mues gah. Was dänked Er au? Das gäb e
Gfchicht, wänn de Herr wider heichunnt!

Heinrich.
Natürli gitt's e Gfchicht.

Lifette.
Und die wott i vermyde. Ihr müffed ja, was für e blindi
Liebi dä Vatter zu dem bittere Mändeli hät.

Heinrich.
Scho wider chunnt 's Wüffe. Ja, das müffed mer Alli. Aber
mir, das heißt b' Chöchin Marie und der Gärtner Anton und mi

Wenikeit, mir müssed sid ere halbe Stund na Öppis meh as eusi guet Lisette.

Lisette.

So? Bitti, was au?

Heinrich.

Da chunnt si just. Fraged si sälber.

5. Scene.

Vorige. Marie (singend).

Lisette.

Die tuet iez lustig! — Was häst au? — Daß de Herr furt ist? De sollist mer welle aparti chüechle?

Marie.

Cha sy, cha sy nüd. (Drinnen Geschrei.) Ja rüef du nu, du Ujöb! Wänn d'wüßtist . . .

Lisette.

Iez weiß die au Öppis! — Aber was wüssed er dänn au? — Säged's iez, i mues gah.

Heinrich.

Pressiert nüd. — Da chunnt der Anton au na.

4. Scene.

Vorige. Anton.

Anton.

I cha's iez nanig begryfe.

Lisette.

Was?

Anton.

Daß de Herr Regierigsrat . . .

Marie.

Ja gälled au.

Heinrich.

Ich au nüd.

Lisette.

Was dänn eigetli au?

Anton.

Gälled, Ihr au nüd?

Heinrich.

Schier nüd.

Marie.

Aber gschyd isch es. Das gitt en Hauptspaß.

Anton.

Allwäg. Dä wämm mer gnüße. Soll si murc hütt!

Heinrich.

Das soll mer Öppis bisele hütt!

Marie.

Die soll mer nense hütt!

Lisette.

Aber um aller Liebi wille, sägeb doch äntli an emal, waas?

(Ruf: Lisette!)

Heinrich.

Das ist grad be richtig Ton, nüb wahr?

Marie.

'S chybt nett.

Anton.

'S gaht nsem FF. — Das wird ursidecl. Das gitt en Hauptspaß!

5. Scene.

Vorige. Amanda

(steckt den ungekämmten Kopf durch die Türe, fährt aber zurück und schlägt
die Türe zu).

Heinrich, Anton und **Marie** lachen.

Lisette.

Jä nei, das ist iez z'bick! Er sollid mer z'vil z'nünelet ha (will hinein).

Amanda (brinnen).

I säg es dem Vapä, ich. Alli müend furt!

Heinrich, Anton, Marie (zugleich).

Ei seit's dem Vapä! Alli müend furt! Hahahaha!

Marie.

Mä sött's dem Chind säge, was is de Vapä uustreit hät.

Heinrich.

Ja iez ä na! Da wär de Gspaß uus. — Nei, aber b' Lisette mues es persee an wüsse. — Loseb. Das Ding ist nämbli so: (ihr in's Ohr.)

Lifette.

Ja na gar? — Was?! — Nüd mügli! Nei! — Das hät er gfeit?

Alle.

Das hät er gfeit.

Lifette.

Das ift ja en Änderig vorem Tod?

Marie.

Ja, aber es müend Alli zämmehalte, fuft gitt's ken Gfpaß.

Lifette.

Allwäg fcho, perfee, nu fe gern ich! (Drinnen Poltern und Weinen.) Mira zänn du iez! (Alle ab.)

6. Scene.

Amanda

(im Schlafrock, mit aufgelöstem Haar).

Das ift doch zue uverfchamt! Lifette! — Wo fteckt fi au? Si ift doch da gfy. (Am Fenfter). Det find f', alli Vieri fpaziered im Garten und finged. Wart, ich will der's Singe vertrybe. Lifette!! J fäge's iez zum letftemal; wänn d'iez nüd chunnft, fäg i's dem Bapä.

7. Scene.

Amanda. Lifette (draußen).

Lifette.

So, du feifch es dem Bapä? Was witt em au fäge?

Amanda.

Daß es uverfchant ift, mich fo lang rüefe z'la.

Lifette.

Äba, würfli? Bitti gang und tätfch!

Amanda.

Ja wart nu! (ab.)

Lachen draußen und fingen:

„Von ferne fei herzlich gegrüßet,
Du ftilles Gelände am See!" 2c.

8. Scene.

Paufe. Dann **Amanda** rafch herein.

Er ift niene, de Bapä! — Im Schlafrock chan i nüd uusgah. Und mi elei alegge und fträhle chan i au nüd. — Was händ au die Lüt? Händ f' e Verfchwörig gäge mich? — J will emal der Marie rüefe (ruft): Marie! — Marie! — Si chunnt.

Wafeli?

Marie (braußen).

Amanda.

Chumm ufe und legg mi a und strähl mi. Mit der Lifette wott
i nüt meh z'tue ha.

Marie.

Ich ufecho, dich wäsche, strählen und alegge? Jez los mer
emal da zue! Hät mä scho eso öppis ghört? Ich? Dich?

Amanda.

Chumm ufe, säg i iez!

Marie.

Das heißt, nu wän i mag. J mag aber neime nüd rächt, ich
blybe lieber im Garte, 's ist au gar eso herrli Wätter hütt.

Amanda.

J säge's weiß Gott dem Bapä!

Marie.

Haha, da muest lut rüefe!

Amanda.

Wo ist er dänn?

Marie.

Furt.

Amanda.

Wohy?

Marie.

Stadt.

Amanda (für sich).

J d' Stadt? Und hät mich nüd mitgnah? Das ist iez aber
unartig vum Bapä. Er hät's ganz guet gwüßt, daß i scho lang
emal i d'Stadt gluft' ha, und iez gaht er elei und lat mi bi denen
uverschaute Lüte! — Das ist nüd rächt! — J mues doch wider
der Lifette rüefe. Lifette! Jez rüef i zum allerletste Mal. — Si
gitt kei Bscheid. Wart i will der! Eu will i schön verchlagen i,
nu! — Aber ebe verchlage . . . Wer i nu gester z'Abig nüd so
leid gsy gägen Bapä — iez hät's mi. — Na nu ja, er ist iez au
furt ohni mich; das hett villicht sollen e Straf sy? Wänd luegen,
ob's eini wird. — Tumms Volch, mit dir will i bald fertig werde!
Z'Leid legg i mi iez sälber a und machen Alles sälber! — Si werded
dänn scho Angst übercho, wänn s' gfehnd, daß ich Alles mache mues.
Soll mer Öpper Öppis arüere! Soll Öpper Öppis vu mer welle!
Soll mi Öpper Öppis choge frage! — Tummi Chabischöpf ihr!
Soll nu eine cho!

9. Scene.
Vorige. Heinrich.
Heinrich.

Tag gäbi Gott, Jümpferli! — D'Lisette schickt mi, i soll der
zöpfle.

Amanda.

Zöpfle? Verbitt mer alli Uverschantheite. Gönd Ihr, won Er
hercho sind!

Heinrich.

So? Säb ist allerdings 's Ringst. Dänn gahn i ehner wider.
— D'Jumpfer Alt=Regierigsrätin bruucht also nüt?

Amanda.

Han i's nüd gseit? Gar nüt. Gönd nu.

Heinrich (lacht).

'S schynt eim, 's sei hütt Öpper mitem lätze Bei vora zum Bett
uus. Pfell mi höfli (ab).

Amanda.

Gaht Eu nüt a.

10. Scene.
Amanda
(fängt an die Haare zu flechten; es gelingt ihr nicht).

Ja nu, eigetli bruucht's gar eken Zopf. J der Stadt inne lönd
d'Chind iez au un Alles fladere. Echli duregstrählet und dänn isch'
gnueg. Au! Wie das zehrt! — (Vor dem Spiegel): So, vollkomme
gnueg. Ganz herzig eso. Und wänn de Wind gaht, gar genial,
wänn's eso flügt. — Das gfallt iez dänn dem Herr Dokter; er seit
just alliwil, i gsäch eso genial uus, bsunders um's Mul unne. Und
iez erst rächt. — Und wägem Wäschen isch es au glych, wänn i
scho emal nüd gwäsche bi; das ghört au zur Genialität. Es hät
glaub i e geniali Schriftstelleri oder Dichteri ggä, die hät si ihrer
Läbtig nie gwäsche; daher chunnt d'Jsabellefarb, ja richtig, eso gä=
lacht. — Eso öppis Orientalisches, Jtalienisches mit den uufglöste
Haare (kokettirt mit dem Spiegelbilde). Wer chunnt iez wider?

11. Scene.
Vorige. Anton.
Anton.

Guete Tag, Amanda. Guet gschlafe? Freut mi.

Amanda.

Gaht Eu gar nüt a, wien ich gschlafe ha; cha schlafe wien i will.

Anton.

Understützt; ganz richtig. Wie de Mänsch schlafe soll, dafür chan er si allerdings keini Vorschrifte gä la; das mues Jede fälber bisorge.

Amanda.

Danke für die Wysheit. Bsorged nu alles Anber an fälber und gönd Euer Wege.

Anton.

He bbacht!

Amanda.

Ja das weiß mä, daß Er en Tachte sind.

Anton (lachend).

En Tachte? — Wänd emal luege, wer schneller abebränni, bä Tachte ober di Gidulb, Grasmugg! (Ab.)

12. Scene.

Amanda.

Grasmugg seit er mer. Chunnt immer besser! — Nu, vor= nähmi Persone achteb Derigs nüd, was 's gmein Volch schwätzt. Euserein staht vil eebig z'höch für Afigs. (Oeffnet ein Flacon): E bitzeli mit Obeggolonniewasser b' Auge gwäsche, gaht für Brunnewasser. Ist au vil nobler. So. Hütt wämm mer 's iez emal nobel gä i Allem. Weli Zit isch es? Halbi Zächni. Na früe. Jez wott i emal hütt bänke, ich seig e verwunscheni Prinzässin i me gfangene Schloß — nei umkehrt. Ja gwüß, eso Öppis! Das wird luftig! — Bitti, wänn trinkeb iez au die gfangene Prinzässinne b' Schogge= lade? — Ich glaube, so um die Elfi unne. Ja, um die Elfi unne, 's staht neime. Und sitzeb dänn grab drüberaben a b' Tafele, so gaht Alles grab hinderenand. — Will 's au eso mache. Am Elfi. — Ober nei, eigetli boch ehner iez, 's ist mer afe blöd; i cha dänn nu befür früener äffe und b' Lüt echli umespränge. Marie! — Ach, das ist halt boch 's Herrlichst, b' Lüt eso z'spränge, eso herrsche chönne; Sälbstherrscher gheißt be russisch Kaiser. Jez bin ich e ver= wunscheni gfangeni russische Sälbstherrscherin — ich will i's zeige. Marie!!

15. Scene.

Amanda. Marie.

Marie.

Was sött's gä wider?

Amanda.

'S ist es Wunder, daß Er chömmed.

Marie.

Ja, 's ist wahr, 's nimmt mi au sälber Wunder. Was wer gsellig?

Amanda.

Tummi Frag, mi Schoggelade.

Marie.

Was witt? Schoggelade?

Amanda.

J der Müli seit mä's zweimal.

Marie.

Sind i kener Müli, also gaht mä's erst Mal. (Will ab.)

Amanda.

Nei, das gaht iez dänn doch über's Bohnelied. Si ist im Stand und lat mi ohni de z'Morge. — J säge's namal . . . .

Marie.

Waseli?

Amanda.

Wil Er doch eso nüd guet ghöred.

Marie.

Ja ebe leider. Ha's allimal eso, wänn's ander Wätter gitt. Er sei schüli abe, de Baneter, seit der Anton. 'S chönn Sturm gä hütt.

Amanda.

Nei, säged rächt, chann i hütt nüd uusfahre?

Marie.

Gaht mich nüt a, bi nüd de Gutscher. — Nu, weibli iez, fürsi, was isch? Ha kei Zit. Use, was witt?

Amanda.

Kei Zit? los mer iez da. — Was händ Er dänn z'tue?

Marie.

Dummi Gans, chochе!

Amanda.

Die Gans säg i dem Bapä.

Marie.

Aber gwüß nüd ungrupft.

Amanda.

Mi Schoggelade wott i.

Marie.

Mi Schoggelade wott i! Ach du liebi Zit! Hät män au
scho so öppis Tumms ghört: am Zächni well en Mänsch Schogge=
lade! 'S ist eifach schüli.

Amanda.

Nu ja, was isch dänn mit? Gester han i si am Nüni trunke.

Marie.

Und ich hütt am halbi Sibni.

Was?

Amanda.

Marie.

He, dis Schoggelädli.

Amanda.

Du?

Marie.

Ämmel nüd du.

Amanda.

Jez lueg män emal die Frächheit!

Marie.

Jez lueg män emal die Frächheit! — So, die schön Gottes=
gab im Bratöseli brötle la, daß es en Rumme gitt, se dick wien en
Chuchischurz, bis es so ene tumme Murmeltierli äntli pfallt, die
verbappeten Auge unfzrpße und de Ziger ufe z'chlübe — ja wolle,
ja wolle! — Nei, chlynen Ängel, gester häst du zum letstemal am
Nüni gschoggelädlet.

Amanda (außer sich.)

Wänn d' mer iez nüd i dem Momänt . . . .

Marie.

Wänn d' mer iez nüd i dem Momänt . . .

Amanda.

Mis z'Morge bringst . . .

Marie.

Mis z'Morge bringst?

Amanda.

So . . .

Marie.

So?

Amanda.

So . . . fo chratz i der b' Auge uus!

Marie.

Also wänn ich dir iez nüd a der Stell de z'Morge bringe, fe chratz i der b' Auge uus! Wä chönnt ja ehner!

(Geht auf Amanda los; diese flüchtet. Marie lachend ab.)

14. Scene.

Amanda (wild umherstrebend).

Das ist zue etfetzli! Was ist au das? So es Binäh hät fi iez dänn doch na ken Mänsch gäge mich erlaubt. Es wird mer esange ganz gfürchig! — Wänn i nu gwäschen und gstrählet und aggleit wer, fo gieng i i's Dorf, i's Pfarhuus für de ganz Tag. Ach die tumme Pfareröschind hettib's ja gwüß scho lang vergässe, daß ene alli ihri Pfärfi ewäggäffe ha. Si find nüd efo. — Ja, ich gahne grad däwäg. (Holt einen Strohhut.) Si müem mer en z'Morge gä im Pfarhuus.

15. Scene.

Vorige. Lifette.

Lifette.

Jä nei aber iez! Wo wott au 's Amändeli ane? Witt go böögge?

Amanda.

Das will ich dir dänn erzelle, wänn de Bapä wider da ist. De wirfch es dänn scho ghöre, wo d'ane muest. Furt muest!

Lifette (deklamirt).

Fort mußt du, deine Uhr ist abgelaufen — und der Uhreschlüffel verlore. 'S ist au leid. — Aber nei iez im Ernst, Chind, bift nanig gwäfche? — Marie!

16. Scene.

Vorige. Marie.

Marie.

Waseli?

Lisette.

Bis se guet und hol mer au frisches Wasser. Oder de Heiri cha go hole.

Marie.

Zu was?

Lisette.

I ha neime hüttie eso Durst. — Häst du nüd au eso Durst, Amanda? — Chochist is öppis Guets z'Imbis, Marie?

Marie.

Allwäg, herrli! Äxtra für eusers Chind, wil's kei Schoggelade hät möge. Erstes: e Chräbssuppe. Zweites: Forälle. Drittes: Filet mit Buewärlene und neue Bisquitherdöpfelene. Viertes: e bbaches Hirni mit Antisisalat, und zum Dessär en Amelette mit Consitüre. — Das chöned er erwarte. Aber i mues mache, daß i fertig wirde bis am halbi Zwölfi, damit mer na zur rächte Zit uf's Dampfschiff chömed. — Es well nüd mit, seit's, stell der das vor, Lisette! Well nüd mit!

Lisette.

Ja na gar? Nüd mit es? — Also müend ich und du und de Heiri und der Anton elei gah?

Marie.

'S schynt. 'S ist schüli. — Nimmt mi Wunder, was de Herr seit, wänn er heichunnt.

Amanda.

Jez säg i's zum letstemal, furt! Alli mitenand! Er sind etla! Packed i!

Marie und Lisette lachen.

Mer sind etla!

17. Scene.

Vorige. Anton.

Anton.

Hoho, da chydt's lustig, was händ au die Frauezimmer?

Marie.

Mer sind etla!

Anton.

Was sind er?

Lisette.

Etla seigid mer. Packe söllid mer is.

Anton.

Jhr?

Marie.

Jhr au.

18. Scene.

Vorige. Heinrich.

Marie.

Packed J, Heiri, packed J!

Lisette.

Furt müesid Er, verstönd Er's nüd?

Anton.

Etla seigid Er, begryffed Er's nüd?

Marie.

Striche söllid Er J, merfed Er's nüd?

Heinrich.

Wer seit das?

Anton. Marie. Lisette.
(Mit tiefer Verbeugung gegen Amanda.)

Die Prinzessin Amanda.

Marie (weint).

Huhu, mis arm Filet, mini Buewärli, und die armen arme Forälle — bitti, Amanda choch's au du fertig, 's wer eebig Schad befür, wänn b' Sach umchäm! — Sen abie iez, läbed Si rächt wol und verziend Si mer dedvoch au, wänn Si mi öppe beleidiget händ. (Ab.) Chömed er au grad?

Anton.

Mä wird ehner müese. Pfellmi höfli. (Ab.)

Lisette.

Adie. (Ab.)

19. Scene.

Amanda. Heinrich.

Heinrich.

Was soll's au da gä, wänn's unsgmacht ist?

Amanda (geht schweigend umher).

Heinrich.

Wänn's en Gspaß sott vorstelle, schynt er mer echli wohl wit
tribe.

Amanda.

Ihr häm mir nüt z'bisele.

Heinrich.

Wänn ich b'Amanda wer, müßt' ich, was ich tet.

Amanda.

I weiß scho, was i z'tue ha.

Heinrich (sehr ernst).

Ich gieng echli uf miner Mueter Grab und wur über Einiges
nachedänke. Villicht chunnt dänn e lysi Stimm usem Bode ...

Amanda.

Ich bruuchen eke Bredig! — Wänn Ihr niib gönd, gahn ich.

Vorhang fällt.

Zweiter Aufzug.

Platz vor dem Hause. Haustür, Fenster und Gartenbank davor.

I. Scene.

Amanda
(in höchst vernachläßigtem Anzug, wankend, weinend, sinkt erschöpft auf die Bank).

Nei, lenger halt i's nümmen uus, i bi tod, i stirbe, i bi chrank!
Das ist zue unghür, wie si mer's macheb! — Verhungere nues i
ja! — Alli Schlüssel händ s' abgnah an alle Chäste, Kumode,
Türe, sogar a der Huustür schülicherwys! — Zum Fäister uus hau
i müese und über be Hag — b'Gartetür au zue — ha müesen übere-
chräsme, und won i i's Dörsli chume, ist grad b' Schuel uus und

do find j' hinder mer brygloffen und häm mi nuszänslet und häm mer
Rämmen aghänkt und Sache gseit. — Und i's Pfarhuus han i mi
nüd trout — (es schlägt) und iez schlaht's Zwei und i ha na nüt
z'Morgen und nüt z'Nüni und nüt z'Imbis gha as es Möckli
Schoggelade, zwee urßi Zwergbäumltöpfel und echli Zanterhans-
trübli — und iez zum Dessär soll i na Das abyße (holt eine gelbe
Rübe aus der Tasche und beißt sie an), äh! — Das gitt e Gschicht,
wänn de Bapä heichunnt und Alles ist furt. — Wer wird aber au
grad folgen und laufe ab eme Chind? Ha's ja gar nüd ase gmeint.
— Sie tüend dänn au grad eso. — Si sind nu mir z'Leid furt.
— Ist eigetli würkli Niemer da? (Umhergehend): Heinrich! — Hei-
ri!! — Nüt. — Wänn ämel au Dä da wär, das ist na der Arti-
gist. — Der Anton ist au niene... Anton! — Kei Bscheid. — Der
Lisette rüef i nüd, über Die bin i furchtbar höß; Die hät gar nüd
dörfe furt, Die ist ja mu wäge mir da.. Der Marie rüef i na.
Marie! — Marie!! — Alles still. — — (Zornig.) Lisi!!! — Ja
natürli. — Bi halt eifach elei. Ungstrählet, nüd gwäsche, d'Häftli
lätz inn, hungerig, durstig, und a's Bapäs Heicho mag i gar nüd
dänke... ach dja mä dänn nüd echli sterbe, bis alles überstanden
ist? (Sinkt auf die Bank und verhüllt weinend das Gesicht.)

2. Scene.

Amanda. Eine alte Frau

(mit großem Hut und Halstuch, einer Tasche und runder Schachtel, Schirm ꝛc.)

Alte.

Hihihi, da hä mer ja eusers Töchterli! Ha scho gmeint, es
sei gar niemer diheim. Gueten Abig, gueten Abig! — Herrjeger,
was ist au das, du brieggist ja, glaub?

Amanda (fährt erschrocken auf).

Jeß, en alts Wyb! — Heinrich! — Lisette! — Um Gottes
wille was wänd Er?

Alte.

Hihihihi! han i di verschreckt, Chindli? han i di verschreckt? —
Bhüetis, bhüetis, mä mues nüd grad verschrecke. Kännst mi nümme?
Gwüß nüd? — Eh, so lueg mi nu au rächt a! — Ich bi ja di
Tante Schülie vu Eglisau?... Ja, ja, es ist echli lang, sid i 's
letstmal da gsy bi... wart iez emal... ja ja, es möged eso sini
dryßg Jährli sy sider; do bist du na e ganz chlyses Putschindeli

gfy. — Jeger Gott, bift du gwachfe, Chind, lueg mer au! (Setzt fich.) Blyb au, blyb au, Chindli, wo witt au ane? — Wo ift din Bapä, min liebe Herr Better? — Und die guet lieb Mamä? O die händ gwüß en erfchröckelichi Freud, wänn fi mich wider emal gfehnd. Händ alliwil erftunbli vil uf mer gha, alli Beebi — Chunun, Schatzeli, zeig mer de Wäg; i plangen unghür, bis i f' ambraffiere cha, die guete Lütli! — Gäll, Kleopatra heißift, nüd wahr? — Ach, du netts Kleopäterli du, chumm a miß treu alt Tanteliherz! bitti, chumm! — Jez lauft das Schüüchbündeli furt!

        Amanda (läuft ab; altes Weib nach).

5. Scene.

Alte (zurück).

Jez lauft das Närli furt. Ift würkli Niemer umtwäg? — Alles ftille. — Ift iez au leid. — Da mueß mä zletft uf echli en un=gwonnti Art inefpaziere, wä män alti Verwandti bfueche will (ftellt die Sachen ab und fteigt über die Bank zum Fenfter hinein). Hihihi, echli müefälig! (Ab.)

4. Scene.

Amanda.

Um's Himmels wille, wo ift au das alt Wyb ane? — Da ftönd na ihri Sache. — Was, das föll e Tante fy? E Tante Schü=lie? Schüli ifchi, das ift wahr. — Und die heb mich vor dryßg Jahren as e chlyfes Chindli gfeh? Und bin erft vierzähni. Die müem mer kurios rächne chönne z'Eglifau unne. — Oder wol doch, d'Mamä hät nemen emal öppis gfeit vum ere gfpäffigen alte Frä Bas — villicht ifch es die. Aber wo ftäckt fi dänn iez? — He, Jhr! — Bäfi! — Bäfigotte! foginannti Tante oder was Er find! — Villicht ifchi int Garte. Nei. — Doch nüd öppen im Huus; da müeßt fie ja da zum Füfter yggftige jn . . . das gitt e Gfchicht, wänn de Bapä heichumnt und findt ken Huusfchlüffel. 'S wird mer nümme beffer! (Setzt fich auf die Bank und denkt.)

5. Scene.

Vorige. Alte (am Fenfter, fchnupft).

Alte.

Ätfchi!! —

Herrjefes!

Amanda.

Alte.

Aet—schi! Ist das e kurioses Landguet! Sind ihr dänn alli tod, und nu du läbst na eleinig, Brigitli? — Brigitli heißist, gäll? — Aber es chunnt mer neime vor, as ghörtist du doch nüd eso rächt zu dem Huus! Ghörst du dem Gärtner? Es ist ja allethalbe griglet, all Schlüssel ab! — Mä cha ja gar niene zu mim liebe Herr Vetter und zu miner tüürgschetzte Frä Bas! Bitti, Kätterli, säg, was ist au das? — Eh, was tuest au eso gfürchig? Am Änd isch es doch eso, wien i säge (setzt eine große Brille auf), am Änd bist du gar nüd mis Bäsli? — Ja ja ja, am Änd aller Ände ghörst du zun ere Seiltänzerbande oder zun ere Gschirfuer, oder zu Cheßler= volch, die chömed eso verhatschet dethar — — am Änd aller Ände söllist mer na gar ha welle zu dem Fäister i 's Huus inen und d' Türen erbrächen und näusen und stäle? Aha aha, gsehnd er gsehnd er, da bin i also grad na zur rächte Zit cho. Ja wolle, ja wolle! Wart Chindli, mer wettid di doch ehner echli i 's Hüenerhüüsli spere, bis de Herr Vetter heichunnt. Wart i chumme! (Steigt auf das Fenster.)

Amanda (schreiend ab).

6. Scene.

Vorige. Ein Herr und eine Dame in Reisekleidern.

Herr (hält Amanda auf).

Hoho, hoho, numme nüd gsprängt! Wo witt hi, Mäiteli?

Dame.

Fürchtist di vor Oppisem?

Amanda (nachdem sie die Beiden geprüft).

Wänd Sy zu eus?

Herr.

Ja wol, wänn's erlaubt ist. — Du bist d'Amanda, nüd?

Dame.

Eusers Bäsli zu dritte Chinde?

Amanda.

Wer sind Sy dänn?

Herr.

Ja ebe, mer müend zerst mitenand bikannt werde. — I ha nämli 's unbischrybli Vergnüege, der Jumpfer Bas Amanda mis nübbache Fraueli vorzstelle, Names Sophie Rollebutz vu Mellinge.

Kantons Aargau. Ich sälber ha 's Vergnüege, Chäppi Bölsterli bi=
namiet z'sy, vu Thorlike, säßhaft z'Winterthur, und mir beidi zämme
sind se frei und macheb grad iez echli b' Hochsigreis, und wil mer
eso näch da verbyreiseb, se hä mer bdänkt, es wär uschickli, wä mer
nüd bim Ungglen und bi der Tante gschwind verbichännid. Si sind
doch hoffetli diheim?

Amanda.

Nei, es tuet mer leid, de Bapä ist hütt verreist und b' Mamä....

Alte (die am Fenster strickt).

Es ist emal e Mueter gsy und die hät es Chind gha, und das
Chind ist alliwil schüli unartig gsy gäg der Mamä und das hät
die Mamä schüli bbeländet. Und do ischi chrank worden und gstorbe
und do ist b' Gschicht uusgsy. Nu, defür bin ich iez da, wänn
Opper Oppis wott. Aber nu nüd vil welle, ha sälber nüt. —
Gueten Abig, gueten Abig!

Herr.

Ist das b' Huushelteri?

Amanda.

Ach nei, si ist grad vorig cho und seit, si seig e Tante vu Egli=
sau. Ich glaube 's aber nüd. Bitti, hälsed Si mer au, si ist eso
gipässig, eso gfürchig.

Herr.

En alti Tante vu Eglisau? Aber doch hoffetli nüd öppe die
alt Tante Schülie?

Alte.

He natürli ist mä b' Tante Schülie, scho lang, scho sibezg Jahr,
vier Mönnet und nünezwänzg Täg! — Ist doch guet, daß ein änni
emal Opper kännt. — Aber bitti, chömed au echli nöcher, i gsehne
nümme guet.... So. — Soso, aha. Ihr sind also au Verwandti?
Es ist doch öppis Herrlis um e rächt großi Verwandtschaft, gälled
Si? Mä chann eso herrli an eso vili Ort ane: zu dem Vetter
acht Tag, zur säbe Bäsi vierzähe, zu dem Stüsgschwüstertichind uf
es Käseli mit Gugelhupf — zum säbe.... aber bitti, säged Si,
türi Averwandti, händ er iez au nüt z'ässe byn i?

Herr.

Nei wäger nüd, Frä Bas....

Alte.

Jumpfer Bas, Herr Vetter, Jumpfer Bas, wänn i bitte darf!

Herr.

Jäſo, ja natürli, Jumpfer Bas, ärgüſi. — Nei gwüß, mer hänb nütmeh gha ſidem Kaſi, as i der Niebahn es Güggeli z'Nüni, und das macht eim nu na blöder, gäll Sophie?

Dame.

Allwäg, ſchüli; es hät aber au faſt luter Bei dra gha.

Alte.

Jä gſehnb er, Chinde, ſo gaht 's mir eben au. Gränzelos bummi Wirtſchaft i dem Huus, lueged. — Suſt lat mä uf eme Land= guet doch wenigſtes au en Gärtner diheim, wä ma verreist, damit au en Wächter da iſt; aber lueged, Herr Vetter Bölſterli und Frä Bas Bölſterli, nee Rollebutz — vu Mellige ſeigib Si, ſäged Si, gälled Si? — So ſo, ebe. Ja was i wott ſäge, ſtelled i vor, wie iſch es mir ggange! Chumen a, luegen ume, alles ſtill, alles leer, alles uusgſtorbe.... gahne um 's ganz Huus ume, höcklet das Chröttli da uſem Bank und verſchrickt ab mer und tuet eſo verdächtig, eſo verdächtig ſäg i eu!.... Ja ja, i ha mini Gründ, das Hätſchli ghöri anere Zigünerbande und nüd eme Herre Alt= Regierigsrat. Hebed 's au echli, ihr Lüt, es iſt biſtimmt beſſer, mer ſperib 's echli i 's Hüenerhüüsli, bis Öpper heichunnt.

Herr und Dame betrachten Amanda von allen Seiten.

Dame.

Echli verdächtig ſchynt mer das Perſönli würkli au. Eſo frächi Auge, gäll?

Herr.

Trotzigs Gſicht, verhatſcheten Azug, ungwäſchni Händ. Ja, ja, es wird 's Beſt ſy, mer verſorged das Härzli. — Liebi Tante Schülie, ſind Si ſe guet und tüend d' Huustür uuf.

Alte.

Huustür uuf? Ja wänn i en Huusſchlüſſel hett.

Herr.

Was, ken Schlüſſel? Wie ſind Si dänn inecho?

Alte.

Da.

Dame.

Zum Fäiſter y?!

Alte.

Ja, 's ist schüli gnueg, wänn sibezg Jahr, vier Mönnet und
nünezwänzg Täg mit enand zu eim Fäister nstige müend. Hos sust
eso im e Bei und iez han i mer bi ter Glägeheit na de groß lingg
Zehe unsgränkt, er hanget nu na a me Fäbeli — luegeb nu.

Herr.

Nu, wänn 's nu a Schlüßle fehlt, derig han i gnueg by mer
(zieht einen Schlüsselbund hervor). Uf der Reis han ich alliwil alli mini
Schlüssel by mer; es ist besser. — Wänd emal luege. Dä gaht
nüd — dä ist z'churz — dä z'lang, dä z'dick — dä z'bünn — vilicht
chönnt dä passe. Gsehst da hä mer e. Chumm Sophie.

Alte.

Hihihi, Ihr sind en gschickte Herr Vetter, hettid en guete Schölm
ggä! — Lö mer nu 's Chlesseli nüd mit ine — 's Chlesseli isch mer
verdächtig.

Herr.

Ja, ja, mir au. (Ab mit Frau, schließt von innen.)

Alte.

Und 's Fäister wä mer au zuetue, i ha mi scho verchelt' — au,
das fürchterli Gsücht! — Gang i's Hüenerhüüsli, Salemec, gang
i's Hüenerhüüsli — 's chunnt cho rägne. (Schließt.)

7. Scene.

Amanda.

Um 's Himmelswille! Das sind gwüß und wahrhaftig Schöl=
men und Diebe. — Wie 's mir Angst ist! Das sind bistimmt
sälber Seiltänzerlüt und Zigüner, bsunders die Alt! — Um aller
Liebi wille, wänn nu au de Bapä chäm und de Heiri und der An=
ton. Die hettid bald uufgrumt. Die Schlüssel sind Dietrich gsy;
mit dene cha dä Mänsch all Chästen und Trucken uufmache....
iez wird Alles gstole! Ich hole d' Polizei! — Und doch trou i mer
nüd — ach was mues i au asöh? Gahn i furt, se zünded s' mer
's Huus a; blyb i da, se spered s' mi y — es ist zue etsehli! —
O dä Tag! Wänn i dä Tag überläbe, will i dem liebe Gott danken
und mi bessere. — Jez gsehn i erst, daß i mer i nütem sälber hälfe
cha. Renn i i's Dorf und rüefen um Hülf, se lached s' mi uus
und.... Jesses, det chunnt wider Eine! En alte Herr. — Dä gseht
nüd se gar verdächtig uus. — Aber wott dänn eigetli hütt die ganz
Wält zuen is? — Ist ächt das wider en Verwandte?

8. Scene.

Amanda. Alter Herr.

Alter Herr (sehr freundlich gutmütig).

Ah, Tag, Tag! Papa diheim? — Mir sind doch b' Amanda, nüd? Lueg lueg, das ist ja herzig. Grüeß di Gott, Mäiteli, wie gaht 's und wie staht 's byn i? Ist Alles gsund und wohluf? Was macht de Bapä? Hät er eben immer vil z'tue, sid er nümmen i der Regierig ist? — Nu, Chindli, warum tuest eso schüüch? Kännst mi dänn nümme? Din Unggle Chlöti vu Chlote? Jä ebe, es ist halt afe lang, sid i 's letstmal da gsy bi.

Amanda.

Nei, i känne Sy nüd; i weiß au nüt devu, daß i en Unggle z'Chlote ha; aber Sy schyned mer — eso — ja, eso nobler. O bitti, hälfed Sy mer gäge die Andere.

Alter Herr.

Die Andere? Was für Ander?

Amanda.

Dinne! Drei Mänsche. Si wä mi töden und i's Hüenerhuus speere.

Alter Herr.

Wer wer?

Amanda.

Drei Schölme, zwei Wyber und en Ma.

Alter Herr.

Wärid also sächs im Ganze? — Da, im Huus?

Amanda.

Ja. Si sind zum Fäister und zur Türen y und hä mi use-bschlosse und gseit, i seig es Zigünerchind; und das ist nüd wahr, i bin es Regierigsratsherrechind und ghöre da i's Huus und das Huus ghört mim Bapä — Jetz, si chömed!

Alter Herr.

Bhüetis bhüetis, fürch di nu nüd; die wä mer iez zerst emal echli gschaue. Heb mi nu am Frack.

Amanda (tut's).

119

·

9. Scene.

Vorige. (Die Haustür wird geöffnet.)

Junger Herr (mit Flaschenkorb); junge Dame
(mit Tellern und Schüsseln).

Junge Dame.

Ach, du liebi Zü, lueg iez da, der Unggle Chlöti! Gott grüeß
di, Gott grüeß di, liebe, lieben Unggle, wo chunnst au du her?
Mer händ di ja au welle bsueche! Mer sind uf der Hochsigreis —
lueg, das ist min liebe Ma! (Stellt die Sachen auf den Gartentisch.)

Junger Herr.

Ha d' Ehr, mi z'rekumidiere, Chasper Bölsterli vu Thorlike,
Huus i Teiggwaaren und Bränz. Wänn Si Öppis bruuchid —
Firma J. C. Bölsterli und Kumpeny, Winterthur. D' Kumpeny
ist mi Frau.

Alter Herr.

So so? E netti Kumpeny! Ganz scharmant, freut mi usnäm-
med, freut mi würkli, eso gar agnähmi Gselljchaft bi mim Schwa-
ger z'träffe.

Junge Dame.

Er ist ebe leider nüd diheim hütt und iez füered mir em d'
Hushaltig echli. Wen bringed Er is da mit, Herr Unggle?

Alter Herr.

He, Si gipassed, Frä Bas; oder känned Si 's Chind vum
Huus nanig?

Junge Dame.

Nei, ha nanig 's Vergnüege gha. — So so? Das sei 's Chind
vum Huus? Freut mi usnämmed, Gusine!....

Amanda wendet sich ab; leise zum alten Herrn:
Gsehnd Si iez, bistimmt sind 's Schölme!

Alter Herr.

Meinst?

10. Scene.

Vorige. Alte Frau.

Alte
(öffnet das Fenster und streckt eine dreibeinige Kaffeekanne heraus).

Hihi, hihihihihi, wänn ich nu mis Käfeli ha! Nimm mer 's
ab, Sophie!

Alter Herr.

Jä potz tusig, wen gsehn ich au da? — D' Bäsi Schülie vu Eglisau? — Sind Er eben an wider emal echli uf der Verwandtegschäu? Gott grüezi, Gott grüezi! (Spricht mit ihr am Fenster.)

Amanda (hinter ihm, für sich):

Es ist au nüt mit dem alte Herr. Er ist wie die Andere.

Alte.

Was, ist das Hätschli na da? — Chumm du nu fürre, Zigünerli! Da ane, gschwind! Witt oder wottst nüd? I wirde di müese sälber hole. Wart i chume!

Junger Herr

(entkorkt eine Flasche und schenkt ein).

Wänn 's gfellig wer, Herr Unggle, es Schlückli Rhynauer, Regierigswy.

Alter Herr.

(Setzen sich; Amanda gegen den Vordergrund.)

Nächt gern. Ganz passeds Gitränk für en alte Regierigsrat, Regierigswy. Ist alliwil guet, wänn b' Regierig en guete Chäller hät. Zur Gsundheit, Sophie. Ihres Wahlsy, Herr Billeter.

Junger Herr.

Bölsterli, Huus Bölsterli, Teiggwaare....

Alter Herr.

Jäso richtig, und Kumpenybränz?·

Junger Herr.

Eben asen Öppis.

Junge Dame.

Jä hest, Chäppi, du tännst der Unggle Chlöti nanig. Mei bä cha lustig sy!

11. Scene.

Vorige. Alte Frau
(mit einem großen Brot und einem Kopstissen).

Alte.

Dä Vetter Altregierigsrat söll mer am Verlumpe zue sy, daß er nüd emal meh en eländs Mäitli vermag, won ein bidiene cha. Fürsi bet, chlyni Häx, rod di echli, mach di nützli, nimm mer die Sachen ab — ja wolle, ja wolle — wer nicht arbeitet, der soll auch nicht ässe. — Junge Vetter, sind se guet und bringed mer das Gschöpfli emal dazue.

121

Junger Herr.

Fryli. — Chumm, Zigünerbäsli, hilf echli. Witt nüd?

Junge Dame.

Ach, lönd 's doch; es wott lieber i's Hüenerhüüsli, statt Bra-
ten und Wy.

Alter Herr.

Nenei, das Chind söll zuen is sitzen und mithalten und is ver-
nünftig verzelle. Chumm, sitz zu mir. Häst Durst? Nüd? — Hunger?
Au nüd. — Se sitz fust echli ane, chumm.

Junge Dame.

'S wott nüd.

Junger Herr.

Se lönd 's stah.

Alter Herr.

Wie gaht 's dim Bapä alliwil fust efo?

Amanda (trotzig).

Gaht niemer nüt a.

Alte.

Iez losed mer emal dazue, ist das e frächs Chind! — Kuni-
gunde, nimm di in Acht oder de muest i's Hüenerhüüsli. Alli
fräche, vorlute, nasiwyse, uflüpfische, bisellshaberische Chind müend
i's Hüenerhüüsli. Diheim z'Eglisau han i en ganze Staal voll asigi,
usem ganze Kanton, an öppis vu ußwärts.

Junger Herr.

So? Äbah! Und was chömmed s' z'äffen über?

Alte.

He, Grassuppe und am Sunntig jedes e fuls Ei.

Alter Herr.

Das mues üsserst nahrhaft sy.

Alte.

Allwäg Si werded so feiß deby, daß ene Sunne, Mond und
d' Sterne dur de Mage schyned. Ziprianc, hol e Guttere Wasser!

Amanda.

Ich hole d' Polizei! (Ab.)

(Alle lachen.)

Dritter Aufzug.

1. Scene.

Bühne wie im Anfang des zweiten Aufzuges.

Amanda.

Jst das en dumme Kärli, dä Nachtwächter! — Feuf, zähe, süf= zähe, zwänzg Franke han em versproche, wänn er mitchömm und die Räuber föng. Das sei nüd si Sach, seit die Fürchgreth, das göng de Landjeger a. — Und de Landjeger ist überland. Und die andere Lüt hä mi nu uusglachet und händ gseit, mer hebid ja Dienst= botte gnueg, und ich ha mer nüd trout z'säge, i heb j' furtgschickt. Jez han i 's. — Wo sind j' ächt au? — Jst Alles wider ab= gruumt. Das mag mer schön uusgseh im Huus inne, wol! O wänn nu au dä Bapä emal chäm. (Mit einem Schrei): Da chunnt er!! Bapä, Bapä!

2. Scene.

Amanda. Papa.

Papa.

Nu nu nu nu, Chindli, was häst, was häst, was ist mit der? Was ist gscheh — chumm chumm, erhol di — hät der öppen Öpper Öppis ta? (Für sich): Villicht händ si ere 's echli z'dick gmacht. — Säg, Schatzeli, was häst au?

Amanda (weinend).

Ach Bapä, Bapä.... i cha 's nüd säge.... ich.... ich....

Papa.

Was, du?

Amanda.

Jch.... ja, es ist aber au nüd rächt gsy, grad furtzlaufe.

Papa.

Wer ist furtgloffe?

Amanda.

Sy.

Papa.

D' Lisette? — De wirsch dernah wider plaget ha? Oder....

Amanda.

Und de Heiri....

Au furt?

Papa.

Amanda (nickt).

Papa.

Und b' Marie? Au? Und der Anton? — Au? — Aber wie dänn furt? Händ j' gjeit, fi wellid?

Amanda.

Nei, nüd efo.

Papa.

Wiefo dänn? Nu, mach fürft mit dem tumme Züg.

Amanda.

Ach liebe, liebfte Bapä.... ich.... ich — ach es chunnt alli= wil na tümmer.

Papa.

Rächt agnehm.

Amanda.

Ich.... ich.... ich ha f' gfchickt.

Papa.

Wie gfchickt? Furtgfchickt?

Amanda.

Ja, aber i will 's weiß Gott nümme tue, huhu!

Papa.

Alfo förmli?

Amanda.

Nei, uförmli.

Papa.

De wirfche f' na abglohnet ha.

Amanda.

Nei, fi find Knall und Fall furt.

Papa (unwillig).

Wohi dänn eigetli? — Amanda, was ift da ggange?

Amanda (weinend).

Mitem Dampffchiff. — Ach Bapä, bitti bitti, verzieh mer, ich bi ja gwüß unartig gfi, aber dafür han i an be ganz Tag nüt ggäffe und han an nüt agnah, wo mer en Räuber hät welle Fleifch gä.

Papa.

En Räuber? Hahaha!

Amanda.

O bitti lach nüd, fi chönntid 's ghöre.

Papa.

Wer chönnt 's ghöre?

Amanda.

Die vier Räuber — zwee Räuber und zwo Räuberinne.

Papa.

So? Wo hät 's eso agnehm Lüt? Da umenand?

Amanda
(deutet auf das Haus und zieht den Papa in den Vordergrund, flüsternd):

Zerst isi en alti Frau cho, i weiß nüd woher, wie usem Boden
use — ich bi det usem Bank gsässe — und seit, si seige Tante
Schülie vu Eglisau. Hä mir en Eglisautante?

Papa.

Chönnt mi nüd erinnere.

Amanda.

Um 's Himmelswille, keini? — Dänn isch es eini.

Papa.

Was?

Amanda.

E Räuberi!

Papa.

Und do? Witers?

Amanda.

Und do gly druf chunnt en junge Herr und es Frauezimmer,
stedtisch kleidt, und dä seit, er sei en Vetter vu mir, en Chäppi Böl-
sterli vu Thorlike. Han ich en Vetter z'Thorlike?

Papa.

Wüßt nüt devu.

Amanda.

Und au kei Bas z'Mellinge?

Papa.

Nüd bsunders.

Amanda.

E Sophie Rollebutz?

Papa.

Mir unbikannt. — Chunnt na Öpper?

Amanda.

Allwäg. En alte Herr, dem händ s' gseit Unggle Chlöti vu
Chlote. Gitt 's au ken asige? Bitti, säg ja, sust ist er au en Räuber.

Papa.

Nüt vu der Sorte. Und die verehrte Herren und Franezimmer?

Amanda.

Händ si 's biquem gmacht, sind zum Fäister y, händ mit Dietriche d' Huustür nufta, händ Ässen und Trinken use gholt — ich hett sölle Wasser hole für s' — do bin i furtgsprunge und ha welle de Nachtwächter hole und do ist bä nüd cho.

Papa.

Und bo wo d' ummechunnst?

Amanda.

Ist Alles wider wie d' gsehst — leer, zue, uufputzt.

Papa.

Nu da müe mer dänk doch echli naheluege.

(Zieht einen Revolver aus der Tasche und geht gegen das Haus.)

Amanda.

Um 's Himmelswille, Bapä, blyb da, si röbed di!

Papa.

Nu ruig. — D' Tür ist allerdings zue.   (Schellt.)

Amanda.

Himel, iez chömmed s'!

(Eilt ganz nach vorn und verhüllt das Gesicht.)

5. Scene.

Vorige. Heinrich.

Heinrich (öffnet).

Aha, Herr Regierigsrat! Gueten Abig. Scho wider glückli zruck?

Papa.

So ganz glückli nauig, dau i mues vernäh, mis Huus sei vu Räubere bsetzt.

Heinrich.

Bu Räubere? Hahahaha!

Amanda.

De Räuber lachet. Aber gar nüd eso wild, wie 's in Räubergschichte staht? (Sieht sich um.) Ach, de Heinrich!! — Jez wird 's guet! Jez seit er Alles! — I wett fast lieber, es wer en Räuber!

Papa.

Amanda? Gfeht öppe der Unggle Chläti efo uns?

Amanda.

Bhüetis, ganz anderſt!

Papa zu **Heinrich.**

Es ſei en Herr Chlöti vu Chlote dagſy?

Heinrich.

En Herr Chlöti? — Ha niemer gſeh.

Amanda (heftig).

Das iſt gloge, Heiri!

Heinrich (kalt).

O wänn 's gloge ſott ſy, ſe chann i na vil beſſer lüge, Amanda. Soll i vum Zöpſle verzelle oder vu der Schogge....

Amanda.

Ach es iſt ja nüb eſo bös gmeint gſy.

Papa zu **Heinrich.**

Und wo ſind die andere Verwandte?

Heinrich.

Dinne.

Papa.

Amanda, hol mer emal d' Tante Egliſau. — Nu, gfolget, fürſi! (Schiebt ſie in's Haus.)

4. Scene.

Vorige.

Papa.

Es wird en Gſpaß ſy, Heinrich.

Heinrich.

Nüt anders, Herr Regierigsrat. Mer händ is erlaubt, was Sy is erlaubt händ. Und wil das lieb Chindli grad hütt mit zwei lingge Beine zum Bett uns iſt und au gar echli ſcharf hät welle regiere und d' Herrin ſpile, ſe hä mer dänkt, mer wellid au echli ſpile. (Lautes Reden im Hauſe.)

5. Scene.

Vorige. Amanda und Lisette unter der Tür.

Lisette.

Wä mer 's be Herr Regierigsrat bisillt, just chum i nüd use. Ich bi vu dir etla worde, das wirst du na müsse.

Amanda.

Ach schwig doch iez und mach kei Pflänz meh. Chumm! (Zieht an ihr.)

Papa.

Ist das.... wie iez grad?

Lisette (knirt).

D' Sophie Rollebutz vu Mellinge.

Papa zu Amanda.

Also b' Räuberi Numero 2?

Amanda.

Bewahr, die isch ganz anders gsy.

Heinrich und Lisette lachen.

Gang Chind und hol iez na b' Eglisauertante.

6. Scene.

Vorige. Marie (am Fenster).

Marie.

Hihihi, da ischi scho! Zitteryuli wie gaht 's? — Gäll 's ist herrli, daß de Bapa wider da ist? — Arms Bäbeli, häst schüli Hunger? Die schüli Schülie, gäll? Chumm ine, 's hät na Oppis im Bratöseli! — Gueten Abig, Herr Regierigsrat, mer danked für de Gspaß!

7. Scene.

Vorige. Anton (mit einer zerbrochenen Haglatte).

Anton.

Und da wär na de Chäppi Bölsterli, Teiggwaare mit Bränz ab der Hochsügreis. Er hät nu na müese 's Loch im Hag flicke, wo b' Amanda gmacht hät, wo si hät welle de Nachtwächter hole.

Amanda (weinend).

Ach Bapa, la mi au nümmen uslache, i will ja Alles säge, was ggangen ist!

Papa.

Merken an Allem a, was ggangen ift. — Heft, ich han ene vorem Furtgah b' Erlaubniß ggä, fi dörfib gäge dich fy, wie du gäge fy feigift. Und an Allem a find f' na rächt guetmüetig gäge di gfy. — So blybt 's iez au i Zuekunft, Chind; de chafch es alfo ha, wie b' witt. Wänn 's nüb vu Stund a guetet, gahn i wider und lani bi vier Wuche mit ene elei.

Amanda (an feinem Halfe).

O Bapā, be chönntift iez für e ganzes Jahr furtgah.

Papa.

Nu 's Müli nüb z'voll gnah. Zur Straf mueft mer morn en Uffah fchryben über das Thema:

„Wie män in Wald rüeft, fo chydt 's wider."

Inhaltsverzeichniss.

Notizen über die Schriftsteller und Dichter des 2. Heftes.

Das 2. Heft enthält ausschließlich Ausgewähltes aus den Schriften von

August Corrodi.

Die biographischen Notizen über den Dichter s. im 1. Heft. Folgendes sind die von Corrodi herausgegebenen Mundart-Dichtungen:

De Herr Professer. Idyll usem Züripiet. Winterthur, Steiner'sche Buchhandl. 1857. 2. Aufl. Zürich, Cäsar Schmidt, 1878.

De Herr Vikari. Winteridyll usem Züripiet. Winterthur 1858. Zürich, C. Schmidt.

De Herr Dokter. Herbstidyll usem Züripiet. Winterthur, 1860. Zürich, C. Schmidt.

De Herr Dokter, bramatisirt. Winterthur, Steiner.

Lieder von Robert Burns. 1870.

Alemannisches Kindertheater. Aarau, H. R. Sauerländer, 1875.

De Ritschnecht, Lustspiel. Zürich, C. Schmidt.

De Maler. Zürich, C. Schmidt.

D' Bademer Fahrt. Lustspiel in Rob. Webers Helvetia, 1879.

Mir hürated nüd. Lustspiel ibid. 1880.

Sammlung

deutsch-schweizerischer Mundart-Literatur

Aus

dem Kanton Zürich

Drittes Heft

Gesammelt und herausgegeben

von

Professor O. Sutermeister

Verlag von Orell Füssli & Cie. in Zürich

Buchdruckerei Fisch Wild & Cie. in Bragg.

'S Storchenegg=Anneli

ist i der Stadt inne z'Dorf gsy.

I.

Mutter.

Näi, wott das Chind ächt au no nüb bald zue?
Es obiget; dänn b' Sunn ist wäger bald
An Bergen une. Los — es schloht fürwohr
Z'Fischingen une Sächsi. Myn Gott au!
Wänn's nu feis Unglück gge hät mit dem Chind!
Und fahret d' Hüeterbuebe scho allsamme hei!
Ihr Chinde! wänd er no chli geg em goh,
Bis öppe dört zu's Charrers Hörnli ue?
Dört gsehnd er's dänn jo guet dur 's Tal uuf cho.

Kinder.

Hei jo! Hei jo! mer wänd au geg em goh.

Mutter.

Sä göhnd! händ ase Sorg und fallet nüd. (Gehen.)

Vater (tritt herein).

Was springed au die Chind äso durab?

Mutter.

Si möchted gegem Anneli no gschwind.

Vater.

Es blanget mi erschröckeli, bis 's chunnt.
I hän ei Mol um 's ander gmeint, i gsech's
Vo 's Hauptmäs Huus z' Wellnau dur 's Tal uuf cho,
Oder vom Schlößliräi, bim Schwändisteg,
Dört dur die säbe Stäpsetli ufgoh.

Mutter.

Und i hä, mein i, meh as hundert Mol
Scho useglueget sitem halbi Drü. — —

Dört chunnt 's dur b' Wiſen uuf! Gott Lob und Dank!
Es hät gwüß müedi Bei; mä gſeht em 's a.
Lueg, wie de Bueb au z'ſpringe chunnt vorhar;
Er hät e Pfyſſerößli — lueg, und 's Chind
En Eierweggli. — Spring nüb gar äſo,
Du Läckersbueb! wart au em Chind, ſäb wart!

Bueb.

Lueg Vatter! ich e Pfyſſerößli hä.

Anneli.

Jetz mueß i gwüß abſitze; händ er ggaumet?

Vater und Mutter.

Mer händ bald gmeint, dä chömmiſt nümme hei.

Mutter.

Wänn b' öppe dürſt, ſä häſt bo ſuuri Milch.
Und blähte Nybel chaſt au ha, wänn b' magſt;
Do hät 's Holzöpfelmehl*), wänn b' woſt, drinie.

Anneli.

Das iſt e Stroſ, wie mir mi Bei weh tüend!

Vater.

Jä gäll, das iſt en wite Weg do ie?

Anneli.

Ja, das iſt au en Weg! wänn i nüb gmeint
Gha hä, i chäm fürwohr i's Holland ie.
Meh as dur hundert Dörfer bin i cho;
Meh as füfzg Chile hän i gſeh durab;
Und linggs und rächts halt Ächer — o Herr Jee!
Mi Läbelang hän i kei größer gſeh.
Und b' Gotte lot i grüeze, tuſig Mol;
Do hät ſ' mer no en Brief voll Kaffi gge.
Und lueged, was i no do inne hä!

Mutter.

Näi lueg! e ſibis Halstuech hät ſ' em gge.

---

*) Mehl aus gedörrten wilden Aepfeln und Birnen, welche man in der Mühle durcheinander mahlen läßt, das einen ſäuerlich ſüßen Geſchmack hat und unter Milch oder Nibel (Rahm) in der öſtlichen Gebirgsgegend häufig gegeſſen wird.

Vater.

I säge, Chinde! machet mer 's nüd wüest!

Regeli.

Gäll Mueter, ich mueß dänn au jo eis ha?

Vater.

Wänn b' rächt tuest und gern lehrst, dänn chauf der eis.

Mutter.

Und brav Tannzäpfe juechst, wänn b' muest i's Holz.

Vater.

De Hans im Heiletsegg wird mit der sy
Bis ie?

Anneli.

    Bis zu der Gotte Huus zue cho.
Aber wie 's bi der Gotten ase gseht!
Das ist e Huus — das ist e Stuben und
E Stadt!! Mer sind do uff en Berg ue cho;
Do hän i müeße luegen, o Herr Jee!
Das ist en eebig eebig große See!
Er ist bistimmt au sibezg Stunde lang.
Und Schiffer hän i gseh, e ganzi Gschaar;
Si händ prezis gha wie zwei Bei und händ
Dänn alliwil so gginget mit. De Hans
Hät gsäit, säb seied „Lueder" — Lueder — ja —

Mutter.

Hät 's i der Stadt au vil — — —

Vater.

        Seh, stör 's jetz nüd
Und laß es furt erzelle. Ja und do?

Anneli.

Sä si mer äisig witer abe cho.
Zletst giehn i dänn äso — e großi Strof! —
Hä wäger müeße luege wie nüd gschyd,
En ganze Chrieg voll — weiß kei Oberkeit —
Eis Dach am Andre zue; i hä fürwohr
Gmeint zerste, do sei Alles zämme gheit.
Dänn händ do öppe zäh branderdrech schwarz,
Groß mächtig, ase dick dick Chilespitz
Däi oben use glueget und b' Chöpf gstreckt,

Dä glaubi(ch) es nüd, (schier) bis a b' Wulchen ue.
Do säit be Hans: Lueg, (säb) dört ist jez b' Stadt;
Do (fangt) si a; dört wit wit une hört
Ei ruf. Das ist e Bräglete — näi — näi —!
Mi Läbetag hett i(ch) nüd glaubt, daß (so)
En (schwarze) Rouß e Stadt wer. Gsehst, fürwohr
J hä si gfürcht, und 's hät mer g(schubret) brab.
J chönnt ber si nüd abfigüre, näi.
Ei gieht fast gar wie b' Hörnli-Gübel dört.
Ja, gjäch si aber ase — bhüet is Gott!
Und wo mer dänn e bizli witer chönnb,
Sä säit be Hans: „Chumm uff das Bückli ue!
Gsehst dört in ännem wite wite Fälb,
Grab a ber Landstroß dört be höch, breit Baum,
Und dänn (säb) chly wyß Hüsli drunber stoh?
Dört unnen ist jez b' Hauptgrueb, lueg nu rächt!
Dört chöpft mä; und dänn witer une; wo
Die säbe Stüd stöhnb, ist be Galge, gsehsch?
Dört hänkt mä —; 's häi grad jez no Mänschechöpf
Und Mänschenärm druffobe", hät er gjäit.
Das ist e großi Strof, wie ist mi do
E Furcht acho! J säge: Hans, näi chumm
Um Gottes wille! mir wänd wider hei.

Mutter.

Um tusig Guldi möcht ich nüd bo ie.
Do wird 's au Gspeister ha; ä bhüet is Gott
Und gsägn is Gott! Näi, Storchenegg ist mir
No lang guet gnueg, wänn bu (so) Sache säist.

Vater.

Es ist jo rächt, wänn b' gern bo bist, will b' muest.

Anneli.

Do simm mer äisig witer abe cho;
Zletst chömm mer eismol zu me lauge Stäg.

Mutter.

Es wird e Töß gha ha dört zue, schäz wohl?

Anneli.

Ä bhüetis Gott! es hät kei Töß gha dört;
'S ist nu äso en Wisegrabe giy.

De Hans hät gsäit, das sei e großi Schand.
Ja, deweg hät er gsäit — „e großi Schand" —
'S häi zringelum um d' Stadt, i werd 's dänn gseh.

Vater.
Nei, „Schanze" wird er gsäit ha.

Anneli.
Schätz wohl ja.
Do isch es dänn scho ggangen uff dem Stäg
Mit Lüt und Veh und Wäge hin und her.
Und eismols chömm mer zu me große Tor;
Do säg i: Hans, ist das es Tenn? J hett
Mi gwüß verredt, es stiendet ihne Zwee
Mit Pflegle dört und wöttet dräsche. Do
Sä gsehn i dänu, daß 's Mustermanne sind
Und Füsi händ und ase Dägen a;
Händ dänn so gel, rund Tätsch an Hüete gha.
Do säit de Hans: die müeßib wache Tag
Und Nacht und früe und spot und Achtig ge;
Und z'Nacht werd Alles bschlosse.

Mutter.
Los män au!
Das sind jetz just Fürchgrethen i der Stadt.
Äch, ließed s' doch au off; es fräß es gwüß
Kein Mänsch, jä wenig as eus do.

Vater.
Das weist
Du währli nüd, was öppe no chönnt gscheh!

Anneli.
Do, wo mer zu dem Tenn uuscho sind, chunnt
En Wage mit vier Rössere däthar,
Und dänn druffoben ist en Chaste giy,
En großen und vier Feister drinn,
Agmoolet, rot und blo, und Blueme druff.
Und hinnenuff ist Eine gstande, de
Hät dänn mit beede Hände ghebet dra.
Drinninnen ist en Herr giy, ganz ällei,
Und hät tubäcklet, was i gseh gha hä.

Und höch voruff ist dänn de Fuermä giy;
De hät halt gchlöpft, 's hät tide wien en Chrieg.

Mutter.

En Herr ist i dem Chaßten inne giy?
De wött i doch jetz au he möge gseh.
Er ist egoppel mänge Zäntner giy?
De söll mer fuft en Chopf gha ha;
E großes Muul und Ohre — Hackermänt!
De hett i nüd aglueget — näi, potz Hund!

Anneli.

Ä bhüetis! er ist mägrer giy as du.

Mutter.

Und händ e vier Roß müeße zie? — Ä, 's ist
Mi Seel tein Mänfch giy, glauben ich emol;
'S ist öppe fo en frönde Vogel giy;
En Leu, es Kameel, ober en Tirann.
Das hett jetz suft e Gattig, wänn en Herr
Däi asen im e Chaße z'rite chäm;
Mich fchämti 's hundemäßig a. I bi
Nu 's Chuerlis Frau i Storchenegg, und doch
Ließ mi um tnsig Guldi nüd i so
Me Chaße umefüere; bhüet mi Gott!

Anneli.

'S ist gwüß en Herr giy, glaub mer 's doch nu au!
Wo f' i das Tenn ie cho giy sind, fä chuunt
E Frau und häufcht em bur de Chaßten y
Und er ßtreckt b' Hand und gitt re mein i Gälb.
Und 's ist für gwüß e Mänfchehand giy, gsehßt!

Mutter.

Ja nu, i hä 's nüd gfeh; erzell m furt.

Anneli.

Dänn simm mer äißig witer abe cho.

Mutter.

Dä machißt ein bald z'fürche, Chind, mä meint,
Dä werißt in Rollhafen abe cho.
Gott Lob, daß b' wider — — —

Anneli.

Loſed jetz mu au!
Mer ſind do nohtno rächt i d' Stadt ie cho.
De Bode iſt dänn, wien e Chuchi, bſetzt;
Und Hüüſer hät 's fürwohr ganz Gſchaaren, eis
Am andre zue, und höch, höch ſind ſ', wie groß
Groß mächtig Felſen, au ſo ſchwarz und gro.
Und mängs Mol ſind dänn Wäge z'raſſle cho:
'S hät g'chiden ordeli, wie wänn de Strohl
Wor ſchützen und 's gröſt Wätter chäm. Dänn ſind
Däi aſe wider Röſſer z'gumpe cho,
Chollſchwarzi und händ dänn au Auge gmacht —
Und b' Zäh verbiſſe — und halt d' Läſſer gſtellt;
I bi ſchier 's Läbes nümme ſicher gſy.

Mutter.

Do inne hät 's jetz ſuſt e Gattig — ja —

Anneli.

Dänn ſimm mer aſe wider Lüt ebcho —
E groſſi Stroſ! i hän en Teil faſt gfürcht —
Zwei Wybervölcher, — mein i, ſeied 's gſy —
Sind dört ſo dur en dunkle Weg uſſcho
Und händ, wie bin ich au erſchrocke drab,
Brandſchwarz, groſſmächtig, lang lang, breit breit Blätz
Vor über b' Gſichter abe gha; und händ
Dänn höch, höch Chappe uffgha; und dänn no
Zwei langi, langi chrumbi Hörner druff —

Mutter.

Das ſind bigottlig Häre gſy, gſehſt du!

Anneli.

Und händ wie Fäckete gha no do zue
Bin Achſle.

Mutter.

'S iſt ſcho das — do hä mer 's jetz!

Vater.

Ach, bis au gſchyd; es wird ſo d' Mode ſy.

Mutter.

Dänn ſött mä 's eidli in Koländer tue;
De Chlaus chunnt nüd ſo ſchülig am Neujohr.

Anneli.

Und Waar hät 's gha, wie am e Baumer Märt:
Zu Chappe, Täller, Tasse, Häse, Seck,
Zu Röcke, roti Fatzenetli, au
Zu Hose, blone Chöltsch und Schooßezüg —
Churz allerhand, was d' Auge nu gern giehnd.

II.

Do chö mer dänn eismols zur Gotte Huus,
Und b' Türen ist dänn ebe bschlosse giy.
Do zehrt de Hans däi am en Psebroht;
Es schällelet und grab goht b' Türen uuf
Und mir hät 's Herz halt gchlopfet, wien me Has.
Do säit de Hans, er chömm nüd mit mer ie,
I wüßi jetz so wohl de Weg; er chömm
Am Dunnstig, villicht uff Miittag.
Nu, er goht furt; ich gohne däi ällei
Dur Türen y und luegen ämel au
Wer usto häi; kein Mänsch ist unne giy.
Do dänk i: nu — wo muest du ächt jetz hy? —
Es ist en große, große Huuseerm giy;
En ganz süürzündetrote Bode drinn.
Und Türe hät 's uf alle Site gha,
Gern zäh, und gwüß keis Müsli hät si grobt.
I laufen e paar Schritt; do tönt 's dänn halt
Prezys, wie 's in re Chillen inne chyt.
I gohne dört grad zu der nächste Tür
Und chlopfe dänn es bitzli mitem Schue;
De Hans hät gsäit, i müeß zerst chlopfe, wänn
I in e Herrestuben ie wöll goh.
Do chyt 's dänn eismols ase gfürchig grob:
„Nour ain! nour ain!" Das ist e Strof! dänk i,
Do innen ist en große Metzgerhund.
I stoffle furt, was gist was häst, und hä
Scho gmeint, er hei mi bim e Bei; do chunnt
Dänn däi en dicke, seiße Musterma
Zur Türen uus, er schnauzt mi schüli a
Und säit: „Häst du do vorne gchlopfet, Chind?"

„J möcht zu mire Gotte," fäg i do.
Und er fchnauzt wider wien e taubi Chatz:
„J weiß nüd, wer di Gotten ift; gang nu
Dur b' Stägen uuf!" — und haut b' Tür wider zue.

Mutter.

So? — fännt jetz De di Gotte nüd emol? —
Das ift jetz au en böfe Chätzer gfy.
Jo wohl! — er hät edeweg ıo mit dir?
De meint gwüß, b' Storcheneggler feieb Hünd.
Hettft gfäit: „J bi glych no fä guet as du!"

Vater.

Es ift em villicht nüd gfy, wie du meinft.

Mutter.

Was hät er dänn fo z'balge mit mim Chind?
De Anfetanzer! — —

Vater.

Anneli, fahr furt!

Anneli.

Do gohn i ebe dänn dur b' Stägen uuf.
Jhr müeßteb au der Gotte Stäge gfeh —
Jhr woret fuft au luegen, o Herr Jee!
Si ift ganz gfäget, wyßer as en Banf.

Mutter.

Ja, eigli wird 's jetz gfäget Stäge ha!
A — Stäge fäge — das wär fuft en Witz.

Vater.

Ja ja, mä fäget b' Stägen i der Stadt.

Mutter.

Se fäged f', minetwäge! 's ift mer glych.

Anneli.

Do bin i wider zun re Türe cho,
Die hät halt glitzeret, bim Hebet! fchier
Wie 's Anneräglis Babedrucke dört;
En Drückel dra, ganz guldi ift er gfy.
J chlopfen au und hä mer wäger gfürcht;
Do macht 's dänn öppe brü Mol: di di di.

Bald anne goht dänn ebe d' Türen uuf.
Do ist bänn ämel au e Jumpfer cho,
I hä mi Läbetag kei fübri gseh;
Kei Chappen uff, und dänn zwee Chrüsel hät
Si gha dozue, wie groß groß Chrätte, gjebst!
Und dänn do dure chuum rüerchübels bick;
Halt ecbig, eebig mager ischi gsy.

Mutter.

Si wird doch öppen au gnueg z'äsfe ha?
Di Gotten ist jo gwüß zum Wunder rych.

Anneli.

I meusch re 's Zyt und si mir bo grad au.
Es hät mi dänn zum Wunder späsfig dunkt;
Si hät dänn neime nüd gsäit: „Danki Gott!"
Do lachet si, nu ase rein, nüd so
Wie mir, „ho ho ho hä hä hee";
Nei ase wien e Pfysfe, „hi hi hi" —
Und säit: „Wohär sind Ihr?" Do dreh mi um:
I hä gwüß gmeint, de Hans sei öppe cho,
Und sägen: „I bi nu ällei; de Hans
Hät gsäit, er chömm am Dunnstig bänn fürzue" —
Und säg ere, wohar und wem i sei;
I ghöri 's Chueretlis i Storchenegg,
Und das i ebe zu der Gotte möcht;
Er lasset s' grüeze lo. Do säit si bänn —
Näi seh, was hät si bo de boch au gsäit?
Wie us em Chüereihen isch Oppis gsy —
Si hät gsäit: huli= oder holihee — —

Vater.

Ach, oblischee, wie 's de Schuelmeister säit
Im Chämmiloch.

Anneli.

Ja, beweg hät si gsäit.

Mutter.

Die redet jetz suft asen i der Stadt!

Vater.

Poh — Nachtlig, das bidütet: „Dank i Gott."

Mutter.

Und säget so en Schnoogge für das Wort —?
Jä — das ist gwüß nüd rächt, und säg 's wer 's wöll.

Anneli.

Zletst säit si: „Chömmed nu i b' Stuben ie,
I will 's grad go de Manne säge gschwind."
De dänk i: das wär au e großi Strof,
Wänn öppe de bös Ma au wider chäm;
Und, wänn si 's nu der Gotte säge wor.
I stone dört aso bim Ofe zue
Und hä halt gmeint, i müeß verstuune schier;
En Glanz isch gsy, Herr Jeger Gott! es chan
Im Himel obe gwüß nüd schöner sy.
En Ofe händ s', er ist fürwohr prezys
Wie d' Baumer Chanzle, halt zum Wunder schön.
Dänn hanget dört en Spiegel a der Wand,
Au drümol größer as e Chuchitür.
Und Guld und Silber hät 's dra zringelum,
Und zmitzt druffobe stoht e guldis Schof;
Und Manne, Vögel, Herre, Roß und Chüe,
Und Fraue, Geiße, Blueme hät 's fürwohr
Ganz Gschaaren a de Wänden obe gha.

Vater.

Es cha doch Eine nüd gnueg lose, näi.

Anneli.

De Stubeboden ist au gfäget gsy,
Zum Wunder suber, wäger wien en Tisch.

Mutter.

Ä schwig au, Chind! wo wött män emig au
Däi ase Stubeböde säge! — ja —

Vater.

'S cha wohl sy, daß mä i' säget i der Stadt.

Mutter.

Allweg! was bist au — wänn b' en Narr wost ha,
So chauf en bleiene, mira jowohl!

Vater.

Du bist jetz jo scho gchaust; erzell du, Chind!

Anneli.

Do ghör i dänn, daß b' Jumpfer öppe brü
Mol „Manne — Manne" rüeft; bo zletst chunnt boch
Zu allem Glück mi Gotte mu ällei.

Vater.

Si hät nüb „Manne" grüeft, ich glaub es nüb;
Si hät re villicht öppe „Mamme" gfäit;
Es fäget 's en Teil Herrelüt äjo.

Mutter.

Was fäget f' euc? „Hamme — Hamme" — ä —
'S möcht f' eine fräffe.

Vater.

Mamme, Mamme! nei
Verstohfch au nüb? — das ist glych Mueter, ghörft!
Und dänn em Vatter „Bappe".

Mutter.

So, au no?
Eis schöner weder 's Ander. Fahr furt, Chind!

Anneli.

Ja, b' Gotte hät dänn au en Lärme gha,
Si fänn mi ordli a der Mueter a.

Mutter.

A mir a? — gwüß jetz au — jowohl — was fäift?
Und hät fi gfreut, daß b' züen ere cho bist?
Si ist schint 's äifig no die glych frei Frau,
Wie wo fi no im Fifchethal giy ist.

Anneli.

Do stellt f' mer dänn e Sidele zum Tisch
Und fäit: „Dä wirst wohl müed fy, fitz echli".
Do won i dänn abgfäffe bi, wänn ich
Nüb gmeint gha hä, i fei in Lüfte, giehst!

Mutter.

Säg, ifchi dänn fo höch giy, oder was?

Anneli.

A bhüet is näi; nu grufam, grufam lind,
Vil linder no as uf me Huuffe Mies.

Mutter.

'S mueß Einen ase lose, wien en Nar.

Vater.

Jä, 's ist edeweg i der Stadt, jäb isch.

Anneli.

Und d' Gotten ist dänn ase wie so im
E chlyne Bettstli inne gsy. Es hät
Dänn glych ken Laubsack gha und au kein
Pfulmen und kei Decki, gar nüt so;
Nu alls voll Chüssi zringelum, si händ
Dem Ding gsäit „S ch l o f h a“, oder was äio;
Dänn hät män ase chönne sitze druff.

Mutter.

'S ist glych de Herrelüten eebig wohl!

Vater.

Es ist ne villicht au meh öppedie.

Anneli.

Do hät f' mi dänn Alls gfröget, wie 's i gang.
Und wie 's i deue Berge hinne stand
Und wie 's em Heere gang und allerhand.
Um halbi Vieri zehrt dänn d' Gotte dört
So am e wyß und blone Vand, und glih
Druuf bringt e frönds, frönds Mäitli Kaffi ic.

Mutter.

Und hät nu chönne zehren a dem Vand?
Si chönnd bim Dunnstig! häßen i der Stadt.
J chönnt lang zehre, 's chäm — —

Vater.

Äch, bis au gschyd!

Anneli.

Der Gotte Chind schänkt y; mer sitzed zue.
Do händ f' dänn ase ganz Chlötz Salz dry to.
J hän au sölle neh; do säg i: „Näi,
J wott ekei; i trink es lieber sust.“

Mutter.

Die Lüt mönd jetz au Salz erlyde, näi —
Und do, wie isch es bi dem Kaffi gly?

Anneli.

I hä mer neime zerftebots schier gfürcht,
Hä schier nüd dürfen afo trinke; do
Säit d' Gotte: „Nu, nu, trink und bis nüd schüüch!"
Zletſt hän i an min Täſſel ufegnoh
Und fäge: „Gſundheit Gotte mit enand!"
Und trinke druus und ſtelle wider ab.

Vater.

Nänäi, was häſt au dänkt, du torchtigs Chind!
Mä ſäit nüd „Gſundheit," wä mä Kaffi trinkt;
Das weiſt egoppel au afä, ſäb weiſt.

Anneli.

Poh! i hä gmeint, mä trinki Gſundheit
J der Stadt.

Vater.

Ä bhüet is Gott! näi Chind! mä trinkt
Nüd Gſundheit i der Stadt, eh ufem Land.

Mutter.

Ä, das ſind Sache; fahr du furt, ſäb fahr!

Anneli.

Da, wo mer dänn bald fertig giy ſind, chunnt
Es Mäitli mit me große Vogechorb
Am Arm, chunnt zu der Gotte zue und fangt
A lachen und halt flueche, großi Strof!
Und ſäit: „Zwölſtuſig Sappermänt vo 's Herr
Diräcken und ſi ſchicked ene do
En Preſidänt." Mit dene Worte zehrt 's,
Bim Hund! en große wyße Vogel us
Dem Chorb. Er hät en lange Hals,
En breite gele Schnabel gha und dänn
Au aſe rotlachtig, ſo breit breit Füeß
Und hät e mordios Gſchrei gha und grüeſt,
Schier wien en Heerevogel, und hät dänn
Zum Erdewunder b' Fäckete verto
Und b' Auge halt grujamiklich verchehrt
Und äiſig obſi glueget und ſi gſtreckt.

Mutter.

Das wer jetz just en Presidänt, säb wer's!
Die macheb glych au Sachen i der Stadt.

Vater.

Dä häsch es gwüß nüb rächt verstande, Chind.

Anneli.

Wohl wäger hän i's; b' Gotte hät do au
No Öppis gschwore, wo die Magb furt ist,
Und glachet und zum Wunder Freud mit gha.
Si händ e do in Hüenergatter to.

Mutter.

Dem Mäitli hett mä glych schier sölle 's Muul
Pschlo, edeweg in es Huus ie z'cho
Ge flueche; das ist jo e großi Strof äso.
Ich hett gsäit: „Pack din Vogel wider y,
Und lauf, sä wit de Himel blo ist, mit."

Anneli.

Es hät do au en Ma vorusse lut
Lut grüest gha: „Wer will inre Chutte nach
Freiburg, cha 's baar Gäld ha bim e Rappe;
Und morn z'Mittag um Zwölfi sei 's barab."

Vater.

Es dunkt mi äisig, Chind, du häjist vil
Nüd rächt verstande.

Mutter.

      Äch, sä häi's, 's ist glych.
Was händ er do no ase to bis z' Nacht?

Anneli.

Poh! allerhand erzellt, und b' Gotte hät
Werch gspunne am e subre, subre Rad.

Mutter.

Werch gspunne! — näi — und ist so eebig rych,
Hät fast zweitusig Guldi nu gha vo
Der Mueter und vom Vatter wohl so vil.
Ich tät kein Werchstreich, wänn i's deweg hett.

Anneli.

Aber der Gotte Chind hät Öppis gmacht,
Das ist zum Erdewunder suber gsy!

'S hät gseh wie gmoolet, aber glych nu büezt:
En Pudelhund, es Herz, zwo Tube; die
Händ dänn so d' Schnäbel an enand zue gha.
Und vil vil bloni Blüemli zringelum.
Dänn wider ist en Ängli gsy, das hät
E Harnisch gha und hät en Bolz abglo,
Und de ist ordli i das Herz ie gfloge.
Der Gotte Chind hät gsäit, das geb äso
Vil z'tue; 's tüeg 's aber gern, es sei em Tag
Und Nacht im Si, — die Tübli seied schön.

              Mutter.
Vo Derigem tännt euserein sä vil
As d' Chüe vom Rächne. Wie isch' witer gsy?

              Anneli.
Z'Nacht hä mer do just Sache z'ässe gha;
Fürwohr, wie am e Wurstmohl isch es gsy:
Grües Fleischt und Stückli, Suppe, Brod und Wy;
Und händ e silbrni Chelle gha; dänn hät
Eim d' Gotte Suppen usegschöpft därmit.

              Mutter.
„E silbrni Chelle?" — näi, ach myn Gott au!
Mir hetted nüd emol e hölzerni,
Wä mer s' nüd sälber chönnted mache, näi.
Die Gotten ist, bim Strehl! bald rycher, as
De Bohnepardi; 's cha nüd anderst sy.

              Anneli.
Dänn müeßted ihr au ihri Liechter gseh!
E glitzerigi geli Röhren isch',
Und dänn en langen Ankezapfe drinn;
En Dochte dädur uuf und de hät dänn — —

              Mutter.
E goppel an nüd brunne?

              Anneli.
              Brunne, woll.

              Mutter.
Näi, Anke bränned s'! — Anke! — los män au! —
I hett mi Seel en Chlotz abbisse drab.

Vater.

De hettsch es, mein i, wol lo sy, säb hettsch.

Mutter.

'S ist doch au asen unglych uf der Wält!
Jetz bränned Die der Anken und mir händ
Zum Züüge nüd emol gnueg. Myn Gott au!

Anneli.

Do won i z'Nacht i's Bett cho bi, Herr Jee!
Das ist e Gade! — das ist just es Bett!
Ganz Hüüffe Chüssi hät 's drinne gha,
Und Blueme druff wie Füüst, und Spitz und Band,
Wie Händ sä breit. Und dänn so lind isch' gsy
Wie usem Heustock obe, ja fürwohr!
Und b' Dilli ist ganz gmuret gsy, schneewyß,
Und b' Wänd vo persienenem Papyr.

Mutter.

Näi, Chind, red emig au nüd gar so tumm!

Anneli.

Jä gwüß isch' wohr! — i lüge sicher nüd.

Mutter.

Die händ jetz ase Gaden i der Stadt!
D' Dilli us Steinen und b' Wänd us Papyr.
De tümmist Nar miech kei eso es Huus.

Vater.

Si händ gwüß meh Papyr, as mir do Holz.

Anneli.

Und dänked, b' Bettstä hät vier Reder gha.

Mutter.

Nei dun — — jetz hett i schier gar en Schwoor gsäit,
Si wered doch nüd umeritte z' Nacht? — —
J glauben, uf mi Seel! es fehl si nüd,
Si mached bere Gabriole, gsehst —

Vater.

Sä mached s' doch, was s' wölled; 's ist jo glych.

III.

Anneli.

De Morge, won i do erwachet bi,
Sä hän i zerste gmeint, i sei diheim;
Do won i aber b' Auge rächt uustue,
Die schneewyß Dilli gseh, die subre Wänd,
Das bluemet Bett, do hän i 's nümme gmeint.

Mutter.

Ja ja, i glaube, 's werdi wohl kei Chris
Dur b' Dilli abeglampet sy, wie do;
Und alt verfäcket Hosen a der Wand
Und hölzi Schybe wird 's an kei gha ha.
Ja nu, 's ist glych, mä gseht z' Nacht nüt dävo.

Vater.

Du gsehsch es mängs Mol nüd emol de Tag.

Mutter.

Ä bhüet is, i bi no so früeh as du.

Anneli.

Zerst ist mi ase b' Langwyl schier acho,
Hä dänkt: „Was machet s' ächter au diheim?
Ist ächt de Vatter mitem Veh uf b' Wäid?
Und b' Mueter wird jetz z' Morge gchochet ha;
Und ich so eebig eebig wit wit furt!"
I stoh e Gotts Herr Gotte Namen uuf,
Und dänke: git's ächt au en schöne Tag?
I go zum Fäister, stoße hindre dra;
'S hät aber uf kei Site wölle goh.
Zletst gsehn i dänn, baß 's gmacht ist wien e Tür
Und, minetwäge, Bhänk und Rigel hät.

Mutter.

'S mueß einen ase lose wien en Nar.

Anneli.

I tuene uuf; — ach myn Herr Gott! wie ist
Das au es Useluege gsy, säb isch!
Hä weder b' Erde no de Himel gseh;
Kei Sunn, kein Berg, kein Baum, e bhüet is Gott!

Rüt as en alti, höchi, dicki Mur
Ift ase brandschwarz und bachtrüfet naß
Däi gstanden und gseh wien en alte Rouß.
Ja, das ift doch zum Wunder trurig giu.
Es händ kei Buebe gjuchfet ufem Berg;
Keis Vögeli hät gfungen ufem Baum;
Kei Amslen und kei Lerchli hän i ghört;
Was will i fäge — nüd emol e Chräh! —
Nu Hüener, Güggel händ en Lärme gha,
Mä hät sis eige Wort schier nümme ghört;
Churz, b' Langwyl ift mi grüseli acho
Und hä dänkt: „Wänn i nu diheime wer!"

Mutter.

Ä bhüet is Gott! wie mönd die ryche Lüt
Au im eso e Näft diheime fy?
Jetz gfehm mir afen über Berg und Tal,
Wä mer echli uf 's Hörnli ue göhnd dört,
Vil hundert Stunde wit, 's Land uuf und ab,
Gfehnd 's Thurgi, 's Toggeburg, de Bodefee,
D' Sant Galler Bleikene und 's Baumer Dorf,
'S Fifchinger Chlofter ganz, und 's Schnebelhorn,
Gfehnd d' Chile z' Hittnau und 's Tannegger Schloß,
Gfehnd ufem Sterneberg, wie fpot as' ift,
Gfehnd 's Pfarrhuus und de Garte vorne dra,
Und ghöred lüten uf vil Stunde wit,
Gfehnd mängsmol schier die ganz Stadt Winterthur;
Gfehnd d' Sunn uufftoh und gfehnd fi abe goh,
Und b' Vögel finged is de ganz hell Tag!

Vater.

Heb au mol 's Mul zue, Frau! mer müffed 's jo.
Dä chaft dänn emäl au e Predig ha!

Anneli.

Mer händ do z' Morge wider Kaffi gha
Und Chüechli faft en ganze Täller voll.

Mutter.

Jä ghörft — 's ift glych de Herrelüte wohl,
Wänn f' au scho nienen ane gfehnd, fäb wänn i'.

Anneli.

Ja dänked — i bin au no z' Chile gip;
Der Gotte Chind ist sälber mit mer cho.

Mutter.

So, lüt's au am e Werchtig y? jo wol.
Si werded aber scho der Zit ha z' goh,
Si müend gwüß nüd so werche wie mir do
Und spinne Tag und Nacht, bis j' ässe chönnd.
Ich giengti au, wänn ich 's edeweg hett!
Ach, 's ist nüt Schöners weder z' Chile goh,
Und bsunders, wä men au de Heer verstoht
Und er eim aße wien en Ängel cha
J 's Herz ie rede — O dänn isch fürwohr
En Himmelslust; es ist der d' Wuche dur
So eebig liecht und wohl; dä blangist, bis
De Sunntig chuunt und zellst all Augeblick.
Aber wänn Einen ase präiet dei,
Kein einzigs Wörteli verstohst dävo
Und 's Ome mit kein Lieb wott süre cho,
Dänn chuunst mit dine Sinne weiß kein Mänsch
Wohi, in alli vier Heiropa ie;
Nach Afrika und Asia und Chrimm . . . . .

Vater.

Wänn d' nüt meh weist, sä fahr du eh furt, Chind!

IV.

Anneli.

Ja, da wo 's Achti gschlage hät, se lüt's
Und sind halt im enandrigsnoh bört giy.
Sust ist das emig au e Chilen, o!
Bistimmt jä groß as b' Oberhösler Zelg,
Oder wie 's Chaspers Wis im Ägetswyl.
Drei Porchile hät's emäl au gwüß drinn;
Und Stäge, Stüel und Stüd, zum Wunder vil.
Chuum simm mer dinne giy, sä chunnt de Hans
Au ase z'stossen i die Chilen ie
Und hät fürwohr schier tropfet gha vo Schweiß.

Er häi halt gmeint, 's sei z'spot und geb kei Platz.
'S chunnt no e Jumpfer und en alti Frau,
Und zletst de Heer, und do sei Bei meh just.

Mutter.

'S wer ewig au e großi großi Strof!

Vater.

Ä rüef au nüd, wie wänn 's e Broust gge hett!
'S wird nüd in alle Chile deweg sy.
'S Chind hät vilicht nüd all Lüt chönne gieh,
Wänn 's so vil Stüd und Sache hät, wie 's säit.

Mutter.

Hä jo, 's ist emäl wohr, vo dem hän ich
Jetz au mi Läbetag no nie nüt ghört.
Näi ewig au — senf Chiller mitem Hans —
I wöt nüt säge, we mä nüd der Zit
Hett z' goh und 's öppe zwo, drei Stund wit wer,
Wie 's mir do hinen umenandre händ.
Aber däi b' Chilen a der Nase zue,
Und dänn nüd z' goh, ist uverschant, ja gwüß!
I wött ne 's säge, wänn i Pfarer wer.
Oder isch' öppe so en Präie gsy
Wie unsere der Alt — dänn säg i nüt,
Wänn scho bloß eue Feusi hört gsy sind;
I bi do au nüd ggangen und no vil
Lüt nüd. Sust wänn 's en rächte Heer gsy ist,
Sä wer 's au gwüß vor aller Wält nüd rächt.

Anneli.

Hän allweg gmeint emol, 's häi Öpper gschnützt
So näbed äne, hindre große Stud.

Vater.

Wie hät er dänn au prediget, de Heer!

Anneli.

Zum Wunder lut, 's hät gchide rooß, rooß, rooß.

Mutter.

De Vatter meint, e schöni Predig gha?

Anneli.

Er hät so gsäit — vom Herrgott ümel au
So gsäit — i hā nüd Alls verstande gha.

Vater und Mutter.

Jä Chind — dä häst au sölle lose, Chind —

Anneli.

Häi jo — de Hans hät mi scho zerstebots
So grusam z' lache gmachet gha; er hät
Schier niene chönne sitze. Gsehst, er hät
Gern a zäh Stüele zehrt, sä vil er au
Hät mögen, und ekeinen abebrocht.
Zletst hät er do dört vor am Taufstei zue
An äim zehrt, und de tätscht halt abe, daß'
E großi Strof gsy ist, wie 's gchibe hät.

Mutter.

Ei sötteb allweg gwüß meh z' Chile goh.

V.

Anneli.

Wo d' Chilen uus gsy ist, säit 's Gotte Chind:
„Mer wänd jetz no chli umenandre goh,
J müeß au b' Stadt rächt gseh, es sei gar schön."
Do füert 's mi dänn, es weißt kein Chrieg wohi;
Durunf, burab, zletst uf'n en lange Stäg;
Dört ist en tüfe Bach gsy bur b' Stadt ab,
Au zähmol tüfer weder eusri Töß
Und zmitzt brinnuße stoht en Chilespitz.
Dänn vo dem Stäg wie bur ne Chile bur;
Zletst chö mer uf en große, wite Platz,
Und zum e große höche, höche Huus;
J glaub', 's häi au zweihundert Fäister gha.

Mutter.

Dört wird 's suft emig au e Heitri sy!

Anneli.

'S hät dört au wider Mustermanne gha,
Und händ dänn halt zum Wunder b' Füsi gstellt
Und gcheßlet mit de Däge, bhüetis Gott!
Und Auge gmacht schier wien e taubi Chatz.
Churz, i hä dänkt: do ist allweg de Chrieg.
Und wo mer dänn äso dört stöhnd, sä chunnt
En große, große blone Musterma
Und vil vil Trummechübler hinnenoh.
Dänn hät er so en lange Stößel gha,
Und ase torchtig gvätterlet därmit,
Halt trüllet, ufgrüert, wäger wien en Nar.
Hän emäl müeße dänke, 's sei nüt Gschyds
Au ase vom e großen, alte Mänsch.
Näi, aber bi dem mächtig große Huus,
Dört isch es dänn e bißli anderst gsy;
Dört händ s' de Nar nüd gmacht, ä bhüet is näi!
Es hett e paar Mol chönne Händel ge.
'S hät aber au zwee Mustermanne gha
Mit Füsene, grad bi der Türe zue.
Es sind dänn allbott so schwarz Herre cho,
Händ bi der Türe b' Hüet abto und händ
Si ase bolzgrad vor enand zue gstellt
Und wäger wölle stoße mit enand.
Si händ zerst glych e bißli glachet gha,
Aber, ä bhüet is, 's ist ne nüd ernst gsy.
Si hetted glych enand gnoh hinderuggs.
Die Mustermannen aber sind dänn grad
Barad gsy und händ Achtig gge und gscheecht
Und si au gstellt und b' Schüüßen obsi gstreckt.
Jä — dänn sind s' ggangen und — was gift was häst —
Dur die großmächtig höch, höch Türen y.

Vater.

Es weißt kei Mänsch, was du au ase gseh häst, Chind.

Mutter.

Das sind jetz ase Herre gsy! — jo wohl —
Und händ däi wölle stoße mit enand? —

Anneli.

Das glaub i — die händ gförchig Stoßchöpf gmacht,
'S ist guet, daß Mustermanne dört gsy sind.

Vater.

Ä — das sind eigeli Rotsherre gsy?

Anneli.

Der Gotte Chind hät halt nüt gsäit, wer 's sei.

VI.

Mer sind bo wider furt und alls b' Stabt ab,
Und chönnb dänn zun 're schwarzen ys'ne Tür.

Mutter.

Näi säg is au, was hät's bo dört wohl gha?

Anneli.

Do säit dänn b' Jumpfer: Das ist de Spitol.
Die Tür goht uuf und mir göhnd emäl ie.
Do simm mer dänn dört in e Huus ie cho —
Dört hät's mi au agheimelet; ich hä
Fürwohr zerst gmeint, i sei diheim. Es ist
En Gschmack gsy — ä wie guet hät's gschmöckt gha vo
Erdöpsle — Surchrut! ä, 's hät mi au glust't —
Hä grad 's Mul plattvoll Wasser übercho.
Do wo mer aber dört i b' Stuben ie
Cho sind, do hät 's mi emig nümme glust.
Ganz Gschaare Vetter und chrank Mänsche drinn
Sind i der große Stuben inne gsy
Und händ dänn ase brygsieh wie de Tod,
Dänn händ s' bäi ase ggässe — —

Mutter.

Ggässe — was?

Anneli.

Erdöpfel und Surchrut.

Mutter.

Dä bist en Nar,
Verzie mer 's Gott! Sind s' dänn nüb rooß chrank gsy?

Anneli.

Herr Jesis wohl — dä hettich nu müeße gseh.

Mutter.

Das wird nen ietz vil Marg i b' Bei gge ha!?

Vater.

'S wird öppe wohl en anders Huus gsy sy?

Anneli.

Näi gwüß nüd, Vatter! d' Jumpfer hät 's jo gsäit.
Es hät do dört en Ma schier grinne gha:
Ach, wänn er nu an öppis Anders hett,
D' Erdöpfel würget em fast 's Läben ab.
Do säit der Abwart: „Lueged, guete Ma,
J chan J wäger hüt nüd Anders ge;
Morn gitt's dänn Fleischt.“

Mutter.

'S ist guet, daß b' das säist, Chind
Sust hett i eidli bald en Schwoor gsäit, giehst.

Anneli.

E subri subri Ohnig händ s' dänn glych,
Und Better schiergar wie mi Gotte hät.

Vater.

Sä liged s' doch au guet, Gott Lob und Dank!
'S hett's allweg Mängs diheime nüd äso.

Anneli.

De Gipsegg=Hansli hän i au no gseh.

Vater.

Ach myn Gott! läbt de Gipsegg=Hansli no —
Was macht er au, was hät er züe der gsäit?

Anneli.

Es schwyni, will's Gott, mit em, hät er gsäit.
Er hät äfange grusam gschwullni Bei;
Erdöpfel hät er chuum en Löffel voll
J's Mul ie glo, er mög fürwohr efei;
„De Dokter gäb em aber allbot Wy;
Und von re ryche Fraue häi er Fleischt
Und Suppen übercho, scho drü, vier Mol.
Und b' Meistri im Spitol, die häi em au
Scho gueti, gueti Öpfelmüesli brocht.“

Mutter.

'S hät glych au no guet Mänschen i der Stadt.
Der Herrgott wölln es zähjach wider ge.
Das ist e Meinig, chrank z'sy und nüt z'ha.
Ach, myn Gott! und kei Bettli mängsmol no.

Anneli.

Der Abwart, wo er häi, sei bös;
De Thomas und de Ruedi hett er gern,
De Heiri sei au artig mit em gsy.
Sust sei's e großi Strof, wie 's Abwärt geb,
Wie f' ein do mängsmol lige lasseb, bis
Dä Dokter chömm, as fehlti eim gar nüt
Und wer eim herrewohl; 's häi aber erst
E so en Abwärteni müeße furt.

Mutter.

Die müeßteb mir nüd übel 's Löhnli ha.
Sie werdeb's aber au no übercho.
Mä cha si wäger am e chrankne Tier
Versündige, verschwigen am e Mänsch.

Anneli.

So Torchtigi hät's vil vil gha, es sind
Eim i der Stadt no dann und wann ebcho.
J hän em Hansli no drei Schillig gge
Und sind do furt.

Vater und Mutter.

Das ist scharmant gsy, Chind.

VII.

Anneli.

Do säit der Gotte Chind, mer wölled jetz,
Es ist scho um e Zächni ume gsy,
Dört uf — dört uf — näi seh — wohi jetz au —
'S chyt schier wie umerabe — doch nüd so —

Mutter.

Ach säg em du un Öppis, 's ist jo glych.

Anneli.

So uf neu artigs artigs Bergli ue;
'S ist schier gsy wien e laugi Charrestroß;

Und linggs und rächts vil Bäum und so blo Bänk.
Dört hät män emäl au guet d' Schneeberg gseh.
Schier wie do hinnen, und de See und vil
Vil Hüser, Chile und ganz Gschaare Bäum,
Und Jumpferen und Herre sind dört gsy.
Jetz loset, wie 's mer do au ggangen ist.

Mutter.

Was — hät der öppen Öpper Öppis to? —

Anneli.

I bin ällei dört bim e Baum zue gsy,
Der Gotte Chind hät no mit Öpprem gredt,
Do chönnd zwee Herren und stöhnd by mer still.

Mutter (begierig).

Sind 's öppe so Spaßvögel gsy,
Wien eusren Oberamtmän einen ist?
Und bo?

Anneli.

    Sind j' emäl au sä früntli gsy.
Der Eiuti hät dänn halt eu Lärme gha,
I häi eso e subers Halstuech a,
Er wött uu au äso eis mögen, und —
Was 's au wor chosten? Und do säg i dänn:
„'S hät vierzäh Schillig gchost'; am Baumer Märt
Häi ich 's em Rüegger-Mädeli abgchauft."
Hä zerste gmeint, es seied gwüß frumm Lüt,
Si händ zum Wunder vil gredt usem Bätt,
Vo schönen Änglen und vom Parädys.
Do säg i aber, i verstand d' Schrift nüd
Äso wie sy, i sei nüd deweg glehrt.

Mutter.

Dä chast doch 's „Hälserhilf" und 's „Herrigott";
Allsamme Frogen und „Wer ggässe hät".

Anneli.

Si händ so glachet und ich emäl au;
Do säged j': „ich häi Zäh wie Elfebei,
En Adlernase, Rosewangen und
Es weißt kein Mänsch was — Lippen emäl au.
E Hut wie Wachs und be und dise Wäg."

Do hän i 's aber gmerkt, die Wüest, daß f' mi
Uuslacheb, und ich dreh mi um und furt
Und säge: „Chö mer won i meine." Do
Wänd Beed no afe geg mer füre cho.

Mutter.

Was — was — die Herre händ ebeweg gredt —
Uusglachet händ f' di? --

Vater.

Ach, vilicht gfäriert.

Mutter.

Allwäg gfäriert — Wer ich au bei der gfy,
Ich hett eue bim Chätzer b' Meinig gfäit.
Die hett ich eibli z'Bode gritte. Näi —
Wie chunnt mi emig au e Täubi a.
Jo wohl — en Adlernafe häsift du? —
Näi das ift au e großi Strof, fäb ifch!
Ä bhüet is Gott, und gfägn is Gott! Seh, gib
Au 's Chindlis Namebüechli abe bäi,
Nu z'luege, wien en Adlernafe fei.
Näi — lueg män emig au de Vogel a;
Jetz fött mis Chind äfo en Schnabel ha!?

Vater.

Ä, Frau, es ift eue villicht nüd ernft gfy.

Mutter.

I fäge, mach mi jetz nüd taub! — Jo wohl!
Es ift kei Mißgeburt, Gott Lob und Dank —!
Mer dörfeb 's zeige, wem mer wänd.
Du häft e rächti Nafe, wie 's fi ghört --
Und Zäh wie Felfeftei? näi los män au!

Anneli.

Nänäi, wie Elfebei, händ f' gfäit.

Mutter.

So fo!

Wie Elfebei? was ift ächt das für Waar?
Das föll mer eigli öppis Subers fy.
Näi emig au! Und häft du fo schön Zäh!
Si find jo gwüß fä wyß wie Chriefibluest.

Und Wange? — näi bim fule Dunnſtig au!
Es nähm mi Wunder, wo d' wöttſt Wange ha:
Du häſt ſä wenig Wangen as ich hä —
Die chäßers Nare! Wangen iſt es Dorf;
Mi Schwöſter iſt dört i der Ährn giu icho.
Und Lippe ſöttiſt au no aſe ha?
Das chnt jo aſe ſchier wie Lippeſchwändi,
Und Lippeſchwändi iſt jo au es Dorf.
Nänäi, du häſt mi Seel ekei! — Jo wohl!
Die hänket dir eberig Schnööggen a;
Sy werded ſchätzwohl derig Sache ha.
'S iſt glych e Strof, wie d' Lüt äfange ſind.

Anneli.

Und häi en Hals wie alli Laſter, händ ſ'
Mer gſäit; und d' Füeßli liged do, wie — ſeh —
Ja, wie zwei Tübli bin enandre zue.

Vater.

Erzell doch au 'mol öppis Anders, Chind!

Mutter.

Hettiſt do Eim rächt de Schue i d' Fräſſe gge
Und gſäit: Lueg, wie das Tübli artig bickt!

Vater.

Red öppen au e bißli gſchnyder, Frau!

Mutter.

Hä jo, was ſchältet ſi mis Chind äſo —
Mis eige Fleiſcht und Bluet! — Jo wohl!
En Hals wie alli Laſter häjiſt du! —
Näi Tüfel au! e großi Strof — bim Dunn —
Bim Hag — näi doch, i ſchweere nüd. Wänn du
En Laſterhals häſt, händ ſy Schölmehäls.

Vater.

Was magſt jetz au äſo en Lärme ha,
Es iſt jo no ſä brav wie alliwyl.

Mutter.

I weiß wohl, aber 's ergeret mi glych;
Dänn wä män eim i's Aug ie langet, ghörſt!
Sä tuet 's der weh.

Vater.

I weiß es ebe wohl.

Seh Anneli, erzell is du no meh.

VIII.

Anneli.

'S hät Zwölfi gschlage, mir göhnd wider hei,
Und 's Mittagässen ist scho barab gsy;
E Tischlache schneechrybe wyß, und alls
Schneewyßi Täller zringelum, und dänn
E Blatte wien en Taußstei usem Tisch.
Mer händ do wider Fleischt und Suppe gha,
Und so grües Chrut, si händ em gäit Spinnest.
Mer sind do au so über 's Singe cho;
Do säg i dänn, i ghöri 's äso gern.
Gschwind goht der Gotte Chind i's Gaden ue
Und bringt en Usmachi däthar; si hät
Schiergar gseh wien e Gygen. Ä! die hät
Doch eebig eebig suber gchide gha.
Und gsunge hät der Gotte Chind därzue,
I hä mi Läbetag nüt Schöners ghört.
Do säget s' dänn: „Nu seh, sing du au Eis!"
Und händ nüd nohgglo. Zletst fang i a:
        „I wött, dä wärist e düri
        Rütsch und Fädere Dilderidum,
        I wött, de wärist e düri Bir.
        I wött di fräße mitsamnt dem
        Rütsch und Fädere Dilderidum,
        I wött di fräße mitsannt dem Stil u. s. w."
Do händ s' bim Hebet glachet, überlut;
Und äisig äisig gsäit: „Sing au no meh!"
Und hä mer schier drü Glas voll z'trinke gge;
Do fang i emäl sicher das no a:
        „Es ziehnd drei Grosen über Fäld,
        Hee jo!
        Si händ verlore de Seckel und 's Gäld,
        Das Dilberi di und di!

Schön Anneli sitzt im grüene Chlee,
Hee jo!
Und schreit, si sölled em 's Läbe nüd neh,
Das Dilderi bi und bi u. j. w."

Mutter.

Näi, näi, wie häsch au dörfe, Hundsfuochind?

Anneli.

Do, won i aber mit dem Liedli gräch
Gsy bi, jä chunnt druuf d' Magd i d' Stuben ie
Und lachet dänn und säit: „'S ftand Alles ftill
Bim Brunne, 's chydi au gar fürchtig lut."
Do jäged j': wil i fo brav finge chönn,
Sä mües i z'Obig — feh wohi jetz au? —
Es geb vil, eebig vil Lüt zäme dört,
Si mached uf und finged allerhand.
Es ift au wider fo e frönds frönds Wort —
Es laujt mer im Mul une, näi, daß ich 's -
'S chyt afe wie Kummfchwätz oder Kummzerrt.

Mutter.

Ach fäg em nu en Schnoogge, 's ift jo glych.

Anneli.

'S hät eebig vil, vil Wybervölcher gha —
I fäg em jetz Kummfchwätz, ich glaube, 's fei
Nüd Sünd.

Mutter.

'S wird öppen au kein Schwoor fy das?

Anneli.

I hä do gfäit, i chömm gern, wänn i dörf.
Mi Gotte fäit zum Chind: „Dä chönnft em eh
Dis Gwand azlege ge, er find glych groß."
I fäge: „Poh, es ift mer glych." Mer göhnd
Is Gaden ue und leged is dänn a.
Was mir händ müeße lachen, o Herr Jee!
Mer find mängsmol fchier um der Ote cho.
Do chunnt dänn d' Magd und macht mer nu ein Zopf
Dänn afe prezys zwitzet uf de Chopf;
Er ift fürwohr au fchier zwo Ell lang fy —
Und Chrüfel, afe zwee groß groß dozue.

Mutter.

Näi emig au, en Zopf zmitzt uf de Chopf!
Dä häft egoppel drygseh wien e Häx —
Und hät dänn asen abeglampet gha?

Anneli.

Ä blüet is näi! en Strehl ygsteckt, en Strehl,
En große, höche, prezys wien e Chron.
Do chunnt dänn b' Magd und bringt e Gütterli
Voll gschmöckigs gschmöckigs Wasser ic und säit:
„Chumm, wäsch di!" Ä, das ist au ase gsy!
Do hän i wäger gschmöckt wie Rosmary.
Do, won i mit dem gräch gsy bi, sä muez
J dänn der Oberrock abtue, und 's Mäitli nimmt
En lange, lange gele Länder dört
So zum e blone breite Chasten uus,
Mit Schnäblen und ganz Buschle Schnüere dra,
Und dänn e langs breits Ysie zmitzt durab,
Und säit: „Jetz leg en a, gschwind schlüf drinie!"
Do säg i: „Näi, ach bitti au! ich darf
De Länder gwüß vornse nüd aha;
Er sei mer emäl au senf Vierlig z'lang;
J wurd so z'Tod uusglachet." D' Jumpfer säit:
„Ä schwig du nu! mir händ au derig a,
Mä leit dänn no en Rock a drüber ic."
J lege ne zletst a; do fanged halt
Die Wybervölcher, daß 's e großi Strof
Gsy ist, am Rugge hinnen aso zie,
Bis ich äfange Mordio grüeft hä:
Si schnelled mer de Ruggen abenand!
J chönn mi bewäg nümme gläichen und
Nüd otne; und si Beebi händ si halt
Schier gar z'Tod glachet ab mim Jomergschrei
Und äisig zoge, bis' zletst gnueg gsy ist.

Mutter.

Das ist jetz wider Öppis us der Stadt!
Wie wä män Eim do wött e Bei yzie —
Dä hettst e gwüß nüd müezen aha, wänn
Jch dört gsy wer. Jetz weiß i erst, worum

Der Gotte Chind bloß chrättlis=dick ist — Säg,
We wött au chönne trüehe in re so
E chätzers Chluppen inne?

Vater.

Poh, si wänd
Bilicht so dünn sy.

Mutter.

So, dänn chämmed s' nu,
Mir wänd ene von euserem Chumber ge,
De macht s' mi Seel noh dünner, as s' e so
En Zangeländer macht, mä chönnt 's dänn gseh.

Vater.

Red au nüd äisig, was nüt nützt, säb red.
Säg du jetz wider öppis Anders, Chind.

Anneli.

Do bringt dänn b' Magd en subre Rock,
En grüenen und rot Blueme druff wie Füüst,
Und Ermel drin, wie Windliechter sä groß;
Dänn händ s' mer en ase z'hinderfür agleit,
Und no en schwarze Gurt um, wie wänn i
Däi ase müeßt ge mähe.

Mutter.

Los män au!

Anneli.

Und Chräge schiergar über b' Ohren uuf
Mit Spitzen und mit Blueme — glaubsch nüd wie!

Mutter.

Ja, du bist au e Jumpfer gsy, dä häst
Egoppel gseh wie 's Bohnepardi's Frau!

Anneli.

Do gänd s' mer dänn no chridewyßi Strümpf;
I wott s' alege gschwind, und hä mi dänn
Däi ase wölle bucke, und do chan
I 's nüd, be tüfels Länder hät mer halt
En Stich gge, daß 's e großi Strof gsy ist;
Und hä do emäl au en Geuß abglo.
Und Schüeli händ s' mer agleit, bhüet is Gott!

Si händ kei Abſätz gha, kei Übergſchüe,
Kei Negel — nu e Wüſchli Läder iſch
Es gſy; dänn händ ſ' mer ſ' aie däi a b' Bei
Aabbunde gha.

Mutter.

Die chäliſ Nare, näi!

Vater.

Erzell jetz au emol vo dem Kummiſchwätz.

Anneli.

Los nu, do legeb ſ' mer no Händſchen a.

Mutter.

Dä biſt en Nar, wänn 's ſo warm Wätter iſt?

Anneli.

Ghörſch nüb? hä müeße Händſchen aha und
Zletſt ſäget ſ' dänn, i müeß no lehre goh.

Mutter.

Was —? lehre goh? jo wohl no lehre goh? —
Du gohſt jo rächt, ſi werdeb öppen au
Nüd anderſt chönne goh as Euſerein.

Vater.

Si ſchlirped allwäg glaub i nüd wie du.

Mutter.

Und dänn — ſä ſchlirp i — ſchlirp du au, ſäb ſchlirp!
J bi no allimol zu rächter Zit
A 's Ort cho — he — „A Gottes Sägen iſt
So Alles gläge" — wänn d' au das nüd weiſt,
Du Lappi!

Vater.

Fryli weiß i 's; fahr furt, Chind.

Anneli.

J hä zletſt chönne lehre goh, wie ſy;
Hä nu ſo chlyni Schrittli müeße neh
Und äiſig echli gümple; lueg nu — ſo — —

Mutter.

Das wär jetz ggange? — wien en Ägerſt! gwüß
Prezyſ göhnd b' Ägerſten äſo — mi See!

Vater.

Näi Frau, wänn wirst ächt au emol chli gschyd?

Mutter.

Du Joggel, wänn i rych gnueg bi.

Vater.

                 Dänn bist

No lang en Nar.

Mutter.

          Und dänn du au.

Vater.

               Schwig jetz.

Chind, säg du, wie 's gsy sei i dem Kummschwätz.

Anneli.

Mi Gotte hät do halt en Lärme gha,
Wien ich doch au e schöni Jumpfer wer.

Mutter.

Wänn d' Gäld hettst, wird si gmeint gha ha, verstohsch?

Vater.

Si bhüet is Gott! si luegeb nüd uf 's Gäld.

Mutter.

Näi näi, nu uf 's Vermöge, Narestuck.

IX.

Anneli.

Und wo dänn d' Jumpfer au agleit gsy ist,
Sä göh mer dänn do ebe mitenand;
Und ich hä dänkt, wänn ich voruse chömm,
Werd 's goh mit Luege; aber bhüet is näi!
'S sind Jumpferen und Herre cho, si händ
Nüd to, wie wänn i' mi wored gich, säb händ s'.

Mutter.

Si händ der 's nu vergunnet gha.

Anneli.

Mer sind do wider dur vil Stroße cho,
Zletst uf nen ebne, große, schöne Platz;
So chlyni Steinli drussi, schier wien e Töß;

167

Und zringelum vil Bäum, und b' Sunne hät
Durdure gschine, halt zum Wunder schön.
Do isch es emäl au zueggange dört!
Händ ganzi Fueder Jumpfere zue gfüert
J rot und blone Chäften innen und
Dä Fuermä hät f' gschwind gschwind abgladen und
Nu hurtig wider furt und ander gholt.
Und b' Herre händ au vil vil brocht, es händ
En Teil Zwo, Drei, en Teil nu Eini gfüert;
Es hät mi gmahnet an en Baumer Märt.

Mutter.

Was fäift? enandre gfüert — de heiter Tag?
Die Schämbinüte! näi, wänn 's all Lüt gfehnd!

Anneli.

Und sind dänn dört so in e Chilen ie;
'S ist aber neime glych kei Chile gsy.
Do frög i b' Jumpfer: „Wänd f' dört Hochsig ha?"
Do lachet si und fäit: „A bhüet is näi,
Das ist 's Kummschwätz, mir göhnd jetz au dört ic."

Vater.

Sä fäg jetz au emol, wie 's dört gsy sei.

Anneli.

Zwee Muftermanne hät 's dänn au dört gha,
Händ müeße Wacht stoh bi der Türe zue.

Mutter.

Si sölled mer doch hundsleid tue die Lüt,
Daß f' äifig Wächter müend um f' une ha?

Vater.

Du Nachtlig, die sind nu do, Ohnig z'ha.

Mutter.

Wer macht dänn b' Unohnig? — Du Joggel du!

Anneli.

Es seied zwee Surgürbsler gsy us der
Gaßlärme.

Vater.

Näi, ach myn Gott! Chind, was schwätzt
Du au; Surrküßler werded 's wohl gsy sy.

168

Mutter.

Ach, 's ist jo glych; si werded mängsmol au
Der Snrgürbs übercho. Erzell du furt!

Anneli.

Ja nu, do chö mer dänn i das Huus ie;
Und do, wo d' Türen ufgoht — großi Strof!
Wänn 's mir nüd schier gar gschwunden ist, säb isch —
I säge: Näi! ach myn Gott o! was gitt 's
An do? — Si sind katholisch — bätted gwüß
De Rosechranz? — e Parleten isch gsy
Und Lüt! ich hä mi Läbtig nüt so gseh,
Grasgrüe, füürrot, schneewyß, chnitschblo — schier wien
En Acher volle Mägi hät 's usgseh.
Wänn ase rächt de Wind drin ume fahrt;
'S hät Alles gwimslet oben über ie.
I säge: si mer au no uf der Wält? —
Es ist nüd Tag gsy und nüd Nacht; dänn sind
Am Himel oben ase öppe sächs
So großi Chäfi ghanget gsy —
Ganz gchrällelet, und Liechtli zringelum,
Gern hunderti.

Mutter.

Wänn d' Sunn am Himel stoht!?
Will gern gseh, was no use chömm; fahr furt.

Anneli.

Poh, d' Läde sind halt dunne gsy.

Mutter.

So so.

Anneli.

Mer sitzed do echli mit hinnen ab,
Und äisig sind no Gschaare Herre cho
Und händ halt allerhand für Jumpfre brocht,
Von alle Farbe. Und dänn händ en Teil
Kei Halstüecher agha, sind nacktig gsy
Bim Hammer bis do abe.

Mutter.

Hä 's doch dänkt!
Drum händ s' kei Sunn ie glo — kei Halstuech a?

Näi das ist au e großi Strof, säb isch;
Das ist e subri Chile das — jo wohl!
Ach myn Gott! nüd e Wunder isch es Chrieg.

Vater.

I heb au 's Mul zue, 's ist nüd halb so bös.

Mutter.

I säge: schwig! „Was d' Auge gsehnd, glaubt 's Herz."

Anneli.

Es sind dänn amig au so Herre cho,
Sä bald as s' ie cho sind, händ s' d' Hüet abto
Und gchratzet, daß 's e Strof gsy ist, im Hoor,
Und mit de Beine ggingget, halt prezys
Wie eusri Loobe, wänn 's vil Breme hät.
Uf das händ dänn Vil geg de Jumpfren ie
Äso gmacht mit de Chöpfe.

Mutter.
Äse gmacht?

Wie euser Geiße, wänn s' wänd stoße — näi —!

Anneli.

Dänn sind die Jumpferen erschrocke drab
Und händ si halt erschütt, dä glaubsch nüd wie;
Händ Baggen übercho süürzündetrot.

Mutter.

I säge nu vo dem: kei Halstuech a!
Wänn mir e Chind äso zum Vorschy chäm,
Dänn nähm i däi de vierfach Hälftig und
Wor 's halt ertöffle, bis 's bim Hackermänt,
Verzie mer 's Gott mi Sünd! de Himel für
E Baßgygen aluege wor. Das hät
Am Wybervolch kei Gattig, näi gwüß nüd!
Min Ätti sälig hät is mängsmol gsäit:
„Ihr Chinde! wo kei Scham ist, do ist au
kei Ehr. Dänn Gott der Herr, 's stoht i der Gschrift,
Hät so im Parädys" — —

Vater.
Ach schwig jetz au!

Mutter.

I schwige nüd, will rede, wil 's 's Chind ghört;

170

„E Wort zu siner Zit ist meh wärt, as
Sust tusegi zur Unzit", hät der alt
Guet amig gsäit.

Mer glaubet 's; schwig jetz nu.

Anneli.

Do öppen in re Viertelstund sä chönnd
Bim Hammer au schier hundert Herre dört
Wie us'me Chäller ne und häid dänn au
Usmachene brocht, o Herr Jee! wie sind
Das Sache gsy: Glanete, Gygen und
Zwee Trummechübel emäl au. Dänn händ
Dört ine Zwee e Gyge brocht, fürwohr
Schier größer, as de ufrächt Chaste dört.
Ä bhüet is, eusri Muelten ist nu wien
E Salbbrückli därgege. D' Jumpfer hät
Gsäit, es sei en Dunderpaß.

Vater.

Jowohl! De wird
Gwüß brav dunneret ha, wo s' aglo händ?

Anneli.

Ja, de hät grumplet. Loset jetz! do fangt
Dänn Einen um der Ander a echli
Glanete, gyge; zletst chunnt dänn
En Herr mit ere Gygen und hät dänn
En großen Augespiegel träit. Er stoht
Dört uf e Stüeli ne und lueget dänn
So umenand. I dänke: was wott 's do
Absetze? Nu, de Herr macht drümol „sch",
Und däggelet e Bitzli uf ne Brätt.
Do nohtnoh redt dänn Niemed meh. Eismols
Sä trummechüblet de dört hinnen, und
De mit der große Gyge hät dänn scho
Uufpaßt und schlot dem Dunderpaß halt Eis,
Ä bhüet is Gott und gsägn is Gott! wie ist
Das gsy, wie hät 's en Rumpel gge. Uf das
Fangt dänn de Herr dört usem Stüeli a
Mit Händ und Füeße dryschlo, daß 's e Strof
Gsy ist. Do lönd bim Lust Allzämmen a.

171

Mutter.

Te wird schätzwohl hä müeße mähne, gäll?

Anneli.

I weiß es nüd. Ja, das hät gchide, hä
Bald gmeint, de jüngst Tag chömm, wie 's zittret hät
Und dunneret und gchringlet, min Gott au!
Es ist mer, i sei jetz no dört und ghör 's —
I hett nu ase möge sterbe — gwüß,
Es glaubt 's kein Mänsch, wie das gsy ist.
Es hät mi ase gfroren ufem Chopf,
Und gryne hän i müeßen überlut.
Und mängsmol isch mer gsy, i sei diheim.
Gwüß, 's Heiweh ist mi rächt acho. Hä gmeint,
I ghör Chüereihe singe ufem Berg
Und b' Glogge chringlen i der Chlosterwaid;
Bald wider wänn im Gieße 's Wasser ruuscht;
Und gchide hät 's dänn öppedie, wie wänn
De Biswind pfyffe wor dur b' Schrunden y.
Hä sicher öppe drümol uschoch gmacht;
Es ist en rächte Frost i mi ie cho.
Bald hät 's dänn ase ghörelet und ist
Schier uns gsy, und dänn hät de Herr ällei
No gyget. Aber das ist sust au gsy!
Es hät nu ase ggyret öppedie,
Prezys wie 's Kätters Buebe Chuchitür —
Es ist mer gsy, i gsech de Chappi use cho.
Und gjomret hät er mit der Gyge dänn
Und grochset — 's ist mer ordli gsy, i ghör
'S Hans Wyße Beeteli, wänn 's amig grynt
Und b' Händli zämme schlot: „Wie bin i au
En arme Tropf!"

Mutter.

De Torejoggel! näi —!
E bewäg goge z'gyge — chälis Nar!
Jä bischwäg isch 's zähmol schöner gsy.
Jo wohl, ge jomere — was dänkt er au?
I meine, wänn er wüßt, was 's Jomre wer,
I wette druf, er gygti nüd äso.

Hett er en Pfalmen ufgmacht, das wer dänn
Suft öppis Anders gsy.

Vater.

Du kännsch es nüd.

Mutter.

Nu z'guet, du Nar! weiß gwüß, was Jomren ift.

Vater.

I meine drum nüd das. Erzell du, Chind.

Anneli.

Du hettsch nu sölle ghöre, wie 's gsy ist,
I meine, 's Gryne wer di au acho;
Wänn 's bewäg chyt im Himel obe, will
I gwüß vo ganzem Herze zfribe sy.

Mutter.

Allwäg — jowohl — mä jomret gwüß nüd
Im Himel; dört ist weder Leid no Gschrei;
Die schönst Wältmusik sei nu Hundsgeböll
Und Chatzeschrei, gheißt 's im e Bätt, säb gheißt 's.

Anneli.

'S hät allwäg suber gchiden öppedie.
Der Gotte Chind hät aber gsäit: Wänn nu
Sächs Herre nüd rächt gyged wored, wer 's
Nüd rächt und 's chyti falsch.

Mutter.

Der Gotte Chind
Verstoht doch au zum Wunder Alls, und wird
Gwüß chuum Achtzächni sy. 'S chann aber wohl —
Si Mueter häi 's gar eebig früe i d' Schuel
Gschickt i der Stadt und äisig mit em glehrt:
So chönnt 's us Euserein zletst Öppis ge.

Vater.

Frau, schwig jetz au und los, was 's Chind erzellt.

Anneli.

Seh loseb. Do ist dänn emol äso
En Ufmacheten uns gsy. Nu, das Ding
Ist guet; do glih drus chlöpft dänn Alls i d' Händ,
Und ich hän uf der Wält nüd gwüßt, was 's gitt.

Gwüß alt alt Herre händ so närrisch to,
Wie d' Chind mängsmol, wänn s' Chröli überchöünd.
I stohne unf und gsehne dänn, daß dört
E Jumpfer bi de Gigre vorne stoht
Im e schneechridewyße Rock und au
Kei Halstuech a, e großes mächtigs Buech
In Händen, und dänn hät si alliwil,
So wie katholisch, ue und abe gmacht,
Und ist dänn emäl au sän artig sy;
Hät ase roti Bäggli gha und dänn
Zwee groß, lang guldi Ohreschlänggen inn.

Mutter.
So, nüd e Wunder händ die Herre gschlöpft —!

Anneli.
Bald ane sauged öppen ihne Feuf
A gyge, blose, dänn nu ase zohm,
Und Alles an Eim Strich. Die Jumpfer hät
Dänn äisig umkehrt. Eismols sangt si a,
I hä halt müeße lose wien en Nar —
Halt juchse, hohle, lache — gsehst,
Wä hett si gwüß im Lenzen une ghört.
De Senn im Ragehorn ist nu en Nar
Gäg ihre, und cha's doch zum Wunder lut.
Bald hän i sölle gryne und bald ist
Mi 's Lachen acho.

Mutter.
Aber bitti, säg,
Die hät egoppel trunke gha, es cha
Nüd anderst sy!

Anneli.
Allwäg — 's ist gwüß nüd wohr!

Vater.
Si bis au witzig, Frau.

Mutter.
Poh, wänn emol
E Wybervolch edewäg tuet, sän isch
Nüd alls.

Anneli.
Si hät für gwüß kein Ruusch gha, gsehst!

A, chönnt i si au wider ghören, o!
Si ist mer doch zum Wunder agnehm giy.
Do wo si dänn uusgfunge hät, händ halt
Die Lüt i b' Händ gchlöpft, zum e Wunder, gsehst.

Mutter.

Jä säg, was hät si dänn äu gsunge gha?

Anneli.

I hä si nüd verstanden, öppedie
Hät's gchide wien en Psalme.

Mutter.

Und hät dänn
E bewäg giggelet und gjuchset — — näi! —

Anneli.

Jä 's ist dänn näime glych keis Juchse giy;
Gsehst Mueter, wie si's machet, cha's kei Mänsch).

Mutter.

Min Ätti sälig hät's fust emig au
Guet chönne. O de hät e Stimm gha, wien
En Ängel, wänn er aglo hät. Der alt
Herr Pfarer Hagebuech im Sterneberg
Hät eebig mängsmol brichtet, daß er söll
Au züen em dure z'Chile cho, es sei
E mol e schöners Gsang, wänn er dry sing.
Er hät de höch Alt useghaue, 's ist
Gwüß zum e großen Erdewunder giy.
Wänn Tusig gsunge hetted, hett män ihn
Glych z'voruus ghört. Und b' Heereni, die hät
Vil eebig Mol mit em gsunge gha,
Si hät dänn uf der Zitteren uufgmacht.
Und wo s' do furt giy sind im Sterneberg,
Es Häusli gha händ uf der Undre-Matt,
Hät er no müeße zuen ene mängsmol,
Sä lang as s' gläbt händ.

Vater.

Ja, ja, ich weiß es wohl.
Nu, Anneli, fang du jetz wider a.

Anneli.

Si händ bo no e Wyli ufgmacht gha,
Emol sä bringet dänn dört ihne Vier
So wien e großi großi Muelte mit
Vier Beine — wie 's Wirts Hansen eini händ —
Und stelled vil vil Liechter zwäg. Eismols
Sä goht dänn wider so es Tätschen a;
'S hät Alles glueget; und bo gsehn i dänn,
Daß die wyß Jumpfer wider dört ist und
E Roti bein re zue. Die Wyß stoht still,
Die Rot sitzt ab und ist dänn emäl au
Zum Wunder früntli gsy und hät äso
Zwei ̉ sufri Rösli i de Zöpfe träit
Und e schneechribewyßes Halstuech a.

Mutter.

Das ist jetz au en ehrlis Mänsch gsy, das;
Die mueß mä gälte lo, das ist dänn wohr.

Anneli.

Das Ding ist guet; 's ist äisig anderst cho.
Es blosed Drei, es gyged öppe Vier.
Die Wyß chehrt wider allbot um im Buech.
Die Rot langt weidli i die Muelten ie —
Do isch es erst aggangen, o Herr Jee,
Wie ist das gsy!

Mutter.

Si wird doch öppen au
Nüd gchnätte ha?

Anneli.

Näi, gharpfet hät si, dänk
Au, gharpfet — wien en Ängel. Und uf das
Fangt dänn die Wyß a singe zu dem Spil.
Wie das sust zämme gchide hät! fürwohr
Im Himel obe cha's nüd schöner sy.

Vater.

I geb doch gwüß en Bock, wänn i emol
Äso es Gsang chönnt ghöre.

Mutter.

Ja und do
Was hät die Jumpfere wider gjungge gha?

Anneli.

J meine gwüß de hundertnünzäht Psalm;
'S hät eebig lang gwährt, bis si gräch gsy ist.

Mutter.

De wött i jetz hä möge ghöre! näi —
Das ist mis Ättis säligs Psalme gsy.
Wänn b' doch nu au uf d' Wort rächt glofet häst.

Anneli.

Si hät dänn mängsmol giunge „schiglio"
Und „biglio", wie wänn si wött
De Hüenre rüeje.

Mutter.

Dewäg hät si gsäit? —
Herr Jeeger Gott! de Psalme heißt nüd so;
J merke wol, a dene Schnööggen a
Jsch 's so e tüfels Bauzeliedli gsy.

Anneli.

Es hät doch suber gchide.

Mutter.

So, meinst du,
Wänn's nu schön chydi! näi, das ist nüd recht.
Zun Bauzeliedlene hät Gott der Herr
Eim d' Stimm nüd gge; zun Psalme, Chind, und zun
Geistliche Liedere.

Vater.

Ja, Chind, und do?

Anneli.

Wo j' gräch gsy sind, chlöpft wider Alls i d' Händ;
Es chunnt en Herr und nimmt die Wyß a b' Hand,
En Andre nimmt die Rot und füered j' furt.
Do jsch es wider gsy wie am e Märt;
Die Wybervölcher händ halt schüli grüest.
Druuf bringed ene b' Mannevölcher Wy
Und gänd ne z'trinken und gel Chrö derzue.

Mutter.

Si händ 's just glych verdammtlig guet, die Lüt;
Bim Tusig, nu was j' glustet und gern wänd.

Was, hät au öppen Öpper Öppis zue
Der gsäit?

Anneli.

En alte Herr ist emol cho
Und lachet dänn und säit: „Was läbt si Guets?"
Do säg i halt: „Ja fryli" und do goht
Er nu grad wider furt. Der Gotte Chind
Hät mängsmol mit mer gredt. I hä doch gwüß
Schier sölle lache: Es sind hindr is zue
Zwo Jumpfere gsässe, die händ alliwil
Vo Stääle gredt.

Mutter.
Si werded wohl Beh ha?

Anneli.

'S cha sy. Die Jünger hät do gsäit: „Si häi
En bluemete, en wyße Bode drinn
Und zringelum en breite Chranz."

Mutter.

Die mached sust au Sachen i der Stadt!
Näi, bluemet Stääl — hett Euserein äso
E Stube! Dusig Rad! wie werded si
Die Loobe meine im äso e Staal!

Anneli.

Der Jumpfer ist en Streich bigegnet, o
Potz Hund! si hät si wölle bucke, do
Verspringt ere grad einersmol e Schnuer
Au ihrem Länder und do hät's halt gschlöpft
Prezys wie wä mä wor en Schutz ablo.
Hä dänkt: wänn nu a mym au eini ließ;
I hän äfange gmeint, er druck mi z'tod,
Und rangge hä mi müeßen alliwil.
Si händ do no emol lang lang ufgmacht,
Händ wider gmacht, wie s' zerste gmacht gha händ
Um halbi Zächni isch es uns gsy, do
Sind dänn dört Manne cho und händ vil Lüt
Zu Chäften ie guoh und furt träit.

Mutter.
Was säist?

Tä bist nüd gschyd!

Vater.

Poh, das cha wol wohr sy.

Anneli.

Schwarz Chäste sind's gwüß gsy und Stange dra,
Dänn händ s' es dra furt träit.

Mutter.

Näi, los män au!
Die werded wohl kei Bei gha ha,
Oder si sind barhännig gsy, vilicht.

Vater.

Dä redst doch chätzers dummi Stucki, Frau;
Dänn lachet si no wien en Torebueb.

Anneli.

Allwäg — kei Bei; si händ gwüß Beiner gha.
I hä s' jo gseh.

Vater.

Nu, wie isch witer gsy?

X.

Anneli.

Do wo mer hei cho sind, sä mueß i dänn
Erzelle, wie 's mer gfalle häi. Es ist
En alte Herr mit sire Frau dört gsy,
Herr Rumplen und Frau Tanze händ s' ne gsäit.
Und die händ glachet, daß 's e Strof gsy ist,
Won ich so allerhand erzellt gha hä.
D' Frau Tanze ist ufgumpet öppedie,
Und de Herr Rumple hät en Lärme gha,
I hän äfange müeße lache nu
Ab ihne. Zletst händ s' dänn nüd nohe glo,
Bis ene no e Liedli gsunge hä.
Do sing ene dänn ebe no e paar.

> „Wänn d' Bure wored Herre ge,
> Sä wötted s' gern regiere;
> Wänn d' Herre wored Bure ge,
> Wött Keine kunterbiere."

„En Herr und en Bur die häjed emol
Wölle von enandre scheide;
Do chömm dänn 's Wänn und 's Aber därzue
Und säged: wir könned 's nicht leide.
Vidireeberidirai, vidireeberidirai!
Und säged: wir könneb's nicht leide" u. s. w.

Do schlot halt de Herr Rumplen uf de Tisch
Und hät e Freud gha; und b' Frau Tanzen ist
Drü Mol vom Stuel ufgumpet und hät gsäit,
Wie ich brav singe chönn, und söll doch morn
Au zuen ene cho mit der Gotte Chind.
Und b' Jumpfere müeß dänn mit mer, seh wohi — ?
Ja, dört hät's sust au Sache gha und Waar.

Mutter.

Was hät's dänn au gha?

Anneli.

Säge's dänn scho no.

Jetz weiß i's — Gunstusstellig händ s' em gsäit.
Bald aue sind s' do furt, und mir händ druuf
Z'Nacht ggässen und halt Züg gha, wien am e
Chrähanne; Tätsch, Salot und weiß nüd was.
Mer händ no das und bises grebt und sind
J's Bett. Wänn ich nüd gmeint gha hä,
Won i hä chönne zu mim Länder uus,
'S ganz Huus sei witer worden und ich sei,
J weiß nüd wo — zmitzt usem Raßzer Fäld!

XI.

Morndeß, so geg de Nüne, göh mer dänn
Zu dem Herr Rumplen und Frau Tanze; chönnd
Dört bim ne große breite Huus vorby,
Es hät dänn au ganz Gschaare Fäister gha.
Aber en Staub ist gsy dört umenand,
'S hät gstobe halt zu alle Fäistren uus
Und vil alt Herre sind zur Türen uus
Zum Wunder gspässig z'laufe cho und händ
Nächt trurig umeglueget, gern zäh Mol.

D' Jumpfer hät gjäit, das fei 's Chorherre Huus,
Si häjed d' Ufeputzete hüt do.
Weiß aber nüd, was afe das fött fy.

Mutter.

Dört ift jetz allweg öppis Wichtigs gfcheh.

Anneli.

Mer find do ebe zu dem Rumple cho,
Dört ifch es do rächt fchön und luftig gfy.
Si händ is do grad Chröli brocht, und weiß
Nüd was für Waffer, füeßes, füeßes Bränz.

Mutter.

Ja, das find doch zum Wunder artig Lüt.

Anneli.

Und de Herr Rumple hät dänn äifig gfäit:
„Nu trink au brav! fchänk y und bis nüd fchüüch.“
Und hät mer äifig Chröli wölle ge.

Mutter.

Die Lüt händ doch zum Wunder vil uf dir.
Jä, dene ließ i nüd grad Öppis gfcheh.

Vater.

Häft no kei Viertel Salz dört ggäffe, Frau.

Mutter.

Die guete Chüeli kännt män a der Milch.

Vater.

Fahr furt, Chind; „Dildridumm ift au en Tanz.“

Anneli.

Das Bränz het mer do fchier en Tofel gmacht,
Und de Herr Rumple hät do äifig greft',
Bis i zletft wider gfunge ha; i föll
Nu Sternebergerliedli finge, hät
Er gfäit. Do fang i emäl grad das a:

> „Mer find fä gfchyd as ander Lüt —
> Und wä mä's fcho nüd meint.
> Mer känned gwüß in eu/rem Land
> Au b' Hünd und b' Katze vor enand
> Und 's Silber vorem Blei.“

„Und wänn de Landvogt züen is chäm
Und säiti: ghöred ihr!
Jeuf Reder mueß en Wage ha,
Und b' Stiere setzt mä hinnen a
Sä glaubted mer em's nüd" u. s. w.

Chuum bin i fertig gsy, jä stoht de Rumplen uuf,
Wott geg mer dure cho und lueget mer
Aso und wott mer mein i chlöpfen und —
Er stüchlet a mim Schue und fallt halt, daß 's
E großi Strof gsy ist, de lange Weg
In Boden use, schlot no öppe zwei
So geli Tischli volle Büecher um
Und e Stabälle, und schier alles Hoor
Hät abem Chopf glo, daß i grüest gha hä:
„De Chopf ist ab!"

                    Vater.
                Was häst au d' Bei so streck?

                    Mutter.
Hett er in Bode glueget! Narestuck.

                    Anneli.
Er hät mer aber au fast alliwil
Kei Aug abgsetzt, jä lang i dört gsy bi.
Er stoht do wider uuf und lachet nu,
Do sind au Alli wider fröhli gsy,
D' Frau Tanze hät do gsäit: „Es sei so schad,
Wänn mi de Vatter nu au chönnti lo
Zun ere Sängeren uustilge lo."

                    Mutter.
Wie meint si ächt? — lo lehre? — bhüet mi Gott!
Du muest diheime sy, dä häsch's guet gnueg.

                    Anneli.
Er sind guet sicher, ich gieng gwüß nüd furt.

                    Vater.
Händ s' nüd au Chind, die Lüt?

                    Anneli.
                Wo woll, en Bueb;
Si säged em nu Schlang; er sei, seh was —
En Asikat.

Mutter.

Das find au Näme das!

Anneli.

'S ift au e Frau cho gsy und schället a
Der Glogg. D' Frau Tanze luegt zum Fäister uus,
Tuet wider zue und säit no lys zum Herr:
„Jetz chunnt d' Frau Zangger wider, und ift erft
Am Suuntig do gsy", und ift emäl gwüß
Nächt bös gsy drab. Die Frau chunnt hübschli ie,
Hät so es spitzigs spitzigs Näsli gha.
D' Frau Tanze lachet fi faft z'tod und hät
'Ne schier gar d' Hand verdruckt und gsäit, si häi
Si gwüß scho eebig eebig lang erwartet gha;
Und de Herr Rumple hät fi au so gfreut.

Vater.

Si händ j' vilicht glych nüd bös gmeint, säb händ f';
Mir händ 's jo au scho mängsmol bewäg gha.

Anneli.

Si händ bo neime lang vom Seechte gredt
Und von re Jumpfer, die fei jetz e Brut.
D' Frau Zangger hät fi dänn abschüli gschlagt,
Wi fi au mit de Mägde ploget fei;
Si häi jetz i dem Monät vier gha scho. —
Und bo, wo Die dänn furt gsy ift, chunnt no
En alte, lange magre, grone Herr;
Und er und de Herr Rumple händ bo au
Zum Erdewunder gipässig und so fröud
Fröud mit enandre gredt; weiß fälber nüd — —
Was bas äfange für e Läbe fei:
Wie's fo Polipiker zäntume häi;
Si undermieret 's Land, und füeret 's Volch
Uff Gschirrwägen und allerhand äfo.
Mä häi Parifionen ygleit, und
Druff abe Scheerschliffion vörgnoh;
Und neu Verhaffige gmacht, händ j' au gsäit.
Die Staatsgebäuer gfäupfid noh und noh;
Mä häi kein Stei meh ufem andre glo,
Nu wäge dem, daß 's Volch chönn Meifter fy.

Und so chönn b' Stadt nüd truckeriere mit
Em Land, hät do de mager gro Herr gsäit.
Und schlot dänn emol au Eis uf de Tisch;
Mä werdi 's no erfahre, mit der Zit,
Was für en Eseltat werd use cho.
Die alte Chnächt, die müeßed wider zue.
Druuf chratzet dänn be Rumple so im Hoor
Und säit: es sei halt eben e leids Züg.
'S geb Schariotten, um's Gäld wer nen Alls
Feil. Dänn geb's Nareftuckerate, die
Verstanded nüt, und meined äisig no,
Es müeß zwee Himel ha, der Ober sei
Für b' Herren und der Under für b' Bürli.
Uf das stoht be lang, mager, gro Herr uuf
Und gitt em Rumple früntli b' Hand. und be
Herr Rumple stoht au weibli uuf und säit:
'S hät gfehlt mit Ihne," und be Herr goht furt.

                    Mutter.
Du häft en guete Chopf, Chind, ich chönnt boch
Die frönde Näme gwüß nüd im Si bha.
Du, gib mer au en Pryse, weiß nüd, wo
Mis Drückli ist.

                    Vater.
      Es lyt jo bei der zue.

                    Mutter.
Die Herre händ gwüß öppis Wichtigs gha,
Daß f' so frönd grebt händ mit enand, säb händ j'.

                    Anneli.
Do, wo mer dänn bald furt händ wölle, säit
De Rumple zu der Gotte Chind: Jä sch —
Er werdeb dänn uf b' Gunstusstellig goh;
Er wöll is do es Büechli mit is ge;
Und hät is dänn so Zahle zeiget drinn
Und gsäit: „Do söll si säge, das sei guet;
Und das do au — und das do au — und das —
Do söll si säge: Das sei gar nüd guet —
Und das und das — und das nüd guet —
De stand nüd guet, dem fehli 's halt im Chopf —
Und b' Ohre sied em au vil vil z'lang.

De Däge stönd dem nüd wohl a und häi
Au uf der rächte Site z'wenig Liecht.
De oben am Tisch trägi b' Nase z'höch.
De unnen am Tisch häi 's Mul gar z'wit off.
De hindrem Ofe häi z'vil Schatten und
Sei z'stuff und z' grob."

Mutter.

Was chätzers schwätzit au, Chind? —
Wo bist au hi cho uf der ganze Wält?

Vater.

J cha bi emäl sälber nüd verstoh.

Anneli.

Eben uf b' Gunstusstellig si mer cho.

Mutter.

Was häst dänn au Nars gseh, daß b' deweg redst?

Anneli.

Agmolet Jumpferen und Herre, halt
E ganzi, großi Stube voll.
Ä bhüet is Gott! wie allerhand für Waar!
So absigürt — so absigürt o! o!

Mutter.

Es werded so Buechzeicheli gsy si,
Wie mä do hinnen umenandre macht.

Anneli.

Allwäg! vil tusig Mol schöner händ s' gseh.

Vater.

Si werded s' schätzwohl meh verfyneret ha.

Mutter.

Erzell du lieber öppis Anders, Chind,
Das ghör i neimen ase nüd sä gern.

Anneli.

Do wo mer furt sind, dänked au, sä hät
Mer de Herr Rumple no en Guldi gge.

Mutter.

En Guldi hät er gge — nei los au du!

Vater.

Chind, wänn b' em doch nu au rächt danket häst?

Anneli.

Ja z'tusig mole hän em banket gha.
Do, wo mer hei cho sind, chunnt grad be Hans.
Er hät no müeße mit is ässen und
Um Eis si mer do mit enandre furt,
Und sind do no vier Stund wit ggange gsy;
Und b' Gotte hät no rächt aghalte gha,
I söll dänn doch uf's Johr au wider cho.

Vater und Mutter.

Und jetz, Gott Lob und Dank! bist wider do.

Mutter.

Gsehst du, i säg es oben ab,
Daß, wänn i rächt guet uf de Beine wär,
Sä ging i sicher uf's Johr mitem Chind
Do ie, das Narezüg doch sälber au
In Augeschy z'neh; gwüß, es glust mi fast.
I bi ja z'rächne miner Läbtig nie
Us deue Felsen use cho.
'S Chind wüßt jetz vilicht schier de Wäg,
Dänn gienged mir Zwei mit enand.

Vater.

Ä, bis au gschyd! du torchtigi Frau du!
Ja, das gieng suber har, wänn du i b' Stadt
Je chämist. Bhüet mi Gott! wie worist du
Au ase Sache schwätze! Gsehst, mä wor
Di sicher in Spitol ie tue.

Mutter.

Ja, wart e bitzli! ä du Nar!
Si hetted mi mi Seel nüd z'lang,
Dä chämist mi gwüß wider über. Ä,
Was magst der au so fürche? Gsehst,
Mä ließ mi gwüß gern wider hei.

Vater.

Ja nu, mer wänd dänn luegen im e Johr.
I will jetz gschwind i's Waidli ue,
Und du chast dänn b' Erdöpfel übertue.

Schrecken und Verwirrung.

Ma.

Es ist e Brouft! Es brünnt, es brünnt!
Um Gotteswille, ftöhnd au uuf!
Ghörft Frau! Lueg, wie 's e Röti ift
Dört oben über 's Eichholz ie —
Mä gfeht 's grad do zum Förfter uus.

Frau.

Herr Jeger Gott! wie tueft du au;
Was dänkft au fo en Lärme z'ha?

Ma.

Es ift e Brouft! verftohft mi nüd!
Wo find mi Hofe? großi Strof!
I hä f' doch nächt a d' Bettfte ghänkt.
Sind f' ächt in Boden abe gheit?
Ja, do find f'. Wie ift mir fen Angft!

Frau.

Ach, myn Gott! ja, es ift e Brouft.
Los nu, i mein, mä rüef „Fürio!"

Ma.

Und goht dänn no de Wind äfo!

Frau.

Stöhnd uuf, ihr Chinde! 'S ift e Brouft!

Chinder.

Was gitt 's au, Mueter?

Frau.

'S ift e Brouft!

Chinder.

'S wird doch au nüd im Dörfli fy?

Frau.

Näi, näi! 's ift über 's Eichholz ie;
Mä gfeht 's fchier do zum Förfter uus.
'S ift allwäg 's alte Fridlis Huus.

Es Chind.

Ghörft, Mueter, wo ift au mi Hämp?

Es Anders.

Ich weiß nüd, wo mi Röckli ift.

Frau.

Und ich cha nüd i b' Jüppen ie;
Die uflots Häfte chretzed au!

Ma.

E Strof, was das für Hose sind!
Dänn wien i schlüüf und wien i zie,
So chumm i nu i b' Füeteri ie.

Frau.

'S wird äisig heitrer, myn Herr Gott!
Wie wird 's au dene Lüte sy!
Weck au de Heiri und de Groß,
Es schlofed no beedsamme do.
Ghörst, ist mis Brusttnech nüd däi zue?

Ma.

Schwig! ich hä mit mir sälber z'tue.
Ihr tüfels Hose! großi Strof!
Verzie mer Gott mi schweri Sünd.
Näi, chumm ich äct au nüd drinnie?
Jetz fahr ich aber gwüß nu dry,
Und chömm 's wo 's wöll, 's ist nüd vil hi.

Frau.

Ach, leg nu gschwind die neuen a.

Ma.

Se gi mer 's däi zum Chasten uns.
Ich hän a denen Alls verzehrt
Und bringe s' nu schier nümmen ab.
Jetz hän i b' Füeteri do am Bei,
Und dänn der Überzug ällei.
Seh, gib die Hosen au emol!

Frau.

I triffe 's Schlüsselloch schier nüd.
Wie ist das au e schröcklis Füür!
Wie schynt 's nüd dört dur Tanne dur!

Ma.

Bringst au de Chaste no nüd uuf?
Wie lang mueß i no warte druuf!

Frau.

Wowohl, 's ist richtig; se, do häsch;
Leg s' hurtig a. Wie zittren ich!

Ma.

Das sind di Schlutte, lueg au do!
Du bist dänn gar wie läß im Chopf.

Frau.

Sind 's das?

Ma.

Näi, die sind au nüd my;
Es sind em chlyne Buebli sy.

Frau.

I finde j' gwüß nüd, großi Strof!
Es wird jo heitrer alliwyl;
Mä gsächt Gäld z'zellen ufem Tisch.
Hans! gang und rüef au 's Jöggels gschwind;
Mer wölled mit enandre goh.

Heiri.

Ghörst, Ätti! 'S ist jo nu de Moo!

Ma.

Was säist? Es wird doch au nüd sy! . . .
Ja gwüß, i gseh, es ist äso;
Wer rüeft dänn aber au „Jürio“?

Heiri.

Ach, de Nachtheuel isch es gsy.

Frau.

Do häst du rächt, das chan jeß sy.

Ma.

Näi, hät is ächt au Öpper ghört?
Mer chämed i Koländer ie.

Frau.

Es ist mer jeß no himelangst.

Ma.

Und ich bin ase wägem Moo
So um mi Werchtighose cho.
Ja nu! 's ist besser as e Brouft;
Si sind kein halbe Guldi wärt.

Frau.

Suft hä mer au en Lärme gha!
I mueß jeß wäger lache drab.

Ma.

Und wä mä's zletst au scho erfahrt —
De Schy trügt gar uf mängi Art.

Das bescheidene Beeteli.

Uf der Wält ist Alles itel,
Weder 's Heiris Beetli nüd —
Und hät doch äso vil Mittel,
Wie's nüd bald e Rychers git.

Loset nu, er werdet's inne,
Was es scho hät übercho, —
Halt als Erbteil, au mit Spinne —
Glaube, 's glust i fast därno.

'S hät es Buech mit silb'rne
Schlosse,
Tusig Guldi, wo nüd meh;
Über Hundert rysti Schooße,
Sibezg Hämper wyß wie Schnee.

Sächzg blo Jüppe, fälber gwobe,
Eydi Nestel an därzue.
Dänn hät 's ufem Chasten obe
Vieredryßg Paar Stöcklischue.

Strümpf sä rot wie Tulibahne,
Achtesächzg Paar, nagelneu;
Gstickti Brusttuech, breit wie
Wanne;
Gürtleschloß mit Edelstei.

Ermel hät's fürwohr ganz Byge,
All vom schönste Terzenell.
Fazenetli, will nüd lüge,
Zeine voll stöhnd usem Gstell.

Hundert Göller, wyß wie Chryde,
Furschooßschloß u. Stirnechnöpf;
Schooßschnüer vo der synste Side;
Zäh Paar Mohreband i b' Zöpf.

Chappe hät's halt zum Verstuune,
All vom fynfte Driumphband,
Roseroti, bloni, bruni,
Dra die schönste Spitz und Band.

Chralle hät 's dänn au ganz
Gschaare,
Schlößli dra, vergüldt und nett.
Churz, mä wird schier zum e
Nare,
We mä's Beetlis Chaste gieht. —

Aber 's Beetli ist nüd itel,
'S hät e schüligs Jüppli a.
Blätzet wien en alte Chittel,
Unedure Fransle dra.

Am e Sunntig gohts i b' Chile
Ohni Schue und ohni Strümpf;
Ermel träit's, sä grob wie Zwille,
Und es Chäppli volle Rümpf.

Nüd emol es Fazenetli —
Wäg und Stroße müend's verseh.
Furschooßschloß und Göllerchettli
Wird mä an nie an em gseh.

Träit es Buech vom Ätti sälig,
Alti Schlößli dra, vo Zy;
Und i glaube, 's wärdi völlig
An zweihundert Johr alt sy.

Gället, 's Beetli ist nüd itel;
Worum wött's es an so ha,
Und hät doch äso vil Mittel? —
Loset, 's Beetli wöll kei Ma . . . .

Blumen aus der Heimat

von meinen Schweftern in einen Kranz geflochten, auf meinen Namenstag).

Chränzli vo Bluemen us Wifen und Fäld,
Rösli vo Hägen im Wald!
Chränzli, de machst mer fo wohl und fo weh,
Han i mi Läbtig fei füberes gfeh:
Bluemne vo Heime find drinn!

Rösli! er lacheb fo fründli mich a,
Säget mer grüfeli vil;
Füeret mich hei, uf die walbige Höh;
Lö mi mi Chinderzit nen wider gfeh —
Rösli vo Heime, wie fchön!

Zeigeb mer, ach äfo bütli und chlar,
Oben am Wisli de Hag;
Wien er voll Blueft und mit Röslene rot
Grab wie en Chranz um die Waid unne goht,
Won i fo glückli bi gfy.

Hän i nüd b' Küeli und b' Geiße dört ghüet,
Hindren und füren am Hag?
Ghöre die Glöggli no chringlen im Ohr,
Gfehne grad Aus, wie wänn 's jetzig gfcheh wor —
Rösli vo Heime, wie fchön!

Blüemli Vergißmeinnicht! ach und wohi
Füerft mi du hüt no fo gern?
Abe zum Bächli vo Buechen umftellt,
Wo 's fi im Wisli zum Weiherli fchwellt,
Dört bi der Hafelftud zue.

Bächli! wie b' luftig vom Felfeli fpringft,
Ghöre dys Runfche durab;
Rüefift de Loobe, fi fölleb nu cho,
Z'trinke fei wäger für Alli gnueg do;
Gfehne, wie b' Loobe fcho chönnd.

Häsch mi au sicher mängs Tränkli lo neh
(Dank der no herzli däfür!)
Und mi so fröhli gmacht, as jetz be Wy,
Sit i chly witer i d' Wält ie cho bi;
Bächli, wie bist mer so lieb!

Süeßgeli, Chünkeli, Erdbeeribluest,
Dört vo dem sunnige Rai!
Gseh mi grad jetzig no barfiß dört stoh,
Luege de Morge, eb d' Sunne wöll cho
Und mer mi Füeßli erwärm.

Hän i nüd Strüßli und Chränzli dört gmacht,
Gjuchset und giungen und grüeßt,
Hüttli uufbauen und Öseli dry?
Ach, und wie liecht und wie wohl isch mer gsy!
'S wird mer dänk nümme äso.

Chleeblueme, Glöggli und Müllerblüemli!
Und wohi füeret ihr mich?
Aben i d' Wise voll Bluemen und Gras,
Ach, und es wird mer so weh und so bas,
Gsehne mis Vatters Huus dört.

Bluemen, er zeiged mer Alles so schön,
O wie en Herrgotte-Tag!
D' Morgesunn schynt so gar liebbli a's Huus;
D' Dübli, si flüget dur 's Bälcheli uus;
'S Vögeli singt ufem Baum.

Gsehnen eus Chinde scho springen um 's Huus,
Watte dur Bluemen und Gras.
Gsehne mi Mueter dur 's Gärtli ab goh,
Gsehne de Vatter bin Imlene stoh;
Ghöre de Bylene Gsums.

Aber au gsehn i mys vätterlis Huus
Trurig, verlassen und leer,
Gsehne kein Vatter, kei Mueter meh do;
D' Chinden im schwarze Gwand 's Heime verlo,
Scheide mit Chumber und Schmerz.

Aber wer goht mit dem trurige Zug,
Gitt dene Waisleue 's Gleit? —
Ach, 's ift en Ängel, ich gfehne ne no,
Mitlyde gheißt er, ift mit is furt cho,
Hät is ermuntret und tröft.

O, und er ift no vil hundertmol cho,
Hät is es Lyden umgä;
Wered mer gfy am verlaffenften Ort,
Hett er is gfuecht über Felfen und Bort,
Chumber und Sorge verfchüücht. —

Blueme vo Heimen us Wifen und Fäld,
Rösli vo Hägen im Wald!
Chränzli! dä machft mer fo wohl und fo weh,
Loft mi mi Chinderzit neu wider gfeh,
Won i fo glückli bi gfy.

Blueme vo Heime! wer 's mügli emol,
Blüehted er doch uf mim Grab!
Blybt mer en Fründ, bis mis Stündli wird fchlo,
Bitt di, fä fetz mer und pflanz mer doch no
Blueme vo Heimen uf 's Grab!

Inhaltsverzeichniss.

Notizen über die Schriftsteller und Dichter des 3. Heftes.

Das 3. Heft enthält ausschließlich Ausgewähltes aus den Schriften von

Jakob Stutz,

geb. 1801 in Isikon, „Männbueb" (Gehilfe beim Pflügen), Weber, Hausknecht, 1827 Arbeitslehrer in der Blindenanstalt unter Thomas Scherr in Zürich, von 1836—41 Lehrer im Appenzellerland, starb in Sternenberg. Verf. von 1830—1853 sechs Bände „Gemälde aus dem Volksleben, nach der Natur aufgenommen", 2. Aufl., Zürich, Fr. Schulthess & Sal. Höhr. Ferner: „Siebenmal sieben Jahre aus meinem Leben", Lieder, Erzählungen, Briefe, theatralische Bearbeitungen für das Volk u. s. w.

Sammlung

deutsch-schweizerischer Mundart-Literatur

Aus

dem Kanton Zürich

Viertes Heft

Gesammelt und herausgegeben

von

Professor O. Sutermeister

Verlag von Orell Füssli & Cie. in Zürich

Buchdruckerei Fisch Wild & Cie. in Brugg.

Kriegsjammer

oder

de Heiri mueß ge Basel.

Ein dramatisches Gemälde in drei Aufzügen.

Personen.

Kathrinli, die Großmutter.

Hans, der Vater, ihr Sohn.

Heiri,

Liseli, ein Mädchen von 9—10 Jahren, } dessen Kinder.

Babeli, Heiris Braut.

Mareili, eine Nachbarin.

Babe, eine Bäuerin aus dem Dorfe.

Groß, ein Grenadier.

Ein Krämer.

Ein Nachtwächter.

Das Stück spielt in einem Dorfe in der östlichen Gegend des Kantons Zürich. Zeit der Handlung: Herbst 1831.

Erster Aufzug.

Erster Auftritt.

Eine reinliche Bauernstube mit runden Fensterscheiben und einem grünen Kachelofen. Die Großmutter sitzt auf der Ofenbank und spinnt. Liseli steht bei der Fensterbank und spielt mit einer Puppe. Es singt laut:

„Ja hüt isch hüt und morn isch morn, juhee!

Und übermorn, und übermorn

Isch Märt, isch Märt, juhee!"

Wänn 's doch nu au kei Räge mueß geh

Und 's ase so schön ist wie hüt!

Meinst, 's Fähnli stönd rächt, Großmueter,

magsch 's gseh?

Nei, losed au 's Fischinger Glüt!

Und de Gieße, wie ruuscht er, mä meint fürwohr,

Er sei i's Joggis Waid.

197

O, wänn 's au so schön wer wie vor eme Johr!
Ä, dänn wer 's au e Freud!
Dänn chauf i doch wäger au emol
Öpfel und Chrööli de Bumbel voll.
Dänn wott ich und b' Vree mit enandre goh.
(Klatscht in die Hände.) Ä wer au de Fritig, de Fritig scho do!

(Singt laut.)

„Es blüehed drü Rösli am grüene Hag,
Sind schön wie Milch und Bluet;
Im Gärtli grüenet de Rosmary,
Das mach ich zum ene Mäieli,
Em Jokebli uf de Huet,
Em Jokebli uf de Huet.

„Und d' Loobeli springed im Maiegras
Und d' Schöfli im grüene Chlee;
Und d' Blüemli wachsed am Sunnerai,
Und d' Sunne goht gegenem Bergli hei;
Und 's Schüsli fahrt über de See,
Und 's Schissli fahrt über de See.

„Und 's Bächli goht lustig dur b' Wisen ab,
Alli Wässerli rünned i's Meer.
Und d' Bäum die händ Laub und Schäppeli dra,
Und de Schneeberg hät es Chrägli a,
Fast gar wien eusere Heer,
Fast gar wien eusere Heer.

„Und d' Vögeli singed im grüene Wald;
Und 's Gaißli springt über de Hag.
Drum wott i no, wil i es Mäiteli bi,
Singen und springen und fröhli sy,
Juhee! so lang i nu mag,
Juhee! so lang i nu mag!"

Großmutter (ernst).

Liseli, Liseli! i weiß, i weiß nüd —
Dä bist mer doch schier echli z'lustig hüt.
Wä mä si au gar z'groß uf Öppis freut,
Gitt 's mängsmol gern es Herzeleid.

Dänn schickt 's e si gar nüd de Morge so früe,
Scho z'bildre, f'bald as d' Sunn uffstoht.
Dä chunnst mer hüt vor, i weiß nüd wie;
Will gern gseh, wie's stand, wänn si abegoht.

(Für sich.)

Ach myn Gott! — wänn 's du wüßtift, Chind,
Was das äfange für Zite sind!
Chunnt Eine vom Obed, chunnt Eine vom Morge,
Erzellt er nüt as vo Chumber und Sorge,
Vo Sterbede, Chriegen und sust allerhand.
Und wie goht 's nüd im eigne Vatterland!
Es gseht jo bald so trurig dry,
Wie 's in Nünzger-Johren ist gsy.
Ja ja, mer werdet 's no gseh!
'S hät ordeli do au eso Röteni ggeh;
Wie Bluet sind f' gsy; was will i au säge —
(besieht ihre Strümpie) Mi Strümpf do sind nu nüt bärgege;
Und so heiter händ f' ggeh, fast wie de Moo.
Mä hät gstürmt, es sind Füürläufer cho,
Und Alles hät gjomret: „Was wott 's ächt au geh?“
Do hät mä's no chönne gseh. — —

Liseli
(das während des Selbstgespräches der Großmutter näher gekommen ist,
schmiegt sich an sie).

Großmueter, tuet der Öppis weh?

Großmutter.

Ja, 's Herz; 's wird aber wider nohe lo.
Wie wird 's is ächt au das Johr no goh? —
Ach! schüli gnueg, es ist mer wie vor;
Das gitt allweg e wichtigs Johr.
Und nächt hän i im Traum min Brüeder gseh,
Wo er am Rhy usse tödt worden ist.
O, wänn 's au wider so Zite müeßt geh,
Wo de Chrieg Alls übermänts eweg frißt!

Liseli.

Großmueter, ist dänn de Chrieg emol cho?

Großmutter.

Das glaub i!

199

Liseli.

Was hät er au to?

Großmutter.

Du torchtigs Chind! i mag der 's nüd säge;
Lüt tödt und gfrässe, sä vil er hät möge,
Eus alles Brod und em Veh 's Fucter.

Liseli.

Wie gseht de Chrieg au ase, Großmueter?

Großmutter (den Kopf schüttelnd).

Ach, schülig, schülig! i mag nüd rede!

Liseli.

Großmueter! mä sött de Chrieg töde!

Großmutter.

Das weuschted no vil Lüt, du nüd ällei.

Liseli.

Gäll, ghörst, de Chrieg hät vier Bei,
E großes Läff und laug lang Zäh,
Wie de schülig Leu, won ich hä?

Großmurter.

Ach, de machist Ein z'lachen und z'gryne
Wie du aseu a Sache chast sine!
D' Lüt sind de Chrieg, b' Lüt — —

Liseli.

Gäll, aber mir nüd?

Großmutter.

Näi wäger nüd, du tusigs Chind!
Wänn all Lüt wered, wie mir sind,
I meine, de Chrieg wer no nie cho;
I will mi aber nüd uflo.

Liseli.

Gäll, Großmueter, de Chrieg chunnt jetz nümme?

Großmutter.

Näi, tue nu rächt, er chunnt dänn nümme.

Liseli.

Großmueter, i tuene wäger rächt;
Aber das ist en Fluechi, 's Wirts Chnächt!

Er hät gfäit, er wöll mer b' Ohre lo und 's Läbe schänke,
Und won er de Muchel hät wölle tränke,
Hät er em gfäit: „Du alte Hagi!" und do — — —

Großmutter.

Schwig, schwig! i mag nüt ghöre dävo.
Wänn d' nu nüd öppen au schweerst, wänn d' emol groß bist.
Dänk nu, wie brav de Heiri ist!
Wien er de Morge vor bättzit
Im Tenn ussen ist und em Veh ie gitt
Und Alles so schön i der Ohnig hät,
Daß de Staal fast wien e Stuben usgseht.
Und 's Chälbli, beed Chüe und b' Stiere
Glitzred und sind wie Sammet azrüerc.
En bravere Bueb cha 's doch wäger nüd geh.
Ach, wänn em nu au nüt Böses mueß gscheh!
Doch näi — es gscheht em aber nüt,
Es liebed e jo wäger all Lüt.
Si Mueter sälig hät mängsmol gfäit:
„De Heiri tuet doch kein Mänsch Öppis z'leid."
Ach myn Gott! wänn i au ase dra sine,
Wie 's sire Mueter Chumber gmacht hät,
Die Chind z'verlo! Wie hät sie nüd grine!
Vil hundertmol dört ufem Bett
Mit ihre magere Händlene b' Tränen abgwüscht —
Und 's Liseli no i der Wiege gsy ist.
Und wänn de Heiri zum Bett zue ist cho,
Wie hät s' en au i d' Armen ie gnoh,
Wie hät s' en au ase druckt und küßt!
Und wo si schier am Verscheide gsy ist,
No öppe brümol styff aglueget hät,
Und hett so gern no mit em gredt — —
Ach, daß si de Tod scho hät müeße neh!
Das guet, lieb Anneli!
Und wänn i de Heiri vo witem gseh,
Sä mein i, i gsech si!

Liseli.

Gäll, d' Mueter ist jetz im Himel obe?

Großmueter (die Tränen abwischend).

Ja wäger isch si im Himel obe,
Drum tue nu rächt, sä wirst därnoh,
Will 's Gott, au wider züen re cho.
Und lehr i der Juged, was d' im Alter muest chönne;
Dänn ersparst der vil Sorge, vil Chumber und Träne.
Ach, myn Gott, Liseli! i bi äsa alt,
Und äisig isch mer, i sterbi bald;
Drum folg mer, was der no säge cha,
Und nimm 's mit Willen und Liebi a.
Dänn chö mer wäger, wänn d' folgsam bist,
Wo de Großvatter, di Mueter und 's Rägell ist.
De fürchst de Tod nüt, de freust di druuf,
Und de Herrgott setzt der es Chrönli uuf.

Liseli.

Großmueter! stirb au no lang lang nüd!

Großmueter.

Se lang mer der Herrgott zum Läbe Zit gitt,
Will i läben und ihn vor Auge ha,
Sä nimmt er mi im Himel mit Ehren a.
„Wie wird es dort in Zion syn,
Wänn i bei Gottes Ängeln bin.“
Ach, wien ich jetz au e Langwyl ha!
Und 's Gryne chunnt mi all Augeblick a.

(Sie legt die Hände in den Schooß und sieht steif vor sich hin.)

Zweiter Auftritt.

Wächter (tritt in die Stube.)

Guete Tag mit enandere! werchet er scho?
Wo hä mer de Heiri?

Großmutter (erschrocken aufsiehend).

Er ist nüd do — —

Wächter.

Morn e Morgen uf 's spötist um Sächsi
Mueß er i der Gaserme sy.
Es mueß Volch furt uf Basel, viertusig Ma.
Bhüet Gott mit enandre, zeiged em 's a!

Großmutter (jammernd).

Herr Jesis, Wächter! ach myn Gott, Wächter! wart au no!
Was häst au gsäit?

Wächter.

'S pressiert, i mueß goh.

Großmutter.

Wächter, Wächter! säg 's au rächt.

Wächter.

Ghörst nüd? — de Bricht ist um Zwölfi cho nächt.
(Er geht ab.)

Großmutter (nachrufend).

Wächter! ghörst Wächter! wart au no!
I lone wäger de Bueb nüd goh.
Se chumm au no ume gschwind!
Weidli spring em nohe, Chind!

Liseli.

Großmueter! i will nu e Stuck Brod mit mer neh
Und will 's dem böse Wächter geh.
Wäger, wäger, dänn macht er scho,
Daß de Heiri nüd mueß furt goh.

Großmutter.

Ach myn Gott, Chindli! do hilft kei Brod.
Lauf, lauf doch, eb er zum Dorf uus goht!
(Es geht.)

Großmutter (allein).

„Herr Gott! wie ist dyn Hand so schwer!
Ach heb si uuf, si druckt mich sehr.
Gib Trost in myn bekümbret Herz
Und stilli myner Seelen Schmerz."

Liseli (zurückkommend).

Er lauft furt, Großmueter, er wott nüd cho.

Großmutter (eifrig).

Und ich sägen, ich lone de Bueb nüd goh!
Wo hät er au gsäit, daß s' müeßed hy?
Ach myn Gott und Vatter, de Heiri!

I lo ne nüd furt, i lo ne nüd goh.
Liseli, leg d' Schue a und gheiß e heicho;
Si achred im Büel une, de Vatter und er.
Nüd e Wunder, ist mir hüt 's Herz so schwer —
Herr Jesis! wie wird de Bueb au tue!
Wie wird er au tue! wie wird er au tue!
„Hilf, Hälfer, hilf! in Angst und Not;
Erbarm dich myn, o treuer Gott
Und Vatter myn! — ich bin doch jo — —"

(Ernst.)

Ja, ja — es söll mer nu Eine cho
Und sägen, er wöll mer de Bueb eweg neh.
Nänäi, das lon i gwüß nüd gscheh!
Aber — wänn er au ase müeßt goh — —
Mä hät scho Mänge mit Gwalt eweg gnoh — —
Ach, wie angst isch mir — —!
„O Herr! ich erhebi min Gemüet zue dir;
Myn Gott, ich hoff uf dich — — —"
Ja, das wer es Läbe für mich —!
Dänn wered mi Freuden alli dähi,
Und möcht kei Stund meh uf der Wält sy.
Verzie mer, verzie mer, das i so rede!
„O Herr! süeri mich us myne Nöte.
Ach Himel, tue dich auf;
Ich komm mit vollem Lauf — —"
„Wie nach einer Wasserquelle
Ein Hirsch schreiet mit Begier;
Also auch myn armi Seeli
Rüeft und schreit, Herr Gott, zue dir." — —

(Durch's Fenster sehend.)

Wott ächt de Bueb au no nüd cho?
Lueg mä nu, de Himel truret jo;
D' Sunn lot si nüd blicke, keis Vögeli singt meh. —
Ja, das wird au no Zite geh!
Jetz chönnt i doch wäger kein Fade meh spinne.

(Ruft der Nachbarin, welche vom Felbe heim kommt.)

Mareili! häst Euer nüd gseh dört hinne?
Weisch nüd, chönnd s' ächt no nüd bald hei?

Mareili.

Si sind äjange bim Rotheftei.

Großmutter.

Chunnt de Heiri au, häsch nüd gseh?

Mareili.

Wowol, er träit e Chräze volle Chlee;
'S Lifeli jagt b' Stieren und de Hans füert e Chue.
Si chönnd jetzt gwüß bald unnen ue.
Aber du gsehst au erschröckeli uus;
Was hät 's au ggeh in euerem Huus?

Großmutter.

„Ich girri wie eini Tub und windi mich
Wie ein Chranich;
Myni Seeli ist bekümberet um und um."

Mareili.

Herr Jeger, Kathrinli! worum?

Großmutter.

De Heiri, de Heiri, häst nüt ghört dävo?

Mareili.

Näi, fäg au! keis Wörtli —

Großmutter.

De Wächter ist cho
Und fäit, es müeß Volch furt; Gott blüet is dävor!

Mareili.

Aber, Kathrinli! ist das au wohr?

Großmutter.

Chumm nu echli züe mer i b' Stuben ie.
Gsehst, 's ist mer so truurig, de glaubsch nüd wie.

Mareili (in die Stube tretend mit einer Zaine).

I stellen jetz emäl mi Zäinen echli ab.
Näi, gsehst, es schubret mer wäger drab.
I hä doch nüd gmeint, daß 's zu dem müeß cho.
Mueß öppe de Heiri au goh?

Großmutter.

Si ſäged 's; — o, ich weiß mis Leids kei Änd! —
Ach myn Gott, wänn mir de Bueb nümme händ,
Müeßte ne nu e paar Wuche nüd gſeh,
I meinen, es wor mer ſchier 's Läbe neh.

Mareili.

Müend ſ' ächt ge Baſel abe, ſchätzwohl?

Großmutter.

So gheißt 's jetz emol.

Mareili.

Es iſt doch au e großi Strof äſo,
Daß die Lüt enand nüd chönnd verſtoh.
Mä hät ſcho mängi Wuche dävo gſäit,
Si tüeged enand allerhand z'leid.
Daß au die Gſchybre nüd chönnd nohe geh —?
Es greut ſ' gwüß no, ſi werdet 's gſeh.
Hett ſicher gmeint, um drei Wältteil
Wer dene Lüte de Fride nüd feil.

Großmutter.

Mareili! ich cha de Bueb nüd lo.
Dänk, wän er au müeßt um 's Läbe cho —
Um en Arm oder um es Bäi,
Wie ſtiend er dänn aſe bäi — —!
Ach, er iſt äiſig ſo frei und guet,
So gſund und ſo ſchön wie Milch und Bluet
Und eus ſo e Hilf i Huus und Fäld;
Ohni ihn möcht i nümme läben uf der Wält.
Und dänk du au a 's Babeli —
Ach, myn Gott! das hinderſinet ſi.
'S hett vilicht bald e Hochſig ggeh,
Jetz wänd ſ' em de Heiri mit Gwalt eweg neh
Und töde — ja töde! — ich gſeh ne ſcho
Umfallen und ſterbe! — 's chunnt wäger äſo.
„Chrüz iſt myn Wäg;
Chrüz iſt myn Stäg."

Mareili.

Kathriuli, tue du nüd äſo;
De Herrgott iſt z'Baſel unne wie do.

Bält du nu für en und schick di dry
Und dänk, es werd äso müeße sy.

Großmutter.

Das will i tue, won i goh und stoh.

Mareili.

Jetz mueß i aber doch au wider goh.
(Gott blüet di, Kathrinli! iß bald z'Mittag.
(Sie geht.)

Großmutter.

Das wird bald dunne sy, was i hüt mag.
(Allein, durch 's Fenster sehend.)
Dört chönnt f', dört chönnt f', wie isch mer so bang!
Jetz gsehn i de Bueb vilicht nümme z'lang!
Er trait fürwohr zum letzte Mol Chlee
Und achret vilicht si Läbtig nie meh.
'S ist ordli, wie wänn's 's Veh merke wurd,
Daß de Heiri bald mueß von euc furt.
Es hät fürwohr e Gspur dävo,
Si göhnd eso truurig hinder em noh.
Ach, wien au 's Valchli no em streckt
Und em so mitlydig der Eimel bschläft,
Als wänn 's wött sage: „Bis au do!"
Du tusigi Looben! i merk di scho.
J barf nüd dra sine, wie de Bueb wird tue.
(Rufend.)
Stell dänn nu b' Chräze zum Tenntörli zue!
Hans! de chönntst em si au echli ha.
Liseli! bind au b' Stiere rächt a.
Heiri! de Vatter macht säb scho.

Heiri (braußen).

Ja ja, Großmueter! i will jetz cho.

Großmutter.

Ach, wien er au ase se guetmüetig redt
Und äisig so fürrot Bagge hät.
Jetz ghör ene wäger au nümme singe,
Wänn f' ame Morgen uf 's Fäld use sind.
O, wä män e wor um 's Läbe bringe —
Wer 's nüd e himelschreiedi Sünd? —

Es ist der doch Alles mügli, Herrgott!
Bitt di, hilf mer aus us der Not!
Mer chönnd, mer chönnd de Bueb nüd etbehre —
Ach, worist au mis Bätten erhöre!

Vierter Auftritt.

(Heiri tritt in die Stube und bald darauf der Vater.)

Großmutter.

Gäll au Heiri, ach myn Gott, o! (weint.)

Heiri (ruhig).

Großmueter! tue du nu nüd gar äso!
De bättist jo amig: „I Chrüz und Not
Glaub fest und trau uf Gott.“
I glaube nie, daß sä gfohrli sei,
I chumme wäger wider hei.
Stell der 's nu nüd sä schüli vor!

Großmutter.

Du meinsch jetz, aber d' Rünzger Johr —
Die vergiß ich mi Läbetag nüd;
I weiß, was 's us derige Zite gitt!
Min Brüeder sälig, ich weiß es scho,
Hät au müeße furt und ist nümme hei cho.

Heiri.

Großmueter! gsehst, 's ist wäger kei Gfohr.

Großmutter.

Du guete Bueb, wär das nu wohr!

Vater,

Ghörst Mueter! laß di nu au brede,
'S mueß Niemäd furt ge töde.
Si müend nu abe ge wache,
Daß f' kei Ujuege meh chönned mache.
Es sei e großi Strof wie die Lüt seied,
Wie f' e grusami Rooch geg enand häjed.
Edeweg chönnt mä f' jo nümme lo goh,
Mä mueß e Gotts Namen is Mittel stoh.

Großmutter.

Wer hät dänn au rächt, — d' Stadt oder 's Land?

Vater.

Dä weist, mä säit gar allerhand;
De chunnt, und molet eim d' Städter anne,
Gott bhüet is dävor! wie Tiranne;
En Andre chunnt au und vertäubt si schier
Und macht 's em Landvolch uf die glych Manier,
Und so macht män ein ganz kunfuus;
Dä stohst bei und chunnst nüd druus.
'S suecht Einen em Andre nu 's Bös hinne füre,
Und deweg cha mä halt d' Lüt verwirre.
Wänn 's us de Basler Lüge müeßt Frösche geh,
Das ist e großi Strof! wie d' Wält wor uusgsäh.
Mä müeßt bigott drin watte bis über d' Knü,
'S wär füler as 's in Egypten ist gsy.

Großmutter.

Ach, 's ist egoppel au jedi Partei
Im Stand yzgseh, was rächt und lätz sei;
Und Jede wird au es Gwüsse ha,
Das enen es am beste säge cha.
Oder ziend s' es öppe nüd z'Rot?
Jä dänn wer 's bös — ach myn Herrgott!
Doch näi, das glaub i nüd;
Es hät doch allethalbe no Lüt,
Die glaubed: es ist en Gott,
En Richter über Läben und Tod.

Vater.

Aber 's hät eben au Schlächt;
Wänn dänn scho Einen em Rächte nohe möcht
Und öppe Sibe därgege sind —
Dänn stohst däi wien es Chind,
Das si wott stelle geg eme Ma.
Dä wirst nüd Meister, muest 's Mul zueha.

Großmutter.

O, chönnt i au die Lüt versöhne!
Wie mängi Angst, wie vil bittri Träne
Chönnted gstillet werde! — Ihr tusige Lüt,

Versöhned i au; es greut i nüd!
„Friden ernährt, Ufride verzehrt,"
„Abels Bluet schreit um Rooch" —
Ihr guete Lüt, versöhned i doch!

Heiri.

Großmueter! für das ist b' Tagsatzig do,
Si wird dänn wohl i dene Sache — —

Großmutter.

Aber meinst, si chönn Fride mache?

Vater.

Will 's be Herrgott, ich glaub es emol.

Großmutter.

Es wird mer emäl au wider echli wohl.
O, i will bätte, jä vil i mag,
Und be Herrgott arüefen alli Tag
Für Die, wo über das z'bifele händ
Und nüt as 's Rächt und de Fride wänd.

Liseli (kommt in die Stube).

I 's Chnubers unen ist au es Gschrei,
Herr Jeger, wie tuet die alt Marei!
Und 's Anni wott sin Ma nüd furt lo,
Und 's Büebli briegget au äso.

Großmutter.

Ja dört isch jetz es Eländ!
Am Suuntig isch si drei Wuche, sit s' z'taufe gha händ;
Jetz sött de Vatter von alle vier Chinde dänne.
Wie will si das Anni erhalte chönne?
'S hät Niemäd verdienet as er ällei.
Ach, nüd e Wunder, händ s' es Gschrei!

Liseli.

Und wien au Alles im Dorf ume springt!

Großmutter.

Was doch de Chrieg für Jomer bringt!

Heiri.

Häsch 's Babeli niene gseh, Liseli?
Bist nüd im Baumgarten usse gsy?

Lifeli.

I hä wäger nüd dörfe für 's Dorf ufe goh;
I fürch· mer, wänn öppe de Chrieg wor cho — —
Worum hät 's au en Chrieg, Großmueter, worum?
(Zieht sie bei der Schürze.)
Worum, Großmueter?

Großmutter.

Ach, dorum.
Hans, gang und leg es Schitli a,
Mer wänd z'Mittag echli Chnöpfli ha.

Vater.

Will grad dänn no das Veh abcharte.
Chumm, Lifeli! hol echli Chrut im Garte. (Beide gehen ab.)

Heiri.

Großmueter! i mueß doch der Obig no
Öppe bis i's Tal abe goh,
'S chönnt doch sy, daß i verspötet wurd,
Wänn i de Morgen um Drü wött furt.
De Götti hät mi jo gern über Nacht;
Dänn hett i doch scho e paar Stund wit gmacht.

Großmutter.

Ach, meinst, dä wöllist hüt no goh?

Heiri.

Dä weist, Großmueter, wie gern wer i do;
Aber das chast jo sälber ngseh — —

Großmutter (seufzend).

I mueß es halt lo gscheh.

Lifeli (ruft aus der Küche).

Wost cho, Großmueter, es füüdt.

Heiri.

Sä will i dänn i dere Zit
D' Montur zweg machen und b' Flinte schmiere.
Hett i dänn Wasser zum Rassiere?

Großmutter.

'S Lifeli bringt der dänn scho;
Mer ässed jetz aber enanderenoh. (Sie geht ab.)

Liseli (in die Stube kommend).

Ghörst, Heiri! wost du dänn furt, äso glih?
Näi wäger, bis au do!
D' Großmueter grynt jo erschröckeli,
Si hät gsäit, si laß di nüd goh.
I will der en große Pfundöpfel geh,
Und barfst all Tag vo mine Röslene neh.
Ach, bitt di, Heiri! de bist dänn frei.

Heiri.

Gsehst, Liseli, i chume scho wider hei.

Liseli.

Aber was wost dänn au z'Basel tue?
Bis du nu do, si chönnd jo au nüd do ue.

Heiri.

I mueß ge hälfe de Chrieg furtjage.

Liseli.

Was —? go hälfe de Chrieg furt jage?
Näi, näi, das wer au rächt!
Aber, Heiri, mönd er en ächt?

Heiri.

Ja fryli, wänn euse Mänge sind.

Liseli.

Haued em dänn nu brav Stei in Grind
Und ergschupled en ase verzwickt bim Hoor.
Aber, Heiri, wänn er di au byße wor?
D' Großmueter hät gsäit, er frässi so vil.

Heiri.

Liseli, bis jetz nu still,
Du chast die Sach halt no nüd verstoh.

Liseli.

Ist öppe de Chrieg us der Höll ue cho?

Heiri.

Schwig, schwig jetz doch emol fröge,
D' Großmueter wird der 's dänn scho no säge.

Vater (in die Stube tretend).

Liseli! gang gschwind i's Gärtli ue
Und nimm de Wohlgemueth dört bi der Roseftuud zue;

D' Großmueter bruucht zum Choche dävo.
Gang, lauf! und chumm enandre noh. (Es geht ab.)

Heiri.

Ach, wänn nu b' Großmueter nüd gar äso tet!

Vater.

Do gsehst, wie vil si uf der hät;
Drum dänk a si, Heiri! und tue rächt;
Dä weist jo wohl, was guet ist und schlächt,
Und laß di vom guete Geist regiere.

Heiri.

Gsehst, Vatter! i will mi gwüß rächt uffüere.
I meinti, i wor b' Mueter undrem Bode no kränke,
Wänn i nüd wor a dyni Ermahnige dänke
Und an Alles, was b' Großmueter säit;
I mach i fürwohr keis Herzeleid.
Aber b' Großmueter macht mer bang,
I weiß, d' Wyl wird re sterbeslang;
Und darf er es nüd z'merke geh,
Wie weh 's mer tuet, Abscheid z'neh.
Und mitem Babeli isch au äso.

Vater.

De wirst dänn doch no züen em goh?

Heiri.

Ach, wänn i nu scho dört gsy wer!
I weiß, es macht em zum Wunder schwer.

Vater.

Gotts Name! mer sind i Gottes Hände,
Er wird gwüß Alles zum Beste wände.

Großmutter
(bringt eine große Schüssel voll Knöbel, Liseli folgt).

'S ist gchochet, mer wänd ässe, gänd b' Gablen abe!
Hans! de chönnst au desäb Ziger no schabe;
De Heiri mueß au no gnueg Ankebrut ha;
Wer weißt, wänn em wider geh cha.

Vater.

I schab en dänn no em Ässe gschwind.
(Sie setzen sich zu Tisch.)

Großmutter.

Sä wä mer bätte, wänn Alli do sind.

(Sie betet andächtig und in singendem Ton.)

„Chumm har zum Tisch, Herr Jesu Christ!
Wie Du zue Kana gwäse bist.
Nimm Du das Brod in Dyni Hand
Und sägni unser Spys und Trank.
Du wöllest uns spyse hier und dort
Mit Dynem heiligen eebige Wort. Ome!"
Die tusigs Flüge sind doch äisig no do!
Händ Sorg; 's ist däi eini i d' Chnöpsli ie cho.
Iß jetz brav, Heiri! 's ist vilicht hüt — — (weint).

Heiri.

Bitt di, Großmueter, gryn jetz au nüd!

Fünfter Auftritt.

Krämer (in die Stube tretend, mit einem Räf auf dem Rücken).

Hee! hee! chauft mä nüt do?
Fadezainbli, Mulchrätte,
Müsfallen, Überstrümpfchette, —
Nu seh, bruucht mä nüt äso?
I will i 's sicher wohlfeil geh!

Großmutter.

Nänäi, mer sind mit Allem verseh.

Krämer.

Ä, mä bruucht äisig öppis echly.
I hä gwüß gueti Waar, er müend zfride sy:
Hähne, Zäpfe, Seechtröhre,
Mässer, Gable, Löffel, Scheere!

Liseli (bittend).

Es Erdbeerichrättli, i hä jo keis!

Großmutter.

Im Huustage, Liseli, chauft mä der eis.

Krämer.

Nu seh, chan i nüt aabringe?

Vater.

Händ Er au no Peutschen und ysi Jochzwinge?

Krämer.

Vo dene hän i keis Stückli meh.

Z'Basel hän i die Letfte weg ggeh;

Z'Neueburg hän i au vil chönnen abstelle,

'S hät Alles Zwingen und Peutsche wölle,

Jungs und Alts; es ist bigott

Drum ggange wie um 's Wyßbrot.

I hä gwüß müeße luege wien en Nar

Und dänke, das sei doch au gar.

Mulchörb chönnt i no geh,

Die wott mer bigoft ekei Mänsch abneh;

Und hän amig so eebig vil chönne verchaufe;

Jetz mueß i vergäbe mit umelaufe.

Großmutter (begierig).

Näi, säged au! chunnst du vo Basel ue?

Ach myn Gott! wie goht 's au dört une zue?

Gwüß, bitti, Chrömer, säged mer 's au!

Krämer.

Wie 's gang? — wie goht 's, du gueti Frau!

Si chifled und strited brav mit enand,

Wie 's Senne Chinden im Füürschwand,

Won ene d' Stüfmueter meh Brod hett sölle geh:

Die andere Chinde häjed au meh.

Großmutter.

Aber bitti, Chrömer! wer hät dänn au rächt?

Krämer (laut lachend).

Hä hä hää — 's hät Alles rächt;

Z'Stadt und z'Land ghörst nüt anders rede

As: „Mir händ rächt," „mir händ rächt", säit sicher Jewede.

I meine, si häjed es Gsetz:

Es dörf Niemed säge „lätz."

Emäl ich hett mi nüd dörfen understoh,

I wer bim Eich um de Chopf cho.

Hän aber dänkt gha, z'Stadt und z'Land:

„Minetwäge gänd enand;

Er werded wohl zletst wider höre!"

Mag aber nüt meh vo dem ghöre;

I wött i lieber Öppis z'chaufe geh.

Vater.

Näi, näi, mer sind gwüß scho verseh.

Heiri.

Es gitt's dänn öppen en anders mol.

Krämer (fortgehend).

Nu, sä Gott bhüet i!

Alle.

Bhüet di Gott wohl!

Großmutter (seufzend).

Do une gieht's uns, ach myn Herr Gott!
Mer werdet's aber erfahre, wie's goht.
I vilicht nümmen, i bin asä alt,
Und will's Gott schlot mis Stündli bald.
Aber ihr, ihr guete Lüt,
Erläbed wäger e trurigi Zit.
'S ist meh as wohr, was i dem Liebli stoht;
Das säit's, wie's bi derige Zite goht:

„Es ist groß Eländ und Gfohr,
    Wo Pestilänz regiert;
Aber vil größer ist's fürwohr,
    Wo Krieg gefüeret wird.
Do wird veracht
Und nicht betracht,
    Was rächt und löblich ist.
Drum hilf uns Herr,
Tryb von uns seer
    Des Krieges argi List."

Vater und Heiri.

'S wird öppen au nüd sä gfohrli cho.

Großmutter.

Ja nu, ich will Alles Gott überlo
Und für i bätte spot und früe.
Hans, gang und hol der Anke gschwind ie!
(Hans geht und bringt die Butter.)

Sechster Auftritt.

Groß (tritt rasch in die Stube).

Gott grüez i, Gott gsägn i! jetz gilt's emol!
Potz tusige Chätzer! jetz gilt's emol!

216

(ſingt und hüpſt)

„Dilderidumm put mer d' Schue,
Heißaßaßa,
Jet gohr's nach Baſel zue,
Heißaßaßa!"

„Allerliebſts Anneli mein,
Dilderidumm dumm!
Bhalt mer dis Herzli rein,
Bis i heichumm.
Trelledera! papapa! heißaßaßa!"

Näi Heiri, häſt du d' Mortur no nüd a?
O du langwylige Chriſt!

Großmutter (ſaſt unwillig).
Große, wänn d' nu nüd z'luſtig biſt!
De biſt wäger no nüd über de Grabe.

Groß.
I cha doch jet au emol ge Baſel abe.
Jet hän i Goräſchi, jet will mi wehre.

Vater.
Wem woſt du au hälfe? — de Herre? —

Groß.
Dene, wo rächt händ, ſei's Bur oder Herr!
Gſehnd er do mis Bajonet und 's Gwehr?
Das bruuch i gäge Die, wo wänd d' Freiheit verſtöre
Und 's Rächt verdrehen und verchehre.
Die will i marixleu, uf die hau i zue!
I will ene bim Dummer d' Lüs abe tue!

Großmutter.
Weiſt aber, weli daß läh händ?

Groß.
Poh! die, wo's Rächt underdrucke wänd
Und nu wie ſi gern möchred, regiere,
Die Andren am Nareſeil umeſüere.
Die hän i uf der Mugg, poh Hackermänt!
I will ſ' ſcho rybe, bis ſ' nohe gänd.

217

Großmutter.

J fäge, hät b' Stadt rächt oder 's Land?

Groß.

Das ist mir no nüd gnuegfam bekannt;
Bi eus ghört mä von alle Lüte,
De gröst Fehler fei uf der Stadtfite.
J dänken aber, mä werd is 's z'wüffe tue,
Potz Dummer Hammer! just gieng's übel zue.
Nänäi, män ist hütigs Tags nümme fo dumm,
Daß män an nüd wöll wüffe worum.
Mer händ gwüß nüd im Sinn fälber z'regiere,
Nu lö mer is nüd wie b'Chalber furt füere.
J fäge 's no emol und blybe däbei:
Dene, wo rächt händ, blyb i treu.

Heiri.

'S häi Alles rächt, fäit en Chrömer vorhi.

Groß.

Sä mueß au Alle ghulfe fy.

Großmutter.

Mer chöned wohl fägen i der Stuben inne
Und räfenniere hindrem Ofe hinne;
Aber lueged ihr, wänn die Lüt zämme chönnd, —
Er werdet's gfeh, 's nimmt kei guets Änd.

Heiri.

Mir chunnt's jetz emäl nüd äfo vor.

Großmutter.

Ach myn Gott, ihr Lüte! d' Nünzger=Johr!

Groß (lachend).

Nünzger=Johr her und Nünzger=Johr hi,
Mä zellt jetz Einedryßgi!

Großmutter.

'S hät wäger au Mäuge gfäit do:
Mä zellt jetz Achtenünzgi und fo,
Därno hett män aber lieber anderst zellt.
Es ist halt eben e böfi Wält!

218

Groß.

Lueged, i bin äio en Soldat:
Hät d' Stadt rächt, sä hilf i der Stadt;
Und hät's Land rächt, sä hilf i em Land.

Alle.

Guet, guet, das ist scharmant!

Groß.

Potz Dummer! i möcht no lang nüd so sy,
Wie's Vil gitt, die um e Glas Wy
Bald Dem, bald Disem de Chare füered
Und Rächt und Unrächt glych vil estemiered.
Wänn i au scho gern trinken und lustig bi,
Möcht i um kei Gäld dewäg sy.
J bi halt no ledig — was!
Dänn macht män au gern echli Spaß.
„Freud in Ehre,
Soll niemand wehre."

Alle.

De Groß ist allweg en brave Soldat.

Groß (stampft mit der Flinte auf den Boden).

Potz Hackermänt! ich fürch mer nüd grad.
Aber zerst wott i wüsse, wer hät rächt;
Und dem hilf i, sei er Herr oder Chnächt.

Großmutter.

De Herr Gott gäb, daß 's Alle so sei!

Groß.

Jä lueged, i blybe mym Vorsatz treu!
D' Freiheit ghört allesamme,
Em Löter wien em Landamme . . .
Wost mit mer, Heiri? i wott goh!

Alle.

Preßier doch au nüd gar äso.

Groß.

J gohne hüt bis i d' Höchtanne.

Heiri.

Um Sächsi chum i dänn au füranne.

Vater.

Und jetz isch no nüd emol Drü.

Großmutter (eine Kanne Wein auf den Tisch stellend).

Chumm setz di und trink e Glas Wy;
Wer weißt, wänn mer wider bin enandre sind.
Hans! gang und spüel das Glas no gschwind. (Er tut's.)

Heiri.

Dänn sötted mer au no es Mässer ha.

Großmutter (stellt Jedem sein Glas hin).

Jetz, ihr junge Chrieger, stoßed a!

Heiri (schlägt mit Groß an).

Es sölled läbe, wo Rächt und Grächtigkeit wänd!

Groß.

Tusig Johr sölled läbe Die, wo dä Si händ!

Beidi.

Es sölled läbe, gschützt und ggehrt,
Wo Freiheit wänd, wie 's si ghört!
Si läben hoch! hoch! hoch!

Groß (laut).

Dreimal hoch!
Chumm, alti Großmueter! verwüsch di Träne.

Großmutter (mit gerührter Stimme).

I wensche, mä chönn si bald versöhne,
Und daß Die, wo lätz händ, lehred verstoh,
En Gott sei dört oben, er richt is no
Am jüngsten und letste Tag;
Es sied en Herren und Bättler glych,
Er frögi nüd: „Bist arm oder rych?"
Am jüngsten und letste Tag;
Und daß er gsund möged blyben a Lyb und Seel
Und Niemed beleidiged, sei's wer's wöll,
Em Rächt unshälfed, wo Jedere cha!

Heiri.

Das wä mer, Großmueter!

Groß (laut).

Hallelujah!
Uf das will i nohmol mit Freuden aschlo.

Vater (stößt mit Beiden an).

Und mir, und mir isch au äso,
Daß Alles mög gscheh, was d' Großmueter säit.
Ja hälfed der rächte Freiheit!

Liseli.

I weusch, daß de Heiri morn wider chönn cho!

Groß.

Liseli, säb wird, mein i, wohl nüd agoh.

Großmutter.

Nu, Große, trink! Hans, schänk em au y.

Groß.

I trinke kein Tropfe meh, lönd's nu sy! (aufstehend)
Heiri, dä wirst dänn für mi anecho?

Heiri.

Es blybt därbei, der Obig no.

Groß.

Bhüet Gott mit enandren und danki vilmol!

(Es reichen ihm Alle die Hände.)

Großmutter.

I gseh di vilicht nümme; bhüet di Gott wohl!

Groß.

Ä bhüet is! i chume scho wider hei;
Si hämm mi nüd z'Basel, nänäi!

Liseli.

Groß, aber wänn di au de Chrieg wor neh?

Groß (ihm auf die Schultern klopfend).

Ja, das wött i au möge gseh!
Nänäi, de Chrieg tuet mir nüt.

Liseli.

D' Großmueter hät gsäit doch, er tödi b'Lüt.

Groß (lachend).

D' Großmueter hät rächt, es ist äso,
Liseli; aber i wehr mi scho.

Liseli.

Aber chast di ächt wehre?

Groß (kneift es in die Wangen).
Du Schnäbeli du!
J will der's dänn säge, wart jetz nu.
(Es begleiten ihn Alle hinaus).

Großmutter (mit den Andern zurückkommend).
Jetz ist er furt.

Vater.
Lueg, wien er au springt
Dur b' Wisen ab.

Liseli.
Losed, er singt.

Heiri.
„Nein, vor dem aufgesteckten Huet" . . .

Großmutter.
Er ist halt e jungs lustigs Bluet.

Vater.
Sin Ätti ist amig prezis äso gsy.

Heiri.
Großmueter! ich will jetz zum Babeli.

Großmutter.
Ja, gang au; i will dänn di Chleiderjache,
Bis d' wider zrugg chunnst, no z'vollig zweg mache;
Und säg em, 's söll z'Obig echli züen is cho.

Heiri.
Sä gaumed! i will jetz goh. (Er geht ab.)
(Der Vorhang fällt.)

Zweiter Aufzug.

(Babelis Wohnung im Baumgarten. Ein einsames Bauernhaus außer dem
Dorfe; rings mit Bäumen umgeben, vorn ein einfaches Gärtchen.)

Erster Auftritt.

Babeli
(kommt tiefsinnig aus dem Hause; sie trägt eine kleine Harke und will in den
Garten gehen).
'S ist doch e Plog, daß i au hütie
De schüli Traum vor Auge gseh.

Fürwohr sit hüte Morge früe
Isch, 's wöll mer Öpper min Heiri neh.
Suft ist das en Traum gsy, ach myn Herr Gott!
De wird i nüd grad vergässe.
Traumt hät's mer, es Tier, chollschwarz und bluetrot,
Hät mer wölle min Heiri fräffe.
Herr Jesis! wie hät das de Rachen uufgspeert,
Voll Zäh, wien en ysene Räche.
Wie hät er fi nüd uf's Läbe gwehrt,
Und 's Herz hät mir faft wölle bräche.
Und Füür hät's gspeit, fürwohr 's hät gseh,
Wie 's z'Nacht gseht in re Schmitte.
En Ängel vom Himel, so wyß wie Schnee,
Chunnt z'flügen und hät mitem gftritte.
Hät gchämpft und 's erstochen und de Heiri ist frei . . .
Druuf bin i erwacht am e Freudeschrei.
Und fiterhar hän i halt so es Heiweh
No em Heiri, wie no nie.
Jä, wänn eue nüd der Obig cha gseh,
Sä gohn i bstimmt züen em ie.
Ach, wänn au de Traum in Erfüllung wor goh!
Doch näi, das cha nüd sy.
Es ist mer scho Mängs im Traum vürcho,
Erwohret aber keis Bitzeli.
Ist ächt au de Traum von Öppis hercho?

(Sie reibt sich die Stirne.)

Aha! aha! jetz hän i's!
Mi Bäfi hät gester z'Nacht gläse no
I der Offebarig Johannis.
Vo dem nohe chunnt's, ja richtig vo do;
Will mer doch nümme lenger angst sy lo.
Aber wä män en Mänsch treu liebt —
Wie ein 's chlynst Dingli um ihn betrüebt!
Weuscht immer, daß em nu Guets möcht gscheh;
Uf sin Schatte nu z'trätte tuet eim weh.
Ja d' Liebi ist doch en eiges Ding;
Si macht eim so schwer und macht eim so ring.

223

Doch ohni min Heiri z'läbe wer mer e Pn,
Und wänn i gwüß chönnt e Künigi sy.
Gitt's ächt au en Mänsch wie Er so treu?
J glaube fürwohr nüd, daß Eine sei.
Aber wänn er au müeßt unglückli sy!
De Traum — de Traum — 's wer schröckeli! —

(Sie sucht sich zu ermuntern.)

Doch, i sinne nu nümme dra.
Was wött de Traum z'bedüte ha! —
J will echli singe, wänn i scho nüd rächt mag.
'S ist allwäg hüt en gspässige Tag.

(Sie singt in fast gezwungenem Ton)

„Es ziet en Hirt wohl über die Haid,
In Auge Tränen, im Herze Leid;
Sin Lieb ist ihm entkommen,
Der Tod hat's ihm genommen —
Scheiden und das tuet weh.“

„Es lachen die Blüemelein uf der Flur,
Doch ach, er gseht s' nümme dur b' Träne dur,
Gseht nüd die Schöfli springe,
Ghört nüd die Vögelein singe —
Scheiden und das tuet weh.“

„Er setzt si bim Bächli am Wasserfaal;
Gseht unten es Chilchli im grüene Tal
Und lueget so trurig druf abe,
Dört hät mä si's Lieb ihm begrabe —
Scheiden und das tuet weh.“

„Und alli Tag saß min Hirti dört,
Die Schöfli händ sis Chlage ghört,
Bis daß er, erlöst vom Leidi,
Tod gfunde wurd uf der Waidi —
Scheiden und das tuet weh.“

„Jetz lyt min Schöfer in stiller Rue
Im Chilchhof näbet sim Brütli zue.
Der Tod hat s' wider vereinet,
Wo Keis meh um 's Andere weinet —
Scheide müend s' nümme meh.“

Was mag i au singe, 's ist mer doch nüt drum:
Es wird mer so gspässig und weiß nüd worum.
Chunnt ächt au d' Bäsi no nüd bald hei?
D' Wyl wird mer doch z'Tod lang so ganz ällei.
(Sie schaut in die Ferne.)
D' Lüt springed hüt au dury und duruus;
Aber kei Mänsch chunnt zu euserem Huus.
(Nach einer Pause.)
Was gsehn i au? — oder isch nüd äso....
Soldate vom Landeberg nohe cho?
E ganzi Gschaar chunnt dur d' Halden ab dört,
Ha vorhi scho gmeint, i häi trummle ghört.
Herr Jesis Gott! Was gsehn i au no,
Ganz Trupple dur 's Baumertal abcho!
Und vom Steinebach nohe, geg der Tablet ie —
Das chunnt mer au vor — i weiß nüd wie — —
An e Musterig chönnt s' allweg nüd goh;
Dänn übermorn ist de Bätt=Tag jo.
Wänn 's emig au Chrieg gäb — du großer Gott!
Und de Heiri müeßt furt — das brächt mer de Tod! —
Jä — wäger — es ahndet mer schier — —
De schüli Traum — das fürchtig Tier — —
Es macht mer allwäg zum Wunder schwer.
Ach, wänn nu au de Heiri do wer!
Lueg, lueg! Draguner! — es frürt mi drab —
Es rited dört Zwee dur 's Mühlital ab.
'S gitt Chrieg, 's gitt Chrieg! das gsehnen ich scho.
Wott ächt au d' Bäsi no nüd hei cho? —
(Sie sieht ängstlich umher.)
I meine fast, 's Richters Babe chömm dört.
(Ruft ihr zu.)
Was gitt 's au, Babe?

Zweiter Auftritt.

Babe (antwortet erst hinter der Coulisse, dann tritt sie vor).
Häst no nüt dävo ghört?
Herr Jesis! das ist e großi Strof!
'S gitt Chrieg und Chriegsgeschrei!

Was Bei hät, mueß laufe, das ist e Strof!
Und Reis chunnt vilicht meh hei.
Es gang halt mit mörde, dä barfst schier nüd lose;
'S Bluet laufi scho chnüstüf uf Wegen und Stroße.
Mä fängi und brämni, scho gester und hüt,
Und schoni em Chind im Mueterlyb nüd.
O großi Strof! o böfi Zit!
Wie ist das es Läbe, wänn 's dewäg chyt!

Babeli (in größter Angst).
Wo müend f' dänn au hi? — um Gotts wille, Babe!

Babe.
Du großi Strof! ge Basel abe!
De Ruß und de Chaifer, de Türgg, de Franzjos,
Alles marschieri uf euseri Schwiz los.
Gsehst, Chaiferli chämed, jä vil as Schneeföcke —
Ja, das ist e Hauptstrof, das ist en Schräcke!
(Sie will gehen.)

Babeli.
Was springst au scho furt? Ach, wart au no!

Babe.
Jä — 's Schuelmeisters wüssed no nüt dävo. (Ab.)

Babeli (zum Himmel blickend).
„Hilf, Gott, hilf, daß ich nicht verzag!
Gib, daß mein Leid ich willig trag!
Und wänn die Wält in Flammen kracht,
Ich trau auf Deine Hülf und Macht.“
Es ist mer doch au fän angst und fä schwer.
Ach, wänn nu au de Heiri do wer!
(Sieht, von wannen er kommen sollte.)
Gott Lob und Dank! Dört gfehn ene scho
Ganz weidli über de Tößsteg cho.
Ach, wänn er nu au nüd abe fallt,
Die Liene, dört zue, ist gar afä alt.
Er ist drüber — dört chunnt er i d' Stunden ie — — —
Wie Rose schyned fi Bäggli dur 's Grüe.
Und lueg! — fis wyß Chäppli, es schimmret wie Schnee:
Do cha mä der Großmueter Reinlichkeit gseh.

So mängsmol scho ist de Heiri cho,
Doch nie hät mer 's Herz so gchlopfet und to.
Eso en Durenand vo Freud und Leid
Hän i no nie im Herze träit.
Er ist do, er ist do und bringt mer vilicht
En trurige, trurige, böse Bricht!

Dritter Auftritt.

Babeli (geht ihm entgegen).

Gott Lob, daß d' au chunnst! wie lang blang i scho!
Säg, Heiri! muest du öppen au goh?
Grad vorhi chunnt 's Richters Babe
Und jomeret, 's müeß Volch ge Basel abe;
Mä sängi und bränni, frönds Volch sei scho do —

Heiri.

Ü bhüet is Gott! 's ist gwüß nüd äso.
Jo wohl — frönds Volch! — Näi, glaub du nu: die
Dörfed 's gwüß nüd grad wogen in euseri Schwiz ie.
Das goht nüd so wien e Hand umzchehre;
Mä chönnt si und wor si zerst wehre.

Babeli.

Aber gäll du, Heiri, es trifft dich nüd?

Heiri (nach einer Pause).

Wol wäger, Babeli — hüt — —
Hüt mueß i no vo der Abscheid neh — — —

Babeli (weinend).

Näi schwig au! — vo mer Abscheid neh? —
Ach myn Gott! das wär doch erschröckeli!

Heiri.

Jä gsehst, es mueß, es mueß sy.

Babeli.

Lueg au, daß d' nüd muest goh, es grot der vilicht.

Heiri.

Versüer mi nüd, Babeli! Gehorsam ist Pflicht.
Dä kännst mis Herz, dä kännst min Si,
Und Gott weiß, wie treu der ich bi.

Au fänn i dis Herz, di Liebi zu mir;
De Herrgott im Himel belohn di däfür!
Dänn treuner as du cha 's Niemäd geh,
Das hän i erfahre, das hän i gseh.

Drum fit so treu mir liebed enand,
Ist au größer mi Liebi zum Vatterland;
Gwüß zähmol größer, säg 's überlut;
Worum? — es ist 's Huus vo mire Brut,
Vo Vatter und Mueter, vo Gschwüsterte —
Sött ich das nüd bewache, wänn 's en Find will umgeh?!
Und, Babeli, es ist mer allweg wie vor,
'S Schwizerland chönnt no echli i Gfohr.

Jä, säg — was chönnt dänn dir nüd gscheh,
Wänn män is b' Freiheit und Alles wor neh? —
Jetz bist du e freii Schwizeri
Und so lang i 's Läbe ha, muest eini sy.

Für dich will i kämpfe, wänn 's für d' Freiheit goht;
Dänn stritt i für 's Vatterland bis in Tod,
Wänn 's sy müeßt und 's b' Not erfordere wor;
Dänn b' Liebi schützt ekei Gfohr.

Grad bin i no ufem Chilchhof gsy
Bi mire Mueter Grab;
Hä do das Schößli Rosmary,
Die Rösli no gnoh drab.

Und 's isch mer gsy, si rüef mer zue:
„Beschütz die Erd, wo ich drin rue!"

       Babeli (faßt ihn bei der Hand).

Wie Gott will; aber wie schwer, wie schwer — —
Wie wenscht mis Herz, daß 's Fride wer!
O! unbarmherzig sind doch die Lüt,
Wo b' Ursach sind vo Chrieg und Strit.
Känned dänn die keis Mueterherz?
Kei Fründschaft, kei Liebi, kein Trännigsschmerz?
Kein Gott, kein Richter am jüngste Tag?
Füert dänn keis Gwüsse wider si Chlag?

       Heiri.

Uf das do cha der kei Antwort geh;
Die wirst du vilicht (zum Himmel deutend) dört obe verneh;

Und au worum 's edeweg mueß sy:
Drum no Geduld und schick di dry.

Babeli.

Aber, Heiri, wänn du mir di Hand
Zum letste Mol hüt worist geh —
Was wer mer dänn mis Heimetland? —
Dänn hett i keis Freudli meh,
Wer meh as es Waisli — wo chönnt i dänn hi? —
Kei Vatter, kei Mueter, kei Gschwüsterti! (weint.)
Und nächt hät 's mer traumt, i häb di gseh — —
Es hät di en abschülis Tier wölle neh. — —

Heiri.

Ach, chumm jetz nüd mitem Sterbe scho,
De Herrgott lot 's vilicht nüd zu dem cho.
Und gschäch 's au, sä gseh mer, will's Gott, enand
Wider im eebige Vatterland.
„Alles, wie Gott will!" uf das wämm mer scheide;
Und Er werd Alles zum Beste leite.

Babeli.

Ach, ist dänn die Stund scho do? —

Heiri.

Ghörsch es im Turbetal Vieri schlo? —

Babeli.

Ghörsch du, wie trurig daß 's schlot? —

Heiri.

Dänk, 's sägi: „Vertrau uf Gott!"
Und folgst em und ghörsch es wider schlo,
Wird der sin Ton ganz anderist vürcho.

(Nach einer Pause.)

Babeli, 's mueß sy — do ist mi Hand —
Und bätte wämm mer Tag und Nacht für enand.

(Drücken sich fest die Hände.)

Eebig vergiß ich dich nüd —

Babeli.

Und gsächtist au öppen i dere Zit — — —

Heiri (fällt ihr schnell in die Rede).

O Babeli! glaub heilig mim Wort,

Mich träumt ekei Zit und kei Ort!
Gsehst dört d' Sunn gegem Berg abe goh?
Eh wird si de Morge dört wider uufstoh,
Als daß di mis Herz wird verlo.

Babeli.

Ghörsch de Mühlibach ruusche, er lauft in See —
Eh wird er de Weg dur die Felsen uufneh,
Als daß i mis Herz emen Andre möcht geh.

Heiri.

Nu dänn, nu dänn! so blybt 's därbei,
Mir sind enandren eebig treu!

Babeli (schluchzend).

Treu — treu — —

Heiri.

Im Läben und Tod — —
Bhüet di Gott!

Babeli.

Bhüet di — — Gott!

Heiri (in einiger Entfernung).

Chunnt b' Bäsi hei, grüez mer si tusig mol.
(Winkt ihm zu.)
Läb wohl! läb wohl!

(Babeli sieht ihm weinend nach. Sie winken sich noch mit den Nastüchern zu.)
(Der Vorhang fällt.)

Dritter Aufzug.

(Stube der Großmutter. Sie ordnet noch Einiges für den Heiri.)

Erster Auftritt.

Großmutter. Vater.

Vater (eintretend).

Ist schynt 's de Heiri no nüd do?

Großmutter.

Ja, er wott ämel lang nüd cho. (Sie sieht durch's Fenster.)
Er chunnt, er ist scho bi 's Martis Huus.
Herr Jeger! de Bueb gseht trurig uus.

Zweiter Auftritt.

Heiri (balb barauf Liseli).

Jetz will mi alege und goh.

Großmutter.

Hät öppe 's Babeli schüli to?

Heiri.

Näi, näi, Großmueter! es schickt si dry
Und dänkt, es werd äso müeße sy.

Vater.

Häst em au gsäit, es söll z'Obig echli cho?

Heiri.

Hä 's gwüß vergässen, aber 's chunnt scho.
Händ er mer jetz zweg gmacht, was i mueß ha?

Großmutter.

Ja, do ist Alles. Leist d' Stisel a?

Heiri.

Näi, b' Schue, wänn s' gsalbet sind.
Jetz will mi doch gen alege gschwind. (Er geht hinaus.)

Liseli.

Großmueter! mueß de Heiri ächt lang furt sy?

Großmutter.

Sä lang as Gotts Will ist, Liseli!

Liseli.

Großmueter! wie lang isch ächt au Gotts Will?

Großmutter.

Ach, bitt di, fräg mi au nüb so vil.

Liseli.

Hät dänn de Herrgott de Chrieg chönne mache?

Großmutter.

Herr Jesis! wie frögst du au Sache.
D' Lüt macheb de Chrieg, i hä der 's jo gsäit.

Liseli (ernst).

Großmueter! bie Lüt sind doch leid.
'S Hans Martis Nägeli hät au gsäit vorhi:
De Chrieg töbi ganz chlyni Chindli,

231

Wänn s' no i der Wiege seied,
Wänn s' gar nüd briegged und kein Lärme häjed,
Und schlag chly und groß Buebe z'tod,
Wänn s' scho gern lehred und artig seied.
Großmueter, worum lot's au de Herrgott?
Verbarmed s' en dänn nüd, die Chindli, die chlyne? —
Mich verbarmed s' emol, möcht ab ene gryne.
Großmueter! was schwigist au alliwil?

Vater.
Ach, Liseli, de frögist si ebe z'vil.

Heiri
(tritt bereits ganz angekleidet in die Stube und ordnet noch den Habersack).

Großmutter.
Häst ächt jetz Alles, fehlt der nüt meh?

Heiri.
Es Fazenetli, was i gseh.
(Sie holt ihm eins.)

Großmutter.
Do häst dänn das vo dire Gotte.
Dänn hän i der no es Hämmeli gjotte,
De chasch es dänn ässe, wänn b' witt.

Vater.
Und die zwei Würstli nimm au no mit.

Großmutter.
Und de nübache Chünmiwegge.

Liseli.
Chast e nu däi zu der Hamme zue legge.

Heiri.
Großmueter! gwüß gryn jetz au nüd äso;
I glaube, will's Gott, i chönn wider heicho.

Vater.
Wie 's Gott will, wämm mer's gedulbig aneh
Und glauben, er laß der nüt Böses gscheh.

Großmutter.
„Ich hab myn Sach Gott heimgestellt;
Er mach 's mit mir, wie's ihm gefällt.“

232

Lijeli (die Tabakpfeife bringend).

Wott d' Dubäcklen au mit der neh?
Se do! i will der fi geh.

Vater.

Do häft echli Gäld und heb Sorg därzue.

Heiri.

I will's gwüß nüd unnütz vertue.

Vater.

Und wie di verhalte mueft, weift jetz jo;
I hoffe, dä werdift der's gfäit iy lo.
Luftig dörfed d' Soldate fy.
Aber nüd wüele und tue wie's Vih,
Wie Vil tüend, wänn f' d' Montur ahänd,
Und fluechet und fchwätzed, was f' gern wänd.
Näi deweg tue nüd und dänk mer dra;
Dänn wirft au Glück und Säge ha.

Großmutter.

Heiri! i hett der Mängs z'fäge no;
Aber mi Träne lö mi nüd z'Worte cho;
Nimm die für die beft Ermahnig a,
Si fäged der meh, as ich fäge cha.
„Befihl dem Herre dyni Wegi und hoff uf ihn,
Dann wird der Gott Israels by dir fyn."
Und gfeh mer enand nümmen im Jomertal,
Sä gfcheht 's, will's Gott, im Freudefaal.
Dört fcheidt is dänn nüt meh und 's ift is wohl.

Heiri (tief gerührt).

Großmueter, i dank der vil tufig Mol!
Und glaub nu ficher, i dänke dra.
Verzie mer, wänn di beleidiget ha;
Und bätted au für mi, daß i rächt chönn tue.

Vater und Großmutter.

Ja ja, Heiri! das wämm mer tue.

Heiri (weinend).

Bhüet di Gott, Großmueter!

Großmutter (fchluchzend).

Ja bhüet di Gott wohl!

Ach myn Gott! mis Herz — ja bhüet bi — Gott — wohl!
J gseh di vilicht zum letzte Mol.

Heiri.
Großmueter! mer gsehnd enand wäger wider.

Vater.
'S Liseli und ich chönnd dänn no echli mit der.

Liseli.
Heiri! i will der be Habersack träge.

Vater.
Ä wo wöttst e du möge!

Großmutter.
O, 's ist mer, i ghöri s' jetz scho schütze;
Ach, wenn nu an kei Bluet mueß flütze!

Liseli.
Bitt di, Heiri! gang dänn au nüd z'noch zue;
Si chönnted der jo Öppis z'leid tue.

Vater.
Näi, Chindli! wie chunnst du au ase mit Rede.

Liseli.
Hä jo! wänn s' schützed, chönnt män ein töde.

Heiri.
Sä wämm mer; es wird bald Vieri schlo.
Jn Staal use will i doch au no;
J chönnt schier nüd furt, wänn i das Veh nüd no gfähcht.

Großmutter (reicht ihm noch einmal die Hand).
Heiri — Heiri! tue recht!
(Sie geht mit ihm hinaus, kommt aber bald wieder zurück.)

Großmutter (klagend allein).
„Ach! man beraubt mich aller myner Kinder!
Myner Söhne, myner Töchter auch nicht minder,
Bin verlasse wie Hagar.
O zeige mir ein Trostbrünnelein klar!
Die Sturmwinde erheben sich
Und die Wasserwogen schlagen über mich, —"
Ach, wie gseht Alles so trurig us!
Wie totstill isch in euserem Hus! —

Es gseht, wie wänn Alles usgstorbe wer; —
Won i hiluegen, isch' öd und leer.
Näi lueg mä! d' Sunn ist wie Bluet sä rot,
Und wie si sä trurig abe goht!
We wött aber chönne fröhli i's Bett,
Wä mä d' Mänschen edeweg gscht!
O, wie wer's au e schöni Wält!
Aber wänn Friden und Einigkeit fehlt,
Dunkt ein Alles, ich weiß nüd wie, —
Und 's Läbe verleidet eim öppedie.
Wo ist ächt au de Heiri äfa?
Ach, myn Gott, wie chunnt mi es Heiweh a!
O, wänn 's au ase si Mueter wüßt!
'S ist guet aber, daß si gstorben ist;
Das hett ren allweg schier 's Läbe gnoh,
Wänn si de Bueb so hett müeße gseh furtgoh.
Ach! wänn er au ase nümme chäm, —
Wänn de Chrieg si's jung frisch Läbe nähm, —
Doch i will aber nüd verzage;
„Der alti Gott läbt no"
Und wird i minen alte Tage
Mir hälfen und bystoh. — —
Aber, wänn asen Eine wor cho
Und säge: „Kathrinli — weisch es scho? —
De Heiri ist alle Liden ertrunne.
Si händ en erschosse z'Basel unne —
Ufem Schlachtfäld hät er sis Grab" —
Dänn — dänn, — es frürt mi drab,
Wor wäger mis Stündli schlo;
De Jomer möcht i nüd usgstoh.
Dänn hett i uf der Wält keis Freudli meh.
Doch näi, de Herr Gott lot 's nüd gscheh.
Er macht. daß si Alls wider versöhnt.
Syn Güeti währet ewigklich und syn Erbärmdi hat kein Änd.
Er hilft sym Volk und gibt ihm Fride,
Schafft Dene Nächt, wo Gwalt müend lide
Und im Glaube zu ihm bätte:
„Erlösi Israel us all syne Nöte!"

Hansels Klage.

(Im eigentlichen Sternenberger Dialekt, wie er noch hin und wieder von
ältern Leuten gesprochen wird.)

Ach, moone Mogä mueß i füe
In Stennebäg ne goh;
I jött be Nöggel und be Roogg
Ge houwzä gheiße cho.

Dänn jett i no zwee Häuwfig ha
Und Sauwz und Andesch meh;
Es chojtet eben Auwes Gäuwd
Und weiß schier nüd wo neh.

Hä gejter z'Obig 's Chauwb vä-
chaust
Und hä mi äifig tröscht,
I löfi au viezg Guwdi drab;
Jetz hän i nu dyßg glöst.

Es ist Auwes wouwfäuw, was b'
vächäufft,
Und tüü, was b' chäufe tuejt.
Dä Gweb goht nümme, 's ist e
Strooff,
Weisch nüd, was b' mache
muescht.

Mi Fau macht Schwäbäuwhöüzli
jetz,
De Heiggäuw ist i b' Ehn;
Hä gmeint, der Auggel jett au goh;
Schnyt aber nüd jä gehn.

'S Zujänggeli wibt Gfabets jetz,
Chunnt aber gar nüd futt.
Ist au nüd; dänn de Spuewerloh
Macht 's Löhnli ganz kaputt.

'S Marünggeli, das mueß i b'
Schuel,
Es leht Bief schybä scho;
Und bä Gojjvattä jäit all Tag,
Er laß es nümmä goh.

Er jäit: 's Viefschybä nützi nüt,
Er häi's jo au nüd gleht;
'S geb weder Brod na Mäuw i's
Huus,
Es jei hauwt Auwes vächeht.

Em Ruedel isch au gar nüd wouw:
Er hät jit gejter scho
Eu großä Chnüttäuw do am
Hauwz
Und wott em nüd uuzgoh.

De Moge, wou i gmuwche hä,
Sä gheit mer b' Milch no um;
Müeß nümme mäuche, jäit mer
b' Fau,
I jei ogjchickt und dumm.

'S ist halt e Strooff im Stenne-
bäg,
Es goht bald Auwes jchläch;
Mä lacht Ein uus, wo b' anne
chunnst,
Und jäit: Mä eb üb ächt.

Und De ist auweg gwüß üb ächt,
Wo eine jo vähaut.
Mä edet doch au b' Muctäfpooch,
Wie Auwes uf de Wäuwt.

Berufswahl.

Vater.

Mi Buebe, die hä mer doch mängsmol scho,
Bim Gwüsse, di gröst Angst ato,
Was i au no chönn us ene mache.
I möcht doch, daß Jede, sei 's früe oder spot,
Au ehrli verdienti sis Stückli Brod.
Schuelmeister, wie mueß i 's au mache?
Loß nu. — Wie de Groß, git 's nüd bald Einen äso,
De dänkt dänn Allem so schüli tüf noh.
Do am e Sunntig, wänn er nüt mueß tue,
Sitzt er de ganz hel Tag bin Büechere zue,
Bättet und list. Dänn öppedie
Stuunt er und stirret in Boden ie,
Daß i scho mängsmol aghalte hä,
Er soll doch nüd Alles so schüli tüf neh.
Hingege de Joggi hät scho nüd de Si,
De nimmt e Sach äisig nu obehi.
Sött er werche, sä lueget er, wo
D' Vögel umeflüged und so und so.
Wänn d' Nacht chunnt, sa goht er i d' Wisen ue
Und lueget äisig de Sterne zue.
Säit ene Näme, mä mueß schier lache drab,
Und moolet s' dänn öppedie no ab.
Und dänk nu au, gester hät er erzellt,
De Mo und jedere Stern sei e Wält!
Churz, sini Gedanke sind äisig in Lüfte;
Dänn list er mängsmol äso gspäßigi Schrifte.
De Chli, de ist dänn sust pfiffig und gschyd,
So eine gitt 's nüd uf zäh Stunde wit.
I setzti bim Tusig en Batze dra,
Er chönnt de Heer für en Nare ha. —
Jetz bitt di, Schuelmeister! gi mer en Rot,
Dä weist jetz, wie 's um mi Buebe stoht.

Schulmeister.

Allerdings freut 's mi, daß b' a mi dänkst
Und mer i bere Bziehig dis Zutraue schänkst.
Es wer schad für die Buebe, worum?
Persee, all Drei händ gschybi Genium.
Drum mueß mä si würkli do wohl in Acht neh,
Daß män Jedem en agmäßne Bruef chönn geh.
Natürlicher Wys ist bas mi Pflicht,
Jedem e Metten azrote und was sim Talänt etspricht.
So müeßt mir de Groß, wänn i z'rote hä,
En Brunnemacher geh;
De Joggi en Dachdecker, und de Chly
Eu Muser; so chönnt 's no am gschydste sy.

Vater.

Bigost! dä häst rächt — große Dank z'tusig mol;
Will 's doch gschwind ge säge. Bhüet di Gott wohl!

'S Leuewirts Chind hät i der Chile bbättet.

Vatter.

Chind! worum bist so tuuch und so stille?
Häst öppe dis Bättli nüd chönnen i der Chile?
De Heer wird bi doch, will 's Gott, nüd balget ha?

Mueter.

Es hät gwüß Öppis ggeh, mä gseht der 's a —
Herr Jesis! es fangt a pflänne!
Häst öppe d' Zerteilig nüd chönne?

Chind (weinend).

Woll, aber nu das hän i nüd gwüßt,
Wie die Stadt gheißt, wo be Heiland geboren ist.

Mueter.

Und do, was hät er züe der gjäit?

Chind.

„Abſitze ſöll i", hät er gſäit,
„Er hett doch gglaubt, das wor i wüſſe" —
Und rüeſt do grad 's Chörbli-Ma's Liſe.

Vatter.

Jo wohl, abſitze ſölliſt, hät er gſäit?
Näi! los au, Frau, abſitze, häi er gſäit!
Ja das, das iſt au gredt!
Hett nüd gmeint, daß er mim Chind das z'leid tät.

Mueter.

I wött nüt ſäge, we mer em nie nüt woreb geh;
Aber be Böhlima ſöll mi au do vo der Muelten eweg neh,
Wänn em ich meh e Hamme bringe!
Au wird em i der Chile gwüß kei Not meh ſinge;
Uf das chan er ſi heilig verloo.

Vatter.

Los, Frau! es mueß em gar ekeis meh z'Chile goh.
Und mit Hammen und Anke, ſäb ſöll fürderhi
Für Chind und Chinds-Chind abto ſy.

Mueter.

Mer wänd ſ' lieber ſälber fräſſe, ſäb wä mer;
Mer händ meh dädur, ſäb hä mer.
Das Häfeli voll Hung hät vil gwürkt, geſter z'Nacht!

Chind.

Ja, hetteb mer 's nu gha, er hett mer 's glych ſo gmacht.

Mueter.

Von eus wird er meini nümme z'vil meh übercho;
Au mueß euſeri Magd nümme mit ſire Magd goh.
O! i wött doch die bräyſt Jüppe zum Chaſten uſe geh,
Wänn dänn der alt Heer wider chönnt cho;
De hät ein au no für Öppis agſeh;
Bi dem iſch aber gar nüd eſo.
De chönnſt em, bim Wätter! e ganzi Sau geh,
Er nähm 's, aber er wor di für nüt agſeh.

Vatter.

Ja, uf der Alt hät mä ſi chönne verloo.

Mueter.

Wie vil hundertmol ist er au zuen is cho!
Wie hät er si nüd no luftig gmacht
Am letfte Ziftig z'Nacht!
Zu fäber Zit hät mer au no Lüt übercho;
Er hät über 's Gigen und 's Tanze nüd fo to
Wie De, und hät keis Wörtli gfäit.

Vatter.

Er hät halt dänkt, es ghör der junge Purft Freud.

Mueter.

Aber fit De do ift, ifch nümme wie dävor;
Es wird Alls anderft vo Johr zu Johr.
Und fit er die junge Lüt das Singe lehrt,
Ift neime gar Alls wie verchehrt.

Vatter.

Jetz grad b' Nachtschnabe find au nümme wie dävor.
J chume gar nüd druus:
Sie tüend prezys, fie fürchet eußers Huus
Und wänn ene de Wy vergäbe geh wor.

Mueter.

Si tüend ordli, wie wänn f' mored drab gruufe.
Do finget f' lieber am en Ort vorruffe,
Mängsmol afe vor eußere Feiftere zue,
Und meined dänn, fi chönned is mit dem Oppis z'leid tue.
Die Chätzers Nare meined dänn, was das dedoch au fei,
Wänn f' do chönnd mit ihrem Heerevogelgfchrei;
Oder daß 's öppedie bloß chyt wie bim Schnäggebrote,
Und chönnt 's vilicht nüd Vieri no de Note;
J glauben au nüd, daß Eis en Pfalme chönn.
Der Hebamme Tächter meint fi dänn,
Daß fi die Näglifche Lieder cha finge:
Da ftellt fi 's Muul uuf, es chönnt e Kameel drinnie fpringe;
Si wird aber au uusglachet von alle Lüte,
Dänn weißt jo kein Mänfch, was das fött bibüte,
Wänn de Schulmeifter afe hoffärtig dört ftoht
Und mit me Stäckli äifig ue und abe fchlot
Im Singe. Ä, de Tüfels Torebueb!
Ift doch nu 's Fadezäindlis Hans i der Chollgrueb.

Vatter.

I mueß jetzt emäl wider uf das Chilebätte cho.

Chind.

Ach, Vatter, schwiged lieber, 's ist jetz scho äso.

Vatter.

Näi, das ist jo verfluecht! be söllist nu absitze.
Wänn er 's zu 's Wächters Chind gsäit hett, säit i kein Bitze.
Aber, daß er 's zu mim Chind hät dörfe gsäge,
Chan em miner Läbtig nüd verträge.
Hätt 'r em 's nu am en andren Ort gsäit,
Das wird jetz zänter der Gmeind ume träit.

Mueter.

Es ist nüd gsäit, daß män alli Bitzli us der Gschrift mueß verstoh,
Es ist scho Mänge wege em vile Läsen um de Verstand cho.
Und, Chind! wänn er di meh balget im Bhöre,
Se säg: „Herr Pfarrer, ich hä 's nüd besser chönne lehre;
Du chönnist nüd müeßig goh wien er;
Din Vatter sei ebe kein Heer."

Vatter.

Balget er di dänn wider, will ich mede
Sälber emol mit em rede.

(Es kommt ein alter Bauer.)

Willkumm, Jögel! de wirst en Schoppe wölle?

Jögel.

Schätz wohl, i wirde sölle.

Vatter (im Weggehen).

Alten oder neue? um drei oder um zwee?

Jögel.

I will grad eine vom wohlseilere neh.

Mueter.

Bist de Nomittag au z'Chile gsy?

Jögel.

Näi, aber de Morge bin i drinn gsy.
Er hät doch e herrliche Predig gha;
Es gitt nüd bald Eine, der 's beweg cha.
E derig Heere mueß mä lo gälte;
Do tät mä si versündige, wä mä f' wor schälte.

Mueter.

Und b' Chind chan er emäl au guet balgen ob jedem Bitze;
Er macht nüd lang, er säit zu eim, 's söll absitze.

Vatter (indem er den Wein bringt).

So, sind er öppen uf das Chilebätte cho?
Ja, de hät hüt mim Chind au to;
Nu wegem en einzige Wörtli z'wille
So dörfe z'Schande machen i der Chile.
Er cha wohl rede; er hät der Zit zum Studiere;
Er mueß weder charste, Gülle träge, no Mist füere.
Die Heere mined dänn, mä häi 's wie sy:
Mä chönn nu müeßig goh 's Johr uus und y.

Jögel.

Ich luegen jetz die Sach ganz anderst a.
En rächte Heer hät gwüß z'tue, wien en Acherma.
Und wänn er will sis Amt verwalte, wien en Christ,
So druckt e Mängs so schwer, wien eus e Burdi Mist.
Ja, wänn er 's aber hät, wie 's au ederig git,
Daß Gmeind em nüd am Herze lyt,
Nu Pfarer ist im Mantel und im Chrage,
Und näbetzue, was weiß i was;
Statt in e Schuel z'goh, lieber goht go jage,
Und 's Läbe schier gar ysprung weg me Has,
Kein Chrankne bsuecht 's Johr y und uus,
Und wer er grad i's Nochbers Huus —
So einen ist dänn gwüß kein rächte Heer;
'S wer besser, wänn er öppis anders wer.
En guete Pfarer cha zum Wunder vil
Der Gmeind nütze, wänn er nu will.
Gottlob! das Glück händ mir doch übercho,
Mer händ en Heer, er chönnt nüd besser sy.
Er bsuecht die Chrankne, goht de Schuele noh
Und richt au i der Gmeind Mängs besser y.
Au geg die Armen ist er bsunders guet;
De rächte wor er schier gar hälfe mit sim Bluet.
Er hät erst für min Nochber, der so eländ ist,
(Si händ nüt züen em gsäit und gwüß keis Wörtli gwüßt)
J b' Stadt ie gschribe sine guete Fründe:

Er häi en chranke Ma i sire Gmeind mit vile Chinde,
Si möchted em au Öppis geh.
Do gester z'Obig, was söll gscheh?
Schickt er bim Aidli, i hä's sälber gseh,
Zwee Thaler i me Briefli inne.
Ach myn Gott! wie händ die Lüt bättet und grinne;
Wie hät de chrank Felix si Händ zämegschlage
Und gsäit: „Jetz will mi doch nümme chlage,
„Wänn 's no so guet Lüt hät uf der Wält.“
Churz, si händ nüd gwüßt, was f' wänd tue mit dem Gäld.
Also en Pfarer ist e Freud;
De Herrgott wöll e blöhnen i der Ewigkeit.

Vatter.

De Jögel, de Jögel, botz tusig Rad wille!
De hät em de Chare. Frau bis mer nu stille!

Mueter.

Ich säge das: Er ist en furiose Heer,
Und lieber wött i, wänn der Alt no do wer;
Er gseht die Nychre vo den Ermre keis nagelsgroß a.

Jögel.

Lueged, wer en rächte Heer will sy, mueß es prezys so ha.
Wänn eine vorher das nüd bigährt z'tue,
Ist er au gwüß nüd wärt uf d' Kanzlen ue;
Und sei sust eine, was er wöll, er verletzt sis Gwüsse,
So wohr i das Möckli Brod do isse.

Einbildung.

Mueter.

Es ist mer, i ghöri mis Chindli schreie;
Händ still — händ still!

Anneli.

Oder isch öppe nu 's Heiggelis Meie?
Säb Chind grynt eisig so vil.

Jokebli.

Mueter! chumm use! 's Chindli chunnt hei
Und hät doch au e gottsjämmerlis Gschrei.

Mueter (erschrocken).

Herr Jesis! wo isch es? —

Jokebli.

Bim Schopf.

Chindli.

O Mueter! o Mueter! min Chopf!

Mueter.

Ach myn Gott! was häst au — um aller Wält?

Chindli.

Die Buebe hämm mi i's Heu ie gfellt —
E Loch — e Loch im Chopf!

Mueter.

Wo häsch au?

Chindli.

Do obe!

Mueter.

Du arme Tropf!

Chindli.

Näi rüer's au nüd a, o, o, o!

Mueter.

Göhnd, gheißet au der Schärer cho!
Jokebli! gschwind spring züen em ue! (Jokebli geht.)
Seh, laß mi der nu au b' Chappen ablue.

Chindli.

Näi, rüered mer 's au nüd a; es tuet weh — hee hee!

Mueter.

Wie mached die Läckersbueben ein au sä höh!
Si müe mer allweg e paar Schwetterlig ha;
Oder i zeige s' em Schuelmeister a.

Chindli.

My Loch! myn Chopf! hee! hee!

Schärer (kommt).

Seh, Chindli! laß mi 's gseh.

Chindli.

Es blüet, es blüet! o — o — hoohoo!

Schärer.

I gseh e Gotts Name nüt dävo.
Hebed em d' Händ; mer wänd em d' Chappen abetue.

Chindli.

Näi, langed mer au nüd uf de Chopf ue!

Schärer.

'S hät gwüß keis Loch, und wänn 's jetz scho schreit.

Chindli.

Die Buebe händ 's doch gfäit.

Ein alter Schulmeister.

(Aus dem „Brand von Uster".)

---

1. Wie er unterrichtet.

Mutter.

Chunnst aber wider emol glih us der Schuel!
He worum chunnst au scho, du Läckersbueb?

Jokebli.

Es sind jo alli alli Chinde hei:
De Schuelmeister hät gschlooffen uf
Em Ofen oben und do si mer furt.

Mutter.

Hät dänn 's Schuelmeisters Frau hüt d' Schuel nüd gha?

Jokebli.

Näi, gester und am Zyschtig und am Fritig,
Wo de Schuelmeister Mist träit hät.
Mir händ scho lang kein einzigs Mol
Meh müeßen uffäge. Juhe, juhe!
Ich gohne eebig gern i d' Schuel.

Mutter.

Sä gang go spuelen jetz und heb brav Ernst.

Nachbar Ruedli.

Die Schuel ist allweg nüd rächt ygricht
Ebäweg. Näi, das gfallt mir nüd;
Mä mueß de Schuelerloh prezys glych geh.
Es choftet mich all Winter schier
Drei Böck für 's Chind und für de Bueb.

Nachbar Felix.

Ach, die neu Lehr ist halt kein Blutzger wärt;
Und de Schuelmeister ist dänn au
En eebig eebig gstrofte Ma; er hät
En Schuldelast und cha de Zeis schier gar
Nüd gäh; dänn mueß er luege, wo 's har chömm,
Und schleift und trait si dänn fast z'tod
De Morge früe und z'Obig spot.

2. Wie er liest.

Nachbar Joggi.

Losed nu an, was i säge will:
'S geb scho so es Maschinehuus
Bi Züri oder Winterthur, händ s' gsäit.
(Zieht eine Zeitung aus der Tasche.)
Es stand i bere Zitig do,
Hät mer de Seckelmeister gsäit.
Jetz singed i grad sälber 's Sterbeslied:
„Wänn myn Stündlein vorhanden ist."

Schulmeister.

Herr Jeger, sött jetz das e Zitig sy?
Es ist jo nu en Wüsch Papyr. Es gseht
Schier wien en Chausbrief oder was äso....

Joggi.

Ich cha 's bim Eid nüd läse, gsehst;
Es häi gar hundsbös Näme drin.
Schulmeister, seh, chumm lis es du!

Schulmeister.

Jä, wän i nu de Spiegel bei mer hett;
Will 's aber glych probiere; gänd 's Liecht har.

Jä, hackermoft! das ift halt gar äkei
Papyr und an d' Buechftäbe find nüd wie
Im Namebüechli und im Teftämänt.
Jetz lueged do das Wort, es ift
Au gar erfchröckli vonenand:
„Efcheho — wee, ja wee; e — i — zet, Schwiz —
Man fagt: Die äff — ärr — e — i, Frei —,"
Do gieht 's doch wätters gfpäffig us, fäb gieht's.
„Ho — e i — heit" ift vil z'noch binenand;
Ja das ift au en Druck, fäb ifch!
J fangen eh chli witer unen a.
„Die A — a — ärr — i, ri, Ari,
Efchte — o — zeko, ftock, ja ftock,
Keraten, ge — i — en ge, ging, —
Ge — e — en, gen, ginggen, bei dem,
Ja, bei dem Bürgermeifter — vau — o, von —"
Ach hock däi! De ift fo ganz verchratzet.

Joggi (leife).

Er lißt 's bim Hell nüd rächt, mä chan e fo
Keis Wort verftoh.

Alle.

Näi gwüß keis Wort.

Schulmeifter.

Jhr liebe Lüt, das ift e Gfchrift,
Die gwüß de Tufigift nüd läfe cha
Und nüd kapabel ift z'verftoh.
Jch glaube halt, 's fei nüd rächt dütfch.
Do händ er das Ding wider, ich
Verftoh's bim Hackermänge nüd.
Er müend halt warte, bis 's Tag ift,
Dänn cha mä 's beffer läfen und verftoh.
Jch mueß jetz hei. Sä fchlofed wohl! (Geht fort.)

Nachbarin Babel.

Jetz wüffed mer fo vil as Nüt;
Es ift doch au e großi Strooff!
Ja, das ift en Schuelmeifter das!

3. Wie er schreibt.

Schulmeister.

Er werdet 's wüsse? — gälled au,
'S letst, 's letst Verdienstli stilt män is no weg.
Um Gottes Jesu Wille! säged ihr,
Was sanget mer zletst an no a?

Alle.

Grad hä mer bo abgschlosse mit enand,
Wänn du is worist e Gschrift machen a
D' Regierig, wege dene Wäbmaschine, —

Babel.

Aber si müeßt zum Wunder trurig sy,
Daß s' gwüß grad use müeßted brüele drab;
Und wänn 's bie Würkig hett, sä glaub ich bstimmt,
Si werded es Gebott lo usgoh lo,
Daß 's nüt e Derigs dörfi geh.

Schulmeister.

Ach Gott, wien Alles zämmeträffe mueß!
Aso e Gschrift hän ich scho gmacht,
Hän aber au drei Tag und drei
Nächt gschribe dra und gschwißt, daß gwüß
Ein Trän der ander gschlage hät.
Es ist halt zum en Erdewunder schwer,
So uß em eigne Chopf was zämme z'bringe;
Dänn hän e si ganz no der neue Lehr
Ygricht, sust nähm mä si vilicht nüd a.
Hä 's Deklinierbüechli fast wie
Es Unservatter ußeglehrt.
Dänn gänd die Absetzeiche so vil z'tue.
Abschrybe chann i wol, säb ist en Gspaß,
Dütsch und Flaktur, grad wie mä 's will.

Alle.
Um Gottes Wille! nu sä lis es an.

Schulmeister (liest).
Nothfeste, frumme Hoch und wollwyße Regierung Frogszeichen.
„Ihr werten Eych färwuntern worum wir eüch schreiben Thun
Gedankenstrich. Weir habet keyn verdienst und Kein Geld Doppel=

punkt. Und wer kein Ferdyenst und kein geld Hat ist Arm Punktum
Wier Habet ghört eß gäbe Webmascheynen Wegwerfungszeichen und
das Können weir nicht Leiden Punktum Wyr Hofen yhr meynen es
mit alen menschen Guth Frogszeichen. Tenn Wanne Yhr es nicht
gut Meyntetet währe Eß nicht rechth Gedankenstrich. Dorum woll=
weiße Obrigkeyt Frogszeichen Wanne yr uns mit dem erfreütetet
und die Webmascheynnen Weg thätetet wurde Zwüschet Statt und
Lant Verbindungszeichen Glük Seyn komma Wänn Weir Nichts
Färdienen Thun können wir eüch auche Nichts Geben Punktum und
Wanne weir eüch nichts geben So Können eihr nicht Leben Ausruf
Darum Gute Regierung koma Weyr bidden und erflöhen eüch Um
Gottes barmherzigkeit Weillen lasen die Webmaschynnen Nicht uf=
kummen Abäsrof" —

Felix.

Säg nu die Absetzeiche nümme, ghörst,
Tänn mir verstöhnd doch Nüt dävo.

Schulmeister (liest).

„Mann hat uns vor Johren die spinnrädlein mit Allem Giwalt
weggeno und darmit ist ahles glück und sägen fortgewichen. Da
hat man die zuflucht von den Webstühlen genomen der Ferdienst
ware Nicht Ungering gewesen, in der erste aber doch Kamm ieder
Husvatter in dye schulden Herrein Wyl allen blaß zu den webstühlen
zu klein gewesen Wahr, und Mann hat pouen müsen.

Wenn ein Vatter vor zyten siben kind Hatte gehabt, so hatt er
Ordelich gleich mit Allensamen in dem kleinen stüpli innen Können
Arbeiten, aber ietz nümme. Ein Webstuhl brucht Fenfmol Meer
platz als Ein Spinnredli und kostet Zähn mol Meer als es. Auch
muß yeders ein Liecht Haben, Sintemohlen wo do z'molen eins Eins
dannethin mit Zächnen hat können bruchen.

Mann hatt Gesucht alen Ferdeinst unß Weg zu Nemmen, aber
der Nebentatz kan Mann nicht Auß unseren seelen Raupen das wyir
Lumpen wollen geben und das Uns Dei eere So leib ist alls das
eiggene Leben.

Denken Selper Nohen waß Wier auf unseren bergen Open
müßten Thun. Oder Sollen weir Unsere kinder dan von unß tun
in so Gottlose Maschynen allwo Sei allda an Lieb und seele serr=
beerbt Werdet. Nein daß können weir Nicht und Sind eß auche
nicht im stand.

Wahrlich wahrlich ich Sage euch Eine mutter sol auf ihre Kind
Achtig geben wie eine Gluggeri auf ihre Hüenli achtig Gibt.

Ihr werten Eß erleben und Erfarren Wanne wier Um unsere
Webstülle komen So giöt eß Kreig dän wan Mann nichts hat zu
Thun So yst man Auf Alerlei geföhrliche Dingge Bedenkt. Wen
wier Aber zu Arbeiten und zu ferdienen haben Sind wir steill in
unseren Bergen und Sind gwüß Mitt wenigem zu Freiden und essen
mit Vernüegen unsere Milch und unser Erdöpsel und Ales was
weir habend.

Item weiter wir Sind eüere Getreüen unter Tanne und gäben euch
gerrn wos Wyr Schuldig sind oder auch noch Oeppis dorüber aus.

Dorum bitten Wyr eüch habbed Erbarmuß um deß jüngsten
und lesten Gerichtswillen lassen die Webmascheinen nicht aufkommen.
Und so jhr solches tun wolet so sprechet ja.

Gott der Herr der Allmächtige Gott wird eüch dermohlen Einst
dafür belohnen Und eüch geben die unverwelkliche Kronne des ewi-
gen Lebens das Ja viel besser ist Alls zeitliche und ewige Strafe
Gottes gericht urtheil und Bärdammmuß, — nebst gründlichem Gruß
und Hochachtung.

Großmutter.

Ach myn Gott! wie ist das sust an e Gschrift!

Einige.

Ja nüd e Wunder häst du gschwitzt!
Wänn ihne das 's Herz nüd erweicht,
Dänn sind s' verstockt a Lyb und Seel.

4. Wie er singt.

Schulmeister.

Will emäl au es bitzli züen i cho.
Es hät doch en grusame Schnee.
Bin do bim Steishofselse zue in e
Windwechtelen ie cho, hä gmeint,
I chömm mi Läbtig nümme drus.

Großmutter und Mutter.

Sä sig däi uf der Ofen ue, er ist
Füürheiß, mer händ hüt zwei Mol gheizt.

Schulmeister.

I nimm es a und ligen ꝛc. (Er steigt hinauf.)
A, 's ist doch nienen Eim so wohl, as wänn
Män uf em warmen Ofen obe lyt!

Großmutter.

Dä häsch prezys wien ich. I glaube, wänn
I de nüb het, wer nümme do.

Schulmeister.

De ist doch jetzt prezys, wien er mueß sy:
Nüd z'heiß, nüd z'chalt, grad wie 's si ghört.

Großmutter.

Dä machst mich schiergar z'gluste; mein i wöll
Au grad es Augeblickli züe der ue.
Es früürt mich ase fast a b' Bei.

Schulmeister.

Sä chumm mu har, häst no Platz gnueg. (Sie geht.)

Die Kinder.

Schulmeister! wäger sing is au es Lied,
Mer händ fürwohr scho fast de Schlooff.

Schulmeister.

Ach, i cha nümme singe. Ja, won ich
No jung gsy bi, do hän i Keine gfürcht.
Ja — wämm män äsa geg den Achzge ruckt —
Sän abet's scho — potz tusig Rad!

Mutter.

Dä chasch es jetzig no; stimm nu Eis a.

Schulmeister.

Ja nu, es ist mer mede glych.
Großmueter, du singst au, häsch ghört?
Es fallt mer grad en Psalmen y, de gheißt:
            „Hilf Gott, wie geht es immer zue,
                Daß alles Volk so grimmet.
                Fürsten und Künig all gemein u. s. w.“

Kinder.

Ja, ja, d' Großmueter hät is de do glehrt.

Schulmeister (räuspert sich).

Nu dänn, sä stimmed a und singed au
Rächt no de Worten und rächt no der Not.
Bi „Volk" gänd Achtig, dänn do dynt 's
Mängsmol e bißli trurig; händ er 's ghört?
Bi „Hilf", do goht 's erstummdli langsam; aber
Bi „grimmet", lauft 's halt zum en Erbewunder gschwind;
Bi „Künigen" und „Fürste" goht 's
Ganz trurig, trurig; — merket das!
Und wänn er dänn zu dene chöund,
Sä haued mer f' rächt use; dänket dra!

Nöggli.

Mer wänd f' scho ufehaue, wänn 's agoht.

Schulmeister (stimmt an).

Ähäf aha gee, gehee, jaha jäff.

Alle (singen).

„Hihihihilf Gonitte wieni geht jesi seimmeri zuä,
Danis allesi Volikeni soni gärimmet.
Försteni jundi Künigeni alle gemein" u. s. w.

Nöggli.

Händ still, händ still! ich ghören Öpper lache. —
Juhee, hee! eusri Liechter chöund!

Altes Heere = Dütsch.

(Aus dem „Brand von Uster".)

Ein Fremder.

Verzihet, daß i so frei bi — —

Babel.

'S ist scho verziege, bhüet is Gott!
(Für sich) Das ist allweg en freine Mänsch;
Ich merk em 's a, er redt so zohm.
(Laut) Hock nu däi zue, wänn Ihr müed sind.

Der Fremde.

Ich ha mich ebe ganz verirrt
Im Näbel und im Schnee,
Ha glaubt, i findi nu kein Uusweg meh.
Ha wölle z'Bauma über Nacht si hüt
Und dänn vo da i's Toggeburg;
Ich han e Tante dort, die ich
Gern bsueche möcht, si ist sehr gfahrli chrank.

Friedli.

O Jeger, Jeger! Ihr sind wit,
Zum Wunder wit vom rächte Weg abcho.

Der Fremde.

Wer wol nüd Jemand da, der mir um Gäld
Und gueti Wort 's nächst Wirtshus zeige würd?

Alle.

'S wer eben uf all Site wit.

Großvater.

Jä guete Fründ, so gern mä gieng,
So möcht ich dir nüd rote, daß Ihr jetz
No so wit hinächt sötted goh.
Die Nacht ist keines Mänschen Fründ.
Uhabli und müesam ist jetz be Weg,
Füert ziemli wit dur Wald und Waid,
Dur schmali Fueßweg härt am Felsebach,
Und noh bim höche Gieße dur.
Es schneit, hät Näbel und gar dunkel isch,
'S Liecht bländt — und bald, bald wer es Unglück gscheh.
Und was i gseh, so bist du müed.
Drum zie din Schoopen ab, oder was' ist,
Und sitz echli zum warmen Ofe zue.

Babel.

Er brännt di nüd, mä hät nüd bache do
Das Mol — säb hät mä — ach myn Gott! —

Großvater.

Gang, Anneli, und hol em du chli Bränz,
Mach em e guets Milchsüppli z'Nacht.

Und gfallt 's der i dem arme Hüüsli do,
Sä freut 's mich, wenn d' do bist, bis 's Morgen ist.
Mer wänd bi lege, j' guet mer chönnd.
Säg, oder fürchst der villicht bein is z'sy? — —
Er werdet 's inne worde sy,
Wie 's z'Uster une ggangen ist?

                    Babel.
Ja, säb ist au es Unglück gsy für eus.

                 Der Fremde.
Großvatter! Euri Güeti freut mich sehr.
Und wänn ich säge, daß 's mer da bi Eu
Nächt heimelig und trauli ist, so gscheht 's
Us überzügig. Glaubet nüd,
Großvatter! daß de trurig Vorfall z'Uster
Mich etwa fürchten mach vor Eu.
Wol han ich die Zit her so vil, ach ja
So vil lieblosi Urteil ghört,
Und zwar vo Lüte, die no Bildig händ.
Zum Tadlen ist der Mänsch halt ebe gneigt,
Und leicht ist 's Dem, der nicht hinab
Will schauen auf die Ursach, auf den Grund,
Wie und warum die oder disi Tat
Begegnet und zur Reisi kommen sei.
Niemandem z'lieb, Niemandem z'leid
Red ich. Nur ein Punkt fassi ich in's Aug,
Wänn ich den Brand in Uster überdänk.
Und wer das Läbe diser Bergbewohner
Hier näher kännt und billig dänkt, der wird
Mit mir der glychen Ansicht sy.

                  Großvater.
Was wer dänn das wol für en Punkt?

                 Der Fremde.
De Grund, Großvatter, heißt: Unwissenheit.
En böse, schröcklich böse Geist. Er hat — —

                Babel (einfallend).
Ja ja, de bös Geist hät vil Gwalt.
De Tüfel ist en Schölm si Läbetag.

Der Fremde.

Er hat, mit Nahrungsjorg gepaart,
Den Brand in Ulster angezündt.

Babel.

Ja emäl enser Mannen eidli nüd.

Großvater.

Ach, Babel, bis jetz still; dänn du
Verstohst de Ma jo doch nüd rächt.

Der Fremde.

O, schröcklich ist das Unheil, das er scho
So uf vil Arte gstiftet hät. Er siet
Auch wol das Besti oft für schädlich an,
Zerstört mit frächer Hand, was Glück ihm brächt.
Kurz siet syn Auge vorwärts und zurück;
Dänn Finsternis und Nacht verhüllt syn Blick,
Und i der Meinig Guets z'tue, tuet er Böses.
Wol läbt der Funke göttlichen Ursprungs
In jedes Mänschen Brust; jedoch
Die Lust zum Böse wohnet au in ihm.

Babel.

Prezys, das stoht au im e Bät.

Der Fremde.

Erzügt das besti Ackerfäld
Nicht Unkraut auch? Bedarf es nicht, so wie
Das schlächtri treulich Wart und Pfleg, wänn es
Nach Anlag gueti Früchti bringe soll?
Chann ohne diß der gueti Grund nicht wild,
Der schlächteri zur rohsten Wildnis werde?
Ach ja! Und so verhält es sich
Unstrytig mit dem Geist des Mänschen auch.
Gepfläget soll er werden und genährt,
So wie de Körper dessen auch bedarf.
Wol üebt Unwissenheit gerade nicht
Bei Jedem eben und diesälbi Kraft,
Dänn das Gemüet der Mänschen ist nicht glych.
Bim Eine vo Natur sanftmüetig, mild,
Bim Andre unbedachtsam, heftig, rasch.
Doch scheitern Beide stets in solchen Fällen,
Wo ryfi Überlegung nötig ist.

Dänn ach, der Geist ist ungenährt und schwach
Und hat zue dieser Arbeit keini Kraft.
Er ist ein schwaches Kind, und wer
Der Körper noch so groß und starch.
Nun fragt es sich: Wie soll der Geist
Dänn syni Nahrung, syni Pflägi finde?
Großvatter, das chann einzig nur
Durch angemässnen gueten Unterricht
In Schuel und Kirchi müglich syn.
Pflanzt ihr ein Bäumlein — nun? Ihr bügt
Den Stamm fürwahr nicht, daß er auf
Der Erde kriechen müeß. Ach nein,
Ihr wändet ihn der Sonne zue, daß er
Im Liechti steh und gueti Früchti bring.
So einem Baumi glycht der Mänsch.
Auch sollen wir das Nötigsti
Noch aus der großen Wälthaushaltung kännen.
So wie der Bürger jedi Einrichtung
In synem Dorf, in der Gemeindi kännt,
Und kännen soll, wie ein Nachbar zum andern,
Ein Dorf zum andern steht: so tuet es not,
Daß wir vorzüglich unser Vatterland,
Ja unsri ganzi Erbi nicht
Nur bloß allein dem Namen nach nur kännen.
Dann wird fürwahr uns manchi Einrichtung
Im Staat, im Handel und Gewerb
Kein unauflösbars Rätsel syn.
Und in der Not weiß man sich dann wol auch
In jeder Hinsicht leichter Rat und Tat.
Stehn dem Gebildeten ja doch so vil
Hülfsmittel zue Gebott, wovon
Der Ungebildeti nur gar Nichts weiß.
So gseht mä nu us dem, daß wahri Bildung
Dem Arme wie dem Ryche nötig ist
Und daß es heiligi Pflicht ist, si zue
Beförbere, wo Glägeheit sich zeigt.

                 Babel (für sich).
De prediget schier wien en Heer.

Die Wünsche.

Es hett 's emol en arme Ma
Au gern es bitzli besser gha
Und fangt dänn lut a wünsche:
„Ach, wänn i nu zwee Thaler hett,
Dänn glaub i doch fürwohr, i wött
Mi Läbtig nümme chlage."

Was gscheht? — er hät nüd lang därnoh
Die gwünschte Thaler übercho
Und hät vor Freude grinne;
Bhalt f' ordli in es Drückli ie,
Gschaut f' z'Obig spot, de Morge früe
Und zellt f' bi hundert Mole.

Doch äisig isch nu eis und zwei;
Er sinnt und dänkt uf Allerlei,
Was er wohl chönn druus chaufe.
Doch äisig sind f' nu eis und zwei;
Ach myn Gott! dänkt er, wered 's drei,
Dänn wött i nüüd meh wünsche.

Es währt nüd lang, bi miner Treu!
Chunnt no en Thaler nagelneu
J's Drückli ie zu dise.
Jetz zellt er fröhli: „Eis, zwei, drü."
Bald dänkt er: „Chäm no Eine dry,
Hett i, bi Gost, e Tuble!"

Und was söll gscheh? — de Morge früe
Sä luegt er i sis Drückli ie,
Und Vier sind bi enandre.
'S Herz chlopft em, zellt: „Eis, zwei, drü, vier"!
Dänkt an e Chue — dänkt an en Stier —
Und an e größers Drückli;

257

Weuscht Huus und Hof und Allerlei,
Weuscht Roß und Wage, Gäld wie Stei,
Und wird bitrüebt und trurig.
Und in Gedanke, 's früürt mi drab,
Fallt er emol dur 's Rauchloch ab,
Und ist am Weusche gstorbe.

Inhaltsverzeichniss.

Notizen über die Schriftsteller und Dichter des 4. Heftes.

Das 4. Heft enthält ausschließlich Ausgewähltes aus den Schriften von

Jakob Stutz.

S. das Biographische im 3. Heft.

Sammlung

deutsch-schweizerischer Mundart-Literatur

Aus

em Kanton Zürich

Fünftes Heft

Gesammelt und herausgegeben

von

Professor O. Sutermeister

Verlag von Orell Füssli & Cie. in Zürich

Buchdruckerei Fisch Wild & Cie. in Brugg.

Aus dem „Vikari".

Eine Pfarrhaus=Visite.

Da ist Öppis z'gschaue*); und wänn er 's weusched, so will i's
Obedry no erzele. „Zum Helge=gschaue, da ghört si
Au 's Erzele", so seit mer myn Götti, so oft er bi mir ist,
Myni Bücher durneuset, de Livius under de Tisch leit
Und de Tschudi in Winkel, doch wänn er die Laalehistori,
Oder die schön Magelonen erwütscht, dänn geschwind zue mer zuesitzt,
'S Buech usenandere leit, mit sunkligen Auge mi aluegt:
„Nu! erzel! erzel! — Zu'n Helge mueß men erzele!"
Also Numero Eis: — E Pfarrhuusstube; da wo die
Sei, das halted mer z'guet, das müend er währli errate;
Und errated er 's nüd — hä nu! so lönd i's nüd igle.
Fryli brächt 's en kei Schand, dem Heere, so wenig als Ihre,
Oder der Jumpfer Nette, wänn men au Namen und Gschlächt wüßt;
Dänn er ist en rächtliche Ma, sy e wackeri Huusfrau,
Und was d' Jumpfer Tochter bitrifft — die schält mer nu Keinel
Aber me häd 's nüd gern, wänn 's heißt, me chön Dä oder Disi
Gmaalet gseh, im rulierte Haar und im plätzete Huusrock,
Oder gar i der Schlutte, und öppen en Brämlig am Bagge;
Und er werded 's erfahre, es gitt bald Schlutte, bald Brämlig,
Vilicht öppedie de Brämlig gar a der Seele.
Grad da usem Blatt isch 's neime gar nüd wie 's sy sött;
Dänn Verdrüssigkeit häd no vor wenig Minute
Gsichter und Herze verzoge: — und währli, nähmed mer jetzt no
Dem Herr Pfarer si Hand vom Gsicht, mer wurdid erschräcke!
Ummel das Chäppli da hinnen am Chopf — de Sitz usem Egge
Vom verdrehete Stuel und die verchauete Fädre
Tüüted uf Rägen und Sturm; dänn gwohnkli gseht men e anderst.
Wänn en jetzt nu de Tägst vo syner Bredig nüd öppe
Zwingt, von himmlische Freuden e Bschrybig z'mache — i fürche,
'S gäb kein große Glust; es wär jetzt zähemal besser,
Er hett d' Höll underhänds, was gilt 's, er sparti dänn 's Holz nüd!

*) Leider hat Usteri die für diese Idylle bestimmten Zeichnungen nie zu
Stande gebracht; es sind nur ein paar höchst flüchtige Entwürfe dazu vorhanden.

261

Und a dere Mißstimmig und dem Verdruß ist bä Brief b' Schuld,
De usem Buset dert lyt; es häd e gestert de Bott bracht,
Erst um halbi Zächni; de Pfarer ist scho i der Rue gsy,
Aber sy Frau häd no gwartet, um gschwind im Blettli no z'luege,
Was verchündt sei worden am Suuutig, und dänn im Artikel,
Von verchänsliche Waaren, eb 's Kaffi uuf= oder abschlag.
Und jetzt chunnd mit dem Blettli bä Brief. Er ist vo 's Herr
                                        Hauptmes;
Alti Bikannti von ihm und von Jhre, bi dene de Pfarer,
Wänn er in Synedus reist, am Zystig eistert traktiert wird
Und bim Abscheid dänn alliwyl wenscht: es möchtid 's Herr Hauptmes
Doch au wider emal die Ehr und die Freud ene gunne
Und ires Hüttli bsueche: er dörf bald gar nümme hei gah,
Wänn er syner Frau nüd zueverläßige Bricht bring,
Daß das nächstes gschäch; au protestier er zum Vorius
Gegen alli i Zuekunft villicht no z'erwartedi Guettat,
Wänn er nüd bruhiget sei, me werd ene 's güetigst verstatte,
Jri Dankbarkeit doch au in Oppis z'bischeine —
Fryli in gringem Maß, und ohni alli Verglychig
Gege die exquisit Bibienig und trässliche Gusto,
De me dänn niene eso, wie bi der Frau Hauptmänni, findi.
— Und dänn ripostiert me mit vile Verbüügige wider:
De Herr Pfarer blieb z'scherze; Si seiid und blybid i Schulde,
Dänn dä vorträssli Aal, mit dem er si eistert bischämi,
Zahli das Äise ja dopplet und meh! Si möcht nu au wüsse,
Was d' Frau Pfarerin machi? und was si zum Spyse wol bruchi?
Oder dänn seigi 's en eigeni Art — dänn Delikateres find me
Sicher a keiner Tafel. — Jetzt isch 's dänn wider am Pfarer
Und bä niggelet früntli und seit: das lad em jetzt neui
Dankverpflichtigen uuf, baß men an sys Gäbli so huldrych
Akzeptier und sogar en bsundere Wärt daruuf legi;
Hebid die Fischli en eigene Guu, so ghöri der Chochchunst
Ganz ellei de Prys — er gspür nüüd bsunders — si soll doch
Bald an Ort und Stell es Pröbli mache." — Und damit
Widerholt er sy Ladig und scheidt mit submissem Scharringle.

————

Und jetzt chunnd ja das Glück und die Ehr, als fieled j' vom
                                        Himel;

Dänn b' Frau Hauptmännin schrybt — — Doch 's ist, i glaub es,
am beste,

Daß i de Brief verläf'; i weiß, b' Frau Hauptmännin zürnt 's nüd,

Wänn men e überal zeiget: si ist e Spezies Glehrti.

Da ist also das Schrybe, und mit der Frau Pfarerin Glosse:

„Teurste, geliebteste Freundin!" — potz tuusig wie höfli! —
„Es sehnt sich

Ach so lang schon mein Herz, die treue Gefährtin der
Jugend

Wieder zu sehn, zu umarmen" — Das wird mer en gwal-
tige Drang sy! —

„Mit ihr in den Gefilden der rosigen Jugend zu
schwelgen,

O, der goldenen Zeit!" — Herr Jeeger! Was mueß me nüd
ghöre!

Das ist e guldeni Zyt! Tagtägli händ mer ja zangget;

Han i mys Weggli nüd mit ere teilt, so hät si mi gschlumme,

D' Fäde an Tüntle verzehrt und durenandere gchranglet,

Oder mer b' Nadle verchrümbt und us der Lismete zoge,

Bis i zletst brüelet ha und sy dänn en tüchtige Wüscher

Bo der Frau Pescholié, und mängisch en Wätsch dezue gchriegt häb —

„Ach, daß ein feindlich Geschick so früh die blumige
Kette

Unerbittlich zerriß, die die verschwisterten Seelen" —

Ja! en artigi Schwöster! es chunnd je lenger je besser! —

„Fest und innig umschlang: da irrt' ich auf einsamem
Pfade

Scheu und zagend umher" — — Um 's Himels Wille!
zuen alle

Tanz- und Schlitteparteien ist si ja gloffe wie rasig,

Häb die Herre kuranzt, bis eine sich irer erbarmt häb —

„Manche Dornen zerfleischten den Fuß" — Es ist villicht
's Herz gmeint?

Ja, das weiß i no wol, wo si die Liebschefte gha häb

Und si keine häb welle, bis zletst no de Hauptmen i's Garn gaht —

'S ist e suberi Gschicht! a Törne häb 's fryli nüd gmanglet!

Aber was will si dänn zletst? — „Des Lebens Sorgen und
Mühen

Hingen wie schwarzes Gewölk ob meiner Scheitel:
es zuckten" —

Ach! das ift es Gwäsch! si lißt, schynt 's, no eistert Romane: —
„Rötliche Blitze" — Äbo! ich lane das Wätter passiere — — —
„Öfters dacht' ich an Dich! Sah Dich auf friedlichen
Auen" —

Da chunnt 's Gegeftuck — Potz tuusig — „Rosen und Veil=
chen" — —

Guldeni Sunnen und silberi Bäch — das spar i zum Kaffi —
„Deine Tochter, ich muß sie umarmen, das herrliche
Mädchen!

Wohl so lieblich wie Du? und sanft, bescheiden und
wirtlich —

Aber auch mich erfreut ein rascher Junge, voll Feuer,
Kräftig, gewandt und brav, für Recht und Vaterland
glühend.

Ach, gedenk' ich der Beiden, dann tritt aus Italischem
Himmel

Mir vor die Seele ein liebliches Bild: der kräftige
Ulmbaum,

Wie ihn die zartere Rebe umrankt, ihn zierend, sich
schützend" — —

Pscht! da lyt de Haas! — jä so? — bym Wätti! en Hüüret! —
Richtig, das gaht uf das — so, so? — Ist aber das herrli — —
Wo ist de Bürger=Etat? — F — M — H — L — S — — da ist er!
Zächni, zwänzgi und vieri — — — So? vierezwänzgi? — Hätt 's
nüd gmeint!

Und eufers Chind nüünzächni — — Nu, nu! Das ließ si ja ghöre —
„Morgen bring ich Dir ihn" — — Was? Morge? Morge!
— Herr Jeses!

Lisebeth! Lisebeth! gschwind! das ist e vertrakti Histori!
Han eleis Bitzli im Huus — und die erwartet e Mahlzyt!
Lisebeth! Chömed doch gschwind! Herr Jeses! keis Chräbsli, keis
Fischli!

'S Äntli hämm mer hüt gässen, und euseri Tüübli de Marter —
D' Hüener leged jetz nüd — de Karfiol ist nüd grate —
D' Höckerli sind verby — und d' Böhnbli sind no wie Nable! — —
Lisebeth! Chömed doch au! — „Um Gotteswille, was gitt 's dänn,

Daß Si so rüefed — ist Öppis bigegnet?" — Du Esel! e Mahlzyt —
„Was? e Mahlzyt?" — Hä ja! es chunnt is morn e Visite,
D' Hauptmännin und ihre Maa, und bringed dänn no ihre Soh mit.
Ach, ich gschlagni Frau! — Das ist es Eländ! — e Mahlzyt! —
„Po! das häd ja no Zyt!" — Was Zyt! Mer müend grad a b' Arbet,
Choche, süüden und brate! — „Und was, Frau Pfarerin?" — Ebe!
Ebe was? — ich gschlagni Frau! Keis Chräbeli! Keis Fischli!
'S Äntli händ mer hüt gässe — und euseri Tüübli de Marter —
D' Hüener leged jetz nüd — de Karfiol ist nüd grate!
D' Höckerli sind verby, und b' Böhndli sind no wie Nadle!
O, ich gschlagni Frau! — „Abitti! das wird si wol mache.
Chömed s' aber au morn?" — Du Närsch, lis sälber, da staht 's ja.
Zystig, be und be — und morn, was hämm mer? Da unne
Heißt 's no imm e Postscript, — das hann i nüd emal gläse —
„Morgen umarme ich Dich; wir sitzen im heimlichen
Stübchen,
Essen ein kräftiges Muß und höchstens ein schmackhaf=
tes Fischchen;
Sonst bei Leib keine Schüssel! ich will 's, und bitt
Dich, gehorche!"
O! die vertrakte Fisch! Das ist ja ebe 's Fatalist!
Ach, ich gschlagni Frau! Die Fisch! — Was müend mer au mache? —
„Jä, da hilft jetzt nüüd," seit b' Lisebeth, „mag de Herr Pfarer
Schmähle se vil er jetzt will, se mueß de Joos is en — — —"
Schwyg mer!
Ich will nüüd vom Joos, de weisch ja, was is passiert ist,
Und was de Heer uf ihn chlagt. — „Ja fryli weiß i 's, doch wänd S
Wie si 's verlangt, en Fisch — se mueß de Joos is en — — —"
Schwyg mer!
Ich will nüüd vom Joos, keis Grätli! i ha 's ja versproche! —
„Ach, das weiß i ja alls! — was bruuched mer 's aber dem Heere
Au uf b' Nase z'binde, es heb de Joos is de — —" Schwyg mer!
Ich will nüüd vom Joos! Mueß i 's dänn no hundert Mal säge?
Ach, ich gschlagni Frau! e Mahlzyt! Morn schon e Mahlzyt! —
„Bitti, das ist au e Sach, si will ja es Mueß und e Blatte" —
Ja, du verstahsch 's, du Närsch, potz Wetti! blib 's bim e Blättli,
Chämed mer artig i b' Rispi; de Heer erzelt is ja eisfert,

Wie ſi ſo prächtig traktieri, mit Greme, Sulzen und Turte
Und was weiß i mit was — — behinne will i nüb blybe!
Fryli, ſe guet me 's cha — dänn — — aber keis Chräbsli! keis
Fiſchli! — — —
Schlaft ächt b' Jumpfer ſcho? — Chumm, Chumm! mer müend ſi
ga wecke!

Und ietzt göhnd ſ' i der Jumpfer Gmach; die lyt ſchon im Bettli
Und häb b' Äugeli zue und traumt wol ſchwerli vom Äſſe.
Wänd mer mit ene gah? — Nu ja, ſo chömed! — Dä ſtreckt ſcho
Voll Erwartig der Hals, und dä butzt b' Brülle im Stille —
Aber — Numero nix! Die Herre paſſed vergäbis!
Das wär fryli es Fräſſe für mänge Maaler und Dichter,
Dänn dä maalti de heißiſt Tag, won Alles eim z'warm gitt,
Und dä griff na der Tecki und zupſti, lupſti und zupſti —
Aber nei! das iſt nüb my Sach! und guggti vom Füeßli
Nu es Zeheli füre, i tekti 's wider; dänn heilig
Iſt das Gmach ere reine Jumpfer; es wandled die Ängel
Früntli um 's Bett und lächled ſi a und chüſſed die Schwöſter.
Gſehnd er — ſo iſt ſi gſy*) — es dörft ja b' Stabt cho ge luege.
Tät ſi jetzt no iri Äugeli uuf, ſo fröhli und früntli
Und verſtändig, ſe blitzti Vertraue und Liebi i b' Herze
Und er ſeitib bim erſte Blick: Die möcht i zur Fründin!
Und die Herre: die wenſcht i zur Räb, wär ich nu der Ulmbaum.
Au für die gäugſtiget Mueter erſchynt, ſebald ſich die Auge
Groß und verwundert uuftüend, en Strahl voll tröſtlicher Hoffnig,
Eh ſi mit Lache cha ſäge: „Po! iſch es nu das da? i ha zerſt
Gfürcht, es ſei öppis Böſes. Da iſch bald ghulfe; mer chaufed
Nu bur de Wirt oder Müller die Fiſch — ſei 's da oder dert her —
Änte und Hüener, die gänd ſ' is dänn au, und Eier, die findt me
Gnueg im Dorf, und will me ſ' nüb chaufe, ſe tuet me ſ' etlehne;
Anken und Nydel, die hämm mer ja gnueg; Wybeeri und Mandle
Häb am Frytig de Bott mit de Hüüpen und Offlete heibracht;
Chalbfleiſch iſch no im Chäller, und Hamme hanged im Chämi;
Wyßmehl iſt au no gnueg — — — Nei, Mama, göhnd ietzt ga
ſchlafe,

---

*) Zu dieſer Stelle ſollte eine Zeichnung kommen, die leider mangelt.

Quäleb I nüd mit dem Züüg: ich will für Alles scho sorge!"
Und der Frau Pfarerin Gsicht wird alliwyl ründer und ründer:
„Ja, de häst wol rächt! ich Närsch, es häd mi de Schräcke
Halt übernah," so seit si, „verzie mer, daß i di gweckt ha.
Da häst no en Brief vo der Hauptmännin, 's staht au vo Dir
          brin!"
Und damit watschlet si furt; die Jumpfer leit en uf 's Tischli,
Dänn si häd uf de Ton, mit dem si seit, er gang sy a,
Und uf die Myne nüd gachtet; si tuet mit der Lisebeth ietzt
No de Chuchizedel i b' Ornig mache und redt dänn
Alles no mit eren ab; dänn leit se si wider uf 's Öhrli
Und bim Rangschiere vom Tisch tuet si bald an glückli etschlafe.

———

Und scho vor de Feuse, da tüüslet b' Lisebeth b' Stäg ab,
Gaht zu 's Müllers und bringt en früntliche Gruez vo der Jumpfer
Und si lassi doch bätte, daß si nere Fisch prokurierib:
'S chöm uf der Imbis e Gastig; und wänn si dänn no es Paar Äntli
Chöunted etbehre, se wär 's ere lieb, si well si gern zahle.
Und bim Name der Jumpfer schüüßt 's Müllers fys Chäppli wie
          gfloge
Underen Arm, und mit Lächle seit er: si soll nu bifelle;
Was er im hinderste Winkel heb, das stand ere z'Dienste.
Fisch, die müeßi si ha — er lauf ietzt sälber zum Fischer,
Und heb dä öppe kei, se setz er si grad uf syn Schimel,
Spräng zwo Stund wyt i's Chlofter, dert wüß er, daß er scho findi.
Und b' Frau Müllerin schüüßt in Hof und jagt ihri Änte
Und ihri Gäns usen Stääle und bringt die schönste bin Fäckte;
Seit: es bruuch nu en Wink, se tryb s'ere Alles i's Pfarhuus.
D' Lisebeth gaht druf zum Wirt und fragt dert um e Paar Güggel,
Und dä rezitirt mit früntlichem Schmunzle e ganzes
Inventarium abe von allem sym Vorrat und seit dänn
Mit eme tüüse Buckis: das Alles stand zu'n Bischle
Vo der Jumpfer; si solli doch tue, als ghör 's iren eige.
Und wie b' Lisebeth so 's Dorf uuf und ab gaht, se wüssed 's
Scho die Alten und Jungen, es chöm Visite i's Pfarhuus,
Und us jederem Huus chunnt Öppert z'laufe und gäb gern
Au en Bytrag zum Mahl. Da häb men Eier, da Hüener,
Da en zarte Salat, da Chabis, Böhndli und Rüebli

Und i weiß nüd was Alls; und wer nüüd geh cha, be will doch
Gern cho hälfe, wänn men e bruuch. So chunnt jetz de Gsandte
Wider zruck mit erfreulichem Bricht, und lueget, eb b' Jumpfer
Bald erwachi: — das ist fi scho lang, die Türen ist offe
Und ires Bettli ist chalt; es ftönd die favancene Blatte
Scho rangschiert ufem Tisch, und wo fi dänn lueget und lueget,
Ifch fi im Gartehuus unne, wo fi be Zucker im Mörfel
Stoßt, damit fi be Bapa und b' Mama im Schlafe nüd ftöri.
Aber au Die ist scho uf und nimmt ufem Chäftli das Fueter
Mit de filberne Bftecken und rybt 's no mit Chryden und Läder,
Bußt au b' Zuckerbüchs blank und füllt fi mit wyßerem Zucker,
Mahlt e levantisches Kaffi im Stillen und rüftet die Anis=
Schnitte i zierlicher Ornig uf Porfeläntäller zum Früeftuck.
Wo fi dänn b' Tochter und b' Magd im Garte gwahret, fe chunnt fi
Zuen ene abe und freut fi gar höchli über die Nachricht,
Wie me von alle Syte Transpört von Äßwaare zueträg,
Daß b' Frau Hauptmännin gwüß erftuune müeßi, wie gschwind fi
In irem Dorf es Äffe chönn rüfte, das, wänn men au billi
Zyt und Umständ bitrachtet, 's mit irer Mahlzyt dörf uufneh.
Jetzt gaht 's luftig a b' Arbet, me werchet druuf los, daß 's e
                              Freud ist;
Wänn nu Eis nüd wär! — und was? Es will de Herr Pfarer
Gar nüd erwache — das ist e Straf! — Se oft fi au schlycheb,
Um a der Türe z'lofe, fo bruuched fi nüd bis zur Tür z'gah:
Scho uf der Laube vernimmt me fys Schnarchlen und will e nüd wecke.
Und doch fötti me 's tue, dänn fuft darf niemert fys Stübli,
Won er ftudiert, go leere; — und derte mueß me b' Vifite
Doch bym Aachoo epfah, und nah em Äffe dänn 's Kaffi
Dert serviere; me häd fuft kei Platz von unne bis obe;
Und eh fi chömed, fe mueß das Stübli no gwüscht und rangschiert fy.
Das ist 's luftigift Gmach im Huus, und 's einzig, das au e
Städtifchi Gattig macht; b' Frau Pfarerin häd au uf iri
Chöfte e neui Tapete vom Weerli bfchickt ufem Zältweg,
Wo de Herr Pfarer im Herbft im Synedus gfy ist, und häd em
Dänn no Chupfer dry ghänkt und Umhäng mit gfarbete Franfe.
Müeßt nüd b' Frau Pfareri gftah, fi fälber fei b' Urfach, warum er
Länger schlafi als gwohnli, fo wurd fi halt schnüüzen und wuefte,
Stieß an en Säffel und ließ Öppis falle und fetzti nem Flüüge
Under b' Nafe, bis zletft er erwachti: — Jetzt fchüücht fe fi das z'tue;

Dänn wo si gestert z'Nacht vo deren erhaltene Nachricht
No de Chopf se voll häd, vürnus vo der Räb und dem Ullmbaum,
Cha si 's bis morn nüd byn ere bhalte, si mueß ihrem Heere
Alles no warm eröffne; und wo dä dänn pfnuuset und pfnuuset
Und von ire Pantoffle, dem Chüssischüttle, dem Abzie,
Und was dänn no druuf folget, nüd will erwache, se plätscht si
Tüchtig i's Bett, daß 's Feister erchlirrt und de Bettgatter chrachet;
Aber en lnute Chnurr ist Alles, was druuf erfolgt ist.
An ires Chehre zur Linggen und vo der Lingge zur Rächte,
'S Zie a der Tecki und 's Rucke vom Chüssi weckt, lyser und lüüter,
Nu es Murre, das sich dänn wider i Pfnunse verwandlet.
Na enne Wyli da schürgt si em 's Chüssi quer über sy Chappe,
Aber er ziet drunder fürre de Chopf und pfnuuset vo nenem.
Jezed laht si de Zehe mit List über b' Gränze marschiere;
Aber de Pfarer de ziet halt b' Bei i b' Höchi — und pfnuuset.
Und iri Ungidult wachst, si setzt em b' Ellbüchs i b' Syte,
Und da chunnt dänn zletst e sälzes: „Was gitt 's au?" zum
                                            Vorschy.
Jetzt bricht 's Erzele dänn los, was Alles b' Fran Hauptmännin
                                            schrybi,
Was si für Arbet müeß ha und was dä Bsuech für en Zwäck heb.
Hätt si bym Erste si lenger verwylt, de Pfarer wer glückli
Wider etnuckt; doch 's Zweit, das trybt em de Schlaf usen Auge
Und me redt derfür und derwider und rächnet, was 's Hauptmes
Hebid, oder no erbid, und findt, daß 's e gueti Party sei.
Zwar staht das Herrli nüd gwaltig i Gunste bim Pfarer, es hät scho
Mängist bim Synedus-Asse der Geistlikeit allerlei aghänkt,
Doch zum Glück nu der Klaß, mit höflicher Uusnahm vom Pfarer,
Sust wär 's Werben umsunst; er ist gar grnusam epfintli.
Aber jetzt überchlinged die Thaler das Spöttlen und Lache —
Und dänn fürcht me scho lang, es chönnti bi Churzem en Atrag
Von eren andere Syten erfolge, de schwerli vo Hande
Z'wyse wäri, wänn scho b' Person und bsunders 's Vermöge
Gringer seiged als da; drum chäm jetzt e gueti Versorgig
Gar zur glückliche Stund. Und so ist vo dere Biratig
Das 's Conclusum: Me well erwarte, eb morn me si nächer
Über das Glychnuß erchläri. Und iezt chönnt si de Pfarer
Wider i's Chüssi schmucke, da bringt si leider en neue
Gegestand uf 's Tapet: 's Programm vom morndrige Fästtag —

Und da chunnt dänn per se be Umstand zum Vorschy, 's Herr
Pfarers
Stübli müeßi me leere, für 's Morgenässe und 's Kaffi.
Aber das will dem Herr Pfarer nu ganz und gar nüd bihage
Und er protestiert mit hundert Gründe dergege:
Aber d' Frau Pfarerin häd zwei hundert derfür; er verschanzt si
Im ene iedere Winkel, vom Chäller 's Huus uuf bis uf b' Winde,
Aber vergäbis! si schlaht en us alle bis zoberst uf b' Dachfirst.
Doch au dert will e r kei wyßi Fahne la wehe
Und blybt fest dabei: er chönn si das Stübli nüd neh la.
Und eme neue Sturm setzt er 's verdrießlichist Schwyge,
Und, wo das nüd hilft, e chünstlis Pfuuse etgege.
Das füert plötzli zum Schluß; si chehrt si zur Linggen und bäkt no:
„Me hätt dörfe erwarte, me ließ das Stübli eim z'gfalle
Au emal öppen im Jahr, und bsunders bi dere Visite."
Damit schwygt si dänn au; da häd der Atzänt uf dem das ihm
Plötzli sys Pfuuse vertribe; er brummt jetzt: „Hätt men im Alte
Nu das Stübli la blybe!" — und damit chehrt er si rächtsum.
Das ist de letst Kanonneschuß gsy; es plänklet mit Schnüüze
Aber d' Frau Pfareri furt, daß 's irem Heere um 's Brusttuech
Gar eso chrüüselig wird. — Es sitzt de Schlaf jetzt vergäbes
Ufem Pfulme und schüttet sin Mägi uf b' Chöpf und uf b' Chappe;
Dänn bi dem ewige Chehre, da trohleb si wider an Bode.
Erst wo 's am Himel scho granet, ist er mit si sälber im Reine,
Was er epfindt au z'gstah — das nämli: es hebi si Frau rächt.
Seiti er 's ire au grad! Doch macht der Etschluß ihn scho rüehig,
Und der Rue folgt de Schlaf; er pfuuset jetzt nüd blos pro forma.
Und b' Frau Pfarerin häd au 's Nämli z'hoffe, dänn ämli
Häd si es Pis-aller gfunde, wänn 's dänn partout äso sy müeß;
Sy will 's Franzose=Stübli — de Namen erchlärt si vo sälber —
Ufe la rume und dänn mit Blueme und all ire Gmääle
Uusstaffiere und Sässel dry tue und sibe Mal räuchre —.
Aber es taget scho starch am Himel und d' Angst und de Wunder,
Was iri Tochter und b' Magd no uusgmacht hebid und was dänn
Wol die Erster zum Umbaum säg — das trybt si zum Vett uus;
Aber b' Pantoffle, die nimmt si i b' Händ, damit si nüd wecki;
Dänn si hofft vom e früntliche Schlaf au e früntlichi Antwort
Über das Stübli=Bigähre. — Doch jetzt schlaft er au gar z'laug!

Es schlaht 's Halb, es schlaht 's Ganz — und wänn me lueget, se
sind no
D' Umhäng zoge, und gaht me go lose, tönt d' Musik no eistert.
Wo 's dänn Achti wird, so chann me 's nüd länger la astah;
D' Not erfindt jetzt en List. — Si lat de Ringgi i b' Stube;
Dä häb b' Sach bald i der Ornig; er springt uf d' Tecki und
bschläckt em
Muul und Nase — — De Schlaf ist verby — — er rybt si in
Auge —
Und wo b' Sunn eso schynt, se gryft er erschrocke zur Sackuhr,
Springt dänn gschwind usem Bett und schmählt, daß niemert e
wecki;
Und so trifft 's b' Frau Pfarerin wider im leidiste Zytpunkt,
Wo si hinderem Ringgi i b' Stube tüüslet, um z'frage,
Eb me jetzt 's Stübli dörf ruume? — Astatt eme früntliche: Fryli!
Ghört si e chöges Mira! und Schmähle, daß niemert e gweckt heb —
Dänn er häd hütt die Lych vom alte Gschworne und sött no
En Panegyrikus mache. Das bringt en jetzt schier no um 's Kaffi,
Ämmel um b' Pfyfe Tubak: drum sitzt er dert, i dem erste
Blatt, eso chrumb a dem Tisch; und warum b' Frau Pfarerin derte
Au eso sumber erschynt, das, glaub i, erchlärt si vo sälber
Dur das Ehstandsgspräch — all Händ voll z'schaffe und z'sorge
Und kei Schlaf i der Nacht! Wer chönnt 's da ire verüble?
Und der Lisebeth ebe se wenig: die weißt nüd wo wehre,
Die häd z'laufe und z'butze und z'säge und z'süüden und z'brate —
Hätt si au hundert Händ, si bruuchti hundert und eini!
Und au 's Gsichtli der Jumpfer ist lang nüd se fröhli als gwohnkli;
Aber bim ire ist Chumber und Angst meh b' Ursach als Sälzni,
Fryli, an die echly — dänn wo si, us Atrib der Mueter,
Zum ene schöne Herz der Anke formiert und mit Lache
Rose drumume rangschiert, fragt d' Mama früntli: „Jä säg au,
Was seist zue dem Brief?" — und won ire d' Tochter versichret,
Si heb nümme dra dänkt, er lig no, wo si nene gleid heb,
Tuet si iren erzele, was drin vom Soh und von ihr stand.
Aber, wo die vernimmt, daß sy de Grund vo dem Bsuech sei,
Wird 's ere schwarz vor den Augen, es fallt ere 's Herz usen Hände,
Und: — „Herr Jeses! i hoffen, Er spassid?" — das seit si und
suft nüüd,

Sitzt dänn ab uf en Bank, und wo b' Frau Pfarerin lueget,
Rüeft si: „Um Gotteswille! de bist, wie wänn b' wettist verscheide!"
Nimmt ires silberi Herz mit dem Schlagwasser=Schwümmli und
fahrt dänn
Iren a b' Schläf und vor b' Nase: „Ä! Nette, säg au, was ist das?
Han i mim Läbe kei Jumpfer no gseh, die, wänn mer en achündt,
'S sei en Freier um b' Weg, i b' Ohnmacht will falle — — — es
wär dänn
Daß si en Andere hätt — — i will doch nüd hoffe, daß das da" — —?
„Ach! was dänked Er au!" so seit si — „aber es mueß ein
Ja erschrecke, wänn eim so unerwartet erchlärt wird,
'S sei um eso Oppis z'tue! Nei, Mama, i bitti bi Allem,
Allem, was heilig ist, doch nüüd z'verspräche! I ha ja
I mym Läbe dä Herr nie gseh — Ihr känned en au nüd —
Und eh me weiß, daß me glückli chönn sy — so wird me doch,
will 's Gott — — —
Nei! verspräched mer das! Er müend, Er müend mer 's verspräche!"—
„Ä wie tuest au, du Närsch! du truckst mer no b' Händ abenandre!
I cha gar nüd bigryffe — — was ist — was häst au? i weiß nüd,
Was i soll dänke! — —" „Ach, Gott! daß b' Angst mi tödi!" so
seit si. —
„Ja! das möcht si erlybe! es ist ja no gar nüüb im Reine: —
Fryli wird men au luege, eb Eis dem Andere gfalli,
Und wer weiß überal, ob ires Glychnuß uf dich gahi?
Oder eb 's gar nüüd bidüüt — Ei macht dere glehrte Kramanzis.
Schlag der jetz das usem Sinn und hilf mer schaffe, es gaht ja
Scho uf die Nüüni und sind f' dä Morge bi Zyte vo Züri,
Chönned f' in ere Stund scho da sy! — Lueg au, das Herz ist
Uf der einte Syte vertruckt — mach's wider i b' Ornig!" —
„Ach! mys ist uf beede vertruckt!" so süüfzt si und nimmt dänn
Ebe das Herz; doch chönnt si jetz nüüd uf der Erde biwege,
Ihm die vorig Form wider z'geh: si ballet de Anke
In en Eierform zäme, und leit die Rösli uf b' Syte,
Lauft in Garte und holet Schabab und ziert e mit dem uns!
Und mit ängstlichem Blick durmustret si Alles am Nahtisch,
Und wo Oppis si schlingt, da lös't si 's mit zittrede Hände,
Daß nüd öppe das Schlingen a b' Näb und de Ulmbaum er=
innri;

Sälber das niedli Chränzli vo Winde, das si vo Zucker
Uf ere Glychschwer-Turte mit Chunst und Sorgfalt formiert häd,
Blaf't und wüscht si eweg und streut mit de Fingre de Zucker
Zringselum im ene eifache Ring; er wird aber gichlänglet!
'S ist jetzt währli es Glück, daß me so früe a der Arbet
Gsy ist; dänn der Jumpfer will 's gar nümme gschwind usen Hände,
Au der Mueter nüd, dänn wänn si dänkt, wel er Ytruck
Byn irer Tochter dä Bricht vo dem, was z'erwarte sei, gmacht heb,
Grüblet si ua ene Grund und wird dänn ängstli und ernsthaft;
Und nu langsam macht im Teig die Chele de Zirkel,
Si bhalt i der Hand das Mehl und stuunet i d' Blatte
Und scho zwei, drüü mal schwäbt d' Frag: „Nei säg au, my Liebi,
Du häst öppis Gheims?" uf ire Lippe; — dänn viertlet 's
Wider a der Uhr; si dänkt a das Gspräch mit dem Ehherr
Und die Chele gaht gschwinder zringsum zum Marsch, den si
astimmt:
„'S ist doch, bym Wetti, nüd billi, daß jezet de Heer eso schalket,
Mueß er doch sälber bigryffe, me chönni sys Gmach nüd etbehre;
Hätt i mer ybilde chönne, daß das für die Chöste de Dank wär,
Hätt i mys Gättli scho anderst gwüßt z'bruuche! Er gseht, wie mer
Müe händ,
Und statt is z'hälfe, so schnarcht er druuf los i sym Chüssi und
schmählt jetzt,
Warum daß niemert e weckt; und hätt men e gweckt, o Herr Jeeger!
Hätt er dänn erst asoh brummle, me laß e nüd schlafe! — Was
weiß ich,
Wänn er sy Abdankig schrybt; er hätt sit dem Sunntig ja Zyt gha!
Und für wen ist das Ässe? es ist ja im Grund un Newangsche
Für syni Schnäpf und Basteten und Turten und Gremen und Sulze,
Tien er am Synedus isset und vo dem allem mir nüüd händ
Als zur Straf no de Glust" — —.
              So bringt au d' Höhni en Vortel;
Dänn, so wie si schmählt, so trüllt si au tüchtig de Teig um,
Und ires Bachwärch wird so schön und lustig, wie 's nie no
In irem Läben ist grate. Das gäb es Rezäpt in es Chochbuech!

———————

Der Fischer Joos und ein Dorfgericht.

Währed si füüded und brated und Chüechli bached, se wänd mir
Gschwind zum Fischer Joos; be chan is am besten erzele,
Was er gsündiget heb, daß men im Pfarhuus keis Fischli
Meh von em will. Er wohnet da znächst; da gschnd er sys Hüüsli,
Mit dem Schüürli derby; und zringsum ziet si sys Wisli.
Aber sys Bänkli ist leer! Was gilt's, dä häb hüt en Fang ta!
Und dänn brännt e das Gäld i der Täsche, de Wirt mueß em lösche.
Wär just bi dene Stunde und flickti öppe an Garne,
Nu nüd am Wirtscheftsneh, dänn dert vermacht er keis Löchli.
Oder er säß nsem Bank bim säbe Wydstock im Schatte
Und tubakti i d' Luft und plampti bezue mit de Beine,
Pfiff en lustige Tanz und möönti drusabe es Liedli;
Öppis vom Schlampampe, dänn das ist eistert sys Thema.
Sust de gfäligist Purscht: er findeb wyt unte kein beßre!
Mängist flüügt em sys Gält, au ehn er zum Wirtshuus mag glauge,
Rübis und Stübis dervo; dänn gaht er mit Pfyffe dur 's Dorf ab,
Wüßed 's die arme Tüüfel scho lang, da chöm ire Tröster,
Trätted em truurig in Weg und chlageb em dänn ires Unglück:
Dä häb e chrankni Chue, und Dem chunnt 's Frauli i d' Chindbett;
Dem will de Schmid nümme warte und Dem de Beck kei Credit geh;
Mängem dräut au uf morn der Aschlag oder b' Versilbrig.
Und da liet er dänn uus — uf Nimmerzahle — und gspürt er
Dänn kei Gäld meh im Sack, so schwänkt er wider dur 's Dorf uuf,
Brummlet zwüsched de Zähne und sitzt dänn dert uf sys Bänkli,
Hungeret zwee, drei Tag und gnagt da a der Erinnrig
Bratisbeine und trinkt sys Schlückli Bränz bi der Hoffnig.
Niemert im ganze Dorf hätt glaubt, er wurdi so Öppis
Tue, was de Pfarer jetzt chlagt und was si ebe etzweit häb.
Da mer de Joos nüd findeb, so mueß i's wohl sälber erzele.

'S ist ame Mentig gsy, daß er zum Pfarer ist gange,
Fryli mit schwerem Herzen und wenig Hoffnig — die Pachtzyt
Vo syner Fischeze ruckt, jetzt hätt er gern en Epfelig
Vom Herr Pfarer i d' Stadt; und dänn staht leider de Pachtzeis
Au no uus: dä möcht er dänn au vom Heeren etlehne.

Was das Erster bitrifft, so wär das wohl no z'erhalte,
Aber schwerli das Ander: de Pfarer bä chehrt syni Taler
Zwei und drüümal um und — bschlüüßt si dänn erst no i b' Chifte;
Und das weiß be Joos, drum häd er gestert dur b' Köchin
Im ene seißen Aal en tüchtige Fürspräch i's Huus gschickt.
Aber dä häd die Gunst 's Herr Pfarers nonig erschwänzlet:
D' Lisebeth häb 's wol vergässe, villicht an der Jumpfer nüd brichtet —
Ämmel de Heer weiß nüüb. Drum häb er de Joos echli unwirsch
Gfraget: was er da well? — Syn Chatzebuggel und syni
Sünderäugli, die säged em scho, 's sei Oppis im Azug.
Und wo de Joos mit sym Alige chunnd, so tuet er en tüchtig
Jetz de Binätsch erläse und seit: Wänn men Alles verlumpi,
Eim i der Not nüüd übrig blyb; er heb em so mängist
Wink und Warnige ggeh; er gwahri aber, es fruchtid
Wink und Warnige nüüd, — drum müeß jetzt d' Not mit em rede.
Derige Lüüte z'hälfe, die 's besser hettid als tuusig
Ander, wänn si nu wettid, heiß' Schlingel pflanze, dem wahre
Arme sys Brot etzieh — et cetera — Alles mit Mehrerm:
Es Kapitel us der Moral, das hebigi Rychi
Uf der Geisle chlöpfed vom erste Vers bis zum letste.
Und vergäbes probiert 's de Joos, e besseri Asicht
Vo sym Tuen und Laa dem Pfarer z'zeige, und seit em:
Er heb meh als rächt, er gstand 's, und wär er nu jünger!
Aber en alte Stock, dä bring me nümme i b' Ornig.
Me red vil vo sym Trinke, und niemert säg vo sym Durste.
Wänn er sys Gältli dem Wirt vor Andere gunni, so chlagid
Weder Wyb no Chind — Es giengid aber die Arme
Au für Wyb und Chind, so meint de Pfarer. Diesäbe,
Meint de Joos dänn wider, die werdid nüd über ihn chlage.
Suechti er dert syni Schulde, se fund er meh als en Pachtzeis. —
Schön! So soll er dänn sueche, won er Oppis z'fordere hebi. —
„Herr, en Fischer häd kei Papyr, er schrybt 's halt i's Wasser!"
„Nu, dänn suech au im Wasser dyn Trost!" so ändet de Pfarer
Und tuet d' Türen uuf und gheißt de Fischer spaziere.
Dä gaht d' Stägen ab und brummlet: „So will i's dert sueche!
Find i kei Trost, so find i es Tröstli!" — Er humplet i b' Chuchi:
„Lisebeth, gänd mer dä Aal wider zruck, er gfallt dem Herr Pfarer
Nüd." — Ä, das sei au gspässig! so meint si — er heb doch

J fym Läbe kein fchönere gha! da müeß öppis Bfunders
Vorgfalle fy? — „Ja, allerley Bfunders!" feit troche de Fifcher,
Faht mit dem Bähre be Fifch und treit e dänn wider zum Hof uus.
Das ift die Gfchicht, wie be Joos fi erzelt; de Pfarer jetzt aber
No en kuriofen Appändix bezue, bä nämli: es feigi
Z'glycher Zyt mit bem Joos fy filberi Toofe verfchwunde,
Die, als Hochfigprefänt vo fyner Frauen, en große
Wärt für ihn häb. By 's Joofe fym Ytritt ba häb er, bas
weiß er,
No en Pryfe druus gnah, und jetzet findt er fi nümme.
Er mag fueche an won er nu will; und währed ber Zyt ift
Doch kei Seel i fym Stübli gfy! Jetzt rated, wer häb fi?
De Herr Pfarer ift bald ufem Wunder; er fchickt zum Agänte,
Seit em, de Joos fei en Dieb, er foll en fchlünig i's Loch tue,
Daß er fyn Raub wider gäb. Dä meint dänn aber, me fötti
Doch vorane probiere, eb 's nüd uf güetliche Wege
Ringer no griet als efo: be Pfarer foll e doch bfchicke;
D' Sach fei jetzig no neu und er nonig gfaffet. De Pfarer
Will zerft lang nüd dra hi und feit, bi notorifche Diebe
Müeß me kei Schonig la walte; doch laat er fi zletft no biwege.
Und de Joos wird bfchickt; da gitt 's e kuriofi Kumeedi;
Dänn fobald bä chunnt, fe fahrt en de Pfarer als Dieb a;
Aber de Joos proteftiert und feit: zu dem, was er gnah heb,
Heb er au 's göttli Rächt! De Pfarer rüeft, bas fei rafig,
Öppis in Afpruch z'neh, das en Andere gchauft und bizahlt heb.
Aber de Joos fchreit no lüüter: wien er au vom Chaufe dörf rede,
Dan er kein Batzen und Rappe, ja nüd emal Dank derfür ggeh heb.
Und fo gaht 's zimli lang furt, 's lauft Alles im Huus goge lofe,
Und da chunnt 's dänn an Tag, be Pfarer red vo der Toofe,
Und de Fifcher vom Aal. Jetzt gaht dänn en andere Stryt a;
Dänn de Joos macht en gwaltige Lärme, wo 's heißt, er heb b' Toofe
Vom Herr Pfarer gftole; wahrhaftig, me müeß da fchier wehre!
Aber 's Ånd ift gfy, daß me be Fifcher i's Loch füert,
Und uf 's Herr Pfarers Inftanze wird d' Toofe hin ihm und im
Huus gfuecht,
Aber da nüd und dert nüd gfunde, drum häd men e hei glaa
Und be Handel a 's Gricht überwife.
De Pfarer gaht ungern
Für das Forum go rächte; es ift em en Torn i ben Auge;

Bsunders sitzt drin en Schärer, dä achtenüünzgerlet gwaltig!
Und chunnt dänn no de Pfarer i's Spil, so gitt 's en Späktakel:
Dänn de Pfarer und er sind just vo beede Parteie
D' Scheff; i brunch i nüd z'säge, vo wele dä oder dise.
Und gitt de Schärer dänn luut, so brüeled die Andere nahe;
Fryli sit öppis Zyt un lys und alliwyl lyser,
Dänn si merked wol, daß d' Sache wänd ändren, und möchtid
Bi deren Änderig doch das Richterämtli und mit em
D' Kommissions- und d' Augeschy-Sportle no fernerhi bhalte,
Lupfed drum gschwinder und tüüfer de Huet vorem Pfarer als
ehmals,
Styged aber derfür bi ihm kein Zol i der Achtig.
Aber se lang si da sitzed und 's Rächt verwalted, se mueß me
'S Rächt au bin ene sueche, wänn 's gwohnli bim Suechen au
stah blybt;
Also bigährt de Herr Pfarer dänn Tag: dä wird em uf morn ggeh.

Und um Nüüni ist Alles versammlet, nu manglet de Schärer;
Und die Richter sind gwaltig im Hag, was si uf 's Herr Pfarers
Bhauptige, was me müeß tue, erwidere sollid; — die Achsle
Tüend enen Alle vom Lupfe scho weh; me ghört nüüd als: Fryli!
Jä! und hm! — und aber! und jä! und aber! und fryli!
Und wo de Pfarer dänn Nächers verlangt, se schlyched s' zur Tür. uus,
Stönd i de Winkel und flismed i d' Ohren und trummed an Schybe,
Suecheb im Protokoll und schicked de Wächter ga luege,
Dänn es ruckt uf die Zächni. — — Da rüeft dänn äntli de Meyer:
„Lueged, da chunnt dä Besti! er lauft, as wett men e hänke!"
Won er i d' Stube tritt, se säged all mitenandre:
„Nu, du Chalberschwanz, du laast is ja gohne wie d' Esel!
Häb me der nüd uf die Nüüni gseit? jetzt isch 's ja bald Zächni!"
Und de Chappi, nahdem er si grüezt häd und gäge de Pfarer
Nu de Huet echli lupft, seit: „Fryli häb me mi brichtet,
Aber i ha no de Müller rasiert: er gaht a das Hochsig." —
„Jä, das ist en Anders!" so findeb si all, dänn de Müller
Ist en gwaltige Herr; si stäcked bert all i der Tinte.

Und be Preſidänt faht a ſi z'rüüſple und ſeit dänn:
„Rämed Platz, ihr Herre, i glaub, es ſei Zyt, daß men afang.
'S iſt au meini nüd nötig, daß i b' Parteie laß abſtah;
Säged Si nu Jri Sach, Herr Pfarer, Si händ Öppis z'chlage.“
Und be Pfarer faht a und ziet bim Tittel de Huet ab,
Setzt e dänn wider uuf: ſobald de Chappi das gwahret,
Ryßt er vom Nagel de Teckel und ſchlaht e wie wild uf ſyn Schädel,
Tüüt au dem Preſidänt, de Richtere und irem Schryber,
Daß ſi ſi all au bideckid, das ſei en Affrunte vom Pfarer.
Und be Preſidänt nimmt au ſys Hüetli; de Meyer
Und be Frey desglyche, de Sekretäri ſy Mütze,
Und be Stiere=Ruedi ziet us der Täſche ſy Chappe.
„So! jetzt cha de Pfarer biginne.“ Das tuet er dänn dä Weg:
„Das iſch 's erſtmal, ihr Herre, und will 's Gott! iſch es au 's
                                                    letſt Mal,
Daß i als Chläger da ſtahne; es ſchmerzt mi tüüf i mym Herze,
Daß mi b' Not dezue zwingt! und meh no, daß es es Pfarchind
Us deren ehrede Gmeind bitrifft, uf das i mueß chlage!“
Und da erzelt er dänn b' Sach, wien i ſi ſcho früeher erzelt ha,
Und jetzt dänn am Schluß no dezue: er ghöri jetzt fryli,
Daß me das Corpus delicti bym Huusviſitiere bis jetzed
Wenigſtes nonig etdeckt und ſo be Dieb überfüert heb,
Mücß au billi biſorge, da me de Bſchuldiget geſtert
Wider heb hei la lauſe, men jetzed bin ere zweite,
Scherfere Huusviſitierig vergäbis ſuechti; es werdid
Über b' Nacht, ſo laß ſi vermuete, ſcho Aſtalte gnah ſy,
Daß me jetzt 's Huus mücßt ſchlyße, wänn me die Tooſe wett finde.
Aber was ſägi dänn das? es ligi ja nüd deſte minder
Chlar und heiter am Tag, daß er die Tooſe mücß gnah ha:
Dänn er widerhol 's und ſägi 's bi ſyne Pflichte,
Daß am ſäbe Morge kei Seel und kein Menſch byn em gſy ſei
Als de Fiſcher Joos, und daß er, grad won er cho ſei,
No e Pryſe Tubak us dere ſilberne Tooſe
Gnah heb, dänn ſi wider im nämliche Sack vo ſym bruune
Rock — wo ſi eiſtert ſei, damit er öppe bim Usgah
Nüd be Tubak vergäſſi — verforgt und da mit em grebt heb;
Daß, ſobald er eweg gange ſei, er ſyn Rock ab der Schruube
Gnah heb, um en in Chaſte z'verſorge, und da no heb welle

Us bär Toose en Pryse neh — da gwahr er mit Schräcke,
Daß si eweg cho sei; er heb im andere Sack gsuecht,
Uf der Simse, dem Tisch, dem Ofe, churz aller Orte,
Wänn er scho sicher gsy sei, er heb sie da i dä Sack ta —
Aber niene kei Toose! — jetzt sei 's doch, mein er, erwise
Und lig chlar am Tag, wo me die Toose müeß sueche!
Und be Momänt, i dem er si gnah heb, chönn keinen als bä sy:
Won er ghört heb, sy Frau sei im Garten und red mit dem Botte,
Sei er in b' Näbetchammer zum Feister ggange und heb em
Au no Öppis bifole — in dene zwo, drei Minute
Heb de Joos die Schandtat verüebt! Jetzt sei no en zweite,
Ebe so starche Biwys! Er mein sys eige Geständtnuß:
Dänn won Er das Gäld — us guete Gründe — nüd ggeh heb,
Heb er mit dene Worte sy Stube verla: „Das ist übel!
So gitt's ja am Änd kei anderi Hülf meh als Stäle!"
Wänn jetzt das nüüd biwysi, se wüß er nüd, was Biwys sei!

————

Und be Presidänt fragt jetzt be Joos, was er chönni
Uf die Chlag vom Herr Pfarer zu syner Etschuldigung säge?
Und be Joos fait a: „Ihr hochgiehrtisti Herre,
I bi fryli scho meh als emal i der Stube da gstande,
Öppen um armi Schüldli, und öppe um enes Schlückli
Z'vil — aber nie as en Schölm, zu dem mi de Pfarer will
                                                    mache!
Seiti en Andere das — bi Goscht! i schlueg em sy Schnorre
Zum ene Wehebrätt! es juckt mer in Arme und Hände!
Leider darf i nu nüd! Doch wird 's no Nächt i der Wält geh!
Und i hoff es zun Eu, Ihr hochgiehrtisti Herre,
Daß Er mer Schutz und Schirm verliehid, wänn i scho arm bi
Und myn Gegner de Pfarer! I will jetzt über dä Vorfall,
Was i bim Pfarer ha welle, und wie dä so früntli mi tröst häb,
Nu keis Wörtli meh säge; er häd 's der Längi nah vorbracht;
Villicht händ Er au dänkt, er hett mer wol chönne hälfe,
Ammel d' Christepflicht, die hett em 's gwüß nüd verbotte.
Hett de Herr Vikari nu halb so vil Schillig im Säckel,
Als be Pfarer Tublone, i weiß, dä ließ mi nüd räble.
Aber was tuet de Pfarer? Astatt mer z'hälfe, mis einzig
Suur Verdienstli noh z'bhalte, damit i mys Brot nüd müeß bättle,

Chlagt er mi gar no a und macht mi zuem ene Diebe,
Daß mer kein Mänsch meh traut und Alti und Jungi mi schüüched!
Ghört men jetzt i der Stadt — wie 's nüb wird fehle — dä Handel,
Bin i my Läbtig um d' Fischeze gflemmt, und wänn i au 's Gäld hett;
Emene Schölme verpachteb mer nüüb! so wird me mer säge;
Und was fahn i dänn a? En arme, lumpige Bättler
Wird be ehrli Joos, de no kein Gufechnopf gnah häb.
Chrüüch i dänn dur 's Dorf, so rüeft me: D' Huustüre zueta!
Lönd dä Dieb nüd ine, er chönnt is an Öppis ftäle!
Dazue bringt 's jetzt de Pfarer, wänn Ihr mer nüd hälfeb, Ihr Herre!
Und Er chönneb 's mit Rächt! Ich ha die Toose my Läbtig
Billicht nüb emal gieh, und wenigftes nie i der Hand gha.
De Herr Pfarer bizüüget bi syne Pflichte, ich heb fi,
Und ich bizüüg es bi Gott, i ha mit keim Finger fi agrüert!
Und ich meine, das sei an erwise! me häb ja nüüb funde,
Wämm me scho Schlöffer erbroche und Bänk und Chäfte verruckt häb
Bi bere schändliche Huusvifitaz! Das ift mer es Stückli
Vom ene rächte Tiranne, de Rächt und Freiheit i's Chot tritt!
Aber, das lahn i nüd ruehe! bi Gofcht! das lahn i nüd ruehe!
Ich will Satisfaz! das tryb i vor Chünig und Chaiser!
Was de Pfarer dänn feit, i heb bim Ufegah Öppis
No vom Ftäle gredt — 's ift wahr, das will i nüd läugne:
Aber, was soll das biwyse? Es läbt kein Mänsch uf der Erde,
De — im Erger, und juft — nüd öppe gieit häb: er tüe das!
Aber häb er 's drum ta? — I meine, mir händ ab der Chanzle
Mängift scho ghört, me welli das tue: — 's wer guet, wänn me's
                                                    ta hett!"

                    ————

Bi der Duplik, wie's gaht, da häb me fi erft no erjaftet,
Aber nüüb anders gieit, as was mer scho wüffeb; drum lönd mer
An d' Duplik uf der Syte und losed, wie 's Urtel ergangi.
Und be Prefidänt schickt jetzt d' Parteien in Abftand.
De Herr Pfarer gaht, tüchtig erhitzt, i's 's Sigerfte Gärtli,
Lauft dert um die Rabatte wie wild und ficht mit de Hände
Und expektoriert fi so luut, daß jederma ftill ftaht,
D' Sigriftin rüeft em vergäbis, er soll doch i d' Stube fpaziere;
Dänn es währt nümme lang, se häb fi kei Bluem meh im Gärtli;
Er gfeht im ene jedere Stock be Chappi und zwickt dänn

Mit sym Stäcke druuf los: — es flüüged Marzisli und Mägi
Und die Völlechöpf, wätsch! über de Haag i de Bungert.
Er cha wohl verstah, daß 's Urtel gegen ihn sy werd';
Dänn 's fac totum im Rat, de Chappi nämli, be häd i
Bi 's Herr Pfarers Chlag de Chopf gar gwaltig erschüttlet
Und bi 's Joose Replik so tüchtig gnickt, daß er mängist
Hinne de Chopf a d' Wand, und d' Nase vor uf de Tisch stoßt. —
Und de Presidänt eröffnet de Ratschlag und setzt dänn
Listig, wider si Gwonet, jetzt nüd de Chappi i d'Afrag,
Sunder de nächst zur Lingge, damit er bim Rate de Letst sei:
„Richter Meyer, was träged ihr a?" — De Richter, erschrocke,
Schüützt mit de Neglen i's Haar —: „Was? — ich? Potz Hagel!
jä ase.
Ich soll my Meinig eröffne? — my Meinig eröffne — my Meinig —
Das ist währli en böse Stryt   was cha me da rate?
De Herr Pfarer seit ja! — Da mueß men em, dänk i, wol glaube;
Aber de Joos seit nei! — Da cha men em wider nüüd binrtue —
Eine häd doch wol Rächt? — — Wer Tüüfel aber möcht wüsse,
Wele vo Beede das sei? — Wänn ich my Meinig mueß säge,
Se dunkt's mi äso: Das sei en vertrießliche Handel,
Und es wer besser, er wer nüd bigegnet, und das ist my Meinig."
Und de Trumpfuns redt: „Ä hochgiehrte Herr Presis
Und hochgiehrtisti Herre vom Gricht! Ich folge dem Atrag."
Und de Stiere=Ruedi seit churz: „Ich folge dem Schärer."
Und jetzt chunnt's a de Schärer, dä ist scho lang usem Stüeli
Ume und ane gjaget und jetzet gaht dänn de Schutz los:
„Presidänt, und ihr Bürger! Es stönd mir d' Haar zue de Berge!
'S Vatterland ist i Gfahr! Ihr Richter, i rüef i's no lüüter:
'S Vatterland ist i Gfahr! Drum yled! hälfed! und retted!
Gspüred er nüüd a de Hälse?" — Die Richter gryffed erschrocke
All a d' Häls. — — „Ihr Chüe! Figürli verstahn i's, figürli!
'S Oligarche=Mässer, das setzt men is wider a d' Gurgle!
Ja! er häd rächt, de Joos, es lyt die Freiheit verträtte
Näbed dem Rächt im D..., und 's chunnt no zähemal erger!
Säged, ich heb i's gseit, es chunnt no zähemal erger!
Dänn wänn de Chrummstab scho, statt d' Schäfli z'weide, druf
zuehaut,
Säged sälber, was ist vom wältliche Schwärt dänn z'erwarte?

O! ſi ſind vorby, die glückliche, herrliche Zyte,
Wo die himmliſchi Freiheit und b' Mänſcherächt no regiert händ,
Alles Teil und Gmein, die Underſte au emal zoberſt!
Wo die Glychheitsſunn mit irem Strahl is erwermt häb,
Daß de Chüehirt zum Schulltiß iſt worde, de Schultiß zum Chüehirt!
Ach, ſi ſind vorby, die chöſtliche, himmliſche Zyte!
Chuum iſt da no und bert e Spur dervo über, und dräut nüd
Tägli au dere de Tod? Mir ſälber, ihr Bürger, mir ſälber
Hocked ja da wie de Fink uſem Zwyg. Wer ſeit is, eb morn no?
Aber ſo lang mer no ſitzed, ſo wänd mer is halte wie b' Helde,
Freiheit und Glychheit verſächte und ſtah wie'n ehrene Rampa!
Kampf uf Läben und Tod mit dene verfluechte Tiranne!
Kampf! und ſieled mer all, wie b' Römer bi Maranathan!
Was dä Stryt dänn bitrifft, ſo chömed zwee Bürger vor 's forus,
'S eint de Pfarer der hieſige Gmeind, der ander — es Lümpli —
Aber das iſt glych! Der Eint gilt grad was der Ander!
Ober, ihr Bürger Richter, i brüef ni uf euri Erfahrig:
Chan en Lumpehund nüb au b' Waret ſäge wie'n Andre?
Aber mir chunnt 's uf b' Waret nüb a! Wys Syſtem iſt das da:
Strytet en Rychen und Arme: de Rych häb alliwyl Urächt!
Und warum? für 's Erſt, pro primo: wurd au en Arme
Gegen en Ryche ſtryte, wänn er nüd zähemal Rächt hett?
Und, pro duo, die Straf — wer chan e größeri zahle? —
Das verfällt ſcho de Pfarer! — Jetzt iſt no en anderen Umſtand:
Wer iſt de Pfarer? En Find von aller Freiheit und Glychheit!
Zeigt er das nüd ciſtert, im Predige, Reden und Handle?
En Tirann! de Alles us ſich regiert und verordnet!
De ſyner Oberigkeit — eus! eus! kein Birreſtyl nahfragt!
De eine freie Burger in Sack langt und i ſys Huus bricht!
De den Ariſtokrate Verdienſt und Guettate zuehebt!
Ja ſyner Gmeind de Schillig etziel und ſo zum Raſiere
Us emen andere Dorf en Schärer bſchickt! dä Tirann dä!
Und da ſpricht en große Griech — i glaube de Cyrus
Ober de Teſtimokles, i ſyne Schrifte de Satz us:
En Tirann häb alliwyl Urächt! En Satz zum Vergülde!
En Tirann häb alliwyl Urächt! und alſo de Pfarer!
Und ich träge druf a, me ſoll e, zum en Exämpel,
Strafe, ſo vil me dörf: en tüchtige Wüſcher zum Voruus;

Dänn en Neutaler dem Joos, für 's Huusdursuechen und 's Setze,
Und zwölf Franke dem Gricht! — Im Protokoll wird das leer gla,
Und i der Rächnig, da setzt me dänn sächs, daß em jedere Richter
Und dem Schryber en Franke verblyb für Ertrabimüehig.
Und dänn dunkt mi, de Joos chönnt für syn Taler au Öppis
Tue, dänn d' Sach ist nüd chlar! bä gitt emen jedere Richter
Und dem Schryber en Fisch. Das seit men em aber aparti." —
Und be Präsidänt versichret, es heb em be Chappi
Usem Herze grebt; me chönnt 's nüd besser ersinne;
Ntu de Wüscher, de well em nüd gfalle, und daß er dem Pfarer
Mundtli sött 's Urtel eröffne — me werd 's erläbe, er butzi
Ine wie Schuelbuebe ab und stell 's villicht no zur Tür uus.
'S dunk in, es weri am beste, me schickti das Urtel ihm schriftli;
Ämmel er säg em 's nüd, es chön em 's en Andere säge.
Und de Meyer findt au, das Urtel gfall em, und stimmt dänn
Au zur Gschrift; es sei doch de Pfarer. Er sägi em 's au nüd.
Und de Trumpfuus folgt wie gwohnkli in allem sym Vorma,
Und de Stiere=Ruedi -- „mit Überzüügig" sym Nahma.
Aber de Nahma erhebt sy Stimm gar gwaltig und lärmet:
Ebe die Furchtsamkeit, die tödi das bitzeli Freiheit,
Das si no hebid; und well me das bhaupte, so müeß me nüd
schüüch sy,
Sunder toben und wüete und kämpfe wie Leuen und Bäre.
Er bistandi daruff, daß Wüscher und Urtel ihm mundtli
Azeigt werbid, wie gwohnkli, und das sei b' Sach 's Präsidänte.
Was me z'bisorge heb? villicht, daß de Pfarer sys Muul bruuch?
Das wär just, was er weuschti; — me chönnt en dänn no emal strafe.
Oder 's zur Tätlichkeit chöm? — Das wär em no lieber! sie seied
Ja ire Sächs; und trau me si nüd, so sei ja de Wächter
Und de Joos no da. Das gäb en chöstlichen Uustritt,
Wänn me zum ersten Urtel e zweits ufen Buggel ihm bläuti
Und de Pfarer dänn froh sy müeßt, wänn er em e salbti. —
Aber de Präsidänt will zuen ere mundtlichen Azeig
Sich durchuus nüd etschlüße und meint, si legid 's dur 's Urtel
Gnuegsam an Tag, daß si si nüd schüüchid, de Pfarer z'verselle;
'S Volk werd bruhiget sy, erfolgi das schrift= oder mundtli.
Ja, im Gegeteil, d' Gschrift bhalt er ja eistert vor Auge.
Und da speert si be Chappi vergäbis, es chunnt zum e Mehre,

Und dem Prefidänt folgt jetzt de Meyer und Trumpfuus,
Aber de Stiere-Ruedi, de au, als znächft bi der Türe
Und also znächft bi der Gjahr, zum fchriftlichen Urtel fy Stimm gäb,
Macht jetzt, dau er bimerkt, daß d' Mehrheit fcho da ift, de Tapfer,
Schlaht mit der Fuuft ufen Tifch und brüelet: das fei wider d'
Ornig!
Er pretendier 's und well 's, daß me dem Pfarer de Chopf wäfch,
Mundtli, mit Strigel und Charft, es ghör em vor Gott und de
Mänfche! —
Das ift no nie bigegnet, daß d' Mehrheit gege de Chappi
Uusgfallen ift; au wer er jetzt gwüß mit Chnurre devo gfchnurrt,
Möcht er nüd gern no veruch, uf wänn de Joos ihm de Fifch fchick.
Und de Wächter erhalt de Bifehl, er folli dem Pfarer
Säge, er bruuchi nüd z'warte, das Urtel werd em i's Huus gfchickt;
Aber de Fifcher Joos foll vor der bfchloffene Sitzig
Strax erfchynne. — Das fuwerän Volch verlauft fi mit Murre;
Das fei no nie bigegnet, daß me de Spruch nüd eröffni.
Und de Joos tritt y und ghört dänn vom Prefidänte,
Was das Urtel vermög und daß er en Taler z'bizie heb;
Übriges findi dänn 's Gricht, wänn fcho de Pfarer verfellt fei,
Sei die Sach mit der Toofe doch lang nonig luuter; me hett da
Das und Difes no z'frage, doch laß me 's, us Nachficht, jetzt
gftellt fy;
Aber er werd die Gnad mit Dank erchänne, und fomit
Gewärtiged Richter und Schryber für iri Bimüehig — es Fifchli.
Und de Joos macht en höfliche Scharris und feit dänn: er hetti
Alles Frage nüd gfürcht, indeffe erchänn er de Wille,
Und die Fifch werdib cho — fobald er de Taler im Sack heb.
Aber de Taler ift jetzt no im Sack 's Herr Pfarers, und d' Fifchli
Schwümmed au no im Waffer; dänn wo de Wächter dem Pfarer
'S fchriftli Urtel bringt, fe häd 's dä nüd emal agnah,
Sunder em rund erchlärt, er foll dä Wüfch wider z'ruck neh;
Er well nüüd dervo wüffe: er feigi da grad a der Arbet,
Um en Bricht vo der fchöne Juftiz an etliche Herre
Ufem Rat und dem Obergricht z'mache, und 's werd fi jetzt zeige,
Eb 's nüd au da e Veränderig gäb; me chön em no danke,
Wänn er das Urtel nüd läf'. So fchickt er de Wächter zum Huus uus.
Aber de Prefidänt lupft d' Hofe und chratzet in Haare,

Wo dä im das Bapyr wider bringt und pflichtschuldig brichtet,
Was de Pfarer bimerkt. Er schickt zum Chappi; dä chunnt dänn
Und häd gwaltig glärmt und über de Pfarer sys Muul bruucht,
Aber au über de Preses; das heb me ihm jetzt z'verdanke,
Daß die Sach eso chömm; hett er em 's Urtel nu mundtli
Azeigt, wie 's se si ghört! Er dräut, daß er ihn persöndli
Jetzt verantwortli machi, daß 's Urtel dem Pfarer i d' Händ
                                        chömm
Und er syn Fisch und syn Franke erhalt; bie laß er nüd fahre!
Damit lauft er dervo. De Preses weißt nüd, was afah.
Das Verantwortlimache erschreckt e gwaltig; er schickt jetzt
Wider de Wächter zum Pfarer, mit dere Wysig, daß er ihn
Au persöndli verantwortli mach, wänn er si vo neuem
Weigere wurdi, das Urtel z'epsah. De Wächter dä humplet
Unter bständigem Chnurre zum Pfarer und richt de Bifehl uus.
Aber dä häd e nüd fründtli epfange und gschnüützt, daß er jetzed
Ihn persöndli verantwortli mach, wänn er em no einist
Mit dem Fäße i's Huus ine chömm. Mit luutem Pestiere
Lauft dä wider zum Grichtspresidänt; dä schletzt aber 's Huus zue
Und rüeft obe zum Feister uus: „Chunnst wider, du Lump du?
Tuest eso dyni Pflichten erfülle? i will der dra dänke!
Strych di uf der Stell wider zruck! du muest mer persöndli
Für dyn Uftrag verantwortli sy: mach, daß 's emal ändi!"
Und de Wächter de stampft mit de Füeße und weuscht, daß das
                                        Urtel
I der Höll une läg! — er trüllt si bald rächts und bald links um,
Weißt nüd, won er soll aue, und lauft dänn gege dem Pfarrhuus,
Staht dänn dert wider still und darf nüd chlopfe und irret
Eistert eso umenand, bis er äntli müed ist; da sitzt er
Under b' Linde und chratzet im Haar, suecht hinderen Ohre
Wysheit füre und findet ekei; da schnut dänn das Schicksal
Zletst si syner z'erbarme; — die Lisebeth chunnt usem Dorf zruck,
Und er lauft uf si zue und will ere 's Urtel i d' Händ geh;
Aber bie weißt vo der Sach; und ehn er cha rede, se rüeft si,
„Blyb mer drei Schritt vom Lyb! ich nime das Ding da partu nüd!"
Und er dräut ohni Furcht vom persöndli verantwortli mache;
Doch si lachet dezue; und won ere 's Urtel i's Gsicht wirft,
Wirft sin em 's wider zruck: so ballet me 's umen und ane,

Zerft mit de Hände, und dänn mit de Füeße, bis 's zletſten i's
Thot fallt
Und en Jeders bhauptet, das Ander heb 's ta, und dervo lauft.
Doch verloren iſch 's nüb; die Schuelerbuebe händ 's gfunde
Und 's im Dorf publiziert und damit de Wunder vom Volch gſtillt;
Dänn das fraget ſcho lang, wie wol die Wysheit von irem
Gricht die Ggoos ſeleber erſchide hebi? — Die Richter
Dörfed 's diheime nüd ſäge, und wänn iri Fraue ſi fraged,
Lupfed ſi b' Achſle und mungged, es hebi de Cyrus und Mokles
Halt de Pfarer verſellt, we ſoll de Chappi nu frage.
Au vom Joos vernimmt me, wänn Öppert im Wirtshuus ihn
fraget,
Wie 's au ggange ſei? nu das da: Prächtig ſei 's ggange;
Er und de Pfarer heb ggunne, und müeßid de Richtere danke,
Er de Prozäß — und de Pfarer aſtatt ſym Näſli e Naſe.
Und wien en träffede Spott dänn eiſtert ſcherfer verwundet,
Als 's e Bſchuldigung tuet, ſo häb bä Gſpaß au de Pfarer
No vil bitterer gmacht; drum häb er ſys Müetli am Sunntig
Uf der Chanzle gchüell und über de Diebſtahl e Bredig
Abepauket, wien er no keini gha häb, und tüchtig
Au uf b' Richter tüpſt —: wie Dä ſo fuul als en Dieb ſei,
Dä das Gſtole z'etdecke vermöcht und 's aber verſuumi —
Daß die, wie a der Schandſüül, vor ire Gmeindsgnoſſe da ſtönd,
Bald wien es Tüechli ſo wyß, und bald ſo rot wien en Scharlach,
Bis ſi zletſt, all nah enandre, en epidemiſches Blüete
Us de Naſe erlöſt — doch bruuched ſ' diheime kei Wöſch z'ha....

Aber, Herr Pfarer!

Mueter und Tochter ſind früener ſcho uuf; ſi händ dem Herr Pfarer
No für e tüchtigs Deſchönee gſorgt, daß er 's mögi erlyde;
Dänn de Weg iſt wyt und chüel de Morge; au ſtopfed ſ'
D' Schäſe mit allem nu Müglichen uus, was er chönnti bidörfe;
Bringed dänn 's Müllers ſym Hans es Chrieſiwaſſer und tüend e
Widerholt i's Handglübd neh, daß er ja rächt Sorg hei.
Und das händ ſ' gege de Pfarer au nächt ſcho ta gha, und werded 's
Hüt dänn no emal tue, ſobald er ſi au emal gſeh laat.
Äntli chunnt er b' Stäg ab und Alli ſind ſchüüli erſchrocke,
Won er i b' Stube tritt; er gſeht ſo bleich und verſtört uus!

Und me fragt e mit inniger Angſt, was em fehli? und will e
Abſolut nüb la reiſe und nlig en Tokter go hole....
Aber de Pfarer häb bhauptet, es fehl ſyner Gſundheit keis Bihli,
Sei er jetzt bleich oder rot — er dörf bi ſym Gwüſſe das ſäge;
Aber i d' Stadt müeß er jetzt — und wänn au die Erbſcheft nüb
wäri;
Er heb no Wichtigers z'tue und laß vo keim Mänſch ſi dra hindre.
Bitten, Ermahnige, Träne — 's iſt alles vergäbis! Er ſetzt ſi
J ſy Schäſen und rahlet dervo, zum innigſte Schräcke
Vo ſyne Lüüten im Huus, die ſchier vor Chumber vergah wänd.
Und was häb e dänn au eſo i d' Stadt ine giagt gha? —
Wider öppis Fatals! — Won er dä Morge ſi aleit,
Und i dä Rock ine ſchlüüft, de wägem Broẞäß mit dem Fiſcher
Wider e leidi Erinnerig weckt, und umen und ane
Schüüßt, um diſes und das vor ſyner Abreiſ no z'ordne,
Schlaht em Öppis um d' Bei: er gryft — und wird bleich wien
es Tüechli —
Dänn es iſt ebe die Tooſe, vo deren er glaubt häd, de Fiſcher
Heb ſi gſtole: ſi iſt dur es Loch i's Fueter em gfalle,
Darum häb er ſi da vergäbis im Sack ine gſuecht gha — — —
Er iſt ſchüüli erſchrocke und häb mit zittrede Worte
Gſeid: „Daß Gott erbarm! ſo han i dänn fältſchli ihn agchlagt!
Ach, ich arme Tropf! Da han i mi wüeſt übernlet!
Und — was chan i jetzt tue?.... J bin em en Ehrenerchlärig
Schuldig, das forderet b' Pflicht! — Und doch, — was wird das
für Lärme
Und für es Gred i der Gmeind umme geh und zrings i der Gegni!
Villicht gar i der Stadt! Wie wird de Chappi jetzt lache!
Wie de Joos triumpfiere! Wie werded die Pfarer nüb ſpitzle!
Wie wird alles im Dorf mny Unvorſichtigkeit ſchälte!
Werded nüb gar myni Find e Chlagſchrift gege mi ygeh? —
Alles das han i verdient! — — — Mueß aber de Mangel an Achtig,
A Vertrauen, a Liebi, de leider mer träut und mnn Pfluß
Gwaltig verringere wird, der Gmeind nüb ſchäblicher werde,
Als wenn me au die Sach — i Gottes Name! ließ ruehe
Und i dänn ſuechti uf anderem Weg dä Fehler z'verguete?" — —
Das iſt b' Urſach, warum de Pfarer ſo bleich und verläge
Bi ſyner Abreis erſchynt; und hett er nüüb Anders z'birate,

Als, was er jetzt well mache, er heit bis i b' Stadt ine z'gnage,
Aber es gitt ja no anders.... Sobald er alangt, so laat er
D' Schäfe halten und fuecht en Goldschmid=Lade und gitt dert
Ebe die Unglücks=Toose und seit, me soll ufen Teckel
Ihm es S und es V i schöne Lettre graviere
Und das Ganz echly butze; doch mueß er si hüt wider zruck neh. —
Und was soll das bibüüte? — Für 's Erst, so reut e sy Toose
Und er möcht si gern bhalte; doch sötti me glaube, es seigi
Nüd die glych; er heb die da elei der Ähnlichkeit wäge
Gchauft. Für 's Ander häd er si still und fyrli es Glübd ta,
I sym Läbe nie meh so rasch z'verfahren; und daß er
Eistert dra sinni, so will er die Toose jetzt nie usem Sack tue
Und ehn er Öppis dänn bschlüüß oder tüe, en Bscheid oder
Rat gäb,
Zerst uf die Buechstabe luege; si müend em „Sei Vorsichtig!"
rüeffe....
Zletst holt er no sy Toose bim Goldschmid und sitzt bi sym Fründ
dänn
I sy Schäsen, an Glidere lahm und verstimmt i sym Innre.
Nu de herzli Epfang, de ihm diheime jetzt z'Teil wird,
Tropfet es bitzeli Freud i sys Herz voll Galle. Die guete
Seele händ si zerangstet und gfürcht, die Schäse chöm leer hei
Mit dem Bricht, de Herr Pfarer heb drank i der Stadt müeße blybe.
Jetzed sind si im Himel, daß er ene gsund wider gschänkt ist,
Und das häd an sy Stimmig so zimmli erhellt, daß er heimli
'S „où peut-on être mieux" — nu fryli nüd gsunge, doch dänkt häd
Und bim Nachtässe dänn so nah und nah orbli i's Gspräch chunnt.
Dert häd er au sy Toose, nadem er si wol es Mal zwölfi
I der Hand ine gha und dänn in Sack wider gsteckt häd,
Antli doch produziert — doch mit verlägener Myne.
Und d' Frau Pfarerin häd si bigyrig ergriffe: „Herr Jeeger!
Häst dy Toose wider? Wo häst si au funde?" So rüeft si,
Ehn er die Gschicht vo dem Fund, mit underschlagenen Auge,
Inen erzelt, und bringt e dur hundert Fragen i d' Chlemmi.
Daß er si bim ene Goldschmid, dur Zuefal, gfunde heb, das da
Glaubt sin em fryli uf 's Wort; doch daß das kei anderi Toose
Als die gstole chönn sy, das ist vo Minute z'Minute,
Wie me si nächer bitrachtet, jetzt eistert chlarer an Tag cho:

Dänn die Büülen am Rand, das Rissli a der Scharniere,
Die drei Mose vo Tinte, dä Chritz wien e römisches Sibni —
Ließ si 's au däuke, daß das uf zwo verschidene glych wer?
Und de Herr Pfarer häd gweuscht, er hett si nie zeiget: sys Gwüsse
Häd e bi dem Examen als arme Sünder la schwitze
Und er sichtet vergäbes mit dene verzogene Näme,
Dänn bi nächerem Gschaue erchlärt si, das seigi ja neu gmacht;
Er soll doch nu au luege, wie scharf die Rändli da standid,
Und bi der alte Verzierig, da seied s', vom Bruuche, verschliffe.
Und das S und das V — was das wol chönnti bidüüte?
Sigmund, Samuel, Saul, Sixt, Stephanus, Simeon, Samson? —
Vögeli, Vogel, Vo Leer? — — nei, nei, das gang nüd, vilichter
Zeigi das S uf 's Gschlächt, und 's V bidüüti de Name?
Schultheß, Schwerzebach, Schinz, Stutz, Stocker, Syferig, Schüchzer,
Schwyzer, Spöndli, Schmied, Schoch — Ach! wer das wett errate! —
Und das V, das paßti zu nüüt: me heb kein Vitalis,
Kein Vitell und kein Veit — und Valentin heiß nu de Laubi?*)
„Nei, mys Mandli, das ist en neue Biwys, daß i rächt ha;
Glaub mer 's, das ist dy Toosen, i dörft mys Läbe dra setze.
Zeig mer si dänn no am Tag, was gilt 's, i finde no Anders!"
Ach, das ist meh scho als gnueg: de Pfarer weißt si nüd anders
Z'hälfen, als daß er si stellt, als wänn er jetzt sälber müeßt zwyfle
Und dem Goldschmid well schryben und frage, vo wem er si gchauft
hei....

De Vikari verschüttet 's mit dem Herr Pfarer.

„Jä, Mandli," seit si, „es bräut is
Morn en bschwerliche Tag für euseri Bei! Mer händ abgredt,
Wänn b' au mit is choh witt, de Herr Vikari zur Hohwacht
Use z'füere — was meinst? Mer sind scho lang nümme dert gsy." —
Aber — sunderbar! — Dä macht e bidänklichi Myne,
Redt vo Gschäfte, vo Briefe, was weiß ich, was Alles er z'tue heb.
Aber das laat si nüd gälten — er heb ere gestert ja sälber
Scho dervo gredt, sei 's am Mendig so schön, so well me voruse —
'S chönnt jetzt nüd herrlicher sy, und hüt heb 's kein Brief und
                                        keis Gschäft ggeh.

_____

*) Bekannter Mann in Zürich.

Aber er tuet ufem Gegeteil bharre; doch wil er nüb agitt,
Was für Gschäft dänn das seieb, so will si die Uusred nüb aneh.
Äntli schlaht si i b' Händ und faht a lache und rüeft dänn:
„Jetzet weiß i, was 's ist! — Was gilt 's, Herr Pfarer, i weiß es!"
Und dä murret vergäbes, si heb 's guet z'müssen — er säg 's ja.
„Nei, myn Ma, das ist niz!" — Und lacheb etdeckt si sys Gheimnuß:
„'S häb der hinecht von Ägerste traumt — was gilt 's,
es ist das da!" —
Und das Unerwartet macht, daß be Vikari au lachet.
Si häb hüt uf sy Stirn nüb ggachtet, sust hett si scho gschwige,
Dänn die ist grüli verwulchet! und wo si jetzt vor eme Frönde
So si Schwechi etdeckt, se ist er gwaltig piggiert gsy.
Und er häb — au i der Höhni — nüb 's best Verteidigungsmittel
Gwehlt und trotzig bimerkt: und wänn 's au sy sött, ob 's öppe
Ohni Exämpel wer? Er meini, am Tag, wou er b' Achsle
Usenandere gfalle — — „Da häst," so seit si mit Lache,
„Halt nüb für di glueget" — — Und wo 's im Chämi häb welle —
„Brünne?" seit si, jä da häb 's halt z'vil Rueß gha, min Liebe!" —
Doch, en Blick uf ihn macht eismals 's Lache verstumme,
Dänn si gwahret mit Schräcke, si hett scho lang solle schwige.
Aber da meint de Vikari, und au es bizeli unchlueg,
Er müeß de Händsche jetzt neh und b' Sach der Mueter verfächte.
Lyt 's em doch sälber am Herze, daß morn die Spazierreis nüb
zruckgang;
Und er eröffnet sy Asicht von Träume, wänn 's scho de Herr Pfarer
Wenig erbaut, wie me tüütli bemerkt us einzelne Worte:
„Filosofy!" und „Spitzfündigkeit!" und „eländen Ywurf!"
Dien er use trümpft. — Ach! luegti doch au myn Vikari,
Statt echly wermer z'werde, uf b' Jumpfer Nette, wie die da
Pynli verläge da sitzt, und merkti uf b' Wink vo der Mueter,
Dien em eifert tüüt, er soll doch schwigen und furtgah!
Äntli trifft en en Blick, wo scho de Pfarer de Stuel ruckt,
Und er folgt em und gaht mit schwerem Herze zur Tür uus;
Dänn mit der Reis isch es uus, und ach! mit dem Stündli im
Garte!
Aber no uf der Stäge chunnt au de Pfarer ihm nahe,
Und er häb em zum zweite Mal da e ruehigi Nacht gweuscht;
Aber statt z'banke, seit bä, er weusch em, daß er dra sinni,

Daß d' Erfahrig vom Alter die Wysheit der Juged verlachi!
Und myn Vikari häd au es bitzli epfindtli erwidret:
D' Wysheit der Juged und 's Alters Erfahrig sei da ja im Eichlang;
Dänn de Sirach säg scho, was me von Träume müeß halte.
Ihm ist die Stell i's Gidächtnuß jetzt cho, wo 's heißt: „Wer auf
Träume
Haltet, der gleichet dem Mann, der Schatten und Wind will er=
hasche."
Und de Herr Pfarer häd b' Türe zuegschleßt! nimmt grad dänn
si Bible
Ufem Chaste und suecht jetzt die Stell und findt leider en andri,
Wo mit türe Worten und ohni Schonig erchlärt wird:
„Narren verlassen sich auf Träume." — Da schlaht er das Buech zue,
Schrytet ufen und abe mit große Schritten und rüeft da:
„Ich! de Pfarer! en Nar! — Das seit mer en Sprützer, en Schnuusi!
So en Schlucker! es Wybergsicht! — En Nar sin Protäkter! —
Das heißt de Chilerat ja, das heißt b' Regierig bischimpfe!
Macheb die Nare zum Pfarer? O Zyten! o Sitten! o Gländ!
Das ist e heillosi Juged! E finsteri, schröcklichi Zuekumpst!" —
Lang no häd er so poldret — doch lönd mer das jetzt bisite
Und au 's Gardine=Gspräch; 's häd wider e schlaflosi Nacht ggeh.
Doch de Pfarer häd zerst sy Rue wider gfunden und gäb jetzt
Währli dä Nar nüd um vil: er gitt em en prächtige Titel,
Dä Vikari z'epferne; er häd scho e Wyl eine gsuecht gha. —
Aber me häd e ja bisher nu grüemt und globt — häd de Pfarer
Öppe die Liebschest gmerkt? — Nei, nei! es merkt ja die Mueter
Sälber keis Bitzli dervo, und 's zwysflet ja gar de Vikari.
Nei, das Rüemen und Loben ist ebe de Grund bim Her Pfarer;
Dänn das tönt i dem Dorf und wyt drum ume au gar z'luut!
Und da isch 's em nüd übel z'neh, wenn 's ihn echly wurmet,
Daß me jetzt Alles vergißt, was er sit Jahre mit Yfer
Und mit Treu für die Gmeind scho ta und gwerchet und gsorgt häb;
Und jetzt ghört er vo hinen und vornen und oben und une,
Alts und Jungs und Rychs und Arms de Vikari lobpryse,
Und kei Seel fragt ihn, wänn er wider bredige werdi,
Als de Sigerist öppe — und sälber si Frau und si Tochter
Schyneb em mit im Komplott, si rateb und trybeb ja eistert,
Daß er si doch no soll schonen, er heb ja en guete Bisorger!

Und wänn 's Herz ihm dänn seit, er soll de Nyd nüd la uuschoo,
Gschweiget er 's dänn dur die Warnig: „Wer weiß, was gscheht,
wänn er da blybt!
Händ doch au anderi Gmeinde die alte Hirten eweggsprängt,
Und an irem Platz sitzt jetzt en junge Herr Pfarer,
De als Vikari, wie dä, si gwüßt häb be Wille z'erchüenzle!"
So ist das Band jetzt verrisse, das Drüü von ine so sehnbli
Weuschtib änger und änger — ja uunnflößli z'verchnüpfe!....

Liebesqualen.

O min arme Vikari, bu häst ba währli e tummi
Tummi Sottise gmacht! Um Das z'erhalte, was 's Herz glust,
Bleibigt me Dä, wo 's häb und wo 's eim geh cha — Und ohni
Das, was häst für es Rächt, en Andre z'table und z'bschälfe,
Sei 's au über e Schwachheit, dänn wele Mänsch häb ekeini?
Ober bist du, min Fründ, so ganz erlüüchtet? und gspürst du
Keinerlei Neigig i bir zum Wunderbare? Zum Gheime?....
Doch, was frag i au das? — Du quälst bi ja sälber so gruusam!
Gahst wien en Schatte bether; weiß Gott, du muest ein verbarme!
Dänn du wirst alliwyl bleicher und truuriger — au dyni Lehrchind
Stuuned erschrocke bi a und fraged so fründtli und ängstli,
Was der au fehli? De seigist so still und gar nümme fröhli;
Und voll zarter Schonig vermydeb si Alles mit Sorgfalt,
Was di bleidige chönnt; no nie sind alli so still gsy,
Händ iri Lätzge no nie eso glehrt, bim Schrybe so Ernst gha,
Und wänn d' von ene gahst, so trucked j' der d' Händ eso fründtli,
Lueged so bitted bi a — und wänn d' dänn öppen es Tränbli
Zwüsched de Wimpre vertruckst, chunnt 's Wasser an ihnen i d' Auge
Und si chlaged 's der Mama und bätted, sy soll di au tröste.
Und die Müetere tätebe 's so gern! dänn währli, du bist an
Jue wien ire Chinbe so lieb; si fraged, si förschled,
Anerbüüted bir Alles — doch, wänn d' dänn nüüd säge witt, bätted i'
Dringed, mit Ängstlikeit sälber, daß d' doch ohni alles Versuume
Dich an en Tokter wändist — 's sei gwüß e Chranket im Azug. —
Ach! die ist scho da! Es hilft eren aber kein Tokter
Und keis Bild vo hüüslichem Glück; das stimmt bi un weicher,
Wänn au die chlynere Gschwüsterti chömed und meined bi z'tröste
Und de Ruedeli dir sys Schönst usem Chäspli will v'rehre,

Oder 's Luiseli lauft, fys einzig Rösli dir z'hole,
Und se si a bi dänn hänked und uf dy Schooß ufe chräjmed,
„Bis au wider goot und luftig mit is!" di bätted —
Ach! dänn truckschs a 's Herz und Träne stönd der in Auge.
„Ja, i will luftig sy!" so seist — ja, wänn d 's nu vermöchtist!
Fryli ermanist di au nüd gnueg und juugist vil lieber
Süeßes Gift i di ine und wirst eso chränkner und chränkner;
Fliest dyni Fründ und Bikannten und fuechst nu einsami Ort uuf.
Säg, wie mängist bist nüd sitdem uf de Hüetliberg ggange,
Bist a de Felse dert gfässe, de Chopf i de Hände go stuune,
Und i b' Luft ufe luege — be gsehst der Ort, wo si wonet,
Fryli nüd, doch en Berg i der Nächi, und ach! — diesäb Hohwacht,
Wo dy Hoffnig Triumpf si verspricht und dänn — ires Grab sindt!
Und es trätted die fründtliche Bilder i läbige Farbe
Wider vor sy Seel, vom ersten Abig, bis won er —
Ach! das häd er nüd gglaubt! das Dorf für eifert verlaa häd!
'S ist em neimen im Afang, won er das Dörfli verlaa häd,
Gar nüd so chrüüselig gsy, wänn scho de Her Pfarer keis Wörtli
Ihm vom Widerchoo seit oder säge laat, dan er ihn sälber
Nümme gseht; er häd dänkt, er heb 's i der Höhni vergässe,
Oder 's mit Flyß underlaa, und 's chömm dänn e schriftlichi Ladig,
Wänn si syn Zorn echly setz. — Doch, wien er si wyters epfernt häd,
Ist em die Sach da bidänklicher worden und 's plaget e eifert
Stercher, wänn er die Umständ erwigt und Alles si zruck dänkt.
Won er dä Morge, wie gwohnt, no vorem Verreise zum Kaffi
Aben i b' Wohnstube gaht, wo eifert si Alles versammlet
Und um de Tisch ume sitzt und er vo Dem oder Disem
Dänn noh Uftreg erhalt — so häd er hüt niemert dert gfunde,
Als — en Augeblick no — b' Frau Pfarerin; aber die häd da
Grad ires Täßli au gchehrt (der Jumpfer ires isch 's scho gsy)
Und ist mit eme Süüfzer, wie wänn si si schüüchti, zur Tür uus.
Er häd gwartet und gwartet, und länger als er sust gwohnt ist
Blybt er jetz no i der Stube, bis zletst si b' Lisebeth gseh laat,
Au mit verlägener Myne, und won er die fraget, wo b'Frau sei,
Ihm mit Stocke verdüütet, si glaub, si sei zuen re Chrankne,
Und won er seit, so well er zum Herre, go Bhüetigott säge,
Brichtet, dä sei no im Bett und well, daß niemert e störi.
Aber b' Jumpfer? — die heb si scho gsuecht und wüß si nüd z'finde.

Er häd wider gwartet und gwartet — doch alles vergäbes;
'S laat si niemert gseh. Zletst nimmt er truurig syn Stäcke,
Seit, er laß si epfele, und gaht e Gotts Name zum Huus uus.
So ist er nie no verreist! — De Ringgi und b' Lisebeth händ e
Au bigleitet, und 's fallt em jetzt uuf, daß Die bis vor b' Huustür
Mit em gaht, und 's eistert sei gsy, si möchti so gern ihm
Öppis no säge und dörf 's doch nüd tue, und wänn er si umdrehrt,
Ufem Weg b' Gaß ab, so gseht er si eistert no da stah
Underem Huus, go luege. — Jä fryli, es häd ere ggahnet,
Daß si ne 's letst Mal gsäch; und Mueter und Tochter die quält au
Grab de nämli Gidanke: si häd 's mit Flyß drum vermide,
Von ihm Abscheid z'neh; si weißt 's, es tet ere gar z'weh;
Und iri Tochter, die ist, wo si dä Morge von ire
Im Vertraue vernimmt, es sei ire Bapa etsetzli
Zornig über das Gspräch, si fürch, si fürch, 's geb e Trennig,
Gwaltig erschrocke, mit chlopfedem Herzen i 's Chämmerli gschliche,
'S brächt si kein Mensch meh druus abe; si gspürt, si müeßt si
                                                    verrate!
Und wo si ghört häd, er gang, so chneut si hinder die Blueme
Vor ihrem Feister und gügglet mit chuum no vernembarem Atem
Zwüschet de Gschiren ihm nahe und b' Tränbli tropfed uf b' Sinse.
Aber von Allem dem ahnet ihm nüüd; er häd es Mal zächni
Uf dem churze Weg si fryli mit Sehnsucht no umgchehrt
Und na de Feistere glueget; doch wo si nüüd zeiget, so schwänkt er
Zletst um 's Chilenegg ume und faht dänn eben a z'grüble:
De Herr Pfarer sei höh, und ernstli, das zeig si us Allem;
Dänn er ist nüd im Bett, es wered die Umhäng suft zoge,
Und es hangti syn Nachtrock am Feister. Was gilt 's, er ist b'
                                                    Schuld dra,
Daß er dä Morge sy Netten und iri Frau Mueter nüd gseh häd:
Er häd 's ine verbotte, dänn Die da chönned nüd höh sy —
'S ist ja ine z'Gsalle, daß er de Glaube von Träume
Mit so vil Yfer bikämpft und so die Spannig erweckt häd;
Und da darf er wol hoffe, es werd ihm b' Frau Pfarerin hälfe
De Herr Pfarer z'versöhne, sobald si das tue laß; me müeß da
Uf enen schicklichen Augeblick passe, und das da verstand sy.
Doch de Herr Pfarer werd au, so meint er, bi ruehiger Stimmig,
Wänn er die Sach überbänk, de Zorn la fahre; es sei ja

Keis Verbrechen, eim z'fäge, was scho de Sirach is gfeid heb.
Wänn er am Sunntig dänn chömm, so dörf er fi fryli nüd fchmeichle,
Daß er e fründtli epfang: er weißt, es gaht das Verzyhe
Nüd uf der Poft bim Herr Pfarer; er bfchlüüßt eim Türen und
                                                   Rigel,
Und die öffnet dänn nüüd, als zletft no de Schlüffel Peccavi.
Aber dä will er au bruuche; er chäm ja, wänn 's efo fy müeßt,
Baarfueß, im härene Hemp, und mit dem Strick um de Nacke,
Dänn es giltet fys Höchft, da underzict me fi Allem.
Und die Art und Wys, wien er das Peccavi well finge,
Bfchäftigt en alliwyl meh: bald dänkt er in ere Bredig
D' Träum vom Joseph z'verhaudle; bald meint er, es gäb en Erzelig
Vom ene fältfame Traum und fyner Erfüllig en Ygang;
Und won er jeßt de Plan fi nächer dänkt häd, so chunnt ihm
Eismals de Schräckesgidanken — und weger! wer au die Landftraß
Vor fyne Füeße verfunken, er chönnt nüd erger erfchrecke:
„Wänn au de Pfarer us Höhni am Sunntig en Andere bfchickti!"
'S häd e gftellt ufem Weg, und 's Bluet häd in Adere gftocket....
Und er grüblet und fuecht vergäbes us jederem Winkel
Troft und Rat für fys Herz; was hilft 's? da rettet keis Speere —
Er nueß eiftert am End fi gftah: das chönnti bigegne!
Und je mehn er dra dänkt, je ficherer fchynt 's em, es gfchäch au.
Aber was chann er da mache? wie chann er dem Unglück etfliehe?
Soll er bi Feuf oder Sächfe, die gwohnkli zum Vikarifiere
I die Dörfer verreifed, vom Pfarer und fyner Familie
Son e Bfchrybig mache, daß' Alle verleidet dert hy z'gah? —
Das verbüüt em fys Herz — und tät er 's, und gieng Eine doch hi?
Ach, da hett er ja fälber fys Grab fi ggrabe — das gaht nüd!
Soll er fueche z'erfahre, wer wohl dahi reifi, und Dem dänn
Ehrli fys Herz eröffne und fägen, es gälti fys Läbe,
Daß er, ftatt fyner, chönn gah, und um de Dienft ihn bifchweere,
Daß er am Samftig e Chranket, es Chopfweh, en gfchwulene Chnode
Oder Anders fingieri, damit dem Infpäkter dänn er nu
Übrig blybi z'verfchicke? — Doch chann ihm das au zue nüüd hälfe;
Dänn es verreifed nüd all, und wer 's au, fo machti er 's tuufche.
Und au ohni das, wie chönnt, wie dörft er 's au wage,
Eim fys Herz z'eröffne? Er chönnt das no höchftes bi Zweene;
Aber grad die Zwee — was gilt 's, die wurded ihm fäge:

„Ghorſame Diener, myn Fründ! wänn d' Jumpfer, wie d' ſeiſt, eſo
ſchön iſt,
Möcht i ſi au emal gſchaue; mer wänd dänn en andersmal luege."
Ach! und häd me ſi gſeh, ſo chuunt das andermal nie meh —
Villicht erzelt me 's no gar, und er wird dänn zum Glächter, zum
Stadtgſpräch!
Soll er dem Herr Jnſpäkter.... ach, nei! das häd er nüd uusdänkt —
Aber das giengi villicht, wänn er em en Höflichkeitsbjuech miech,
Ihm vo ſyne Verrichtige ſeiti und i ſy Erzelig
Pflüüße lieſ', de Herr Pfarer heb gweuſcht, es chäm emal bä da —
(Er heb d' Eltere kännt — er ſei no en Vetter, und berigs)
Au emal, um z'verſeh; und da will er ihm dänn Eine
Nänne, den er nüd fürcht, und den em zur Folie dienti.
(Wäger, das täted all Sächs, er iſt aber z'bſcheide, das z'glaube!)
Aber au das iſt nüüd; es bräuti da meh nu als ei Gfahr.
Oder ſoll er — und das iſt 's Eiſachſt und 's Beſt wol von Allem —
A de Herr Pfarer ſchryben und ſäge, er müeßi mit Schmerze
Gwahren, es heb e das Gſpräch von Träume bileidiget.... Aber
Wänn er dänn wyter dänkt, ſo chönnt, nah ſyner Epfindig,
Son es Etſchuldigungsſchrybe wol gar no ſtercher erbittre,
Dänn er ſötti doch au be Grund, warum er uf emal
So ſyni Gſinnigen ändri, mit chlare Motive bilegge
Und das chann er nüd tue und fürcht, de Pfarer dä merk 's bald,
'S ſteck da Oppis derhinder, und chömm dänn wol gar no uf d'
Waret;
Dänn ſei 's wider verby! dänn mit ſyner Tochter heb Dä da
Anders im Sinn, als ſy emen arme Vikari zur Frau z'geh;
Und nu Zyt und Müe, ſy Liebi und Achtig z'ergwünne,
Chönntid, villicht — villicht, ihn anderſt ſtimme, wänn 's Glück wett.
überhaupt dunkt 's ihn, ſich z'etſchuldigen über Oppis,
Das en billige Mänſch nu gar nüd ſött chönnen erzürne,
Heißi, me lueg e für 's Gegeteil a, für en Eſel, en Steckchopf —.
Dänkt au be Pfarer eſo, dänn hett er ja wider verlore!
Soll er der Pfarerin ſchryben und ſy zur Vermittlerin mache?
Häb er doch eiſtert in iren e wahri Mueter verehrt gha!
Aber, das gaht au nüd; er weißt, ſi wird, was ſi tue cha,
Ohni ſys Bätte tue; und dänn nimmt eiſtert de Pfarer
D' Brief vom Bott in Epfang — und wurd er dem Bott au biſele.

Daß er sys Schrybe der Frauen elei ließ zuecho, vergäß Dä's
Wol im Ruusch und seiti wol gar, er heb da es Briefli,
Aber me heb em bifole, es heimli der Frauen i d' Hand z'geh — —.
Und so dänkt er no Mängerlei uus, doch Reis, das em Stich halt,
Und er glycht emen arme Verirrten a risliger Felswand,
De i Todesangst si suecht obem Abgrund z'erhalte,
Alli Halmen und Wurzlen ergryst, und Wurzlen und Halme
Ryßed etzwei und er sinkt jetzt tüüffer und tüüffer; en einzigs
Stüüdli halt e no uuf; das Stüüdli ist b' Hoffnig, es werdi
Ihm de Pfarer verzyhe, wänn ruehig er d' Sach überleggi.
Er häd hüt zue der Reis nüd meh und nüd weniger Zyt bruucht
Als die andere Mal; doch wer usem Heiweg ihn gseh hett,
Chönnt das gwüß nüd bigryffe — dänn mängist staht er go stuune,
Oder schlycht wien en Schnägg. dänn jagt er wider uf eimal
Wien en Rasede wyters, me meinti, es sprängtid Kosake
Hinder ihm nahe; au luegt em en Jedere, won em bigegnet,
Ganz verwunderet nahen und rüest: Was gitt 's da? was häd Dü?
Riggelet mitem Chopf und meint, da sei öppis Bsunders!
Au syni Taute händ gfunde, es sei öppis Bsunders vorhande,
Und er ist irem Frage nu dur die Erchlärig etgange,
Daß es em sieberig sei, er dänk, er well i sys Bett gah.
Und die guete Taute sind schüüli erschrocken und gryssed
Beed mitenand na sym Puls; und wo dä dänn gstürmt häd und
gstocket,
Händ si mit offenem Muul und Augen enanderen agstarrt
Und dänn b' Händ zäme gschlagen und grüest: „Das glaub i! das
glaub i!
Das ist es Fieber, ach Gott! da mueß me schlüünig derzue tue.
Häst di öppen erhitzget? — Säg, häst di öppe vercheltet?
Häst i b' Hitz ine trunke? — Häst das? Häst dises? Häst jenes?"
„Katheri!" rüest die Eint, „im Augeblick maches es Fueßbad!" —
„Katheri!" rüest die Ander, „gschwind laufed, en Hebel go hole!" —
Und mit ängstlicher Hast sind s' sälber gloffen und bringed
Us irer Huusapitegg die Bulver, Essänzen und Tröpfe,
Und i weiß nüd was Alls; es währt kei Minute. so sind scho
Beedi Tisch überstellt mit Guttere, Trucke, Bapyre,
Von alle Formen und Mäse; si suechet dänn under dem Chaos
Use, was d' Not jetzt erheuscht, und chöned 's im Strudel nüd finde.

„Lueg, da heißt 's ja Febris", seit jetzt die Elter.   „Das isch es!"
Rüeft druuf freudig die Jünger.   Doch, wo si das Bulver i d' Tasse
Tue wänd, ist nüüd im Bapyr.... Si lauft, 's Rezäptbuech go hole,
Setzt iri Brüllen uf b' Rase und suecht dänn hinne und vorne
I dem Kodex, be scho sit hundert Jahren und lenger
Eistert vermehrt worden ist mit allerlei rare Rezäpte;
Schnapplet abe die Tittel: „Für 's Ohreweh.... 's Grimme....
                                   en Julep....
D' Wärze z'vertrybe.... für 's Chröös.... für 's Miltzi.... Bül=
                                   verli z'mache...."
„Ä! was suechst au? gib mir 's!" so seit die Elter und nimmt jetzt
Buech und Brüllen und list: „En Mageträset.... für 's Hitzgi....
Häcnere b' Lüüs z'vertrybe.... für b' Pestilänz.... Gott biwahr is!
Wider die falled Sucht.... be Stich.... verbrueteni Chüechli....
Eyerröhrli — Teigg.... für 's Ohresuuse.... für Gfrörni...."
„Poh, du findsch es ja au nüd," seit jetzt die Jünger und nimmt
                                   dänn
Brüllen und Buech wider zruck: „Es Chindbettermüeßli.... für
                                   b' Öffnig....
Guldi Huube.... für be Grind.... Herr Jeses! Herr Jeses!
Wo ist dänn au das Rezäpt?" — „Du Närsch, es staht im Register,
Suech du dert nu Febris, de wirsch es im V hinne finde!" —
Währli, myn arme Vikari hett, trotz sym Eländ, wol gar no
Sälber glachet, wer er no lang da bblibe; er gaht jetzt
Truurig i sys Gmach und nimmt eue z'Gfalle, was sin em
Eis um 's Ander bringed, verspricht euen au, wänn sys Fieber
Über b' Nacht no stercher sött cho, oder ihm öppis Anders
Zuestieß, uf der Stell eue z'rüefen, und daß si 's au ghörid,
Bringt em die Eint e Glogg, er chönnt sys Quartier dermit wecke,
Und die Ander en Hammer, mit dem men es Stadttor möcht yschlah —
Und mit tunsig Räte, wien er si jetzt müeßi verhalte,
Hänb s' em äntli Guetnacht und gueti Besserig gweuscht gha ....

Ende gut, Alles gut.

Mit spöttisch=lächleder Myne
Luegt er en a und rybt syni Händ und fragt e dänn schmunzled:
„So? — en Traum? en Traum? — wahrhaftig? — de Sirach —
                                   en Esel —

Gar kurjos! kurjos! — — und jetz? was seit me zun Träume?" —
„Ach!" süüfzt lys de Vikari: „Gäb Gott, daß en Traum, den i
traumt ha
(Und es ist gwüß, er häb e traumt, er blybt by der Waret)
Au so läbhaft wie dä, und öfterer no, au erwahrti!" —
„Und cha das nüd gscheh?" — „Ach nei, nie! nie! myn Herr
Pfarer!" —
„Das wär gspäßig! warum?" — „Verzyhed Si doch; ich cha das da....
„Ach! i darf das nüd säge".... „Isch 's öppis Böses?" — „O
Gott, nei!" —
„Also?" — Und mit bebeder Stimm, mit versägede Worte,
Stagglet er use: „Es ist.... es häb.... es ist mer.... es häb mer
Mehrmals.... mehrmals.... scho traumt.... scho traumt.... daß
Euer WohlEhrwürd....
Ach! i darf 's nüd säge!.... daß Si.... daß Euer WohlEhrwürd....
Mich.... mir.... mich.... aber währli, i darf.... daß Si mich....
Mit der Hand.... der Hand.... vo der Jumpfer Nette.... bi=
glückid"....
Und wien e Lych staht er da und zittret von obe bis une.
Und zwei langi „So?" ist Alls, was de Pfarer druuf gseid häb;
Schrytet dänn uuf und ab, und die silberi Toosen in Hände —
Gahd er hastig i's Hnus, und laat Dä stah wien e Salzsüül.
Und er trittet i's Gmach, wo Mueter und Tochter i trüeber
Stimmig sitzed....
Aber iez gaht de Pfarer em fründtlich etgegen und büüt em
Sälber d' Hand und seit: „I ha Ene vorig kei Bscheid ggeh,
Dänn die Stimmig vo Mueter und Tochter, die han i nüd kännt gha.
Lönd Si mer jetzt echly Zyt; me handli eifert mit Vorsicht!
Ich will Jne dänn bald mit fründtlicher Antwort bigegne."
Und de Herr Vikari häb zittred der Tochter sy Hand ggeh,
Und nu iri Träne händ gredt und die chlopfede Herze;
Dänn die Blessi im Gsicht häb 's Eint und 's Ander bilehrt gha,
Wie so tüüf im Herz das Eint bim Andere woni.
Und es wird nüd Nacht, so gitt scho de Pfarer sys placet,
Und die Freud, die so lang das fründtli Pfarhuus verlaa häb,
Chehrt jetzt wider drin y und zauberet d' Rosen uf d' Bagge,
Dänn in Herze da sind si scho lang und blüehed so herrli!

Aus dem „Herr Heiri".

Eine Kaffee-Visite.

Chömed nu nächer, ihr Lüüt! Die Fraue sind ja bim Kaffi
Und da stört si kei Seel; i glaube, rief me: das Huus brünnt!
Griffed si zerst na der Tasse, und na der Tiere die Bsinntre.
Aber, was säged si dänn? Du Närsch! bist nie no derby gsy?
„No es Täßli, Frau Baas." — J danke verbindtli. — „Me
                                        gaht ja
Nüd uf eim Bei, Frau Baas." — Hä nu, us schulbiger
                                        Achtig! —
„No es Täßli, Frau Baas?" — J glaube, Frau Baas, Si
                                        veriered;
Weger, i müeßt mi ja schäme. — „J bitte, wozue doch die
                                        Umständ?
Aller guete Dinge sind drüü." — J nimm's als Bifehl a. —
„No es Täßli, Frau Baas?" — Nei weger, jetzt müeßt i ver-
                                        springe! —
„'S gitt no wohlen Winkel; Si gsehnd, wie d' Täßli so
                                        chly sind." —
Nei, wahrhaftig es tuet's nüd! — „J lah nüd nahe." — So
                                        sei's dänn! —
„No es Täßli, Frau Baas?" — Was dänket Si au, Frau
                                        Baas Amtme!
Wer me nu es Faß, dänn exelläntere Kaffi
Trinkt me nienen als da, das mueß i säge. — „Nu ja dänn,
Wänn i 'ne glaube darf, so bitt i." — (abnehmend) 'S ist würkli
                                        doch gar z' vil!" —
„Jnkomodirt er Si öppe?" — O nei, Frau Baas Amtme,
                                        'S Kunträri:
Chopf- und Magebschwerde, das mueß i säge, die nimmt's mer
Suuber und glatt eweg. — „Drum, wege der schätzbare
                                        Gsundheit,

No es Täßli, Frau Baas!" — Nei, nei! jetzt müeßt mer's verbätte,
Gnueg ist gnueg. — „I gahne nüd zruck." — I bitte doch höfli! —
„'S ist der Gsundheit wäge." — Da cha me fryli nüd ab-
schlah! —
„No es Täßli, Frau Baas!" — Bi Lyb und Läbe! es gaht mer
Währli scho bis da ufe. — „Si spasset, 's ist ja nu Brüehe." —
Aber chräftigi Brühe und Milch und Zucker und Mure:
Dänked Si au, Frau Baas Amtine, i glaube, es chäm zum e
Rüüschli! —
„Daruuf wänd mer's doch wage, i gsäch Si so gern mitem
Rüüschli,
Mached Si mer doch die Freud!" — Uf Ihri Gfahr, Frau
Baas Amtine! —
„No es Täßli, Frau Baas?" — „Jetzt blyb i fest wien en Felse:
Sibe Tasse ist, mein i, e Schöns, es möcht's chuum en Tröscher! —
„Sibe Tasse sind ungrad, das chan i währli nüd zuegä,
'S geb e schlaflosi Nacht! I gwahre aber, das Kaffi
Wird es bitzeli trüeb; send, Lisebeth, mached e frisches." —
Wänd mer si au no choo la, die ander Tiere? I dänke
Nei; dänn b' Waret z' gstah, es gaht mer au bis da ufe....

Wie nach dem Herr Heiri geangelt wird.

'S dunkt mi neime, si gfall i nu halb, trotz allem dem Guete,
Das er ebe vor von ihrer Mama vernoh händ?
Ist i öppe de Grust nüd rächt? Dänn mueß i nu säge,
Si chunnd gwonli anderst: 's ist mein i en artigi Hatz gsy,
Won ere d' Mama gseid häd, si müeß rächt züchtig und ehrbar
Cho und ja nüüd aha, was d'Amtmännin chönnti schoggiere.
Über en jeders Stuck — Rock, Schue und Schärpe und Halstuech
Strehl und Ohrering und Huet und Chäppli und Händsche —
Häd me si scho syt gestert bis hüt dä Imbis erzangget.
Mängist häd b' Bäben erchlärt, so chöm si bigost nüd i b' Stube,
Häd die Chleider, die me re bracht häd, mit Füeße vertramplet
Und für b' Türe gheit und gstampfet, ghüület und gfluechet.
Äntli ist men um Zwei dur Bätte und Dräue derzue cho,

Daß se si agleit häb; da ist dänn aber de Lärme
Wider uf's neu aggange, dänn b' Bäbe häb bhauptet: es Halstuech
Leg si partu nüd a, und b' Mama häb bhauptet: so müeß si
Au kei Tritt i 's Zimmer, dänn das wurd Alles verheie,
D' Amtmännin schmähli eister und säg: me söll dere Schandvolch
Au a b' Schandsüül stelle und mit der Ruete erhaue.
Aber, er werdeb wol bänke — wozue das Zangge und Speere?
Will e dänn b' Bäbi nüd, daß si der Mama nüd folget?
Fryli will si en Ma, doch sei' s en Hans oder Heiri,
'S sälbig ist ere glych, wänn er nu artig und rych ist.
Aber ihre Plan ist anderst; er gsehnd ja, wie möchti
D' Mueter b' Mueter soh, und b' Tochter häb' s uf de Soh gmünzt;
Will mit all ihrer Chunst und all ihre Reize uf eimal
So de Herr Heiri verblände, daß er sin Nacke i Demuet
Ane strecki und säg: er sei zitläbes en Gfangne.
Beebi zeleb druuf, daß er dä Abig zum Kaffi,
Oder doch um Sibni, um b' Mueter z' hole, erschyni;
Häb doch b' Kapitänin, so oft si b' Frau Amtmännin gseh häb,
Herzli und innig beduurt, daß me de Herr Vetter nie gsechi.

_____

Jetzet gsehnd mer ja da, daß si si äntli bequemt häb,
Fryli unter Zangge und Schmähle: si chöm wien en Uflat;
Aber im Zimmer z'blybe, das chönnt ere nüd konveniere.
Darum ischi so gschnd und wehlt jetzt 's chlyneri Übel. —
Aber säged jetzt sälber, isch' s nüd voll Graaße und Astand,
Wie si si da verneigt und seit: „Püisch awoar lonnör?"
Alles zeigt so vil Wält, daß währli b' Frau Amtmännin weuschti,
'S gieng natürlicher zue; dänn da si nüd weiß, wie si höfli
Gnueg, und ohni en Schröötel, der Jumpfer die Tasse soll abneh,
Laat si' s, mit eme Süüßer, scho bi der dritte biwände;
Und 's Französisch haßt si; si cha b' Franzose nüd lyde;
Häb drum b' Pyquartierig bi frömde Lüüten am Tisch gha
Und in säbe Zyte so mängist b' Lise versichret:
Eh si so en Schölm und Dieb und Mörder i 's Huus nähm,
Wett si uf Gmües und Fleisch und sälber uf 's Kaffi Verzicht tue.
Aber haßt si au b'Sprach, so mueß si nüd bestemminder
Doch erstuune, wie gschwind und fix die Jumpfer parlieri.
Aber 's Erstuune wird jetzt no alliwyl größer und größer,

Dänn von ihrer Arbet chunnd Eis um' s Ander zum Vorschy:
Zerst weiß si gar gschickt be Zipfel vom gnähete Halstuech,
Wo si b' Chüechli serviert, ber Frau Baas Amtmännin z' zeige.
Aber wo si ne gschaut, so lad e s' Töchterli falle,
Nimmt e gschwind wider uuf und häb parasar die Robe
Mit erwütscht, uf deren e zierlis Chränzli brobiert ist;
Höfli lupft si die so wyt i b' Höchi, baß jezeb
No es Röckli vo Wulle, Patänt, mit breiter Bordüre
Si der Bewundrig zeigt — jetzt barf me wyter nüb lupfe!
Aber boch gseht me no Schue, uf jedem e silberis Füllhorn
Mit Jelängerjelieber und Tulipanen und Rose.
Isch jetzt abwärts ggange, so gaht' s bänn ufe; boch ghört me
Eistert die bscheide Babett zur Frau Baas Amtmännin säge:
„Ach! i bitte Si boch — i mueß mi schäme — 's ist Alles
Nu so ane gworse, i glauben i zähe Minute —
Dänn i wände mi Zyt vil lieber uf wichtiger Sache —
Öppe am Morgen es Stündli, und mängist z' Abig es Stündli;
Aber mach i bänn Öppis, bas au es Bißli i' s Määs gseht,
Nänd mer's mini Gspile eweg — was soll i ba mache?"
Und b' Frau Kapitänin bistätiget Alles und brichtet,
Wie die arm Babette fast nu für Anderi werchi;
Gheißt si bänn boch bä Seckel no gschwind der Frau Amtmännin z'zeige.
Aber b' Babette versichret, si börf's wahrhaftig nüb wage —
Lat si bänn äntli brede und hüpft wien en Vogel zur Tür uus.
Da nimmt b' Mama 's Wort und halt ber Tochter e Lobred;
Aber die lönd mer jetzt boch, mit eurer Erlaubnuß, bi Syte.
Das nu müend mer säge, wie alli Morge b' Babette
Scho, im Summer um Sächsi, im Winter um Sibni parat sei,
Gschwind es Täßli trinki und bänn mit Freude zur Arbet
Gang. Usem oberste Bode, da heb si, der Heiteri wäge,
Gar en artigs Stübli, da laß si kei Seel und kein Mänsch bry,
Wänn si Öppis werchi; bänn b' Überraschig, das säg si,
Sei ere 's Allerliebst und 's Interessantist von Allem.
Letzli heb si bänn boch ämol be Schlüssel la stäcke,
Und ba müeß si gstah, si heb si nüb meistere möge
Und sei ine ggange -- (sie bätti aber, me soll si
nüb verrate —) si mach von bloner und wyßer Schenillje
Jetzt en Ribikül vo ganz e neuer Erfindig,

Aber, ja, füperb! und wie fi wider well furtgah,
Gwahr fi underem Ruebelt no öppis Anders verborge;
'S fei e Wefte gfy — zwar erft no griffe — doch Schöners
Chön me gwüß nüüb gfeh! — Zwei Tüübli uf jedere Täfche,
Und en Lorbeerchranz, und Helm und Däge mit Chränze
Po Jelängerjelieber und Dänkelibüfchli und Rofe.
'S fei dem Bapa villicht — — villicht eme liebe Verwandte!
Und das feit fi fo füeß und mit eme fründtliche Lächle,
Druckt au zum Überfluß der Frau Baas Amtmännin 's Händli.
Aber jetzt hüpft b' Babette mit ihrem Seckel i b' Stube,
Prefentirt en und bitt uf's neu um güetigi Nachficht.
Chönnt i jetzt bie „Herr Jeh!" und „Pft!" und „Lueged!" und
                „Rei au!"
Rächt natürli bfchrybe, fo wett i 's us fchuldiger Achtig
Für b' Babette tue — doch trau i mer nonig derhinder.
Wo me dänn une und obe und hine und vorne bä Seckel
Gnueg binvunderet häb, fragt b' Amtmännin, ob es erlaubt fei,
Au be Inhält z'gfchaue? — „Ach Gott! 's ift glaub i miß Schnupf=
                tuech"! —
„Rei, i gfpüre Bapyr" — „So ifch es Mufit" — Da gitt fi
Dänn de Seckel zruck; jetz mueß e 's Töchterli uuftue,
Dänn fi häd gar liftig no anderi Arbete bry ta,
Und b' Frau Ammtmännin feit, wie men iu fibezger Jahre
Au fo herrlichi Arbet vo Bluemen und Sööme brobiert heb,
Si heb no Manfchette von Jumpfer Wyßene fälig;
Ja! das heißi me gwerchet! es dörft's e Chünigin träge!
Au heb fi's nie treit; es tät fi reue; me fött fi
In eme Kabinett i guldene Rahme verforge.
Alles fei übernäht; fi glaubi, es gäb e keis Blümli,
Das nüd aabbracht fei; und i feuf große Rundeele
Gfäch me die vier Elemänt, es Füürli, en Felfe, en Brunne,
Und e großi Wulch — und i der feufte Rundeele
Sei de Name und b' Jahrzahl. Der ander fei aber no fchöner,
'S chömid dert die feuf Sinne i glyche Rundeele zum Vorfchyn,
Rämli für 's Luegen es Aug, für 's Gryffen e Hand, und für 's
                Ghöre
Sei es Ohr, für 's Äffen es Muul, und für 's Schmöcken e Rafe.
Und um b' Rafen une da fei es Chränzli vo Rofe,

Und um 's Aug Tulipane, um d' Hand e Brangsche vo Dörne,
Zringselum um 's Ohr da schling si es Postillions-Horn,
Und um 's Muul en Boge voll Öpfel, Trube und Birre.
„Ja, das gäb es Chäppli, wie's jetzt die Jümpferli träged!"
Si well 's nüd vergässe, und 's nächstmal, wänn si die Fraue
Wider byn ere gsäch, das Chunstftück zeige — au werd si 's
Herzli freue, wänn d' Jumpfer Baas es welli cho gschaue.
Und d'Babette chan jetzt si bloß verneige und mueß dänn
Gschwind mit dem Seckel etflie, damit si vor Lache nüd platzi.
Wo si wider erschynt, so gheißt si iri Frau Mueter
A 's Piano sitze und Öppis spile und singe,
Und d' Babette bimerkt, si sei sit gestert am Morge
Angrümiert, 's Piano sött sit drei Wuche scho gstimmt sy —
Sitzt doch äntli zue, um grad bim Ytritt de Vetter
Mit ere sanfte Musik zue sanften Epfindige z' stimme:
Dänn 's häd Sibni gschlage und jetzd sött er erschyne.
Näbed de schönste Sonate häd si die zärtlichste Arie
Und es Duett voll füüriger Liebi und schmachteder Sehnsucht
Uf 's Piano gleit, damit, wänn öppe de Vetter
Mit ere singe wett, en passede Ygang parat sei.
Aber si wartet vergäbis; de Vetter, dä Löther, erschynt nüd,
Und d' Frau Kapitänin mueß leider! wider bim Abscheid
Herzli und innig biduure, daß me de Herr Vetter nie gsäch. —
Glücklicher Wys ist doch die Müe, die Tochter und Mueter
Gha händ, nüd verlore; dänn d' Frau Baas Amtmännin tuet jetzt
Ihrem Heiri vo nüüd als vo der Babette erzele,
Wie si Alles chön, und wien e glücklichi Schwiger
Doch die Mueter werd, die si zur Tochter erhalti.
Seit au näbedzue, wie si so halbe vermueti,
Daß d' Frau Kapitänin gar gern das Jrige täti,
Um dem liebe Herr Vetter, vo dem si alliwyl rüemi,
Wie scharmant er sei, mit Rat und Tat au a d' Hand z'gah.
Fryli glaubi si wohl, vo Schätze müeß me nüüd traume,
Aber, Gott sei Dank! das bruch men an ebe nüd z'sueche. —
Doch de Heiri seit mit lachedem Herze zur Mama:
„Ach, i bi no so jung, was sött i dä Bündel scho ufneh,
Gaht me doch ringer droh — es isch mer ja wohl bi der Mueter!" —
„Heiri! mir ist au wohl; doch glaub mer's, Heiri, ä Mueter

Lyt nie rüehig i 's Bett, wänn fi de Soh nüd verforgt weiß!
Ghör i d' Frau Chamblin*) rüefe, fo tuen i allimal bätte:
Guete Vatter im Himel! au ich bi grüſtet, de weiſch es,
Und i ſtirbe gern, iſt nu myn Heiri verforget!"....

Er will aber nicht anbeißen.

Gfehnd er, da iſt 's Kunzärt, und lueged, da ſitzt de Herr Heiri.
Aber Die näbet em zue, das iſt nüd b' Bäfi Babette;
Nei, die ſtaht da obe und ſingt, me mag fi ſchier ghöre,
Daß de Muſikbiräkter bald pyſtet und bald wider chlopfet;
Aber was hilft em das? Si ſchreit nu allimyl lüüter,
Daß de Vetter doch au das Silberglöggli vernämi.
Aber de Vetter, dä Stock! ſchynt nu uf fy Nachberi z'lofe,
Und das Silberglöggli verhallet leider vergäbis!
Und der Akt iſt uns — de Zwüſchetakte vergaht au —
Sälber der ander Akt — und wänn me lueget, fo ſitzt er
Eiſtert am glychen Ort — und äntli mueß men jetzt heigah,
Ohni daß de Vetter, na fym Verſpräche, fi zeigt häd.
Und die Müetere ſtönd i froher Erwartig am Feiſter,
Planged, bis fi vernämed, daß Alles glückli verby fei.
Aber b' Frau Kapitänin iſt leider bald uſem Wunder,
Wie fi ghört, wie d' Bäben jetzt ſchällt und d' Huustüre zueſchletzt,
Dänn i d' Stube tritt und Schaal und Seckel und Bonnet
'S Eint an Bode gheit und 's Ander wüetig vom Chopf ryßt —
D' Mueter waget es chuum, ganz hübſchli z'fäge: „My Liebi,
Wien i merke, fo häſt dä Abig wenig Vergnüegts gha?"
Und b' Babette feit, idem fi mit gwaltige Schritte
Ufe und abe ſtürmt und furtfahrt, Händſche und Alles
Vo fi z'ryße: „Vergnüegts!! das iſt en artige Lümmel,
Dä Herr Heiri! Bigoſt, en Chaarezieher iſt fyner!
Hauke will i mi fa, wänn ich i myn Läbe no eimol
Synetwägen en Gang, und wer 's nu bis zu dem Säſſel,
Tuene — dä cha mer paſſe, dä Chnopf, dä Efel, dä Lurbo!"

_____

*) In Zürich herrſchte der Gebrauch, die Leichenbegängniſſe (Chilegäng)
durch Weiber, die Chilchgangjägerinne hießen, öffentlich anfagen und
in den Straßen auѕrufen zu laſſen. Frau Kambli war damalѕ das be:
tannteſte diefer Leichenhühner.

Und es währt no lang, bis under Schmähle die Mama
Sys Verbrächen erfahrt: Wie grad im Afang si glaubt heb,
Daß er zuen ere well — er sei da grad wien en Ölgötz
Nüd wyt von ere gstande und heb nüd gwüßt, eb er fürre
Oder hindere well — sy aber heb, um em z'hälfe,
Fründtli gegen em glächlet, und da si gsäch, daß er schüüch blyb,
Zerst de Ridikül und dänn de Händsche und 's Schnupftuech
Falle la, damit 's dä Lappi gsächi und uufläs.
Aber dä syn Herr Vetter heb ta, als merk er au gar nüüb,
Und schynt 's dänkt: läs' uuf, wer will, mir ligeb si wohl da!
Um no en Überigs z'tue, heb sy, da jetzt de Herr Beyel
Cho sei, um zum Singe si uf 's Orgester z'bigleite,
Ta, als gsech si ne nüd, sei a der Nase vom Vetter
Dure ggange, si no verneigt — da heb er äso (Kompliment) gmacht
Und si laufe lo — — dä Ländilümmel*), dä Lurdo!
Hodi da zuem ene Mänsch — wänn 's Lismer-Anni vermöchti,
I 's Kunzärt z'spaziere, so wurd si glaube, es wer ihns —
Eppis Gmeins sei 's gsy, am Haar und sydene Schaal a,
Aber wer si sei, das heb si vor Täubi nüd rächt gsech. —
Au d' Frau Amtmännin häd mit Schmerze gwartet, und won er
Äntli lüütet, se watschlet si bis zur Türen etgäge.
Aber de Heiri, dä schlycht i 's Zimmer ufen und ziet si
Langsam, langsam ab — es tued en heimli doch reue,
Daß er jetzt säge müeß, er heb sys Verspräche nüd ghalte;
Hett 's em doch wenig verschlage, wänn er der Väsi Babette
Öppen es Kumplimänt für ihres Singen au gmacht hett.
Villicht hett er wol gar us ihre Gsprächen en neue
Grund für d' Mueter erchluubet, warum em d' Väsi nüd gfalli;
Dänn daß er d' Väbe nüd well, das staht jetzt fest i sym Herze.
Äntli, won em zum Äffe scho zweimal d' Lisebeth grüeßt häd,
Chunnd er abe und ghört, no ehn er d' Stubetür uftued,
Scho d' Frau Mueter frage: „Wie isch es ggange, Herr Heiri?"
Aber er seit: „Wie isch 's? es ist halt cho, wien i's dänkt ha —
D' Jumpfer Väbe mag gschickt und glehrt und alls i der Wält sy,
Aber — in Gottes Name — mir tuet und wird si nüd gfalle!"
Und sy Mueter erschrickt und seit: „Ä, Heiri, warum nüd?" —

*) Lümmel an der Schifflände.

„Mueter! hetted er doch ſi ſälber gſeh! i will wette,
Au ihr hetted gſeib, die möcht i nüd zue der Tochter!
'S iſt eu zierte Aff, de alle Herre will gfalle.
Won i cho bi, da häb ſi e Mängi ſcho zuen ere glockt gha,
Dien ere ſchöni Sache von Offeherzigkeit gſeib händ,
Und b' Babette häb glachet und gohlet und häb mit dem Weyer
Bald dem Eine uf b' Achsle und bald dem Andre uf b' Händ gä.
Sy häb mich nüd gſeh; ſobald ſi mi aber erblickt häb,
Iſch ſi ernſthaft worde und häb die Bſcheide da gmachet.
Aber dan i nüd grad mi zuen ere gſtellt ha, ſo iſt das
Ihre gar bald verleidet und häb mit Lächle und Bliengc
Giſtert na mir glueget — und won i au da uo nüd cho bi,
Rüert ſi de Ribikül und b' Händſche und 's Schnupftuech mir ane —
Aber i la ſi rüere; dänn nüüd chan i weniger uusgſtah,
Als wänn b' Bſcheidelheit de Töchtere manglet; ſi ſind dänn
Wien e verdorreti Ros, und wol no eher e Stinkros,
Die me vo wytem nu gſchaut; die Bſcheiden aber verglycht ſi
Euere Semperflorens, wie Ihr ſi, Mueter, ſo gern händ!
Äntli mueß ſi go ſinge, ſunſt glaub i währli, ſi hett mi
No bim Fäckte gnoh und gſeid: ſo chumm dänn, du Lappi!
Aber au ihres Gſang, das gfallt mer ſo wenig als Anders;
Hu! das ſchnattret und gellt! en Hätzler müeßti verſtumme!" —
Aber da ſeib ſi Mueter: „Es dunkt mi neime, du gſächſt
Alles im böſe Liecht. Die Herre, die byn ere gſy ſind,
Zeigeb doch, daß ſi gfalli; und ſött dir das dänn nüd ſchmeichle,
Daß ſi, ſobald ſi di gſeh häb, die andere Herre häb ſtah laß?
Villicht iſch es nu Zuefal, villicht, daß ſi gmeint häb, ſi müeßi
Dyner Schüüchi hälfe, daß ſi ſo Mängs da probiert häb.
Singt ſi der z'luut — was gilt 's, du darfſch 's nu ſäge, ſo
                                                ſingt ſi
Lyſer? Chunnd ſi nüd rächt, ſo gib ere Chleider, wie du witt.
Das ſeib Alles nüd vil. Wie häb ſi bim Sprooche dir gfalle?"
Und jetzt mueß de Herr Heiri halt uſerucke und bychte,
Daß er, us glyche Gründe, zur Bäbe lieber nüüd gſeib heb.
Aber das tued ſi Mueter dänn ſchüüli kränke, au ſpart ſi
Wäger b' Vorwürf nüd und ſeib, wie Mueter und Tochter
Jetzt us Höhni villicht en Andere nähmib, und er dänn
Z'ſpat birene werd, daß er ſys Glück ſo verſcherzt heb!

Aber de Heiri dänkt: „I gunne si gern emen Andre!"
Und lat b' Mueter sorge, wie sy die Sach wider guetmach;
Dänn, daß ihrem Herr Heiri das Glück etgangi, das cha si
Weder lyde no chäue; au tuet ere nüüd uf der Erde
Weher, als wänn si glaubt, daß si en Andere kränkt heb;
Und da lat si nüd nahe, bis daß si 's Verfehlt wider guetmacht,
Chosti 's au, was es well; es wer ere 's Läbe nüd z'chostli.
Währed si jetzt im Bett die Nacht mit Sinne und Dänke
Zuebringt, wie si die Sach zum Beste 's Herr Heiris i's Gleis bring,
Cha Dä au nüd schlafe — doch stört ihn b' Väsi im Schlaf nüd:
Nei, die Nochberin stört en und schwäbt em eistert vor Auge,
Ihres herzig Gsichtli und all ihres Wäse, so bscheide
Und so sanft und guet. Sys Herz häd, won er si gieh häd,
Grad gseid: „Ach, Die möcht i!" Und won er b' Bäbe er-
                              blickt häb:
„Nei, die will i nüd!" Was cha me mache, wänn 's Herz redt?
Aber wer isch si dänn? — Was soll i's Eu dänn verschwyge,
Wänn 's scho b' Kapitänin und ihri Tochter no wundret:
'S ist die Tochter vo Dere, die eistert stille bim Tisch sitzt
Und so flyßig werchet und b' Tassen allimol zerst chehrt;
Ebe 's Lismer-Anni, wie b' Bäbe spöttisch si gnännt häb,
Wil ihri Mueter und sy mit Lisme 's Läbe verdiened!
Zerst ist au wien en Ölgötz de Heiri vor ere gstande
Und häd gmässe und gmässe, er wer so gern a dem Plätzli
Näbed sie ane gsässe und häd nüd dörfe, bis äntli
Dänn en Offizier mit starche Schritte druuf los chunnd,
Da gaht b' Not an Ma — er wagt 's und setzt si druuf ane,
Und jetzt wüssed mer scho, wie glückli dä Abig ihn gmacht häb.
Aber es trüllt en im Bett, wien er 's doch ringgli und ränggli,
Daß er si wider gsäch —; doch Alles, was er au uussinnt,
Wänn er 's nächer bidänkt, so isch 's kei Pfyffe Tubak wärt.
Aber der Mueter gaht 's besser: es chunnd ere z'Sinn, daß b'
                              Frau Lise
Gern als Mittleri hälf; das lat si dänn ruehig etschlafe.
Doch so bald si erwacht, mueß b' Lisebeth, eh si i b' Metzg gahd,
Luege, daß si si find. Die chunnt dänn schuldigermaße,
Lauft, so bald me si giehd, stürmt b' Stäge uuf und i b' Stube
Und fragt usser Otem, was doch b' Frau Amtmännin welli?

Aber b' Frau Amtmännin seit: „My liebi Frau Lise, i dank J
Herzli für Eueren Yser — doch ist das Ding nüb so glig;
Sitzed zue mer zum Kaffi, da wänd mer dä Handel erläse."
Und b' Frau Lise sitzt nider und freut si über dä Handel;
Dänn es chost nu es Wort, und Alles ist wider im Reine.
Gäge b' Frau Amtmännin aber, da macht si die Sache bidänkli.
Wil si so halbe vermueti, die Jumpfer heb würkli en Aatrag
Von ere guete Party — wen, chönn si aber nüd wüsse —
Aber si hoffi dänn doch, dä Handel laß si no mache;
Wenigstes well si 's probiere und tue, so vil si vermögi.
Starregangs lauf si jetzt hy — si sött zwar fryli zum Chorherr;
Aber wer 's zu me Chünig, er müeßt der Frau Amtmännin
nahstah.
Und so bald si dänn gseht, daß 's Kaffi trüebet, so gaht si,
Findt au, was si erwartet: b' Frau Kapitäni ersaht si
Wien en guete Ängel, dänn die häb Alles verschetzt gha.
Alles lat si si gfalle, wänn nu die schetzbar Verbindig
Mit dem liebe Herr Vetter und ihrer Tochter cha z'Stand cho.
Aber, o weh, o weh! jetzt wirst ene b' Jumpfer Babette
All ihri Hoffnige um; dänn die erchlert ene bündig,
Daß si kein Schritt und Tritt dem grobe Kärli meh z'lieb gang,
Bis er zerst ä Visite bin ihne machi und zeigi,
Daß er bi nächerem Dänke sys lümmelhaft Wäse bireni.
'S gäb en artige Ma, so meint si, wänn si em müeßti
So etgäge gah — de Himel soll si biwahre!
Chön si nüd Meister sy, so danki si für de Herr Heiri!
Und da hilft keis Rede und keis Verspräche und Bätte,
Sy blybt fest deby, und b' Lise cha si jetzt stryche.
Doch b' Frau Kapitänin seid no bim Scheide es Wörtli
Trost ere heimli i's Ohr: me müeß es bitzli Giduld ha,
'S Töchterli sei jetzt bös — de Zorn werd aber verrauche,
Sy soll wenigstes mache, daß b' Sach im Alte verblybi;
Sy an ihrem Ort well mit der Bäbe scho rede.

Berglied.

Uf Bergen, uf Berge,
Da isch 's eim so wohl!
'S tönt dobe so liebli,
Und dunne so hohl!
Drum Keine, drum Keini
Im Tal unne blyb,
De Berg ist de Dokter
Für Seel und für Lyb.

Chor.

Drum keine, drum Keini
Im Tal unne blyb, u. f. w.

Uf Berge, da isch me
Im himmlische Rych,
Da sind no die Mänsche
Und Mänsche si glych:
Kei sideni Strümpfli,
Kei maroquin Schue —
Me grüezti de Chaiser
Uf Du und uf Du.

Chor.

Drum keine, drum Keini u. f. w.

Juhcie! wie bist nit
Da obe so froh,
Wo d' ohni Kommando
Darfst lause und stoh,
Wo Keine scharingglet
Und zirklet und mißt,
Und Schulthiß und Pfarer
D' Perügge vergißt.

Chor.

Drum Keine, drum Keini u. f. w.

Da obe, wo 's Wybli
Bu Chrämpfe nüd chlagt,
Wo 's Meitschi na Mode
Und Spiegel nüd fragt,
Mit Wyßem, mit Rotem
Sys Gsichtli nüd deckt,
Und 's Chölbli statt Bisem
J d' Nase is schmöckt.

Chor.

Drum Keine, drum Keini u. f. w.

Witt lache, witt briegge —
Lueg abe i's Tal,
Und gschau da das Trybe,
Das Nöte, die Qual —
Wie 's judet, wie 's güdet,
Wie 's plaget, wie 's herzt;
Wie 's vornen eim höblet
Und hinnen ein schwerzt.

Chor.

Drum Keine, drum Keini u. f. w.

Da obe, da oben
Isch alls nüd eso,
Das Näi ist es Näi, und
Das Ja ist es Ja.
Da bschleußt kei Politik
Der Wahret de Mund,
Die Chatz heißt es Büsi,
De Hund heißt en Hund.

Chor.

Drum Keine, drum Keini u. f. w.

Da oben isch 's Herz dir
So chalt nid und chahl,
Bist zähemal besser
Als dunne im Tal:
De Fride, die Räächi
Bum Himel, die macht's,
Me gspürt, daß am Rugge
Es Flügelpaar wachst.

Chor.

Drum Keine, drum Keini u. s. w.

Und rhßt 's di und zerrt 's di
Dänn .wider i's Tal,
Und grhfst dänn an Rugge,
Isch 's scho wider chahl!
Du suechst dhni Stelze,
Setzst b' Schellen uf 's Ohr
Und lupfst, statt ben Auge,
Dh Nase epor.

Chor.

Drum Keine, drum Keini u. s. w.

Drum ufe! und suech dir
Da obe dhs Gmach:

De Berg ist e Chile,
De Himel isch 's Dach,
Und 's lüütet zur Andacht
Im Herze dir h,
Wer meinst wohl, daß möchti
De Brediger sh?

Chor.

Drum Keine, drum Keini u. s. w.

Und b' Gärte der Juget
Da obe no sind,
Du chast si no sinde,
Wirst wider es Chind
Und gspürst dänn und glaubst
dänn,
Was b' Bible di lehrt:
De chindliche Herze
Sei 's Himelrhch bschert.

Chor.

Drum Keine, drum Keini
Im Tal unne blhb,
De Berg ist de Dokter
Für Seel und für Lhb!

Was i gern möcht.

Hinder der Chilen isch 's Pfarers sh Matte,
Höcher und dicker wachst niene kei Gras;
Eberächt Sunnen und eberächt Schatte;
Düret 's, se macht si es Bächli dänn naß.
Under de Bäume da weidet dir Veh,
Schöners und gfünders chast gwüß niene gseh!
Wo me nu lueget, da lachet 's ein a —
Und boch isch es das nüb, was i gern möcht ha!

Hinder der Matte da isch dänn en Garte,
Zringselum ziet si vo Rosen en Hag;
Öpfel und Birre vo mängerlei Arte,
Zwätschgen und Chriesi se vil me nu mag;
Santjehanstrüübli an jederm Eck
Und Rosmaristuuden und Nägeliftöck.
Wo me nu lueget, da lachet 's ein a —
Und doch isch 's au das nüd, was i gern möcht ha!

Hinder dem Garten, am luftigfte Egge,
Staht dänn es Hüüsli, so proper und nett!
Bettli, me möcht si vor Freude dry legge,
Gmächer, i wüßt nüd, wo 's schöneri hett.
D' Böden und b' Gäng find so wyß wie der Schnee,
Und b' Feifter so luuter wie 's Waffer im See.
Wo me nu lueget, da lachet 's ein a —
Und doch isch 's au das nüd, was i gern möcht ha!

Hinder dem Feifter, am Rebli, da fitzt es,
Was i gern hett! und wie Mänge no meh!
Gfeht me das Meitfcheli, ach! so vergißt me 's,
Was men im Huus und voruffe cha gfeh.
O, wie wundernett lueget 's nüd dry,
Kein Engel im Himel cha lieblicher fy!
Gaht es i b' Chilen und gaht 's über b' Gaß,
Stöhnd ciftert die Jungen und Alten ihm z'paß.

Hinder dem Meitfcheli ftaht dänn en Vatter —
Ach! wänn bä nu echly fründtlicher wer!
Aber da bfchlüüßt er mir Türen und Gatter,
Macht mer mängift so truurig und fchwer!
Gahn i mit Scharriffe byn em vorby,
So fchürgt er mit Not an am Chäppli echly.
Blib nu bä Vatter nüd ciftert wie Stei,
I glaube, das Meifcheli feiti nüd näi.

Hinder de Wulchen isch b' Sunne verborge,
Mag me nu warte, so fchynt si eim doch.

Alliwyl angſten und alliwyl ſorge
Bringt, ſtatt uf 's Troche, nu tüüſer i's Loch.
'S heißt ja im Liedli: „Wänn Hoffnig nüd wer,
So gieng Alles drüber, ſo läbt i nid mehr!"
Hoffnig gitt alliwyl tröſtliche Bſcheid,
Seit: Hindrem Chumber chöm eiſtert no d' Freud.

De verliebt Rächemeiſter.

Dänk i a 's Vreneli,
Wird 's mer ſo wunderli,
Hett 's au ſo gern, und iſt
Doch nüt für mich.
Hocke ſo mängiſt da,
Fahne dänn z'rächnen a:
Was han i dänn für mich,
Und es für ſich?

Ich bin arm, es iſt rych;
Fryli, das iſt nüd glych!
Aber da ſäg i zum
Troſt mer dänn druuf:
Eb i brav Taler ha
Oder ſ' verdiene cha,
Rolle vo Rolle gaht
Ordeli uuf.

Es iſt hübſch, ich bi leid;
Iſt wohl eu Underſcheid!
Aber da ſäg i zum
Troſt mer dänn druuf:
Schön iſt veränderli,
Ich blybe wien i bi,
Rolle vo Rolle gaht
Ordeli uuf.

Wänn i nu wüſſe tet,
Ob em das ſäge ſött?
Aber i fürchen, es
Säiti mer druuf:
„Nimm di, ſo dankſt mer 's nüd,
Darum ſo mag di nüd,
Rolle vo Rolle gaht
Ordeli uuf!"

So wird 's cho.

Das Müeterli gaht mit dem Meitſchli in Mert,
Es chauft em es Güütſchli, es chauft em es Pfert
Und Güggel und Hüendli und Schäfli vo Blei
Und Blättli und Täßli vo Holz und vo Bei.

Und wänn's i seuf Jahre dänn wider wird gah,
So laßt 's dänn, i wette, die Güggeli stah:
Es list dänn e gar e schöns Döcketli uus
Und macht em es Röckli und püßlet es uus.

Und wänn 's na seuf Jahre dänn wider wird gah,
So laßt 's dänn, so mein i, au d' Döcketli stah.
Es chrömlet dänn Bändel und Spißli und Schue
Und schilet den artige Herrlene zue.

Und gaht 's na seuf Jahre dänn wider in Mert,
Dänn chauft 's wider Güütschli und Wäge und Piert
Und Blättli und Täßli vo Holz und vo Bei —
Und bringt si sym eigene Meitscheli hei.

Kinderlieder.

'S Spätzli.

Schätzeli, mys Schätzeli!
Gschau, dert slüügt es Spätzeli,
Gschau, es sißt uf 's Nachbers Huus,
Lueget dert mys Gärtli uus:
Mini Ankeballe
Wänd em gar nüb gsalle;
Mini Meisterlose,
Mini schöne Rose,
Mini Zinggli, wyß und blaa,
Lueget 's gar verächtli a.
Aber mit Verlange
Gseht 's dert Chriefeli prange,
Spreitet syni Flügeli uus,
Flüügt druf zue vo 's Nachbers Huus....
                (in die Hände klatschend)
Husch! husch! husch! husch! laß mir i' stab,
'S Schätzeli mueß die Chriesi ha!

D' Störchli.

Wys Chindii, gfesch das Storchenäst
Uf säbem hoche Huus?
Es sind drü jungi Störchli brin,
Si gugged her, si gugged hin,
Wohl über 's Dörfli uns.

Was strecked f' ihri Hälsli so?
Was möchtid si gern gseh? —
Si gugged nah em Müeterli,
Es will ene es Füeterli
Zum Abigässe geh.

Und gsech es dert, das Müeterli,
Im grüene Wisli stah?
I syne rote Strümpflene
Suecht 's na de beste Mümpflene,
Die 's derte möchti ha.

Da macht es Fröschli: quag! quag! quag!
Und wips! hät 's es bim Bei
Und bringt mit raschem Flügelschlag,
So gschwind 's au numme flüüge mag
Das Brätli freudig hei.

Die Junge speered b' Schnäbeli
Und möchted 's Fröschli ha;
Das Müeti aber seit: nu, nu!
Ihr Beede da, tüend b' Schnäbel zue,
Es gaht dem Alter nah.

Dänn flüügt es wider, wien en Pfyl,
Zum Teich am Wisequell;
Es faht es Fischli, glatt und zart,
Und bringt dänn uf der dritte Fahrt
Es Mölchli, schwarz und gel.

So sorget es de ganze Tag
Für b' Chindli, ohni Rue:

Und chunnt dänn b' Nacht, macht 's ihne 's Bett,
Bo Fluu und Moos, und deckt 's so nett
Mit syne Flügle zue.

Und wachsed ihne b' Fäderli,
So lehrt f' es dänn be Flug;
Da gitt 's e luftigs Tänzerchor,
Si macheb 's nahe — es macht 's vor —
Und tüend zerst läppisch gnueg.

Doch grat am Änd das Flügen au;
Dänn nimmt f' es mit zur Fahrt,
Zeigt ihne, wo me 's Fräſſe sind
Und wie me fang, bald gmach, bald gschwind,
En jeds na syner Art.

Und b' Störchli werdeb groß und starch,
Und 's Müeterli wird alt;
Chunnt 's mängist vo sym Fräßzug hei,
Sind b' Füeß und b' Flügel schwer wie Blei,
Und b' Nacht, die dunkt 's so chalt!

Und wänn dänn b' Zyt zum Reise chunnt,
Staht 's mängist truurig da
Und süüfzt: Jetzt chunnt e böji Zyt,
Die Reis, die ist erschröckli wyt,
Wie wird 's mer ächtert gah?

Und ghöreb 's b' Chind, so sägeb si:
Ach, fürch di nüd uf b' Reis,
Und sött si au no wyter gah;
Du häst für eus ja gsorget gha,
Jetz ist die Sorg an eus!

Und chunnt dänn de Jakobitag,
So rüefed f': Müeti, chumm!
Astatt dem Flug mach jetz en Ritt,
Sitz uf nen Buggel, wo du witt,
Mer macheb um und um.

Es höcklet uuf, si flüüget furt,
Wyt über Land und Meer;

Und i dem heißen Afrika
Faht 's Müeti wider z'chymen a,
Dert isch 's em nümme schwer.

Liebs Chindli, säg, wie gfallt dir das?
Wänd mir 's nüd au so ha?
I bsorge dich, so lang i cha,
Und will 's vor Alter nümme gah,
So gaht 's für dich dänn a.

Du bsorgist mich, wie ich dich jetz,
Und machst mir liecht und wohl;
Dänn tuet en Jeders, was es soll,
Und tuet me das, so isch 's eim wohl,
Ja, Beeden ist dänn wohl!

De Guggu.

Dur 's Mätteli bin i ggange,
Im Mätteli bin i gsy;
Die Vögeli, die händ gsunge,
Und 's rüeft de Guggu dry;
I lose gern und blybe stah,
Faht er im Wald sys Guggu a:
  Guggu! guggu! guggu! (bis.)

Und guugget er im Länze,
Se rüeft em Mänge zue:
Wie lang hau i no z'läbe?
Und zellt dänn die Guggu
Und meint, er werd der eltist Ma,
Wänn er brav Guggu zelle cha.
  Guggu! guggu! guggu! (bis.)

I han a 's Chindli gsinnet,
I han a 's Chindli dänkt:
Häd ihm de Herr im Himel
Wohl vil an Jahre gschänkt?

318

Und rüefe da zum Tannewald:
Säg, Guggu, wird mys Chindli alt?
   Guggu! guggu! guggu! (bis.)

Ha schier nüd dörfe lose,
Was er zur Antwort schrei —
Mys Herz hät halbe bsorget,
'S gäb eis nu oder zwei!
Da aber fahrt de Ehrema
Gar luut und lustig z'guuggen a:
   Guggu! guggu! guggu! (Nach Belieben fortzusetzen
                  und dann:)

Und won i mein, jetz hör er auf,
Gaht 's doch no furt im glyche Lauf:
   Guggu! guggu! guggu! (Nach Belieben fortzusetzen und
                  dann:)
Und won i fürch, jetz blyb er stah,
So fangt er erst no lüüter a:
   Guggu! guggu! guggu! (bis.)

Es isch en ytle Glaube,
So han i zu mir gseit,
De Herr de bstimmt ja 's Läbe —
Und doch hät 's Herz si gfreut!
Dänn wird des Vogels Rüefe wahr,
So läbt mys Chindli hundert Jahr!
   Guggu! guggu! guggu! (bis.)

Und chunnt 's au nüd uf hundert
Und läbt 's e chürzri Zyt,
Isch 's nu i luuter Säge
Und ohni Not und Stryt,
So dank i Gott für jedes Zyl,
Rüef dänn de Guggu, was er will —
   Guggu! guggu! guggu! (bis.)

———————

Vergißmeinnicht.

Juchheissa sassa! Die Schwälbli sind da!
De chläberig Winter, be mueß is verla!
De Früelig chunnt z'Huus, streut Blüemeli uus,
Die günnt me und windt si zu Chränze und Struuß.

Und wird jetz de Himel rächt fründtli und blaa,
So mueß au mys Chindli zu'n Blüemlene gah;
I süer es uf d' Matten, und gseht 's dänn so vil,
So weiß es vor Freud nüd, wo 's zuegryffe will.

Rot, lila und gel, blaa, dunkel und hell,
Wyß, purpur und rose, 's ist Alls bi der Stell;
Dänn will i gern gseh, was 's Chindli wird neh;
Das weiß i schon ietzet, was ich em will geh.

'S ist 's herzigist Blüemli, es lachet ein a,
Sys Säämli ist gel und die Blettli sind blaa.
Es wachset am liebste, wo 's Wässerli rünnt;
Die Liebi das Blüemli vor andere günnt.

Das Blaa bidüt Treu; das Gel, was si sei:
Das guldigist Gold, das uf Erde me hei.
Vergißmeinnicht heißt 's, wem 's ggeh wird, den freut 's,
Gar Mängs zu sym Gheimsten und Chöstlichste leit 's.

I fürche, i fürche, 's chöm z'bald nu die Zyt,
Wo 's Chindli das Blüemli au nimmt und — au büt:
Ach, chnüpft 's es dur ihns, das verhängnußvoll Band,
Dänn leit' ihm en fründtlichen Ängel sy Hand!

Warnig.

Es tripplet und schnüüslet im Chäller die Muus
Um d' Falle und hetti de Späck so gern druus:
Und schlüüft si dänn ine und frißt en — o weh!
So isch si verlore und gümplet nie meh!
    Flie, flie!
    Flie, flie!
    Wänn de Lockvogel pfyft!

De Fischer setzt Angel mit Würmlene dra,
Das Fischli umschwänzlet 's und lächzet dernah:
Es schnappet und schnappet, und hät 's es — o weh!
So isch es dänn gfangen und schwänzlet nie meh!
    Flie, flie u. s. w.

De Vogler steckt Rüetli mit Beerene dra,
Das Finkli umflattert 's und möcht si gern ha:
Und chunnt es dänn nächer, und frißt 's es — o weh!
So isch es au gfange und singt is nie meh!
    Flie, flie u. s. w.

Du hüpfist dur 's Läbe so munter und froh;
Es lockt dir, es pfyft dir, bald hie und bald do:
Laß locke, laß pfysse, wänn 's scho niemert wehrt,
Und dänk, was di 's Fischli und Vögeli lehrt:
    Flie, flie!
    Flie, flie!
    Wänn de Lockvogel pfyft!

Inhaltsverzeichniss.

Notizen über die Schriftsteller und Dichter des 5. Heftes.

Das 5. Heft enthält ausschließlich Ausgewähltes aus den Schriften von

Johann Martin Usteri,

geb. 1763 in Zürich, erst Kaufmann, dann Obereinnehmer des Kts. Zürich, Großrat, Stadtrat, Seckelmeister, Censor, Erziehungsrat u. s. w. Starb 1827 in Rapperschwyl. Verfaßte u. A. „Lieder in Schweizer Mundart"; „De Vikari, ländliche Idylle"; „De Herr Heiri, städtische Idylle". Zürich, Orell Füßli u. Cie.

Sammlung deutsch-schweizerischer Mundart-Literatur.

Züritüütsch,

e dramatisches Läbesbild

i 3 Acte

i der Zürcher Mundart

vo

Wilhelm Fürchtegott Niedermann.

Zürich,
Druck und Verlag von Orell Füßli & Co.
1882.

's Uffüehrig'srächt hät ſi de Verfaſſer vorbhalte.

Persone:

Fritz Adler, Buumeister.

Luise, sy Frau.

Tödli, sy Schwöster.

Lämmli, en junge Architekt.

Professer Wimmer.

Frau von Steinborn, e jungi Wittfrau us Tüütschland, wo
    im Huus vom Adler wonnt.

Jumpfer Chrävogel.

Götschi, im Adler sim Huus wonnhaft.

Vreneli, Schenkmamsell.

Babeli, Maitli bi der Frau von Steinborn.

De Vereinspräses.

Würgler, Schnüffel, Stumm und anderi Vereinsmitglider.

De erst Akt spilt imene Café und bi der Frau von Steinborn.
Der zweit bim Adler; de dritt bi der Frau von Steinborn und
bim Adler.

Zyt: Gägewart.

Bimerkige für d'Uffüehrig.

Frau von Steinborn und Professer Wimmer müend am beste vo Tüütsche oder denn ämel vo sehr guet tüütsch Redede g'spielt werde.

De Götschi e so im Alter ou mene starche Füszger, halb grau, e chli bruuns Gsicht mit nüb zue rother Nase. Im Spiel rächt eisach und ruehig.

De Lämmli blond und schlank, b'Angstlichkeit nüb übertribe.

Jumpfer Chrävogel mit be altmodige Schmachtlocke.

Wo die sämmtliche Persone, uszer Professer und Frau Steinborn hochtüütsch redeb, müend sie's mit Hervorhebig vom Dialekt thue.

I. Act.

1. Szene.

(In ere gwönliche Wirthsstube, wo im Hindergrund links *) ä chlyses Büffet ist, rächts und links neben der Mittelthüre chlyni Tisch stönd, sitzed a hufyseförmig gruppierte Tische Adler und Lämmli rächts vorne vis-à-vis, be Professer, dänn die übrige Vereinsmitglider, Schnüffel, Stumm, Würgler u. s. w. J der Mitti be President. Breneli bidient. Vor be Vorhang uufgaht ghört me luuts Rede, Lüüte, Rüefe vom President: Jch bitte um Ruhe! Das buuret na e chli furt wenn b'Szene offe=n=ist. Dänn wird's nah und nah ruehig.)

Adler (staht uuf): Jch will d'Gsellschaft durchuus nümme lang uufhalte, da sich die Debatte e so lang usegspunne händ. Bloß na e paar Wort! Herr President, myni Herre! Trotz dere vorgruckte Stund, mein i, chönned mir diä Frag unmügli abschlüüße, ohni na ein Punkt z'erörtere. Soll me dene Männere, diä sich e so verdient gmachet händ um die gründlich Bilüüchtig vu dere Sach, es Dankesvotum uustrucke oder nüd. Es wär das gwüssermaße e=n=Etschädigung für die patriotisch Usopferig, i dere sie sit Wuche=n=uuf gange sind. J ha gschloße und wünschti gern, einigi Meinige us em Schoß der Versammlig z'ghöre. (setzt si).

Würgler (blybt sitze): Herr President, myni Herre! Jch bi de Würgler! — Jhr künned mi! — Abgwüürgt han i zwar na Niemert, nüd emal en Floh, wil i keine=n=überchume; aber mit em Muul han i scho Mengem en Merkmarr gäh. Dafüür chan i aber nüt. J will ganz churz sy — ihr wänd hei und i will eueri Gidult nümme=n=in Aspruch näh. Er wüssed ja, bi mir chunts immer churz use; lieber dänn ä chli tick! Churz und feiß ist besser als lang und mager! Das ist mys Prinzyp bi de Wybsbildere und au bi de bolitische Frage. (Breneli geussset). Was bruuchst ietz ä du z'lache?

Breneli: Äch, i ha ja müese lache, wil mi be Herr Buecher küzzlet hät!

Prefident: Ich muß bringend um Ruhe bitten. Der Herr Würgler hat das Wort.

Würgler: Nei, merci! Das hagels Breneli hät mi ganz ujem Conzäpt ufe bracht. J ha grab e fo e schöni Red vu der Chüzzligkeit der Regierig uf der Zunge gha, ietz hät mer das Dunnerwätter Chind d'Pointe=n=ewäg gnah. Billicht chunt mer spöter na öppis in Sinn. J meine, de Herr Schnüffel heb rede wele.

Schnüffel (schwäbisch): Herr Präsident, moini Herre. Es soll ferne vo mir sei, bei dere vorgruckte Stund noch eppis Langs reede z'welle. Ich erlaub mer nur z'bemergge, was auch die Versammlig beschliäße kah, vergeße si itte des scheene Wort —

Stumm (rüeft luut): Schluß!

Schnüffel (ganz vertatteret): Noi, noi, des hani itte gmoint!

Stumm (staht uuf und haut uf de Tisch): Aber ich! Mer händ für Hüt gnueg ghört. — Herr Prefident, myni Herre! Wenn ich mer erlaube, e so spat na es Wörtli zu dere Gsellschaft —

Bili Stimme: Schluß! Schluß!

Prefident (lüütet): Es ist Schluß beantragt. Wer dafür ist, möge die Hand erheben. (Alli ußert em Abler und Stumm hebed b'Händ uuf.) Es ist die Mehrzahl. Ich verdanke also den regen Eifer der Versammlung und werde mit dem Vorstand Ihrem Beschlusse gemäß das Weitere berathen.

(Allgimeine Uufbruch. Die Einte zahled, ä paar setzed si links an Tisch nebed ther Mittelthüre im Hindergrund und rüefed: „En Jaß." S'Breneli gah gschäftig zwüsched dure, nimmt s'Geld in Epfang, holt die leere Gleser vom Tisch, wäscht ab zc.)

2. Szene.

(Vorne rechts Abler und Lämmli, links am anbere End vu der hufyseförmige Tafle ebefalls ganz im Vorbergrund sitzed na die einzige Zwee, vu dene Eine schlaft und der Anber ruehig uf Abler und Lämmli lueget.)

Abler (ärgerli): Das sind Kärli mit ihrem Heipressiere! Jetz han i grab na en Hauptkoup in petto gha!

Lämmli (springt yfrig uuf): Herr Jesis, dänn wämers wiber umerüefe! Herr Prefident, be Schluß gilt nüt! Es chunnt na Oppis wichtigs!

Adler: Blamiered ſi Si au nüd! Es lauft ja ſcho Alles furt und Si händ ja ſelber für Schluß gſtimmt.

Lämmli (immer ſehr höfli): Ich ha ja nüd gwüßt, daß Sie na es Hauptbett im Kuh — äh — es Kuhhaupt im Bett — äh — es Kuhbett im Haupt — äh — äh —

Adler (unterbricht en): Packed Si lieber y mit Jrer Redner= gab. Sie händ ohnihy de ganz Abig keis Muul uuftah; me ſott meine, Sie wärid irer Läbtig na i keim Verein gſy.

Lämmli (ſtolz): O ja, ſäb ſcho!

Adler: J was für eim dänn?

Lämmli: Im Jahrgängerverein!

Adler (ſpöttiſch): J ſäbem Jahrgang mueß es au meh Herdöpfel als Wy geh ha!

Lämmli (für ſich): Er ſchynt in ere guete Stimmig z'ſy. Jetz chönnt is am End probiere. (Räuſperet ſi und rüeſt, indem er b'Arm nach beide Syte uſeſtreckt kläglich pathetiſch): Ach Herr Adler!

(S'Breneli hät em be Rugge zuebrehet und grad ires Geld zelle wele. Si laht's falle und geuſſet luut).

Adler, (bä ganz erſtuunt dem Lämmli ſyne Vorbireitige zueglueget hät, dreht ſi ärgerli zum Breneli): Was hät ä diä ſcho wider z'geuſſe?

Breneli (lachet verſchämt): Hä! Er hät mi eiſter mit em Elleboge gſtüpflet und ich bi halt e ſo chüzzlig!

Adler (zum Lämmli): Aha vu dere Sorte ſind Sie eine! Wenn's inere aaſtändige Gſellſchaft ſind, chönneds nüd Feuſi zelle, aber bi be Schenkmammſelle ſpileds be Don Juan.

Lämmli: (verzwyfligsvoll): Ich en Don Juan! (für ſich, truurig) Jetz halt mi dä für en Don Juan, wo=n=i wäge ſyner Schwöſter mit em ha rede wele! (luut): Ach Herr Adler, i hett ſcho lang gern es Wörtli z'rede g'hah mit ene, aber am Tag ha=n=ich kei Zyt und z'Abig chamme Si niä finde. Es hät mer ſcho faſt 's Herz abtruckt, aber me cha doch unmügli in ere Verſammlig —

Adler (ſträng): Ebe das iſch es! Ich i Verſammlige und Sie ſchynts bim Jaß oder be Wybslüüte nae laufe! Pfui, in ine han i mi ſchön g'irret! Und ietz wänd Sie mir gar Vorwürf mache, daß i niä diheime ſeig?

Lämmli (pfrig): Gott biwahri, im Adler Herr Cunträri — nei — i meine im Cunträri Herr Adler — i bin ganz vertrübelet! — Lofeb Si au — die Sach ist ja — nämli iri lieb Frau hät gmeint, und ist yverstande daß —

Adler: So! Us dem Loch pfyft de Wind? Also en Spion? Und mi Frau schickt Sie, mir uufzluure — z'luege wo=n=i sei? So! So! —

Lämmli (immer verzwyffleter): Nei au — bitti au — Sie verstiß — Sie vermißstönd — Sie stißver —

Adler (sträng): Still! Keis Wort meh! Mir zwee sind fertig mit enand! — Mys Huus biträted Sie nümme! Nüd öppe, will Sie si händ als Spion bruuche laa; das verzeih i ene; aber i gsehne, Sie händ keis Herz für's Vaterland, Sie thüend bloß schüüch und sind im Grund en Heimlituck und en Lieberian! Sie händ kei Idee, was es heißt, Tag und Nacht über e neus Gsetz z'simulire, sich bimüehe, e Wahl abzlehne, damit's ein desto gwüsser wähled. Sie Egoist und Meitlischmöcker händ kei Idee, was es heißt, Wyb und Chind verlah wie de Winkelried, bis tüüf i d'Nacht ine Rede z'halte und sich der Öffetlichkeit z'widme. (Immer lüüter und fyrlicher): Ja Herr Presidänt myni Herre — jä so — Ja das ist euseri Juged! Uusslüüg, Sängerfest, Sächsilüüte, da sind's gschwind deby — aber wenn's heißt, öppis Ernst's i d'Hand näh, d'Nase in es Gsetzbuech z'stecke, e seriösi Materie z'bihandle, es Bröseli Guet's z'thue für's gimeinsam Wäse, (immer wüethiger, ist scho lang uufgstande und schlaht ietz mit der Fuust uf be Tisch.) Ja Herr Presidänt, myni Herre, da gseht's gspäßig uus! Da heißt's, mer händ kei Zyt, mer sind e so iu Aaspruch guah vom Gschäft und vo diesem und jenem! Aber nachher jamered's über die schlechte Zyte. Als ob d'Zyte besser sy chöntid als d'Mensche! (Gaht vom Tisch eweg.) Pfui Tüüfel, i rede mi in eu ganze=n=Ärger ine! Breneli gib mer na gschwind en Schoppe; aber deet dure. (Mit eme verächtliche Blick uf Lämmli gaht er a be Tisch rechts bihinne bi der Thüre und nimmt e Zytig.)

(Langi Pause).

Gast (be zweit, wo vis-à-vis vo bene Rebebe am vorbere Tisch sitze blibe-n-ist, ganz bibächtig): Dä Ma cha rede! Dä Ma mueß bim Eid Kantonsrath werde! (Er trinkt ruehig sys Glas uus, staht uuf und gaht furt. Wil er aber uf eme Bank gsäße hät, wo bloß er und bä Schlafed sich bifindet, so schlaht ietz be Bank nach vorne übere und bä Schlafed sitzt uf em Bode.)

Zweiter Gast: (blybt es Augeblickli still sitze, rybt si bänn b'Auge und seit ernsthaft): Giehrti Versammlig, ich will Sie bi dere vorgruckte Stund nümme-n-uufhalte. Ich stimme-n-in alle Punkte dem giehrte Herr Vorredner by! (Staht uuf und gaht furt.)

(Die, wo hinne-n-am Tisch gsäße händ links vo ber Thüre, lacheb luut, wersed b'Karte-n-eweg, zahled und gönd au furt.)

Lämmli (wenn alles ruehig ist, jämmerlich): So! schöner nützt nüt! Wer g'heißt mich uf en frönde Bode z'gah! Hett i ruehig gwartet, so würdi nüd als Don Juan und Spion vom künftige Schwager aagschnauzt und usegheit worde sy. (Süüfzt luut.) Jetz bin i Wittwer, vor i Brüütigam gsy bi!

3. Szene.

Adler. Lämmli. Breneli. Götschi.

Götschi (steckt be Chopf bur b'Thüre): Da sitzt er! (zum Adler) Guete-n-Abig Herr Buumeister!

Adler (ärgerli für sich): Vom Räge-n-i b'Trausi! Wo chunt bä widerwärtig Kärli e so spaat na her?

Götschi (für sich): Dä schynt inere böse Stimmig! (zum Breneli, wil's im e frageb's Gsicht macht) I ha nu wele — i ha — Herr je, de Herr Lämmli ä na da?

Breneli: Was ist dem Herre gfällig?

Götschi: Jä, wart nu e bitzli. Der Abig ist na lang.

Breneli: Nei, in ere halbe Stund wird zuegmachet.

Götschi: Desto besser! (gaht zum Lämmli) Was fehlt au dem Adölfli?

Lämmli: Lömmi z'fride! Dä fehlt mer grad na!

Breneli (immer hinderem Götschi): Händ Sie ietz ä gseit, wyße ober rothe?

Götschi: Du chätzers Chind, pressier au nüd e so. I ha-n-eigetli bloß frage wele, ob mys Paraplü bi eu stah blibe —

(bimerkt, daß er's unberem Arm treit) Nei, i ha gmeint myn Stock —
(lys zum Lämmli) Wenn i aber es Grüetzli bringe vumene gwüſſe
Chind, das mer bigegnet iſt, wo=n=i b'Stäge abe gange bi?

Lämmli (ſpringt uuf): Pſcht! Um Gottswille keis Wort meh!
Es iſt Alles verby! J ha mer es Herz g'faßt und mit em
Brüeder es Wörtli rede wele. J bin ärpreß dahere choh, wil me
ne nie diheime trifft. Da hät er mi läß verſtande und gmeint,
i wel im Vorwürf mache und b'Frau Buumeiſter heb mi gſchickt
als Spion!

Götſchi (lachet überluut): Herr Jeſis au! Herr Jeſis au!
Die Juged, die Hißchöpf, die Spißchrömer! — Sie ſind ja en
wahre Füürtüfel, en Wanduusläufer, en Simſon, dem alles mueß
wyche! Hahaha! — Er cha nüd warte, dä Bueb! Er lauft
em is Wirthshuus na! Hahaha! Das iſt en Wältskärli!

Lämmli (kleinlaut): Jeß bin i en Füürtüfel und vorhinig
en Don Juan. Es wird 's Gſchydſt ſy, i gah hei, ſuſt wenn's
e ſo furt gaht, macheb's mi hüt z'Nacht na zum Kaiſer vo Ruß=
land! (will furt.)

Götſchi (tritt em in Wäg): Nei bitti au, blybed Sie bloß
na es Augeblickli, bis de Herr Adler ſyn Schoppe uztrunke hät.

Lämmli: Wänd ihr em en neue wire?

Götſchi: Da verdient i ſelber Wir. Nei i mueß en
heibigleite.

Lämmli: Jä, fehlt em öppis?

Götſchi: Ebe, das iſch es! Sy Frau fehlt em. Lueged
Sie junge Herr, i ha mer vorgnah, e ſo es Stückli Vorjähig
z'ſpile, öppis zämne z'lyme, was abenand gheie will. Darum
han i au e ſo lache mueße. Sie halt er für en Spion und ich
bin eine!

Lämmli (erſtuunt): En Spion?

Breneli (iſt wieder ane choh, zum Götſchi): Wänn er ießt na öppis
wänd — es wird grad zuegmacht.

Götſchi: Das Meiteli mueß es Aug uf mi gworfe ha;
ſie cha gar nüd vo mer eweg choh. — Heh du biſt doch ſuſt e
ſo glächerig, was machſt mir ießt e ſo e ſuurs Gſicht ane?

Breneli (jpöttijch): Jetz meint dä Gnzchrage, dä wüejt Grüjel, me jeig für alli Lüüt glächerig!

Götjchi: Jä jo, du häjt für en jedere Gajt en eiges Gjicht?

Breneli: Ja und für Eu e jo eis! (Schnybt em e Grimajje und gaht in Hindergrund).

Lämmli (rüejt ere bijänjtiged nae): Chumm Breneli, bring is na en Schoppe und bis nüd bös. (zum Götjchi) Jhr häm mi gwunderig gmachet, was für e Sorte Spion Jhr jeigid?

Breneli (gaht brummig furt.)

Götjchi (zum Lämmli): Jm Augeblickli! (gaht zum Adler) Nüt für unguet Herr Buumeijter; i ha bloß frage wele, wenn Sie öppe de Huusjchlüjjel vergejje hettid — i gahne jetz grad hei!

Adler (eträjtet): Potz Wetter! Wenn i Eu nöthig hett, würd i jcho laug gfraaget ha. Jhr häm mer ja d'Naje düütli gnueg under d'Auge gjteckt! (jür jich) Nüd emal im Wirthshuus hät me vor dem Rueh!

Götjchi (eppört): D'Naje! (faßt ji jorgfältig aa) De Menjch cha ji kei anderi gäh, als im de Himmel und de Hallauer gmachet hät. Das Unvermeidliche mit Würde tragen, jeit de Gellert oder wer's jujt gjeit hät. — Aber bhüet mi Gott, i will Niemerem zur Lajt falle; ergüji! (jeit, indem er zum Lämmli gaht, für jich) D'Naji! — hm! Das ijt myn epfindlichjte Punkt — das chan i nüd verträäge! (beziziert) Aber er wird mi doch nüd los!

Lämmli: Was Tüüfels händ er au immer?

Adler: (zahlt bem Breneli und gaht furt.)

Götjchi: Los, i will der Alles verzelle. (Währed der folgede Erzehlig chunt's Breneli immer nächer, jetzt ji z'letzt uf en Stuehl und halt ji be Schurz vor d'Auge.) J mueß mer de Ärger vu der Läbere rede! — Mi Naje! — Er jott ji jelber bi der Naje neh! (ruehig) Mer jind euser jeuf Buebe gjn; wahri Tüüfel, eine rüücher als der ander. Natürli, de Vatter ijt früeh gjtorbe; d'Muetter hät ji mit Wöjche=n=und Butze blaage müeje und is nüd meijtere chöne. Zwee jind nach Amerika, eine bitrunke vom Dach abegfalle, eine a der Schwindjucht gjtorbe und ich bin nach Algier i d'Frönde= legion. Es jind Jahr vergange. Do hät's mi uf eimal packt

— was es gsy ist, chan i der nüd erchläre, oder wie's mer gsy ist. — J bin en wüeste Hagel gsy mit de Meitlene und han au mänge guete Fründ gha; aber das ist alles versloge und in e paar Monete vergässe gsy. Aber d'Erinnerig a d'Muetter, die ist uf eimal choh und hät nümme furt wele. In alle Suusereie, im Lagerläbe, i dene Metzgereie mit de Wilde — immer — immer ist z'hinderst hinne das still samft G'sicht vo der Muetter gstande. J bi mängsmal ganz hindersinnig worde, wenn i's partout nüd ha los werde chöne. Meh als eimal han i mi vom Lagerfüür eweg gschliche i d'Wüesti use und han überluut: Muetter, Muetter! i d'Nacht use brüelet, als ob's kei Tiger und Leue geh hett — ja es ist gsy, wie wenn sie Respekt vor mym Jaamer gha hettid; wenigstes bin ich stundelang im Sand glääge und ha gschroue und nie ist mer öppis passiert. — Was soll i na rede? J ha's nümme usghalte, bi devo glosse und hei choh als e so en vertüüslete Lumpekärli, um d'Muetter na mal z'gseh. — Die alt Frau hät si underdesse=n=elend duretruckt. Vil hät si nümme thue chöne, wil sie si für eus ruiniert gha hät. Us Barmherzigkeit isch si bi's Chraamers, der Frau Buumeister ire=n=Eltere als Chindemeitli ane choh. Do isch es ere passiert, daß sie 's Luisli, euseri Frau Adler, hät salle lah und 's es Beili broche hät. My Muetter hät furt müese und 's Chind ist Jahr=lang mit Beischine umeglosse, bis es si wider use gmachet hät und e so es prächtigs Wybli worde=n=ist. — Und wen ha=n=i am Bett vo der alte chrankne Muetter trosse? Wer hät si irer erbaarmet, wo sie z'stolz zum Bättle lieber verhungeret wär? — S'Luisli isch es gsy, das doch mäng's Jahr um iretwille die schönste Jugedsfreude verlore hät! S'Luisli hät si pflegt, hät cre=n=ires Sackgeld gäh, hät gsammlet für sie und hät kei Rueh g'ha, bis sie sorgefrei iri letzte Tag hät zuebringe chöne! — —
(Nimmt de Lämmli bi der Hand) Nimmt's di ietz Wunder, Adolf, daß us dem Halungg en Schaffer und Raggerer, en stille flyßige Ma worde=n=ist? Und daß, wo 's Müetterli gstorbe=n=ist, alli myni Gidanke uf dä Engel gange sind, wo an irem Tobbett gsässe und de letzt Blick überchoh hät? Und nimmt's di ietz Wunder, daß

wo꞊n꞊i e chlyses Erbschäftli vo me ne Verwandte überchoh ha, um vo de Zinse läbe z'chöne, i niene꞊n꞊anderst hyzoge bi, als is Huus vom Luisli, das underdeß Frau Adler worde꞊n꞊ist? (starch biwegt) Und nimmt's di ietz Wunder, daß es mer is Herz ine schnydt, wie de Herr Adler aafangt, s'Gschäft und d'Frau und Alles z'vernachlässige und en Politikus z'werde — und daß er mich z'erst umbringe mueß, eh꞊n꞊ich ruehig zueluege, wie꞊n꞊er (halbluut) um das tüütsch Frauezimmer, woby꞊n꞊ene wonnt, ume scharwänzlet!

L ä m m l i : (schüttlet em grüehrt beed Händ.)

G ö t s c h i (lueget z'rugg und suecht be Adler. Erschrocke): Jeses! er ist furt gange, da mueß i —

B r e n e l i : (hinder im faßt uf eimal s'ober End vum Schirm, wo꞊n꞊er underem Arm treit.)

G ö t s c h i : Laß mi au — laß mi au! Jä so zahle —

B r e n e l i (halb schluchzeb): Nei, nei, i wott kei Geld vo꞊n꞊eu; aber löm mer ä de Schirm da, (störcher schluchzeb) damit er bald wider chömed, e sonigi G'schichte verzelle, Ihr guets Herzesmannli Ihr! Er bruuched dänn au nüt z'trinke, wenn er nüd wänd, nüd e mal Wasser! (schreit in Schuurz ine.)

G ö t s c h i (komisch erstuunt): Da ha꞊n꞊i ietz e schöni Eroberig gmacht! — Weist was Breneli, i will der statt em Schirm es Chüßli als Pfand dalah! (Währeb er si chüßt, fallt be Vorhang.)

Verwandlig.

4. Szene.

(Eligant's Zimmer bi der Frau vo Steinborn. Vorne links en Sopha und Fauteuil, rächts en Dameschrybtisch. Hine nebed der Mittelthüre links en Tisch mit eme Lehnstuehl bevor, rechts en große Trümeau. (Frau von Steinborn chunnt ine und rüeft zur Thür uus):

Babett! Babett! komm doch, wie lange soll ich noch warten?

B a b e l i (uszerhalb): I cha si doch nüd ligge lah!

F r. v. S t e i n b o r n : Ja, ja, laß nur. (Gaht in Vordergrund, leiht be Huet und d'Mantille ab.) Ich ärgere mich schon mehr als die ganze Broche werth ist.

B a b e l i (chunnt ine): I ha gwüß in alli Winkeli ine zündt und natürli nüt gfunde.

Fr. v. Steinborn (für sich): Dieß dumme Gesicht braucht einem das nicht erst noch zu versichern. (laut) Hilf mich ausziehn! (geihnet) Ach, war das wieder ein langweiliges Stück! Und nun noch die Perlbroche zu verlieren! — Wenn ich wenigstens das Vergnügen hätte, jemand tüchtig ausschelten zu können! — Bärbchen! (Babeli ruumt uuf und dreht si nüd um.) Ich werde keinen Thee mehr trinken. Bärbchen! — Die Langeweile bringt mich in dem Nest noch um! — Bärbchen, hörst du denn nicht?

Babeli: Ich vergisse-n-immer, daß ich e so gheisse.

Fr. v. Steinborn: Wie nennt man dich denn hier?

Babeli (recht dumm): Babeli!

Fr. v. Steinborn: Gott bewahre, was für eine abscheuliche Sprache! Wie ist's nur möglich, daß so nette Leute, wie zum Beispiel der Baumeister unten diesen zungenbrecherischen kindischen Dialekt reden?

Babeli: Mueß i s'Esse bringe?

Fr. v. Steinborn: Nein! Aber wenn du doch ein Bißchen anständig reden wolltest!

Babeli (laat falle, was sie grad i der Hand hät): Das hät mer ietz na niemer gseit, daß i unaaständig redi!

Fr. v. Steinborn: Dummes Zeug; ich meine deutsch.

Babeli: Ich rede doch goppel a tüütsch, ämel ä natürli nüd wälsch.

Fr. v. Steinborn (für sich): Mit der Person kann man nicht einmal in's Zanken kommen. (laut): Und dann dieß ewige dumme „Natürli".

Babeli: Das ist halt natürli e Gwonnet.

Fr. v. Steinborn: Geh! Geh! Trag die Sachen in den Schrank; du machst mich nervös.

Babeli (für sich): Das ist vo-n-ire au e Gwonnet. (ab).

5. Szene.

Fr. v. Steinborn elei, nachher Babeli und Adler.

Fr. v. Steinborn (gaht uuf und ab): Versimpeln muß man in diesem Nest — nachts elf Uhr schnarcht schon Alles — eine

Solidität zum Verzweifeln. (Me ghört luut rede vor der Thüre) Was giebt's denn da?

Babeli (zieht de Adler ine): Chömmed Sie nu ine, d'Madame nimmts nüd übel. Er hät si, er hät si! — Tänked Sie au, er hät si natürli gfunde!

Adler: Entschuldigen Sie; das Mädchen packte mich, wie nicht gescheit und schleppte mich herein, als ich auf der Treppe fragte, ob sie wohl wüßte, wer die Broche verloren habe.

Fr. v. Steinborn: An mir ist es um Entschuldigung zu bitten, daß Sie noch derangiert werden wegen eines verlornen Schmuckes, der mir allerdings als Erbstück unschätzbar ist. Ich weiß in der That nicht, wie ich dem Mann danken soll, der mich ohnehin so verbunden hat durch die Abtretung seiner besten Etage. —

Adler (für sich): Die Frau gseht z'Abig vill schöner uus als am Tag! (luut) Sie beschämen mich; ich hätte die Etage als überflüssig für unsere kleine Haushaltung jedem soliden Miether gegeben. Natürlich ziehe ich ruhige anständige Leute vor.

Fr. v. Steinborn (süüfzed und uf be Sopha sinked): Das Unglück macht immer ruhig.

Adler: Wie können Sie von Unglück reden?

Fr. v. Steinborn: Ist eine Frau nicht unglücklich, die an einen alten Mann gekettet wurde und nach einem Jahr traurigen Ehelebens durch den Tod von ihm befreit den häßlichen Namen Wittwe herumschleppen muß?

Babeli (für sich): Jetz setzt sie si und er glybt natürli chläbe.

Adler (hät si über de Sopha glehnt und bitrachtet sie theilnehmed): Häßlich? Ich habe immer geglaubt, es giebt nichts so Verführerisches als der Name junge hübsche Wittwe.

Fr. v. Steinborn: Schau, schau! Die Zürcher können auch schmeicheln? Ich habe immer gemeint, das macht ihre Sprache unmöglich.

Adler: Sie irren, schöne Frau, wenn Sie die Sprache anklagen. Es liegt vielleicht eher in unserem Wesen etwas — wie soll ich sagen — etwas Starres, Unbeholfenes.

Fr. v. Steinborn: O was thut das? Name ist Schall und
Rauch umnebelnd Himmelsglut! Gleichgestimmte Seelen finden sich
unter der Decke jedes Dialektes, wenn man sie nur suchen
dürfte. — Oh ihr glücklichen Männer, ihr dürft das! Keine
albernen Sittenvorschriften binden euch, abzuwarten wie die Frau,
die arme! Ihr seid die stolzen Kauffartheischiffe, welche mit ge=
schwellten Segeln dahinziehn, sich Gut, Reichthum, Herzen,
Lebensglück zu holen, während wir Weiber elenden Strandräubern
gleichen, die halb verschmachtet am öden Riff heimlich lauern und
für gesegneten Strand danken, wenn die schäumende See uns
in ihrer Laune den Brocken zuwirft, den wir wahllos nehmen
müssen. Ja dann kommt wohl noch das Gesetz oder die Sitte
oder das Herkommen oder wie man's sonst heißen mag, von
uns das Erraffte zurückzufordern und treibt uns in die alte
Einsamkeit zurück! — — Ach ich kenne kein größeres Unglück
als unverstanden durch die Welt zu gehn.

Adler (mit tüüfer Epfindig): Malen Sie das Loos der Frau
nicht zu schwarz?

Fr. v. Steinborn (lueget in scharf aa): Lieber Himmel,
gibt es denn nicht auch Männer genug, denen es ebenso ergeht,
weil sie nicht Kraft hatten, das Joch der Alltäglichkeit abzu=
schütteln oder ein Band, was in Leichtsinn und Unverstand
geknüpft wurde, wieder abzustreifen? Ich kenne ihrer genug,
die an eine nüchterne Lebensgefährtin gekettet, die Wucht über=
wältigender Ideale allein herumtragen müssen. Wenn sie über=
fluthet von großen Gedanken einmal die Gattin in's Allerheiligste
wollen blicken lassen, fragt die, ob er Morgen lieber Leber oder
gefüllte Kalbsbrust essen will —

Adler (isalleb): Und ob me well go Chüßnacht i b'Sunne,
oder ob me bä uuffalleb Huet vo der Frau Regierigsrath scho
gseh heb? Das isch es, das wirft ein dänn obenabe — Ach
Pardon! ich vergaß! Aber Sie sprechen so wahr, leider so wahr.
Sie lassen mich wie Faust in einen Zauberspiegel sehn und decken
dann den dicken Schleier der Alltäglichkeit darüber. (Gaht uruehig
uui und ab und lueget sie vo der Syte aa) Das wär e Frau! — Herr=

gott das Füür, die Poesie, das Verständniß! Und scho diä Sprach
gege=n=euseri — Fr. v. (Steinborn hät scho lang dem Babeli Zeiche gmacht,
use z'gaa. Das verstaht sie nüd und lueget ängstli ume, was sie ä well. Enblich
gseht sie dem Adler syn Huet und meint sie söll em en bringe, lauft dänn,
währed er hin und her gaht, immer hinderem dry und git em e)

Babeli: D'Madam meint natürli, i sell ene —

Fr. v. Steinborn (wüethig, indem sie ere be Huet us be
Hände nimmt und naespottet): Ich meine natürlich, du sollst dich
hinausscheeren!

Babeli (mißt Beibi erstuunt): Hinausscheeren? Das sind
ich ietz gar nüd natürli! (ab)

6. Szene.

Fr. v. Steinborn. Adler.

Adler: Nei lönd Sie nu, i mueß gah. Das Babi ist en
Wink des Schicksals, daß me nüd soll z'lang in Himmel use
luege, me cha sust mit dene blendete Auge d'Erde nümme=n=er=
chänne. (bsinnt si) Ach entschuldigen Sie, ich vergaß —

Fr. v. Steinborn: O bitte, Sie bestätigen nur meine
Meinung von Ihrem Dialekt; nämlich daß er gut für das All=
tägliche, für Zanken und Spaßen sei, nie aber fähig sich in
passenden Worten über edlere, ästhetische, dem Gemeinen fern=
liegende Dinge zu verbreiten.

Adler (halb ärgerli halb ezückt, für sich): Die Frau ist en Satan
oder en Engel! (luut) Für den Hausgebrauch genügt uns die
Sprache, weiter hab ich eigentlich noch nicht darüber nachgedacht.
(Nimmt iri Hand) Freilich wenn ich in den Fall käme, eine solche
Hand zum Beispiel zu verehren, so würde mir „netts Händli“
oder „artigs Pätschli“ sehr einfältig vorkommen — ich müßte
eben sagen: O diese Alabasterhand! Diese Hand einer Juno!
(chüßt ere e paarmal b'Hand.)

Fr. v. Steinborn (zieht b'Hand eweg. Kokett): Was thun
Sie? Ich muß Ihnen nur gestehn, — hahaha! — ich habe
mir zuweilen ausgemalt, wie eine Liebeserklärung auf Zürich=

2

deutſch klingen müßte. Ich könnte mir kein größeres Amüſement denken, als verſuchsweiſe mich zürichdeutſch anbeten zu laſſen.

Adler (übermüethig): Laſſen Sie mich Verſuchsobjekt ſein! Zum e ne Verſüechli trybt's ein ja doch immer, wenn me=n=emal verſüechlet hät, wie=n=e ſo es Mümpfeli —

Fr. v. Steinborn: Hahaha! Ach das iſt zu köſtlich!

Adler: Ja chöſtli iſt alles a bir du Edelſtei! (immer meh lybeſchaftlich) Chöſtli ſind byni Auge biä — biä — (halb ärgerli, halb mit Humor) Ja ſehn Sie, ſchöne Frau, jetzt weiß ich ſchon nicht, wie unſer Dialekt das Wort ſoll finden für den Gluthſtrom, der — (umarmt ſie und will ſie a ſich drucke, ſie wehrt kokett ab.)

Fr. v. Steinborn: Beſter Herr Adler, — ich bitte Sie um Gotteswillen, was thun Sie, — man könnte kommen!

Adler (na heftiger): Schließ deine Gluthſterne! Sonſt muß ich dir ſagen, daß für deinen Mund auch dein herrliches Deutſch kein Wort hat, üppig genug dieß Feuer zu malen, das ein einziger Kuß entzünden müßte, und daß ich wie Prometheus mir dies Feuer ſtehlen will — du göttliches Weib — (Er zieht ſie feſter a ſi und will ſi chütze.)

7. Szene.

Götſchi (rännt Ine, hinderem) Babeli. Die Vorige.

Götſchi: Fürio! Fürio!

Adler und Steinborn: Was gibts? wo brennts? (ſie ſind uſenand gſahre, er ſtaht uf der andere Syte rechts.)

Götſchi (blybt ganz ruehig a der Thüre.)

Babeli (chunnt füre und rybt ſi b'Auge): Es iſt ja gar nüt! I bi natürli e chli itüſelet und da hät das Papierli, woni b'Ampele mit aazünd ha, uf em Bode gläge und es Bitzli gſtunke.

Adler (wüethig zum Götſchi): Worum mached ihr dänn e ſo en Spektakel, ihr zuedringliche Menſch?

Götſchi (langſam und nachdrückli): I meine halt, lieber e chlyſes Füürli zur rechte Zyt mit zue vill Waſſer löſche, als nachher umeſuſt uf en große Brand Thränetropfe ſchütte. Nüt für unguet!

Adler und Fr. v. Steinborn (rüeſed plig): Guet Nacht!
(und gönd ſchnell ab, er dur b'Mitti, ſie na der Syte links.)

8. Szene.

Götſchi. Breneli.
(Alles ganz gſchwind)

Babeli (will dem Adler nae): Warted Sie — i will ene=n=
abezünde!

Götſchi (hebt ſie): Lah=n=en nu gah! Jch ha=n=em ſcho
abezündt! (zeiget uf diä Thüre, wo ſie abgange iſt): Und dere deet mueſt
du ſpööter helfe heizünde!

Babeli (erſtuunt): Jch?

Götſchi (ſpottet ere nah): Ja du Babi! (Sie blybed vor enand
i der Schultze= und Müller=Gruppe ſtah bis de)

Vorhang fallt.

II. Act.

(Wonnzimmer bys Adlers, aaſtändig ngrichtet; vorne links und rechts en
Tiſch mit Lehnſeſſel und Stüehle. Rechts Thür uf der Syte zum Büreau vom
Adler, links uf der Syte Thür zur Frau Adler. Jm Hindergrund en Tiſch
mit ere Stockuhr links vo der mittlere Thüre, rechts eine mit eme große Tiſch=
tuech). (Beidi ſitzed vorne rechts und links mit Arbete biſchäftiget).

1. Szene.

Tödli. Luiſe.

Tödli: So! alſo na de Zwölfe=n=iſt er choh? Und Du
häſt wider nüd zue=n=em gſeit?

Luiſe (ſanft): La mi nu mache Tödli! Entweder er gſeht
myn Chummer und chunnt zur Yſicht vo me ſelber, oder er blybt
eſo. Dänn würd en's Jamere und Chlage bloß na meh verſchüüche
und s'iſt halt i Gottename=n=alles verby!

Tödli (heftig): Lueg, e ſo öppis cha mi vertäube! Sind mir
dänn bloß uf der Welt, damit me=n=eus trete chön? Potz tuuſig,
mir ſött en Mah aſe choh!

Luise (mit truurigem Lächle): Mi liebs Chind, red Du nanig vo me ne Mah. Du wirst das scho früeh gnueg kenne lehre.

Tödli (stampfet): Chind und ebig Chind! Me chönnt bi eu rein us der Huut fahre! Vor zwei Jahre und zäh en halbe Monet bin i kunfermiert worde=n=und da sött me doch na für Alles z'jung sy!

2. Szene.

Vorigi, Adler (rechts us der Thüre gaht birekt na ber Uhr.)

Adler: Scho zähni? Die höchst Zyt i b'Vorstandsitzig. (bimerkt die Beide) A propos, wil er grad da sind; i ha dem Lämmli gestert s'Huus verbotte; also richted i dernah.

Tödli: Und wyter nüt als: Richted i dernah? — Dä einzig Mensch, mit dem me na e vernünftigs Wöörtli rede. cha, dem verbüüt me s'Huus. Im wird wenig draa gläge sy; aber eus — (Adler zuckt b'Achsle) Ja ob du Grimaße schnydist oder nüd — e so cha das nümme furtgah! (Tritt em in Wäg, wo=n=er furt will) Du chunst mer iez nüd us em Zimmer, eh du gseit häst, wie lang diä Tiranniererieriererei na buure soll und was de Adolph — eh — de Lämmli gsündiget hät!

Adler (gringschätzig): Du chönnst ein z'lache mache mit dym tumme Thue, wänn's nüd z'ernsthaft wär. Also eerstes wott i kein Spion im Huus — — ja, ja, lueged nu! Kein Spion!

Luise: En Spion? Dä guet unschuldig Lämmli? Was und für wen sott er au spioniere?

Adler (für sich): Sie hätt mer e keis Wöörtli gseit, daß i e so spat heichoh bi und thuet iez wider e so sanft — das macht 's bös Gwüsse. (luut) Du wirsch es am beste müsse, was und für wen. Also wem si's nüd vo selber verstaht, was si ghört, dem mueß me's halt mit Gwalt bybringe.

Luise (truurig): Jetz an das na! Fritz, Fritz es wird mer bald z'viel. (schreit lys is Nastuech.)

Tödli (lachet chrampfhaft): Haha! Und Du wotst eus lehre, was si ghöört? O Himmel und du tunnerist nüd bezue! — Aber iez möcht i Numere zwei erfahre?

Adler: Zweitens chunnt mer kein Schwager i b'Familie=n=
ine, wo en Heimlituck ist und statt sich um's öffetlich Wohl
z'kümmere, en liederliche Läbeswandel füehrt.

Tödli (mit affektiertem Erstuune): En Schwager? Vo wem
redst Du dänn eigetli?

Adler (spöttisch): Ebe das will i, daß vo=n=e so eim nümme
gredt werdi. Meinst, i heb bi myne vile=n=Arbete nüd na Zyt,
es Aug uf eueri Firlifanzereie z'werfe? Aber i säg der, so lang
ich dyn Brüeder und Vormund bin und so lang das Huus my
ghört, so lang gaht bloß bä uns und y, dem ich's erlaube. Also
na mal: richted i dernah — und damit basta! (ab i's Büreau uf der Syte.)

3. Szene.

Luise. Tödli. Jumpfer Chrävogel, spöter Adler.

Tödli (macht z'erst e Fuust hinder em, dänn ryßt sie 's Nastuech
use halb erstickt vor Zorn): O du — du — du! (schreit luut) O wie
bin ich unglückli! (fallt i de Stuhl vorne=n=am Tisch rechts.)

J. Chrävogel (chunnt ine z'springe dur b'Mitti, immer sehr plig.)
Guets Tägli! Guets Tägli! (Pause, Niemert bimerkt si, für sich)
Potz ebige, da sitzed's und zänned! — Da hett i gar nüd schöner
choh chönne! (rybt si b'Händ) Das ist es Mümpseli! (luut) Nüt für
unguet, wenn i störe! Aber i ha gmeint, me heb herein grüeßt.
Wenn i öppe ungläge chume —

Tödli (springt uf und zwingt si, lustig z'sy): Bitti nei, nei!
(gschwind zur Luise=n=übere, lys): Wenn diä öppis merkt, weiß es
z'Mittag die ganz Stadt! (zur Chrävogel) Nämed Sie au Platz!
Es ist eigetli nüd e so schlimm — me cha's neh, wie me will.
(zu Luise) Fallt Dir gar nüt y?

J. Chrävogel: Geniered Sie si gar nüd; und wenn i ene
im Gringste=n=öppis rathe cha — säged Sie's ungeniert. Vo
mir erfahrts kein sterbede Mensch.

Tödli (für sich): Desto meh läbedi! (nach churzem Bsinne) J
ha's! J ha's! (luut und wie bitrüebt) Sie sind zue güetig, Jumpfer
Chrävogel, aber es ist halt entli e mal e so wyt choh.

J. Chrävogel (bigierig): E so wyt choh? (Zur Luise) Gsehnd Sie Frau Buumeister, i ha mers immer tänkt, es chönn nümme lang duure! Sie thüend mer ietz ä schüüli leid. (yfrig zum Töbli) Aber bitti, wie wyt isch es au choh?

Töbli (ruehig und syrli): Er ischt furt.

J. Chrävogel (rüest): Furt! — Ach du allmächtige Strausack! — Gsehnd er myni Ahnige! — Aber wänn au? Hüte Morge oder scho gestert? — Nei gestert nüd, denn i han en gseh hei choh — i bi ganz zuefällig, gwüß ganz zuefällig am Feister gstande.

Luise (vorwurfsvoll lys zum Töbli): Aber Töbli!

Töbli (lys): So lah mi doch, biä mueß e mal öppis ha·

J. Chrävogel (staht uuf): Das ist ietz ä widerig, daß i grad b'Wösch ha. I mueß jedes Augeblickli selber naeluege, just wär i gwüß in irem Chumber nüd von ene gange. (für sich) Es laht mer kei Rueh; i mueß die Erst sy, das z'verzelle.

Töbli (blybt sitze): Ja wennd Sie denn 's Schülichist nüd ghöre?

J. Chrävogel (schnell wider uf sie zue): 's Schülichist? Na schülicher? — Er wird doch nüd —?

Töbli (nicht bitrüebt): Ja — ja!

J. Chrävogel (ußer sich): Würkli? Und wie dänn? Wo dänn? — Nedeb au! — Ach ihr arme Chinde! — Aber i ha's biständig gseit, es chönn nümme lang e so furtgah mit em. Bitti um's Himmelswille er hät — er ist — ?

Töbli (mit Grabesstimm): Zum Feister usegsprunge!

J. Chrävgel (geusset, so luut si chann und fallt i be Lehnstuehl) Hülfe! — Ach! — Eau de Cologne! Ach! (springt gschwind wider uuf) Aber wie chönned ihr an e so ruehig dasitze? — Myn Gott! Und wo händ's en au hythah?

Adler (us em Büreau): Es chönnt sy, daß i nüd zum Mittagesse hei chäm. Adie! (dur b'Mitti ab.)

J. Chrävogel (lueget em wie versteineret mit offenem Muul nae. Pause): Wa — wa — was soll das bidüüte? Da ist er ja ganz läbendig!

Töbli: Wer? Euse Fritz? — Was hät dä denn mit dere Gschicht z'thue? Ich han ene ja vo euserem schwarze Reuel verzellt.

J. Chrävogel (ballet heimli b'Füüst, giftig für sich): Uverschamt! — Aber i döff mer nüt merke lah. (luut) Ja! ja! natürli. Ja es ist recht widerig und dänn hät das lieb Töbli na e so e Manier — e so e — e so e läbendigi Manier z'verzelle, daß es eim ganz us em Hüüsli bringt.

Luise (staht uuf und seit lys zum Töbli): Mir ist 's Herz e so schwer; i cha dere n-irem fade Gschwätz nümme zue lose. (luut) Ergüsi Jumpfer Chrävogel, i ha nu gschwind i der Chuchi öppis z'thue. (ab na links.)

2. Szene.
Vorigi ohni Luise. Nachher Götschi und Lämmli.

J. Chrävogel (rüeft der Luise nae): O macheb Sie doch öppe kei Umständ mynetwege, ganz und gar nüb! (zum Töbli) So so, also us em Feister? (gaht as Feister und seit für sich) Es gaht öppis i dem Huus, i la mers nüb neh! (luut indem sie sich mit em Gsicht nach em Feister und em Rugge na der Bühne setzt) De Schräcke ist mer i d'Bei gfahre. Erlaubed Sie na es Augeblickli?

Töbli (boshaft höfli): O bitti thüend Sie, wie wenn Sie diheime wärid! Mit der Wösch wird's nüb e so pressiere. Lueged Sie, beet cha me grad uf iri Zinne gseh. (während sie Beidi zum Feister usluegeb, tritt Götschi und Lämmli dur b'Mitti ine, de Letzter mit ere große Papierrolle unter em Arm. Sie gsehnb bie am Feister nüb.)

Götschi (halbluut und wie alles Folgeb sehr schnell): Chömed Sie, es ist niemert diheime. I will 's Töbli hole, dänn redeb Sie mit ere, aber nüb z'lang. Was schleifed Sie da eigetli für Folioliebesbrief ume? (zeiget uf bie Rolle unter Lämmlis Arm.)

Lämmli: Ach Gott, es sind Plän, Arbete vo myne freie Stunde. I ha's grad im Büreau uufbiwahre wele, wo Sie mir bigegnet sind.

Götschi: Und e so eine hänb s' für en Don Juan ghalte, wo Plän macht statt z'Jasse? — Töbli Du chast di freue! (gieht uf eimal die Beebe am Feister. Git em Lämmli en Stoß, daß er under be Tisch, vor dem sie grad stönd, slüügt, rechts hinne nebed der Mittelthüre. Lys) Gang undere! (Wäred der nächste Szene zehrt er immer, indem er dicht vor dem Tisch stah blybt, be Tischteppich vo hinne na fürsi, damit me be Lämmli, (wo under em Tisch steckt, nüd gjäch. Dänn fangt er aa, be Tisch na der Büreauthüre uf der Syte z'rucke, woby em be Lämmli vo underem Tisch hilft.) (luut) Guete Tag, Jumpfer Abler! Ergüsi, i ha gmeint, es sei niemert diheime.

J. Chrävogel (halbluut zum Töbli): Wer ist ä das? J gsehne nümme guet i d'Wyti?

Töbli (merkt daß be Götschi under be Tisch büütet und dänn uf b'Büreauthüre und nickt zum Zeiche. daß sie verstande hät.) Es ist nu de Götschi, wo uf der Winde=n=es Chämmerli hät. Er hanget halt so a der Luise wie=n=en Vater und ghört gwüssermaße zum Huusinventar.

J. Chrävogel (für sich): Was diä Alles händ i dem Huus! (luut) Aber worum macht er au e so gspäßigi Binvegige?

Töbli: Er hät — (für sich) Was hät er au gschwind? (luut) Er hät d'Gleichsucht gha, und sit der Zyt ist er e chli styf i de Glidere.

J. Chrävogel: D'Gleichsucht (will uf en zue) O müssed Sie, da han ich es Mitteli. Sie müend jede Morge —

Töbli (hebt sie): Gönd Sie nüd e so näch ane!

J. Chrävogel (erschrocke): Herr Jesis, worum au?

Töbli: Er hät mängsmal e so Zuckige, wo=n=er selber nüd weiß, was er thuet. (zum Götschi) Ihr händ gwüß zum Brüeder wele?

Götschi: Ja ebe, i sött nämli — (blybt verlege stecke.)

Töbli (gschwind): Öppe diä Bapier is Büreau ine legge?

Götschi: Akerat! (für sich) Jedem Wybsbild ist doch es Stückli Schlang vom Parediis her blibe. (Sie sind mit em Tisch bis a b' Thür vom Büreau gruckt und be Lämmli chrüücht gschwind füre und i b'Thür ine, be Götschi ebefalls, chunt aber grad wider use und git em Töbli es Zeiche, sie soll ine gah.)

J. Chrävogel (nimmt Töbli uf b'Syte, halbluut): Mit dem Mah möcht i e kei Minute=n=elei sy —, das ist ja uheimli, wie dä thuet.

Töbli: O biwahri, er ist be best Mah vo der Wält, wenn er syni Zuefäll nüd hät. Aber i will gschwind go liege, ob er nüt durenand gmacht hät. (schnell is Büreau ab.)

5. Szene.

Jumpfer Chrävogel. Götschi.

J. Chrävogel (etjetzt, will sie hebe): Nei au, bitti lönd Sie mi nüd elei, i will lieber gah. (stoßt uf der Schwelle vom Büreau an Götschi und fahrt mit eme Schrei zrugg; dinne ghört me überluut „Töbli, Adolf" rüefe, worouf be Götschi chräftig lachet.)

J. Chrävogel: Jesses! dä chunt syni Zuefäll über! (ängstli) Was händ er au?

Götschi (sehr luut): I mues halt lache, daß s'Schicksal eim syni heißiste Wünsch mängsmal uf ein Schlag erfüllt. I ha scho e so lang wele iri werth Bikanntschaft mache und ietz git's es ganz unverhofft. (für sich) Wenn diä da inne e so brüeled, mueß i mer d'Schwindsucht an Hals rede, daß mes da uße nüd ghört.

J. Chrävogel (zupft si d'Locke zrecht für sich): Lueged au, das ist ja en ganz ordetliche Mah und i der Nächi gseht er gar nüd übel uus.

(Dinne rüefeb's wider luut: „Mys Töbli, mys Adölsti".)

Götschi (lachet wie vorher um's z'übertöne.)

J. Chrävogel (fahrt z'sämme): Allmächtige! Worum lached er ietz scho wieder?

Götschi (für sich): Wenn diä nanig stille sind, mueß i mer 's Zwerchfell usenand lache. (luut) I mueß —

6. Szene.

Vorigi. Frau von Steinborn.

F. v. Steinborn (dur b'Mitti): Verzeihung, man hörte mein Klopfen nicht bei der ungeheuren Heiterkeit, welche hier herrscht. Ich suche Frau Adler, um ihr meine Aufwartung zu machen. Würde vielleicht Jemand so freundlich sein, mich zu melden?

Götſchi (für ſich): J dörf nüd vom Fleck, juſt machet mir diä bet ine Dummheite. (luut) Die Frau Adler mueß i me ne Momentli kommen.

Fr. v. Steinborn (für ſich): Das iſt ja wieder der abſcheuliche Menſch von geſtern. Dieſe Viſite iſt mir ſo widerwärtig genug, aber ich will doch allfallſigem Gerede die Spitze abbrechen.

Götſchi (ſtellt vor): Fräulein Chrävogel — Frau von Steinborn — ich bi de Götſchi.

Beidi: Sehr angenehm.

Fr. v. Steinborn (lorgnettiert en): Mir iſt, als haben wir uns ſchon mal geſehn?

Götſchi: Schätzwoll! Mich ſieht man öppendiä, gewöhnlich, wo man mich nicht ſehen will.

Fr. v. Steinborn: Hahaha! Da müſſen Sie ſich ja für einen ſehr gefährlichen Menſchen halten.

Götſchi (ſehr ruehig): Gefährlich? Nicht ein bitzeli. Nicht gefährlicher als dem Opfeldieb das Bütſchgi.

Fr. v. Steinborn: Bütſchgi? Das verſteh ich nicht? Was heißt Bütſchgi?

Götſchi: Ja luegen Sie, das kommt davon, wenn man kein Züritüütſch redt, dann kann man abſoluti nicht in die Naturgeſchichte eindringen. Bütſchgi heißt nämlich, wenn man öppis — en Opſel, oder wo man juſt Apetit druf hat, anbeißt und es bleibt eim dabei en — es — nämli — ja eben e ſo es Bütſchgi im Hals ſtecken.

Fr. v. Steinborn (zur Chrävogel): Ein drolliger Kauz, nicht wahr, Fräulein Rabe?

J. Chrävogel (piquiert): Chrävogel, wenn ich bitten darf. Ich finde ihn gar nicht ſo drollig; er ſcheint mir ein ſehr gebildeter Mann.

Fr. v. Steinborn (für ſich): O weh, wohl ein Stück alte Liebſchaft! (luut) Sie mögen recht haben; manchmal ſteckt ein zarter Kern auch in rauher Hülle. Wirklich Fräulein Krähe —

J. Chrävogel (ärgerli): Vogel, muß ich bitten!

Fr. v. Steinborn: Entschuldigen Sie, also Fräulein Vogel —

J. Chrävogel (wüethig): Chrävogel!

Fr. v. Steinborn (für sich): Meinetwegen ne ganze Voliere! (luut.) Pardon, meine Zunge stolpert etwas über Ihren Dialekt.

Götschi (hät a der Sytethür gloset und chunnt iez zwüsched die Beide): Ja über das Züritüütsch sind schon ganz anderi Leute gestolperet. Es ist halt bim Eid die schönste Sprache.

Fr. v. Steinborn: Hahaha! Wenigstens kernig, urthümlich, wie so Manches hier, von alter Einfachheit, wie zum Beispiel Ihr Theater.

J. Chrävogel (affektiert vornehm): Da geh ich nicht hin.

F. v. Steinborn (erstaunt): Was, nicht in's Theater? Wie kann man ohne das leben?

J. Chrävogel: Es ist halt nicht Mode! — Tonhalle — à la bonheur! Da fehle ich nie im Conzert.

Götschi (für sich): Und deby weiß sie fei Simphonie vo me ne Walzer z'underscheide!

J. Chrävogel: Aber Theater, das ist so — wie soll ich sagen, so unfein, so —

Götschi: Säged Sie nu aastrengeb. Ja da muß man ein bitzli den Kopf zusammennehmen; heringäge im Conzert kann man alli fünf Sinne lampen lassen und die Augen schlüßen, s'il vous plait, und dann gseht man doch uns, als ob man goppel vill verstände.

J. Chrävogel (springt uuf): I meine fast, Sie weled mich —

Götschi (fahrt ruehig zur Steinborn furt): Eben drum ist es in Deutschland besser. Da machen Sie es nicht wie wir und denken erst an die Schule und dann an's Theater. Da gsehn die Schuelhüüser uus, wie eusers Theater und die Theater wie euseri Schuelhüüser. Und mit den Lüüten geht es auch eso. Statt Lismen und Büetzen lehren die Mädchen Liebesgeschichten und wenn sie dann groß sind, pröbeln sie, ob neimen öppis zue intriguieren sei, wenn es auch ein Mann ist, der schon sein Bändeli am Bein und sein Ringli am Finger hät. Desto interessanter ist es und man schrybt dann in sein Tagebuech:

> Der Adler ist ein schönes Thier
> Und flügt gern immer höcher.
> Wenn man der Krähe Fuetter gibt,
> So wird sie immer frecher.

F. v. Steinborn (springt epört uuf): Wenn ich nicht bedächte, wo ich wäre, so würde ich —

Götschi (unberbricht sie): Wollen Sie schon furt? Sie haben ja noch gar nichts zue sich genommen. Frau Adler, chömmed Sie au!

7. Szene.

Vorigi. Luise und Tödli (vo beide Syte zwüsched die Fraueszimmer, so daß Luise vor der Chrävogel staht und Tödli vor der Steinborn, die nu die nächste Rede zu glycher Zyt aafanged und au uufhöred.)

Tödli und Luise: Was gyts ä? Wer rüeft?

Fr. v. Steinborn (zum Tödli wüethig): Frau Adler, ich wollte mir das Vergnügen Ihrer persönlichen Bekanntschaft machen, da ich schon einige Zeit oben wohne, ohne Ihnen meine Antrittsvisite abgestattet zu haben. Allein Sie können unmöglich verlangen, daß ich mich in Ihrer Wohnung beleidigen lasse in einer mehr als absichtlichen Weise. Ich werde mich an Ihren Gemahl wenden, und im Fall man mir nicht Aufklärung gibt über dieß sonderbare Betragen, jedenfalls meine sofortige Kündigung verlangen.

J. Chrävogel (glychzytig zu Luise): I mueß würkli biduure, daß Sie e sonigi Lüüt by nene händ, wie dä Götschi, wo me nie weiß, woraa me-n-ist, ob er eim Schmeichelei seit oder Imperdinenze oder ein für de Naare hät und dänn diä Person da mit ihrem Moquiere und Lache und Vornemmthue. Sie sim mir e sehr liebi Frau, aber ich bin e eifachi Person und passe nüd in e so es Huus, und so lang diä by-n-ene uus und y gönd, mueß i recht sehr biduure, ußerordetlich biduure (mit tüüfe Knire ab.)

(Fr. v. Steinborn will ebefalls furt, da hebt sie be)

Götschi: Sie! Das deet (büütet uf b'Luise) ist b'Frau Adler. Dieses war die Schwöster. Sie gleichi dem Brüeder rächt — gällen Sie?

Fr. v. Steinborn (schupft en wüethig eweg): Lassen Sie mich zufrieden! (ab)

8. Szene.

Tödli. Luise. Götschi (derzwüschet.)

Tödli und Luise: Ja myn Gott, was hät das Alles eigetli z'bidüüte?

Götschi (nimmt Beide undern Arm und füehrt's in Vordergrund): Erstes han i en Elster verschüücht, wo gern fröndi Sache stilt. Zweites han i enere Chrähe s'Muul gstopft. (zu Luise zärtlich) Und müssed Sie, es git e so stolzni Vögel, wo lieber furt flüüged, wenn sie wüest's Pack im Nest findeb, als es selber use z'gheie; drum mueß me ne 's Nestli heimelig mache. (lustig zu Beide) Und 's Schönst ist, daß sie e so wüethig uf mich sind. Ich cha's Gottlob trääge! (zum Tödli) Aber gschwind laß en ietz use!

Luise: Wen au? Ist na öpper da?

Tödli (ist i 's Büreau gsprunge und zieht de Lämmli a der Hand): Ja, aber e keis gföhrlichs Thierli.

. Luise: Herrjeh! Herr Lämmli, wenn das myn Mah wüßt!

Götschi: Ebe drum selled Sie si spute. Säged enand Adie und furt. Will's Gott findt si au e Hülf für eu. J will i mys Chämerli use; vo deet cha me n am Beste uf b'Straß abe gseh. (Git der Luise n en Wink, sie gaht uf b'Syte ab, er dur b'Mitti).

9. Szene.

Tödli. Lämmli.

Lämmli (na ere chlyne Pause): Mueß es denn würkli sy? O Tödli i hett der na so Vill z'säge! Und wirst du mer au gwüß treu blybe?

Tödli: Meinst öppe, de Fritz chön öppis mache? Keis Bröseli! Mer reded immer vo der, 's Luise n und ich; schrybe

chaft mer ja au, und i warte halt uf di und wenns hundert
Jahr buuret.

Lämmli (chlyluut): Das wär mer aber doch e bitzeli z'lang.

Töbli (nfrig): De Vater felig hät immer gfeit, b'Liebi feig
wie en Marzipanteig, je länger er lyt, desto füeßer wird er.

Lämmli: Und myne han i ghöre fäge: D'Liebi feig wie
e Suppe, bhüet is Gott vor enere uufgwärmte!

Töbli (etrüftet): Das ift ja nett; du verglychft mich mit
ere uufgwärmte Suppe? Und redft vo der Liebe, als wenn b'fie
weiß Gott wie lang känntift!

Lämmli (eifach, innig): Grab fo lang wie=n=i dich kenne.

Töbli: Jefis, du bift e fo gfpäßig hüt, e fo frech. Chaft
eim e fo gfchwindi Antworte gäh und luegift eim mit e fonige=
n=Auge=n=aa!

Lämmli (für fich): Verbotne Früchte fchmecken füß! (luut)
Schön frech! Wenn i frech wär, hett i fcho lang es Chüßli
überchoh, ftatt baß du jedesmal feift, wenn i eis hah will, es
fei na z'früeh. Hüt ifches aber vilicht s'letzt mal.

Töbli (erfchrocke): Was foll das heiße?

Lämmli: Natürli. Meinft, i well mys Lebe riskiere,
wenn i dym tirranifche Brüeber i b'Händ falle? S'wird am
Befte fy, i reife furt. Oder möchft mi lieber tod gfeh?

Töbli (leit en beed Arm um be Hals, innig): Abolf!

Lämmli: (lueget gfchwind fchüüch ume und git ere bänn en chräftige Chuß.

Töbli (geußet halbluut und ftoßt en eweg.)

Abolf (ängftli): Hät's der weh thah?

Töbli (chehrt em be Rugge, verfchämt): Ah, gang ä!

Lämmli (uf eimal furagiert): Na eine Töbli!

Töbli (fangt a halb z'fchreie): Das chunnt alles vo dem
Heimlithue! Früener bift zue=n=is choh und bift furtgange, wänbt
häft wele und wie mer's gwonnt gfy find vo Jugeb uuf, und
häft nie a=n=e fo öppis tänkt, und me hät fi gern ghah und hät
zäme gipröchlet und — und —

Lämmli: Heh mys liebs Tödli, tänk au, es hett ja nüd immer e so blybe chöne! Es wär is ja langwylig worde, wem mer Ma und Frau gsy wärid, immer z'spröchle.

Tödli: (wüscht si b'Auge uus und tritt mit uufgstemmte Ärme resolut vor en ane) Langwylig worde? Aha da chunnt's use! Du wotsch es wahrschynli e so mache wie de Fritz?

Lämmli (unwillkührli zruggtrete): Wie de Fritz? — Was denn mache? — Hüürathe? Heh natürli! Oder git's e paar Methode z'hüürathe?

Tödli (schüttlet en i komischem Zorn): Nei, i meine wie de Fritz Ma und Frau sy.

Lämmli (erstuunt und halb ängstli): Ebe grad eso. Aber wenn Du en anderi Aasicht häst — i Gottsname!

Tödli: Ja du chäämist mer schön aa! Gäll die ganze Nächt furt und am Tag vertrübelet sy vor luuter Politik, das chönnt enere Frau gfalle? Statt liebs Tödli zu eim Herr President, myni Herre z'säge, statt eme Gipfel es Bapier mit ere Red is Kafi z'tünkle und is Bett ligge, wenn d'Frau uufstaht!

Lämmli: E so öppis troust Du mer hoffetli nüd zue? Ich läbe bloß für Dich elei und für myni Arbet. Weist, mir sitzed dänn Abig für Abig bi ne nand. — Ach Tödli, 's Wasser lauft mer im Muul z'jämme, wenn i draa tänke, immer e so ganz elei mit Dir, ohni Angst z'hah, ohni en andere Mensch.

Tödli (nachdenkli): Das heißt, Du meinst doch nüd e so ganz elei?

Lämmli (bigeisteret): Wie de Robinson und sin Frytig.

Tödli: Aber Du wirst doch öppedie uf en Bal mit mer gah?

Lämmli: Uf en Bal? Nei — oder ja, wenn d'partout witt. Aber i cha ja nüd emal tanze!

Tödli: Das git si vo me selber, bsunders bi dyner Figur. Nei Adolf, das muest mer z'Gfalle thue, tanze muest. Tänk au, wie herrli, wenn alles seit: Lueged das nett Päärli und mer e so flüüged! (faßt en aa, singt en Walzer und tanzet e paarmal mit em, bä z'erst unbhulfe, dänn immer lustiger si brehet, dur's Zimmer).

9. Szene.

Luise (wird fast von ene umgrännt vo der Syte,) Götschi (dur b'Mitti.)

Luise (ylig): Ihr tanzed und de Fritz ist scho uf der Stäge.

Götschi: Gschwind zu mir use, bis s'binne sind; nachher cha de Adolf b'Stäge=n=abe wütsche.

Lämmli (vom Götschi furtzoge rennt wider z'rugg): Myni Plän han i ja im Büreau ligge lah!

Götschi: Laß es doch — er chunt — er chunt — furt! (Alli uf b'Syte links ab, Luise rechts.)

10. Szene.

Adler. Professer Wimmer (treteb dur b'Mitti y.)

Professer: (en alte Herr mit wyßer Cravatte, redt im ene salbigs=volle Dozenteton): Sehn Sie Verehrtester, ich habe meine Grund=sätze, und es war wirklich ganz überflüßig, mich von der Straße, wo Sie mir begegneten, hieherzuschleppen. Est modus in rebus. Was uns als Vereinsbrüder zusammenhält, insluirt nicht auf die Geschäftsverbindung. Ihr Reden ist vergeblich. Sint aut non sint. Keine Vermengung der Gebiete! Die Pläne für meine Villa müssen kontraktlich bis Morgen früh fertig werden, ansonsten Sie 3000 Franken Strafe erlegen, so war's im Contract stipuliert. Also: Quousque tandem abutere patientia nostra?

Adler: Aber bester Herr Professor, hatte ich denn Zeit, jetzt wo mich die Wahlfrage so beschäftigt und ich dem Verein mein einläßliches Referat ausarbeiten mußte? Ich denke doch, das sollten Sie am besten wissen, daß Privatgeschäfte da zurücktreten! Von Ihnen darf ich Rücksicht fordern als Genosse des Bundes, in dem wir uns so oft die Hände drückten und begeistert schwuren —

Professor (yfalleb): Clericus clericum non decimat! Falsch, mein lieber Baumeister, grundfalsch! Um mich des trivialen Ausdrucks zu bedienen: Was geht das mich an? — Nur keine Vermengung der Gebiete. Hier Privatmann — hier Politiker, niemals unklare Vermischung!

Adler (halt mit Müeh a si): Also kann Sie nichts zu einer Frist von circa 8 Tagen bewegen? — Und Sie wollen derselbe

Mann sein, der stundenlange Reden hält von Opferwilligkeit, von Uneigennützigkeit?

Professer: Reipublicæ, Theuerster! Ei gewiß, für das Wohl des Staates! Aber dem Einzelnen gegenüber stellt sich die Sache ganz anders. Aber ich bitte, keine Leidenschaft, klassische Ruhe selber im Affekt ist die Tugend des Mannes! Auch will ich Ihnen gerne entgegenkommen, manus manum lavat. Vereinigen wir also unsern Contrakt und die Zahlung der Strafsumme, dann will ich gerne einen neuen mit Ihnen eingehen.

Adler (zornig): Und wenn ich Ihnen sage, daß mein ganzes baares Geld in Bauten steckt?

Professer: Thut nichts — keine Ängstlichkeit — Wechsel von Ihnen sind gut.

Adler: Dänn mueß i schynts züritüütsch mit ene rede! Gsehnd Si dänn nüd y, daß es e Spott und e Schand ist, eim e so 's Fell über d'Ohre z'zieh? Schämed Sie si gar nüd, en Vereinsgnosse wele-n-in Schade z'bringe? Sie sind ja wahrhaftig —

Professer: Nur kalt Blut! Morgen ist ja überhaupt erst der Termin. Und wie gesagt: Keine Vermischung verschiedener Gebiete. (streckt em beed Händ hy, Adler dreht em be Rugge.) Wir bleiben dennoch treue Brüder, Kämpfer für Licht, Freiheit und Recht. Wir erkennen uns stets an der Devise: Einer für Alle und Alle für Einen! (ab dur b'Mitti).

11. Szene.

Adler. Götschi. (ist scho bi de letzte Sätze vom Vorige us der Mitti choh mit eme Billet i der Hand und fahrt unmittelbar, wenn be Professer un=ghört hät, wyter)

Götschi: Aber allizyt lieber in Freud als in Leid.

Adler (wüethig): Was wänd ihr?

Götschi (git em das Billet): Ich will nüt, aber s' Babeli von überobe hät mi bäte, das abzgeh. Sie heb e so en Spektakel bi=n=ene ghört, daß es si gfürcht heb, ine z'gah. Adieu Herr Buumeister. (Ab dur b'Mitti).

3

Adler (list): „Geehrter Herr! Die Art, wie man mir in Ihrem Hause, ob mit oder ohne Absicht begegnete, war eine zu insolente, um länger zu verweilen. Ich ersuche Sie deßhalb, mir eine möglichst baldige Lösung unseres Miethskontraktes zu bewilligen.

Amalie von Steinborn."

Was ist ietz das wieder für Tüüfelszüüg? Es schynt si hüt Alles verschwoore z'hah, mi z'ärgere. De Gugger soll das ganz Vereinsläbe hole, wem me mit e sonige Subjekte z'thue hät, wie dä interessirt Professer! Aber wenn mir d'Freud verdorbe wird, wenigstes e=n=ideali Seel uufzsueche, wo mich verstaht, so wäm mer denn na z'erst es Wörtli bezwüscheb rede! (Will na der Syte rechts).

12. Szene.

Luise (im entgege).

Luise: Scho wider diheime?

Adler: Zum Glück, ja. Wenn's bi eu e so zuegaht, mueß me schynts selber na der Ornig luege. (Git ere de Brief.) Weisch du öppis vo dem da?

Luise (list): Keis Wort. Wahrschynli hät de Götschi syni Gspäß mit de Frauezimmere gha und häts vertäubt.

Adler (uruehig uuf und ab, für sich): Vertäubt — vertäubt! — Wie mer das e so ordinär vorchunnt, wenn i a die Sprach bet obe tänke! (luut) Das schynt dich ja sehr glychgültig z'lah?

Luise (ernsthaft): Und dich sehr uufzrege? (nimmt syni beede Händ) Fritz, i will nüd hoffe — — i ha keis Mürli thah, daß du sit vile Wuche=n=Abig für Abig nüd hei chunnst. D'Manne müend Abwechslig und Aaregig ha und i tänke, dyn Ehrgyz werdi vo me selber die richtige Schranke finde. Aber Fritz, Fritz, laß mi um tuusig Gottswille nüd tänke, daß di öppis Anders furt zieht, daß di —

Adler (lachet gizwunge): Ach herrjeh, zur Langwyligkeit na d'Ysersucht!

Luise: Langwyligkeit? Vo dyne politische Rede verstahn i allerdings nüt. Aber häst du ächt öppis thah, um mi zu me ne Verständniß z'bringe?

Adler (mürrisch): Häst du mi emal derna gfraget?

Luise: Me würdi emene-n-ordetliche Zürcher Meiteli meini kuriosi Auge mache, wenn sie si wett um d'Politik kümmere! Du weischt, daß mer nüd wie-n-i Tüütschland, mit gnah werded is Wirthshuus und an alli Ort hi. Bi eus heißt's: Die Wyber ghöred hei und devo verstönd ihr nüt und thüend ihr eueri Schuldigkeit i der Huushaltig! — Vilicht isch es au de richtig Standpunkt. Wenigstes chame hoffe, wenn's e so recht ordetli und suuber im Huus ist, chunnt de Mah dänn wider lieber hei us dene veräucherete Wirthshüüsere.

Adler (z'erst biwegt, nachher wider heftig): Die altmodig Philisterei hät mers ja grad langwylig gmacht! Wenn d'Frau bloß mit em Wüscher und Butzlumpe unne-n-a dem höhere Standpunkt vom Mah hocke blybt, so lueget er si halt na andere Fründe-n-um.

Luise (sanft): Häst du mir e Hand bote, um mir zue der ufe z'helfe.

Adler: D'Liebi mueß si vo me selber uselfe.

Luise: D'Liebe mueß uf kein Standpunkt elei stah wele.

Adler: Ja weme gseht, daß dä Standpunkt für der eint Theil z'höch ist.

Luise: Mah und Frau g'höred uf de nämlich Standpunkt.

Adler: Besser elei dobe stah, als zu zweit unne-n-ume chrüüche.

Luise (e chli chräftiger): Dänn isch es au kei Liebi gsy, wo Beedi zämme güehrt hät.

Adler (chehrt si vo-n-ere ab): Das scho; aber — me cha ja en — en Irrthum erst spöter ygseh.

Luise (fahrt zämme, na ere churze Pause): En Irrthum! (lys, halb erstickt) Fritz, i weiß nüd ob — i Di recht verstande ha?

Adler (will sie bisänftige): Deßwäge bruuchst nüd e so e verzwyflets Gsicht z'mache! Me cha ja doch ganz glückli läbe. Es ist halt wie-n-i tuusig Familie; jedes gaht — syn eigne Wäg.

Luise (halb für sich, wie zerschmetteret): Also doch recht verstande — — me cha doch glückli läbe — — syn eigne Wäg gah! (uf eimal breht sie si na der Thür links) Adie Fritz!

Adler: Was nimmst der's ietz e so schüli z'Herze?

Luise (schreit halb): Nüd schüli — lang nonig schüli gnueg. I chas ja e so schnell unmügli bigryfe. I weiß bloß e so vil, daß es in euserer Familie nüd wie=n=i tuufige gah dörf. Du chast nüd mit em volle Herze, nüd mit Lyb und Seel my ghöre, drum nimm i di bim Wort! — Ja — es — (süüfzt schwer) es gaht jedes syn eigene Wäg. (Sinkt uf de Stuehl.)

Adler: Du leisch es e so uns, ich nüd — i ha bloß gmeint —

Luise (unterbricht en und tritt mit Würdi vor en): Hoffetli, was en Mah vo Ehr und Gwüsse nüd anders meine cha: Vo dere Stund aa häm mir uufghört Mah und Frau z'sy! (Währed er ere be Rugge dreht, gryft sie ruckwärts nach der Stuehllehne, um si z'hebe, und sinkt dänn wie todt uf be Stuehl, be Chopf hinnenübere.)

Adler (nach ere chlyne Pause, trotzig): Wenn Du's durchuus e so ha witt, — — i Gottsname!

Luise (matt): Gang, i bitt Di gang — i will der dänn e so bald als mügli be Platz frei mache

Adler: (gryft e paar mal na der Brust, wie wenn em 's Athme schwer würd, aber immer ohni si nach ere umzbrehe; gaht langsam na der Büreauthüre, bsinnt si, nimmt dänn syn Huet, wo=n=er bim Ytritt mit em Professer uf be Tisch gleit hät, und schnell bur b'Mitti ab).

12. Szene.

Luise, spöter Götschi.

Luise (eitönig nachdem sie langsam und schwer uufgistande=n=ist und sich umbrehet hät): Wenn i bloß wüßt, was uf der Welt aafange ohni in! O Fritz Du weißt nüd, was du mir thah häst! (fangt uf eimal aa überluut z'schreie, wirft si in Stuehl und leit be Chopf uf be Tisch.)

Götschi (a ber Thüre, schnell): I ha de Adler wie's Byswetter us em Huus renne gseh, da mueß es — (gseht b'Luise) Aha — e so gseht's da uus!

Luise (will mit eimmal schnell furt nach rechts gah, gseht in, faßt en a der Hand, zieht en uf b'Syte in höchster Ufregig): Ihr sind's? Chömmed gschwind, zeiged jetz, daß er myn Fründ sind — furt, furt mueß i uf der Stell — helfed mer! — Ich weiß ja mit sonige Sache kei Bscheid. — Stönd doch nüd e so glychgültig da! O myn Gott, kein Mensch, de eim helfe will! (wirft sie wider i be Stuehl.)

Götschi (buckt si über b'Lehne uf sie abe): Jä das gaht nüd e so gschwind. — Z'erst e vernünftigs Wörtli rede! — Hät er wüest thah?

Luise (halb für sich wie im Traum): Jedes soll in Zuekunft syn eigene Wäg gah!

Götschi (ruehig): Hät er gseit? Das gfallt mer, da mueß es famos in em uusgseh.

Luise: Das gfallt Eu!

Götschi: Natürli. Dä känn ich besser als Sie; er ist en brave Mah.

Luise (springt uuf, immer erstuunter): En brave Mah?

Götschi: Wenn i nüd fest devo überzüüget wär, würd i ja mis Luisli zäme packe und bis go Austalie vor em verberge! Aber das ist nüd nöthig. Es ist bloß Uchruut in em gwachse und Du häst z'lang gwartet mit em Uuszeere. Jetz thuets Eu beidenze chli weh. Meinst, i heb das Gwitter nüd biobachtet, wo scho lang über Eu ume grumplet hät? Kein rechte Sunneschy und kein rechte Räge ist gsy; daby ist s'Luisli fast verwelkt; denn es mueß heiteri Sunne hah. Drum isch es guet, daß es endli obenabe g'chlöpft hät. Es macht nüt, wenn's au e paar Blättli verschlage hät. Mir sind jung! (fahrt mit der Hand über b'Glatze) Mir chönned's verträäge! Das chunnt alles wider. (Er ist währed dere Red Arm in Arm mit ere über b'Bühne hin und her gange.)

Luise (ryßt si von em los): Nei, nei, es ist uus! Ihr meined's guet, aber ihr verstönd nüt vo dem Elend, wonner mir athaa hät. (blybt uf der Syte stah mit grungene Hände.)

Götschi (thuet, wie wenn er nüt ghört heb, mit mildem Humor): Und wenn mer e wider aabunde händ, dänn wem mer e fest hebe,

nüb a z'churze Chettene, nei a recht lange und weiche, wo=n=er
nüt devo merkt. Mei dänn wämm mer e strafe! Herr Jesis au,
wie wämm mer dä strafe! Alles mueß er Dir verzelle, was er
am Abig thue und rede will, vorläse mueß er der syni Rede und
erchlääre und Du seist em öppedie, was Du devo tänkist, und
lisist em au e mal es Gibichtli vor mit Dyner Glögglistimm,
weißt e so eis:

> Schlaf wohl, du schöne=n=e Abigstern!
> S'ist wahr, mer händ di alli gern.
> Er luegt i d'Wält so lieb und guet,
> Und gschaut en Eis mit schwerem Mueth
> Und isch me müed und hät en Schmerz,
> Mit stillem Fride füllt er 's Herz!

Daß er drüber furt z'gah vergißt und nüt meh als sis Wybli
kännt uf der Wält. (Rybt si b'Händ) Mei aber, dä wämm mer!
Dem wämm mer s'Läbe suur mache!

Luise (wirst si mit luutem Schreie mit beide=n=Arme a syn Hals):
Ja Ihr sind wie=n=en Vater zue mir, aber es ist ja z'spat!

Götschi (ruehig): Für öppis Guets isch es nie z'spat.
Wottst Du mir solge, wie=n=es Chind dem Vater und ietz ganz
ruehig is Zimmer gah, und wenn b'moorn uusgschlase häst, das
thue, wo der dys Chöpsli und Herzli seit, es sei's Best?

Luise: Hälfed mer bloß, daß i nüd verzwyfle mueß! J will
ja gern Alles, Alles thue!

Götschi: (Sie hät sich a syni Brust mit em Chopf gleit, s'Gsicht
braa verborge; si stönd beidi i der Mitti vo der Bühne. Er umfaßt sie mit
der lingge Hand, strycht ere mit der rechte langsam über's Haar, hebt sys Gsicht
voll zum Himmel uuf und seit langsam und mit der weichste Innigkeit)
Gsehst ietz Müetterli deet obe, daß dä alt Kärli doch na zu
öppisem uf der Wält nutz gsy ist!

(Währed die Gruppe blybt, fallt langsam be Vorhang).

———

III. Act.

Salon der Frau von Steinborn wie im erſten Act.

1. Szene.

Götſchi und Babeli (ſtönd im Gſpräch uf der Bühne).

Götſchi: So alſo das hät mer dyni Madam geſtert geh. (druckt ere es Billet i b'Hand) Und Du ſölliſch es hüte Morge bſorge.

Babeli: Aber wie iſch es au mügli? I ha ſie doch ſelber abzoge geſtert z'Nacht und ſie hät nüt gſeit!

Götſchi: Fyni Dame händ iri Luune; verbrich der de Chopf nüd drüber — es wär ſchad um dä Chopf. Gang und bſorgs; aber renn nüd e ſo, das chönnt dym Teint ſchade bi dere Hitz, und bis go Ußerſihl iſt kein Chatzeſprung! (wo ſie furt will, halt er ſie na mal zrugg) Halt — alſo gäll, ſie chunnt am Morge immer z'erſt dahere und —

Babeli: Ja und dänn redt ſie mängsmal natürli mit ere ſelber und dänn ſchrybt ſie öppediä Brief, öppediä is Tagebuech. Ich mueß deet ſitze blybe, (büütet uf en Tiſch im Hindergrund) und die falſche Zöpf ſtrehle und dörf keis Wörtli rede. Mängsmal ſchlaf i natürli deby i, bis ſie mer d'Brief zum Bſorge aue wirft. Aber es fallt mer grad y, wenn ſie jetz chunnt und ſie findt mi nüd da?

Götſchi: Red ä nüd ſo dumm! Wenn ſie dich go Ußer- ſihl ſchickt, chaſt doch nüd da ſy!

Babeli: Er händ Recht, aber chömmed, i mueß duße de Huet aalegge.

Götſchi: Wo häſt du au dy Garderobe?

Babeli (lachet dumm): Ihr ſind au en Wunderſitz! Da i dem große Chaſte grad vor der Thüre! (macht b'Thüre i der Mitti uuf und ſeit ſcho halb duße) Gſehnd er deet — jetz abie! Machet nu, daß er us em Zimmer chömmed; ſie cha jede-n-Augeblick choh. (ab.)

2. Szene.

Götſchi (elei, rüeft ere nae zur Thür uus):

Gang weidli, gang! (buckt ſi under der Thüre und bringt verſchideni Chleider zum Vorſchy, bie-n-er uusſuecht.) Die wär beſorgt und aufgehoben. Vor ere Stund chunnt sie nümme. Es hilft alles nüt, ich mueß dem Adler es Liechtli ufftecke. Us dem Babi sym Gschwätz han i gmerkt, daß die Lorelen da inne es Tagebuech füehrt i de Morgestunde. (suecht i dene Chleidere ume.) E so vill wird i scho ghöre und gseh, daß i chalts Wasser uf dä heiß Buu= meister schütte cha. Probiert mueß sy, nützt's nüt, so schadt's nüt. (Leit si aa, Underrock, Jacke, Huube, wo=n=em de ganz Hinderchopf teckt.) Mängi Frau leit Hose=n=aa, um 's hüslich Glück z'ruiniere; da chan i scho emal de Underrock alegge, um en unglücklichs Eh= päärli zämme z'bringe. (Er ist währed dem fertig agleit.) Sie chunnt, wo sind b'Zöpf? (hebt sie i b'Höchi.) Ihr werded e chli Haar lah mueße hüt e Morge! (Setzt sie an Tisch im Hindergrund, links vo der Mitti mit em Rugge na der Bühne und strehlet yfrig uf b'Zöpf los.)

3. Szene.

Götschi. Fr. v. Steinborn (Fr. v. Steinborn im elegante Negligee us der Syte links, es Buech i der Hand, liest.)

Fr. v. Steinborn: „Pfui, Pfui darüber, s'ist ein wüster Garten, der auf in Samen schießt, verworfnes Unkraut erfüllt ihn ganz und gar." Mir ist, als ob der Dichter nicht die Welt, sondern mein Inneres mit diesen Worten schildert. — O wie es braust, wie es tobt! Mein ganzes verfehltes Leben liegt in den Worten: Groß sein, heißt nicht ohne großen Gegenstand sich regen.

Götschi (für sich): Hürath du nu en tüchtige Mah, de wird der dyni Pflänz scho vertrybe!

Fr. v. Steinborn: Was sagst du Babett? — Sei still, ich wünsche ein für allemal deine albernen Bemerkungen nicht. (Sie dörf während der ganze Szene höchstes flüchtig sich nach dem verkleidete Götschi umeluege.) O ich hätte die Welt aus den Angeln gehoben, wär ich ein Mann geworden! — O warum ich in Weiberkleidern und so mancher elende Wicht in Sporen und Stiefeln?

Götschi (brummlet die Melodie): In Stiefeln und Kanonen!

Fr. v. Steinborn: Schnarchst du schon wieder, abscheu= liche Person? — Gut denn, hat sich die Natur im Ton bei mir

vergriffen, so respektiere ich auch ihre Gebote nicht. Und hat
die elende Sitte uns große Gebiete verschlossen, so amüsier ich
mich in dem eng umpferchten Raum. Wer kann mir's verdenken,
wenn da nicht viel Gutes herauskommt? (Am Schrybtisch rechts im
Vordergrund): Ich will mein Herz wieder mal an die alte liebe
Freundin entladen, die mir dann regelmäßig ganze Bogen Sermone
zur Antwort schickt. Haha! — Der Baumeister denkt sicher,
daß was anderes als Zeitvertreib mich mit ihm spielen läßt.
Nicht einmal dazu taugt er. Er schmolz beim ersten Anhauch.
(Schrybt) „Theure Natalie. Wenig fehlte, so wär ich schon bei
dir oben auf dem lustigen Righi. Ich habe hier nur noch einen
Spaß einzufädeln, mit dem hölzernen Hausherrn ein Lustspiel
aufzuführen. Schade um den Menschen! Sein Aeußeres wär
nicht übel und bildet bereits den Uebergang vom Darwin'schen
Urmenschen bis zum geträumten Ideale. Aber hörtest du nur
diesen Dialekt, zumal wenn er ihn verläugnen will! Knarrende
Hobel, kreischende Säge und Töne eines schnarchenden Bierbrauers
— da hast du sie. Und ein Tanzbär, wenn er geckenhaft liebens-
würdig sein will! Gestern hat mich ein halbverrückter Trunken-
bold, der zum Hausinventar gehört, geärgert —

Götschi (springt uuf, bsinnt si): Jä so! (setzt si wider und strehlet
wüethig i b'Zöpf inne.)

Fr. v. Steinborn: „Dafür soll der gute Adler in Folge
eines gestern mit Auszug drohenden Billets zu meinen Füßen
wimmern und das fadenscheinige Gesicht von Gemahlin Abbitte
thun. Dann bin ich Herrin und treibe Unfug, so viel mir beliebt.
Du weißt Theure, ich bin ein Theil von jener Kraft, die stets
das Böse will und es auch manchmal schafft." (Couvertiert de Brief,
gaht nach der Syte links und wirft im Vorbyweg Götschi das Billet über b'Achsle.)
Hier Babett, kleb eine Marke drauf, mach's zu und besorg's auf
die Post. Wenn ich klingle, komm mich anziehn. (ab zur Syte.)

4. Szene.
Götschi elei.

Götschi (lueget ere pfiffig nae.): Seb wem mer doch lieber sy
lah! (chunnt in Vordergrund und hebt de Brief i b'Höchi.) So das ist es

Pfläſterli uf dy Liebeswund, Moßjeh Adler! Das iſt Medizin
für d'Ehmannsmaſere — — aber halt! Götſchi, Götſchi! Brief=
gheimniß? Dörf me das? — Zwar — er iſt offe; bie iſt e
ſo vom Babi ſyner Dummheit überzüüget, daß ſie z'fuul iſt, en
ſälber zue z'chlääbe — — aber, aber, (energiſch.) — Ach was, das
chunnt vo de Wyberchleidere, da ſitzt d'Ängſtlichkeit drinn. Abe
mit ene! (Rypſt ſi vo ſich.) So mer wänd ietz ruehig naetänke.
(chlyni Pauſe.) Und i Chriegszyte? Gilt da öppe s'Briefgheimniß?
Mir händ Chrieg im Huus; ich bi de verantwortlich Miniſter.
Oder im Zuchthuus, mit Reſpekt z'vermälde, laht me da Öppis
ungläſe eweggah? — Und ghört biä beet nüd is Zuchthuus?
Mit aller Achtig vor em wybliche Gſchlächt mues i ſäge: Ja!
Und will ſie über 's Züritüütſch ſchimpft, müeßt ſie na extra a
Chettene gleit werde. — Chum, chum Briefli! Du mueſcht zum
Adler; du häſt zwoo Stimme gäge dich, und die dritt iſt die
von Jeſuite: (mit komiſchem Triumph) Dä guet Zweck heiliget die
ſchlechte Mittel! (ſchnäll ab.)

Verwandlig.

(Em Adler ſys Wonnzimmer wie im zweite=n=Akt.)

5. Szene.

Adler (chunnt langſam, bleich, us der Thüre rechts vo ſym Büreau uſe.)

Spöter Luiſe.

Adler (mit müeder Stimm): Ich meine, das ſei die gräßlichſt
Nacht i mym Läbe gſy. Wo=n=i ha wele usgah, iſt mer uf
jedem Tritt das todtebleich Gſicht vom Luiſli vor Auge gſtande
und hät mi hei gjagt, wie wenn underdeſſe diheim es Unglück
paſſiert wär. Und wo=n=i ha wele=n=überufe wäge dem Billet,
hät mer das glych Gſicht vo der Stäge obenabe=n=etgegeglüüchtet,
e ſo uheimli — — i traume doch ſuſt nüd am helle Tag —
aber i ha mi dervor is Büreau ine gflüchtet. I ha wele=n=ar=
beite; da ſim mer d'Zahle und d'Strich vor de=n=Auge=n=ume
tanzet wie böſi Geiſter. Und uf eimal ſindi biä Plän da ligge;
es iſt b'Villa vom Profeſſer fir und fertig; ich hetts ſälber nüd

beffer mache chönne. Ift das en Spuck? Hände Heinzelmännli
ine treit? — Es ift grad, als ob s'Schickfal ein fo recht für de
Naare halt. De chly Chummer nimmts eim ab, um en größere
uf ein z'werfe. Was lyt mir iez a dem Lumpegält, wo=n=i myn
größte Schatz verlüüre mueß! — Ja, ja myn größte Schatz!
— Sid hüt z'Nacht weiß i's, fid mer das truurig Gficht vom
Luife immer vorgfchwebt ift — immer — immer; (erfchrocke, lueget
na der Sytethür links) Da ifch es fcho wider! Nei es ift kein
Traum meh — fie ifch es felber! — O Gott wie gfeht fie uus!

Luife (mit offene Haare, bleich im Morgechleib.) Keis Aug zue=
thah, keis Aug! — Warum han i eigetli nüd fchlafe chöne? —
J ha doch kein Gibanke gha; fidbem i nümme dörf an in tänke,
ifch es ja leer i mer! (fetzt fi vorne uf be Fauteuil am Tifch links.)
O wie bin ich nüed, — wie müed!

Adler (ganz uf der andere Syte, ohni fie aazluege, bumpf): Meinft
öppe, es göng mir anders?

Luife (will fchnäll uufftah, fallt aber wider in Stuehl): Du? —
Bitti gang! J ha nüd gwüßt, baß b'na da bift, fuft bift um
biä Zyt ja immer furt — gang! — J ha=n=i der Gfchwindig=
keit bloß nanig furt chönne, fuft hettift mer nümme z'bigegne
bruuche. (Will uufftah, finkt, indem fie rückwärts nach der Lehne gryft, lang=
fam zämme uf be Bobe abe, fo baß fie mit em Chopf uf en Stuehl lyt, en
tüüfe lange Süüfzer, bänn macht fie b'Auge zue.)

Adler (breht fi um; wo ner b'Luife i bem Zuestanb gfeht, rüeft er etjetzt):
Luife! (ftürzt zue=n=ere, nimmt ihre Chopf uf fyn Schoß, indem er nebebere chnüület)
Luife! — um Gotteswille — Luife! — Thue mer das nüd. —
Chum — Chum! Es wird fcho wider beffer werde. Straf mi
nüd e fo hart, grad i bem Augeblick, wo=n=i weiß, wie lieb i
bi ha!

Luife (lyslig): Säg mer das na mal — bloß das letft Wörtli!

Adler (lybefchaftlich): Tuufig und tuufig Mal fäg i der,
baß du mer s'liebft feigift uf der ganze Wält!

Luife (richtet fi langfam uuf, er hilft ere uf be Stuehl): Nei, das
ift z'vil. J bin ja z'fride, wenn b'mi e bitzeli lieb gha häft.
Das git mer e fchöni Erinnerig i b'Einfamkeit.

Adler: J b'Einsamkeit? Was wottst damit säge?

Luise (pfrig): Daß i gseh ha, es wär es Unrecht, wenn e tummi Frau dem Mah in Wäg trete würd, emene Mah, dä e ganz anderi Bigleiterinn zum Gipfel der Birüemtheit verdient, als ich eini bin, e so eini, die=n=en z'würdige verstaht grad wie syni Fründ.

Adler: Um Gotteswille, red mer au nümme vo de Fründe! J ha gestert e Lektion überchoh. Und was die Birüehmtheit bi=trifft, so häm mer i dere schlaflose Nacht die aagjangene Arbete und alli versuumte Sache i mym Büreau prediget, daß me=n=sym Bruef syn höchste Stolz und sy Ehr sueche sott.

Luise: Nei, nei, nach di nüb selber chly! Du chast nüb wie Anderi im Alltagsläbe uufgah. Du häst e so vil Gidanke, daß bu's woll dörfst dem Vaterland widme. Deßwege häst immer na Zyt für's Gschäft, wenn bu's nu recht ytheilst. Ich bin ebe b'Schuld, daß i di nüb druf uufmerksam gmacht ha.

Adler (grüehrt): Du b'Schuld? — Du sammlist süürigi Chole uf mys Haupt. Du b'Schuld? Wo=n=i e so brummig und mürrisch a der verby glosse bin!

Luise (gschämig): Ebe das ist grad e so schön gsy, wenn Du mit em Chopf voll Gidanke ume glosse bist. Denn han i di immer verstole vo der Syte bitrachtet, und Du bist mer vorchoh, wie so en General oder en Held im Alterthum, dä nüt als mächtigi schöni Sache verrichte cha.

Adler (sinkt nebed irem Stuehl uf b'Chnüü, faßt iri Häub): O Luise! (für sich) Und ich eisältige Narr ha gmeint, es gäb öppis Schöners als Züritüütsch!

Luise (fahrt wie im Traum furt): Und dänn han i i der Stilli, wenn b'surt gsy bist mit Dir, oder eigetli mit mir, gspröchlet und ha der de Bart gstreichlet und dänn häst du grad e so chnüüle müeße. So, han i dänn gseit, du Herzesmannli, iez hät me dä mächtig Fürst und Regierer e mal abethah, iez mueß er ghöre, wie lieb me ne hät. J dem prächtige Chopf, wo luuter e so gwaltigi Sache dinne steckd, mueß iez es Augeblickli das Luisli elei alles uusfülle. Gäll das ist e Straf?

Adler (ufer fich): E Säligfeit isch es, es Gottesglück, e Gnad, die=n=ich gar nüd verdienet ha! (springt uuf und will sie a fich drucke.) Du guets, herzigs Wybli!

Luise (wie us em Traum erwacht, stoßt en z'rugg, ängstlich.) Herr= jesis, das ist ja Alles verby — i ha ja bloß vo früener gredt. Laß mi au, bitti — laß mi!

Adler (mit glücklichem Humor): Wänn me=n=eim es Edelsteinli zeiget und blitze laht, mueß me's nüd wider e weg neh. Nei Luise, ietz will i der zeige, daß du Recht häst und daß i en gschyde Mah bin. (Hät sie bi der Hand gfaßt und staht mit ere vorne i der Mitti.) Wänn i das nüd wär, so würd i na der Birüehmtheit trachte. Aber lueg, alli birüehmte Männer vom Augustus bis zum alte Fritz sind unglückli gsy im Uebrige. Gsehst, e so gschyd bin ich, daß i lieber will unbirüehmt aber glückli sy. (Innig.) Witt du mer nüd bystah, daß i diä Gschydheit nüd wider verlüüre? Chönntst du mi würkli zu me ne=n=arme Tropf mache, dem nüt blybt als die arm= selig Birüehmtheit, wo=n=er nanig emal hät?

Luise (lueget en wie geistesabwesed aa): Grad wie de Götschi gseit hät — nach em Gwitter — e so heiter lachet syni Auge wider — und wenn i — wie=n=er gseit hät — mys Herz frage soll — — (wirft sich im uf eimal an Hals, sie chüsseb sich lang.)

Adler: Lueg du Engeli, ietz isch es mer, als ob mer grad Hochsig gha hebid! (zieht sie nebeb sich uf en Stuehl.) Aber ietz säg, was hät eigetli dä Götschi wider mit eus z'thue? — Am End hät er die Plän au is Büreau- ine gschmugglet?

Luise (lachet fröhlich): Nei das sind em Lämmli syni, wo=n=er ligge lah hät.

Adler (erstuunt): Lämmli, i mym Büreau? Was hät dü deet inne z'sueche ghah?

Luise: Muest aber nüd bös sy! Mit em Töbli hät er rede wele, de Götschi hät e bracht.

Adler (staht uuf): E schöni Ornig i dem Huus, das mueß i säge.

6. Szene.

Vorigi. Götschi und spöter Babeli.

Götschi (stürzt i größter A ine bur b'Mitti): Chum i nonig z'spat? Da Herr Adler, läsed Sie, läsed Sie! Hosseli e guets Rezeptli und chost nüt! (git em be Brief.)

Adler (bursüügt be Brief und git em e ruehig zrugg): Jä, was gaht mich dä Brief aa? Götschi, Jhr maches schöni Gschichte! Frönbi Brief ufbräche und ume träge, — das chann eu in Garte wachse! Und es Rezept bruuched mir ja beidi nüd. Gäll aber Luise? (streckt ere beedi Händ etgege und umsaßt sie) Mir sind cheruegsund.

Götschi (chlyni Pause, mit komischem Aerger): So — also ume= sust in Underrock gschlosse! — Aber das chunnt devo, wem me si zwüsched Ehlüüt mischt. (will ab.)

Babeli (chunnt mit süürrothem Gsicht bur b'Mitti und rüeft scho dusse) Er mueß da sy! (stolperet über b'Schwelle=n=ine.) J ha mer's ja tänkt. (uf Götschi zue) Sie impertinente Mensch Sie! (athemlos und im größte Zorn.) Eim vo der Schiffländi go Ußersihl use schicke, go natürli es Bruusbulver z'hole! D'Apitheker sind all zsämme choh und händ si b'Büüch ghebet vor Lache, wo=n=i gseit ha, es sei öppis Wichtigs und das Billet abgeh ha. Und wo=n=i natürli erzellt ha, daß i bi dere Hiß scho e halbi Stund uf de Beine seig, händ's mi giraget, ob dänn natürli i der große=n=und chlyne Stadt keis Bruusbulver ufztrybe sei. Und s'schönst ist, daß überobe b'Madame ygspeert ist und chlopfet und brüelet wie verruckt.

Götschi (hät wie au die Andere chuum s'Lache verhebe chöne, seit iez ganz ernsthaft mitlydig): Gsehst, wie=n=es Glück, daß du es Bruus= bülverli für sie häst! Das wird ere guet thue; chast ere=n=au säge, sie soll si bim Ypacke nüd z'viel aastrenge. (Mit eme Blick uf Adler, be em zuenickt) Es sei is zwar sehr aagnehm, je ehner je lieber, aber sie söll si kein Schade deby thue. — So und da häst de Schlüssel, laß sie us em Speckchämmerli use — halt! dä Brief gibere wider! Sie heb en vergesse z'betschiere. Sie söll ja Acht geh, daß sie si nüd selber deby betschieri! (Er trüllet 's Babeli, das mit offenem Muul erstuunt bastaht, um und schiebts use.)

7. Szene.

Vorigi ohni Babeli, spöter Jumpfer Chrävogel
und Tödli.

Götschi (wüscht si de Schweiß ab): So, das hät mer aber
heiß gmacht (Gieht b'Plän uf em Tisch ligge.) Aha, dem Lämmli syni
Plän! Jetzt heißt's na es Tüpfli uf's J mache. (stürmt furt
dur b'Mitti, me ghört glychzytig dusse öppert geusse. J. Chrävogel hinkt ine.
Adler und Luise uf sie zue.)

Beidi: Was git's au? Was händ Sie au?

J. Chrävogel: Dä wüest Grüsel hät mi uf's Ägerstenaug
träte. (Sinkt mit eme Süüfzer uf en Stuehl.) Dä mueß mer schynts
überall in Wäg laufe! Und Sie müend gwüß nüd tänke, daß
i a der Thüre glojet heb, nei e so öppis thät i für keis Gäld
— Au! Au!

Tödli (vo links): Wer jameret au e so grüseli? — Herrjeh,
Jumpfer Chrävogel! J ha gmeint, Sie hebed si verschwore, eus
nümme z'bsuche?

Adler: Gang gib es Schnäpsli use, Tödli, eusere Bsuech
mueß es Schlückli zur Erholig ha.

Tödli (lueget Adler lang aa): Du machst e so e vergnüegts
Gsicht, wie=n=is gar nümme a dir gwonnt bi. Und s'Luise chunnt
mer au e so glächerig vor und hät doch na Thräne=n=in Auge.
Was ist ä das?

Luise: Tödli, hüt ist en Festtag für eus Alli, en Tag wo
mer — — aber bitti, mer vergässed ja ganz d'Jumpfer Chrävogel!

J. Chrävogel (ist wunderfitzig ane choh): O thüend Sie,
wie wänn ich gar nüd da wär!

Tödli: Ja das wär na schöner! Trinked Sie au, bitti!

Adler (lachet): Sie hät ja nüt. Du bist e schöni Wirthin!
Luise, wottst du ächt gschwind —

Luise (hanget si a syn Hals): J mag e keis Augeblickli vo
der eweg gah Fritz — s'Tödli ist scho e so guet —

Tödli (ärgerli): Es wird nüd e so pressiere! (Nimmt d'Luise
uf b'Syte, halbluut) Sind er würkli wider ganz guet? Ja du bruchsch

es nüd z'versichere, Dyni Auge verzelled mer's. Aber gäll ietz seist ims wäge mir.

Adler (bezwüscheb): Kei Heimlichkeit meh! Mit bir bu Intrigantin will i dänn na extra — (J. Chrävogel hät si ane gichliche und streckt be Chopf zwüscheb bem Adler und Töbli bure, um z'lose. Adler dreht si zum Töbli und will ere uf b'Achsle chlopfe, faßt aber b'Chrävogel statt besse am Chopf) O i bitte tuusigmal um Entschuldigung!

J. Chrävogel (rybt si be Chopf): O es macht nüt, es macht gwüß keis Bitzeli! Im Gägetheil, i gsehne=n=ietz doch was bie arme Frauezimmer by=n=ene lybe müend.

Luise: Jumpfer Nachberi, Sie ired gwaltig, wenn Sie meined —

J. Chrävogel (bä Satz so gschwind als mügli und gäges End immer schneller): Pst! Redeb Sie keis Wörtli! I weiß gnueg, Sie armes verlaßes Wurm. Und du guets Töbli, tänk, ich seig e Muetter und schütt Dys Herz uus. I ha woll gseh, wie=n=ihr Beedi hüt z'Nacht umme glosse sind und b'Händ grunge und gsüüßget händ. Jn=e so biwegte=n=Augeblicke vergißt me ja b'Läde und Vorhäng zue z'mache. Und wo soll Eu ghulfe werde, wenn e bravi Person dem Huustyrann nüd e mal de Chopf z'recht setzt. I bi scho i mängem Huus gsy und ha Viles wider guet gmacht und gränkt und bi mir sind alli Gheimniß guet verborge. Det bis Schnyders änne, wo de Mah immer zunere jüngere glosse=n=ist, und im Rennweg bis Bumbelis, wo de Brüeder us der Storchegaß die suuber Gschicht aagfange hät, wil d'Frau immer elei gsy ist, wer hät da müese Friede stifte als ich? Wer hät hüüf ghebt, wo's mit verbundene=n=Auge is Unglück ine grännt sind, als ich? Drum chömmed Chinde, chömmed und verzelled mer alles — und Sie Herr Adler, tänked Sie, daß es na e Vorsähig git und gönd Sie i sich — (sie schöpft e chli Athem.)

Adler (ruehig, gemüetlich sarkastisch): Ja gern, und wo wänd Sie hygah?

J. Chrävogel (ganz verblüfft): Ich — hygah — jä —

Luise: Er meint bloß, will mer augeblickli so bischäftiget sind mit de Vorbireitige zur Fyr vom seufjährige Hochsigtag.

J. Chrävogel: Hochsigtag — Fyr — ach du myn Gott — i ha gmeint — Aber Töbli dir macht mes doch, tänk i, e so uverschamt?

Töbli: Gräßli macht me mer's! (büütet uf Luise und Adler, wo si uf der Syte umarmed) Gsehnd Sie, grad wie sie's enand macheb.

J. Chrävogel: Jä (gibehnt) — Wofür bin ich dänn eigetli choh?

Alli: Ebe das möchted mer au wüsse!

J. Chrävogel (wüethig): Es schynt, me halt mi da für de Nare! Aber zum dritte mal passiert mir das nüd. Ich müeßt nüd Chrävogel heiße, wänn ihr mich nüd na rüestid, aber dänn isch es z'spat. (Kumplimentiert si rückwärts na der Mittelthüre) Ich empfehl mich dere glückliche Familie. Haha! Glückli! — Das kännt me, — so lang's duuret. Dänn bin ich aber nümme da, dänn chönned er luege, wer en Stein des Aastoßes — Au! (sie stolperet rückwärts über b'Schwelle und verschwindt unter fortwährebem Schimpfe=n= und Jamere).

8. Szene.
Vorigi ohni Chrävogel.

Luise (währeb alli lacheb): Gang Töbli, bigleit sie! Sust fallt sie am End b'Stäge abe und bricht Arm und Bei. (Töbli ab.)

Adler (lachet): Und's Muul! Aber los Luise, wenn da bloß de Götschi nüd wider behinder stäckt! Weisch, dä Mah dörfed mer nüme=n=e so umelaufe lah! Dä chehrt is nüd bloß s'Huus z'underopsi, sundere die ganz Stadt und Ußegmeinde. S'wird am Gschybste sy, mer nämed e z'ue=n=is abe. Weisch das Zimerli nebet eus, das würd grad für en passe. Da häm mer e besser in Auge.

Luise: O du guets Mannli, bloß wil b'weisch, es macht mer Freud.

Adler: Vilicht au, damit b'Familie volzeliger wird, denn s'Schönst und Best ist halt doch —

Luise (faßt syni beede Händ): Wem me glückli und z'fribe=n=ist i der Familie. (Sie umarmed si.)

4

Letzti Szene.

Vorigi. Götschi. Töbli. Lämmli.

Götschi (bußte): Vil Hünd sind s' Hase Tod! Machet Sie kei Umstänb! (Er unb Töbli schleikeb be Lämmli ine.)

Lämmli: Ich bitte Sie, z'konstatiere, daß ich blos zwangs= wys bas Zimmer bitritt.

Abler: Ah, Herr Lämmli! Grad recht, i han es Wörtli mit enc z'rebe. (Di Anbere träteb zruck) (komisch fyrlich): Wüsseb Sie, was Huusfribesbruch ist? Wüsseb Sie, was Ybruch ist i ver= schlossni Gimächer under erschwerebe=n=Umstänbe unb mit Hinber= lassig vo Korpora delikti? (zeiget ui b'Plän.)

Lämmli (will plötzli bevo ränne. Alli umringeb e.)

Götschi: Hebeb e!

Abler (setzt zwee Stüehl i b'Mitti vorne): Füegeb Sie sich in Ihr Schicksal. Vilicht chan i bur e churzi Sitzig verhindere, baß Sie länger zum Sitze chömmeb. (Sie setzeb si.) Wie chömmeb Sie zu bene Pläne.

Lämmli (bischeibe aber sest): Heh, Sie häm mi ja damals mit gnah zum Professer unb ba han i Ene ghulfe, alles uuszmässe unb z'notiere, unb will mers Freub gmachet hät, han is für mich biheime uusgfüehrt.

Abler: Jä aber alli die Zeichnige, e so ärakt unb suuber?

Lämmli: Das han i halt i be Freistunbe zu mym Ver= gnüege gmacht.

Abler: Wettib Sie mir die Plän überlah?

Lämmli: Mit tuusig Vergnüege!

Abler (staht uuf, für sich): Nei mit breitnusig! Mir falleb breitnusig Stei vom Herze. (luut) Aber Sie werbeb en gföhrliche Conkurent! — Töbli chum au ane; frag bu bä Herr, ob er ächt wett es Kumpeniegschäft mit mer aafange?

Töbli (gibehnt): Mit Dir?

Alli (lacheb.)

Töbli (ärgerli): Han i scho wider öppis tumms gseit?

Lämmli (e chli muethiger): Ich bin deby, wenn nämlich d'Firma heißt: Adler, sœur und Kumpenie!

Adler (füehrt s'Töbli i syni Arm)

Götschi (für sich): Hebed e! So der Mohr hat seine Schuldig= keit gethan; zwüschet glücklichi Lüüt mueß me si nüd ine tränge! (will heimli use.)

Luise (vergnüegt): Hebed e! (holt en füre zwüscheb beibi Paar) Möchted ihr nüd us euerem einsame Chämmerli zue=n=is abe zieh, und wil er e so guet aagsange händ, wyters „Müetterlis" mache?

Götschi (git ire und Adler grüehrt b'Händ): Danke, danke! Aber gälled, i dörse=n=immer e richtigs und chräftigs Züritüütsch mit eu rede?

Alli (vergnüegt): Immer Züritüütsch!

(De Vorhang fallt.)

Sammlung
deutsch-schweizerischer Mundart-Literatur.

Aus
dem Kanton Zürich.
Siebentes Heft.

Zwei einaktigi Luftspiel.
Liecht ufz'füehre i Vereine und Familie.

Vo

W. F. Niedermann,
Verfasser vom „Züritüütsch" u. s. w.

Zürich.
Druck und Verlag von Orell Füßli & Cc.

Inhalt.

Terzett mit Hindernisse.

Lustspielscene.

Persone.

De Mah.

D'Frau.

De Nachber Kümmerli.

D'Magd Nägel.

D'Scene ist i=m=ene bessere bürgerliche Huus.

—

1. Scene.

(Eligant's Wonuzimmer mit Mittel= und Sytethüre links. — [Links und rechts immer vom Zuschauer us].)

Mah und Frau.

(Sitzed bi=n=übererste vom Mittagesse links vorne usem Sopha oder uf Stüehle. Er list i der Zytig. Rechts vorne e chlyses Tischli mit Stuehl.)

Frau: Chönntst ietz an e chli mache!

Mah: Augeblickli — nu na — So jo, also doch — ja natürli — (immer i b' Zytig vertüüst.)

Frau: Er muez ietz grad choh!

Mah: Er ist ja scho da.

Frau: Wer au?

Mah: Häh, de chinesisch Gsandte.

Frau: Laß mi au z'fride mit de Chinese. I meine ja de Herr Kümmerli, eusere Nachber mit der Flöte. Und du chönntst ietz d' Gyge go hole. Häst gwüß vergesse, daß eusere Terzetttag ist? Drum han i ja 's Klavier gestert extra stimme lah.

Mah (lueget uf): Aha, richtig — nä nei — ha scho dra tänkt. Hoffetli werded die Chinde überobe nüd wider e so en Seuspektakel mache, grad wämer bim Abdagio sind. (List wider.)

Frau: Ja es ist esange e Straf, wie d' Chinde erzoge werded. Mir händ diheime=n=au musikalischi Lüüt im Huus g'ha. Uf em oberste Bode hät en alt's Päärli gwont. Er hät's Fagot blase und sie hät en mit der Guitarre bigleitet. Mei! do sim mir Chinde uf de Zehe usetüselet und händ gloset vor der Thüre, adächtig! Gwüß mer händ ordli d' Händ zämme gha.

Mah (lachet): Fagot und Guitarre! Haha! Ja das muez allwäg de Chinde imponiert ha, bsunders wenn d' Chatze=n=im Hof unne devo rebellisch worde sind.

Frau (piquiert): Ja den ietzige Chinde imponiert natürli nüt meh. Es wird ja scho i der Schuel defür gsorget. Mir sottid aber nu eis ha, und wänn's de wildist Bueb wär — i wett em zeige, was si g'hört!

Ma h (hät ſi wider i b'Zytig vertüüſt): Da hämmer's! — Ja du wettſt em zeige — da die händ's em au zeiget — gſehſt da — los nu: (Liſt) Wie bitter ſich falſche Erziehungsmethoden rächen, mußte letzte Woche eine ſehr begüterte Familie in Hamburg erſahren, die ihre Kinder durch äußerſte Strenge vor Ausſchreitungen zu bewahren ſuchte. Der älteſte Knabe, ein hoffnungsvolles Kind, entlief der väterlichen Zucht, ging auf ein Schiff und wurde von dem jähzornigen Kapitän bei der erſten Reiſe, als er ſich ungehorſam zeigte, mit einem Holzſtücke niedergeſchlagen.

Frau: Jeſſis! Jeſſis! Und e ſo öppis magſt mer na vorläſe? D' Strengi iſt da nüd d' Schuld, ſundere wil me b' Chinde nüd zu rechter Zyt Ehrfurcht und Achtig lehrt.

Ma h: Mit andere Worte der Autoritätsglaube, ſäg's nu uſe das fatal Wort, wo ni e ſo vertäube cha.

Frau: Mynetwäge g'heiß es, wie b' witt. Ich ſäge eiſach: folge und Reſpekt ha vor allem, wo de Vater und de Großvater ſcho devo Reſpekt gha händ. Aber i der Schuel lehred ſie's ja grad 's Gägetheil. Me merkt's, wenn's uf em Heiweg ſind. Gſehſt du e mal, daß euſerem Nachber ſyni Chinde eim chlöpfed oder de Huet abziehnd, wenn's an eim verby gönd?

Ma h: Jetz wegem chlöpfe — ſäb nimmene nüd übel. Weiſcht die Tatze, wo 's eim da hereſtreckd, das ghört nüd zum appetitlichſte, wo=n=ich kenne. Nä nei, laß nu guet ſy; de Fehler lyt allerdings a der Schuel. Aber die mittelalterliche Bölimanne, wo me glückli uſe pragliziert hät, die ſind nüd b' Schuld. Ehnder öppis anders. Me ſchwarblet jetz halt z'vil in Theorie ume und b' Chinde chömed de Chopf voll unverdaut's Zülg über. D' Fühlig mit em Läbe mueß hergſtellt werde.

Frau. (Mönet es Liebli vor ſi ane.)

Ma h: Was häſt au?

Frau: I weiß ſcho, was chunnt. Du brötſchiſt wider 's alt Liebli vom Handſertigkeitsunterricht und daß b' Buebe all Schuehmacher und Schloſſer werde ſettid.

Ma h (piquiert, ſtaht uf): Brötſche iſt grad nüd de richtig Usdruck für eme Mah gegenüber, wo ernſthaft redt.

Frau: Ist aber au wahr, ebig 's glych z'chäue, wäme doch
gseht, es chann emal nüt drus werde!

Mah (ist hin und her glosse; staht uf eimal stille): Nüt drus werde?
Haha! Jawoll! Was d' au du meinst! Wäm mir en Bueb hettid,
ich wurd 's duretrucke i der Schuelpfleg —

Frau (holt en wider zue ji ane): Truck du lieber de Zucker
dur de Kasi dure, säb ist vorläufig gschyder und chum go e ver=
nünftig's Wörtli rede — (rüeit) Nägel, ist de Kasi nonig fertig?
— Was meinst, daß mer hüt durenämed? Das Beethoven=Trio
chunnt mer neime=n e so ungschickt arrangiert vor.

Mah: Heillos! 's ist grad, wie wenn der Arrangeur nüt
vo der Technik vo=n=Instrumente verstande hett.

Frau: Es macht mer ehnder der Ydruck, wie wenn's mit
ere gwüße Respektlosigkeit gsetzt wär, e so vo mene junge Musiker,
wo syni Intentione a d' Stell —

Mah (lachet): Haha! Vom Autoritätsglaube und der fromme
Verfenkig i's Original gschribe hät. Da hämmer's.

Frau (springt ärgerli uf): Du bist aber würkli i=n=ere ab=
scheuliche Stimmig. Wenn d's druf agleit häst mi z'ärgere, so
säg's, dänn gah=n=i use —

Mah (gmüethlich): Wenn du buße bist, chan i di ja nüd
ärgere.

Frau: Ruedi, mach mi nüd bös! I säg der's zum letzte
Mal!

Mah (chunnt füre und faßt sie um b'Taille): Aber bitti, wer wird
au e so thue! Aber han i der's nüd vo der Zunge eweg gnah
vorhinig?

Frau (stampfet): Ja, ja, ja und hunderttusigmal ja! Alles
Ungschickt und Widrig chunnt vo dere chätzers Selbstgfelligkeit
und Ybildig vo euserer Juged, dabi blybi.

Mah: Ebe, drum soll eusere Bueb emal 's praktisch Läbe
und syni Bidürfniß früeh kenne lehre. Mei! das macht's bscheide
und chlyluut, wenn e so eine, wo i Gidanke Schlachte gschlage
und ganzi Paläst ufbout hät, gseht, daß er nonig emal zwei
Brettli grad an=e=n=and lyme cha!

Frau: Mit dym grusige Lyme! Es schmöckt mer scho derna bim bloße Gidanke. Dänn fehlti nu na d'Pappe und justigi Schmiererei.

Mah: Chunnt au derzue, perse! Alli Handarbeite müeßti eusere Bueb kenne lehre.

Frau (spöttisch): Bis er vor luuter lyme und bappe en Schrynerlehrbueb wird.

Mah: Wär keis Malheur. D'Hauptsach ist, daß er das, was er cha, ordli lehrt und trybe cha.

2. Scene.

Vorigi. Rägel (bringt Kafi us der Sytethüri.

Mah: Was händer? Es tunkt mi, er schreid. Ist b'Milch überlosse?

Rägel: Ach du myneli! Bhüetis nei! Mi Muetter hät — o — oh — oh — hät — (schreit.)

Frau: Jä bitti, rebed äu, händ er en Brief vo diheime überchoh? Bo der Stüfmuetter?

Rägel: Sie händ wider öppis Chlyses.

Mah (für sich): Jetz schreied diä deßwäge! Mir wurdib lache und gumpe! D'Gschmäck sind doch verschide.

Frau: Hä nu, e so schüüli wird's nüd sy.

Rägel: Ja, es ist halt — wie soll i säge — zwei Chlyses.

Frau: Jä was? Öppe Zwilling?

Rägel (nicht immer im Schreie): 's macht ietz dryzähni.

Mah: Hm! Hm! Das ist fryli kei biliebti Zahl, absunder= lich wänme si na mueß großzieh.

Rägel: De Vater hät alliwyle gmeint, er chönn e paari ewäg geh, aber 's will's halt niemer; sie sind z'läbig.

Frau (zum Mah): Aha gsehst, gib Acht, es fehlt ene d'Achtig und b'Ehrfurcht. Rägel, losed au gschwind; halted in euerem Dorf d'Lehrer druf, daß d'Buebe vor ältere Lüüte b'Chappe abziehnd?

Rägel: Nei!

Frau (syträrts zum Mah wo si Kafi yschenkt, triumphiered): Gsehst! Wurzel alles Übels! (zur Rägel) Aber worum au nüd?

Rägel (immer im truurige Ton): Wil's kei händ.

Mah (bricht in es Gilächter us): Dene fehlt nüd de Respekt, dene fehled d' Chappe. — Jetz gib aber Acht! — Rägel, säged — (zur Frau) Nämli das technisch Gischick und d' Neigig zur Hand- arbeit pflanzt sich in Buurelüüte ohni Müeh vo selber furt, daher bruuchtis bin eus nu erst ei praktisch erzogni Generation, so hät d' Schuel liechts Spyl. (zur Rägel) Nach was gryfed au d'Buebe, wenn's efange e chli chäch werded, z'erst?

Rägel: Na der Mistgable.

Frau (lachet): Haha! Gsehst!

Mah: Nu ruehig. So so! Wänd's de Stahl sumber mache, oder um Fueter für's Veh z'geh?

Rägel: Nei, zum enand erbrügle.

Frau (lachet).

Mah (schiebt d'Rägel uf d'Syte, e chli ärgerli): Gönd i d'Chuchi, er sind en schlächte Kronzüüge. Aber lönd 's Schreie sy. Mer wänd drüber naetänke, ob me=n=euere drizähfach Schmerz nüd lindere cha. (Rägel ab.)

3. Scene.

Vorigi ohni Rägel. (Sie trinked Kafi.)

Mah: Ja ietz triumphier du nu nüd e so gwaltig! Uf em Dorf sind halt anderi Verhältniß.

Frau: Ebe drum tänk ich mir's e so schön, wenn eusere Bueb emal als Pfarrer der ideale Welt zum Durchbruch verhälfe chann under dene ruuche Lüüte.

Mah (etrüstet): Myn Soh Theolog? Du chämist mer werth! En ganz unproduktive, zwecklose Biruef! Nei, da verlaß di druf, Mechaniker mueß er werde. Das ist die Quintessenz vo der hütige technische Höchi.

383

Frau: Schöni Höchi! Choleschwarzi Wösch, daß me 's keiner Wöscheri geh mag und ine Gräbel und Spektakel inne, daß 's taub werded, b' Läbesgfahr gar nüd grechnet.

Mah (ernsthaft): Besser als b'Seelegfahr, wenn en Pfarrer säge mueß, was er sälber nüd glaubt.

Frau (ufrig): Er glaubt scho, wäm=me=n=en recht erzieht, ideal und respektvoll.

Mah (zornig): Praktisch soll myn Soh erzoge werde!

Frau (wüethig): Ideal soll er erzoge werde und Theolog mueß er werde.

Mah (na lüüter): Mechaniker mueß er werde.

Frau: Und i gibe nüd nae und wenn i die ganz Ver= wandtschaft zur Hülf rüefe müeßt.

Mah (immer zorniger, springt uf): Dänn laß du dyni Helfti uf b'Chanzle chlädere, myn halbe Bueb mueß i d'Werkstatt.

Frau (gaht uf b'Mittelthüre zue): Es ist e Spott und e Schand, wie du dich als Vater binimmst und i gahne ietz go 's der Tante erzelle.

Mah (ere nae): Ja daß es alli Wält erfahrt, wie du dyni Chinde bihandlist. (Grad wo sie bi der Thüre stönd, chunnt be Nachber ine, so daß er zwüschet ene staht.)

4. Scene.

Vorigi. Kümmerli (e chli e komischi Figur, mager und styf, ältlich.)

Mah (packt en am rechte Arm): Sie chömed mer gläge. Losed Sie emal —

Frau (packt en am lingge, er laht es Paket falle, wo=n=er under=em Arm treit hät): Herr Kümmerli, ietz solled Sie e mal säge — (Sie hebed en immer fest und chömed wäred em Rede bis i b'Mitti in Vorder= grund. Jedesmal wenn eis redt, ryßt's en zue si übere.)

Mah (alles im höchste Yfer und gschwind): Isch es nüd das Richtige, wenn ich myn Bueb Maschinetechniker werde lah?

Frau (grad wie be Mah): Cha's öppis schöner's geh, als Pfarrer werde?

Mah: Strebt nüd alles dem Praktische zue?

Frau: Soll ich myn arme Bueb dem Moloch Mammon opfere?

Mah: Dörf ich als Vater Rücksichte uf der Unverstand näh? Reded Sie, reded Sie!

Frau: Soll e Muetter iri Meinig underordne, wo sich's um's Läbesglück von irem Soh handlet? Reded Sie, reded Sie!

Beidi (ryßed en na mal tüchtig hin und her): Reded Sie emal, scheniered Sie si nüd!

Kümmerli (ryßt si mit Gwalt los): Sakernondidiee namal, meined er myni Ärm seigid vo Yse! Vo welem Bueb reded er eigetli?

Beidi (im höchste Yier): Vo euserem Bueb!

Kümmerli (lueget's es Wyli ganz verdutzt a): Jhr händ ja gar kein Bueb.

Mah (platzt fast vor Lache, cha si nümme fasse. Äntli): Es ist ja wahr, mer händ ja gar kein Bueb!

Frau (ist ernsthaft blibe und hät si uf de Sopha vorne links gietzt. Sie nimmt 's Nastuech und schreit.)

Kümmerli (ist zum Tischli rechts süre gange, nachdem er sys Paket uiglääe hät und packt ietz e Flöte bedächtig us. Für sich): Das wird wider e lustigi Musiziererei werde. Wenn d'Frau Nachberi ime ne so e Zueftand ist, dänn bigleitet sie alles i der Chrüüztonart.

Mah (ist zur Frau süre gange): Aber was fallt au dir y?

Kümmerli (für sich): Und im ryßed d'Saite vo der Füechtigkeit.

Frau: Jch gsehne gar nüt Luftigs a dere Sach.

Kümmerli (immer für sich wäred er b'Flöte zämme setzt): Mir chunnt dänn schließlich i der Gsellschaft d'Wält wie-ne großes B, das heißt wie-nes Bebe vor.

Mah (zur Frau): Ja aber ämel au nüt zum Schreie.

Kümmerli (für sich): J mueß nu luege, daß is e chli usheitere.

Frau: Am End handlet sich's ja doch um's Prinzip.

Mah: Ja du häst scho recht, um's Prinzip.

Frau: Und deßwäge bruucht me ji nüd über ein luſtig z'mache.

Mah: Nei wegem Prinzip bruucht me ji nüd luſtig z'mache.

Frau: Und dir als Mah chäm's zue, daß b' dyni Frau nüd uslache ließit.

Mah: Laß nu guet ſy und bis nu nümme bös. (Sie ſtaht uf und git em b'Haud) Dem wil is ſcho vertleide, ens e däwäg für be Nare z'ha!

Kümmerli (en Schritt na der Mitti): D' Frau Nachberi blaget ji meini nu z'vil mit em Chumber, e kei Familie z'ha.

Mah: Hä nu! Blage cha me's nüd brezis heiße. Aber me mueß doch an alles tänke. S'ſtiend beſſer um d' Erzieig, wänn all Eltere vorher ſcho drüber naetänktid.

Kümmerli: Nu, nu, es iſt e ſo e=n=eigeni Sach. Wäme ji au zu rechte Zyt demit bischäftiget, wie me b' Chinde erziehi, ſo — ſo —

Frau: So? — Nu uſe Herr Kümmerli! So mueß me erſt b'Aalage vo=me=ne Bueb abwarte, wänd Sie ſäge?

Mah: Mueß me ſyni Mittel für b'Uöbilbig birächne, werbed Sie ywerſe.

Kümmerli: Nüd e ſo brezis — ober vilneh — das heißt —

Beidi: Alſo was thue? Nu uſe, uſe!

Kümmerli: J meine nu, wänn ietz an dä Bueb, wo me=n=erwartet, es Chind iſt?

Frau (lachet): Ja richtig, a ſäb hämmer nonig tänkt.

Mah (blybt ernſthaft, für ſich): En widrige Menſch! Er cha nüt als ein ſöpple.

Frau (z. Mah): S' wird, meini, 's gſchybiſt ſy, mer ſtelled is uf en Bode, wo mer mit em Herr Kümmerli ehnder harmoniere chönned.

Kümmerli: O bitti, wäge mir bruuched Sie ji nüd z'bimüeh'. Ich harmoniere mit aller Wält. J ha nu gmeint, i müeß b'Harmonie zwüſchet Jne herſtelle.

M a h : Zwüschet eus? Haha! Wieso au? Offe gstande, da wäred Sie e chli en gspäßige Niklaus von der Flüe defür.

K ü m m e r l i (fahrt uf): En gspäßige! En Niklaus von der Flüe! Das hät mer ietz au na niemert gseit. (Strycht si über be Chopf, nimmt Stellig a.)

F r a u (will en biruehige): De Fritz meint nu, will Sie mängs= mal us em Takt chömed.

K ü m m e r l i : Ich? Immer schöner! — Wäme vo Taktlosig= keit rede will —

F r a u : Aber Herr Nachber, er meint ja nu mit der Flöte!

K ü m m e r l i (i komischer Etrüstig): Ob mit em Muul oder mit der Flöte, es chunnt uf eis use. Taktlos isch es jebefalls, wäme=n=ein z'erst zum Vermittler arüeft —

M a h : Wer hät Sie zum Vermittler agrüeft?

K ü m m e r l i : Sie Herr Nachber, und bi dere Glegeheit hät my Flöte e verbogni Klappe und ich verdrehti Arm überchoh.

M a h (im Uf= und Ablaufe halb für sich, aber baß mes guet ghört): Säb wär e kümmerlichi Vermittlig worde.

K ü m m e r l i : Was händ Sie gseit?

F r a u (zwüschet Beibi): Aber bitti, fanged Sie au nüd Stryt a!

K ü m m e r l i : Ich sieng Stryl a? Du myn Trost, be fribfertigist Mensch vo der Welt! Ich ha nu gseit, es sei takt= los —

M a h (will uf en zuejahre): Was sei taktlos? Mit e sonige Sache chömed Sie mer nüd, Herr Kümmerli.

F r a u (hebt en): Um's Himmelswille, Fritz! Bis au nüd e so ufgregt! Du weischt ja, en Junggsell wie de Herr Kümmerli —

K ü m m e r l i : Frau Nachberi, wenn Sie wider 's spöttle über myn Junggsellestand afanged, so —

F r a u : Jä bitti, wer spöttlet au?

K ü m m e r l i : Säb kennt me scho! Es ist Jres Lieblings= thema! Dänn chönnt ich au säge, wäme=n=e so Scene gseht, wie hüt e Morge zwüschet Jne, gluftet's ein nüd z'hüürathe.

F r a u : Bitti um Gottswille Fritz los au!

M a h : Sie händ Scene gseh?

F r a u : Wo mir e so in Eintracht zämme lebed?

K ü m m e r l i : D' Arm thüennner na weh von Jrer Eintracht.

M a h (spöttisch): Warum händ Sie e so kümmerlichi Arm.

K ü m m e r l i (wüethig): Ich verbitte mer die ewig Fötzelei mit mym Name.

M a h : Und ich verbitte mir Jri Ymischig in euseri Ehstandsverhältniß!

K ü m m e r l i : Sie hämmi ja sälber ine gmischt! Mit Jrem verruckte Bueb.

F r a u : Das ist epöred! Eusere Bueb sei verruckt!

M a h : Was d'Verrucktheit bitrifft —

F r a u (Beidi gönd uf en zue, er retiriert si rund im Zimmer ume): So ist jedesalls d'Frag, wer de Gschydist seig —

M a h : Ob eine, wo sich nüd um die künftig Generation kümmeret —

F r a u : Wo selbstzsribe und egoistisch nu a sich tänkt —

M a h : Wo e sriblich's Ehpaar gegen-e-nand hetzt —

K ü m m e r l i (rüest): Gämmer my Flöte! J ha gnueg! J will furt!

M a h (holt em si und truckt em si i b'Hand).

F r a u : Oder Lüüt, wo gern Glück und Säge um si une verbreitetid —

K ü m m e r l i (rüest): Na de Chaste! (D'Frau holt be Flötechaste vom Tisch und truckt em en i die ander Hand.)

M a h : Wo au a d' Zuekunft vo ire Mitmensche tänked. (Sie stönd hinne a der Mittelthüre.)

K ü m m e r l i : Adie woll! Vergnüegti Zuekunft! (Ab.)

M a h : Gottlob —

K ü m m e r l i (chunnt wider): Wämer 's nächst Mal zämme spile wänd, nu nüd amene Frytig! (Ab.)

5. Scene.

Mah. Frau.

Frau: Du, mer händ em's doch e chli z'wüest gmacht. (Chlyni Pause.)

Mah: Hä, was bruucht er fi zwüschet Ehlüüt z'mische!

Frau: Mer müend is ietz halt uf es Duett bischränke.

Mah (chunnt füre, finnet): Am End chönnt me doch —

Frau: Was fimelierst au?

Mah: I tänke nu brüber na, was eim au b'Chinde für Sorge mached —

Frau: Wo me nonig hät. Solli furtfahre?

Mah: Nu zue! Mer wäud luege, eb mer besser harmoniered als vorhinig.

Frau: Und drum wäm mir is b'Sorge verchlynere und nämed vos Nägels Eltere —

Mah: E paar von chlynste und gfünbste=n=a! —

Frau (erstuunt): E paar?

Mah: Natürli, fust gäb's ja wider Stryt. Dänn erziehst du dir en Idealist und ich en Praktiker.

Frau: O du bist doch 's best Mannli uf der Welt. (Git em b'Hand.)

Mah (Umarmet fi): Und du 's best Wybli, wenn b' nu nüd nageh muescht!

(De Vorhang fallt.)

As em Wälschland.

Luftfpiel in 1 Akt.

Perſone.

Herr Suter, wohlhabede Privatier.

Chäpper, ſyn Soh.

Frau Grebel, Wittfrau.

Eugenie, iri Tochter.

D'Scene iſt im Huus vom Suter.

1. Scene.

(Aaständig möblierts Zimmer mit Syte= und Mittelthüre. Wenn de Vorhang uf ist, ghört me chlopie. D'Bühne blybt na es Augeblickli leer. En Chopf lueget zur Mittelthür ine.)

Niemert da?

(D'Thüre wird ufgmacht und Frau Grebel und Tochter chömed vollständig winterli agleidt ine.)

Fr. Grebel: Ist da alles usgstorbe? Mer wänd emal beet chlopfe.

Eugenie: Äh bah! Me rüeft eifach: Wänd er Chäs ha! Dänn wird scho öpper cho useschüße choh!

Fr. Grebel: Aber Üscheny, um tusig Gottswille: Wänd er Chäs ha und cho useschüße choh!! Sind das Usdrück für e Tochter, wo fast drei Jahr z'Lausane gsy ist? Wenn ietz au das öpper ghört hett!

Eugenie: Dänn wärid mer eifach wider furtgloffe und es wär's gschydst. Hettist du nüd e so pressiert diheime und hett ich dich es Momentli elei verwütsche chöne —

Fr. Grebel: Üscheny! Verwütsche!!

Eugenie: Ja dänn — mynetwege gnüße chöne, so wurd i der erzellt ha, worum ich nüd gern gahne go grad die Wonig aaluege.

Fr. Grebel: Jä bitti, red au! J bin ganz erstuunt! E prächtigs Huus, i schöner Lag, ruehig und aständigi Lüüt drin — was gfallt der au nüd?

Eugenie: Los nu! Vor ich is Wälschland bin, hät mer de Chäpper Sutter de Hof gmacht.

Fr. Grebel (schlaht b'Händ zäme): Dir de Hof gmacht? O du gottvergesses Chind! Vo dem häst du mer ja keis Wort gseit!

Eugenie: Natürli nüd. Das seit mer ja de Müettere nie. Briefli hät er mer sogar gschribe. —

Fr. Grebel: Üscheny, das hät ich dir nie zuetrout!

Eugenie: Was au, daß er mir gschribe hät? Für das han ich ja so wenig chöne, als syn Vater für die, won ich im gschribe ha.

Fr. Grebel (fallt in en Stuehl): Wo ist mys Flakon! Wasser! I falle in Ohnmacht!

Eugenie: Aber Mame, es ist ja nüd e so schüüli. Es git ja meh e sonigi Verbrecher. Und es ist ietz ja alles übere. Weischt, i han en total vergesse, aber will mir ietz grad zum e Wonig aaluege in ires Huus gönd, isch es mer wider ygfalle. Und bsunders wil b'Elise Ramsberger erzellt hät, de Chäpper —

Fr. Grebel: De Chäpper!! Üscheny!

Eugenie: Jä so, de jung Herr Suter! Also er seig im Düütschland uße die ganz Zyt gsy und en recht hochmüethige Fötzel worde. Er thüeg, wie wenn er nümme Züritüütsch chöni. Er redi hochtüütsch! Tänk au! Dä da! Hahaha! — Und gestert, wo=n=er mer bigegnet ist, thuet er, wie wenn er mi nümme kennti. —

Fr. Grebel: Uf der Stell chum furt! Nüd umesust i dem Huus! — Es chunt öpper! Jetz müem mer da blybe. (Sehr schnell) Aber das säg i der! Du redst mer keis züritüütsches Wörtli mit em! Red französisch und zeig, daß du nüd umesust öppis glehrt häst! Bis e chli hochmüethig! Ghörst, es chöm wer well, mer müend ene wenigstes zeige, daß die säbe Tummheite verby sind! Me chunnt! De Chopf e chli gräder! So — der eint Fueß use!

2. Scene.

Vorigi. Herr Suter (vo links).

Hr. Suter: Ach ich bitte um Entschuldigung. S'Maitli ist gschwind furt und ich han im Nebedzimmer nüt ghört. Sie sind gwüß wäge dere Wonig da — Aber bitte, wänd Sie nüd es Bitzeli Platz näh!

Fr. Grebel (e chli von obenabe): Mer tanked! Mer händ is nüd müed gloffe. Mer sind i der Drotschge cho. (Setzt si.)

Hr. Suter: Jä so, richtig. Jetzt tramwehelet und drötsch= gelet me ja, wenn's en Regetropfe ume hät. Ich vergiß es, wil ich alliwyle na am liebste uf Schuehmachers Rappe laufe.

Fr. Grebel (huftet geringschätzig).

Hr. Suter: Iſt ene de Rappe in Hals ine choh? (Frau Grebel will ufstah, er truckt sie gſchwind wider abe). Ja nu nüd alles grad e ſo ufnäh. Ich bi halt e chli en Uflath und — weiß de Tüggeler, wenn e ſo e paar artigi — jä ſo, i törfe ja nüd azüglich ſy! — item wenn ſo e paar Frauezimmer um mi ume ſind i myne vier Pfähle, dänn tänk i alliwyle a die Zyt, wo's bi mir au na gmüethli uſgſeh hät. (Setzt ſi au.)

Fr. Grebel (e chli theilnahmsvoll): Sie ſind Wittwer?

Hr. Suter: S'Schickſal hät mer e Lektion geh. I bin en wüeſte Grüſel gſy mit myne Wybere, ſo lang iſ gha ha. Nüd daß iſ bös gmeint hett, aber es iſt mer gſy, d'Frauezimmer müeſ men underem Duume halte, und ſo han i's mängsmal am ärgiſte aagſchnüüzt, wenn i's hett möge vor Liebi vertrucke. (Ehert ſi ewäg, dumpf) Do iſt en andere choh, dä hät's beſſer verſtande — bä hät's vertruckt — s'herzig Töchterli — und d'Frau in beſte Jahre.

Fr. Grebel: Oh das iſt recht trnurig! Beidi gſtorbe?

Hr. Suter (ſpringt uf): Jä ietz ergüſi, wenn ich Ene öppis vorbrötſchet ha. Es hät mi grad e ſo a früehner gmahnet, wo Sie und das Jümpferli dagſäße ſind. Und wäme dänn ſyn ebige Ärger hät mit ere Chiſlere vo me ne=nalte Huusinventar, e ſo es Stuck Huushälteri und dänn dä Hagelsbueb wie nüd gſchyd eim all Hoffnige nimmt, daß es bald wider öppis ärtigers Wyblichs da inne gäb, ſo — — Ach tuums Züügs! Chömed Sie, ſind Sie ſo guet — i will Ene d'Wonig zeige.

3. Scene.
Vorigi. Chäpper.

Hr. Suter (wo=ner nach der Mittelthüre vora will, ſieht er de Chäpper ine choh): So grad recht, du — infame Kerli du!

Häſt bi ſchynt's wider nett ufgfüehrt. Ha grab en Brief überchoh wäge geſtert, vom Bal. Jä ſo — ergüſi!

Fr. Grebel: O bitti, mer wänd nüd ſtöre. Mer chömed en andermal. Chum Üſcheng. (Beibi ſtönd uf.)

Hr. Suter: Abſeluti nüd! Chömed Sie nu. S'iſt ja bald gſchauet. D'Wonig wird ene gfalle und mir wär's am liebſte, wenn i e paar einzelni Frauezimmer dry überchäm. S'Töchterli cha ja da blybe. Chäpper, underhalt das Fräulein e ſo lang! (Halb mit Gwalt füehrt er Frau Grebel dur d'Mitti ab.)

4. Scene.

Eugenie. Chäpper.

Eugenie (für ſich): Das iſt ietz e ſchöni Situation.

Chäpper (für ſich): J wett, i wär neime=n=anderſt als bi dem Gänsli.

(Pauſe.)

Eugenie (für ſich): J mueß aſange, ſuſt meint er, i tänki na a die Chindeſtreich. Jetz Samiel hilf! (Luut): Il fait beau temps aujourd'hui.

Chäpper (für ſich): Jä chunnſt du mir e ſo! Bon, dänn chum ich dir e ſo. (Luut, e chli affektiert): Ein wahnſinnig ſchönes Wetter, fabelhaft in der That.

Eugenie (für ſich): Richtig wie ſie gſeit händ; er thuet wie wenn er nämme Züritüütſch chönnti. (Luut): Vous étiez — vous étiez au — Allemagne?

Chäpper: Sie meinen, ich war im deutſchen Reich? Jch hatte das ſpezielle Vergnügen. Aber ich bin ſo ungalant, mit Jhnen hochdeutſch zu reden, wo Sie doch wahrſcheinlich dasſelbe nicht gut verſtehen.

Eugenie: O il y a pas de quoi.

Chäpper: Nein wirklich, ich weiß ſchon, ihr Zürcher liebt es nicht, ein reines Deutſch zu ſprechen. Aber wenn man einige Zeit draußen geweſen iſt und die ſchöne Sprache ſich angewöhnt hat, fällt einem der Dialekt beim beſten Willen ſehr ſchwer.

Eugenie (für sich): Das ist ja na arrogänter als arrogant. (Luut): Oh monsieur, je suis au même cas. Il me va très diffi-cile de parler Züri — äh — de parler l'allemagne de Züri.

Chäpper (vergißt si): Eben ebe! Mit eurem hagels Wälsch-land! D'Muettersprach verlehred er und die frönd chöned er nüd! (Schlaht si uf's Muul) Jetz han i mi schön verschnäpft.

Eugenie (spöttisch): O monsieur parlez seulement comme vous est crû le bec.

Chäpper (faßt si): Bitte, bitte, es wütschen einem halt mängsmal solche alte Schnöggen ins Maul, besonders wenn — (bitter) einem die Erinnerig wieder durch Jemand aufgeweckt wird.

Eugenie (vergißt si, bitter, schnell): Ja biä wird ietz au wüest läbig bi dir sy — (Schlaht si uf's Muul.)

Chäpper (spottet nae): O parlez seulement comme vous est crû le bec.

Eugenie (müehsam giaßt): Ah vous parlez aussi — aussi —

Chäpper (faßt n): Für de Huusgibruuch — würkli nu für de Huusgibruuch. Und dänn bin ich immer en glehrige Schüeler gsy. Ich meine, ich war stets geschickt, im Nachsprechen besser als im Memoriren.

Eugenie (für sich): Memoriren? Aha, er will mer en Stich geh, wägem mémoire, wo-n-er nüd heb. Heb du nu kei Angst! (Luut): Quant à la mémoire, chez moi il est la même chose. (für sich): Da häsch es, schluck's abe.

Chäpper (für sich): Ganz wie me mer gseit hät: Dumm und boshaft. Kei Spur vo dem ehmalige Engeli. O das verflirt Wälschland!

Eugenie (für sich): Dä hät si schön gänderet. I chönt grad schreie vor Teubi. Aber ietz grad nüd.

(Pause. Beibi huesteb.)

Chäpper (für sich): Jä so — i mueß si ja underhalte. (Luut) Hoffentlich wird Ihrer Frau Mama die Wohnung gefallen?

Eugenie (glücklich): Hoffetli säged Sie? — (bsinnt si, für sich): Das chätzers Französisch! (Luut) Vous espérez?

Chäpper: Man sagt halt e so.

Eugenie: J'espère non. (Zieht de Schleier über's G'sicht.)

Chäpper (für sich): Sie macht Fyrabig. — Was afange? — Hä me schleikt sie in Salon zum Helgegschaue. Säb ist ja immer b'Ushülf, wäme nüt z'rede weiß. (Staht uf) Mein Fräulein, meine langweilige Gesellschaft dürfte nicht vorhalten, bis Frau Mama zurückkehrt. Wir verstehen uns doch nicht.

Eugenie (süüßt): Rümme!

Chäpper (bigyrig): Was häst — äh! Wie sagten Sie?

Eugenie (ist glychfalls uigstanbe): Moi? Rien que je savais.

Chäpper: Eigenthümlich, das Französische hat zuweilen merkwürdige Aehnlichkeit mit dem Zürichdeutschen.

Eugenie (spöttisch): Vous croyez seulement ainsi!

Chäpper: Darf ich bitten, sich das Nebenzimmer anzusehen? Wir haben ein paar interessante Holbeinkopien hängen.

Eugenie (für sich): Mira woll! Wänn i nu vonem eweg wär. (Gaht nach rechts, er hinber ere. Bi der Thür süüßt er. Sie brehet si um.)

Chäpper: Nüt nüt — es ist — es hät — es ist vilicht imene Möbel neime=n=öppis gsprunge.

Eugenie (herzli): Chäpper, ist würkli öppis — (bsinnt si) Ah oui. Il est probablement — — — sauté quelque chose! (Gschwind rechts is Zimmer, er hindere ire.)

5. Scene.

Frau Grebel. Hr. Suter.
(Dur b'Mittelthür.)

Hr. Suter (im inechoh): I ha ja gwüßt, daß's Ene gfallt. Aber worum wänd Sie si partout nanig etschlüße?

Fr. Grebel: Sie werded bigryse, daß me dieß und das z'überlegge hät. E chli thüür isches halt doch au. E Wittfran ohni Gschäft mueß uf jede Sangtine luege.

Hr. Suter: Ganz recht, ganz recht. (Für sich) Bim ebige Hagel, wenn i nu törfti, i wurd ere säge, sie sell si umesust ha. Die Frau mit irem Röseli vo me ne Chind hät mi ganz stigelesinnig gmachet. (Luut) Jedefalls törf ich, wenn Sie wider gah wänd, um Ihre werthe Name fröge?

Fr. Grebel: Frau Grebel. I han am Rennweg gwont bis iez.

Hr. Suter (bsinnt si, schnalzt mit de Fingere): Grebel, Grebel, Grebel, Grebel — hets Dunnerwetter au — Grebel — Grebel — hahaha!

Fr. Grebel (ängstli): Myn Gott, mer sind Jne doch nüd öppen öppis —

Hr. Suter: Schuldig? Ja bhüetmi — und doch — wer weiß? Ach Unsinn, s'ist mer nu öppis ggfalle. Also es soll mi freue, wenn Sie mer bald wider d'Ehr gänd.

Fr. Grebel: Wo ist iez ächt d'Üscheny?

Hr. Suter: Sie wird beet inne — (bsinnt si wider) Nüt für unguet. Sie händ nüd vor Jahre=n=emal es Wyßwaare= gschäft gha?

Fr. Grebel: Allerdings! (Für sich) Dä Mah macht mi ganz ängstli. (Luut) Erst vor Churzem han=is verchauft. Aber bitti, worum fröged Sie au e so? Sie thätid mer en Gfalle, wenn Sie mer's säge wurded, falls es keis Gheimniß ist.

Hr. Suter: Säb grad nüd. Und wenn ich Jri Gege= wart deduur na es paar Augeblickli profitiere, willi Enc scho en Erinnerig mittheile. Wie gseit, s'ist wyter nüt als e Chlynig= keit, wo=n=ich Jahrelang vergesse ha. Jre Name hät mer's nu wider is Gidächtniß bracht. Aber Sie müend namal Platz näh.

Fr. Grebel: Wenn i nüd inkommodiere. (Beidi sezed si.)

Hr. Suter: S'werded e Jahrer zwänzg sy; me hät mi grad zu de Vätere der Stadt ggreiht. Wahrschynli wil i churz vorher Vater worde by, händs gmeint, iez mües mer s'Huuse am Herze ligge und säb ist ja d'Hauptsach für cuseri Stadträth. Item, in eine von erste Sizige chunt e Straßefrag i Bihandlig. Es hät si drum ghandlet, eb grad oder chrumm. Damals ist di erst Zyt gsy, wo me=n=e so agfange hät, das soginannte „Schöne" z'verlange, allethalbe vom Chuchibläz bis zum Bank= notehelge. Spöter hät mes dänn gheiße stilvoll. Item, damals hät Eine tunderet gegen en Chrumm, wo d'Straß am End machi, und under allgimeiner Bystimmig ist d'Erpropriation vo=

me:ne Huus verlangt worde, daß dere neuetedte Schönheit vo
Straß im Weg ſtönd. Dä Huuseigethümer aber hät ſi mit alle
Chrefte gwehrt und e Petition ηgreicht. D'Gründ ſind nüd
bſunders ſchwerwigedi gſy, aber uſem ganze Tenor uſe hät en Art
en Verzwyſligsſchrei tönt, e Todesangſt vor dere Erpropriation.

Fr. Grebel (ufgregt): Todesangſt, ja, ja, ganz richtig.

Hr. Suter: Wie meined Sie?

Fr. Grebel: Nüt, nüt! Bitti ſahred Sie furt.

Hr. Suter: Jetz, lueged Sie, de Menſch hät mängsmal
e ſo Yſähl, ohni daß er e:n:Urſach befür weiß und wo:n:er doch
für's Lebe nüd verſchlucke chönnt. S'iſt, wie wenn en Engel mit
ere füürige Ruethe hinderem ſtiend und ſeiti: Thue s'Muul uf,
oder de chunſt eis über. Item, na zur Stund weiß i nüd, was
mich tribe hät. Jſch es Ytelkeit gſy, han:i gmeint: d'Spitaler
händ e Wöſch, ich müeß mys Bündeli an dry geh, oder hät's mi
kützlet, dene Herre, wo de Gugger es Verſtändniß für Äſthetik
gha händ und bloß uf wolſli Art ihre Kunſtſinn händ zeige
wele, e chli hei z'zünde — item, ich melde mi zum Wort und
lahne los. J weiß nümme, was i gredt ha; nu gſehni na
immer die ellelange Gſichter und ghöre das Fliisme um mi ume
und dänn merki die tüüf Stilli und woni ſertig gſy bi das ver=
druckte Brummle und die bigeiſterete Rippeſtöß vo myne Nachbere.
S'hät mi neine dunkt, als wär en Stei vom Herze, won ich myn
Gegenantrag uſe gha ha und wie wänn die halbnackige Engeli a
der Tili obe mer Chüßli mache wettib. — Item s'Huus iſt
ſtah blibe.

Fr. Grebel (uſgſprunge und ußer ſich): S'iſt ſtah blibe ja und
s'Glück, wo dem Huus lang lang de Rugge kehrt hät, iſt vo dem
Augeblick a wider choly und Alles Alles hämer Jne z'verdanke.
O wie tank ich der Vorſähig, daß ich eimal im Lebe na irem
Werkzüüg d'Händ trucke cha. J has damals wele, aber bi=n:eus
ſchickt ſi e ſo öppis ja nüd. Bin eus paßt ſe ſi nüd, daß men
emal b'Maniere und b'Schicklichkeit abſchüttlet. Me gaht z'letzt
vor luuter Schicklichkeit i der Schicklichkeit under. Aber ietz ſoll
mich nüt hindere (ſie ſtreckt em beid Händ here, bie:n:er feſt ſchüttlet) z'rüeſe:

Ich tank Ene nachträgli na hundert tuusigmal für Jre Mueth
und Jri Energie.

Hr. Suter (hebt sie fest, halb verlege, halb glückli): Ja ich freue
mi scho — gwüß ganz ußerordetli — Aber vo=me=ne Tanke
cha ja gar kei Red sy. J ha Sie säbigsmal e so wenig kennt
wie hüt. S'ist bloß, wie gseit, e so en Pfall gsy —

Fr. Grebel (haftig): En Ygäbig, säged Sie nu, e himm=
lischi Ygäbig und drum tank ich dem Himmel, wenn ich Jne
tanke. Losed Sie nu, wie sich's verhalte hät. Mir händ e
schweri Schuldelast uf dem Huus gha. De Mah selig hät i
de Jahre vorher müeße bald da bald dect hi, Bäder und Kure
für en händ schwer Geld kost und leider hät alles nüt ghulfe.
S'Gschäft ist beduur au ruckwärts gauge. Ich ha mi früener der
Sach wenig agnah; bin halt e chli verhätschelet vo diheime gsy.
Churz, was mir für d'Expropriation überchoh hettid, wär lang
nüd gnueg gsy, d'Schulde z'decke. Und Sie müssed ja, wie's mit
Gschäftsverleggige gaht, bsunders wänne scho e so und so demit
staht. Mir händ eifach de Ruin, de vollkomme Ruin vor Auge
gha, bsunders wil me gwüßt hät, de Mah ist chrank und mir
seig nüd viel zuezutroue. Do chunnt wie=n=en Sunnestrahl im Nebel
de Bricht, s'Huus blybi. J will ene nüd erzelle, wie mir diheime
Gott und euserem Retter tanked händ. Aber vo da aa hät si
Alles zum Bessere gwändt. Die Gschicht hät is au en Art Reklame
gmachet. Alls ist z'laufe choh und hett gern gwüßt, wie=n=au das
gauge sei. Du liebe Himmel, wämmer's nu sälber gwüßt hettid!
De Mah selig hät fryli die Ufregige nüd lang überstande, aber
i mich ist wie e neus Läbe ine choh und en Säge hät uf myner
Arbet gläge. Jne, Herr Suter, hämmers z'tanke, daß d'Schulde
gschmulze sind, daß ich au na em Tod vom Mah vorwärts choh
bin, daß i z'letzt ha guet verkaufe chönne und wenn au nüd
glänzed, doch ohni Sorge dem Alter etgege luege

Hr. Suter: Wenn Sie au bloß vom Tanke schwige
wettid — Oder halt, nä nei — Tanked Sie — aber nüd mit
Worte — Blybed Sie bi mer wone — Dänn ist dä Fingerzeig
nüd umesust gsy — Bhalted Sie das Wönigli — Und — nu

ja, es gaht ietz in eim zue — Hebed Sie myn Chätzersbueb dur Ires herzig Töchterli. Das wär en Hauptspaß und alli Ärgernusse hettid mer uftödt.

Fr. Grebel: Aber Herr Suter — Es ist ja gwüß e unverhoffti Ehr für mich. — Nu müend Sie —

Hr. Suter: Überlegge lah — Bsinne lah — Was Sie wänd, s'pressiert ja au nüd. Bloß säged Sie, Sie wellid nüd begäge sy, wen allefalls myn Chäpper sött —

Fr. Grebel: Herrjeger — Chäpper — richtig Chäpper — da fallt mer ja n, daß b'Üschemy vorhinig — Jä nei, ietz mueß i gwüß lache! Da ist ja die reini Kumedi.

Hr. Suter: Waseli au? Use, use! Wenn öpper öppis verhebt, so chützlets mi bis i b'Zehespitze. Hät am End gar Iri Jumpfer Tochter myn Hagelsbueb scho kennt, vor er is Düütschland use=n=ist?

Fr. Grebel: Fast schynt's mer. I ha's zwar erst hüte Morgen erfahre. Und gspässig wär's denn doch —

Hr. Suter: En brilliante Zuefall säged Sie nu und schlönd Sie n, daß eusi Chind — Aha da sind's sälber.

6. Scene.

Vorigi. Eugenie. Chäpper (vo der Syte rechts).

Eugenie (gschwind uf b'Muetter zue, lys): Mach au bitti, daß mer furt chömed.

Chäpper (au e so nebed em Vater): Schaff is au das Volch vom Hals.

Hr. Suter (luut): Du bist en ebige Hanswurst du. Worum thuest au e so frönd und seist nüd, daß du b'Jumpfer Grebel scho als Bueb kännt häst.

Chäpper (hät en mit wüethigem Gsicht am Rock zehrt, ganz verläge): Kennt — ich kennt? — Das heißt — mer sind — mer händ — (lys) Du bringst mi ja i die größt Verlägeheit. Hettist nu gwartet bis i der Ufschluß geh ha.

Fr. Grebel (lys zur Tochter): Du würdist mir e mächtigi Freud mache, wenn b' artig gege de Herr Suter wärist —

Eugenie: Ich sett — ich chönnt? —

Fr. Grebel: Nu ungeniert! Thue, wie's der um's Herz ist. Häst mer vorhinig ja selber gseit —

Eugenie (lys): Und iez säg i der, wenn d' nüd mitchunst, so lauf ich elei furt. Kei Minute meh i dem Huus. (Redeb lys wyter.)

Hr. Suter (uf der andere Syte, halbluut): Jä was Tüggelers chast du iez au ywende?

Chäpper: Nüt, nüt. I säge-n-eifach, es hieß alle myne Grundsätze i's Gsicht schlah, wenn i e so eini nähm.

Hr. Suter: Gott straf mi, i wirde wild! Was bruuchst du Grundsätz z'ha? Für das bin ich da. Und iez grad recht. Du nimmst mer das Chind oder i will der scho zeige, daß ich z'bifehle ha.

Chäpper: Nüd wenn sie vo z'oberst bis z'underst vergoldet wär, so iez weisch es. (Links i b'Sytethüre ab.)

Eugenie (immer halbluut): Wil er en Fötzel ist, en ybildete Halbnar! So iez mach dys einzig Chind unglückli, wenn d's über di bringst (Schreit.)

Hr. Suter: Um tuusig Gottswille, was hät au Jres Töchterli? Gwüß ist myn Chäpper unartig gsy mit em.

Eugenie (trochnet b'Thräne mit erzwungener Luftigkeit): Jä was tänked Sie au! Hahaha! E so en höfliche junge Herr! Vor luuter Astand hät er hochdüütsch mit mer gredt.

Hr. Suter: Hochdüütsch? Dä hagels Nar!

Eugenie: Das ist mir e so spanisch vorchoh, daß ich em französisch Antwort geh ha. Jetz chöned Sie tänke, was für e netti Underhaltig mer gfüehrt händ.

Hr. Suter (i konvulsivischer Luftigkeit, cha nümme z'lache ufhöre): Haha! — Haha — hochdüütsch — spanisch — französisch — Und wie sie das ane bringt — Wie sie das seit — O du chätzers Chröttli! (tätschlet ere uf b'Bagge. Für sich) I nähm sie bimeid sälber, wenn er steckchöpsig blybti. (Luut) Frau Grebel, lönd Sie mer au Jres Jümpferli grad da. E so öppis hät mer ebe gfehlt. Die wird eus Grobiane und Murrchöpf umeträhe wie alt Händsche! Nei au, e so es liebs Chind. Wie heißed Sie au, Fräulein?

Eugenie: Mame chum, bitti, weischt, i mueß ja na —

Fr. Grebel: Üscheny heißt fie.

Hr. Suter: Üscheny? — Jä so — Sie meined Eugenie?

Fr. Grebel: Nä nei, ich meine Üscheny, wie se si ghört.

Hr. Suter: Wie se si ghört, das ist ietz gwaltig d'Frag, denn so vil ich weiß —

Eugenie: Mame, ietz gahn ich elei, wenn d'nüd chunst. (Zehrt fie zur Thüre.)

Fr. Grebel: Du bist ietz au abscheulich. (Zu Suter) Sie müend is gwüß etschuldige, wäm mer — Bitti, wo han ich au myn Muff?

Hr. Suter: Sie werdeb=en brin verleit ha. Desto besser, dänn gib ene grad es Pröbli mit, daß ich die säbe Zyte nauig vergesse ha.

Fr. Grebel: Es Pröbli?

Hr. Suter: Nüd für unguet, aber mir ist vorhinig uf eimal fäb Gschänk in Erinnerig choh, wo=n=ich damals von Jne als Auerchennig für myni birüehmt Stadtrathspeuki überchoh ha und was na existiert.

Eugenie (lys): Um Gottswille, Mame chum, laß de Muff lieber dihinne. Dä Vater ist ja na meh vertrübelet as de Soh.

Fr. Grebel: Es Gschänk, wo mir Jne? häh! i cha mi ietz ämel gwüß chuum meh bsinne.

Hr. Suter: Chömed Sie nu. J gib enes zum Gschaue mit; wänd luege, eb's Jne au na alti Erinnerige wach rüeft. J wickle=n=es y. Aber Sie müend mer versproche, s'erst diheime aazluege — Wüssed Sie, haha! (pfiffig) Nu damit Sie dänn desto ehnder wider chömid! Bitti, wäns Sie grad mitchoh. Sie chönnd dänn dur d'Hinderthür use.

Fr. Grebel (gaht vorus zur Mittl ab, rüeft): Chum Üscheng.

Hr. Suter (ire nae): Chömed Sie, liebs Chind (ebesalls ab).

Eugenie (elei, stampfet zornig): Ich gahne nüd dur d'Hin=derthüre! Ich bruuche nüd dur d'Hinderthüre z'gah. Ich wott nüt gseh meh vo dem Huus und dene Lüüte. Jetzt schwätzt sie

wider e Viertelstund mit dem alte Herr. Dä ist grad wie syn
Bueb. Me weiß nüd, eb men em vor Täubi eis geh will, oder
ob men em vor Liebi um de Hals falle sell. (Wirft si uf en Stuehl und
leit de Chopf uf de Tisch.) O myn Gott, wie bin ich unglückli!
(Nach ere chlyne Pause ghört me zart und innig öppis us Beethovens Adelaide
spile uf der Gyge. — Chan allefalls au uf em Klavier usgfüehrt werbe.)

Eugenie (hebt de Chopf uf, loset, wüscht b'Thräne ab): Adelaide
— Ja, ja — auf jedem Purpurblättchen — leise flüstert — leise
flüstert — Ebe das ist na e so eis — e so e lind's, herzigs.
Leise gflüsteret händ's damals na, nüd e so frech und spöttisch
und blasiert sind's gsy! Ach wie herzig, e so recht altmodig —
wahrschynli en alte Schuelmeister, wo im Huus wont, die Junge
chöntid e so öppis nümme. Wie ner jameret — Abe — Adelaide —
laide! 's ist mer grad, wie wenn i bi der Gotte selig wär, wo's
immer e so na bratne=n=Öpfle gschmöckt hät — und die zwee
Chinese uf der Kumode gstande und und dänn mir Chinde um's
Klavier ume, wenn sie mit irer zitterige Stimm gsunge hät:
Ach nur ein einzigsmal in meiner Liebesqual. (D'Musik hät scho vor=
her ufghört) Dä alt Schuelmeister hät mer ietz au wohltha, ich
chönt em orbli —

7. Scene.
Eugenie. Chäpper.

Chäpper (hät b'Sytethür rechts ufgmacht, will erschrocke zrugg):
Oh pardon!

Eugenie (springt uf): Bitti etschuldiget Sie. I ha mi
nu verwylt, wil dä alt Lehrer e so herzig gspilt hät.

Chäpper: En alte Lehrer?

Eugenie: I tänkes ämel, es seig en alte Schuelmeister,
wo d'Adelaide e so schön gspilt hät.

Chäpper: Verbindlichste Dank für's Kumpliment!

Eugenie: Um's Himmelswillen — Sie werdeb's doch nüd
öppe gsy sy? Richtig, ietz ghört men e ja nümme.

Chäpper: My Gyge hät mer scho meh als eimal ghulfe,
en Sprung us der Würklichkeit use z'thue, drum lahn i si nüd
verstaube, wenn i au grad nüd bsunders musikalisch bin.

Eugenie: Was nüd musikalisch? Wämenne so uf de Saite süüfzge cha: Wenn Nachtigallen flöten!

Chäpper: A dem ist nüd d'Musik Schuld, sundere d'L — Nä nei, Sie bruuched's nüd z'müsse — Jä aber um tuusig Gottswille, Sie schwätzed ja uf eimal ganz Züri-welsch — keis Lausanner Brösmeli meh drunder!

Eugenie (erschrocke): So, ietz hät's mi! (Bsinnt si — mit übermüethigem Lache) Worum sett i au nüd, wo Sie e so us em Hochdüütsche use trolet sind. Keis Frankfurterli meh zwüschet Ire Zähne!

Chäpper: Wil mer halt es Züri-Gueteli uf em Mage lyt.

Eugenie: Aha, i verstahne — Ja ja — ietz wird's mer klar — Die Adelaide! Aber i will Sie nüd versuume — Spiled's ere nu wyter uf jedem Purpurblättchen — Wo mueß i ietz au use — (Staht i der Mitti, lueget verläge na be verschidene Thüre.)

Chäpper: O mich verstöhmed Sie nüd — Myni Adelaide wott ja nüt ghöre — da chum i na immer früeh gnueg zum spile.

Eugenie (mit eme Aflug vo Yfersucht): Wott nüt ghöre? Pah! Das kenut me! E so en interessante Herr — So so, also en Adelaide. Sie müend heillos i si verschameriert sy, daß Sie e so wehmüetig spile chöned.

Chäpper: Gsehnd Sie, ietz säged Sie's selber, was ich vorhinig abegschluckt ha. Es ist nüd d'Musik, wo myn Boge gsüehrt hät.

Eugenie: Offe gstande, ich hett's Ine au nie zuetrout. Das mueß ja öppis extras sy, wo dä spöttisch Herr Chäpper e so weichherzig mache cha.

Chäpper: Ganz öppis extras.

Eugenie (immer yfersüchtiger): E Schönheit ersten Ranges.

Chäpper (immer ruehig, aber ernsthaft): En Engel us em sibete Himmel.

Eugenie: Und e stolzi, daß sie ein e so jamere laht.

Chäpper: Stölzner nützt nüt. D'Viktoriasüül über der Sihl änne ist e Lais begäge.

Eugenie (ärgerli): D'Lais kenn ich nüd. — Wahrschynli au e gwaltig gibildeti, wil en so hochbüüsche Herr si verehrt.

Chäpper: Sie redt mehreri Sprache und seit i keiner, was me gern ghörti.

Eugenie (für sich): Das ist ja epöred! (Luut) So so — hm! Dänn grüezed Sie mer das Meerwunder — (Will ab.)

Chäpper (immer uf em glyche Platz): Wänd Sie's nüd us= richte?

Eugenie (blybt stah): Wer? Ich?

Chäpper: Wer sust?

Eugenie: Ich kenne ja das hochmüethig Gschöpf gar —

Chäpper (unberbricht sie): Ich lahne nüt uf sie choh, wenn sie au hartherzig gege mich ist. Sie hät nu e so ahgnahni Maniere. Im Herzesgrund ischi schlicht und guet und ehrli blibe. Drum han i alliwyle na Hoffnig.

Eugenie (heftig): Ietz losed Sie, das ist uverschamt. Das schickt si gar nüd, eim e so öppis z'säge. Mynetwege verzelled Sie der ganze Wält, wie verschosse Sie in Jhri Adelaide seigid und tüend Sie so tick wie Sie wänd, aber mir bruuched Sie's denn, meini, doch nüd z'verzelle. E so vil Rücksicht törf i, (schluchzet) meini, na von Ene erwarte.

Chäpper: Ja wem soll is dänn sust erzelle?

Eugenie: Das gaht ja über alli Bigriff! — Guet, schön, recht schön, dänn säged Sie mer wenigstes, wo=n=i die Adelaide triffe?

Chäpper (immer gilasse): Sie ist grad im Bigriff vo mer furt z'gah.

Eugenie (stoht en halblaute Geuß us, ist im unwillürliche Zrugg= wyche uf die recht Syte choh und hebt si vor Zittere am Tisch, wo döht staht. Nach ere chlyne Pause): Hört ietz bie — die Kumedi bald uf!

Chäpper: Hoffetli! My Rolle han i scho lang satt und wenn b'Adelaide wider Eugenie sy wott, dänn hett ich ere vil, vil, schüüli vil z'säge.

Eugenie: Du wirst — Sie werded mi doch nüd glaube mache wele, ich seig —

3

Chäpper: Nüt will i — gar nüt, bis i erſt weiß, ob's
würkli ſo arg iſt, wie me mer erzellt hät vo der Fräulein Grebel,
ſib ſie us em Wälſchland ſeig.

Eugenie (lebhaft): Jedeſalls cha me nüd e ſo vil erzellt
ha, wie me mir vom Herr Suter, ſib er vo Frankfurt z'rugg ſei.

Chäpper (alles ſehr raſch): E größeri Kokette gäb's gar
nüd —

Eugenie: En ybildtere Kerli lauſi niene ume

Chäpper: 's hüürathe heb ſie verſchwore —

Eugenie: D'Franezimmer ſeigid für in nu da, zum ſür
en Nare halte —

Chäpper: Statt ere Lismete heb ſie 's Klavier de ganz
Tag underhänds —

Eugenie: Statt eme vernünftige Wort heb er blöd Witz
uf der Zunge —

Chäpper: Sie heb en Zwicker uf der Naſe —

Eugenie: Er heb en trüllete' Schnurrbart under der
Naſe —

Chäpper: Daß ſie weder ordli tüütſch na menſchlich
franzöſiſch redt, han i ſelber ghört —

Eugenie: Daß es ſi mit ſym Lüütenandialekt e ſo ver-
halt, hät er mer biwiſe —

Chäpper: Do han i fryli bigriſſe, daß myn Brief uf
Lauſane kei Antwort überchoh hät —

Eugenie (ſtürzt uf en zue, packt en chrampfhaft am Arm): Du,
Du hettiſt mir würkli gſchribe?

Chäpper: Wie's verſproche ha, ſofort vo Frankfurt us.

Eugenie (ußer ſich): Alſo underſchlage! Richtig wie mer's
's Setteli gſeit hät. Aber ich ha den andere glaubt, und won i
hei choh bin, de Fründinne, wo mer dieß und das vo dir erzellt
händ; deßwege bin i an e ſo erſchrocke, wo b' Mame dahere gange
iſt und nachher han i mer vorgnah, dir erſt recht z'zeige, daß du
di nüd über mi luſtig mache chöniſt. (Erſchrickt) Herjeſſes, was red
ich au! — Ich mueß ja furt — Bitti Herr Suter, nämed Sie
mer's nüd übel i ha gwüß —

Chäpper (faßt sie bi der Hand): Eugenie! Säb wär würkli wahr? Da bin ich ja b' Schuld an allem. Ich hett nüd dem Gschwätz glaube solle, ich hett frisch und frank dich ufsueche solle. Statt desse han i tha wie=n=en Thorebueb, wär bald vor luuter Verzwyflig lieberli worde — Und ietz wär säb würkli dys wahr Gsicht, wo d' gmacht häst, wo=n=i us der Thüre deet choh bin? —

Eugenie (mit niedergschlagne Auge, laht em b' Hand, aber chehrt si eweg): Und säb dyn wahre Ton, mit dem b' na der Adelaide gsüüfzget häst?

Chäpper: Gwüß und uf Ehr und Säligkeit! Und Eu= genie soll sie wider heiße — liebi Eugenie! Weischt na, wo=n=i der im Biwußtsy vo myner frisch ine gwürgte klassische Bildig gschribe ha: Eugenie —

Eugenie (underbricht en): Heißt: eu — wohl und genos Geburt, also wohlgeboren! Natürli — (wieder übermüethig nettisch) Ha ja vo der Zyt a immer es Kumpliment gmacht, wenn i amene Spiegel verby gange bin. Aber weischt na, won ich dyn Name erchlärt ha: Chäpper —

Chäpper: Schnäpper! Wil ich ein nümme los lös, wenn i ein i b' Arm gnah heb. Eb i ächt bä Name na verdiene? Du liebi, herzigi du! (Er zieht sie a si, sie leiht ires Chöpfli verschämt a in Achsle) Wollst mer's erlaube, daß i di nie — nie — nie meh — (Wie=n=er sie umfaßt, stoßt sie en Schrei us und flüügt von em eweg.)

Letzti Scene.

Vorigi. Fr. Grebel. Hr. Suter.

(Rebed busse tuut und heftig, chömed bänn bur b' Mitti.)

Fr. Grebel (na under der Thür): Nä nei myn superkluege Herr, Jri Gründ sind himmeltruurigi und bänn isch es jedefalls kei Art und Wys sich uszdrucke.

Hr. Suter: Ja herrjeh, e so e Steckchopfete chönnt ja es Trampelthier zur Furie mache.

Fr. Grebel: Mit e so bischränkte Lüüte sott sich halt en Mah von Jrer Intelligenz und Fynheit — haha! nüd abgeh·

Hr. Suter: Aber lueged Sie doch selber wenn Sie's nüd glaubed, da uf Syte (streckt e Broschüre here) 15 seit der Aleranber Koch: Wer seine Töchter in's Welschland schickt, woher sie meistens mit verborbener Gesundheit zurückkehren, der mag bebenken, baß es keinen Werth hat, eine zweite Sprache zu lernen, so lange man nicht die erste gehörig beherrscht und so lange man in keiner von beiden etwas zu sagen weiß.

Fr. Grebel: Lönd Sie mi z'fride mit Irem Aleranber Koch! Hät er vilicht scho Töchter is Wälschland gschickt? Hät er überhaupt Töchter? Nei er hät offebar keini, sust chönt er nüd e berigs Züüg schrybe.

Hr. Suter: Aber myn Gott, mer händ ja gnueg schlagedi Exempel, wie miserabel —

Fr. Grebel: E schlaged's Exempel sott me statuire a bem Mah, ja würtli! Nüd is Wälschland! Haha! (Sieht iez erst b'Eugenie) Aha da bist ja — chumm, chumm, du häst Recht gha vorhinig und du bruuchst kei Angst z'ha, baß mer is länger bi berige Herre ufhalted.

Chäpper (zum Vater): Aber bitti, was hänber au? Was hätts geh?

Hr. Suter: Ganz eifach, s'Ei ist basmal klüeger gsy als die Henne, respektive der Güggel. Du häst Recht gha, nüd wenn sie vo z'oberst bis z'underst vergolbet wär e so eini! (Die Alte sind je uf ber Syte, b'Chinde nebet ene, aber innenbig, so baß sie sich be Rugge zuechehreb.)

Eugenie: Mama, du bist iez ufgregt —

Fr. Grebel: Jä biwahri, heb kei Angst, i werd mi nachher anderst bsinne. Mit bem Patron bin i fertig.

Eugenie (ängstli): Aber de jung Herr —

Fr. Grebel: Häst du ganz richtig tarirt und ich bi rein mit Blindheit gschlage gsy. Bruuchst en nüd z'näh, bhüetis Gott, ehnder ließ i bi en alti Jumpfer werde.

Chäpper: Vater, i mueß der offe gstah —

Hr. Suter: Schwig nu stille und bis überzüügt, ich achte byni Prinzipie vo iez a höcher.

Chäpper (ungibuldig): Jä ich meine ja —

Hr. Suter: E so Volch verstaht's nüd besser, allerdings, allerdings; nimm mer's nu nüd übel, daß i mi e so lang mit ene abgäh ha. I will iez scho churze Prozeß mache.

Chäpper: Du understahit di nüd, Jre öppis —

Hr. Suter: Nüd i dyner Gegewart, i kenne dys Zart-gfühl, gang nu ruehig —

Chäpper: Säg mer ämel au, was es geh hät.

Hr. Suter: Mer sind da im Verbigah bi der Bibliothek weiß der Tüüggeler wie uf d'Bilbig z'rede choh und do arbeitet si die Frau in e Bigeisterig für's Welschland ine, wo-n-i natürli gan abchüele müeße. Bi dere Glägeheit bin i zur Msicht choh, e so verschideni Prinzip thätid nüd guet binenand. Du chöntist ja das wälsch Jümpferli nüd emal verstah —

Chäpper (ungibuldig): Jetz hör e mal uf; mer händ is ja scho —

Hr. Suter: Nu ruehig, sie sind's Eryfere nüd werth. I weiß scho, daß du mir z'lieb alles im Stand wärist. (Luut) Gsehnd Sie, verehrtisti Frau, wenn myn Soh au bloß im Düütsch-land gsy ist, wär er doch im Stand gsy über Jri Jumpfer Tochter na is Reini z'choh. (Fr. Grebel und Eugenie händ wäred beß lys zämme gredt, Chäpper und Eugenie händ hie und da si zunenand umtreheb, si gwinkt und Chüß zuegworfe.)

Fr. Grebel (luut): Und myni Tochter seit mer grad, sie heb de jung Herr ganz guet verstande, wenn er au e frönd's Wäse aagnah heb. Sie gsehnd also, euseri Töchter chömed mängs-mal gsund gnueg us em Welschland hei, um e so eine wie Jre Herr Sohn z'durluege. Und sie hät em i beide Sprache „etwas zu sagen gewußt", daß er gnueg gha hät.

Eugenie (erschrocke): Um tuusig Gottswille, Mame, du ver-stahst mi ja ganz falsch!

Fr. Grebel: Nei mys arms Chind, s'Muetterherz ver-staht nie falsch. Ich ha für die Bileidigunge, wo me dir atha hät, en osses Ohr. Augenblickli wämmer iez gah —

Eugenie: Nu na eis —

Fr. Grebel: Jä biwahri, bruuchſt kei Etſchuldigung bi
dene Grobiane. (Rüßt ſi gwaltſam zur Mittelthüre) Sans adieu furt
vo dere Liebeswürdigkeit!

Chäpper (glychzytig): J ſäg der Vater, i laß ſie nüd gah.

Hr. Suter: Biſt en brave Kerli, aber ba wär's am
urechte Ort, Umſtäub z'mache. (Er hebt en, Chäpper will zur Eugenie,
die-n-im ſcho a der Thüre mit ſtehetlichem Gſicht b'Hand zueſtreckt. Uf eimal
fallt der Frau Grebel, wo ſie ſcho b'Thüre uſmacht, es Paket uſe.)

Chäpper (ryßt ſi mit eme Ruck vom Vater los): Sie händ
öppis verlore, Frau Grebel!

Fr. Grebel (ſtaßt ſtille): Wer? Jch?

Chäpper (hebt's uf, aber e ſo ungſchickt, daß es us em Papier uſe
chunnt. Er überreichts ire, es iſt es Tauſchleib, rych mit Stickerei und Spiße.
Frau Grebel iſt wider in Vordergrund choh und nimmt's erſtuunt i b'Händ.)
(Churzi Pauſe. Eugenie und Chäpper binenand bihinne.)

Hr. Suter: Das iſt ja mys Stadtraths Souvenir,
wo-n-i Jne zum Gſchaue mitgeh ha i der Gſchwindigkeit.

Fr. Grebel: Das wär ſäb Gſchenk, wo mir Jne damals
ſettib gmachet ha? (Bi beide mueß na de Zorn uſem Rede uie z'gipüre ſy.
Sie lueged enand nüb a. Churz und halb grob.)

Hr. Suter: Hä ja, es iſt mer damals ohni wyteri Bi-
merkige zuegſchickt worde. J ha ſcho verſtande, daß me mer für myni
Red well dankbar ſy und doch ſells kei Veralaßig geh an ne Bi-
ſtächig z'bänke. Natürli han i mi beßetwege au nüd bidanke
dörfe. Aber es hät als Tauſchleid vo mym Chäpper fungirt —

Chäpper: Mys erſt Röckli?

Eugenie (halbluut bihinne zue-n-im): E ſo en chlyne Höſt
biſt du gſy?

Hr. Suter: Nachher iſch es uſbiwahrt worde. Zwyſle
hämmer nüd chöne, woher's ſei, wil Sie es Wyßwaaregſchäft
gha händ. Jeß mueß es halt nach dere lange Zyt bi ſo-n-ere
ungſchickte Glägeheit fürechoh.

Fr. Grebel (hät underbeß nirig b'Stickerei nae glueget, tüüi
grüehrt): Ja das iſch es — da das verſchlunge S und Ch —

Hr. Suter (komiſch biwegt, früntli): Suter — Chäpper —

Fr. Grebel: Ja er hät b'Vorlag sälber zeichnet, myn
Heiri selig — J gsehn en na im Hinderstübli vom Lade sitze —
D'Brust hät em damals scho asange weh z'thue und wenn i em
gseit ha: du huestist ja wider, hör au uf — du buckst di z'vil —
so hät er gmeint: Laß mi, das mueß öppis ertras werde — e
so öppis soll's i ganz Züri nüd geh — Es ist — (schreit) sy
letscht Zeichnig gsy. (Sie trochnet mit eme Zipfel Thräne ab, erschrickt)
O ich bitte=n=ab —

Hr. Suter (girüehrt): S'macht nüt, es ist ja b'Rässi
gwonet.

Fr. Grebel: Nei wie=n=eim e so öppis a die alte Zyte
erinnere cha.

Hr. Suter: Es gaht mer ja brezis e so. S'ist mer, i
gsäch myns Kätterli selig lybhaftig wider da stah und säge: Gäll
Ruedi, a dem Prachtschleid bist eigetli au nüd b'Schuld. Die
Red ist bir nu e so use gwütscht. Die Frau hät ein nämli dur=
lueget, öppis merkwürdigs, falschne Schyn hät sie nüd duldet, deß=
wäge au myn Haß uf's Wälschland. Und's ist wahr, wämme=n=
ehrli ist, wird men au bscheide. Me gsieht, daß me gwönli a dem
nüd b'Schuld ist, won eim's gröst Glück bracht hät.

Fr. Grebel (fest): Aber me soll deßwege doch thue, was
me für recht halt. (Streckt em b'Hand) Also bitte ich ab, daß i vor=
hinig e so ungschliffe —

Hr. Suter (i komischer Etrüstig): Sie chämed mer grad recht!
Emene so e=n=alte Grobian na guet Wort geh! Wenn i nu törft
hoffe, daß Sie myni Hitz vergesse wurdid —

Fr. Grebel: Aber bitti reded Sie au nümme devo —
Jri Hitz hät eus ja scho emal Säge bracht.

Hr. Suter (bigeisteret): Und sie sells wider — bigost —
(bsinnt si, schnalzt mit de Fingere) Äh das ist ietz au e vertablets Züüg
— Es gaht ja abseluti nüd — Dä Haß von eusere Chinde ist
zue groß und mir händ's na bstärkt. (Drehet si um) Chäpp —
(gsieht wie die beide si im Hindergrund umarmed, im höchste Erstuune, bringt's
chuum use) Chäpp — Chäpper — E so en Haß händ ihr usenand!

Eugenie (flüügt verschämt uf b'Muetter zue): Bis nüb bös Mame, aber er hät d'Adelaide e so schön gspilt.

Chäpper: Vater, ich mueß mi e so blage, bis sie wider ordli Tüütsch cha.

Fr. Grebel ⎫ (zueglych) ⎧ : D'Adelaide?
Hr. Suter ⎭ ⎩ : Ordli tüütsch cha?

(Die Alte stönd i ber Mitti bineuanb.)

Chäpper (gaht nach rechts übere zur Frau Grebel): Soll ich wider e Muetter überchoh? (Sie streckt em beib Händ etgege.)

Hr. Suter: Da hämmer's! Wiber e mal es Glück ver= wütscht, ohni baß me Schulb dra ist. Jä Herrjeger, wer bhalt iez das Tauschleib?

Eugenie (gaht links zue=n=im, halb verschämt): Es cha ja i der Familie blybe.

Hr. Suter (lustig): Du bist e Gärnas! (Umarmet sie.)

(De Vorhang fallt.)

Zwüschet Eis und Zwei.

Luſtſpiel in einem Akt.

Perſonen:

Fritz Kambli, Kanzliſt.

Frau Kambli.

Fritz,
Heiri,
Berta, } ihre Kinder.
Marie,

Stückligret, eine Bäuerin.

Lydia Amiethig von Baſel.

Waibel Temperli.

Ein Polizist.

Ein Dienſtmann.

Schauplatz: Ein bürgerliches Wohnzimmer.

Erste Szene.

Kambli, am Tisch sitzend, **Frau Kambli,** letzteren abräumend.

Kambli: Erst senf Minuten über Eis; na schier e Stund, bis d'Arbet wieder agaht. Das ist doch die ungschicktist Zyt im ganze Tag. Schlafe mag i nüd, das git nu eu dumme Chopf, und zum Schaffe mag se si au nüd verlyde. Es wär vil gschyder, mer sienged uf em Büreau am Eis wieder a; natürli de Quartal= zapfe müeßti dänn um die Stund länger sy.

Frau Kambli: Ich meine iez, das Stündli Rueh nach em Esse thüeg dir ganz guet.

Kambli: Es ist aber ganz überflüssig. Eusers Essen ist recht; aber so astränged dänn doch nüd, daß me si drüber abe müeßt vu der Arbet erhole. Die Zyt ist rein verlore; 's passiert ja doch nie nüüt zwüschet Eis und Zwei, wo eben Alls entweder eso zwecklos diheimen umepflästeret, oder en Ver= dauigsbummel oder en Kasijaß macht.

Frau Kambli: Wer weiß, de hüttig Tag macht villicht en Uusnahm.

Kambli: Gseh nüd y, worum. Ja wenn —

Frau Kambli: Wie meinst, Schatz?

Kambli: I meine, wenn myn Herr Chef emal Ernst miech mit mym Avancement. I ha ders ja gsait, daß d'Secretär= stell uf euserer Direktion erlediget ist, a die vu Gott und Rechts wege de Kanzlist Fritz Chambli sotti vorrucke. I glauben ä, so vil i gmerkt han, hät mes guet mit mer im Sinn; aber ebe wänn — das ist de Kasus.

Frau Kambli: Das Avancement wird scho cho; denn wenn's Eine verdienet, so bisch es du.

Kambli: Weiß nüd, de Herr Direkter hät mi dä Morgen emal eso eigen aglueget...

Frau Kambli: Jä wie dänn? Häßig?

Kambli: Nei, eben eso heimli vergnüegt, wie wenn de Schutz dusse wär, wie wenn er my Ernennig zum Secretär scho underschribe hätt.

Frau Kambli: Das wär, wenn sie öppe grad ietz chäm, weischt eso zwüschet Eis und Zwei, wo nüüt bigegnet.

Kambli: Mügli wärs scho; aber derigs passiert alesals ander Lüüte, mir nüd.

(Es läutet.)

Kambli: Los ietz da, es chunnt Öpper.

Frau Kambli: Gib acht, das ist de Waibel mit der Ernennig. (Sieht nach.)

Kambli: Es wird mer ganz krüselig.

(Frau Kambli tritt wieder ein.)

Kambli: Und? Was isch ietz?

Frau Kambli (gelassen): De Schuehmacherkunte.

Kambli: Da hämmers wieder. Wemme meint, me chönn i b'Wulle, so chunnt men is Pech.

Frau Kambli: Aber mer blybed nüd dra chlebe, und zu Öppis Wulligem für dich und euseri Chind häts Gottlob bis ietz au immer na g'langet.

Kambli: Ja, wil du Gueti nebet der Hushaltig dich na eso plagist mit dyner Nähmaschine.

Frau Kambli: Bhüetis, bhüetis, 's ist nüd so gfährli.

Kambli: Wo sind ä b'Chind? Sie sind eso furt gstürmt nach em Esse, sie händ chuum abegschluckt gha.

Frau Kambli: Weiß nüd, sie werded na Ufgabe z'mache ha für dä Imbig.

Zweite Szene.

Vorige. Alle vier Kinder kommen polternd herein und lausen, Zettel in die Höhe streckend, auf die Eltern zu.

Kambli: Bitti was händ er au, Züügniß?

Kinder: D' Wunschzedel!

Kambli: So aha. Seh gend emal ane. So, das ist ja prächtig, vierzeh Sache, siebezeh, zweiezwänzg (zu Heiri) Aber gäll de bist dänn glych zfride, wenn d'nu einezwänzg überchunnst?

Heiri: O herrjeh, wenn ich nu Stelzen überchumme.

Fritz: Und ich Schlyfschueh.

Berta: Und ich e Papeterie.

Marie: Und ich es Bäbi mit rechte Haare.

Frau Kambli: Mer wends dem Christchindli säge.
(Es klopft.)

Frau Kambli: Marieli, gang go luege.
(Marie geht und öffnet.)

Dritte Szene.

Vorige. Stückligret tritt ein und stellt einen Sack neben die Thür.

Kinder (jubelnd): D'Stückligret, b'Stückligret!

Kambli: Seh, Chinde, me sait nüd eso!

Stückligret: Äh bhüetis woll, lönd Sie s' nu eso säge. Guete Tag, Herr Chambli und Frä Chambli.

Kambli: Guete Tag, Gret.

Frau Kambli: Guete Tag, sitzed ab, er werded müed sy.

Stückligret: Hä, 's ist nüd so gfährli, i bi ja uf der Bah gritte. Z'erst will i my Sach i b'Ornig mache (klaubt Geld aus einem Lederbeutelchen und zählt es auf den Tisch). So, Herr Chambli, da wär das Zeisli, wend Sie so guet sy und luegen obs recht ist.

Kambli: Ja fryli, 's ist ganz recht. I will i gschwind go b'Quittig schrybe (ab).

Vierte Szene.

Vorige ohne Herr Kambli.

Frau Kambli: So ietz sitzed, Frau.
(Stückligret setzt sich auf den Rand eines Stuhles.)

Frau Kambli: Sitzed ä recht, rütscheb e chli zue, und da, nemmeb eis! (Schenkt ihr ein Glas Wein ein.)

Stückligret: Jä bhüetis, 's ist gwüß nüb z'thue.

Frau Kambli: Aber z'neh. Da, nemmeb Brob! (legt ihr ein Stück Brob hin.)

Stückligret: Nu se tanki vill Mal. Also zum Wohlsy Frä Chambli, zum Wohlsy Chinde!

Frau Kambli: Zum Wohlsy.

Kinder: Zum Wohlsy, Stückligret!

Stückligret: Äh, ist das en Wy vunere Güeti! Ich glaube gwüß uf Ehr, be Bundesrath z'Bern obe trinkt e ken bessere!

Frau Kambli: Oppebie villicht scho; aber 's freut mi, wenn er i gschmöckt.

Stückligret: Jaa! bä gspürt me bis in große Zehen abe.

Frau Kambli: Und? Wie gohts, wie stahts byni unne?

Stückligret: Hä i danke, 's ist Alls so im Alte. Weber mer hetteb wiber es Chueli zuetha z'Martini.

Frau Kambli: So so, das ist ja prächtig. Was händ er ietz, vieri?

Stückligret: Ja ebe, vieri.

Frau Kambli: Und drüü Chind, gälleb?

Stückligret: Nei, eben ä vieri. Mer hetteb halt wieder eis übercho bä Herbst.

Frau Kambli: Jä was, wensch Glück.

Stückligret: Danki Gott.

Frau Kambli: Und, ist ämmelä Alles gsund?

Stückligret: Ja Gottlob, weder de Mah isch na e chli unpaß.

Frau Kambli: So so, wo fehlts?

Stückligret: Hä, er hett ebe bim Opfelgünne 's Bei bbroche.

Frau Kambli: Was ihr nüb sägeb! Das ist ietz!

Stückligret (fängt an zu weinen): Ja, und denkeb Sie nu, wies em hett chönne gah!

Frau Kambli: Glaubes wol, ja, das ist gfährli, wenn eso e höchi Leitere mit eim umfallt.

Stückligret: Nei ebe, i meine nüd das, ganz öppis anders, öppis vil schüülichers.

Frau Kambli: Bitti, was au?

Stückligret: Pah, es ist ja letschthi neimen im Tüütschland ussen es Theater verbrunne, won ebig vill Lüüt deby umcho sind, weiß my Sechtlige nüd wie mängs Tuusig.

Frau Kambli: Ämmelä es paar hundert, aber 's ist truurig gnueg.

Stückligret: Jetz denked Sie nu, wie's mym Hansli hätt chönne gah (immer schluchzend). Er hät ja früehner drüü Jahr a dem Ort gschaffet, er ist dozmal en Wagner gsy und er ist ebig mängs Mal i dem Theater gsy. Jetz denked Sie ä, Frä Chambli, wenn das Theater acho wär, wo mym Hansli drin gsy ist — — — es ist fürchtig.

Frau Kambli: Jä, händ ihr dänn euere Mah icho kennt, won er a jebem Ort gschaffet häd?

Stückligret: Seb eigetli nüd.

Frau Kambli: Dänn hetted ihr ja gar nüüt vun em gwüßt, wenn er verunglückt wär.

Stückligret: Seb eigetli jcho nüd, weder es b'elenbe mi halt glych erschröckli; Gott Lob und Dank, daß er nu es Bei bbroche häd.

Frau Kambli: Ja ja, da chammen ehnder helfe.

Fünfte Szene.

Vorige. Herr Kambli tritt wieder ein.

Kambli: So Fraueli, da wär eueri Quittig.

(Die Kinder, welche die ganze Zeit den Sack der Stückligret betrachtet und zuletzt geöffnet haben, stoßen denselben aus Versehen um. Nüsse und Aepfelschnitze kollern heraus.)

Kambli: Was mached ihr ä da für Gschichte?

Fritz: 'S Berta ist d'Schuld.

Berta: Nei, gwüß nüd, s'Marieli!

Marie: Nei, de Heiri!

Heiri: Ja na gar, i bi gar nüd dra ane cho.

Marie: Woll fryli!

Heiri: Nei!

Marie: Woll! (fängt an zu heulen, Heiri ebenfalls.)

Stückligret: Bhüetistrost, 's häb ja nüüt z'fäge, die Stückli und Nusse sind ja doch für d'Chind, hanenes grad welle geh (fie nimmt den Sack und leert ihn auf den Tisch). So, vertheileb's dänn.

Kambli: Se danked iez vill Mal!

Kinder (rufen durcheinander): Danke vill Mal! (und lesen das Herausgefallene zusammen.)

Frau Kambli: Wüssed er was, Chinde, wil er eso Wundernase gsy sind, so säged er iez befür der Gret eueri Liedli uuf, won er fürs Christchindli bi der Frä Tanten Oberst glehrt händ. Seh Heiri, sang du a.

Heiri: Nei, z'erst de Fritz.

Frau Kambli: Nenei, mer sönd unnen a: Also Heiri

Heiri (deklamirt):

Ich bin de Soldat Heirimah,
Jetz lueged emal da anne!
Müend er nüd fäge dänn, 's wär guet,
'S gäb vill e derig Manne?

Myn Helm, dä macht e Gattig,
Schier gar, as wäri en Prüüß;
I bin eso scho gfürchig,
Aber gar erst, wenn i schüüß!

Potz Welt! da gilt's dänn mächtig Ernst,
Da heißt's halt bäumig ziele,
Grad so uf zwänzg Find mitenand,
Dänn müend s'es gwüß verspille!
Sie laufed über d'Gränze
Und lönd is d'Festig stah;
Dänn rüefed mer: mir händs ggunne,
Heil dir Helvetia!

422

Stückligret: Nei aber ä, nei aber ä! De Heiri chas! Tä git gwüß emal en Pfarrer!

Frau Kambli: Jetz Marieli isch a dir.

Marie (deklamirt):

Bill Chinde händ am meiste Freud,
Wenn's chroslet recht um s'umme
Bu Gspänlene, wenn's recht luut tönt
Mit Göiße, Pfyfe, Trumme.
Jch mach' ä gern e luftigs Spiel,
Am liebsten aber sitz ich still
Elleige, das heißt, au en Bsuech
Jst by mer: mys lieb Märlibuech.

Das ist es Buech! e derig git's
Ja allweg sust e keini!
E ganzi Welt chunnt da zu eim,
Und erstna was für eini!
Nüd nu so Schuelerchind, patz ja!
Us Asien und Afrika
Chömmed s' i Gold und Scharlachtuech —
'S ist wahr! 's staht i mym Märlibuech.

Prinzessine, verzauberti,
Bun Fee, dene böse,
Da gits ganz Hüüse, und me möcht
Sie all so gern erlöse!
'S währt aber gwöhnli zimli lang;
Nu, z'letscht am End se chunt me z'Gang:
De Prinz erschynt und löst be Fluech,
Gottlob, so staht's im Märlibuech.

Jetz säged mir: eso es Buech
Ghört's nüd zun allerbeste?
Wo gits na anderi, die Ein
E däweg chönned tröste?
Jch weiß es nüd; ihr müssebs scho,

'S gaht mir dänn au emal eso;
Jetz. ohni daß ich wnter suech,
Heb ich's halt mit mynn Mäilibuech.
Stückligret: Nei, nei! Da mues me lose! Ich glaube
währli, eusere Herr Bikari chas nüd e därveg.
Frau Kambli: Berta, ietz chunnst du.
Berta (deklamirt):
'S Chriftchindli hät's guet mit is gmeint,
Eus isch es herrli ggange!
Was händ ä mir nüd übercho
Fürs Räblen und fürs Plange!
E Chouft häd eus 's Chriftchindli ggeh,
Eus Gschwüfterte; jä gälled häh!
E Chouft, 's ist schier nüd z'glaube!

E Chouft, wo me chann süüre drin
Mit rechtem Füür, ja währli!
Bier Lampe hät's, die brenned, ja!
Und sind käs Bitzli gfährli.
Da chamme choche, jeegertroft!
Es Taufimahl, bim Sappermoft,
I der Chouft ist kä Chouft meh!

Jetz chocyed mer dänn aber au
'S ganz Mari Chübler durre:
Biftegg, Forelle, Ofeschlupf
Bu Heidelbergermurre;
Dänn Schoggelade, Karviol,
Und bbaches Rys ganz Platte voll
Und Habermues und Crème.

'S mues Alles gnueg ha, gänd nu Acht,
Mir chönned is scho chehre!
'S gaht gar nüd lang, so cha bi eus
D'Stadt Züri choche lehre.
Dänn wird's es Glänf geh! o herrjeh!
Is Ernihuus wott Niemert meh,
Alls nu is Hotel Chambli.

Stückligret: Das will i iez dänn glych ä euserer Jumpfer säge im Pfaarhuus, die chunnd allweg ä. Nei ä, nei ä was ich nüd nues ghöre. 'S wird mer ganz Sturm.

Kambli: Nemmed na en Schluck.

Stückligret: Herrjeß, nüd z'vill Herr Chambli. I mues ja na uf de Leuebank, die wurded mi schön aluege, wenn i mit eme Tampis chäm. Sie wurded is allweg grad 's Kapital ufchünde.

Kambli: Jez na de Fritz.

Fritz (deklamirt):

> I bi gar nüüd apartis,
> Nüüd as en rechte Bueb;
> Kes Prinzli und kes Herrli,
> Eifach en Züribueb.
> Grad wien eso die Buebe sind —
> 'S sind ebe Buebe und kä Chind —
> Prezis so bin ich eine,
> En rechte chäche Bueb.

> I gah gwüß gern i d'Schuel ja,
> I bin en rechte Bueb;
> Aber d'Ferie sind doch schöner,
> I bi halt nu en Bueb.
> Da rodt me d'Arm und rodt me d'Bei,
> Und bringt men öppedie dänn hei
> In Hose en Dreiangel —
> Men ist halt ebén en Bueb.

> E Summervögelsammlig
> Macht jede rechte Bueb
> Und laht sie wieder ligge —
> Er ist halt nu en Bueb.
> So Raupe wäred prächtig, ja!
> Wenn j' nu nüd müeßted z'fresse ha;
> All Tag so Blätter hole
> Ist halt nüüt für en Bueb.

Still sitzen alliwyle,
Das cha ken rechte Bueb.
Mir wimslets zum Verstrupie,
J bi halt nu en Bueb.
Wänn i emal Professer bin,
Dänn chunnt mer's Gisple nümmen in Sinn,
Jetz bini halt es Fegnest,
Jetz bini halt en Bueb.

En Gääggi bini keine,
J bin en rechte Bueb,
Scho eynder öppen en Schalki,
J bi halt nu en Bueb.
Aber wänn i öppis bboosgget ha,
So sägi: Vater, ich has tha!
Kes Wörtli will i lüge,
J bin en brave Bueb.

Stückligret: Ja allweg bist du en brave Bueb, me
umes wäyrli fast briegge, wemme e däweg ghört uussäge. Jch
wett nu, euseri lehrtebs emal eso. — So ietz Chinde, danki vill
vill mal, 's hät mi ietz halt so gfreut, i chas nüd säge. Jetz willi
aber gah, i chummen ietz grad recht uf de Leucbank. Also Herr
Chambli, machet Sie mer d'Schuldigkeit.

Kambli: Was da, machet mer ä kä Stempeneie!

Stückligret: Jä dänn danki halt vill tuusig Mal, und
chömmed's de Gottsnamne gen yzich bynis unne.

Kambli: Ja ja, 's cha's scho emal geh.

Stückligret: J d'Chriesi mit de Chinde.

Kinder: Oh! i d'Chriesi, i d'Chriesi!

Frau Kambli: Bhüetis wie thüend er ä. Me wurd
meinen, es wär scho Summer. Also Gret, chömmed guet hei und
en Gruess an Mah!

Kambli: Ja vn mir au. Abie Gret!

Stückligret: Danke, danke. Sen abie dänn. Alls mit
enand, abie, abie!

Kinder: Adie Stückligret.

(Stückligret ab.)

Frau Kambli: So iez Chinde, gönd ihr ä grad, s'ist Zyt i b'Schuel.

(Kinder grüßend ab.)

Sechste Szene.

Herr und Frau Kambli.

Kambli: Jetz mues dänn dä Waibel vun euserer Direktion bald cho, sust gits es nümme dä Mittag.

(Es läutet.)

Frau Kambli: Gsehst, da chunnd er grad. (Geht öffnen.)

Kambli: Jetz glaubis würkli selber an. Es ist mer, es chönn nüd anderst sy, das Dekret mües iez drucke.

Siebente Szene.

Kambli. Frau Kambli tritt mit einem Polizisten ein.

Kambli (bei Seite, verwundert): En Polizist?

Polizist: Herr Fritz Chambli?

Kambli: Ja ja, Sie sind am rechten Ort.

Polizist: I sött da seuf Franken yzieh, Sie werdeb scho wüsse worum.

Kambli: Ich? ä bhüetis!

Polizist: So, Sie wüsseds nüd? Dänn mues is halt säge — 's thuet mer zwar leid für d'Frä Chambli — seuf Franke Polizeibueß wege nächtlicher Ruehstörig. Da ist be Zedel.

Kambli (schlägt die Hände vor's Gesicht): Herrjeses, herrjeses! Ich bin ruiniert!

Frau Kambli: Um Gotteswille, was häts ä da ggeh?

Polizist (begütigend): Ja, iez zum eso thue isch es nüd, derig Sache gits gnueg i der Suuserzyt, me weiß ja, 's chann ein halt schlingge.

Frau Kambli: Ach, und i ha di na eso gwarnet, wo b' as Suusermähli bist!

Kambli: Ja das häst, 's ist wahr. Ich bin en schlechte Kerli gsy. Ach ietz abie, Avancement — i mues froh sy, wenn i nüd um d'Stell chumme!

Frau Kambli: Bitti, was häst dänn eigetli ä agstellt?

Kambli: Hä, mer händ halt e chli gsunge im Heiweg und 's wird e chly g'scherbelet ha.

Polizist: Jä, Herr Chambli, säb dänn fryli nüd ellei.

Kambli: Ich weiß ämmel vu nüüd anderem.

Polizist: Seb cha scho sy, aber im Verhör hät si's ämmel erwise, daß Huusglocke zoge worde sind, daß me mit Stecke über Rollläde abegfahren ist und na meh berigs Züüg.

Kambli: Im Verhör?

Polizist: Ja ja, Sie werdebs wol wüsse. Sind Sie ietz so guet und zahled Sie, i ha nüd der Zyt z'warte.

Kambli (erregt): Aber ich bi ja i gar kem Verhör gsi!

Polizist: Nu, mached Si mer de Schimmel nüd schüüch — zahled Sie ietz gfälligst.

Kambli: Nüüt isch! Z'erst will ich wüsse, was das ist mit dem Verhör!

Polizist: Gönd Sie dänn ufs Commissariat go reklamiere, aber ietz mached Sie fürre!

Frau Kambli (die soeben den Zettel geprüft hat): Aber Herr Polizist, uf dem Zedel stahd ja Fritz Kambli, Sattler.

Polizist: Ebe drum!

Kambli: Seh zeig — ja wahrhaftig, Fritz Kambli, Sattler.

Polizist: Also, dä sind Sie, drum zahled Sie!

Kambli: Dä seig ich? ä kä Spur, dä wohnt sechs Hüüser wyter obe; ich bi ja Kanzlist!

Polizist: Se gend Sie de Zedel. Hätted Sie grad z'erst glueget, so hetted mer enand nüd vertäubt. Lebed Sie wohl!

Kambli: Lebed Sie wohl!

(Polizist ab.)

Achte Szene.

Herr und Frau Kambli.

Kambli: Das ist mer ietz just e netti Liferig gsy — ein eso z'erschrecke! I zittere na ganz.

Frau Kambli: Du arme Fritz, i glaubes wol.

Kambli: Aber weischt, was mer ietz sötti?

Frau Kambli: Was meinst?

Kambli: Über d'Stubethür en Spruch annemale mit große, dicke Buechstabe: Lappi, thue d'Auge uuf!

Frau Kambli (lächelnd): I glaube, 's ist nüd nöthig. Die Lehr werded mer Beidi nüd so bald vergesse.

Kambli: Ja, be häst eigetli Recht. Jetz meini welli ufs Büreau, sust chömmed na meh so Guetijahr.

(Es läutet.)

Richtig, 's chunnd na eis. Jetz aber ufpaßt!

(Frau Kambli geht öffnen.)

Neunte Szene.

Kambli. Lydia Amiethig mit Frau Kambli eintretend.

Lydia: Erlaubed Sie, bin i do am rechten Ort bime Herr Fritz Kambli?

Kambli: Jä, das chann ich ene gwüß nüd sage.

Lydia: Aber me hät mi doch zu Ine gwise; haiße Sie nit Fritz Kambli?

Kambli: Wowoll, aber 's sind halt drei, vier, won ä däweg heißed. Sie werded wol am lätze sy!

Lydia: Das ist aber gar fatal — i bin expreß vu Basel undenuse ko zum Herr Fritz Kambli, ietz waiß i ganz nit was i mache mues.

Kambli: 'S thuet mer unghüür leid.

Lydia: 'S ist e wichtigi Sach — dä Herr Kambli hät e großi Erbschaft gmacht.

Kambli: Wa—was? bitti Fräulein — — nemmed Sie ä e chli Platz!

Lydia: J bangg, i will de recht Herr Kambli go sueche

Frau Kambli: Erlaubed Sie — vu wem chunnt die Erb=
schaft her?

Lydia: Bun ere Jumpfere Wyß.

Kambli: Was? Bu myner Gotte? Ist die gstorbe?

Lydia: Lebet Sie wol, Herr Kambli.

Kambli: Ne nei, blybed Sie, blybed Sie, Sie sind am
rechten Ort.

Lydia: Sie wisse nit, daß b'Jumpfere Wyß gstorben ist,
— da kenne Sie nit der recht Herr Kambli sy.

Kambli: Wo woll, fryli. D'Todesazeig wird en letze
Chambli übercho ha, aber de recht bin ich.

Lydia: Wänd Sie so guet sy und mers biwyse?

Kambli: Biwyse — ja natürli — hä — seh — wie
macht men ietz das?

Lydia: Adie, Herr Kambli. (Will gehen.)

Frau Kambli: Warted Sie nu na es Augeblickli.
(Holt ein Photographiealbum.) Lueged Sie da, ist das nüd 's Bild
vu der Jumpfer Wyß selig?

Lydia: Jo, das isch sie.

Frau Kambli (nimmt das Bild heraus): Und ietz da, leseb
Sie, meinem lieben Pathenkind, Fritz Kambli.

Lydia: Jo, 's ist ihri Handschrift; ietz bini iberzügt, daß
i bim rechte Herr Kambli bin. Nu da kann men als nu gratu=
liere: Sie sind der Haupterb vu der Jumpfere Wyß selig.

Kambli: Haupterb!

Lydia: Jo. Denke Sie, by der Testamentsereffnig sind
zwaiesufzig Erben umeko, vu all dene hät Niemerts nit biko, als
klaini Legat vu hundert bis zwaihundert Frangge. Ganz z'letscht
am End, do bringt de Herr Notar es Couvert hindefüre: Do ist's,
do kenne Sie selber lese, was druf stoht. (Gibt ihm ein großes Couvert.)

Kambli (liest): Dieses Couvert soll meinem lieben Pathen=
kind Fritz Kambli in Zürich überbracht werden (dä bin ich) als
meinem Haupterben (wahrhaftig, Sie händ Recht) und zwar durch
einen der Miterben.

Lydia: Dä bin ich, Lydia Amiethig.

Kambli (mit Kompliment): 'S freut mi sehr Ihri werth Bikanntschaft z'mache (liest weiter): — dessen Reisekosten durch den Erstgenannten zu vergüten sind. Der Überbringer hat nach Abgabe des Dokumentes sofort die Heimreise anzutreten. Emerentia Weiß.

Kambli: Hät men ä scho eso Öppis gseh!

Frau Kambli: Nei bbitti!

Lydia: Also i gratulierene nonemol und ietz lebet Sie wohl, Herr und Frau Kambli.

Kambli (gibt ihr eine Banknote): Wend Sie so guet sy, für Ihri Reischöste.

Lydia (die Note unbesehen einsteckend): I dangg.

Kambli: Also epfell mich Ihne, Fräulein Amiethig, 's hät mi ietz ä recht gfreut, chömmed Sie guet hei und mer danked Ine dänn glych ä na vill Mal für Ihri Bimüehig und lösed au dem Herr Notar höfli danke.

Lydia: I will's uusrichte. Lebet Sie wohl!

Kambli
Frau Kambli } (zusammen): Lebet Sie wol, glücklichi Reis!

Zehnte Szene.

Herr und Frau **Kambli** (im Zimmer hin und her gehend).

Frau Kambli: Jetz säg ä, Fritz, die Freud über dä Schrecken abe! Das ist ietz en Tag.

Kambli: Los Frau, i will der ietz Öppis säge. Mer werded ietz also wahrschynli rych — hä was sägi wahrschynli, mer werded's ja sicher, aber ich will mi deßwege nüd uf die suul Huut legge; ich will surtfahre flyßig schaffe wie bis hütt; ich denke, das ist die best Manier, um das Glück ä würkli z'verdiene, won is ietz eso is Huus ine g'schneit ist.

Frau Kambli (den Gatten umarmend): Du liebe, brave Ma!

Kambli: Ob i ietz dänn brezis in euerer Kanzlei blybe, ist dänn en anderi Frag. Ehnder villicht se luegi Vermögesverwaltige über z'cho.

2

Frau Kambli: Die chunnst scho über, bald b'en eiges Vermöge z'verwalte häst.

Kambli: Ebe seb meini au.

Frau Kambli: Aber gäll ä Fritz, die Tante Gotte!

Kambli: Ja gäll ä! wer hätt ä das ddenkt!

Frau Kambli: Die guet Frau!

Kambli: Die lieb Seel!

Frau Kambli: E schöns Denkmal wemmer e dänn glych setze lah, gäll Schatz?

Kambli: Natürli perse! Mer wend grab morn esang e chli go lnege bim Wethli. Jetz aber das Couvert — i trou mi gar nüd 's uufz'thue — 's fürcht mer ganz vor der Freud.

Frau Kambli: Ja i glaub es scho!

Kambli: Vitti gimmer ietz ä es Stieseli Malaga, i mues mi gwüß z'erst e chli stärke.

Frau Kambli (ihm einschenkend): Da, zur Gsundheit, Liebe!

Kambli: Zur G'sundheit (trinkt). Nimm du au eis!

Frau Kambli: Es Schlückli (schenkt ein und trinkt). So ietz häts bbesseret. — Säg, ist die Tante Wyß eigetli rych gsi?

Kambli: Pah, weist, nüd was me z'Basel unne rych heißt, deet hät si ehner zun Arme ghört. Aber so en Franke Füfzgtuusig hät si allwäg gha.

Frau Kambli: Herrjeß, 's wird mer ganz sturm.

Kambli: Ja was sägi, Füfzgi, mindistes Fünfesibezgi!

Frau Kambli: Da därfti me ja schier dra denke, neimen es Hüüsli z'chaufe.

Kambli: Seb ist 's Allererst, was mer thüend. Es Hüüsli, in ere schöne, sunnige Gegep, öppe so z'Hottinge oder z'Hirschlande.

Frau Kambli: Gäll Schatz, mit e chli Garteland?

Kambli: Versteht sich! und zwar wämmer Obstbäum drin ha, nüd nu so Sesi und derigs Züüg, wie's ietz Mode ist.

Frau Kambli: Villicht sogar e Reblaube?

Kambli: Laht si Alls mache. Und weist — was na?

Frau Kambli (freudig): En Hüenerhof!

Kambli: Brezis häsch errathe. Hüener muest ha bis gnueg, chast en Pfau ha, wenn d' witt.

Frau Kambli: Ne nei, nüüd Hoffärtigs! Mer wend bscheide blybe!

Kambli: Ja, be hest recht. — Jetz wär's aber glych elange Zyt, meinst nüd ä, daß me luegeti, was i dem Couvert ist.

Frau Kambli: Ja bbitti lueg ä.

Kambli: I cha mer's zwar scho denke: 's ist eh weder nüd en Brief an ihre Banquier, mit dem sie mer's Vermöge abtritt. — Wend luege. (Öffnet das Couvert und nimmt ein zusammengefaltetes Papier heraus.) Hani's nüd gsaid? Postpapier — 's ist dä Brief — und ietz wirst du gseh und erlebe, 's stönd hunderttuusig Franke drin!

Frau Kambli: Hunderttuusig!

Kambli: Gimmer na es Schlückli Malaga, das i ämmelä nüd umfalle, wenn's öppe gar hundertfüfzgi sind.

Frau Kambli (einschenkend): Nei aber um Alles!

Kambli (mit plötzlichem Entschluß): Also, se wemmer! (schlägt den Brief auseinander) Se los de Gotts Name! Mer wend aber sitze dezue. (Beide setzen sich.)

Kambli (liest langsam): „Mein lieber Götti!" (Die guet Gotte — (er wüscht sich die Augen) — 's übernimmt mi ganz!)

„Da ich weiß, daß Du nie ein Erbschleicher warst" (nei gwüß nüd) „und mir das Leben gerne gönnen mochtest, so „habe ich Dich ausersehen, um meinen Verwandten, sämmt„lich entfernten Grades, die sehnlichst auf mein seliges Ende „warten, einen Possen zu spielen. Um diese ganz entartete, „unchristliche Sippschaft recht gründlich zu ärgern, habe ich „dieselben nicht nur mit Kleinigkeiten abgespiesen, sondern „auch Dich, einen Zürcher, als meinen Haupterben bezeichnet. (Eso e Bosheit lönd mir is scho gfalle!) Das wird ein „Hauptspaß, an dem Du hoffentlich Deine Freude haben „wirst. (Säb dänn zimli!) Mein Vermögen beträgt Zwei„malhunderttausend Franken. (Frau, Frau, los ä da zue!)

Frau Kambli: Das ist ja wie ime Märli!

Kambli: „Laß diese Bande doch ja auf dem Glauben, „daß Du diese Summe wirklich erhalten habest. (Was ist ietz das da?) (Er liest von da an schneller und erregter.) Nämlich „die Sache verhält sich so, daß ich dieß mein Vermögen „nicht mehr besitze (wa—wa—was?) — nicht mehr besitze, „indem ich dasselbe schon längst einer Stiftung zum Zwecke „wollener Bekleidung armer Negerkinder gegen Ausrichtung „einer Leibrente abgetreten habe. (Die infam Här!) Der Ver= „lust des Vermögens, auf das Du nie rechnen konntest, wird „Dich nicht reuen (bitter) (nei würkli käs Bitzeli), aber der „Spaß wird dich königlich freuen! (Ja, das allerwenigstes, kaiser= lich, päpstlich!) Für Deine Auslagen anbei Fünfzig Franken.

„Deine getreue Taufpathin: Emerentia Weiß."

Kambli (tonlos): Füfzg Franke — grad was i der Jumpfer vu Basel ggeh han!

Frau Kambli: Worum aber ä so vil?

Kambli: Pah, me mues doch generös sy, wemmen eso erbt. — Nei die Gotte! Das ist ietz doch e niederträchtigs Stuck! Das ist ja — Frau gimmer na es Gläsli — oder nei, gimmer es Glas Wasser und trink du au eis, mer wend das Erlebniß abeschwemme.

Frau Kambli (mit einem Seufzer): 'S wird denk 's Best sy. (Beide trinken ein Glas Wasser.)

Kambli: Am End se hämmer doch nüb weniger as vorher.

Frau Kambli: Mer wend is tröste. 'S ist eigetli nu halbe gfreut, wemme so ungsinnet und ungschaffet zume Vermöge chunnt.

Kambli: Gwönli ist e kä Segen i derigem Geld. Mer wend froh sy, daß mer's nüb händ.

Frau Kambli: Ja hest es ist gwüß besser. Ich cha der scho säge, ich han e fürchtigi Angst gha vor dem Rychtum.

Kambli: Mir isch ä nüb wol gsy, de häsch es ja gseh.

(Es läutet. Frau Kambli geht öffnen.)

Kambli: Was chunnd ächt ietz na für e Plag!

Elfte Szene.

Kambli. Waibel mit Frau **Kambli** eintretend.

Kambli (freudig erregt): Eusere Waibel!

Waibel (ein großes Couvert überreichend): E höflichi Epfellig vum Herr Regierigsrath an Herr Secretär Chambli.

Kambli (rasch öffnend): Frau, my Ernennig!

Frau Kambli: Nei ä, nei ä!

Waibel: Gratuliere dem Herr Secretär.

Kambli: Danke villmal, Temperli. Dem Herr Regierigsrath willi dänn selber danke.

Waibel: Lebet Sie wol, Herr Secretär.

Kambli: Adie Temperli!

Frau Kambli: Adie, adie!

Waibel (unter der Thüre): Wünschne na vill mal Glück, Herr Secretär!

Kambli: Danke vu Herze!

Frau Kambli (zu Kambli halblaut): 's Trinkgeld.

Kambli: Temperli, warted ä na gschwind. (Gibt ihm einen Fünfliores.) Da, nemmed Öppis für eueri Müeh.

Waibel: Dankene zum schönste, Herr Secretär! Lebetsie wol, Herr und Frau Secretär!

Kambli: Adie, adie!

Frau Kambli: Adie, Herr Temperli!
(Temperli ab.)

Zwölfte Szene.

Herr und Frau **Kambli**.

Kambli: Das ist ietz anderst! Das ist e reineri Freud!

Frau Kambli: Dank für treui Arbeit!

Kambli: Bilohnig für langjährigi Pflichterfüllig!

Frau Kambli: Das git neue Mueth!

Kambli: Neui Freud am Schaffe!

Frau Kambli: Du liebe Fritz!

435

Kambli: Liebi Alti! (Sie umarmen sich.)

(Es klopft.)

Kambli: Jetz nu nüüt Dumms! — Herein!

Dreizehnte Szene.

Vorige. Dienstmann.

Dienstmann (ein Billet überreichend): Herr Fritz Chambli, Kanzlist.

Kambli: Ja, 's ist recht.

Dienstmann: Adie.

Kambli: Adie.

(Dienstmann ab.)

Letzte Szene.

Herr und Frau Kambli.

Kambli (das Billet öffnend): Bu der Lydia Amiethig. Was hät ietz die na z'brichte?

„Geehrter Herr! Ich bemerke eben, daß Sie mir für „meine Reiseauslagen von circa 20 Franken 50 Franken ge= „geben haben. — Da ich keine Zeit mehr habe, Ihnen den „Überschuß zurückzubringen, so denke ich in Ihrem Sinne „zu handeln, wenn ich denselben der Stiftung für wollene „Bekleidung armer Negerkinder zuwende.

„Ihre ergebene

„Bahnhof, halb 2 Uhr.   Lydia."

Nu zuegfahre! Schickedne na Pelzchappen und Schlyschueh, bene Möhrlene, ich mags wol lyde. — Frau Secretär, ietz ijch na zeh Minute bis am zwei, 's ist Zyt für mich, 's erjt Mal dörfed mer doch nüd z'spat cho uf de neu Poste.

Frau Kambli: Nei, potz tuusig nei! — Aber los glych na gschwind!

Kambli: Also was ijch?

Frau Kambli: Saist immer na, es passiere nie Oppis zwüschet Eis und Zwei?

Kambli: Nei, das sägi nümme, mer händ hüt über de Huufe gnueg erfahre vum Gegetheil.

Frau Kambli: Aber, Ende guet, Alles guet. — Säg, dörfi di nüd e chli bigleite?

Kambli: Bigleite? hä warum nüb?

Frau Kambli: J möcht nu gern wüsse, wie sichs marschieri a der Syte vume Herr Secretär.

Kambli: So chömmed Sie, Frä Secretär.

Frau Kambli: Wenn Sie's erlaubed, recht gern.

(Beide begeben sich nach der Thür und komplimentiren sich komisch-gravitätisch hinaus.)

Der Vorhang fällt.

In en Verein.

Schwank in einem Akt.

Perſonen:

Salema,
Hans,
Heiri,   } Secundarſchüler.
Rudi,
Fritz,

Marie,
    Schweſter von Hans,
Anna,   } Secundarſchülerinnen.
Amali,
Gritli,

Schauplatz:

Wohnung von Hans und Marie.

Die Bühne ſtellt ein Wohnzimmer vor. Vorn in der Mitte
ein großer Tiſch, mit Stühlen. Hinten ſeitwärts ein kleinerer
Tiſch.

440

Erſte Szene.

Marie, Heiri, Fritz, Anna, Gritli, eintretend.

Marie: So, nu inne ſpaziert. D'Hüet, b'Mäntel und Stöck leit me uf de ſäb Tiſch deet änne und a bä da ſitzeb d'Lüüt.

Heiri: Schön, Mari. Alſo kä Stöck a bä Tiſch, — jä, dörfeb bänn ächt ä alli aneſitze?

Marie: Nu probiert, 's wird ſi bänn wyſe.

Fritz: Probiere gaht über Studiere. De Fritz risgiert's. (Setzt ſich.)

Heiri: De Heiri dito. (Setzt ſich.)

Anna: Gritli chum, mir ſitzeb zunenand.

Gritli: Gern, Anna. (Setzen ſich.)
Marie ſetzt ſich ebenialls.

Heiri (zu Marie): Wo häſt dyn Brüeder?

Marie: Weiß nüd, won er ſteckt, er chunnt aber allweg grad, ämmel biheimen iſt er. I will em boch ä rüeſe. (Ruit zur Thüre hinaus:) Hans!

Hans (hinter der Szene, von fern): Chumme grad!

Marie: Er chunnt, er iſt überunne.

Heiri (räuſpert ſich): Hehem . . . .

Marie: Seh wie?

Heiri: Gäll, überunnen iſt d'Chuchi?

Marie: Ja natürli; ämmel nüb uf der Winde.

Heiri: Das iſt ietz ä recht; es wär doch e chli ſtreng für de Hans, wenn er allbott müeßti vier Stegen uuf wäpſe.

Marie: Ä bah!

Fritz: Jä chochet dänn de Hans by eu?

Heiri: Er ist Gsundheitskommissär, er mues s'Vreneli's sämmtlichi Choustwerk probiere, ob me's ämmelä ruehig därf uf de Tisch bringe.

Marie: Ä du Talmi du!

Heiri: Da ist de Hans, er cha's is ietz sälber säge.

Zweite Szene.

Hans zu den Vorigen.

Hans: Gueten Abig allersyts. Ergüsi, wenn i mi e chli versuumt ha.

Heiri: Bhüetis, bhüetis; 's ist dem Vreneli ä z'gunne, wenmen em e chli hilft.

Hans: Was Vreneli? (Setzt sich.)

Heiri: Oder heißt euers Maitli nümmen eso? J meine nu eso wegem Chi — Cha —

Hans (nachäffend): Che — Cho —

Fritz: Chuchischnöcke! (Gelächter).

Marie: Gäll, ietz tät's bi emal ggeh.

Hans (mit komischem Pathos): Ja lacheb ir nu! Wüsseb ihr eigetli, worum ich öppebie —

Heiri (räuspert sich beim Worte öppebie).

Hans: — e chli i d'Chuchi stahne? Will hüttigstags d'Töchtere vor luuter Klavierspillen und Malen und i d'Vorträg laufe (wo s'morndeß doch nüüt meh devou wüsseb), nümme dezue chönneb, a d'Chuchi z'denke, so opfereb sich die Herre Süh für sie uuf und erfülleb d'Tochterpflichten am hüüsliche Herd.

Fritz: Hans, du häst schön gredt, de muest emal in Kantonsrath.

Dritte Szene.

Rudi und Amalie zu den Vorigen.
(Begrüßung.)

Marie: Jetz fehlti nu na de Salema. Wer wend denk uf en warte.

Heiri: Worum ä, wenn dä Liri nüd cha zu rechter Zyt ba sy?

Hans: Mer werdeb's wol emal ohni dä Schuelmeister chöne g'mache.

Rudi: Wänd au afäh.

Marie: Jä, mir isch scho recht, wenn ir wend.

Hans: Heiri, heb e Red.

Heiri: Nei, de Vortritt gibührt dene holde Jungfraue. Mademoiselle Marie, thüend Sie eis wagnere.

Marie: Nä nei, das ist gege die natürlich Weltornig. Ihr Herre der Schöpfig händ 's erst Wort.

Heiri: Sintemal und allbieweil es sich dann so fügen thäte, daß die löbliche Weibsame das letzte Wort behielte. Wär das eso ungifähr de Sinn vu Ihrer werthe Red?

Marie: S'chönnti sy.

Heiri: Mer werdeb denk müese folge. Also i churze Worte....

Rudi: Ufstah!

Heiri (aufstehend): Mer sind ba z'sämme cho, um under öis Schuelkameraden und dito Kamerädinne es Vereinli z'stifte.

Rudi: Was Vereinli! 's wur eine meine, mer chämed z'sämme zum Schluttelisme; en Verein!

Heiri: Danke für die fründlich Bilehrig, mer händ ämmelä Lüüt under is, die für syneri Sprachunderschied e scharfs Ohr hend. Also um en Verein z'gründe, sind mer hütt versammelt, da uf em Hans syner gmüetliche Bude . . . . .

Amali: Seh, seh, me redt nüd eso vun ere rechte Stube.

Heiri: Bitte, das ist ganz fein akademisch. Wenn er drin wohnt, sait me Bude, und wenn sie drin wohnt, boudoir. — Ist das aber e müehsami Arbet, eso e Rednerei! I wett, de Salema wär da.

Rudi: Ja hätt' gmeint!

Heiri: So fahr du furt. (Setzt sich.)

Rudi (aufstehend): Also. En Verein wämmer stifte? — (groß) Stiften wir ihn!

Hans: Us was für Gründe?

Rubi: Gaht eigetli Niemer nüüb a, aber me cha's ja glych säge. Es ist bikannt, daß 's Vereinswese i großartigem Uufschwung bigriffen ist; es mues aber na vill großartiger werde, wenn mir, 's jung Vaterland (sich auf die Brust schlagend), emal a b'Sprütze chömmed..

(Allgemeines Bravo)

und drum wämmir is by Zyten üebe, das mer 's dänn scho chönned, wänn's pressiert.

Hans: Zweck des Vereins.

Rubi: Säg du bä! (Setzt sich.)

Hans (aufstehend): Erstes chuunt me z'sämme um mit enand öppis guets z'Abig z'esse.

Marie: A schäm di ä!

Hans (passend): Worum ä? Wämmir praktischi Studie über rationelli Volksernährig macheb, so darf me das denki wol säge.

Zweites thuet me dänn tüütschi Poesie verzapfe, das es strääzt! Das Ding mues en Art ha! Nametli ist z'erwarte, daß b'Vereins= mitglieder mit Eigegwächs uufmarschiereb.

Fritz: } Bravo!
Amali:

Hans: Händ ers g'hört? De Fritz und 's Amali händ Bravo g'rüeft, die händ es Gidicht im Sack!

Fritz: } zeigen sichtbare Verlegenheit.
Amali:

Hans: Das mues denn hütt losggeh sy!

Anna (bittend): O ja.

Rubi: Understützt!

Hans: Drittes arrangiert me dänn vu Zyt zu Zyt es Aaläsli; wege der Jahreszyt simmer dänn nüd heikel, mir tanzeb, wänns mues sy, by dryßg Grad Reomür.

Gritli: Bravo!

Hans: Seh, ietz Fritz, ietz gib du dyn Senf ä na derzue!

Fritz: Ich schlahne vor, das me z'allererst Statute machi.

Marie: A was Statute, mer bruuched e kei!

Gritli: Die nützeb eus kes Brösmeli.

Marie: S' ist schad für jedes Wörtli, wo me drüber redt.

Gritli: Allweg, gäll du Anna.

Anna: Ich weiß nüd emal recht, was Statute sind. Laht me die eigetlich bime Schryner mache?

(Gelächter.)

Anna (ärgerlich): S'mag si ä wol verlyben, eso z'lache; dänn macht's halt schynts en Dreher.

(Gelächter.)

Hans: Ne nei, mir dreheд s' dänn sälber, wemmer's emal brucheд, wie ander Lüüt au!

Anna: Ä bah! Wie sait me dänn dene Dings da, wo b'Photographe ihri Chäste druuf stelled? D'Ingenieurs bruucheдs au, sie gsehnd eso uus wie Güllestüehl; nüd Statute?

Heiri (lachenд): Jäso! Stativ!

Anna: Eben also Stativ, Statute, das ist ietz ä en Underschied! Das ist ja 's glych Wort, grad eso wie Heiri und Heichel.

Heiri: D'Sach ist halt doch ä chli verschide.

Anna: Jä was sind denn so Chäppelers Statute?

Marie: Das sind G'setz, Verhaltigsvorschrifte für d'Vereinsmitglieder.

Anna: Dänn stimm ich scho dergäge; ich mueß diheime g'nueg folge! Ußer Papen und Mame kumidired ihrer seuf älteri Gschwüsterti de ganz Tag amer umme; da will ich nüd na in en Verein, go mi lah meistere.

Hans: Jä das ist nüd so gfährli. Me bstimmt i dene Statute zum Byspil wie mängsmal das me zsämechömm, was men uufwarti. . . .

Anna: Jä, das ist ietz öppis Anders!

Gritli: Das laht si g'höre!

Marie: Ä bah, ietz lönd ihr eu wegem Essen ummelupfe.

Heiri: Abstimme!

Rudi: Guet! Mach du de Präsident.

Heiri: Mynetwege. Wer stimmt defür, daß me Statute machi?

(Alle außer Marie stimmen dafür.)

Heiri: Alli ußer em Marie. Also sömmer a. Tretet näher und nennet das Kind! Wie mues de Verein heiße?

Hans: Jäſo potz Dunſtig, da gits ja z'taufe! Alaß Numero eins: es Taufimahl!

Marie: Freßſack! Säg lieber en Name!

Hans: Lebensmittelverein!

Marie: Gang i b'Chuchi, wenn b'nüüt Anders weiſcht!

Hans: So säg du doch en Name, Frä Glehrti!

Marie: Jch meinti öppe .... (beſinnt ſich).

Amali: Nu ämmelä ken tüütſche Name, das iſt nüb fein; latyniſch ober griechiſch, ober wenigſtes franzöſiſch.

Heiri: Griechiſch wär pique-fein, wie b'Frankomarkeſammler, womene ietz Philateliſte mues ſäge. — Eſo Öppis, wo ä mit Phil aſieng, ſeh wer weiß?

Rubi: Philippine.

Heiri: Seb chas bänn geh am Taufimahl.

Hans: Filet.

Marie: Ja, Billfraß! — Nei, ſeh im Ernſt, fallt Niemertem öppis y?

Fritz: Eſo wegem geiſtige Schwung wär meini Philiſter= verein nüd übel.

Amali: Mer chönneds ja mit Latyniſch probiere, wemmer boch nüüd Griechiſches ſinbed. Seh, es git da eſo feini Wörter uf entia, ich ghöres ammel, wenn myn Brüeber ſy Läzge lehrt; zum Byſpil sapientia heißt die Weisheit.

Hans: Unb Hortentia heißt my Gotte.

Marie: Päjaß!

Gritli: Wüſſed er was, me cha ja be Verein vorläuſig eſange bloß Entia taufe, die vorber Hälſti vnn Wort ſinbeb mer bänn ſpäter.

Rubi: Famos. Dä Namen iſt ganz recht. D'Hauptſach by ſo eme Titel iſt ja boch, baß b'Lüüt nüb wüſſeb was bemit gmeint iſt, bänn chömmcbs Reſpekt über vor eim.

Marie: Dä Namen iſt ſtrauhtumm; aber mir ſind's meini hütt au. S'gſcheht is recht, was hämmer nüd gwartet uf be Salema. Jch ſchlahne vor, mer verſchüübeb die Taufi uf die nächſt Sitzig.

·Hans: Ja, aber dänn muest du is en gschwungne Nidel derzue geh.

Alle (außer Marie): Yverstande! Bravo!

Marie: De Hans ist meini nüd s'einzig Schleckmuul i dere Gsellschaft. — Nu guet, be Nidel müend er ha.

Hans: Aber los, nimm dänn e Blatte, won eso recht corpulentia hät (macht Geberde, ein dickbauchiges Gefäß bezeichnend).

Heiri: Also die Titelgschicht wär für hütt erlediget und ietz chäms a b'Paragraphe. Was wemmer ächt z'erst i Birathig zieh?

Hans: D'Verpflegigsfrag.

Gritli: Ne nei, mit dem sömmer ietz dänn glych nüd a.

Marie: Wol, 's ist besser, me thüeg die z'erst erledige, vorher ist be Hans zu nüüt z'bruuche.

Hans: Also große Prinzipienfrage: Git me Süeßes oder Fleischigs, Thee oder Wy.

Rudi: Oder Bier.

Gritli: Mues ietz das eigetli usgmacht sy? Chönti men ietz das nüd jedem überlah?

Marie: Ne nei, sust chäms uf der Stell derzue, erstes das me Beides gäb und zweites, daß men im Wettyser vu Dirggeli und Ballrong zu Pacherin und Sulzpastete userütschti. I myner Tante ihrem Vereinli isches grad eso ggange.

Hans: Also das wäred b'Folge vu der Freiheit?

Marie: 'S chäm sicher eso use.

Hans: Dänn stimm ich für Freiheit!

Marie: Ohä, ietz hani mi verschnäpst. — Ja halt, es fallt mer grad y, i dere Chuchifrag sötted b'Buebe gar nüd dörfe mitstimme; dä Artikel sött men eus Chinden überlah.

Anna: Ja natürli, das wär s'einzig Richtig.

Amali: Mir händ doch ellei 's Unnues demit, also wämmir's au ellei usmache.

Gritli: Ohni Chuchischmöcker.

Rudi: Ja warum nüd gar! Fäht das ietz ä däweg a i dem Gmischte Verein? Solled mir ietz vu Afang a under be Pantoffel?

Heiri: Is vu de Gose lah vogte?

3

Fritz: Schmachvoll!

Hans: Nüd um e Million!

Marie: Bhüetis, thüend ä nüd eso, me ghört i ja bym Gmeindhuus vorne! Se stimmed mynetwege mit, oder was meined er, ihr Colleginne?

Anna: Ja wenn's dir recht ist, isch mir au glych.

Gritli: Mira!

Amali: Ich bi nüd yverstande, aber eso elleige mag ich au nüd be Bölima mache. Also ich spehre mich au nüd begäge.

Heiri: Dänn wämmer denk en Abstimmig probiere.

Wer stimmt für Fleisch und Wy oder Bier? (Sämmtliche Mädchen erheben die Hand.)

Heiri: Vieri, alli Chind.

Und wer für Thee und Süeßes? (Sämmtliche Knaben erheben die Hand. Der Vorsitzende stimmt mit.)

Heiri: Au vieri. Alli Buebe. Lueg eine da zue!

Marie: Schämed i ä!

Hans: Ä biwahr, mir folged dem Schiller: Wo sich das Strenge mit dem Zarten etcaetera.

Marie: Das chönned mir au säge.

Hans: Also guet; dänn händ ja beed Theil Recht.

Heiri: Ja, aber uusgmachet hämmer nüüt.

Fritz: Verschüübe uf die nächst Sitzig.

Marie: Uf de Salema.

Hans: Ja, aber bis b'Frag etschiden ist, mues Beides uf de Tisch cho, damit Niemert z'churz chunnt.

Marie: Ne nei, da wämmer lieber namal abstimme.

Heiri: Also guet. Wer stimmt für Fleisch ꝛc.? (Anna, Amalie, Gritli und Rudi erheben die Hand.)

Vieri, drü Chind und en Bueb.

Und wer für Süeßes? (Heiri, Hans, Fritz und Marie stimmen.)

Au vieri, drei Buebe und es Chind. Also wider glych vill. Wie chund ietz das da?

Rudi: He, ich ha mit de Chinde gstimmt, damit mer anes Bord chömmed.

Marie: Und ich us glychem Grund mit de Buebe.

Hans: Mer wänd de Verein Glychschwer laufe.

Heiri: Wemmer namal abstimme?

Fritz: Nüüt, verschüübe!

Heiri: Alles querstande? — Also verschobe. Was chäm ietz? Denk de Vorstand. De Verein mues perse e Vorsteherschaft ha. Wie vill Mitglieder?

Amali: Elfi.

Heiri: Ist e chli vill. Mer händ erst acht Vereinsmitglieder.

Marie: Und de Salema.

Rudi: Drüü. Präsident, Quästor und Aktuar.

Marie: Das heißt unter Umstände Präsidentin, Quästorin und Actuarin.

Hans: Ja hett gmeint! 'sRegiment ist Sach vun Bürgeren i der Schwyz, nüd vun Bürgerinne.

Fritz: Seb ist klar.

Marie: So, wend ihr ietz eus vogte? Ihr hend ä woll eso chönne unbigehre vorhinnig! Mir wend glychi Recht wien ihr.

Gritli: Mindestes.

Heiri: Mached mer en gmischte Vorstand.

Anna: Sechs Mitglieder: en Präsident und e Präsidentin, en Quästor und e Quästorin, en Aktuar und en Aktuarin.

(Allgemeines Bravo.)

Heiri: Mit Akklimation angenommen. Also hetted mer doch emmalä Oppis z'Stand bracht hütt.

Anna: Sind ietz d'Statute fertig?

Heiri: Emelä fertig agfange.

Hans: Für hütt wemmer aber höre demit, mer hend goppel bäumig g'schafft.

Marie: Ja, du häst oppis Strick verrisse.

Hans: Mer wend lieber die sebe Gidicht na ghöre, wo gwüssi Lüt im Sack hend.

Vierte Szene.

Salema zu den Vorigen.

Hans: Jäso, lueged ä da, da chunnt ja na de Salema! Woher alti Faßnecht? mir sind just fertig.

Salema: Das thuet mer leid — übriges z'erst gueten Abig dere werthe Gsellschaft — (Antwort: gueten Abig, Salema). Da han ich mi halt umesust für's Wohl vum Verein bimüeht. Nu 's macht nüüt, 's ist gern g'scheh.

Marie: Wie ist das g'meint?

Salema: Das bidüütet eifach, myni Verehrte, daß ich myni bischeideni geistigi Chraft ygsetzt han, um für de Verein zuetreffedi und bündigi Statute z'etwerfe und ich glaube, ich darf mit einiger Ginuegthueig uf's Resultat vu myne Bimüehige blicke. Wenn ihr aber mit der Redaktion vun Statute scho fertig sind, so wird ich mich mit mym Opus bischeide i myn stille Winkel z'ruckzieh.

Heiri: D'Waret z'gstah, hämmer allerdings welle ufhöre schaffe, aber z'Stand bracht hämmer eigetli na so vill als nüüt.

Salema: Wenns die löblich Gsellschaft wünscht, so bin ich gern bireit, myn Entwurf ihre z'underbreite. Er ist nüd lang, bloß sechs Paragraphe.

Marie: Bitti, lis es vor.

Salema: Gern. Was zunächst die nüd unwichtigi Frag des Titels anbilangt, so würd ich vorschlah, de Verein, syne Bistrebige gmäß, Biredtsamkeit z'taufe, das heißt, mit dem stattlichere latynische Uusdruck eloquentia.

Amali: Gsehnd ers jetz? Hani nüd Recht gha, eloquentia, natürli, das ist 's einzig Richtig.

Salema: Jä was! so sind ihr schynts uf de glych Titel verfalle? Das ist ja en uusnemed günstigs Omen!

Heiri: Das heißt, mer händ esängs uusgmacht, es müeß Oppis uf entia sy, hingege über 's Vordertheil simmer nanig einig worde.

Salema: Hät i schynts d'Wahl eso weh tha?

Marie: Nei gwüß nüd, mer händ eifach nüüt gfunde.

Salema (verbindlich): Das ist nüd mügli, wo derig Chöpf byn enand sind. Also loset iez:

Statuten des Vereins Eloquentia.

§ 1.

Unter dem Namen Eloquentia wird heute von Schülern und Schülerinnen der Sekundarschule hiesiger Gemeinde ein Verein gegründet, welcher die Ausbildung seiner Mitglieder in der deutschen Rede bezweckt.

§ 2.

Die Sitzungen finden alle 14 Tage, Abends von 7 bis 9 Uhr in der Wohnung eines Mitgliedes statt, nach einer auf= zustellenden Kehrordnung.

§ 3.

Gegenstand der Sitzungen bildet der Vortrag und die nach= herige Besprechung von Aufsätzen und Gedichten der Mitglieder. Bei den Verhandlungen ist der Gebrauch der hochdeutschen Sprache obligatorisch.

§ 4.

Zur Leitung des Vereins wird ein Vorstand von drei Mit= gliedern, welcher die Geschäfte unter sich vertheilt, je auf einjährige Amtsdauer gewählt.

§ 5.

Zur Bestreitung allfälliger Ausgaben wird ein Jahresbeitrag von Fr. 2 und ein Eintrittsgeld von Fr. 2 erhoben.

§ 6.

Die Aufnahme neuer Mitglieder erfolgt durch geheime Ab= stimmung des Vereins.

So, das wär dä Etwurf. Er gsehnd, daß ich mich derby lakonischer Kürzi bifliffe han.

Hans: Jä was, das ist die ganz Bajtete? Ja, eso sechs Paragräfli hetted mir iez am End au na ane bbracht!

Marie: Ja du bist de Recht! Dir sind on de Hirni ä die bbachne am liebste. Die Statute sind ganz famos.

Frik: Schwungvoll.

Hans: Gömmer ewägg, b'Hauptsach staht ja nüd emal brin.

Salema: Und das wär?

Hans: Vum Esse ist kes Wort gsait.

Salema: Wird der doch nüd Ernst sy? Das ghört doch nüd i b'Statute!

Hans: Was? Das ist doch gwütz nüd glych, ob me Schoggelabegrême, oder Tigewürst überchömm, das mues uus-g'macht sy!

Salema: Guet. Also § 7. Bei den Sitzungen des Vereins findet keine Bewirthung statt. Da häst my Meinig.

Hans: Ja, du wärist mer ietz en heitere Götti! Nä nei, dänn lieber gar e ken Paregraf weder eso eine, und b'Sach dem Schickjal überlah!

Salema: Guet, das ist ja my ursprünglich Ansicht.

Heiri: Was meined er ietz mit dene Statute?

Marie: Anäh, uf ein Tätsch!

(Allgemeines Bravo und Klatschen.)

Heiri: Mit Afklimation angenommen. Dä Opus vum Salema wär also zum Gsetz erchlärt. — Salema, ich danke dir! (Gibt ihm die Hand. Alle brängen sich herzu und schütteln die Hand Salemas mit Dankbezeugung.)

Salema (nachdem Alle wieder Platz genommen haben): Es freut mi herzinnig, daß myni Bimüehige disi Anerchennig by de Mitglidere gfunde händ und ich weusche ietz nu in tüüfster Brust, daß euseri Eloquentia kräftig eporblüehi, und zum Wohl vu euserer Gmeind im Speziellen und des Vaterlandes im Allgimeinen ihres Schärfli byträgi. — Wie wärs, chönnted mer villicht euseri Arbeite grad biginne?

Hans: Die Gidicht solled stygge, wo i dene Rockjäcke planged.

Heiri: Amali, sang du a.

Amali: Nä nei, ich wott nüd z'erst, ich genierti mi gräßli.

Marie: O du Nährsch! 's Erst häts ja am Beste; me cha dänn nanig verglyche.

Amali: Also wenns sy mues. Aber bitti, lached mi nüd uus.

Salema: Bis unbisorgt, mer sind ganz Ohr.

Amali (declamirt):

Wintermorgen.

O wie schön ist's jetzt am Morgen,
Zuzusehen still verborgen,
Wenn die schwefelgelbe Sonn'
Aufgeht über Wytikon.

Ach man möcht im Glück versinken,
Doch da heißt es Kaffee trinken;
Denn der Magen will sein Theil,
Eh' zur Schul' es geht in Eil'.

Über, unter, und auch neben
Der Frau Sonne Wölkchen schweben,
Wie sie sind so silbergrau
Meine Sonntagshandschuh genau.

Auf der Straße, welch' ein Leben!
Keßlerschlitten aufwärts streben,
Fahren dann mit Rasselschall
Durch die Eidmattstraß' zu Thal.

Und auf ihnen sitzen Knaben,
Die es streng mit Weisen haben;
Dabei wie man's treibt, so geht's,
Lumpensuder gibt es stets.

Zuschau'n möchte man noch lange,
Da erschallts mit Achtuhrklange,
Ach, von dem Neumünsterthurm,
Und zur Schule geht's im Sturm.

Allda hab' ich wahrgenommen,
Daß ich auf dem Weg bekommen
Einen Pfnüsel, und dazu
Den Kuhnagel noch — hu huh!

(Alle außer Salomon klatschen und rufen Bravo. Salomon hat Notizen gemacht.)

Amali: So ietz aber, Fritz, isch es a dir!

Fritz: Hymne an die Poesie.

Sei gegrüßt mit mächt'gem Sange,
Holde Poesie!
Dir mein Herz in tiefstem Drange
Schlägt, o Poesie!

Stets hab' ich dich treu geliebet,
Holde Poesie!
Dich verehrt, und auch verübet,
Du, du weißt es, wie!

In des Kummers schwärzsten Nächten
Da verzagt' ich nie;
Denn du halfest mir ja fechten
Jeden Kampf, Poesie!

Mögen Andre Andres treiben,
Zum Beispiel Stenographie,
Ich will ewig dir verbleiben
Treu nur, Poesie!

Einst auf meinem frühen Grabe
Liest man: 's schlummert hie
Einer, der am Wanderstabe
Gieng der Poesie!

Brüder, Schwestern, einigt Alle
Euch in Harmonie,
Ruft mit lautem Donnerschalle:
Vivat die Poesie!

(Rufe: Vivat die Poesie, Bravo! Händeklatschen. — Salema hat Notizen gemacht
und bleibt still.)

Salema: Jetzt die Kritik. Wer will den Anfang machen?

(Schweigen.)

Niemand? — Da werde ich wol selber mich der delikaten Aufgabe
unterziehen müssen.

Beide Gedichte haben ihre Vorzüge, aber, die geehrten Dichter
wollen es entschuldigen, wenn ich es auszusprechen wage, auch
einige Mängel.

(Amalie und Fritz rücken die Stühle mit Geräusch und kehren-Salema den Rücken.)

Im Gedicht Amalias ist die Deutlichkeit etwas zu weit getrieben; die genaue Angabe der Farbe der Sonne und Wolken, sowie der Ortschaft, über welcher die Sonne aufgeht, ist unpoetisch. (Amalie kämpft mit Zorn und Thränen.) Ausdrücke, wie Lumpenfuder, Pfnüsel, Kuhnagel widerstreiten der hoheitsvollen Würde wie der blumenhaften Zartheit der poetischen Sprache.

(Amalie stürzt, das Taschentuch vor dem Gesicht, mit krampfhaftem Weinen aus dem Zimmer, Marie folgt ihr theilnehmend).

Salema (der den Vorgang im Eifer gar nicht bemerkt hat,) fährt fort: Im Gedicht an die Poesie sind verschiedene metrische Schnitzer.

(Fritz giebt Zeichen des Zornes.)

Einen Reim auf Poesie hätte der Dichter noch anbringen können: Monotonie. — Ich gebe dem Verfasser zu bedenken, daß die Leier Apollo's und ein Leierkasten zwei verschiedene Dinge sind.

(Fritz, stampfend vor Zorn, rennt aus dem Zimmer. Verlegene Pause.)

Heiri: Mit dene Zweie häsch es verschütt, Salema.

Salema: Jä ist 's Amali ä furt?

Hans: Furtgsurret wien e Hornuus; 's Marie ist em nahe, daß 's ämmelä nüd öppe heilauft.

Rudi: De bist e chli scharf gsy, Salema.

Salema: Jä, hani dänn nüd recht gha?

Heiri: Wol fryli, die Gidicht sind miserabel gsy.

Rudi: Kes Bitzli nutz.

Hans: Ghunke händ s' wie alti Ländiroß.

Anna: Mich händ s' ä blöd tunkt.

Gritli: Und mich.

Salema: Jä, aber um Alles, warum händ er dänn eso tlatschet?

Heiri: Hä, mer händ halt bene Beide nüd welle weh thue.

Rudi: Me denkt halt ä, wie me's Dise macht, so macheds sie 's eim wieder.

Gritli: Eüseri Vers chämed denk nüd besser use.

Anna: Ämmel myni gwüß nüd. S'Best wär, mer mieched gar keini eigni Gidicht; ja öppe de Salema!

Salema: Ich? ich ha mer vorg'nah, gar keni Vers z'mache, vor ich achtzechni bin, wil ich mer vorher die nöthig Ryfi befür nüd zuetroue. Ich glaube s'Anna hät Recht. Besser gar e kä Vers als berigi wie die hüttige, bfunders, wemme dänn na sötti hüüchle, wemme b'Lüüt nüd will vertäube.

Rudi: S'git ja Gidicht gnueg zum Vorlese.

Heiri: Mir isch ä recht, wenn ich keni mues mache.

Salema: Was meineb er, wemmer b'Statute revibiere?

Hans: Revision! bravo! Das chann en Schwyzerbürger nüd z'früeh lehre.

Salema: Wemmer also § 3 dahin abändere, daß Gidicht vun Mitglibere uusgschlosse werdeb?

Alli: Yverstande!

Letzte Szene.
Marie zu Vorigen.

Marie: Die Beide sind untröstli. Sie jägeb sie welleb uustrete, wemme nüd bschlüüßi, s'dörf Niemer meh en eiges Gidicht vorträge.

Salema: Das hän mir daobe bireits bschlosse und b'Statute i bem Sinn revibiert.

Marie: Deste besser, also ist de Friede hergstellt. So chömmeb jetz nu grad über abe zum Friedesmahl.

Hans: Bluedwürst gits und Suurchruut!

Marie: Wenn de Salema nüüt bergäge hät.

Salema: Nä nei, ich bi dänn nüd ungrad.

Marie: Also vorwärts, lönd b'Hüet nu dert, mer chömmeb dänn nachher wieder da use go Spiler mache.

Hans: Ich will i de Weg zeige.

Alle ihm nach; Rudi intonirt: Der Hauptmann, er lebe, er geht uns kühn voran* ꝛc., die Andern fallen in den Chor ein, indem sie abmar- schiren.

Schluß.

* Die folgende Zeile kann varlirt werden, etwa: Wir folgen ihm muthig auf blutwurstvoller Bahn.

's Englischchränzli.

Dramatischer Scherz.

Personen:

Gritli.	Richard.
Emma.	Hans.
Züsi.	Gottfried.
Henriettli.	Konrad.
Lina.	

Szene: Wohnzimmer.

Gritli und **Emma,** Stühle zum Tisch rückend.

Gritli (zählend): Zwei — vier — sechs — acht — nüün — b'Stüehl wäred komplet.

Emma: 'S Chränzli wird's wol ä sy, wil's 's erst Mal gilt.

Gritli: Ja, i denks au. Später wird's dänn scho öppen ehnder Absenze geh.

Emma: Me weiß wie's gaht.

Gritli: Us eigner Erfahrig.

Emma: Wenn ietz die Lüüt nu nüb öppe meined, es gäb vu Afang a en Uufwart.

Gritli: Hoffetli ä nüb.

Emma: Wärs ächt nüb doch besser, mer gäbed grad Öppis?

Gritli: Ä was denkst ä, 's ist doch gwüß vill richtiger, daß me z'erst werchet, das heißt, vorliest und conversiert und dänn nachher e chli bröselet, als daß me mit Schlecken afangt.

Emma: Also wemmers e däweg probiere.

Richard tritt ein.

Richard: So, beloved sisters, sind er parat?

Gritli: Yes, dearest brother, wie d' gsehst. Die Lüüt chönned cho, wenn j' wend.

Richard: Jä, wo häud er Spys und Trank?

Gritli: Im Nebetzimmer ist Alles z'weg gstellt.

Richard: So will is go hole (will ab).

Gritli (ihm den Weg vertretend): Ne nei! Das blybt wo's ist. Mer sönd ohni a.

Richard: Was? ohni?

Gritli: Untrunke und ung'gesse wird g'werchet, nachher chunnt d'Bilohnig.

Richard: Jä isch dei ernst?

Gritli: Ja natürli.

Richard: Und dem jäged ihr Englischchränzli?

Gritli: Bitti, worum ä nüd?

Richard: Hungeren und dürsten ist ämmel zwüß nüd englisch. Lies emal es Buech oum Dickens, allbott isch oum Essen und Trinke drin d'Red.

Gritli: Das ist ietz glych. Mir probiered's ietz emal eso.

Richard: De wirst gseh, dä Schutz gahd i d'Räbe.

Gritli: Nu, deet schadt er ämmelä nüüt.

Richard: Wüsseb er, wie's mit dem Englischchränzli use-chunnt?

Gritli: Hoffetli sein englisch.

Richard: Ja, aber englisch wird bibüüte, daß allbott en Engel dur d'Stube slüügt; so lang men ämmel mues troche sitze.

Emma: Gritli, meinst nüd, de Richard heb recht?

Gritli: Ja hätt gmeint! Mer wend em 's Gegetheil glänzed biwyse.

Richard: Das wird ä en Glanz sy! D'Auge thüemer ietz scho weh.

Gritli: Bitti verhebs.

Emma: 'S chunnd esangen Öpper.

Jüst, Henrietlli, Hans zu den Vorigen.

(Gegenseitige Begrüßung.)

Gritli: Bitti, sitzed ä; i denke die Andere chömmed au bald.

(Man setzt sich.)

Jüsi: Ich han ietz doch fürchtig planget uf hütt.

Richard: Hoffetli häts tä Blätz ab ggeh!

Gritli: Ä schwig ä!

Richard: Mues i uf englisch oder uf züritüütsch schwige?

Gritli: Züritüütsch, 's b'schüüßt dänn besser.

Richard: Besser möchti's scho sy; denn uf englisch wird so wie so gnueg gschwiget hütt.

Züsi: Ich ha's nüd im Sinn, not at all!

Henriettli: Ich ämmel allweg ä nüd.

Hans: Und ich erst!

Gritli: Da gseech iez!

Richard: Und wie klar! J mues die blau Brüllen uufsetze, 's ist mer z'heiter.

Züsi: Shocking.

Henriettli: Indeed.

Hans: Allwäg grüüß!

Lina, Gottfried und **Konrad** zu den Vorigen.

(Begrüßung. Die neuen Ankömmlinge nehmen Platz.)

Lina: Herrjeß, bin ich die Letscht!? Das ist iez gschämig.

Gritli: Jä bhüeris. De weischt ja, 's Best chunnt z'letscht.

Richard: Züsi, säg ä danke.

Gritli: Herrjeß, 's ist mer leid. Nemmed mer's nüd übel, me sait ja derigs nüd im Ernst.

Richard: Lina, iez dank du!

Gritli: Losed doch nüd uf dä Bageuggel!

Richard: Seh, säg das uf Englisch!

Gritli: Stillen iez, mer sönd a.

(Kurze Pause.)

Hans: Also.

Richard: Ebe.

Gottfried: Nja.

Konrad: Ganz yverstande.

Gritli: J mues denk es Nebli ha.

Richard: Aber English spoken!

Gritli: Später wird's schöner.

Richard: Ist das oum Shakespeare?

G r i t l i : Stillen ietz. Verehrti Anwesendi.

R i ch a r d : Bravo.

G r i t l i : Danke! Mer sind also da zum erste Mal bin
enand, um is i der englische Sprach z'üebe.

R i ch a r d : Me merkts.

G r i t l i : Jä gäll. Und zwar in Lektüre und Konversation.

R i ch a r d : Very good.

G r i t l i : Jetz meint ich, sötti me z'allererst b'schlüüße, 's
dörfi nüüd als Englisch g'redt werde, mer wend b'scheide sy und
säge, ämmelä e Stund lang.

R i ch a r d : Ja was e Stund! Ich saiti ietz allerwenigstes
seuf Minute.

Z ü s i : 'S Gritli hät ganz recht.

L i n a :	Allweg!
H e n r i e t t l i :	Ich meines au!
E m m a :	Ja per se!
H a n s :	(durcheinander sprechend)	Understützt!
G o t t f r i e d :	Bravo!
K o n r a d :	Yverstande!

G r i t l i : Gsehst ietz, Richard, wie richtig du die G'sell=
schaft tarierst.

R i ch a r d (steht auf und verbeugt sich, mit komischem Ernst): Peccavi!
(Setzt sich wieder). Übriges de Letscht hät nanig g'schosse.

G r i t l i : Also 's gahd a mit Englischrede

E m m a : Jä grad ietz?

G r i t l i : Bitti, wänn dänn ä?

E m m a : Hä, ich ha g'meint, me sötti z'erst na e chli dörfe
büütsch rede.....

R i ch a r d : Eso vu wegem Schnabelschliff.

Z ü s i : Nüd wege dem, das hämmer denk nüd nöthig.

R i ch a r d : Bitten ab.

Z ü s i : Aber me sötti z'ersten e chli uusmache, über was
men e Conversation well füehre.

G r i t l i : Das laßt si ghöre. Bitten um Vorschläg.

H e n r i e t t l i : De letscht Rathhuusvortrag.

Züsi: Ergüsi, ich bi nüd drin gsy. Ich ha Zahweh gha.

Hans: Ich ä nüb.

Richard: Glaubes wol, be bist ja am Abig vorher a bym erste Kommers gsy. De wirst en Kater gha ha wien en bengalische Tiger.

Gritli: Dich schickt men ietz dänn use. Also anderi Vorschläg.

Hans: Oppis won Alli drin gsy sind.

Richard: Das ist bald gfunde: be Bettelstudent.

(Gelächter.)

Züsi: Bitti, mer wend ä e chli ernst sy.

Richard: Also, wer na lachet zahlt Bueß.

(Gelächter.)

Richard: Er händ meini Alli Gigelisuppe z'Mittag gha.

(Gelächter.)

Gritli: Woll, mer chömmed hütt wyt! Es Thema, es Thema!

Richard: Ein Königreich für ein Thema!

Hans: D'Rebluus.

Züsi: Ä wie gruusig.

Konrad: 'S Tanze.

Henriettli: Das redt me nüd, das thuet me!

Emma: Ach, und wie gern!

Richard: De Rückchauf vu der Nordostbahn.

Lina: Bhüetis de Himmel.

Gottfried: Ich weiß Oppis: De gmischt Chor. Das paßt für Alli. D'Jumpfer Base reded vun Herren und die Herre Vettere vun Frauezimmere.

Richard: Und 's Babeli i der Chuchi vu der Musik, dänn ist Alls bin enand.

Konrad: Und schön vertheilt.

Hans: Wie wär's ietz ä, wemme vum Schlyfschuehne redti?

Züsi: Erst na!

Emma: Das gieng hoffetli wie gschliffe.

Gritli: Was meined er? Sind er yverstande?

Lina: Me chas ja probiere.

4

Henriettli: Hä ja.

Richard: Also. Örlifen ist Trumpf. Jetzt b'Öhrli gspitzt und b'Schnäbeli gwetzt!

Gritli: So, so wyt wäred mer efang Gottlob.

Richard: Wege der Gschwindi, womer ietz dänn schlyfschuehned, isch doch ä guet, daß b'Örlifer Retourbillet zwee Tag gültig sind.

Gritli: Stop ietz mit dyne Schnäägge. Also 's Thema hetted mer und ich ersuche ietz nu die Gsellschaft, erstes bis uf Wynters nümme düütsch z'rede, zweites sich über das Schlyfschuehne i biliebige Richtige......

Richard: Örlifen und Chüsnecht.

Gritli: Päjaß! J biliebige Richtige...

Richard: Hinderfi und fürfi.

Gritli: Still ietz emal! — uf englisch uusz'spreche. Also Züritüütsch...

Richard: Ab de Schiene.

Gritli: Jetz häsch emal errathe. Und Englisch g'redt, je lebhafter je lieber!

Richard: Pßßßßt!

Langes Stillschweigen.

Räuspern, Schnäuzen, Husten, Gähnen.

Gritli: I say — —

Richard. Hear, hear!

Gritli: Oerlikon. .

Richard: Oh yes.

Gritli: Oerlikon is...

Richard: Bueß. Örlifer Ys ist Züritüütsch.

Gritli: Ä bah! Englisch is, also ist. Oerlikon is...

Richard: Is...

Gritli: Beautiful!

Richard: Aw!

Züfi: I say splendid.

Emma: Really lovely!

Neue Pause wie oben.

Hans: The art of skating...

Richard: Very good.

Konrad: The skating sport...

Gottfried: Is very heavy.

Gritli: Difficult.

Gottfried: Jä so ja.

Richard: Bueß.

Gritli: Nä nei!

Neue Pause wie oben.

Richard trommlet auf den Tisch und fängt endlich eine Melodie zu pfeifen an.

Züfi: Ä bah, e däweg gaht's nüd. Mer müend das Ding anderst agattige, just chönnmed mer nienehi.

Richard: Ich schlahne vor, daß me für hütt sich druuf bischränki, englisch z'denken und büütsch z'rede. Aber kä Fehler machen im Englische, poz Herrschaft!

Gritli: Du Erztalmi. Nei, i gsehne scho, mer händ e chli z'gschwind welle gutschiere.

Richard: Und dänn na so ungschmiert!

Gritli: Still ä! Mer müend mit dem Lesen afange, meined er nüd ä?

Züfi: Ja, 's ist allwäg gschyder.

Lina: Ich meintis ä.

Emma: Und ich.

Hans: Idem cum floribus.

Gottfried: Dito mit Fransle.

Gritli: 'S chäm iez nu druuf a, was me wurd lese. Weiß öppen Öpper Öppis vorz'schlah?

Richard: Anybody anything?

Emma: 'S wird goppel Öpper es Buech mitbbracht ha.

Züfi: Ich nüd.

Henriettli: Ich ämmel ä nüd.

Gottfried: Mir hend denkt, bz eu gäbs Büecher ganz Zeine voll.

Gritli: Ja de Bape hät scho, aber kä rechti.

Richard: Nu eso alti Schmöker, wien en Shakespeare, Scott, Dickens und berig Lüüt.

Gritli: De neust Band ist öppe Nummere Dreihundert vu der Tauchnitzuusgab, won ietz über die Zweituusig usen ist.

Lina: Derigs liest ja Niemert meh. Mer wend öppis Moderns.

Züsi: Natürli. Wüssed er was, en Jeders soll en Schrift- steller uufschrybe, und dä, won am meiste Stimme hät, ist gwält.

Gritli: Sind er yverstande?

(Allgemeine Zustimmung.)

Richard: Da händ er Zädel.

(Man schreibt, Richard sammelt die Zettel.)

Richard: Zahl der Anwesenden Neun. Absolutes Mehr Fünf. Eingegangene Stimmzettel neune, leer zwei, absolutes Mehr vier. Stimmen haben erhalten — (zu Gritli:) seh, lies es du vor, ich will schrybe.

Gritli: Miss Wetherell.

Richard: Eini.

Gritli: Miss Yonge.
Miss Montgomery.
Miss Thackeray.
Miss Craik.
Miss Bradson.
Miss Kavanagh.

Richard bemerkt bei jedem Namen: Eini.

Richard: Das ist e mißfärbigi Liste.

Gritli: En schwirige Fal.

Richard: Wüssed er was, ich will es Buech go hole, e ganz moderns, i ha's erst hüt übercho; wenn's i dänn nüd gfallt, bruuched mer's nüd z'lese. Wend er?

(Allgemeine Zustimmung.)

(Richard ab ins Nebenzimmer.)

Gritli: Nimmt mi Wunder, was dä hine füre bringt.

(Richard zurück mit einem Paket.)

Richard: De Autor, wou ich i hüt möcht vorschlah, heißt (er enthüllt den Inhalt: eine Biskuitschachtel): Huntley and Palmers, und da isch sy neuft Schöpfig. (Schüttelt den Inhalt auf den Tisch.)

(Gelächter.)

Gritli: Du Erzspötter!

Richard: Jä was, das ist gar nüd gspottet. Wenn ja 's englisch Chränzli nu Englisch trybt, so ist syn Zweck erfüllt. Ob me dänn englischi Büecher lesi oder englischi Biskuits essi, chunnt ganz uf eis use. Nüd wahr?

(Allgemeine Zustimmung.)

Richard: Also die Werk vu mym Autor wäred acceptiert.

Gritli: Nu se dänn, so müend er der englisch Thee ä grad ha derzue.

Richard: Und der englisch grog desglyche.

Emma: Und ich weiß ä na öppis Englisches. Ich spilli uuf und ihr vier Paar tanzed z'sämmen en ächt englische lancers.

(Beifallklatschen und Bravo.)

Richard: Jetz söll na Opper cho und säge, mer hebed nüd e pique feins:

Alle (zusammen):

Englischchränzli!

Ende.

Flyß und Ys.

Soloscherz.

सांस्कृतिक

Sophie, Seminaristin,

betritt die ein Wohnzimmer darstellende Bühne mit einem großen Korb
voll Bücher und stellt diesen auf den Tisch.

Soo! — 's ist na en zimliche Lupf, e so e Zeine voll
Wysheit! Wenn i si emal im Chopf inne han, so trägi dänn
liechter dra.

Das ist ietz ä en herrlichen Imbig zum Schanze! Bi dem
prächtigen Yswetter sind d'Chind alli ufs Riet, d'Mammen
ist is Vereinli und ich bi mit dem Babeli ellei Meister. Das
will i ietz aber ä ghörig profitiere, und mich emal am Wohnstube=
tisch eso recht verthue, statt immer i dere Chrotteten i mym Zimmerli
obe z'stecke. I gsehs ietz scho, das wird ganz en anders Schaffe
sy, wemme sich so e feini Yrichtig cha z'weg mache defür. Es
söttmer bschüüsse dä Namittag; i ha's aber ä nöthig, denn
d'Uufgabe sind ä ghörig bschüssig uusgfalle hütt. Wenn i mi
nüd ganz kolossal z'sämme nimme, so mag is allweg nüd. Also
dehinder, allegro con fuoco! — Z'erst aber wemmer is yrichte.

Seh, dä Tisch will i meini dise Weg chehre, i gsehne dänn
besser. (Sie rückt den Tisch mit Geräusch; hierauf läuft sie zur Thür, öffnet
und ruft hinaus:) Erschreckeb nüd, Babeli, ich bi's nu, i thue nu e
chli geiste. — Wie? mich fürche? eso elleige? ja warum nüd gar!
Es sött nu Eine cho, i rüehr em es paar Dirionär an Chopf,
dänn chunnd er sicher gnueg über. — Babeli! Aber e guets Kafi
macheb er dänn glych, gälled; und e chli vill, ich will ä e chli
Öppis ha für's Gaume! (Schließt die Thür und tritt an den Tisch.)

So, ietz a d'Arbet (setzt sich.) Guet gfesse ist halbe g'esse,
heißts im Sprüchwort. Jäso mer sind aber nanig a dem; das
heißt, wol doch, bloß wemmer für einstwyle Wysheit fuetere,
bis 's Kafi g'macht ist. Also wemmer is recht verthue, wie de
Buur im Wirthshuus, wenn er de Cherne verchauft häd. — Jä

471

halt, so gaht's nanig, z'erst müend b'Büecher schön i b'Reihe g'stellt sy (steht auf.) Soo — da ist be französisch Dictionnaire, (sie stellt die Bücher nach einander auf) da der englisch, da der italiänisch, da de latynisch — wenn i ietz nu na en griechische hätt! 's ist glych ä nüd recht, daß nu b'Buebe dörfed Griechisch lehre und mir nüd, aber natürli, 's ist halt immer die glych Gschicht, Alls für b'Bueben und nüüt für eus. — Da ist b'Gschicht, da b'Physik, da b'Botanik, da b'Trigonometrie und b'Logarithme, da b'Chemie, da b'Pädagogik, da die düütsch Literaturgschicht, da der Atlaß — jä so, 's Ryßbrett sötti ja ä na ha, i mues ja ä e Zeichnig für b'Geometrie; nu, das holi dänn na em Kasi. — Soo — da stönd er — halt, b'Symmetrie gingget da e chli, das gaht nüd (sie vertauscht Bücher), durre mit dir, und du da anne — (sie betrachtet die Aufstellung) thuet's es ächt e däweg? — hm, da cha me na e chli nachelse — (korrigirt etwas) so, ietz isch im Blei (sie setzt sich).

So, ihr myni liebe Büecher, ietz chömmed mer. (Sie lehnt zu= rück und betrachtet die Bücher.) Nei, wie schön ietz ä nüd b'Sunne an eu aneschynt! Wenn ä die wüßted, won ietz eso ufs Ys renned, wie schön's diheime z'schaffen ist by some Namittag! Will wette, 's chroslet uf der Gaß vu so Ysnare. Seh, wend doch gschwind go luege. (Tritt ans Fenster.) Natürli, ha's ja gsait! Da gsehni scho e paari us myner Klaß, wo's allwäg nöthiger hetted weder ich, dä Imbig zum Schaffe z'binutze. Nei, und da 's Rösi! Was hät ietz das für en Huet! Das gschynig Band! und die Tournure, das hät goppel en Chriesichratte unebbunde. — So, aha, da chunnt syn Vetter au, de Herr Studiosus medicinae, won im propädeutischen esange abegseglet ist; die hend natürli gar nüüt abgredt mit enand, kes Wörtli, ä bhüe! — Wünsch Glück! En schöne Namittag ischeß, 's ist wahr! es chönnt ein fast — ne nei, furt a b'Arbet! (Setzt sich wieder zu den Büchern.)

Jetz wemmer asäh. Aber wo? (Sie greift nach einem Buch.) Gschicht? da simmer just bi der Gründig vu Niniveh, 's ist herrli, aber ebe drum wemmer das usspare, mer wend lieber z'erst 's Latynisch. (Stellt das Buch hin und ergreift ein anderes.) So, was hät is de Herr Professer ietz ä uffggeh? O herrjeh, das munzig exercitiümli da! das mag si ja gar nüd verlyde, das nemmed mer zum Dessert. Jetz lieber z'erst öppis Chräftigs — villicht der Uffsatz? Erstna! Das ist sein, mer dörfed 's Thema das Mal selber uuslese. Das ist doch öppis ganz Anders, als wemmen eso mues mache, was men Eim vorschrybt. Also 's Thema — und dänn 's Schema. 'S Thema — hm, was chönnt men ietzä — 's ist mer i hebs scho — wennd e chli umelaufe, 's chunnd eim ehner Öppis z'Sinn. (sie geht nachdenkend hin und her). Es Thema, — hä — das ist ietz ä gspässig, es git doch gnueg Themata — sie fahred mer eso vor em Gsicht durre, 's ist mer i chönn's nu neh, und doch chummi käs über! — Ach! — 'S ist aber ä öppis Dumms, er hett eim 's Thema wol chönne geh! 'S ist meini gnueg, wemme mues der Uffsatz mache, me sött dänn nüd na z'erst müesen am Thema umechäue. — Dumm! 's wott 's ietz eifach nüd geh; 's ist besser i höri und frägi morn z'erst e chli, was die Andere mached, es chunnt mer dänn scho öppis in Sinn. (Setzt sich wieder.)

Was hämmer da? (greift nach einem Buch.) Pädagogik. Das Fach hani gern; das manet ein scho echli a b'Zuekunft. Ja! wenn emal die praktisch Pädagogik agaht, dänn wird's sein! Wie miechis ächt ä, wenn i so zum erste Mal als Lehrerin in e Klaß inne chäm? 's nimmt mi doch ä Wunder! 's wär per se in ere Landgmeind, mer wend bscheide sy und aneh 's wär öppe z'Sellebirren oder z'Opfike oder sust i sonere Residenz. Natürli wäred Chind und Buebe bin enand. Also mer chämed inne — wie miech men ietz das? — Seh wends doch emal probiere. (Steht auf, geht zur Thüre und marschirt mit raschen festen Schritten bis in die Mitte des Zimmers.) Nei, das ist z'gichwind, da chönnted j'scho meinen i wett d'Angst verberge, so Buurechind sind gar pfiffig. (Sie wieder= holt das Eintreten mit langsamen, würdevollen Schritten.) Ächt e däweg? 's ist jedefalls besser, wenn j'dänn nu nüd öppe meined, i seig eso e Lyre! Nu die Meinig wetti fryli dänn bald uustrybe. Da gseht men aber nu scho, wie schwirig eusere Bruef ist. (Setzt sich wieder.) Ja, schwirig, aber schön! 's ist denn doch en anderi Satisfaktion derby, als wemmen eso biheimen ummepfläfteret und a nüüt Anders denkt, als a Chränzli und Bääl. Die dumme Bääl! 's

nimmt mi nu Wunder, wie men a dene cha Gschmack finde! Jch
bi zwar na a kein giy, aber ich cha mer ganz guet vorstelle,
wie's da zuegaht. Jch gahn allweg a kene. — Mer wend's
Englisch füreneh. Da: The fisherman and his wife. Dem alt=
ehrwürdige Familiestuck dörf me scho 's Kompliment erwyse, demit
azfange. (Sie beginnt zu schreiben.) D'Mame sait ja, ihri Mame
selig heb das scho müesen übersetze; myni Enkel werdeb's wol ä emal
müese. Dänn wirb's aber esange recht gränele, 's git allweg en
Belz bra, wie letschthi a mi Barillemarmelade. A propos
Marmelade, 's nimmt mi glych Wunder, wie myni Chüttene grathe
sind, die probieri ietz dänn zum Kasi.

(Es klopft an der Thüre. Sophie geht öffnen.)

So? En Brief? Danke, Babeli. (Schließt die Thür und kommt,
den Brief besehend, in die Mitte des Zimmers.) Us der Stadt! En
elegants Couvert, so neumödig, vu unbschnittnem Handpapier.
E Herrehandschrift! was ist ietz ächt das? (Öffnet.) Jä, um aller
Güeti wille; en Ylabig an akademische Baal! Das cha ja gar
nüd sy (prüft die Adresse), doch, wol, 's ist a mich adressiert. En
Baal! Myn erste Baal! Das ist es Ereigniß! Was därsi
ächt für eu Rock ha? (Sie eilt zum Spiegel und beschaut sich.) Zu
mym Teint und myne Haare stiend mer allweg e ganz hells
Himmelblau guet; oder dänn e recht syns Blaßgrüen, oder vil=
licht ä rosa oder saumon, me mues halt dänn luege.

Jetz will enes dänn zeige, daß e Seminaristin dänn ä na
tanze cha! Die Andere meined immer, d'Bääl seiged nu für sie
da, mir müesed ewig by eusere Büechere chlebe — ja, ohä! Mir
häud so guet es Recht z'tanze wie sie und chönneds ebeso guet,
villicht na besser. Seh, wend's emal probiere. (Nimmt einen Stuhl
und tanzt damit im Zimmer herum, eine passende Melodie dazu summend. Sie
stößt an den Tisch, ein paar Bücher fallen um.) Ohä! (Sie stellt den Stuhl
wieder hin und ordnet die Bücher.) Macht nüüt, das gaht dänn scho
anderst mit eme Herr Studiosus oder gar eme Herr Professer.

Ä! J bi ganz usem Hüüsli. Seh, seh, das gaht nüd, mer
mitend is z'sämmenäh, myni Bücher lueged mi scho ganz vorwurfs=
voll a. Fisherman wo bist? Mer wend da b'Wörtli na fertig

ufe schrybe. (Man hört von draußen ein fernher klingendes Schlittengeschell, das nach und nach näher kommt.) E Schlittepartie? Mirawoll. (Sie sucht eifrig im Lexikon und schreibt Vokabeln.) Wohi fahred's ächt? — Denk go Chüsnecht — sind's ächt Studente? — 's ist doch lustig, eso es Gschell — pah, ietz gschwind go luege chönnt me dänn glych. (Sie eilt an's Fenster.) Nei, wie hübsch! Ja, die händ 's herrli! (Das Geschell wird wieder schwächer und hört nach und nach auf.) Ist das es Wetter, 's wird alliwyl schöner! Das ist na es Gläuf uf's Ys! (Kehrt zu den Büchern zurück.)

So fisherman, ietz häts di dänn. Lueg ä da en Rym! Ja wer en Liebling ist vun Muuse, dem troled d'Vers vume selber use. — So ietz hämmer 's Englisch. Ietz chömmed mer in Zug, i merkes. Ietz nu flott vorwärts gschafft. Chemie! Here mit der. (Greift nach dem Buch.) D'Schwefelsüüri hämmer underhänds. — 's ist goppel e glustigs Kapitel.

(Es klopft. Sophie öffnet und spricht hinaus): So so, my Belzchappe? De Herr Heintze heb denkt, er well si na schicke, i werd wol wellen ufs Ys dä Mittag. Adie. J lös danke. (Schließt Thüre und tritt zum Spiegel.) Seh, wie chunnt sie? Pah, 's macht si! Wowoll! — Seh, welli Zyt isch ietz? Drüü. Am halbi vieri wäri usem Riet — halbi sechsi zruck. — Sölli ächt? (Tritt ans Fenster.) 'S ist eigetli doch e Sünd, eso en Namittag bi de Büechere z'versitze, gwüß isch wahr! — D'Uufgabe sind am End nüd so gsährli, i mag's z'Abig jedefals na ganz guet. Ach was! J gahne! Vorwärts ihr Büecher, ine mit i! (Wirft die Bücher kunterbunt in den Korb.) J han ietz nüd der Zyt z'päschele, ietz mues es Schlegel a Wegge gah. So da! Undere mit i, bis i wieder hei chumme. (Stellt Korb unter den Tisch.) Z'Abig gömmer dänn mit enand wieder i mys heimelig Zimmerli use, deet ist halt doch e ganz anders Schaffen als da unne i dere großen öde Stube. (Nimmt Schlittschuhe aus einem Kasten.) Chömmed ihr liebe Schlyschlueh, mer wend e chli go werche! Mer thüend dänn hüt recht schön Boge laufe, dänn gahts mer für d'Geometrie!

(Eilt fort.)

Ende.

Prinz Frosch.

Zauberposse in einem Akt

mit einem Vorspiel.

Personen:

Birikirkir, eine Fee.

Der König.

Alinda, seine Tochter.

Tante Bella.

Prinz Ggriggi.

Prinz Koromandel.

Ein Koch.

Ein Frosch.

Schauplatz:

Der königliche Garten.

Vorspiel.

Birikirkir und der Frosch.

Birikirkir: Sooo! Gälled Sie, verehrtiste Herr Prinz, iez hätts e Sie eben emal ggeh! Jetz hätted Sie de wolverdient Loh übercho für Ihre Hochmueth! Statt eine hoffärtige Prinz Koromandel sind Sie iez e gmeini gruusigi Frösch und werded's blybe, bis emal es Königstöchterli chunnt und Ihne drei Chüss uf Ihres liebeswürdig Fröschemuul verehrt. Hihihi! i denke, es chönnti müglicherwys villicht öppe so es Wyli gah, bis das Ereigniß passierti, meinted Sie nüd au, myn liebe Herr Prinz Koromandel? Underdesse je wünsch ich Ine vu Herzen e recht gueti Gsundheit und thüend Sie sich ämmelä recht flyßig mit der Welt uf fröschisch underhalte. Hend Sie, Sie glaubeds nüd, was für e herrlichi Sprach das ist, wie uusdrucksvoll und rüehred und villsytig und verständlich; 's ist e wahri Pracht! Lueged Sie, Griechisch und Italiänisch, ja sogar Züritüütsch — und das ist doch gwüß die schönst Sprach — ist gar nüüt gege 's Fröschisch, wemmes guet chu.

Also namal, lebed Sie recht wohl und denked Sie all Morgen und all Abig mit der schuldige Dankbarkeit a die güetig Fee Birikirkir, wou Ihne durch ihri Zauberkraft zu dem schöne grüene Fröschestand verhulfe hät. Epfell mich Ihne höfli, Ercellenz vu Fröschlaichringen und Tüüchelhofe! (Birikirkir tritt mit höhnischen Kniren ab.)

Der Frosch drückt in einer ganz kurz zu haltenden Soloszene durch Geberden und Quaken seine Verzweiflung aus; schließlich wirft er sich mit einem letzten Aufschrei wie vernichtet der Länge nach auf den Boden; hierauf fällt der Vorhang.

5

Nach kurzer Pause geht der Vorhang wieder auf und es beginnt das Stück.

Schauplatz: wie im Vorspiel.

Erste Szene.

Der **Frosch** hüpft ruhig quakend hin und her und verbirgt sich nach einigen Augenblicken hinter einen Baum. **Alinda** betritt langsam die Bühne.

Alinda: Ach es ist bald nümme zum Ushalte! Nei, es ist doch zue schüüli, was mich die Tante Bella plaget! Ach Mame, liebi Mame, worum häst ä du müese vun is eweg und dyni Alinda verlah! Es ist wahr, i ha ja de Bape und er ist so guet mit mer, so guet — wenn er nu die Tante Bella nüd hett cho lah! Aber syt die im Schloß ist, sind die guete Tage für mich verby. Sie thuet Alles, was sie chann, um mer's Lebe diheim z'verleide, und 's Ärgst ist, sie thuet dänn na eso derglyche, wie wenn sie mich weiß ken Mensch wie gern hätt und wie wenn Alles nu zu mym Wohl eso gschäch. Natürli sie weiß, daß mich de Bape lieb hät, und sie därf ihn nüd lah merke, daß sie mich möcht sprenge. Ja, sprenge! das eben isch es; uf das gaht sie uus, daß sie dänn ellei Meister wär und de Bape derzue brächt, sie zur Frau Königin z'mache. 'S nimmt mi nu Wunder, daß sie mer nanig mit eine Hochzyter choh ist, um mi uf die Art zum Huus use z'praktiziere. Aber sie wird's scho na thue, i etrünn em nüd. I ghöre sie grad iez scho, wie sie mir das Glück apryst, a der Syte vun irgend eine Schienggi oder Högerli, wo sie mer will ahenke, dur's Lebe z'wandere. — Ach! (sie setzt sich.)

(Frosch quakt theilnehmend.)

Alinda: Ach, myn Fründ ist ä neimen umme. Wo sind Sie, Herr Baron vu Grüenike? Chömmed Sie ä e chli fürre!

(Frosch hüpft herbei und quakt vergnügt. In der Folge hat er sich durchaus nicht immer auf allen Vieren zu bewegen, er wird bisweilen aufrecht gehen, sich setzen [mit gestreckten Beinen], die Beine über einander schlagen, die Arme verschränken, kurz, sich menschlich geberden, ähnlich wie es auf den Münchner Bilderbogen dargestellt ist. Die Sprache ist un=

veränderlich nur „Ggwaagg", aber mit allen möglichen Modulationen
des Ausdrucks. Auf der guten Darstellung der Froschrolle beruht der
Erfolg des Stücks.)

Alinda: So, so, Sie sind meini hütt guet im Strumpf!

Frosch quakt vergnügt.

Alinda: Ja ja, Sie händs lang guet; Sie händ nüd eso
Chummer wien ich.

Frosch quakt kummervoll.

Alinda: Jä was, händ Sie ä Öppis, wo Sie ufs
Leberli druckt?

Frosch quakt, bejahend den Kopf neigend.

Alinda: Lueg ä da zue! Gwüß ist neimen e Fröschin
umme, die Sie gern hetted und wo Sie nüd mag.

Frosch schüttelt den Kopf und hüpft zornig quakend umher.

Alinda (für sich): Jetz ist er taub, i ha's schynt's errathe.
Mer wend e wider guet mache. (Zu Frosch:) Los, Grueniker, i will
der Öppis säge, freu di nu. Mei i ha hütt i der Zytig g'lese,
es gäb hüür es Laubchäferjahr.

Frosch quakt vergnügt.

Alinda: Das gib en Schlabutz für dich!

Frosch streichelt sich quakend den Wanst.

Alinda: Jä gäll! Wenn d'dänn öppe nüd magst g'cho mit
Fange, so mues der eusere Johann helfe. 'S ist glych, wemmer
dänn scho e chli bbüeßt werdeb, wemmer öppen es paar Dekaliter
z'wenig uf's Stadthuus ablifereb.

Frosch quakt erstaunt.

Alinda: Was erstuunist eso? Gäll es dunkt di gspässig,
daß 's Herr Königs ä solled bbüeßt werde?

Frosch bejaht.

Alinda: Gsehst, mir händ halt Ornig in euserem Staat,
eusere König mues em Gsetz folge wie de gmeinst Taglöhner.
Öppen en Chrieg asäh das darf de König scho vu sich uus, aber
Laubchäfer ablisere, das mues er uf's Kilogramm wie's b'Polizei
vorschrybt, sust git's Bueß.

Frosch bezeugt seine Ehrfurcht.

Alinda: Aha, da chunnt de Bape.

Zweite Szene.

Vorige. Der König (trägt stets Szepter, Krone und Mantel).

König: Guete Tag, Alindeli.

Alinda: Guete Tag, Bape; häst guet gschlafe?

König: Pah, 's macht si. Steckst scho wider bi dyner Frösch?

Alinda: J hanere mu gschwind müese d' Freud asäge wegem Laubchäferjahr.

König (nachdenklich): Ja, ja, Laubchäfer. Sie chrosleb mer ietz scho im Chopf umme Tag und Nacht.

Alinda: Bitti was saist ä?

König: Sorge meini, Sorgen aller Art; au um dich ämelä, mys Alindeli.

Alinda: Ach, liebe Bape, thue di doch ä nüd chümbere um mich; mir gahts ja guet gnueg, wenn ich nu chann alliwyl bi dir sy.

König: Ebe wenn!

Alinda: Was ebe?

König: Mir söttid is ebe leider trenne!

Alinda: Trenne? Bitti red ä nüd vu dem!

König: J wett gern schwige, wenn 's öppis nützti. 'S Staatswohl verlangt leider, daß ich mi veränderi, das heißt wider um e Königin luegi.

Alinda: Mues das denn sy?

König: Ebe sägeds myni Minister scho lang. 'S mües Spper da sy, wo die neue Moden agäb. Ich ha mi immer gwehrt, wege dir; so lang du nüd versorget seigist, thüeg ich nümme hüürathe. Jetz zeiget sich ebe leider eso e Versorgig.

Alinda: Herrjeß!

Frosch quakt erschrocken.

König: D' Tante Bella hät mer hütt en Prinz vorg'stellt.

Alinda (schnell): Sie soll e näh, ich wott e nüd!

Frosch quakt fröhlich.

König: Pah, be chaft en ämmelä g'schaue, er byßt di nüd. Es ist en vornemme Prinz us euserer Nachberschaft, de morn iu B'sitz vnme prächtige Rych chunnt.

Alinda: Mirawoll.

Frosch quakt verächtlich.

König: Nu nüd so en Surrimutz. Los wenigstes. Du häst ja ä ghört, daß de Prinz Koromandel uf so räthselhafti Art verschwunden ist.

Frosch quakt schmerzlich.

König: Me sait, es heb en Opper gholt, bä heb Fäckte gha, aber es seig glych ken Engel gsy.

Frosch quakt wüthend.

König: Was häb ä die Frösch alliwyl?

Alinda: Grueniker, bis artig.

Frosch quakt leise, einschmeichelnd.

König: Jetz hät me bä Prinz i de Zytigen uufgforderet, sich bim Stadhalteramt z'melde bis hüt z'Abig; chunnd er nüd bis dänn, so wird er als tod erchlärt, und de Prinz Ggriggi, syn Vetter, ebe bä, wo sich dir möcht vorstelle, erbt sys Rych.

Frosch quakt wüthend.

König: Wottscht ächt stille sy! (Er droht ihm mit dem Szepter, Frosch macht sich schweigend auf die Seite.)

Alinda: So! Ggriggi heißt er — en nette Name. 'S ist gwüß en herzige Herr.

König: Just grad der allerischönst isch es nüd, aber allweg en guete Tschooli, wo me cha um be Finger umme wickle. Muescht halt luege dänn, wien er der gfallt. Aha, da chunnt erange d'Tante.

Dritte Szene.
Tante Bella zu den Vorigen.

Bella (übertrieben liebenswürdig): Ach mys lieb lieb Alindeli, was machst ä dä Morge, worum lahst di nüd fürre, mys Schatzeli?

Nei wie bist du herzig i dem Gwändli! es Rösli, es Nägeli bist, e liebs, e schatzigs, me cha bi halt nüd gnueg aluege! Nüd wahr, Herr Brüeder?

König nickt Beifall.

Bella: Aber was häst ä, Chind, saist nüüt zue mer?

Alinba (trocken): Tag.

Bella: Herrjegerli, de häst gwüß wider b'Halsetzündig, du arms Chind, daß der 's Rede weh thuet! Du verchältst bi halt au, de gahst z'vill in Garte, wenns na eso es Thau hät. Hest das ist gar nüd guet, de söttst der gwüß hest e chli sorger hebe.

Frosch quakt zustimmend.

Bella: Aha, ist euseri lieb Frösch ä umme? Richtig, richtig, da ist ja das herzig Thierli (bei Seite: ä pfittuusig!) Nei, wie nett! ich glaub der scho, Alindeli, daß der das as Herz gwachsen ist. Ach, ich häu ä eso e liebi Frösch, wenn d' erst bie gsächist, würdist die säb beet nümmen aluege.

Frosch quakt zornig.

Bella: Hät der de Bape scho Öppis gsaid?

Alinda: Ebe.

Bella: Es ist e glänzedi Partie. Er ist, i will der's grad offe säge, nüd grad e blendendi Erschynig, er ist ä na e chli schüüch; aber guet, so guet, lueg eso en guete gits e ken Zweite.

Alinda: Dänn wär's ja e Sünd, wenn ich dich wurd biraube, bhaltene du!

Frosch quakt fröhlich.

Bella: O du bist mer so lieb, eso vill lieber als ich selber, daß ich dir Alls mues zuehebe, was Guets ummen ist. I will der en iez verby schicke. Aber gäll, de bist nüd gar so räß mit em, mys Lindeli? Bis, was dyn herzige Name sait, hest er verdients gwüß tuusigfach! Adie underdesse! (Zum König:) Herr Brüeder?

König: I chumme — Chind, i säge nüüt, weder lueg de Gottsnamme, und denk, es mües emal sy.

(Bella und König ab.)

Vierte Szene.

Alinda und Frosch.

Alinda: Ja seb scho, aber dä Ggriggi nimmi nüd, säb sägi zum Voruus. Überhaupt e keine, wo mer d'Tante Bella will uffschwätze.

Frosch quakt vergnügt.

Alinda: Gäll du, i ha Recht?

Frosch quakt zustimmend.

Fünfte Szene.

Vorige. Ggriggi tritt auf, er trägt eine Wange verbunden und hinkt an einem Stock. Wie er Alinda erblickt, macht er eine linkische Verbeugung und glotzt sie sprachlos an.

Alinda: Sind Sie's ebe?

Ggriggi: Wenn Sie's erlaubed, ja, so wär ich's ebe.

Alinda: So aha! Worum händ Sie ä de Bagge verbunde? Sie hend gwüß es Duell g'ha!

Ggriggi (vor Schreck zusammenfahrend): Es Duell? bhüetis Gott!

Frosch quakt verächtlich.

Ggriggi (ihn erblickend und an den Rand der Bühne zurückweichend): Herrjeses, Herrjeses, was ist ä das für es Unghüür?

Alinda: Jä gälled Sie! Sölli Si vorstelle? (stellt vor) Prinz Ggriggi — Gangraf von Gruenike. (Ggriggi verneigt sich unterthänigst, Frosch macht eine leichte Verbeugung.)

Ggriggi: Erlaubed Sie, ghört de Herr Gaugraf villicht zu Ihrem Hofstaat?

Alinda: Das hend Sie iez grad errathe. Es ist myn würkliche Geheimrath.

Ggriggi: Aha! I mues säge, ich wurd mi iez würkli verchälten um dä Herr umme.

Alinda: Meined Sie? — Ergüsi, Herr Prinz, was für en Grad bikleided Sie ä bi Ihrer Armee?

Ggriggi (sich in die Brust werfend): Ich bin Kamillethee- und Senfpapierverwalter!

Alinda: Würkli? Nei ä! Also Sie hebed b'Armee uß- und inwendig z'sämme. Das ist tapfer.

Ggriggi (zusammenfahrend): Tapfer! — Sie sind güetig.

Alinda: Jä tapfer mues myn G'mahl sy.

Ggriggi (schlotternd): Ja natürli per se.

Frosch quakt stark.

Ggriggi (entsetzt zurückfahrend): Bitten ab, Herr Gheimrath, i ha gmeint, Sie säged Öppis!

Alinda (zu Ggriggi): I ha gmeint, Sie welled mir Öppis säge.

Ggriggi (bei Seite): Die pressiert iez ä erschröckli! (Zu Alinda:) Wenn's erlaubt wär, so möcht ich mir ebe die unter- thänig Freiheit erlaube, mir z'gistatte, Ihne die unterwürfig Bitt vorz'träge, Sie möchted ä b'Güeti ha und so frei sy — — ä — ä — (bleibt stecken).

Alinda: Wüssed Sie was, Herr Prinz, de Reste chönned Sie mer dänn morn säge; es thät ne gwüß hend Sie nüd guet z'vill uf eimal. Denked Sie au an Ihren ander Bagge, dä chönnt ja ä gschwulle werde.

Ggriggi: Ja gwüß, Sie hend Recht. Es zuckt mer scho drin. I muesne gwüß go verbinde. Ghorsame Diener underdesse! (Hinkt ab.)

Alinda: Pfellmi höfli.

Sechste Szene.

Alinda und Frosch.

Alinda: Was meinst Grüeninger, bist zfriede mit mer?

Frosch hüpst vergnügt quakend umher.

Alinda: Herr Geheimrath!

Frosch schüttelt sich vor Vergnügen.

Alinda: Du liebe Kerli! I mues der gwüß emal eis vorsinge (sie singt:)

Du du liegst mir im Herzen, 2c.

Frosch (sekundirt mit der zweiten Stimme von der Stelle an „du du
liegst mir im Sinn“, statt der Textsilben quak singend.)

Alinda: Jä was, myn Giheimrath ist ä musikalisch!
Seh singed Sie mer emal es Solo!

Frosch (singt wie oben, in aufrechter Stellung, und sich mit Gesten
begleitend):

Ach wie ist's möglich dann,
Daß ich dich lassen kann, 2c.

Alinda (klatscht Bravo): Bravo, das ist ietz emal e Frösch,
die cha's wien en Sänger, sust gits öppedie Sänger, si chönneds
wie Frösche. — So, ietz aber nues i gschwind go Kafi trinke,
nachher chummi dänn wider. Adie underdesse!

Frosch winkt quakend Lebewohl.

(Alinda ab nach rechts.)

Siebente Szene.

Frosch. Bella und Ggriggi, von links.

Bella: Jä aber, Herr Prinz, e bitzli meh Kuraschi müend
Sie halt dänn doch biwyse; ganz ungfräget chömmed Sie lä Bruu-
über. Händ Sie nu ä lä Angst; das Lindeli ist herrgottefroh,
wenn 's in e Hnube cha schlüüse, es thuet ietz nu e chly derglyche,
als ob's em schüüchti dervor. — Übriges wenn 's dänn am End
doch uf das use chäm, daß es Sie nüd grad eso aparti am liebste
nähm — (boshaft) was i zwar nüd chönnti bigryse — so werded
mir (Bella deutet mit dem Finger auf sich selbst) dem Chind scho
G'meister; sind Sie da nu ämmelä ganz, ganz ruehig; lönd Sie da
nu d'Tante Bella sorge.

Ggriggi: O verehrtisti Frä Tante Bella, chönnted Sie
ietz nüd by der Fräulein Alinda ä grad für mich fräge? Lueged
Sie, die Prinzessin, die chann eso es paar Augen an ein ane
mache, daß es eim halt eifach ganz g'schwindt.

Bella: Jä, Herr Prinz, ischene würkli Ernst? Soll i für
Sie d'Bruutwerberi mache?

Ggriggi: Ja, bbitti, bbitti, thüend Sie's ä! Hend Sie, ich bi z'jung; in Ihrem verehrte Alter chame berigs vill besser.

Bella: Redeb Sie doch nüd so dumm, just lan i Sie ellei zable!

Ggriggi (weinerlich): Herrjeß, Frä Tante Bella, es ist mer gruüß schüüli leid, i will's nümme thue.

Bella: Also chömmeb Sie, mer wend das Chind go sueche.

Ggriggi: Bbitti nu na es Augeblickli. Es wär ebe da na Öppis.

Bella: Jä, öppis Wichtigs?

Ggriggi: Eigetli nüd, 's ist eigetli nu e Frösch.

Frosch quakt leise.

Bella (verächtlich): Ja ietz wege dere!

Frosch quakt etwas lauter.

Ggriggi: Pah, 's ist eso e Sach; d'Jumpfer Alinde hät mit dere Frösch eso en Art Bikanntschaft, i mues säge, 's ist eim nüd heimeli derby; das müest ich mir dänn würkli ganz etschide verbätte ha!

Frosch quakt zornig. (Ggriggi fährt erschrocken zurück.)

Bella: Das ist ietz 's Wenigist, dem wemmer uf der Stell abhelfe. Hüt z'Abig ist Bruutesse, da mues die Frösch grad dra glaube.

Frosch quakt erschrocken.

Ggriggi: Jä, Sie meineb doch nüd —

Bella: Woll fryli meinis. Die Frösch da? Metzge, seb thüemer si, und braten und unfesse! Händ Sie verstande?

Frosch quakt jämmerlich.

Bella: Die thuet; me meinti, sie verstiend's au!

Ggriggi: O Sie göttlichi Tante! Nei was sind Sie ä für eini! Das wird herrli! Das säg ene grad ietz scho, bi dem Brate da hau ich dänn fest y; unber zwee Teller Pfaffeschnitz vu beide Beine thuen is nüd!

Frosch stöhnt.

Bella: Wünsch gueten Appitit! — Halt, deet gsehni just de Choch, mer wend ems grad säge (ruft:) Chef! chömmed Sie da anne! arrivez! tout de suite!

Achte Szene.

Vorige. Koch, ein Dickwanst, kommt herbeigewatschelt; er trägt im Gürtel ein gewaltiges Messer (von Carton).

Bella: Heute Abend großes diner. Verstanden?

Koch: Oui, Madame.

Bella: Frosch dort fangen, braten! Verstanden?

Frosch quakt fürchterlich.

Koch: Non, Madame!

Bella: Er Rindvieh! (Nimmt ihn beim Ohr und führt ihn näher zum Frosch.) Dort den Frosch —

Koch: Oui, Madame —

Bella: fangen — prendre, braten — rôtir, verstanden!

Koch: Ah, oui, oui, Madame! Sie wollen mak eine Brat von das Frosch! Gut, gut, serr gut. Très-bien!

Frosch quakt entsetzt.

Bella: Also, fangen, prendre, tout de suite!

Koch will den Frosch fangen; dieser flüchtet sich zuerst, dann wendet er sich und macht einen Sprung gegen den Koch, worauf dieser zu Boden purzelt. Frosch entreißt ihm das Messer und hüpft damit bei Seite.

Koch (macht Anstrengungen, um aufzustehen, die ihm wegen seines Wanstes nicht gelingen): Ah, Monsieur, Madame, elf Sie mir, ik bin tot!

Bella und Ggriggi greifen zu und richten ihn auf.

Koch: Das Frosch, das ist die Teuf! Je me sauve! (Flüchtet sich watschelnd von der Szene.)

Neunte Szene.

Bella. Ggriggi. Frosch.

Ggriggi: Ich meine, dä Choch häd Recht. Die Frösch das ist en uheimlis Veech, chömmed Sie, mir wend au gah!

Bella: Ja hätt gmeint! Sie truurigi Fürchgreet Sie!
Vorere Frösch nemmed Sie be Finkeftrich? Wie dänn erst emal
vorere Frau? — Nu bie chunnt's ämmelä guet über byn ene!
Ggriggi: E Frau? Ich wott e keini meh, ich gah hei.
Bella: Was da hei! So hämmer nüd gwettet! Sie händ
mir der Uuftrag ggeh, bi der Alinde für Sie z'frägen und das
thuen ich au.
Ggriggi: Nei bbitti, lönd Sie's ä lieber fy.
Bella: Nir da, 's blybt by der Abred, Sie chönned's ietz
füüden oder brate. Sie händ das Chind welle und ietz müend
Sie's ä ha. Da chunnt's grad mit dem Bape. Jetzt lönd Sie
nu mich mache. Ich weiß scho, wie me mit derige Gofen umgaht.

Zehnte Szene.

Vorige. König und **Alinda** treten langfam herzu.

Bella (ihnen entgegen rufend): So, chömmed er, ihr liebe
Lüüt? Das ist ietz ä recht, mer händ fürchtig planget. Meied
mir find flyßig gfy; währeddeß ihr furt gfy find, hämmir es
Bruutpaar gftiftet.
König: Jä was, ihr nemmed denand? Das ist ietz aber
emal öppis Vernünftigs! Alle Respekt!
Alinda: Bravo! Gratuliere vu ganzem Herze!
Bella: Danke, danke! 's ist zwar da en chlinen Irrthum,
aber es hät nüüt z'fäge, es blybt i der Familie. Das Bruutpaar
heißt nämli (schalthaft: das Chindli da weiß es scho) Prinz Ggriggi und
Prinzeffin Alinda!
Frosch quakt zornig.
König (feufzend): So! Hät's es ebe ggeh!
Alinda: Was ggeh? Birreftil! Ich weiß keu Bitze vu
der ganze Gschicht.
Frosch quakt fröhlich.
Bella (liebenswürdig lächelnd): Die junge Lüütli blybed fich
doch immer glych. Sie planged Blätz ab uf's Hüürathe, und
wenn's dänn berzue chunnt, so thüend f' berglyche, als gieng's

stantebeni i b'Höll. Drum mueß men en ebe helfe, wennnes guet mit ene meint. De Herr Prinz Ggriggi häd uß allzu großem Zartgfühl, das übriges sym Charakter alli Ehr macht, es nüd gwaget, by der Alinbe syni Werbig direkti az'bringe, sunder hät sich demit a mich g'wendt, und ich, dien ich myß lieb Alindeli guet kenne, i säge guet, ganz guet, vill besser als es sich selber kennt, das lieb Busi, ich han im Name vu mym Nießeli Ja gsaid.

Frosch quakt zornig.

Alinda: Mirawoll, ich säge Nei!

Frosch quakt fröhlich.

Bella: Jä blüetig, du gspassist nu, das weiß ich scho. Chömmed Sie, Herr Prinz, und du, Alindeli, chumm; ietz um-armed denand und gänd enand de Verlobigschuß.

Alinda: Das gaht mer ietz glych esange übers Bohnelied! Also losed: J säge namal nei, nei, nei! (Frosch quakt nach jedem nei) und damit er gsehnd, wie lieb mer de Herr Prinz Ggriggi ist, so säg ich — und 's ist mer Ernst! — lieber gib ich derselbe Frösch deet drei Chüß als dem Herre da eine!

König: Das ist gredt, das mueß me säge.

Bella (aus der Rolle fallend, ärgerlich): Ä bah, gschwätzt ist das, tumms Larifarizüüg! Me sött si grad bim Wort neh!

Alinda: Se nemmed mi!

Bella (böse): Das wemmer aber au!

König (begütigend): Seh! seh!

Alinda (energisch, zu Ggriggi): Herr Prinz, erchläred Sie, daß Sie sich mit Jhrer Werbig z'ruckziehnd, wenn ich die Frösch chüsse?

Ggriggi: Ja fryli, recht gern!

Bella (verächtlich): Dä Hösi!

Alinda: Chumm, Grueniker! Dene wemmir zeige, was gueti Fründschest ist. (Sie küßt ihn.) (Eis! (küßt nochmals) Zwei! (küßt nochmals) und Drei!

Frosch macht gewaltigen Sprung in die Coulisse, aus dieser stürzt gleichzeitig Prinz Koromandel hervor.

Damit die Vertauschung möglichst einer Verwandlung gleich sehe, muß die Kußszene etwas abseits, recht nahe an der Coulisse oder einem andern deckenden Gegenstand, stattfinden.

Elfte Szene.

Vorige ohne Frosch. Koromandel.

Koromandel (im Moment des Auftretens): Erlöst!

Ggriggi: De Prinz Kormandel!

König: }
Alinda: } Prinz Koromandel!
Bella: }

Koromandel: Ja, das bin ich! Us myner unwürdige Fröschegstalt, i dien ich verzauberet gsy bi, erlöst dur die drei Chüß, dur die treu Liebi der Prinzessin Alinda. (Zum König:) Herr König, ich ersueche Sie hiemit um d'Hand vun Ihrer Fräulein Tochter!

König: Wenn sie will, so bin ich heerewohl zfride.

Koromandel (die Arme ausbreitend): Alinda?

Alinda (in seine Umarmung sinkend): Koromandel!

König (weint vor Rührung): Sind glückli mit enand!

Alinda (faßt des Königs Rechte): O Bape!

Koromandel (faßt des Königs Linke): O Herr Vater!

König (gerührt): Ja, Ja! 's ist recht!

Ggriggi: Erlaubed Sie, daß ich vu Herze gratuliere und grad Adie säge!

König: Adie, adie!

Alinda: Wünsch glücklichi Reis!

Koromandel: I lös es esang grüeze diheimen und i chömm dänn ä bald!

(Ggriggi ab.)

Zwölfte Szene.

Vorige ohne Ggriggi.

Bella (liebenswürdig): Alinde! Herr Neveu! Nei was für es Glück; wie bin ich selig!

Koromandel (holt das vom Frosch erbeutete Küchenmesser): Er-
laubed Sie Frä Tante, daß ich Jne da e chlyses Instrumentli
vorwyse, womit Sie vor wenig Augeblicke mich händ welle selig
mache lah. Kenned Sie villicht das Hegeli?

Bella (steht zerknirscht): Ach! (bricht in Schluchzen aus.)

Alinda: Was ist da ggange?

Koromandel: Mit dem Federmesserli da hätt ich uf
Befel vu euserer liebe Tante sölle tranchiert und eu am Bruutesse
vu dem Päärli Alinda und Egriggi serviert werde!

König (wüthend): Was! J myn tüüffte Kerker mit der
Mörderin!

Bella (sinkt ihm zu Füßen): Gnade, Gnade!

Koromandel: Herr Papa, überlönd Sie mir d'Bistrasig!

König: Ja gern, aber sind Sie mer räß!

Koromandel (zu Bella): Stönd Sie uuf, packed Sie
z'sämme, in ere Halbstund fahrt de Blitzzug, mit dem reised Sie
ab und lönd Sie sich nie meh fürre, verstönd Sie (drohend) nie
meh!

Bella (aufstehend): Sie sind guet sicher! Me gseht mich
nümme!

(Stürzt fort.)

Letzte Szene.

König. Alinda. Koromandel.

König: S' ist ere guet ggange, aber 's ist mer glych ä
recht eso. D' Hauptsach ist, daß sie furt ist.

Alinda: Und nümmen umme chunnt.

König (nachdenklich): Ja, aber myni Königin, wo mys Volk
verlangt. — Ä bah, mer macheb's eso: Herr Schwigersuh, euseri
Rych gränzed an enand, ietz müssed Sie was, nemmed Sie zu
mym Chind ä grad mys Rych, so chömmed myni Unterthanen e
Königin über und ich mues nümmen a das tumm Hüürathe denke.
— Wend Sie?

Koromandel: Mit tuusig Freude! Und danke zum
schönste für d'Uusstüür!

König: Bitte, 's ist gern gescheh!

Alinda: Jetz ist eusers Glück vollkomme.

König: Er werded mer dänn scho öppen es Pöstli ha.

Koromandel: Sie chönned dänn nu nuslese!

König: Guet, guet, mir werded scho einig. Jetz meint ich aber, mer chönnted go Öppis z'Nüüni neh.

Koromandel: S' wär mer ä nüd ungschickt, ich ha dä Morgen erst zwo Flüügen und es paar Laubchäfer gha; 's ist mer würkli e chli blöd.

Alinda: Herrjeh, du Arme! Chumm gschwind gschwind, i choch der es paar Stierenauge, die sind grad fertig.

Koromandel: Also wemmer!

Er gibt Alinda den Arm und läßt den König vorausgehen, dann folgt das Brautpaar und singt dabei: Du du liegst mer im Herze.

(Hiebei fällt der Vorhang.)

--❖--

Sammlung

deutsch-schweizerischer Mundart-Literatur.

Aus dem Kanton Zürich.

Zehntes und elftes Heft.

„Edelwyss", ein Lustspiel von Leonhard Steiner.

Gesammelt und herausgegeben

von

Professor O. Sutermeister.

Zürich,

Druck und Verlag von Orell Füssli & Co.

Edelwyß.

Luſtspiel in drei Akten.

Personen:

Hermann Wilb, ein junger Naturforscher.
Frau Brunner.
Anna Brunner, deren Tochter, Malerin.
Frau Burkhard.
Natalie Burkhard, deren Tochter.
Eduard Wirz.
Aurelie Wirz, dessen Schwester.
Direktor Wohlgemuth.
Frau Stadtrath Frei.
Fein, Kurhausbesitzer im Bad Heilbrunn.
Jean, Kellner   „   „   „
Rosa, Köchin   „   „   „
Samuel, Bergführer.

Schauplatz: Bad Heilbrunn und Umgebung.
Zeit: Gegenwart.

Erster Akt.

Schattige Anlagen vor dem Hotel. Vorn Gartentische und dito Stühle. Hintergrund Aussicht in's Hochgebirg. Hinten seitwärts Eingang ins Hotel.

Erste Szene.

Jean und Rosa (letztere ordnet Kaffeegeräth.)

Jean: Das ist mir au e Saison! ietz isch scho Mitti Heumonet und ich ha na nüd für zwee Franke Cigare verchauft.

Rosa: 'S hätt doch gnueg Flüüge da, wo me chönnt ewegg bräuke.

Jean: Und Breme! wemme zum Wasserfal hindere gaht, wird me bigost schier gfresse. Wart da gschni grad eini (gibt Rosa mit der flachen Hand einen Schlag auf den Nacken). So die häts.

Rosa: Au!

Jean: Häts weh tha? wart! (küßt sie auf den Nacken.)

Rosa (abwehrend): Sch da, du uverschaudte Purst!

Jean: Bhüetis Gott, das ist nüd uverschaudt, du weist ja, daß i's ehrli meine, de chast ja nu ja säge, wenn d' mi witt.

Rosa: 'S pressirt mer nüd halben eso mit Hüürathe, mir isch na lang wohl e däweg.

Jean (seufzend): Gruusami Rose!

Rosa: Ja thuen ä eso! 's wird der ä Ernst sy! 's chunnd ja e kes Frauezimmer dahindere under de Dryßge, das d' nüd abetist.

Jean: Ja 's ist wahr.

Rosa: Gsehst ietz da!

Jean: Jä, das ist nu, so lang du mich nüd witt, da chann ich halt nüd anderst, es mues neimen use, mys Herz ist z' voll, ich mues für's ganz schön Gschlecht schwärme; aber säg du emal: da häst mi, dänn ist myner Lebtig nu na Rose Trumpf by mer.

Rosa: Mer wend is ietz na chli bsinne.

Jean: Wart nu nüd z' lang, sust sähst a herbstele, dänn git's us der Ros e Tahlie.

Rosa: Das sind ä schöni Blueme.

Jean: Sie gfalled mer nu an Eim Ort.

Rosa: Wo wär das?

Jean: Useme Suuserfass. — Ja gsehst, eso e Tahlie hemmer grad dahinne, die Fräulein Burket.

Rosa: Drum heißt sie ä Natalie.

Jean: Ebe. Die zickt ietz bald uf b' Winteraster, wenn sie nüd Ernst hät mit Hüürathe.

Rose: Sie hätt glaub ich scho Ernst.

Jean: Aber sie hät's nüd so guet wie du, es fehlt ere e so en Jean, wo sie gern nähm.

Rosa: Drum wird sie eine welle sueche dahinne.

Hermann tritt aus dem Hause.

Jean: Da wär grad eine, bä Herr, wo bä Morge cho ist.

Rosa: Still!

Zweite Szene.

Vorige, Hermann.

Hermann: Was isch, cha men en schwarze Kaffee ha?

Jean: Oui, Monsieur.

Hermann: Ist er ä guet?

Jean: Ah! Sie trinked z'Züri ken bessere.

Hermann: Das will nüd vill heiße. Bringed Sie mer eine.

Jean: Wünsched Sie es Glesli bezue — Cognac, fine Champagne, Kirsch, Rhum, Arrac, Chartreuse, Curaçao, Enzian, Iva?

Hermann: Nüüt Derigs. Guets Wasser, das ist 's Best
für en Zürcher.

Jean: Tout de suite, Monsieur. Ab mit Rosa.

Dritte Szene.

Hermann allein.

Gott Lob und Dank, das Esse wär übere. Das heißt me
sust uf b' Folter gspannt sy! Han ichs eso schön g'wüßt z'ringgle,
ganz zuefällig is glych Bad z'reise wie d' Frä Brunner und Toch-
ter, am glyche Vormittag mit inen azcho, und mer a der Tafele de
Platz vis-à-vis vun ine z'sichere, und was g'scheht? die Blatte
chömmed eini na der andere, aber myni Frauezimmer erschyned
nüd. Wemmer das nüüt g'schade hät, i die Uufregig und i die
Täubi ine zächs Schaffleisch und g'jünkerlige Hamme z' esse, dänn
mues ich allweg nanig uf Eglisau. Uebriges sägeb mer b' Waret:
wenn die Frauezimmer cho wäred, wär's dänn besser g'gange?
Ich weiß mer das immer wunderschön uusz'male, wien ich de
Dame gegenüber mich sicher und g'wandt well bineh und wenn
i dänn vor ne zuestahne, bin i immer de glych Gähggi. Wenn
ich nu wenigstes ä die Eigeschaft hätt, daß ich vu de Fraue-
zimmere nüüd wüsse möcht; aber 's ist ja grad umkehrt; i trou
mi nüb as anne und verreble fast vor Heiweh nach ene. Das ist
würkli 's einzig Mal gsy, das i mi trout han, woni de letzt
Sylvester z' Oerlike die Anna Brunner g'seh han im Wasser
zable. Do hani b' Schüüchi vergesse und han eren useg'hulfe.
Und was hät's mer ytrait? Ich ha sie usegfischet und ydher
hät sie mich am Angel und laht mi ohne Wüsse und Wille
erbärmli dra zable. In alli Concert binere nahegloffe und
hanere uf süfzg Schritt Distanz vu Herze de Hof g'macht, aber
mit dem hät's es ä gha. Jetz aber solls wills Gott anderst werde.
Nüd vergebe will ich der Anna und ihrer Maine da nach Heil-
brunn nahegreist sy — jetz mues es en Weg gah, so oder so.

(Jean erscheint mit Kaffee.)

Aha da chunnt myn Kaffee. — Mit dem Chellner wemmer
is uf guete Fueß stelle, wer weiß, was das cha nütze.

Vierte Szene.

Hermann, Jean.

Hermann: So, stelled Sie en nu da ane.

Jean: Voici Monsieur.

Hermann: Ah, chönned Sie ä Französisch?

Jean: Yes, Sir.

Hermann: Und Englisch?

Jean: Sì, Signore.

Hermann: Jä was, und sogar Italiänisch?

Jean: Ja, mein Herr.

Hermann: Schad, daß Sie a dem chlyne Kurort sind.

Jean: Ja, a der Landesnusstellig hettet Sie mi solle gseh, da hät ä en garçon der Welt chönne zeige, was in em stecki, aber dahinne . . . .

Hermann (lächelnd): Nu 's chömmed doch ä Lüüt da anne.

Jean: Ja b'hüetis und was für feini Lüüt, aber halt nüd vill. — Sie müend dänn nu die zwei Frauezimmer aluege, wo bä Morge acho sind, Madame Brunner und Tochter. D' Madame ist e wahri marquise, und b' mademoiselle lueged Sie das ist Jue es Chind rein zum Fresse.

Hermann: Ho ho!

Jean: Pardon, Monsieur, wenn i e chli ungeniert gredt han, i cha weiß Gott nüd anderst. Sie hänbs wahrschynli nüd eso; aber ich, wenn ich halt e so e schöns G'schöpf gsehne, wenn's mich scho nüüt agaht, so wird ich ganz vertrübelet. Lueged Sie, das Fräulein hät Jue es Gsichtli, ja, wie gmalet, und gwachsen ist sie, me cha weiß Gott nüüt Schöners gseh.

Hermann (sich mühsam beherrschend, wegwerfend): Mirawoll!

Jean: J gseh scho, Sie glaubeds nüd, lueged Sie dänn nu selber! Sie hätted nu das Fräulein bä Morge solle gseh, wo sie zur Guutschen usgumpet ist, so liecht und stramm, grad wie nes Gamsthier.

Hermann (macht eine ungebulbige Bewegung).

Jean: Lueged Sie, Füeßli hät sie, und Chnödli und —

Hermann (barsch): Holeb Sie mer Zigarre!

Jean: Subito, Signore.   Ab.

Fünfte Szene.

Hermann allein.

Hermann: Dem Kerli hätti ietz dann bald eis uf d'La=
fete ggäh! Hät dä nüd b'Frechheit, vu myner Anna eso z'rede,
wie wenn sie extra für ihn da hindere uf b'Gschäu cho wär.

Ach, ich Naar! red' ich wieder vu myner Anna! ja myne,
i der Meinig wie b'Glarner säged.

Sechste Szene.

Hermann. Jean mit Zigarrentiste.

Jean: Ecco, Signore — à votre choix! Da häts für 20,
30, 40 Rappe.

Hermann: So (bedient sich) da, nemmed Sie!

Jean: Thank you, Sir. Jetz chönned Sie dänn grad gseh,
ob ich recht gha han. Die Dame werded dä Augeblick zum
Huus uus cho, sie wend spaziere. Sonst noch was gefällig?

Hermann: Nei.

Jean: Servo, Signore. (Schnell ab.)

Siebente Szene.

Hermann allein.

Hermann (erschrocken): Sie chömmed da ane — Herrschaft,
's wird mer ganz krüselig — ich mues furt — ich cha's nüd gseh,
eso unvorbereitet.

(Anna und Frau Brunner erscheinen unter der Hausthür.)

Z'spat, da sind sie scho.

Achte Szene.

Hermann, Anna, Frau Brunner.

Anna spricht leise mit ihrer Mutter, auf Hermann deutend, der schein=
bar unbefangen seinen Kaffee trinkt. — Die Damen treten vor.

Anna: Etschuldiged Sie, Herr Wild, wemmer störed. Ich
erlaube mer da, Jne my Mame vorzstelle.

Hermann (macht eine linkische Verbeugung).

Frau Brunner: Ich bin so froh, e Glegeheit z'finde,
um Jnen au emal mündlich myn Dank abz'statte für dä groß
Dienst, den Sie myner Tochter de letsch Winter usem Ysfeld
erwise händ.

Hermann (sehr verlegen): O bitte, 's hät si nüb möge
verlyde.

Frau Brunner: Mir lebed ganz ellei, bsuecheb fast e
keni G'sellschafte, drum hani bis dahi nüb 's Vergnüege gha,
Sie azstreffe. Umso meh freut 's mi, daß is de Zuefall ietz da
z'sämmeführt.

Hermann (wie oben): Ebe — ja.

Frau Brunner: Mer sind dä Vormittag acho und wend
is ietz d'Umgegeb e chli go aluege. Sie sind wol scho bikannt
dermit?

Hermann (wie oben): Ja — das heißt — eigetli, nei, nanig.

Frau Brunner: Wüssed Sie villicht de Weg zum
Wasserfall?

Hermann (wie oben): J — ja; dert durre gahts, immer
grad uus.

Frau Brunner: Dankene villmal. Chumm, Anna, so
wemmer go luege, ob mer dä Weg findeb mit enand. — Lebed
Sie wohl, Herr Wild!

Anna: Lebed Sie wohl!

Hermann (wie oben): Epfell mich Jhne! Agnehme
Spaziergang!

Frau Brunner: Dankene.
(Die Damen ab.)

Neunte Szene.

Hermann allein.

Hermann: Da hämmers wider! Die infam Schüüchi! hät mer's nüd d'Frä Brunner uf d'Zunge gleit, ihre und der Anna mys Bigleit zum Wasserfaal z'offeriere und ich ha's eifach nüd chönne usegare. 'S ist zum Ufflüüge! Furt! mer müend e chli en Lauf mache, villicht git is d'Bergluft e chli meh Kuraschi.

Im Abgehen kreuzt sich Hermann mit Direktor Wohlgemuth, Frau Stadt= rath und Natalie — gegenseitig stumme Begrüßung.

Zehnte Szene.

Direktor, Stadträthin, Natalie,
setzen sich an einen leeren Tisch, die Damen nehmen eine Arbeit vor.

Direktor: Kenned Sie dä Herr, Frä Stadtrath?

Frau Stadtrath: Ja fryli, Herr Direkter; das ist en Herr Hermann Wild, einzigen Erb vume Herr Wild, dä syner Zyt in Brafilien es Vermöge gmacht häd, und vor es paar Jahre gstorben ist. De Suh hätt sölle 's Gschäft überneh; aber wie's die junge Lüüt händ hütigstags, sie wend immer gschyder sy as die alte — so ist er ggange und hät das Gschäft verchauft und sydher thued er studiere, Naturwüssefchafte, meine bfunders — wie sait men iez ä? i vergisse das Wort immer — wol richtig iez chunnts mer in Sinn, es manet ein as Skärtle, wil vume Solo drin vorchunnt, Zoologie.

Direktor: Und dernebet se wird er schnydere?

Frau Stadtrath: Wie säged Sie?

Direktor: Schnydere — i meine mit der Couponsscheer, an Aktien umme.

Frau Stadtrath: Jä so! Sie ebige Spaßvogel! Ja wenn Sie emal e ke Witz meh mached —

Natalie: Saitmenem eigetli nu eso Herr Wild, ist er nüd Tokter?

Frau Stadtrath: Hend Sie, Fräulein Natalie, i chann enes weiß Gott nüd fäge. Es ist weiß trüüli efang schwer gnueg, nu all die Räme vu dene Menschetökteren im Sinn z'bhalte, natürli meini nu die efo vun beffere, die mindere gönd mi nüüt a; aber wemme dänn erst na all die Stei= und Gras= und Chäfer= tökter müeßt im Gidächtniß bhalte, jeegertrost, da müeßt me ja en Chopf ha wienes Viertel und 's würd erst nüüt bschüüße. Riskiered Sie's e Gottsnamen und fäged Sie em eifach Herr Wild, er wird ene nüüt z'leid thue.

Direktor: So wild wird er goppelan nüd fy; er gfehb ämmel nüd derna uus. — So, Zoologie studiert er? er wird wellen es paar neui Thierli etdecke, wo i der werthe Menschheit inne diheime fünd.

Frau Stadtrath (schüttelt fich): Äpfittuufig, Herr Direkter!

Direktor: Jä was wend Sie? d'Zoologe hend ja ufe= gfunde, jede Mensch trägi e ganzi Menagerie mit fi umme.

Frau Stadtrath: Nei aber wie uverschannt! jede Mensch! es git denn doch ä na füüberli Lüüt i der Welt, Herr Direkter!

Direktor: Jä bhüetis, ich meine ietz nüd die uswendig Menagerie, die inwendig, die Bacillen und das Züüg.

Frau Stadtrath: Vu dene weiß i Gottlob nüüd und will ä nüüd wüffe.

Natalie: Ist de Herr Wild eigetli verhüürathet?

Frau Stadtrath: Ä bhüetis nei; worum weiß i fryli nüd; allweg chönnti er achlopfe won er wett.

Natalie: Das fait men ammel efo — wer weiß, was er scho für Chörb übercho hät!

Direktor: Meined Sie? ich ha glaubt, 's Chorb mustheile chönnn gar nümme vor hütigstags.

Natalie (piquirt): Da find Sie dänn fryli läß brichtet, Herr Direkter, fehr läß!

Direktor (behaglich): Soo? dänn ist doch ä guet, daß men ietz da die Chorbwydekultur i der Schwyz gfüehrt, fo gaht doch 's Material nüd uus.

Natalie: Sie Erzfpötter, warted Sie nu!

Direktor: Uf en Chorb? ich ha jcho gnueg diheime. De Brotchorb ift gottlob da, nu hanget er öppedie e chli höch; Butterechörb find ä vorhande nnd fie find glücklicherwys nüb unbifchäftiget. Ei Sorte möchted j' mer immer na bliebe, aber fie grathet nüb by mer.

Frau Stadtrath: Bitti, was meined Sie ä?

Direktor: En Muulchorb — i ha bis ietzt all verfprengt.

Frau Stadtrath: Nei aber, was Sie doch ä für Sache fäged! lofed Sie ä, Fräulein Natalie!

Natalie (auffitehend): Pardon, i mues gwüs gfchwind ine go e chli Wulle hole. (Natalie ab ins Haus.)

Elfte Szene.

Direktor, Frau Stadtrath.

Direktor: I ha Sie letzthi e chli über die Fräulein Natalie wellen usfräge; 's ift aber nümme nöthig. Ich chann ietzt Jue ihri Gfchicht verzälle.

Frau Stadtrath: Jä was! händ Sie uf Züri g'fchribe derwege? das hätted Sie ietz wol chönne blybe lah, ich hättene Alles chönne fäge.

Direktor: Nienehi hani g'fchribe. Ich han g'lueget — g'lofet — g'merkt. Gend Sie ietz nu Acht. Die Fräulein Natalie ift früeher e Schönheit gfy, die uf de Bäälen e Rolle gfpillt häd.

Frau Stadtrath: Das händ Sie efangen ufs Tüpfli errathe. Ja ja, e birüehmti Schönheit ift fie gfy, me häb ere nu gfait de Kamelienengel.

Direktor: Die Baalatmofphäre hät ere de Chopf vertrüllet, fo daß fie 's Lebe für en Cotillon aglueget hät, wo nes Frauezimmer nach Biliebe chönn Chörb oder Bouquets uustheile. Das ift aber ebe nu halbe wahr. Chörb cha fie fcho in Faal cho z'geh nnd ich denke, au d'Fräulein Burket wird in Faal cho fy.

Frau Stadtrath: Ja ja, emmel es paar Mal nu das ich weiß.

Direktor: Aber 's Bouquet übergeh, ungfräget, und engagiere weme gern hätt, seb gaht ebe leider nüd. Im Hüürathe git's halt e kä Dametour, ämmelä by eus nüd, ußert allesaals uf dene Bureaux à la Höbert & Cie.

Frau Stadtrath: Bhüetis de Herrgott!

Direktor: So hät's halt das Fräulein überwartet und 's Bluemechörbli hät sich ung'sinnet in e Stücklizeine verwandlet. Jetz fäht's eren aa pressiere und da 's uf de Bääle nümme gaht, so probiert sie 's uf de Kurorte. Hani nüd Recht?

Frau Stadtrath: Ufs Tüpfli. Nei aber was Sie gmerkig sind! me gsäch ene's gar nüd a!

Direktor: Danke höfli fürs Kumpliment.

Frau Stadtrath: Nüüt für uguet. I meine nu, eso lustig Herre wie Sie sind, sind sust gwöuli nüd eso scharfi Be= obachter, nüd wil sie's nüd chömnted, bhüetis trüüli, vo dem redt me nüd, sunder wil sie nüd möged.

Direktor: Jetz gänd Sie denn Acht, wie sich die Fräu= lein Natalie a bä Herr Wild aue macht.

Frau Stadtrath: Meined Sie? Ich sahne Ine a glaube. Drum also hät si gfraget, öb er verhüürathet sei!

Direktor: Jetz händ Sie's errathe.

Frau Stadtrath: Aber er ist allweg jünger weder sie.

Direktor: Derigi Détails geniered sie nüd.

Frau Stadtrath: Aber villicht ihn.

Direktor: Ist ehner mügli.

Frau Stadtrath: Nu, mer wend's la mache.

Direktor: Mer werded müese. — Da chunnt sie wieder.

Zwölfte Szene.

Vorige. Natalie kommt zurück.

Natalie: Händ Sie sich guet underhalte?

Direktor: Ja fryli. Händ ene nüd b'Ohre g'lüüt?

Natalie: Wol ebe, bsunders 's lingg, drum bin i so gschwind wider da gsy.

Dreizehnte Szene.

Vorige. Fein, mit Briefschaften.

Fein: Bitten ab, wenn i störe, i bringene d' Postsache. 'S wichtigist z'erst, Frä Stadtrath: 's Tagblatt.

Frau Stadtrath (es in Empfang nehmend): Ja Sie händ Recht, das ist für mich scho wichtig.

Direktor: Ohni 's Tagblatt und de Bürgeretat chönnted Sie allweg nüd existiere.

Frau Stadtrath: Emmelä kä gueti Kur mache.

Fein (zu Natalie): Fräulein, für Sie. Gratuliere, dem Couvert nahe schynts e Verlobigsazeig.

Frau Stadtrath: Jä was!

Natalie: Nei ä, nei ä! (mit geheuchelter Freude) Loset Sie ä, Frä Stadtrath:

August Winter,
Marie Kuhn,
Verlobte.

Nei dem Marie mag ich's ietz ä ggunne! und dänn na so e Partie!

Frau Stadtrath: Allweg, 's ist en charmante Herr, und, wüssed Sie (zu Direktor) brillanti Verhältniß!

Fein (zu Direktor): Für Sie, Herr Direkter! (giebt ihm mehrere Briefe und Zeitungen).

Direktor: Jä so, der amerikanisch Kurier. — Dä mues ich uf 's Zimmer go lese. — Etschuldiged Sie, myni Dame! (Erhebt sich zum Gehen.)

Frau Stadtrath (ebenfalls aufstehend): J chummen au grad inne, i ha my Brülle lah ligge.

Vierzehnte Szene.

Natalie, Fein.

Natalie: Säged Sie mer, Herr Wirth, wer sind ä die Frauezimmer, wo dä Morgen acho sind?

Fein: Das ist es Fräulein Anna Brunner vu Züri, offebar e Chunstmaleriu, und ihri Frau Mama.

Natalie: Jä was, die da?

Fein: Aha, Sie kenned's schynts?

Natalie: Ja fryli.

Fein: 'S schyned vornehmi Dame z'sy.

Natali: Wüssed Sie, wenn vornehm sy und vornehm thue 's Glych wär, so wäred sie vornehm.

Fein: A dem a wäred sie 's also nüd?

Natalie: Us sehr gueter Familie sind sie scho, aber vor es paar Jahren ist de Herr Brunner gstorben und häd ebe lang nüd hinderlah, was me g'meint häd. Die Frauezimmer händ chuum z'lebe; b'Tochter git Malstunde, oder ämmelä sie offeriert Malstunde, sogar im Tagblatt; öb sie überchunnd, weiß ich nüd.

Fein: Dankene verbindli für d'Uuskunft. De Herr Wild schynt die Damen au z'kenne, i ha's gseh mit em rede. Es hät mer aber welle vorcho, dä B'suech heb en nu halbe g'freut, er ist wie verlege gsy, eso wie wenn er's gern wett abschnufle.

Natalie: So? das ist mer intressant.

Fein: Pardon, Fräulein, i mues na go die Brief vertheile.

Natalie: Bitti, machet Sie.

(Fein ab ius Haus, kreuzt sich mit Frau Burkhard.)

Fünfzehnte Szene.

Natalie, Frau Burkhard.

Natalie: Lueg ä da Mame! (giebt ihr die Verlobungsanzeige.)

Frau Burkhard (bitter): So? das ist gfreut!

Natalie: Ja würkli! 's Mari e Bruut, dä Schillibingg, dä Stuzechopf, wo mit eme Herr nüd drüü Wort hat chönne rede vor Schüüchi, oder besser gsait, vor Tümmi.

Frau Burkhard: J wett nüüt säge, wenn sie na rych wär, aber sie hät jä na weniger as du. — Sie häts halt schynts doch gschyder gwüßt azstelle weder du, trotz ihrer Tümmi.

Natalie. Aber Mame!

Frau Burkhard: Bhüetis, bigehr nu nüd uuf. — Du bist ietz 's einzig vu dym Vereinli, wo na ledig ist und hättist drüü vier Mal Glegeheit gha, z' erste vun Alle z' hüürathe, wenn d' nüd eso meisterlosig gsy wärist.

Natalie: Ich hätt scho eine gnah, wenn en rechte cho wär.

Frau Burkhard: Es sind All recht gsy, wo um di gfraget händ; aber du häst gmeint, du müesist en Adonis übercho, mit ere Million derzue. — Es ist es Unglück, wemmen eso e Baalschönheit zur Tochter hät.

Natalie: Bitti, Mame!

Frau Burkhard: Ja, es schämt mi a, daß du ietz en alti Jumpfer gist.

Natalie: 'S ist ietz na lang nüd a dem!

Frau Burkhard: De bist uf beste Wege derzue. Jetz isch es scho 's zweit Jahr, das mer uf de Kurorte umesahred, wenn 's hüür nüd grath, dänn isch Matthäi am letschte.

Natalie (zuversichtlich): 'S wird wol grathe.

Frau Burkhard: Jä weist Oppis?

Natalie: Ämmelä hani es Ziel im Aug, de Herr Wild, wo dä Morge cho ist, er sei na ledig und hordrych.

Frau Burkhard: Dä hani der just au wellen epfelle. Aber ghörst, nimm di z'sämme.

Natalie: Ja ja Mamme, um so meh als Concurrenz da ist.

Frau Burkhard: Jä meinst öppe, 's Brunners —

Natalie: Sie kenneb de Herr Wild, me hät s'scho gieh mit em rede.

Frau Burkhard: Dänn häst recht, denn siud die wegen ihm dahindere cho. Ämmel er ist sicher nüd dem arme Chrözli nahezoge.

Natalie: Natürli. Nu weischt, das Brunnerli fürchi ietz dänn glych na lang nüd!

Frau Burkhard: Nu nüd hoffärtig! ich fürche umso meh sy Mueter, das ist e gwirti Person.

Natalie: De wirst ere wol be Meister zeige!

Frau Burkhard (geschmeichelt): Probiere will is ämmel, und will der helfe, woni cha. — Ja daß 's b'nu grad weischt, bä Herr Wild ist en Schüüchbündel, i ha's vorig gseh.

Natalie: So? ja da wemmer scho nahehelfe.

Frau Burkhard: Seb glaubi, verstöndist. — J will mi ietz grab e chli go a des Brunners anemache und ämmelä tête à tête zwüschet dem Anna und dem Herr Wild suche z'ver= hindere. Ab ins Haus.

Sechszehnte Szene.

Natalie allein.

Natalie: 'S gaht doch ä merkwürdig i der Welt! Wer hätt ietz ä gmeint vor e paar Jahre, daß ich eso müest räble, bis i en Mah überchäm. Und doch isch ietz eso und i mues mi eisach berna yrichte, sust blybi würkli sitze und das wotti nüd, etschide nüd! — 'S ist so tumm, en Mah chäm 's dänn na eso guet über by mer! de Hochmueth ist mer ja scho lang ver= gange und es müeßts Eine gwüß herrli ha, dä mi chäm go er= löse. — Also dä Herr Wild! (seufzt.) Er ist e chli wol jung und i kennen na kes bitzli, aber doch mues i grab behinder, sust chönnti z'spat cho! Nu, i cha ja dänn immer na en fahre lah, wenn er mer nüd gfallt.

Eduard tritt auf.

Was chunnt ietz da für en Turist? — Wahrhaftig de Herr Wirz, myn alten Abeter. Was führt ietz ächt bä da anne? wend luege, de cha mer villicht na helfe.

Siebenzehnte Szene.

Natalie, Eduard, gecenhaft als Alpenklubist gekleidet.

Eduard: Ah, Fräulein Burket, Sie da! das trifft sich ja wundervoll!

Natalie: Z'erst sait men ä Gottgrüezi!

Eduard: Also Gottgrüezi, Fräulein.

Natalie (gibt ihm die Hand): Gottgrüezi, Herr Wirz.

Eduard: Sie g'sehnd, i folgene immer na ufs Wörtli.

Natalie: Sind Sie 's ämmelä? Sie gsehnd eso nus — seh, wie solli säge?

Eduard: Ja bitti säged Sie mers.

Natalie: Eso titanehaft, himmelstürmed.

Eduard: Würkli? — Gfallt eue das Costüm? 'S darf wol. Die Juppe hani direkt vu Münche cho lah, und b'Hose sind ächt englischi knickerbockers — b'Strümpf sind au vu London.

Natalie: 'S ist reizend, schwungvoll. I wett i chönnt Sie gseh drin uf eme Schneeberg obe.

Eduard: Wetted Sie? so müssed Sie was, chömmed Sie mit mer!

Natalie: Ja gelled Sie, das chönntenes ietz, z'Züri unne dänn demit z'brüemsele, öppen eso im Orsini, Sie hebed es Frauezimmer d'Schneefelder uf gseilet. Nei, merci.

Eduard: Ä was denked Sie ä!

Natalie: Nu Sie hätted am End nüd so ganz Urecht. Nüd jede Clubist hät b'Ehr, Dame uf b'Berg z'bigleite. S'ist immerhi en Uuszeichnig.

Eduard (bei Seite): Sie hät bigost na Recht. (laut) En Uuszeichnig, allerdings.

Natalie: Jä, und würded Sie sueche, die dur Ihres Vineh vor, während und nach der Bergtour z'verdiene?

Eduard: Unbedingt!

Natalie: Nu, dänn chame ja b'Sach überlege. S'erst wär, na anderi Gsellschaft z'finde, denn ellei mit Ine z'gah schickti sich per se nüd.

Eduard: Jä so ja, Sie händ Recht. Ist na en anders Frauezimmer da, wo chönnt mit cho?

Natalie: Frauezimmer? jä händ Sie nüd gnueg a mir?

Eduard: O meh weder gnueg! — das heißt, ich wär überglückli mit Inen ellei!

Natalie: Sie Schlimme!

Eduard: Jä na en Herr meineb Sie sötti mitcho?

Natalie: Ehner.

Eduard: Was häts fürig ba?

Natalie: Jä, eigetli e keni, ämmel e käi Clubiste vu Jrer force. Da ist en Fabrikdirekter, aber bä ist sechzgi, bä stygt nümme so hoch.

Eduard: Sust Riemert?

Natalie: Rei. Das heißt warteb Sie, bä Morgen ist na en junge Herr acho, bä kenn ich aber nüb, Wilb meini heißt er.

Eduard: Wüsseb Sie de Vorname nüb?

Natalie: Ja, was benkeb Sie! — halt! wol, me hät vun em grebt, wie heißt er ietz boch . . . .

Eduard: Oppe Hermann?

Natalie: Richtig, ja, ja so henb s'gsait —

Eduard: So, bä? ja bä kenn ich scho vu der Kaserne her. Er ist nüb grab en Helb, öb er cha bergstyge, weiß ich nüb, aber me cha ja luege.

Natalie: Wie Sie wenb, mir pressirts nüb.

Eduard: Mir scho ehner, aber glych mues i z'ersten ellei go my Uusrüstig probiere. — Jetz aber erlaubeb Sie, daß ich gahne go mer mys Zimmer lah awyse.

Natalie: Gönb Sie, gönb Sie, adieu.

Eduard: Au revoir!   Ab ins Haus.

Achtzehnte Szene.

Natalie allein.

Natalie: So, ietz wär ja scho Oppis yg'fädelet. Wemmer dänn emal uf ben Alpen obe sinb, so will ich denn scho befür sorge, daß 's en Weg gaht. Underdesse müemer b'Zyt binutze, um de Herr Wilb efangen e chli z'zähme. — Aha, da lauft er mer ja grad is Garn.

Neunzehnte Szene.

Natalie, Hermann kommt in Gedanken versunken nach vorn, ohne Natalie zu erblicken; wie er ihr ganz nahe steht, stößt diese einen leichten Schrei aus und läßt ihr Strickzeug fallen. Hermann prallt zurück.

Natalie: Sie händ mich ietz erschreckt!

Hermann: Pardon, gwüß nüd mit Flyß!

Natalie: Mer sind schynts beiderßyts vertüüft gsy, Sie in Gidanke und ich i my Lismete.

Hermann: 'S mues sy. (Er wendet sich verlegen ab. Natalie zögert eine Weile, das Strickzeug aufzuheben, thut es aber schließlich selbst, da Hermann nichts merkt.)

Natalie: Ja, eso e großartigi Gibirgsnatur chann ein scho eso gfange neh, daß me die menschlich Umgebig drüber vergißt.

Hermann (noch zerstreut): Vergißt?

Natalie: Mir wenigstes gaht's eso. Und zwar nüd nu die großartig Landschaft macht mir dä Ydruck, nei, ä d'Natur im Chlyne, im Einzelne, i der Flora wie i der Fauna.

Hermann (wird aufmerksam): Sie intressired sich defür? (setzt sich.)

Natalie: Oh ungimein. Leider sind myni Kenntniß dem guete Wille nüd etspreched. Ich ha ghofft, da hinne villicht Jemand aztreffe, dä mer im Botanisire e chli wurd a d'Hand gah, aber bis ietz bin i leider na nüd so glückli gsy.

Hermann: Wenn ich ne mit myner Wüsseschaft cha diene, so verfüeged Sie über mich. ·

Natalie: Jä, sind Sie öppe gar Naturforscher?

Hermann: Erlaubed Sie, daß ich mich Ine vorstelle: Hermann Wild, Zoolog von Fach, Botaniker im Verbyweg.

Natalie: Natalie Burket, leider nüd emal Studentin.

Hermann: O nei, nüd leider!

Natalie: Sie gsehnd mich ganz bischämt darüber, daß ich ohni 's z'wüsse mys Aligen eme Glehrte vortrait han; wenn ich en Ahnig gha hätt, wenn ich vor mer heb, so hätt ich müüsli still gschwiget.

Hermann: O bitte, säged Sie doch nüt vu dem! Es wird mer es Vergnüege sy Ine z' diene, ich cha deby grad e chli Vorüebige für myn künftige Biruef als Docent mache.

Natalie: O das trifft si ja prächtig! also bin ich Lehrling und Lehrblätz in Einer Person!

Hermann: Wer weiß, ich profitiere villicht meh vun Inen, als Sie vu mir.

Natalie: Aber ä, was Sie nüd säged! wenn ischene gfällig en Afang z' mache?

Hermann: Grad ietz, wenn Sie wend!

Natalie: O wie herrli! i will mi nu gschwind go e chli z'weg mache. (Eilt weg, läßt das Strickzeug liegen.)

Hermann (ihr damit nacheilend): Fräulein!

Natalie (sich umwendend): Herr Wild!

Hermann: Wend Sie das nüd mit ene näh?

Natalie: O dankene vilmal! Nei, Ineged (das Strickzeug nehmend) Sie ä, vergiß i scho b'Lismete ob Ihrem Colleg!

(Sie wirft einen triumphirenden Blick auf das Publikum und eilt ins Haus.)

Zwanzigste Szene.

Hermann allein.

Hermann (vergnügt): Ja ja, Fräulein Natalie, Sie sind myn Lehrblätz, aber nüd bloß wie Sie meined, nei, an Ine will ich lehre mit Damen umgah, und ich hoffe mi Schüüchi so gründli z' überwinde, daß ich mit der Anna cha verchehre, ohni daz'stah wienen Oelgötz. Wer hätt ä g'meint, daß mer my Wüsseschaft emal dezue diene würd, mir b'Afangsgründ vu der Galanterie az'eigne! Jetz isch b'Sach uf guete Wege; na vor ere Stund hätt ich nüd gmeint, daß ichs je wageti, ene Frauezimmer e bä Weg mit der Lismete nahe z'springe, und ietz ische ja g'gange wie g'schliffe. — Fräulein Natalie, Lehrchind der Botanik, Lehrblätz und Lehrgotte der Galanterie, ich bringen Ihne vu Herzen e stills Vivat! — Ihne myn Dank, und dir, Anna, myni Liebi!

Vorhang fällt.

Zweiter Akt.

Saal im Hotel.

Zwei Thüren in der Hinterwand, eine davon führt in die Wirthschafts-
räume, die andere auf den Corridor. Fenster rechts und links. Langer
Tisch auf einer Seite des Saals. Vorn kleinerer runder Tisch mit
Stühlen.

Erste Szene.

Direktor, Frau Stadtrath am runden Tisch, Jean an
einem entfernten Fenster. Man hört das Rauschen des Regens.

Direktor: Das ist en bschüssige Rege, dä schenkt y!

Jean: Die Ruus deet hinne chunnd aber ä scho fest
oben abe.

Direktor: So? ja dere pressiert's immer eso.

Frau Stadtrath: Sind ächt ä Kurgäst underwegs?

Jean: Emmelä 's Fräulein Brunner, die ist dä Morge
scho uszoge go male. Nu die häd en große Schirm bynere.

Frau Stadtrath: Das arm Fräulein.

Jean: Ja dere thuet's nüüd, der alt Samuel wo öppe
mit ere gaht, wenn sie höcher ufe will, sait sie chräsmi wie nes
Gemsi. I meine dem Herr Clubist schadet's ehner öppis, dä
ist ä buruuf.

Direktor: Nu ietz aber en Clubist.

Jean: Ja wenn 's en ächten ist — aber dem troui neime
nu halben um d' Bei umme. I hane letschhi gseh, er häd d'
Wade ganz voll Breme gha und häd sie nüd verrodt deby — a
dem a häd er's nüd gspürt.

Direktor: Ai!

517

Frau Stabtrath: Sie händ boch en unverschandts Muul.

Jean: Merci, Madame.

Frau Stabtrath: Ist just niemert meh underwegs?

Jean: Niemert, weder natürli 's Päärli.

Direktor (lachend zu Frau Stabtrath): Losed Sie ä!

Frau Stabtrath: Wer ist iez das da?

Jean: Chömed Sie nu as Fenster, dänn gsehnd Sie 's grab b'Halben ab cho.

(Direktor und Stabträthin treten an ein Fenster.)

Direktor: De Herr Wild und 's Fräulein Natalie.

Frau Stabtrath: Under Eim Schirm.

Direktor: Eso en Rege häb ä sys Guets.

Jean lacht.

Direktor: Was häb iez dä Schlingel wider z'lache?

Jean: I meine nu, das Fräulein weiß, warum sie de Schirm diheime glah häb.

Direktor: Losed ä da zue!

Jean: Die verstaht 's Nächberle!

Frau Stabtrath: Stillen iez, Sie Lästermuul!

Jean: Yes, Madam.

Direktor (zu Frau Stabtrath): Chömmed Sie, mer wend es Domino mache.

Frau Stabtrath: Enchantée. (Die Beiden setzen sich wieder an den runden Tisch.)

Direktor: Jean, 's Domino!

Jean: Uf der Stell! (eilt fort, durch Thüre rechts.)

Direktor: Hä, hanenes nüb gseib letschthi, die Fräulein Natalie werbi sich an Herr Wild anemache!

Frau Stabtrath: Ja fryli, gsaib händ Sie 's, Herr Direkter!

Direktor: Jä, und haui öppe nüd Recht gha?

(Jean bringt Domino.)

Direktor: Merci. Jetzt müssed Sie was, holed Sie mer na gschwind my Dose, i ha sie im Zimmer lah ligge.

Jean: Very well (eilt wieder ab, durch Thüre links).

Direktor (mischt die Steine. Jedes nimmt die Seinigen):
— Me mueß dä Kärli öppedie e chli ab de Schine bugsiere.
Also, hani öppe nüd Recht gha? Sie fönd a.

Frau Stadtrath: I gibe grad de Sechsibock. Daß
zwüschet dene Zweien öppis gahd, das gsehd me scho, nu meini,
chas grad so guet umkehrt sy, daß be Herr Wild ihre nahe=
zogen ist.

(Das Domino nimmt von da an seinen ungezwungenen Gang;
es werden nicht nur die Steine gelegt, bei denen gesprochen wird,
sondern es wird während des Sprechens immerfort gespielt.)

Direktor: Blanc. 'S wird ene doch nüd Ernst sy?

Frau Stadtrath: Worum ä nüd? Es tunkt mi nu, er
miech ere nüd eso be Hof, wenn's bloß eso wär, daß sie ihn
zöllet hätt; ne nei, das merkti me scho; ich glaube bstimmt, er
hät sich vu sich uns i si verliebt.

Direktor: Blanc blanc. Das cha ja nüd sy.

Frau Stadtrath: Bitti worum ä das nüd? wenn sie
ietz ä es paar Jahr älter ist weder er — vieri — so ist sie doch
na e recht hübsches Frauezimmer!

Direktor: Domino. Ja ja, das ist sie gwüß, e schöni
Erschynig!

Frau Stadtrath (die inzwischen ihre Augen gezählt hat):
Siebenezwänzgi. — Nu ietz grad schön möchti nüd säge. — Sie
gend. — Esange hät sie kä schöni Auge, ganz mißfarb.

Direktor: Aber sie weiß sie z'bruuche.

Frau Stadtrath: Schön gwachsen ist sie ä nüd just —
seufi — und vume gwölbte Fueß wemmer dänn nüd rede!

Direktor: Wowoll! S gah mer nüd guet (kauft). Und
trotzdem glaubed Sie daß sich de Herr Wild i sie verliebt heb?

Frau Stadtrath: Sechsi. Worum ä das nüd? Wenn
sie ietz ä nüd grad e Schönheit ist, so ist sie doch immer na —
ich meine das Mal günn' ich's.

Direktor: Glaube's au. — Schön gnueg für de Herr
Wild, wennd Sie säge?

Frau Stadtrath: Namal sechsi (Direktor kauft stark). Chau=
feb Sie grad Alles. — Überhaupt schön gnueg für en Mah.
Lueged Sie, d'Vorzüg vum wybliche Gschlecht sind eso zahlrych
und mannigfaltig, daß ä wenn e chli Öppis fehlt, immer na meh
weder gnueg übrig blybt, um en Mah z'feßle. Domino.

Direktor (zählt): Alle Respekt vor Ine, Frä Stadtrath!
— achtefüfzgi. — Sie wehreb sich ä na für Ihres Gschlecht.
Sie sönd a. Es nimmt mi by dere Sachlag nu Wunder, daß
es na iebig Lüüt uf der Welt git!

Frau Stadtrath: 'S ist halt eben e gfehlti Welt. J
gibe de Nüütibock.

Direktor: Pah, mir chönned ietz nanig grad chlage. J
chaufe ietz z'leib wider. Aber Eis mues i säge: — blane zwei —
de Herr Wild reut mi glych a die Fräulein Natalien anne.

Frau Stadtrath: Bhüetis, bhüetis er häb sie nanig.

Direktor: J wett nu das, eso e Natalie Numero zwei
sött ietz yrucke!

Frau Stadtrath: Sie meined gwüß, daß de Herr Wild
dänn us embarras de richesse — zwei seufi — keni vu Beide
nähm?

Direktor: Ebe ja. J chaufe de Reste grad ä na. De=
für nähm er denn villicht e Dritti. Lueged Sie, wenn ich de
Herr Wild wär, so würd ich mich viel lieber a — zwei eis —
die still Fräulein Brunner ane mache.

Frau Stadtrath: Da ist allerdings — eis, eis — nüd
vil Ussicht. 'S ist gsteckt. Mer müend zälle.

Direktor (zählt): Hätt er nur Ysicht, dänn hätt sie —
drüüefüfzgi — scho Ussicht.

Frau Stadtrath: Und achtefüfzgi ist — drüü und acht
ist elf — füfzg und füfzg — hundertelf. Ich ha's ggunne.

Jean erscheint wieder.

Jean: Very sorry, Herr Direkter, aber ich han Ihre Tose
niene gfunde.

Direktor: J ha sie doch nüd im Sack (sucht). A woll
lueged Sie ä da (zieht sie hervor). S'thut mer leid, daß i Sie

vergebis gsprengt ha (er blinzelt Frau Stadtrath zu); ietz müend Sie aber ä en Brise ha.

Jean: Grazie mille, Signore (niesst).

Frau Stadtrath: Wemmer na e Parthie mache?

Direktor: Thuets es na, Jean?

Jean (niesst): Glaubs chuum. S'ist bald Kaffeezyt. I mues go d'Tasse z'weg mache (niessend ab).

Direktor (ihm nachrufend): Aber nüützed Sie emmelä z'erst fertig!

Frau Stadtrath: Jä hand Sie gwüßt, daß Sie d'Tosen im Sack händ?

Direktor: Ja per se. Dä Erzschneuggi häd e chli e Lezge verdienet.

Frau Stadtrath: Seb scho. Ja was i ha welle säge: Die Fräulein Brunner gfallt mer würkli ä recht guet, nu schad, daß ihri Familie das Ungfell gha häd. Übrigens mit der Pficht, wo Sie g'meint händ, isch es halt so e Sach: me chunnd ja das Fräulein fast nie z'g'seh über. Entweder ist sie in Bergen oben und malet oder dänn spaziert sie mit ihrer Mammen und der Frä Burket.

Zweite Szene.

Vorige. Natalie und Hermann treten durch Thüre links ein.
Er bemüht sich beflissen um sie, nimmt ihr Hut und chäle ab 2c.

Direktor (leise zu Frau Stadtrath): Lueged Sie ietz, wien er um sie umme süselet.

Frau Stadtrath (ebenso): Pah, 's ist nüüd als sy Pflicht, e chli galant z'sy!

Natalie und Hermann treten nach vorn.

Hermann: Mer wend nüd störe, mached Sie nu wyter!

Direktor: Nei, mer sind fertig.

Hermann: Frä Stadtrath, hoffetli händ Sie's ggunne.

Frau Stadtrath: Erst na, Herr Wild.

Hermann: Gratuliere. Ich wünsche der schönere Hälfti der Menschheit so vil Sieg als mügli.

Natalie: Sie meineb gwüß, es blybeb dänn immer na meh weder gnueg vorig für Sie.

Hermann: Für mich? (sich vergessend) O ich hätt gnueg an Eim. (Natalie schaut vor sich nieder, Frau Stadtrath blinzelt dem Direktor zu, dieser schüttelt den Kopf.) (Sich schnell besinnend): Sie müssed was ich meine, bä Lehrstuehl am Polytechnikum.

Natalie: Dä chann ene nüd etgah!

Hermann: Wer weiß? — Was meineb die Herrschafte, wemmer na e chli Oppis trybe vorem Kaffee?

Direktor: Na chli Thalerschiebe?

Natalie: O ja, gelled Sie, Frä Stadtrath?

Frau Stadtrath: Wie Sie wend. Ich bin allethalbe gern deby, wome so alt Lüüt na chann bruuche.

Direktor: Also wemmer. Ich will wider ufschrybe. (Die Gesellschaft tritt an den langen Tisch, der Direktor stellt sich an's eine Ende, die Übrigen an's andere. Jedes zieht ein Geldstück hervor.) Me g'seht d'Chreis na vu bä Morge. Fönd Sie a, Frä Stadtrath. Nüd z'starch!

Frau Stadtrath (schiebt zu kurz): O hä!

Direktor: Jä eso ganz diheime blybe mues me dänn ä nüd. Fräulein Burket, chömmed Sie!

Natalie (schiebt sehr stark, so daß der Thaler über das Tischende hinaus fliegt.): O weh! (Hermann hebt den Thaler auf.)

Direktor: Wo wend Sie ä hi? nu nüd über 's Zil use schüüße! Sie, Herr Wild.

Hermann (schiebt wie Natalie): Hopla! Ich bin Ine nahe grennt, Fräulein.

Natalie: Sie sind güetig. (Beide bücken sich nach dem Thaler, Natalie erwischt ihn.)

Direktor: Nahe grennt, aber is Verderbe, Herr Wild.

Hermann (lachend): Guet, daß 's nüd Ernst gilt. Mached Sie 's ietz besser, Herr Direkter.

Direktor (tritt an's andere Tischende): Wend luege (schiebt gut.) Wol 's hät's na möge ggeh. Drüü. Jetz fahred Sie mir nahe, Frä Stadtrath.

Frau Stadtrath: Thüend Sie mer ä de Tuume drucke!

Direktor: Allweg, und wie! (Gelächter.)

Frau Stadtrath: Jä mached Sie mi ietz nüd z'lache. (schiebt gut.)

Direktor: Bravo! ä drüü.

Hermann und Natalie: Bravo!

Natalie: Schüüßed Sie ietz z'erst, Herr Wild, villicht gahts is dänn ä besser!

Direktor: Also Herr Wild, aber nüd wider über d'Gränze.

Hermann (zu Natalie): Drucked Sie mir ietz de Tuume (schiebt, der Thaler fällt seitwärts zu Boden.) Ohä, das ist gar en Etgleisig.

Direktor (zu Natalie): Was ist das? Sie bringed dem Herr Wild ja Unglück?

Natalie (lachend): Aber nu im Spiel (schiebt zu kurz.) (lachend) I ha Sie nüd übercho, Herr Wild.

Hermann (lachend): Jä gsehnd Sie! i bin ebe halt ab-g'schlipft!

Direktor (lachend): Jres Spiel ist meini beidersyts nüd vil nutz!

Dritte Szene.

Vorige. Fein tritt ein, gefolgt von Aurelie
in kokettem Reisecostüm.

Fein: Wend Sie so guet sy und ine spaziere. Deet ist b' Fräulein Burket.

Aurelie (rasch vortretend): Bon jour, Natalie!

Natalie (auf sie zueilend): Nei, was, Aurelie! nei aber wie schön! (Sie umarmen und küssen sich lebhaft.)

Natalie (vorstellend): My Fründin, Fräulein Aurelie Wirz; Frä Stadtrath Frei, Herr Direkter Wolginueth, Herr Wild.
(Gegenseitige Verbeugungen.)

Aurelie: Wo hend Sie myn Brüeder, Herr Wirth?

Fein: Jä, ist öppe de Herr Wirz, dä Alpeklubist, Jhre Herr Brüeder?

Aurelie: Precis.

Fein: Dä Herr ist dä Morgen uf b'Oberalp; er wird ietz leider e bitzeli ygweikt.

Aurelie: Gilt das leider dem Herr oder dem Costüm?

Fein: Ja, ich denke, dem Herr schadi be Rege nüüt, aber 's Costüm wird lyde, und mer hend na kä e so e schöns bynis hinne gha.

Aurelie: Natalie, wettist nüd so gut sy und mer go helfen es Zimmer uuslese?

Natalie: Gern, Liebi.

Fein: Wend Sie so guet sy? (öffnet die Thür.)
Die Damen mit Verbeugung ab, Fein ihnen nach.

Vierte Szene.

Direktor (zu Hermann): Nu was säged Sie zu dem Zuwachs zu eurer Gsellschest?

Hermann: Ganz famos. Ich glaube, vu dene zwei Fräulein git das na die lüstiger.

Frau Stadtrath: Für d'Fräulein Natalie ist es allweg recht gfreut, daß so e Fründin zue ere cho ist. Sie hät sich doch so e chli isoliert nüese vorcho.

Direktor: Ich glaube ä, sie wird e rechti Herzesfreud a dem Bsuech ha. (Macht eine Grimace beiseite.)

Fünfte Szene.

Vorige. Eduard im langen Kautschukmantel tritt ein.

Eduard (heiter): Guten Abend, meine Herrschaften!

Direktor: De Herr Wirz! mer händ gmeint Sie stecked neinen in eren Alphütten obe.

Eduard: Nä nei, mir verberged is nüd vor so eme Wetterli.

Direktor: Sunder gönd lieber tapfer durhei im Gutschnermantel.

Eduard (den Mantel ausziehend): Das ist en Mantel wie er im Buch steht! Lueged Sie nu, kais Regetröpfli am ganze Costüm. (Dreht sich selbstgefällig.)

Direktor: Sapperlott, 's ist wahr! 's häd ä Öppis, wemme sich mit der Tröchni cha süecht mache.

Seh, zeiged Sie ä de Huet. (Eduard thut es.) Sogar dä ist strauhdürr! Sie müend na en guete Schirm gha ha!

Eduard: Ja, das errathed Sie nie, was für eine!

Direktor: Au vu Kautschuk?

Eduard: Nei.

Hermann: Vu Oeltuech.

Eduard: 'S errathets Niemer. Zwee Schirm han ich gha, zwee überenand.

Direktor: Alle Respekt, das ist neu!

Eduard: Losed Sie nu wie's ggangen ist. By der Wetter-tanne hinne — Sie kenned sie ja?

Direktor: Ja fryli.

Eduard: Da triff ich euseri Maleri, das Fräulein Brun-ner, sie häd just zsämmepackt gha und häd welle durhei. Do han ich ere mys Bigleit offerirt und han ere ihre groß Maler-schirm ufgspannt — sie hät en nanig offe gha, 's ist ganz troche gsy under der Wettertanne — und hanere myn Arm abotte i der Meinig, ich well sie süehre und de groß Schirm träge derzue. Jetz was gscheht: uf eimal was gist was häst wütscht das Chröttli a mer durre und hüdüh — häst mer e niene gseh! im Galopp de Wald ab. Sogar ihres Album hät sie ligge lah, da isch es. (Nimmt es aus dem Kautschukmantel.) Ich nüd suul, denke spring du hei, nimme de groß Schirm über myn chlyne yne und so bin ich troche heicho, währed sie allweg muusnaß worden ist.

Hermann: Das händ Sie famos gemacht, Herr Wirz. Darf men ächt das Album e chli aluege?

Eduard: Oh! und wie! so Chünstlerinne sind hergotte-froh, wemmen ihri Schlirpete gschauet. — Jetz han ich aber es Bier verdienet. Uf Widerluege! (Durch Thüre rechts ab.)

Sechste Szene.

Hermann, Direktor, Frau Stadtrath.
Hermann macht sich mit dem Album auf die Seite. Direktor und
Frau Stadtrath treten nach vorn.

Frau Stadtrath: Jetz ist ja Ihre Wunsch erfüllt, Herr
Direkter.

Direktor: Sie meined, wege der Conkurrentin vu der
Natalie? Ja 's ist wahr. Und wer weiß, was just na gaht.
De Herr Wild hät neimen a dem Gschichtli vorhinnig schier e
chli e verdächtigs Interessi lah merke und lueged Sie emal dert
änne, wien er i das Album vertüüft ist!

Frau Stadtrath: Ja würkli, 's schynt mer ä eso, wie
wenn er's wett für sich ellei bhalte. Was malet ä die Fräulein
Brunner?

Direktor: Ha kei Idee, öb Vergißmeinnicht oder die wo
s'fresssed.

Frau Stadtrath: Oder ä die, wo s'günned.

Direktor: Jä so ja, 's gid ja ä derig Lüüt. Wem=
mer ächt e chli go güggsle?

Frau Stadtrath: Es glust mi fürchtig.

Direktor: I glaubes. Aber es ist doch besser, mer störed
nüd. Chömmed Sie, 's ist allweg ietz Zyt zum Kaffee.

Frau Stadtrath: Da dörf me fryli nüd bihinne blybe.

Direktor: I ha zwar kei bsunderen Appitit; aber me
mues doch de Pensionsprys abverdiene.

Frau Stadtrath: Gelled Sie? 's gaht mer eben au eso.

Direktor: Ja, das ist Gwüssesssach. — Also zum Käfeli.
(Gibt Frau Stadtrath den Arm und führt sie an Hermann, der nichts
sieht, vorbei, durch Thüre links ab.)

Siebente Szene.

Hermann allein.

Hermann: Das ist ja Alles wunderhübsch, Zeichnig und
Colorit ganz famos. Me gsieht ganz sie selber drin, ihri Frischi,

ihri Lieblichkeit, und denn na dä schelmisch Zug won ein na ganz
verruckt macht, wemmes vorher scho halben ist. (Blättert.) Da
ist die groß Wettertann, flott uufgfaßt, 's mahnet e chli an
Steffan, da sind Geißen — urgelunge — und die händ ere doch
gwüß nüd still ghebt. — Alperose, reinsti Natur, — jä was
und da Figure, der alt Senn uf der Oberalp und sy Tochter,
herzig, herzig!

Da ist es Blatt usezeert, denk öppis gfehlts — oder ehner
Öppis ganz aparti glunges, wo sie en bsundere Zweck demit hät.
Seh, villicht steckt das Blatt in ere Täsche — da häts ja eini —
es Blatt ist drin, aber dopplet zjämmegleit — hm, jölli ächt
luege? — nu, Gheimniß hät sie allweg e keni da inne, es
chann höchstes Öppis mißlunges sy. (Effnet das Papier.)

Himmelerde, was ist ietz das da! — Das bin ja ich! und
d'Natalie! und wie! wie ich ere d'Wullestrange heben und sie e
Chlungele macht! Ja ja 's ist wahr, gester ist das so bigegnet
und das Tuufigschröttli häd is schynts gseh und gschwind ver=
ewiget. Nei! und was sie mir für e verliebts Gsicht aneg'macht
hät! und da ist ja na Öppis gschribe — 's ist fryli halbe dur=
gwüscht aber villicht chames doch na etziffere: ret — tungs —
los — ver — lo — ren — rettungslos verlore. — Was heißt
ietzt das? Seh, mer wend euseri Logik in Ispruch neh. W e r
ist verlore, d'Natalie oder ich?

Das ist esange klar, es Frauezimmer hät die Wort gschriebe,
somit gönd sie de Herr a, also ich bin verlore. — Jetz was
heißt das? nu, ä das ist eisach, d'Natalie heb mich g'gunne, also
seig ich verlore für die übrig Frauewelt. — Oder meint sie öppen,
ich verlüüre mich selber mit so ere Verbindig? Recht hätt sie
allerdings, aber 's cha ja nüd sy, daß ihres Interesse für mich
so wyt gahd. — Halt — wills am End gar heiße: verlore
für sie?

Aber das wär jä es Liebesgiständniß in optima forma! Nä
nei, das cha nüd sy, das cha nüd sy, — und doch; wenn's wär!
Ä myn Chopf — mys Herz — (läuft herum, dann plötzlich stille
stehend): halt, mer müend is fasse; was ist da z'mache? esange

das Blättli mues ich zuemer neh, ebs in urechti Händ fallt (steckt es in die Tasche) und jetz das Album? nu das leged mer eifach da anne (legt es auf den Tisch vorn), de Wirz wird's scho go hole. — So das wär so wyt i der Ornig; 's Wyter wemmer e chly a b' Luft use go überlegge.

Er will durch Thür links abgehen; diese öffnet sich und herein tritt Anna.

Achte Szene.

Hermann, Anna.

Hermann (zurückprallend, stammelnd): A! Fräulein.

Anna. Herr Wild — Bitten ab . . . .

Hermann: 'S thuet mer leid . . . .

Anna (sucht mit den Blicken im Saal herum): Wüssed Sie nüd, wo ist ächt ä . . . .

Hermann: De Herr Wirz?

Anna: Ja, oder häd er öppe . . . .

Hermann: Ihres Skizzebuech . . . .

Anna: Da glah?

Hermann: Jä so ja, i will enes grab geh (läuft zum langen Tisch und sucht darauf herum.)

Anna (erblickt unterdessen das Album auf dem runden Tisch und eilt hinzu). Ä da isch es ja!

Hermann: Heud Sie's? Gottlob. Maled Sie ebe?

Anna: Ach herrjeh, ich cha ja na gar nüüt.

Hermann (feurig): O bitte, im Gegetheil!

Anna (erschrocken): Jä händ Sie . . . .

Hermann: Verzieh'ud Sie, de Herr Wirz häd gseit . . . .

Anna: Herrjeß! (eilt schleunigst durch Thüre links ab.)

Neunte Szene.

Hermann allein.

So da stömmer wider. Die Stunde bi der Natalie händ na ten Bitze b'schosse!

En andere Kerli als ich hätt's ietz zuneren Erchlärig bbracht und ich stahne da und cha nüd drüü Wörtli gare. Iren isch es fryli nüd besser g'gange. Aber ebe, 's bös Gwüsse beidersyt's, das ist ä im Spil! — Da ist nüüt Anders z'mache, ich mueß die Uebige by der Natalie furtsetze, bis die Letzge sitzt und ich mir de nöthig à plomb a'geignet han. Grad so guet, daß ietz da die Fründin acho ist, so channi e chli abwechsle; die Natalie meint just na, es gelti Ernst und das wär mer dänn doch nüd recht. — Es hät mer bireits welle vorcho, die Courmacherei g'falleren ä chli wol guet, sie macht mer öppedie fast e chli verdächtigi Avancen — aber — ä 's cha ja nüd sy, si ist ja mindistes drüü Jahr älter weder ich, nä nei, sie chann die Sach nüd anders uffasse weder als das was sie ist, en harmlose Zytvertryb, en uschuldigi Goopete!

Zehnte Szene.

Hermann, Aurelie.

Aurelie: Ach, Herr Wild, das ist ietz ä Recht, daß ich Sie grad ellei triffe.

Hermann (bestürzt): Jä was!

Aurelie: O bitti, erschrecked Sie mer nüd! ich ha nu grad die erst Glegeheit welle binutze, um Ihne myn wärmste Dank uus z'drucke für die vilen Uufmerksamkeite, die Sie myner Fründin Natalie fortwähred erwyjed.

Hermann: O das ist ganz überflüssig.

Aurelie: D' Natalie häd mer nüd g'gnueg chönne säge, wie herrli daß sie's heb — sie häd mi würkli fast nydisch gmacht, trotz dem mer enand just nüüd vergunned.

Hermann: Hend Sie, es mag si g'wüß nüd verlyde, sie bigleitet mich uf myne botanischen Exkursionen und da thüemer enand gegesytig underhalten — ich sägere e chli d'Näme vo de Pflanze und sie erzählt mer defür allerlei — ich profitiere g'wüß meh derby weder sie.

Aurelie: Nei, wie herrli!

Hermann: Wüſſed Sie was! Wenn Sie Luſt händ, ſo chömmed Sie 's nächſt Mal ä mit.

Aurelie: Jä g'wüß, dörf i?

Hermann: Wege mir ämmel jedefahls — und der Fräulein Natalie chas ja nu lieb ſy.

Aurelie: Seb natürli! ach ich dankene vil vil Mal! — Das iſt doch zue prächtig ame ſo e Kurort, wie men im Augeblick mit enand bikannt iſt. Gwüß hend Sie, won ich Jne vorig vorg'ſtellt worde bin, hanich ganz Angſt gha — worum eigetli weiß i nüd, aber ich bin eſo en Tummi und ietz iſches mer, wie wenn ich ſcho die längſt Zyt d' Ehr gha hätt, mit Jne Bekanntſchaft z'pflege.

Elfte Szene.

Vorige. Eduard.

Eduard: A, gottgrüezi ä Schwöſterli, biſt guet acho?

Aurelie: Grüezi Eduard. Ja fryli.

Eduard: Häſt ſchynt's bireits Bikanntſchaft g'macht.

Aurelie: D' Natalie hät mi vorg'ſtellt.

Hermann: J will nüd ſtöre — Sie werded enand allerlei z'brichte ha.

Aurelie: O bitte, blybed Sie ä!

Hermann: Ne nei, i mues ſo wie ſo Öppis go hole. Uf Wiberſehe!

Aurelie: Recht gern!

Eduard: Abie, Herr Wild.   (Hermann ab.)

Zwölfte Szene.

Aurelie, Eduard.

Eduard: S' iſt recht, daß d' grad cho biſt uf myn Brief abe, die Natalien iſt ſcho zimmli wyt mit dem Herr Wild, und de mueſt feſt dehinder, wenn d' eren witt abſpanne.

Aurelie: Wie wyt iſchi denn?

Eduard: Er hebt eren afang d' Wulle zum Chlungelewinde.

Aurelie: Pah, mag si ä wol verlybe! so wyt han ich scho drei Herre b'bracht gha und sie sind mer doch wider zum Garn uus.

Eduard: Jetz was uf ihre Spaziergänge gaht, weiß i nüd, sie reised all Tag mit enand uus, go botanisire und Summervögel fange.

Aurelie: Da thüemer is morn aschlüüße.

Eduard: Jää, gaht das eso? De Herr Wild ....

Aurelie: Häd mich vorig bireits zu dem Aschluß y'glade.

Eduard: Du Tunderschind, das häst g'schwind i der Ornig gha! — Ja, dänn isch lang guet.

Aurelie: Du bugsierst mer die Natalie dänn e chli uf d' Syte.

Eduard: Las mi nu mache. Dere will is scho stecke! Was hät sie mi eso lah arenne vor zwei Jahre! — S' ist übriges guet, sie meint sie chönn mi immer na um de Finger umme wickle wie früehner und hät mi vu Afang a als Glegeheitsmacher für sie und de Herr Wild welle astelle — wenn die ä wüßt, daß ich b' Schuld bi, daß du da anne cho bist.

Aurelie: O herrjeh, das schmöckt sie bald — Säg, ist für dich eigetli nüüt z'fische dahinne?

Eduard: Ebe nüd. Ußert der Natalien ist nu es Fräulein Brunner da, e hagelnett's Chrötli, aber ....

Aurelie: Dumm?

Eduard: Ne nei, Salz häd sie scho, aber kä Chümmi.

Aurelie: Schad. I hätt der ietz au eso es Gwild möge gunne.

Eduard: Fang du ietz nu ämmelä dys, weisch de häsch es nanig.

Aurelie: Seb scho. Wenn jagen und fange 's Glych wär, so hätti nüd müese dahindere cho. Los!

Eduard: Was?

Aurelie: Es fallt mer grad y, me sötti luege, e chli e größeri Bergtour z' arrangiere, da chäme d'Lüüt besser vun enand trenne, als nu eso bym Botanisiere.

Eduard: Und die wo byn enand blybed, chömmed nächer z' fämme, meinjt?

Aurelie: 'S chönnti jy. Du, als Clubift, chaft ja das in Vorschlag bringe.

Eduard: Pa ja.

Dreizehnte Szene.

Vorige. Natalie.

Natalie: Das ift iez doch ä herrli, daß du na cho bift, Aurelie, wie bift du ä uf bä Gidanke cho, da hindere z' reife?

Aurelie: Ach i weiß felber nüd; wie 's eim fo gaht, i ha halt ä efo i dene Inferate vun Kurorte umegfchnengget und da hät mer das Heilbrunn zuefällig i b' Auge gftoche —

Eduard: Und dänn wirft hoffetli ä dra denkt ha, daß bys Brüederli fich i der Nächi umetrybi.

Aurelie: Säb hät dänn na der Uusfchlag ggeh.

Natalie: Aha!

Aurelie: Ebe. Ifch eigetli luftig dahinne?

Natalie: Pa, Unberhaltig ift nüd juft vill da, 's gaht Jedes fo fyn eigne Weg.

Aurelie: Was machft Du denn?

Natalie: Denk, ich thuen yfrig botanifiere.

Aurelie: Jä gwüß? das trifft fi jez prächtig, das han ich juft au im Sinn. Eduard, häft du Toure vor?

Eduard: Nüd aparti.

Aurelie: Denn chaft is du antigs e chli bigleite (zu Natalie): Weift, es ift doch vil herrlicher, wemmen en Herr by fi häb — efo zum Byfpil, wemme wil Cyclameböllen uusgrabe.

Natalie: Allweg.

Aurelie: Häft du bis iez immer allei müefe gah?

Natalie: Ja. 'S ift wol en Botaniker da, bä Herr Wild, wo d' vorig gfeh häft; bä hani öppen atroffe, aber bä zählt nüd als Herr, das ift es Büechergftell ... (Eduard macht eine Grimace.)

Aurelie: En Chleiderftock, wie 's öppe Clubifte git.

Natalie: En Trochebrötler; wenn er nüd so vill wüßt und eim all die Näme chönnt säge, ich gieng kei zeh Schritt mit em.

Aurelie: Händ er ä scho Edelwyß gfunde?

Natalie: Edelwyß? ja was dentst ä!

Aurelie (zu Eduard): Jä gits kei da umenand?

Eduard: Wol fryli, am rothe Band obe häts und byn sunte Chöpfen, oben a der Clubhütte.

Aurelie: Dänn wott ich go hole. Die müend i my Sammlig.

Eduard: De Herr Wild chunnd allweg gern mit.

Aurelie: Mynetwege.

Natalie: I chummen am Änd au, wenn 's nüd z'wyt ist.

Eduard: Jä eso vier gueti Stund isches scho zum rothe Band.

Aurelie: Das ist z' mache. (Grimace seitwärts.)

Natalie: Mag si ä wol verlybe! „ „

Aurelie: Wenn wemmer gah?

Eduard: Es heiteret — ich saiti, grad morn.

Aurelie: Guet, da will ich grad gschwind go my Garderobe mustere, ob emmelä 's Bergchleid i der Ornig sei.

Eduard: Und ich will mit der cho go dys Schuehwerch inspiziere, villicht müend na Nägel gschlage sy.

Aurelie: Mer chömed grad wider.

Eduard: Sie chönnted 's ja dem Herr Wild sägen underdesse.

Beide durch Thüre links ab; im gleichen Moment tritt Frau Burkhard durch Thüre rechts ein.

Vierzehnte Szene.
Natalie, Frau Burkhard.

Frau Burkhard: Isches wahr, d'Aurelien ist da?

Natalie: Ja fryli isches wahr, und ich will der na meh säge: ihre Brüeder hät sie bschickt, damit si mer bim Herr Wild is Gäu chömm.

Frau Burkhard: Meinst würkli?

Natalie: J ha's vorig ganz guet gmerkt.

Frau Burkhard: Das ist iez doch uverschannt!

Natalie: Denk nu, die zwei, 's Aurelie und ihren Ede=
wardli händ vorig en Edelwyßpartie verabredt, be Herr Wild
und ich solled ä mit, ich söll be Herr Wild ylade.

Frau Burkhard: Das wirst du wol blybe lah.

Natalie: Dänn labed sie en y und er saidt nüd nei. 'S ist insam.

Frau Burkhard: Gits dänn nu an Eim Ort Edelwyß?

Natalie: Rei a zweie.

Frau Burkhard: Dänn mach's du eso: lad du be Herr
Wild as eint Ort y und säg dise, 's gelti as ander.

Natalie: Das ist en guete Rath, danke. Ja so will is mache.

Frau Burkhard: Gsehst ich hilfe ber woni cha, aber
iez dänn hilf der du selber au!

Natalie: Ich hilf mer goppel gnueg; ich cha mi doch
bem Herr Wild nüd an Hals werfe?

Frau Burkhard: Pa, wer weiß? en einsami Bergtour —
hoch gstimmti Gsühl — e gueti Meitig, dänn en unwillkürlichi Um=
armig — am End wird e Festig doch gwönli im Sturm ygnah.

Natalie: Und wenn 's nüd grath?

Frau Burkhard: Se zieht me de Chopf us der Schlinge.
Dafür gits Ohnmachten und ähnlichi Mittel. — Wänn soll die
Tour vor sich gah?

Natalie: Grad morn.

Frau Burkhard: So wemmer de Herr Wild go sueche.
Entweder findst e du selber oder dänn bring ich der en i zeh
Minute da ane.   (Beide durch Thüre links ab.)

Fünfzehnte Szene.

Anna und Frau Brunner. Durch Thüre rechts.

Anna (auf ben runden Tisch zugehend): Da ist 's Album
g'lege, aber natürli, wenn 's gschauet worden ist, so häb mes ä
umenand trait.

Frau Brunner: Am ehnste zun Fenstere.

Anna: Das meinti au, mer wend z'erst beet go sueche.

(Sie suchen bei den Fenstern.)

Frau Brunner: Wie gieht das Blatt uus?

Anna: 'S ist zweimal z'sämmegleit, also en Viertel d'Größi vum Skizzebuech).

Frau Brunner: Da ist nüüt.

Anna: Und da ä nüb. 'S ist windig hütt, das Blatt chann under es Möbel undere cho sy. Gib ä e chli Acht, ob Niemert chunnt, ich luege dänn e chli.

Frau Brunner (zur Thüre links, öffnet sie, guckt hinaus und läßt die Thüre halb offen): 'S chunnt Niemert; also ich stahne Schildwach.

(Anna sucht unter den Möbeln.)

Frau Brunner: Ist der dänn so vil a der Skizze g'lege?

Anna (suchend): Ach ja. — (seufzend) Chumm nu, Mame, sie ist niene z'finde.

Frau Brunner: Chast sie nüb namal mache?

Anna (schaudernd): Bhüetis Gott!

Frau Brunner: Was ist das? Chind, du verschwygst mer Öppis.

Anna: Ach Mame, ich han eso Angst.

Frau Brunner: Bitti worum ä?

Anna: Das Blatt sei mer g'nah worde!

Frau Brunner: Ä worum nüb gar!

Anna: Ach, ich weiß scho! —

Frau Brunner: Was? so säg mer's!

Anna: O Mame! (wirft sich weinend in die Arme ihrer Mutter.)

Frau Brunner: Bitti, was häst ä!

Anna (schluchzend): Ach, wie bin ich gstraft!

Frau Brunner (erschreckt): Du machst mer iez Angst! gschwind säg mer Alles!

Anna: Das Blatt ist e kä gwönlichi Skizze, sunder —

Frau Brunner: E Karikatur!

Anna (weinend): Ach ebe ja!

Frau Brunner: So! häst bi scho wider vergesse!

Anna: 'S ist schlecht du mer, i weiß es scho!

Frau Brunner: Was stellt denn die Skizze vor?

Anna: Ach, d' Fräulein Burket und.

Frau Brunner: Chind, Chind! und?

Anna (zerknirscht): De Herr Wild.

Frau Brunner: De Herr Wild, dyn Retter! — wyter!

Anna: Er thuet ere 's Garn hebe zum Chlungelewinde; ich ha die Gruppe gseh und de Glust nüd chönnen überwinden e Skizze z'mache.

Frau Brunner (traurig): Das ist schlimm. Aber wie häst ä das chönne thue!

Anna: Ach i ha da letschthi en englischi Photographie gseh, wo eben au eso en Herr eme Frauezimmer hilft Garn winde und en anders Frauezimmer, das offebar uf de glych Herr spekuliert, uf der Syte sitzt und thuet als ob sie ysrig lesi. Drunder staht dänn: quite a hopeless case, frei übersetzt: rettungslos verlore. Das Bild hät mer Ydruck gmacht, erstes dur syn Humor und zweites dur e brillanti Usfüehrig und drum woni die Gruppe gseh han, isch es mer halt i d'Finger gschosse und i ha sie müese zeichne.

Frau Brunner: Sind d'Figure kanntli?

Anna: Usnahmswys leider ja; just ist ja 's Portrait nüd uy force. Ach, und dummerwys hani dänn die Wort ä na drunder gschribe . . .

Frau Brunner: Rettungslos verlore?

Anna: Ebe ja; i ha's zwar wider durgwüscht, aber villicht isches nüd ganz usgange.

Frau Brunner: Und die Skizze häst du im Buch ine glah?

Anna: I ha sie usegschnitte und zsämmegleit und i die Tasche underem Skizzebuchdeckel gsteckt, i der Meinig, sie dänn biheime usez'neh — und do hanis halt vergesse.

Frau Brunner: Jä, und häd men ächt das Album gschauet?

Anna: Ach ja!

Frau Brunner: Wie so weischt du das?

Anna: De Herr Wild hät mer gsaid, er hebs aglueget.

Frau Brunner: Grad er!

Anna: Jetz ob er das Blättli gseh hät, das chan ich nüd wüsse, das hät er mer nüd z'verstah ggeh; du weischt ja wien er ist mit mer, er mag mer ja nüd drüü Wörtli gunne.

Frau Brunner: Hm, es tunkt mi, wenn de Herr Wild das Blatt gseh hätt, so hätt er 's wider ane tha won er 's gfunde hätt.

Anna: Lueg ietz ä, a das hani gar nüd denkt; (froh) he natürli, du häst recht!

Frau Brunner: Er wär nüd eso undelikat gsy wie d'Chünstlerin.

Anna (warm): Nei gwüß nüd, Mame! — (glücklich) Ach, wie bin ich froh!

Frau Brunner: Jä, freu di nu nüd z'früeh; das Blatt ist e mal nüd da; also wenn er 's nüd häd, so hät's öpper Ander.

Anna (traurig): Jä so, ja.

Frau Brunner: Wer weiß, villicht d'Fräulein Natalie.

Anna: Herrjeß. Ja wenn 's die gfunde hät . . .

Frau Brunner: So hät sie 's ä bhalte, meinst? 's cha sy.

Anna: Und zeiget 's ä dem Herr Wild!

Frau Brunner: Chind, du häst da öppis schlimms agstellt, je meh i drüber nahedenke, je meh druckts mi.

Anna: Ach, Mame, verzieh mer au — es ist ja gwüß nüd bös gmeint gsy. Ich hamer wyter nüüt deby denkt.

Frau Brunner: Gwüß nüd? Bsinn di e chli und lueg mi a.

Anna (wirst sich weinend au ihre Brust).

Frau Brunner: Jä was ist ietz das?

Anna: Ach 's ist dumm, daß i mi so lahne überneh. — 'S ist das da: es hät mi halt de Gottsname b'elendet, daß de Herr Wild dere Coquette vu Natalie eso de Hof macht.

Frau Brunner: Das gaht dich doch nüüt a!

Anna: Nei scho nüd, aber (weint wieder).

Frau Brunner: Wüßtist em du villicht öpper Ander?

Anna (schnell): Ä bitti, Mame! (schluchzt wieder).

Frau Brunner (sie an sich ziehend): Chind, i gsehne wie's da staht, besser als du selber. Da gits für eus nu Eis z'thue, abzreise so schnell als mügli.

Anna: Ja, aber Mame dy Kur?

Frau Brunner: Die acht Tag hämmer gottlob eso guet tha, daß ich jeden Augenblick cha hei. Wie stahts mit dynen Arbete?

Anna: Ich bi zum Glück fertig bis uf die Hauptansicht vum Rothhorn, die han ich just morn welle go mache.

Frau Brunner: Guet, dänn verreised mer also übermorn am Morge.

Anna: 'S ist grad so guet, ich mues am Morge früeh furt, denn 's ist wyt da ufe, da gseht mich be ganz Tag Niemert.

Frau Brunner: Ja, so isches am Beste.

Anna: So wemmer 's grad dem alte Samuel go säge, daß er morn mit mer chömm.

Frau Brunner: Also, chumm.

(Beide ab durch Thüre rechts.)

Sechszehnte Szene.

Hermann, Frau Burkhard durch Thüre links.

Hermann (von außen öffnend und die Thür offen haltend): Spaziered Sie, Frau Burket.

Frau Burkhard: Pardon (tritt ein, Hermann folgt ihr.) Sie händ recht, 's ist besser da.

Hermann: 'S ist z'windig vorusse.

Frau Burkhard: Hoffetli trochnets bald wider und müend Sie Ihre botanischen Erkursionen nüd underbreche.

Hermann: O, die sind nüd so wichtig!

Frau Burkhard: Die rechte Glehrte sind doch immer bscheide. — D'Natalien ist vun Ihrem Unterricht ganz bigeisteret;

jä, und Sie glaubed nüd, wien ire das Umestyge guet thuet! Sie ist zwar vu Huus uus gfund, sehr gfund, aber uf dene Spaziergänge hät sie doch na bidüüted a Frischi und Temperament gwunne und das verdankt sie namentlich ine; dänn ellei hätt sie ja gar nüd chönnen eso umestyge, und zudem, d'Bergluft ist wol guet, aber wenn dänn eso en agnehmi und lehrrychi Gsellschaft derzue chunnd, dann würkt sie erst recht bilebed und erfrisched uf der Organismus — meined Sie nüd, Herr Wild?

Hermann: Es mag sy, mir thuet si emal ä guet.

Siebenzehnte Szene.

Vorige. Natalie durch Thüre links.

Natalie: Jä bist du da Mame? i ha di allethalbe gsuecht.

Hermann (will gehen): I will gar nüd störe.

Natalie: Nei, bitte, Herr Wild, ich ha gar nüüt B'sunders mit der Mame z'rede (zur Mama), i ha di nu welle frage, ob du na meh vu der rothe Wulle hebist.

Frau Burkhard: Ja fryli, überobe hani na e Strange.

Natalie: Därf i si go hole?

Frau Burkhard: Nei, ich will selber gah, i mues doch ä na en Arbet für mich füreneh. Also ich bring der si. — Pardon, Herr Wild. (Ab durch Thüre links.)

Natalie: (zusammen) De bist güetig, Mame.
Hermann: (zusammen) Bitte, Frä Burket.

Achtzehnte Szene.

Natalie, Hermann.

Hermann: Wend Sie nüd e chli Platz neh? (bietet Natalie einen Stuhl an.)

Natalie: Dankene. (Setzt sich, Hermann desgleichen.) Wie ist ä d'Wetterprognose, Herr Professer?

Hermann: Nüd übel. By eus unne wurds Bulletin säge: Wachsende Tendenz zu zunehmender Aufheiterung. I meine, morn cha me bireits wider e chli chräsme.

Natalie: O das wär herrli! — Ach, ich möcht nu eis!

Hermann: Und das wär?

Natalie: 'S ist leider nüd mügli.

Hermann: Gwüß nüd? Säged Sie mers.

Natalie: Heud Sie, ich stirbe vor Gluft emale selber es Edelwyß z'günne. Wenn ich ä das chönnt!

Hermann: Nu, das ist ietz nüd so unmügli!

Natalie: Jä, häts da unenand?

Hermann: Am rothe Band obe und byn suule Chöpfe.

Natalie: Isch es gfährli zun suule Chöpfe?

Hermann: O nei, wemme de Weg weiß, cha me ganz guet hi; aber zum rothe Band isches liechter.

Natalie: Ich weiß nüd, mich glustis ietz grad zun suule Chöpfe, 's ist so Oppis Mysteriöses i dem Name.

Hermann: Juuli Bei bruuchts aber e keni da ufe; 's ist gueti seuf Stund.

Natalie: O die mag ich scho.

Hermann: Weiß nüd; es ist gwüß z'streng für Sie.

Natalie: Ne nei, ich mag gwüß ganz guet ufe.

Hermann: Guet, wenn Sie wend, so will ich ene en Füehrer bsorge.

Natalie: Gern, aber . . .

Hermann: Wie meined Sie?

Natalie: Ich ellei mit so ene Füehrer, es ist eso schenant.

Hermann: Bhüetis, ich engagierene der alt Samuel, dä ist drüüesechzgi.

Natalie: Nei, nei, mit so emen alte Mah wurd ich mi z' Tod fürche. — Ja es wär scho recht, wenu . . .

Hermann: Wenn was?

Natalie: Wenn na Opper mit chäm.

Hermann: Nähmed Sie na en Träger mit!

Natalie: Nei, i meines nüd eso, öppen en Kurgast.

Hermann: O de Herr Winz chunnt gwüß gern mit ene.

Natalie: Meined Sie?

Hermann: Ja fryli; sölli en go fräge?

Natalie: Ne nei, um ke Prys!

Hermann: Bitti worum ä?

Natalie: Ine will i's fäge; i bitrachte Sie e chli als en Fründ.

Hermann: Dä bin i ä.

Natalie (verfchämt): De Herr Wirz macht mir würkli fyt längerer Zyt be Hof; aber i bi nüüd im Faal, fyni Aträg z' erhöre, er ift mer z' liecht, z' wenig gibildet, z' wenig gedige.

Hermann: I bigryfen Ihre Gfchmack vollftändig.

Natalie: Alfo werded Sie ä bigryfe, daß i nüd cha mit ihm gah.

Hermann: Wenn das ift, allerdings.

Natalie: Mit eme Abeter da ufe — bhüetis de Himmel! — aber mit eme Fründ — Herr Wild, chömed Sie mit mer!

Hermann: Jä wär dänn das nüd fchenant?

Natalie: Nei, mit Ine genier ich mich e kes Bitzeli. Hend Sie, Sie chömmed mer vor wie . . .

Hermann: Wie en jüngere Brüeder.

Natalie (huftet ins Facktuch): Nei, wie Sie doch myni Gdianken errathed! Alfo wend Sie mit mer cho?

Hermann: Guet, Jumpfer Schwöfter, i will cho; aber 's gahd uf Jri Berantwortig, wenn Sie öppe nüd ufe möged.

Natalie: Ja ja. Dankene vill vill Mal. Aber lofed Sie ietz.

Hermann: Was?

Natalie: Es Gheimniß.

Hermann: Wird nüd fy.

Natalie: Niemert därf müffe, daß mir da ufe gönd, juft chömed Anderi ä mit und die Edelwyß möcht ich zue gern ellei ha, das heißt mit Ine.

Hermann (ftutzend, fie zweifelnd anfchauend): Jä, Fräulein.

Natalie: Herr Brüeder, bitti ä!

Hermann: Alfo, Jumpfer Schwöfter, wie Sie wend.

Natalie: Dankene vill vill mal! ietz müffed Sie was, ietz mached mer's efo, mer thüend is dä Abig verftecke.

Hermann: Ho ho!

Natalie: Das heißt mer lönd is nüd fürre; ich schütze Migräne vor, und Sie?

Hermann: En Kater?

Natalie: Aber ä Herr Wild!

Hermann: Jä meined Sie, ich heb na nie eine gha?

Natalie: Das nüd; just gfieled Sie mer gar nüd — nei, Sie chönned jä e zoologischi Untersuechig vorschütze.

Hermann: Ufem Schlafzimmer? chunnd in Berghotels allerdings vor. — Also guet.

Natalie: Suecheb Sie en neue Bacillus.

Hermann: De Fragezeichebacillus als Erzüüger vu Herz-lyde.

Natalie: Ebe so Oppis.

Hermann (aufstehend): So wemmer is go zu euserer Tour vorbireite.

Natalie (aufstehend): Ich freu mi halt grääßli druuf.

Hermann (voranschreitend und die Thür öffnend): Also morn i b' Edelwyß.

Natalie (zum Publikum): Und hoffetli ä i b'Männertreu.

Während sie zur Thür schreitet fällt der Vorhang.

Dritter Akt.

Gebirgslandschaft. Hintergrund Aussicht auf einen hohen Schneeberg, durch davor liegende bewaldete Rücken halb verdeckt. Mittel= und Vorbergrund Rasen, Felsblöcke, Tannenwald. Es ist früher Morgen; die Bühne ist nur halb erleuchtet; der Schneeberg strahlt in feurigem Roth, das oben beginnend, während der folgenden Szene nach und nach sich tiefer herabsenkt, so daß beim Schluß der Szene der ganze Berg beleuchtet ist, während die Bühne im Halbdunkel bleibt.

Erste Szene.

Hermann und Natalie, von rechts auftretend.

Natalie: Nei lueged Sie ä das prächtig Plätzli, das ist ja wie gmachet zum e chli uusruebe.

Hermann: Jä, wend Sie scho wieder en Halt mache? da chömmed mer nüd wyt; es ist na e schöni Strecki bis zun suule Chöpfe.

Natalie: O mer hend ja alli Zyt, mer bruuched nüd z' strütte. Bum Bergstyge gfallt mir halt doch immer 's Absitzen am beste.

Hermann: Aber me chunnt nienehi mit Sitzeblybe.

Natalie: Wer weiß? mängsmal doch, wie uf der Ysebahn. Mit Jne profitiert men immer, ob me stahd oder gahd. — Chömmed Sie, lueged Sie, da ist e schöns Plätzli uf dem Stei.

Hermann: Warted Sie, lönd Sie mi z' erst Öppis luege (sucht an dem Stein herum.)

Natalie: Bitti was macheb Sie ä?

Hermann: E zoologischi Undersuechig. Dä Stei chunnd mer intressant vor; eh weder nüd häts da es Nest.

Natalie: Bu Steihüehner?

Hermann: Nei, vu Ringelnaatere.

Natalie (springt entsetzt weit weg): Um Tuusiggottswille, Naatere!

Hermann: Jä fürcheb Sie b' Naatere? warteb Sie nu, bis mer an suule Chöpfen obe sind.

Natalie: Hats beet öppe na meh?

Hermann: Nei, aber beet ist die birütehmtist Fundstell vu Chrüüzottere i der ganze Schwyz. J hoffen es paar mit hei z' neh.

Natalie: Sie fürchterliche Mensch!

Hermann (unbefangen): O blüetis, 's ist nüd halbe so gefährli mit so Thieren um z' gah, die zeigeb doch grad wer sie sind, so daß me si cha gwahre. Da häb 's under de Mensche gfährlicheri Gschöpf. — So ietz chönneb Sie cho, be Stei ist garantiert natererein. (Er rollt einen Plaib auf und legt ihn über ben Stein.)

Natalie: Ach, Sie hämmer so Furcht ygjagt, i trau mer gwüß nüd allei bert burre!

Hermann (eilt zu ihr): Chömmeb Sie, i will Sie bi= schütze!

Natalie (seinen Arm nehmenb): Ja, ietz isch Öppis anders, ietz wärs mer ganz glych, wenn grad e Gschaar eso Naatere chämeb. (Sie setzen sich auf ben Felsblock.)

Natalie: Ja, mir sind halt ebe 's schwach Gschlecht; em= mel ich lueges eso' a. (Riecht mehrmals an ihrem Taschentuch.)

Hermann: So? wend Sie nüd zun Helbinne ghöre?

Natalie: Bhüetis nei — ich cha b' Amazone nüd lyde. Wenn ich en Herr wär, hätt ich's allweg an eso, ich gfäch's vil lieber, wenn es Frauezimmer nüd gar eso kuragiert wär.

Hermann: Deet hänb Sie Recht, nu brnuchti sie wege bem nanig furt z' laufe, wemme bloß vu Naatere redt.

Natalie: Ja lacheb Sie mi nu uus, Sie hänb ganz recht. Aber das weiß i, by inne würb ich b' Furcht vor bene Thiere balb verlüüre.

Hermann: Meined Sie würkli?

Natalie: O ich bi ganz sicher. Sie händ eso Öppis eiges, eso Öppis heimeligs.

Hermann (ablenkend): Lueged Sie ä die prächtig Morge-bilüüchtig am Rothhorn änne!

Natalie: Ja. Ihri Lüüt diheime hend 's allweg herrli um Sie unne!

Hermann: Myni Lüüt? Wüssed Sie, wer die sind? — Das ist my Kathery, en alte Surrimutz ummene Wehnthaler-maidli, sust bin ich ellei.

Natalie: Ellei! o Sie arme Herr! nei, wie schad! aber es kann ja nicht immer so bleiben.

Hermann: Hoffetli wird's ä nüd.

Natalie: Gelled Sie! das ist brav vun Ine!

Hermann: Was?

Natalie: Ebe, das, was Sie aab'düüted händ, daß Sie — — sich welled — verändere.

Hermann (verlegen): Jä — welle — chönne mues me!

Natalie (feurig): O. Sie! wie möged ä Sie ä däweg rede! wie wett's ietz au Inne chönne fehle!

Hermann (in's Weite blickend): Wüssed Sie das eso g'nau?

Natalie (mit Wärme): Ja fryli, ganz gnau. Hend Sie, ich nimmes eifach a mir selber a. Wenn ietz emmel — mer wend ietz nu eso de Faal setze — eso Öpper us myne Läbeschreise — natürli nüd us Ire, die wäred mer z'höch — aber dä sust Ine glycheti, mir en Atrag miech, ich glaube ganz b'stimmt, hend Sie, ich chönnt nüd widerstah, und doch rechnet me mich — das dörf ich Ine scho säge, zu de Heiggle — und i ha's ä binnse!

Hermann (immer in's Weite starrend): Dankene für Ihri Uufrichtigkeit. Sie chönnted mer e chli Mueth mache.

Natalie: Würkli?

Hermann: Aber wer chunnt ietz ä deet unne? (blickt durch's Lorgnon) wahrhaftig Ihri Fründin Aurelie mit ihrem Herr Brüeder! (Natalie macht eine Geberde der Wuth) Wend Sie luege?

Steiner, Edelwyß. 4

Natalie: Ja, bitti gend Sie! (Blickt ebenfalls durch's Lorgnon). Es sind's, Sie händ wahrhaftig Recht. Die wend allweg was mir, au i d' Edelwyß (gibt Lorgnon zurück). Dankene villmal.

Hermann: Jä und ietz, wemmer 'ne warte?

Natalie: Bitti, was denked Sie! daruuf wemmer so g'schwind als mügli. — J glaube zwar, b' Aurelie mag is nüd nahe, sie ist drüü Jahr älter weder ich.

Hermann: So? ich ha g'meint, Sie seiged Beidi glych alt.

Natalie: B'hüetis nei, i dankene. — Und denn ist sie bleichsüchtig, sie mag g'wüß nüd glaufe, aber besser ist besser, mer wend gah.

Hermann: Wie Sie wend. So wemmer is parat mache (rollt plaid zusammen).

Natalie (vorn für sich): Aurelie, du chunnst z'spat, 's Edelwyß nimm ich, du chast dänn mynetwege b' Chrüüzottere ha. Sind Sie parat, Herr Wild?

Hermann (ruhig): Grad, i mues nu na de Riemen ythue.

Natalie (unruhig): Sie müend allweg grad da sy.

Hermann (ruhig weiter nestelnd): Nu, wenn mir ja so vil besser laufed, so möged mer lang vor ene useko.

Natalie (für sich: die Rueh! 's ist zum Verreble): Bitti, sind Sie nanig fertig?

Hermann: Woll, ietz häts es.

Natalie: So wemmer g'schwind vorwärts, 's ist die höchst Zyt.

Hermann: Also avanti! (Beide schnell ab nach links.)
(Die Bühne bleibt einen Augenblick leer.)

Zweite Szene.

Eduard und Aurelie, von rechts.

Eduard (erschöpft, läßt sich auf den Stein nieder fallen, auf welchem die beiden Andern saßen): Uah! ich chann uf Ehr nümme wyter. Wer wett aber ä e däweg sprengen in Berge!

Aurelie: Mag sie ä wol verlyde! mir machts ietz ämmel nüüt.

Eduard: Wart nu, de chunnst de Loh g'wüß ä na über. Eso e Rennerei! Z'erst e Stund wyt gegem rothe Band useg'stige, dänn umkehrt, wil me disi g'seht gegen fuule Chöpfe zueha, durab pächirt wie b'sessen und wider da die Blanggen uuf, wahrhaftig, wie wenn's öppe zur Bürgliterrasse use ging. Das ist ja rein verruckt.

Aurelie: Und so en Tröißi will en Klubist sy?

Eduard: Ja ebe Klubist; en Klubist lauft langsam, du bist höchstes e Geiß!

Aurelie: Was ist myn Herr Brüeder i dem Saal?

Eduard: Und am End sind's es nüd emal. Dä häst mich ja gar nüd lah luege.

Aurelie: So, meinst öppen, i kenni's Natalie nüd? Übriges hani grad ietz en Biwys übercho, daß es da durren ist. Wahrschynli händ s' da wider en Halt g'macht, 's wär dänn de viert, nu das ich g'seh han.

Eduard: Was ist ietz das für e Sorte Biwys? emmel kene per Augeschy.

Aurelie: Nei aber per Naseschy — dem Natalie sys parfum hani g'schmöckt (sie riecht in der Luft), grad ietz hani wider e g'huuftigi Nase voll übercho — i kennes scho — bouquet du Japon — i cha's nüd lyde, 's manet ein a todt Müüs.

Eduard: Es gaht doch nüüd über b' Fründschaft.

Aurelie: Bah, wenn en Herr im Spil ist, hört b' Fründschaft uuf. Macheds ihr's öppen anderst, wenn's um es Frauezimmer gaht?

Eduard: Weiß nüd, ich ha's na nie probiert, emen Anderen eini ab'z'jage.

Aurelie: Gell, das wär der z'streng, 's chönnt der a der Schönheit schade

Eduard: Heb du dyner Schönheit Sorg, sie hät's nöthig.

Aurelie B'hüetis, sie ist ämmel solider weder dyni, du g'schoppete Clubist!

Eduard: Ja, rüehm di ämmelä selber! de Herr Wild wird 's wol lah blybe. Dafür sorget b' Fründin.

Aurelie: 'S ist recht, sie soll mys Bild nu recht schwarz aftryche, desto besser g'fallt dänn 's Original. — Seh wie isch ietz, Brüederli, sind dyni werthe Clubhölzer capabel, wieder es Stuck wyter z'chräsme?

Eduard: Ja hättisch gern, so g'schwind pressierts mir nüd.

Aurelie: Was häst mi dänn ä i das tumm Heilbrunn hindere g'sprengt, wenn b' mer nachher nüd witt helfe? Bis ietz artig Edewardli (sie streichelt ihm die Wange): Seh probiers emal, stand wenigstes emal uuf!

Eduard (mühsam aufstehend und sich wieder fallen lassend) Au! hest ietz da, ietz hani be Chrampf i beed Wade!

Aurelie: Bitti säg ä Watte! — Gimmer ietz kä so Bären a, mer müend wyter.

Eduard: Müend! ich mues nüd!

Aurelie: Hätt ich doch der alt Samuel als Füehrer statt dich! — Bitti, chumm ietz Brüederli, ich cha doch nüd allei gah!

Eduard: Worum ä nüd? wenn i ietz ä es Stuck wyter mit griggeti, nach em Wyli blybti doch lige. Ich chann eifach nümme, de häst mi überjagt. — Übriges chunnst ja doch z'spat, b' Natalie wird scho anes Bord cho sy, und öb b' ietz byn suule Chöpfen obe gratulierist obe da unne, wird denk uf's Glych uscho.

Aurelie: Ich g'sehne scho, mit dir ist nüüd uusz'richte. Also abie, ich gahnen ellei.

Eduard: So! ietz wottst mich eso ellei da z'ruck lah, eso hülflos wien i bi? J chönnt ja nüd emal flieh, wenn en Muni chäm.

Aurelie: Was! ietz sött ich na zu dym Schutz by dir blybe?

Eduard: Worum ä nüd? de bist ja älter weder ich.

Aurelie: Mach's ietz churz, wottst cho oder nüd?

Eduard: Nei.

Aurelie: Guet, so gahn ich. Aber dyni Cigare chast ietz denn in Zuekunft selber chaufe, ich gib der e keini meh!

Eduard (mühsam aufstehend): Nu, so will is am End probieren, aber de wirst g'seh, es gaht nüd lang.   (Beide ab nach links.)
(Aurelie rasch voraus, Eduard nachhinkend.)

Verwandlung.

Felsige Gebirgsgegend. Hintergrund wie im Anfang, aber mehr abgedeckt, ein Gletscher ist sichtbar geworden, der tief herabsteigt. Statt der waldigen Rücken, Felstrümmer, Mittelgrund Felsen. Vorbergrund links Felsen, rechts eine Clubhütte, deren Thüre nach vorn gerichtet ist. Volle Tagesbeleuchtung.

Dritte Szene.

Anna, Samuel.

Anna sitzt auf einem Feldstuhl, unter einem Malerschirm und malt an einer Feldstaffelei. Samuel schaut ihr zu, ein Pfeifchen rauchend.

Anna: Das händ er gwüß ä nanig mängsmal erlebt, Samuel, daß Öpper expreß da use chunnt, nu um die Geged abz'male.

Samuel: Nei gwüß nid. Aber säged Jumpfer Brunner.

Anna: Was?

Samuel: Ir chönneds ebig guet! Me kennt gad jede Fire und jedi Rüfi, und doch sind s' nu so chlyne.

Anna: Gfallt 's i eigetli, Samuel?

Samuel: Scho scho, aber Jumpfer Brunner, wenn ich üch wär, wurd ich lieber en schöne Berg male.

Anna: Da sind goppel Berg gnueg.

Samuel: Jä waß! mir säged Berg wo gheuet wird, und wo g'äzt wird, sait men Alpe; aber da obe heißt me's Charren und Chöpf.

Anna: I male halt für d'Stadtlüüt, dene gfallt ietz grad das da.

Samuel: Thüend ir ietz das Züüg dänn verchaufe?

Anna: Ja fryli.

Samuel: So! was chömmed er gad über dersür?

Anna: Was meined er?

Samuel: Ja, i ha seret a der Chilbi zwee eso Helge kauft, es häd jede vierzg Rappe kost, weder die sind truggt gsy,

das hani scho gseh; das da ist Handarbeit; da werded er wol
süüf Franggen übercho?

Anna: Villicht ä sechs. — Jetz wüsfed er was, Samuel,
ietz müend ihr na uf bä Helge.

Samuel (lacht).

Anna: Was lached er?

Samuel: Jä mich alte Stogg wend er ä na abschrybe?

Anna: Verstaht si. Stömer ietz nu e so anne, wie wenn
er wetted e chli verschnuufe, und derwyl grad luege, ob er neime e
Gems gsechod.

Samuel: Isch gad recht eso?

Anna: Strecked 's recht Bei e chli wyter füre — so —
ietz händ still. (Sie zeichnet rasch.) J zeichne ietz blos, 's gieng
z'lang mit male.

Samuel (muß lachen).

Anna: Was händ er z'lache?

Samuel: Hä, i bi halt kützlige, und wänn ihr eso aner
umme zeichned, so mues i lache.

Anna: So, dänn wemmer gschwind mache.

Samuel (gibt Zeichen, daß er in der Ferne etwas sieht).

Anna: Was isch, gsehnd er es Gamsthier?

Samuel: Nei, aber Lüüt chömmed daharre.

Anna: Berglüüt?

Samuel: Nei, Herrelüüt usem Bad; da bä Herr und die
Jumpfere, wo immer mit enand gönd de Buure go's Gras ver-
trampe.

Anna (aufspringend): Wo?

Samuel. Gsehnd ers dert, sie gönd gad über die roth
Risi durre.

Anna: Ja. (Für sich, erschrocken) Es sind's!

Chömmed, Samuel, mer packed z'sämme. (Sie legt den Stuhl
zusammen, macht den Schirm zu, Samuel legt die Staffelei zusammen.)
Jetz wüsfed er was, Samuel, gönd ihr ietz efange mit de Sache
durab, ich mache na e chlyni Zeichnig und gahne dänn mit dene

Lüüte hei. Aber loſed, ſäged ne nüüt vu mer, wenn er's atreffed, ich will z'erſt na chli ellei ſy.

Samuel: Guet, guet, ich will a dene Lüüte durre, daß ſie mich gar nüd gſänd.

Anna: Das iſt am beſte.

Samuel: Alſo lebed wol, aber loſed, Jumpfer Brunner, gend Acht by dene Chöpfe da, 's iſt da Alls miſtfuul, und wenn er da abe ghiited, potz mynem Eid, lueged, es wurd ich z'Huble Fetze verſchloh.

Anna: Händ kei Angſt, Samuel, i gibe ſcho Acht. Abie, mer rechned dänn diheime.

Samuel: Scho, ſcho, abie wuel, Jumpfer Brunner.

(Ab nach rechts.)

Vierte Szene.

Anna allein.

Anna: Ach Gott, ſie chömmed allweg da anne, ſie werded welle go Edelwyß günne. Was mues ich ä mache! Durab chani nüd, da git's nu Ein Weg, bynene verby und das wotti nüd. Ich mag ja de Herr Wild dere Natalie ſcho gunne, oder nei, bas eigetli nüd, aber, was i will ſäge, i cha's ja nüd hindere, daß die Zwei enand gern händ, aber deby ſy will ich nüd. 'S Zueluge an und für ſich wurd mi ſcho gnueg b'elende und ietz erſt na die tumm Gſchicht mit dere Skizze. Denn heb er ſie ietz gnah oder ſie, jedefaals händ ſ'e ſie enand zeiget und wurded mich ſchön i d'Niſpi neh. — Alſo darnuf, wemmer nüd durab chönned. Aber das iſt ä wider tumm; denn über d'Edelwyß= blanggen uus chame nüd, das wär Gott verſuecht und bis deet anne wend ja ſie. Alſo nüd fürſi und nüd hinderſi, da blybt nüüt Anders übrig als mich da z'verberge und z'warte, bis ſie durre ſind und dänn durab, de Heiweg ſindi ſcho ellei, da iſt mer nüd Angſt. — Seh wo wär ietz ächt 's beſt Ortli? hä da, i der Klubhütte. (Sie öffnet die Thür.) So, da inne warted mer, bis ſ'verby ſind, ſie gönd ja per ſe im Uſeweg grad zur Edelwyß= blangge fürre. (Schließt die Thür.)

Fünfte Szene.

Hermann und Natalie von hinten rechts.

(Er ist nicht ermüdet, sie dagegen kämpft fruchtlos gegen sichtbare Ermattung.)

Hermann: So, da wär efange b'Hütte. Jetz isch nu na es Halbstündli zun Edelwyß.

Natalie (erschöpft): I cha nümme wyter.

Hermann: Chömmed Sie, sitzed Sie e chli ab. I hanenes ja gsaid, es sei z'streng für Sie. (Sie setzen sich auf eine Steinbank vor der Hütte.)

Natalie: Mer sind z'gschwind g'loffe. Ah! (fährt mit der Hand an's Herz.)

Hermann: Was händ Sie? wird enen übel?

Natalie: Nei, 's vergaht scho — nu e chli e Blödi. 'S ist scho besser. Bi Ine wird's eim halt nu wohl.

Hermann (lachend): Was Sie nüb säged.

Natalie: Sie müssed b'Fraue z'bizaubere.

Hermann: Ich? o herrjeh!

Natalie: Ja ja, verstelled Sie si nu nüb so! Sie händ allweg scho mängi Eroberig gmacht.

Hermann: Gwüß ken einzigi!

Natalie: Ken einzigi! Ach! (seufzt.)

Hermann: Isch ene wider unwohl?

Natalie: Nenei, i bi wie im Himmel.

Hermann: Ja, 's ist würkli himmlisch schön da obe.

Natalie: En Chorb händ Sie doch gewüß nie übercho.

Hermann: Nei, us guete Gründe!

Natalie: O, gwüß us den allerbeste.

Hermann: Hä, 's ist eisach: i ha na gar nie e Liebes=erchlärig gmacht.

Natalie: Sie? nei bitti!

Hermann: Gwüß nüb; i wüßt gar nüb, wien i's müeßt astelle.

Natalie: O das ist nüb schwer! wend Sie's lehre?

Hermann: Jä, händ Sie dänn scho gmacht?

Natalie: Das nüd, aber in Epfang gnah scho einigi.

Hermann: Aber schynts nüd vu der Sorte wo zum Zil füehrt und die wurd mer ja ellei öppis nütze.

Natalie: O es häd an Schauspielere gfehlt, nüd am Stuck. Also wend Sie 's lehre?

Hermann: Sie sind ä Eini! (Springt auf und geht nach vorn links.)

Natalie (für sich): Es nimmt e.

Hermann: Solli ächt? 's ist mer fast z'starch. (Für sich) Ä bah, 's ist en Gebirgsjur — auf der Alm da giebts kei Sünd. — Dä Abig mach i dänn defür der Aurelie recht fest de Hof, daß die da änne gseht wora sie ist mit mer. (Er kehrt zu Natalie zurück.)

Natalie (schelmisch): Händ Se si bsinnet?

Hermann: Aber sind Sie nüd z'erschöpft für so e Vorstellig? Sie gsehnd recht bleich uus.

Natalie: Ne nei, 's thuets scho.

Hermann: Also will ich Ihri güetig Offerten aneh. Jetz bin ich also 's Lehrchind, säged Sie mer ietz nu, was i mues thue.

Natalie: Händ Si kä Chumber. Stönd Sie ietz deet ane, e chli vu mer ewegg.

Natalie: So 's ist recht. Jetz denked Sie, Sie hebed 's Gspräch mit Ihrer Angibetete bis uf dä Punkt gsüehrt, wo Sie agfange hebed recht warm werde. Jetz bringed Sie d' Hand ufs Herz, so (sie macht es vor, er macht es nach) und säged Sie eso recht innig: Ach Fräulein — et cetera.

Hermann: Ach Fräulein Natalie (leiser:) i will ietz grad derglyche thue, 'o göng Sie a, 's chunnt denn natürlicher use — erlaubed Sie 's aber ä?

Natalie: Wie chönned Sie ä fräge! Also namal: Ach Fräulein.

Hermann: Ach Fräulein Natalie!

Natalie: Sie müend gseh wie 's mit mer staht.

Hermann: Sie müend gseh wie 's mit mer staht.

(Hermann wiederholt immer bedeutend lauter, so daß Anna ihn verstehen kann, dagegen die halblaut sprechende Natalie nicht.)

Natalie (die Hände zusammenlegend): Ich lebe nu na für Sie, dur Sie.

Hermann (die Geste nachahmend): Ich lebe nu na für Sie, dur Sie.

Natalie (wärmer): O lönd Sie mich mit Jne lebe!

Hermann (wärmer): O lönd Sie mich mit Jne lebe!

Natalie: Jetz macheb Sie en Fueßfall.

(Hermann thut es.)

Natalie: Und nehmeb Sie ere b' Hand.

(Hermann ergreift ihre Hand.)

Natalie: Natalie, ich liebe dich!

Hermann (sehr laut): Natalie ich liebe dich!

Natalie: Dann chüsseb S' ere b' Hand e paar Mal und süüfzgeb Sie so recht tüüf zwüschet inne.

(Hermann thut es.)

Natalie: So ietz sait sie: Um Himmelswille stönd Sie uuf! — und Sie stönd uuf.

(Hermann steht auf, Nataliens Hand festhaltend; diese wendet sich kokettirend von ihm ab.)

Hermann: So — und ietz was chunnd wyter.

Natalie (seufzt tief): Ach!

Hermann (ahmt ihr nach): Und?

(Natalie wendet sich plötzlich zu Hermann, blickt ihn schmachtend an und sinkt stumm an seine Brust.)

Hermann (erschrocken): Ums Himmelswille, was ist das?

Natalie (schwach): Hermann.

Hermann (kalt): Fräulein — Sie trybeb de Spaß z' wyt.

Natalie (zurückprallend): Spaß! Also Sie hend nu Spaß mit mir trybe!

Hermann (erschrocken): Jä — händ Sie 's denn anderst gmeint?

Natalie (in gespielter Entrüstung): Das Füür wo Sie entwicklet händ?

Hermann: Händ Sie für Ernst gnah? Es thut mer
gwüß leid — ich bi dur myni Gfühl higrisse worde.

Natalie: Also doch!

Hermann: Ich mues nes säge: Ja ich liebe.

Natalie: Ah!

Hermann (schnell): Ja, aber ich liebe en Anderi!

(Natalie stößt einen Schrei aus und sinkt auf die Bank vor der
Hütte.)

Hermann: Gott was ist ietz das?

Natalie: Es wird mer ganz schwarz.

Hermann: En Ohmacht — natürli — Sie sind über-
jastet gsy und dänn die unglückli Kumedi — chömmed Sie i d'
Hütte — Sie müend e chli abliege.

(Hermann stößt die Thür der Hütte auf und führt die wankende
Natalie hinein, er erblickt Anna.)

Hermann: Um Gotteswille, Sie da, Fräulein Brunner!

Anna: Lönd Sie mich dem Fräulein helfe — geud Sie
mer Ihri Feldfläsche.

(Hermann thut es stumm.)

Anna: So ietz sind Sie so guet! (winkt ihm hinaus).

(Hermann tritt hinaus, Anna schließt die Thür.)

Hermann (vortretend, in größter Bestürzung): D' Anna da
inne gsy und hät Alles ghört! Was ist das für en infami
Gschicht! O! (Er schlägt die Hände vor die Augen und seufzt, dann
ermannt er sich, wendet sich gegen die Hütte und erblickt Aurelie, die
unterdessen aufgetreten ist und sich mit Anzeichen tiefster Ermattung auf
die Bank niedergelassen hat.)

Hermann (zurückprallend): Himmelerde! na Eini!

Aurelie: I gratulierene Herr Wild.

Hermann: Nenei, da ist nüüt z' gratuliere!

Aurelie: O doch, bitte.

Hermann: Bhüetis Gott, ich will ja d' Fräulein Na-
talie gar nüd!

Aurelie: Ebe zu dem gratulieri.

Hermann: Jä händ Sie dänn g'hört?

— 60 —

Aurelie: Daß Sie en anderi liebed, — o da händ
Sie ganz Recht.

Hermann: Jä wüſſed Sie dänn wen?

Aurelie (verſchämt): Jä was denked Sie ä!

Hermann (ſchweigt verlegen.)

Aurelie (räuſpert ſich.)

Hermann (bei Seite, wüthend): Das iſt es Chaibezüüg!
i chaneres doch nüd ſäge!

Aurelie (ſeufzt.

Hermann (bei Seite, erſchrocken): Jetz meint die am End na
gar, 's göng ſie a! Da heißts de Gottsname grob ſy. J will
's churz mache (zu Aurelie, ſchnell): 's gahb e Dritti a!

Aurelie (auffpringend): Was meined Sie mit dem?

Hermann (verlegen): Bitten ab, i ha Sie nüd welle bi-
leidige.

Aurelie (ermattet auf die Bank zurückſinkend): Wer hätt ä
denkt, daß ich müeßt dä wyt Weg da uſe ſtyge, um mir e ſo
bigegne z' lah!

Hermann: Fräulein ...

Aurelie: Ä bah, lönd Sie mi gah. — Iſt das e Wyti
da uſe! — Mir iſt ſterbesblöd — (matt), hend Sie mer nüd —
en Zucker — und e chli Chrieſiwaſſer — (ſchließt die Augen).

Hermann: Jetz wird 's dere au ſchlecht!

Anna (aus der Hütte tretend zum Abmarſch gerüſtet): So
das Fräulein ſchlaft!

Hermann: Deſto beſſer! ſo ſind Sie ietz ſo guet, thüend
Sie ihri Fründin da ä na grad is Bett.

Anna: Aber bitti, was gaht ä da?

Hermann: J will nes dänn erchläre, ſo wyt mügli. —
Alles verſtahn i ſelber nüd.

Anna: Chömmed Sie. — (Beide führen Aurelie in die Hütte.)

Hermann (wieder heraus, aufgeregt umherſtürmend): Hät men
a ſcho ſo Oppis erlebt! Es Märli iſt ja nüüt degäge! Hät ietz
de vermaledeit Alpeklub die Hütte grad müeſe da ane ſtelle, damit
myn Schatz mir zueloſi, wien ich mit der Natalie das Exercitium

556

buremachi. 'S Beſt wird ietz dann natürli ſy, daß d' Anna meint, 's heb Ernſt g'gulte, am End na gar mit Beede. — Oh! — (ſich erholend): Jä nu de Gottsname, 's iſt ietz was s' iſt, — eis Guets häts au: die Situation iſt eſo verzwyſlet, daß i ietz mues rede, wenn d'Anna chunnt. — Schüüchi hin oder her, ietz chunnts doch zuneren Erchlärig.

(Anna tritt aus der Hütte und zieht die Thür hinter ſich zu. Her= mann erblickt ſie und prallt zurück.)

Hermann (bei Seite): Herrſchaft, da iſt ſie ſcho.

Anna (mit erzwungner Ruhe): Erſchrecked Sie nüd, i gahne grad durab.

Hermann: Nenei blybed Sie, blybed Sie!

Anna: Warum das? Sie händ ja meini Gſellſcheſt gnueg (auf die Hütte deutend).

Hermann: Nüüt, nüüt! i will ne Alles erchläre. —

Anna (ihm in die Rede fallend): Iſt nüd nöthig, aber Sie müend wüſſe, wienich da inne cho bin. Ich ha da obe gmalet gha und do ſind Sie juſt mit der Fräulein Burket cho und ich, um Sie nüd z' ſtöre, ha mich beet inne z'ruckzoge i der Meinig, dänn unbimerkt myner Wege z' gah, ſobald Sie verby ſeied. Ich han aag'gnah, Sie gönged grad wyter zur Edelwyßblangge, aſtatt deſſe ſind Sie da blybe und ſo bin ich leider ohni myn Wille Ohrezüüge worde vuneren Underhaltig....

Hermann: Sie händ is ghört — natürli.

Anna: Bil nüd, nu wenigi bſunders luuti Wort vun Ine — aber gnueg um Alles z' verſtah.

Hermann: Bhüetis Gott, nüüt händ Sie verſtande, gar nüüt!

Anna: Jetz bitti Sie einzig, verziend Sie mer my unfrei= willig Züügeſchaft und lebed Sie wohl. (Will gehen.)

Hermann (tritt ihr in den Weg): Um Gotteswille blybed Sie nu en Augeblick, ich mues es Wort mit Ine rede.

Anna (ernſt): Herr Wild, ich bitte Sie, lönd Sie mi gah!

Hermann: Nei Fräulein! Ich bin emal i der Lag gſy, Ine en Dienſt z'erwyſe und bitte Sie deſür um die Gunſt mich az'ghöre — nu wenigi Augeblick.

Anna: Also — aber bitti mached Sie's churz.

Hermann: Ganz churz. Z'erften erfuech ich Sie, vergeffed Sie en Augeblick, was Sie vorhinnig ghört händ, ich will ene dänn Alles erchläre. Jetz lofed Sie: Syt ich under ungewöhnlichen Umftänden Ihri Bikanntfchaft gmacht ha, hät Ihres Bild mich nümme verlah. Vu wytem bin ich Ihne nahegfolgt und einzig wegen Ihne bin ich nach Heilbrunn cho. (Anna giebt Zeichen wachfender Entrüftung, die Hermann nicht bemerkt.) Immer meh hät fich b'Ueberzüügig in mir befeftiget, daß Sie, einzig Sie, mich chönned glücklich mache.

Anna (empört): Herr Wild!

Hermann: Fräulein Anna, ich liebe Sie!

Anna: Keis Wort wyter! (fie will fliehen.)

Hermann (ihr nacheilend und fie an der Hand faffend): Anna, ich liebe Sie und frage Sie: wennd Sie mich zum glücklichfte Menfche mache?

Anna (in Thränen ausbrechend): Das ift z'viel!

Hermann: Und mich mit Ihrer Hand beglücke?

Anna (verzweifelnd): O was händ Sie mich doch nüd lah ertrinke feb Mal!

Hermann (fchmerzlich): Anna!

Anna: Worum ä mir 's Lebe rette und mich dänn efo unglaublich, efo tödtlich bileidige.

Hermann: Bileidige — ich, Sie?

Anna: Mir vu Liebi rede, vunere Verbindig, nachdem Sie grad vorher emenen andere Frauezimmer Ihri Liebi erchlärt händ.

Hermann: Aber...

Anna: Keis aber! Sie hend goppel luut gnueg grüeft, wo Sie der Fräulein Natalie...

Hermann: Aber das ift ja nu Kumedi gfy.

Anna: Kumedi!

Hermann: Es ift wahr, die Erchlärig han ich gmacht.

Anna: Da hämmers ja!

Hermann: Aber gar nüd im Ernft.

Anna: Jetz losed Sie . . .

Hermann: Bitt lönd Sie mi uusrede — mir händ Theater gspiilt zsämme; sie hät mer aab'botte mir z'zeige, wie me e Liebeserchlärig machi.

Anna: Nei aber —

Hermann: Und ich has welle lehre, um 's by Jne aaz'wende.

Anna: Herr Wild!

Hermann: Was Sie mich ghört händ rüefe, hät mir d'Natalie Wort für Wort vorgsait gha.

Anna: Unglaublich!

Hermann: Do uf ei Mal wott sie us em Spaß Ernst mache — ich zieh mich zrück und rüefe, ich liebi en Anderi — mit dem han ich Sie gmeint — händ Sie dänn das nüd ghört.

Anna (schüttelt den Kopf): Jch ha gnueg gha am Erste.

Hermann: Do, theils us nervöser Uufregig, theils us Uebermüdig ist sie i die Omacht gfalle.

Anna: Jä und d'Fräulein Aurelie?

Hermann: Was da g'gangen ist, verstahn ich selber nüd. Sie ist uf eimal da gstande — hät schynts de letscht Theil vu der Szene mit der Natalie ghört und gseh gha, gratuliert mer, daß ich en Anderi gern heb und zwar uf en Art und Wys, daß ich gmeint ha, sie well sich selber mir als die Ander aträge.

Do säg ich ere 's göng e Dritti a und sie, uf das abe, wird eso taub, daß sie mit Hülf vu der Ueberjastig — sie ist ganz ußer Athem gsy — au e Blödi überchunnt. So ietz müssed Sie Alles!

Anna: Und das soll ich glaube?

Hermann: S' tönt unglaubli, i gib es zue. Drum gits da nu Eis: die Fräulein müend verhört sy und selber bizüüge, daß ich b'Waret gredt han. Grad will i's wecke.

Anna: Nei, das darf nüd gscheh.

Natalie (in der Hütte): Aurelie, was thuest ä du da?

Hermann: Gottlob, sie sind vume selber erwachet, ietz werbed Sie's scho ghöre.

Aurelie: Guete Tag, Natalie!

Hermann: Sind Sie so guet, stönd Sie en Augeblick beet hinder d'Hütte, ich gahne hinder de seb Felse, die werdeb enand sicher bychte.

Anna: Ne nei.

Hermann: Sie müend! sie müenb mer Grechtigkeit widerfahre lah, wyter verlang ich nüüt. Gschwind, gschwind, eb sie usechömmeb.

Anna: Nu denn am End. (Sie verbergen sich wie angegeben.) (Die folgende Unterhaltung wird durchweg mit lauter Stimme geführt.) Natalie und Aurelie treten aus der Hütte.

Aurelie (sich umsehend): Wo ist er ä? Herr Wild!

Natalie: Herr Wild!

Aurelie: Er ist furt.

Natalie: Und mir ellei da obe!

Aurelie: Jetz wege sebem isch glych, der Eduard mues bald da sy. — Aber gäll, Natalie, dyni Liste händ der nüüt gnützt.

Natalie: Und dyni?

Aurelie (sich auf der Bank vor der Klubhütte niederlassend): Ja 's ist wahr. Mer müend is dry schicke.

Natalie (setzt sich zu ihr): Und nüüt merke lah, seb ist 's Gschydist.

Aurelie: Sait er ächt nüüd?

Natalie: De Hermännli?

Aurelie: Ja.

Natalie: Ä bhüetis, ba bist guet sicher.

Los iez, du Concurrenz uf der Syte glah, das ist iez ja glych, weil 's Beide gfehlt häb: sünd und schad isch es doch, daß 's mer nüb grathen ist; das Mal hani würkli gmeint, 's sei druff und dra! Mues der's säge, wie 's g'gangen ist?

Aurelie: Pa ja, me lehrt nie z'viel.

Natalie: Also los. Ich bi scho z'Heilbrunn gsy, won er hindere cho ist, eso blöd und tuuch, daß ich gmeint ha, er heb na nie es Frauezimmer aag'lueget!

Aurelie: Ja derig sind die rechte! die sind gwönli verliebt bis über d'Ohre!

Natalie: Ebe chunnts wider e däweg use!

Aurelie: Ja er hät mer gsaid, es seig e Dritti umme. Wer ist eigetli d'Wildin, die ächt?

Natalie: Hä allweg da 's Brunnerli.

Aurelie: Was, dä Schlirpi da vu Maleri?

Natalie: Natürli, die zwei sind wege enand dahindere cho, das bin ich ietz sicher. — Also ich, i myner Tummheit, han dä Wild — en ungschleckte Bär, wenn 's je eine g'geh häd! — i d'Kur gnah und em e chli Galanterie bybracht i der Meinig, er erwarmi dänn deby und ich chönn g'legetlich d'Festig im Sturm yneh.

Aurelie: Das bigryfi, das hätti ä eso gmacht.

Natalie: Ebe. D'Mame hät mer's ä agrathe.

Aurelie: Und da obe häst gstürmt?

Natalie: Und wie! 's ist originell. Wenn 's ietz scho letz ggange ist, so freut 's mi en Art doch! Denk nu, ich han em gwüßt az'geh, ich well em zeige wie men e Liebeserchlärig machi — er häd nämli gsaid gha, er chönn das nüd — und do won er uf mys Diktat mir sy Lideschaft b'bychtet häb, da chehr ich uf eimal de Spieß um und machen Ernst. Do ebe han ich gmeint i chönn en mit ere Umarmig par surprise ummelupfe.

Aurelie: Und bist abgschlipft. Schad.

Natalie: Ja. Dä Schlusi häd dänn na eso Ernst entwicklet by syner Erchlärig; grüeft häd er, es häd es Echo g'geh bis deet use, und es paar Auge häd er gmacht, 's ist würkli e schöns Luege gsy. Aber ebe, dä häd a sys Brunnerli denkt. Aber wie isch dänn dir ggange?

Aurelie: Hä eifach. Punkto Erfolg wie dir, blos das ich mi nüd so wyt use glah han.

Natalie: Seb wenmer hoffe, wo d'erst gester acho bist.

Aurelie: Jetz wege sebem wett i nüd vill säge. Der erst Epfang gester dur de Herr Wild hätt mer scho chönne Mueth mache: er hät mich vu sich us grab ygg'lade, en uf euere botanische Exkursione z'bigleite, so daß ich gseh han, daß er dich gern wurd abschnusle.

Natalie: Dä Verräther!

Aurelie: Ich has schlau gmacht, ich han ihn lah cho. Ich han em gratuliert, daß er en Anderi well, nüd dich.

Natalie: Danke.

Aurelie: Bitte — und han en gwüeßt derzue z'bringe, daß er mer sägi, wer 's sei.

Natalie: Und do wen häd er gsaid?

Aurelie: Mit ere prächtige Grobheit said er eifach e Dritti. Do han em e chli eu Etrüstigsszene gmacht, aber die Müedi hät mi möge.

Natalie: Wie mich au. Ja weischt byn eus diheime hätt ich ä nüd riskiert was da obe; aber ich weiß nüd, in Berge hät me halt viel meh Schneid und macht sich am End nüd so vill usere ungraben Umarmig.

Aurelie: Ebe wie 's i dem Tyrolerliedli heißt: Auf der Alm da giebt 's ka Sünd.

Natalie: Grad das meini.

Aurelie: Es ist ä kä Sünd, was mir hend welle. Mir meineb 's ja guet.

Natalie: Mir strycheb doch kene Ehmanne nahe.

Aurelie: Mir wend ja nu selber hitürathe.

Natalie: Und wie gern.

Aurelie: Ich luege ken Herr meh a, wenn ich emal en Mah han.

Natalie: Myne mues ä z'friede sy mit mer.

Aurelie. Leider sind mer nanig so wyt, sunder hüt mues ich säge: Condoliere Fräulein Natalie.

Natalie: Ein dito, Fräulein Aurelie, und guet Glück 's nächst Mal.

Aurelie: Ebefals ein dito. Aber 's nächst Mal lieber Jedes für sich, ohni Wettlauf.

Natalie: Ja ich han ä gnueg übercho da usc.

Aurelie: Also simmer ietz wider gueti Kamerade!

Natalie: Ŷverstande.

Aurelie: Chum Schatz! (küßt sie.)

Natalie: Gern. (Giebt den Kuß zurück.)

Siebente Szene.

Eduard hinkt heran.

Aurelie: Lueg iez da der Eduard. Das ist en Ggriggi! Dä wird iez thue, wenn er grad wider jötti durab mit is!

Natalie: Mer wend en e chli jöpple, 's ist mer brunt.

(Eduard setzt sich vor die Hütte.)

Aurelie: Mir au.

Natalie: Ah, Herr Hochklubist, Sie gsehnd aber stramm uus!

Aurelie (zu Natalie): Er will morn ufs Rothhorn.

Natalie: Schad. Ich thäts nüb underem Matterhorn, wenn ich ihn wär.

Aurelie: Oder ich gieng gar uf de Rigi.

Natalie: Per Ysebahn.

Eduard: Nu wyter, genierid i emmelä nüb, lönd sie use, die Täubi!

Natalie: Was Täubi?

Aurelie: Täubi! ha ha.

Eduard: Oder jäged mynetwege Wildi, wenn er lieber wend. Meined er i gsech nüb, wie 's stönd?

Natalie: Loseb ä da!

Aurelie: Dä Heremeister!

Eduard: Jr wäred nüb so guet Fründ z'jämme, wenn 's Eim vun eu guet ggange wär! Agrennt sind er an fuule Chöpfe, all Beed!

Aurelie: Gschäch nüüt Bösers.

Natalie: So fuul Chöpf sind brüchig.

Aurelie: Die gend nüb emal blau Mose.

Eduard: Dänn weusch ich wyters gueti Gsundheit und vorläufig na guet Nacht, ich will iez go schlafe. (Will in die Hütte. Aurelie eilt herbei und vertritt ihm den Weg.)

Aurelie: Ja warum nüb gar! Du chunnst iez grad mit eus durab!

Eduard: Chönnst mi ä alüge!

Aurelie: De wirſt bi goppelä geniere ſchlechter Berg z'ſtyge als mir.

Eduard: Das iſt mir glych — 's cha Jedem paſſiere, daß er nüb grad z'weg iſt. — Jch chann ietz eifach nüb durab.

Aurelie: Guet, dänn gömmer ellei. Chumm Natalie!

Natalie: Abie, Herr Hochklubiſt! ſöllenen öppe na gſchwind en Photograph da uſe ſchicke?

Aurelie: De gäbiſt e wundervolls Bild, de reinſte Doctor Güssfeldt.

(Die Beiden gehen langſam nach dem Hintergrund.)

Eduard: Die Tunnersmaidli! ietz mues i doch mit ene, denn eh weder nüb chunnts eſo uſe, daß me mich mues durab ſchleiſe, und da ſimmer die Chind grad recht. Mer ſind dänn alli drüü blamiert und ſo chunnt ämmelä nüüt uus! (er ruft): J chumme! (Hinkend ab mit den Mädchen.)

Achte Szene.

Hermann und Anna treten aus ihren Verſtecken hervor.

Hermann (triumphirend auf Anna zueilend): Händ Sie ghört?

Anna: Ja.

Hermann: Und? iſt ietz nüb Alles wien ich gſaid han?

Anna: Das wol; aber . . .

Hermann: Aber?

Anna: Wie chann ich Jne glaube, nachdem Sie der Fräu= lein Natalien eſo de Hof gmacht händ?

Hermann: Ach, das iſt ja Alles nu gſy, um mir my Schüüchi abz'gwänne, daß ich's dänn wage chönn, mit Jne z'rede. Sie müſſed ja, daß ich Jne gegenüber immer dagſtande bin wien en Schuelerbueb.

Anna: Alſo händ Sie d'Fräulein Natalie vu Anfang a für de Naare gha?

Hermann: Vu Afang a!

Anna (ſeufzend): Da mues ich wider ſäge: wie chann ich Jne glaube, nachdem Sie das Fräulein ä däweg täuſcht händ?

Hermann (erschrocken): Aber Sie händ doch iez selber gseh, daß es sich nume Kokette ghandlet häb!

Anna: Das wol, aber erstes händ Sie das nüd eso bstimmt gwüßt und zweites, wenn's Sie 's ä gwüßt hätted, so hätted Sie doch e frivols Spil mit ere tribe.

Hermann: Frivol — nei gwüß nüd, aber unüberlegt, ja das. Lönd Sie Gnad für Recht ergah; bedenked Sie, daß wenn ich gfehlt han, es nu us Liebi zu Ine gscheh ist.

Anna (schmerzlich): Hend Sie, ich chas nüd verwinde!

Hermann (düster): Wenn Sie so hart sind, dänn bin ich allerdings ..... rettungslos verloren!

Anna (erschrocken): Was säged Sie?

Hermann (seinen Vortheil wahrnehmend): Rettungslos verloren.

Anna (verhüllt ihr Gesicht).

Hermann: Sie kenned villicht dä Uusdruck; ich ha die Wort glese uf ere Zeichnig (Anna stöhnt) vunere gwüsse junge Dam, die in Sache des Zartgefühls die strengsten Aforderigen an Anderi stellt.

Anna (schluchzt).

Hermann: Was sie fryli nüd hinderet, selber muethwilligi Karikature z'zeichne

Anna (schluchzt stärker).

Hermann: Und dito Glosse drunder z'schrybe.

Anna (zerknirscht): Ja strafed Sie mi nu, i has verdienet!

Hermann (schalkhaft): Wend Sie mer d'Straf überlah?

Anna (ahnungslos): Ja.

Hermann: Guet, so müend Sie zur Straf —

Anna (blickt flehend auf).

Hermann: Mich als Brüütigam aueh.

Anna (verwirrt): Ne nei, so gilts nüd!

Hermann (ihre Hand ergreifend): Wo woll, Anna! Sie händ sich dur die Wort uf dere Zeichnig verrathe und ich lahne Sie nümme gah! Was mir Beidi gfehlt händ, ist nüt derart, daß euers Lebesglück drüber soll Schiffbruch lyde. Jugebliche

Muethwillen ift uf beide Syte b'Schuld und — (fie an fich ziehend,
leife) Liebi. — Sie bruuched mer ietz gar nüüt wyter z'fäge. —
Chömed Sie ietz mit mer zu Ihrer Mame; uf em Weg wird
fich wol na Einiges abkläre. — (Während fie zufammen abgehen
fällt ein Zwifchenvorhang.)

Verwandlung.

Hintergrund wie zu Anfang des britten Aftes. Mittel= und Vorder=
grund Felfen, Rafen, Tannen und Laubholz. Die Szene ftellt eine
noch tiefere Stufe des Gebirges dar als zu Anfang des Aftes. Volle
Tagesbeleuchtung.

Neunte Szene.

Jean und Rofa arrangiren ein Frühftück auf einem Tifchtuch, das im
Mittelgrund der Bühne auf den Boden gebreitet ift.

Jean: So, wegen eus chönned ietz die Herrfchafte cho wenn
'f wend. Das Ding hät chic. Seh wie ift ä dä Caviar? (nimmt
mit feinem Tafchenmeffer eine Probe.) Näh! fein! veritablen Aftra=
chan! Das ift kä Sago mit Schuehwichfi, wiemen öppedie über=
chunnt! Wottft ä e chli, Rofe? (offerirt ihr eine Mefferfpitze voll.)

Rofa: Ä pfittnnfig!

Jean: Dänn nimm ich's! Nä!

Rofa: Wie chammen ä fo Züügs effe!

Jean: Jä, das verftahft du nu nanig! Weifch efo appetit=
lichi Sache wie Forelle, poulets, Rehbrate, das cha jede Scheer=
fchlyfer effe, aber efo Auftere, Caviar, Schnegge, weift Sache,
wo eigetli efo recht gruufig find, das ift öppis anders, das chönned
nu die Vornämme.

Rofa: Wiefo chafches denn du?

Jean: Jää, das ift fo e Sach! b'Vornämmi lyt im Bluet!
Es lauft Mängen umme, dä Talent zum e Herr hätt und ift en
arme Tüüfel, zu dene ghör ich. — Lueg mich ietz emal a! ifch
ietz ietz nüb ebig fchad, daß ich nüd e feins Hotel oder wenigftens e
feins Reftaurant füehre?

Rosa: Pa, 's macht si.

Jean: Was? ich, mit myne Sprachkenntnisse, corpo di Bacco! mit myner Welterfahrig, parbleu! Ich wett dir die Frönden epfange, potz Dunstig inne! wart i will ders emal zeige. Du stellst ietz en Engländer vor, wo i mys Hotel wett; dänn chäm ih z'schüüße... (Er tritt zurück und geht Rosa eilig mit vielen Bücklingen und Händereiben entgegen.) Good morning, sir — how do you do, sir. — Sie wünschen ein Zimmer — very well. — Jean, Numero fünf — schönes Wetter, nicht wahr, really beautiful. — Sie speisen table d'hôte — wir haben zwei tables d'hôte, um ein Uhr à trois francs cinquante und um six o'clock at four francs. — Gäll hä Rose. (Er küßt sie, sie gibt ihm eine Ohrfeige.)

Rosa: So miechs der Engländer.

Jean (seufzend): Keine Rosen ohne Dornen. — Nei weischt, es Hotel wär mer eigetli nu z'viel, aber so es Café — wie wär das schön, du säßist hinderem Büffet und hättist nüüb z'thue als Geld z'zähle und d'Chellner z'kujoniere.

Rosa: Und mit de junge Herre z'schwätze.

Jean: Aah! das wettist du? jä, so isch ietz nüb brezis gmeint!

Rosa: So! heb ämmelä scho Angst! 's ist wol früeh, weist ich bin na myni Rose, nanig dyni!

Jean: Ach ebe!

Rosa: Jetz chumm, wenn b'doch eso en guete Chellner witt sy und hilf mer de Wy und s'Bier beet durre träge, mer wend 's e chli in Bach inne stelle.

Jean: Oui, ma chère. (Sie ergreifen Jedes einige Flaschen und tragen sie nach dem Hintergrund, wo sie sich aufhalten, bis sie gerufen werden.)

Zehnte Szene.

Vorige. Frau Burkhard von rechts auftretend, sich fächernd.

Frau Burkhard: Puh, häts da wider Breme! me wird fast gfresse. Und bem sötti me säge Vergnüege! Guet, daß men

567

öppe emal ellei ist und sym Ärger cha Luft mache; men erstickti
just na bra! Wie isch ächt der Natalie ggange! hoffetli guet, so
chönned mer bald wider hei. Züri ist halt doch Öppis anders!
ich gäb myn Erggel nüd um all die Unssichte dahinne, da lob'
ich mir d'Bahnhofstraß, da hät's doch Lüüt! — E schlaus Chind
ist my Natalie, das unes i säge! Nu sie hät's nüd gstole! —
Wie sie gester gwüßt häb dä Herr Wild umez'lupfe, daß er mit
ihren ellei zu bene müede Chöpfen usegöng, das ist es Meisterstuck!
me sötti meine, das müesi g'rathe!

Elfte Szene.

Vorige. Samuel von links mit Anna's Sachen.

Frau Burkhard: Da chunnd goppel de Samuel? Richtig.
Guete Tag, Samuel.

Samuel: Guete Tag wuol.

Frau Burkhard: Woher, woher?

Samuel: J bi gad e chli z'Alp gsy.

Frau Burkhard: So, das ist schön. Wo ä?

Samuel (deutet nach links oben): Dert obe, byn funle
Chöpfe jägeb mir.

Frau Burkhard: Das sind ä Näme. Händ er my Tochter
villicht atroffe?

Samuel: Eui Tochter? ist das die, wo mit dem Professor
gaht go chrüütle?

Frau Burkhard: Ja ja, die isch es.

Samuel: Ja fryli, bie hani atroffe.

Frau Burkhard: Mit dem Herr Professer?

Samuel (schmunzelnd): Ja ja, scho scho.

Frau Burkhard: Sust ist Niemer byune gsy?

Samuel (wie oben): Nei, nei, seb wär ja schad gsy!

Frau Burkhard: Meineb er?

Samuel: Jä meineb ihr, mir Berglüüt verstönded berigs nüd?

Frau Burkhard: Ja ja, ihr sind meini en schlaue. —
So, also händ er sust Niemer atroffe?

Samuel: Atroffe? Jä wol, jeb jcho; 's hät e ganzi Bujchle Lüüt da obe.

Frau Burkhard: Wo dänn?

Samuel: Gad e Viertelſtund wyter unne als de Profeſſer und eui Tochter.

Frau Burkhard: Kurgäſt?

Samuel: Scho jcho. Da bä ander jung Herr, wo da i der Meinig eſo d'Wade fürelaht und die Jumpfer — i glaube 's iſt ſyni Schwöſter.

Frau Burkhard: Die ſind au zum ſuule Chöpfen uſe?

Samuel: Sie wol, ſie iſt gſprunge wien es Gamsthier, er iſt müede gſy.

Frau Burkhard: So! danke für d'Uuskunft.

Samuel (wendet ſich zum Gehen): Adie wuol.

Frau Burkhard: Adie, Samuel. — Was trägeb er ä beet?

Samuel (ſich umwendend): Das iſt de Werchzüüg vu myner Jumpfer, wüſſed er, vu der ganz junge, wo eſo d'Berg abſchrybt.

Frau Burkhard: Jä, ſind ihr mit dere . . .

Samuel: An ſuule Chöpfen obe gſy. Ja ja, mer ſind lang vor den Andere dobe gſy.

Frau Burkhard: Jä und ietz wo iſt die Jumpfer?

Samuel: Dobe. Si hät mi hei gſchickt, ſie chömm dänn mit dem Profeſſor und euer Tochter nache.

Frau Burkhard: Häd ſie dänn gwüßt, daß die chömmed?

Samuel: Gſeh hät's ſi's, wo ſ' durinf cho ſind. So ietz guete Morge wuol.

Frau Burkhard: Adie, Samuel!

(Frau Burkhard bleibt in Gedanken verſunken ſtehen, Samuel will nach rechts abgehen und kreuzt ſich mit den von da auftretenden Direktor und Frau Stadtrath.)

Zwölfte Szene.

Vorige, Direktor, Frau Stadtrath.

Direktor: He Samuel, woher?

Samuel (still stehend): Bun suule Chöpfe.

Direktor: Häts Edelwyß da obe?

Samuel: Edelwyß wie Bach, ganz Schlitte voll chönnt
men abe süehre. Abie wuol.

Direktor: Abie, Samuel. (Samuel nach rechts ab.)

Dreizehnte Szene.

Jean und Rosa im Hintergrund, Frau Burkhard, Direktor,
Frau Stadtrath.

Direktor: Ah, Frau Burket! Sie sind z'erste da obe gsy?

Frau Stadtrath: Ja ja, Sie händ halt na jüngere
Bei weder mir.

Frau Burkhard: Ach i bene Berge wirds eim gar wohl.
'S ist doch wundervoll da obe.

Frau Stadtrath: Gelled Sie!

Frau Burkhard: Ja! wemme nu länger chönnti da blybe!
's wird mer wind und weh, wenn i wider a das Züri denke, da
die langwylig Bahnhofstraß und dänn dä Gräbel de ganz Tag!

Frau Stadtrath: Pah, ich ha's iez nüd eso; ich bin
gern dahinnen und gahne gern wider hei.

Direktor: So iez wemmer aber zuesitze.

Frau Stadtrath: Jä ist das für eus? (auf das déjeuner
deutend)

Direktor: Jä gälled Sie!

Frau Stadtrath: Wowoll, da häts ämmelä guueg Sache.

Direktor: Warted Sie nu, 's git scho Liebhaber.

Frau Stadtrath: Jä wen erwarted Sie dänn na?

Direktor: Euseri Touriste müend all zsämme da burre
im Heiweg; da chömmed all Weg zsämme vu denen Alpe da
obe. — Jean!

Jean und Rose eilen herbei.

Direktor: So, sind die wieder byn enand gsteckt! Da,
leged die plaids e chli anne.

Jean: Very well, Sir.

(Jean und Rose bedecken die Felsblöcke und den Boden um das Tisch-
tuch mit den plaids.

Vierzehnte Szene.

Vorige. Fein und Frau Brunner, von rechts.

Direktor: Jä was, Frau Brunner, Sie händs ä na gwaget!

Frau Stadtrath: Das freut mi ietz doch ä recht, daß Sie na chömmed.

Frau Burkhard: Charmant! (bei Seite) Das ist verdächtig.

Frau Brunner (zu Direktor und Frau Stadtrath): Denked Sie de Herr Fein ist so güetig gsy und hät mich da ane bigleitet, just hätt ich mi nüd so wyt gwaget.

Direktor: Bravo, Herr Wirth, das händ Sie guet gmacht.

Fein: O bitte, 's häd mi selber gfreut, wider emal e chli en Lauf z'mache und denn möchti ä dene beet e chli uufpasse. (Er tritt zu Jean und Rose.)

Frau Brunner: Ich bin ietz so froh, au na öppis vu der herrliche Gebirgswelt z'gseh, vor mer wider abreised.

Frau Burkhard: Jä wend Sie scho wieder hei?

Frau Brunner: Ja ebe, morn mues es sy.

Direktor. Ä 's ist ne nüd Ernst, mir lönd Sie nüd furt.

Frau Stadtrath: Mir müend Sie ha zum Boston; die Junge spieled nüd immer mit is.

Direktor (bei Seite): Die spieled lieber mariage.

Frau Brunner: Ich blybti gwüß gern und 's thät mer ä guet, aber i ha gestert en Brief übercho — es sind wichtigi Familiegründ, die mich heirüesed.

Direktor: Über die Heireis' reded mer dänn na, ich glaube ietz vorläufig nanig dra. — Ämmel de Znüüni wemmer is ietz nüd dur Abschiedsgidanke lah verderbe. — Lueged Sie, b'Tafelen ist parat, sitzed Sie zue.

Frau Stadtrath: Das ist gwüß en Wir vun Ihne, Herr Direkter, Sie sind 's im Stand.

Direktor: Meined Sie?

Frau Stadtrath: Ja ja, Jnen ist nüd z'troue. (Die Ge-
sellschaft lagert sich.)

Fein: So, ietz wünsch ich dene Herrschafte gueten Appetit.

Direktor: Danke. Aber Sie halted doch au e chli mit?

Fein: Dankene, i ha nüd der Zyt, i mag ietz grad na
hei ko, bis 's Pöstli wiber unnen use chunnt. Hoffetli bringts
e chli Lüüt.

Direktor: Das weusch ich Jne, Sie verdienebs.

Fein: Also lebed Sie wol! 's Mittagesse rüstene hütt uf
die brüü, also dörfed Sie herzhaft z'nüüni neh.

Direktor: Guet, guet, das wemmer ä, also }
abie, Herr Wirth! }
}
Frau Stadtrath: Lebed Sie wol! } Rasch nach
} einander.
Frau Burkhard: Chömmed Sie guet hei! }
}
Frau Brunner: Dankene na vil Mal. }

(Fein nach rechts ab.)

Fünfzehnte Szene.

Vorige, ohne Fein.

Direktor: Ich han en bäumigen Appetit.

Frau Stadtrath: Ich meinen ich mög au.

Direktor: Jean, was hämmer da?

Jean: Caviar de Russie, Sardines de Nantes, poulets de
Bresse, Salami di Milano.

Direktor: Nüüd Englisches?

Jean: Oh yes, potted tongue und pale ale.

Direktor: Also büütsch ist nu Brod und Wasser.

Jean: Und de Wy. Margräsler und Oberländer.

Direktor: Jä wo hend er dä?

Jean: A der Chüeli, im Bach änne. Soll i hole?

Direktor: Spring, Perle aller garçons. (Jean im Galopp
ab.) Jetz gryfed Sie aber zue.

Sechszehnte Szene.

Vorige. Natalie, Aurelie und Eduard von links,
Eduard in geheuchelter Frische.

Frau Stadtrath: A ha, da chund esangen es Trüppli.

Direktor: Hoch die drei Eidgenosse! (Steht auf und die drei treten näher.) Chömmed Sie zuenis, Sie werded müed sy.

Eduard: Müed? Ja woher ä! für en Clubist mag si so en Spaziergang ja nüd verlyde. (Er knickt plötzlich ein und fällt, Direktor fängt ihn auf.)

Direktor: Ne nei, Sie salled nüd um, wemme Sie hebt. (Er führt ihn zu einem Platz, wo Eduard sich niederläßt und an einen Felsen lehnt; er schläft sofort ein.)

Frau Burkhard (zu Natalie, bei Seite): Und?

Natalie: Nix.

Frau Stadtrath: Wo händ Sie iez d'Edelwyß?

Natalie: Mer händ e keni gfunde.

Aurelie: Es hät gar e kei da obe.

Direktor: Oder bringts öppe de Herr Wild?

Frau Stadtrath: Jä so de Herr Wild! bitti wo händ Sie ä dä?

Natalie: Er chunnt hinnedry.

Direktor (bei Seite): Wie de Trumpfpuur. (Laut) Häb er öppe neimen es Gemsi uufg'jagt?

Natalie: Nei, er häb gsaid, er well Naatere mit hei bringe.

Direktor: Potz Herrschaft! wenn s'em nu nüd etschlipft sind, suft sind s' am End na vor ihm da. — Jetz aber myni Dame, bitti gryfed Sie zue.

Siebenzehnte Szene.

Vorige. Anna von links.

Frau Burkhard: Lueged ä da, d'Fräulein Brunner!

Natalie: Ganz ellei!

Frau Brunner (aufstehend): Anna!

Anna (jubelnd): Mame! jä was! du da! (Sie grüßt flüchtig die Gesellschaft und sagt zu ihr): Bitti, lönd Se si ä gar nüd störe! (Dann leise zu Frau Brunner): Bitti, chumm ä gschwind e chli uf b'Syte.

Frau Brunner (zur Gesellschaft): Etschuldiged Sie en Augeblick. (Sie treten bei Seite und sprechen leise miteinander.)

Aurelie (leise, zu Natalie): 's ist im Blei.

Natalie (leise, zu Aurelie): Glaubes au.

Frau Stadtrath: Was häd ächt ä b'Fräulein Brunner, sie hät ganz rothi Auge.

Frau Burkhard: Denk vun Breme.

Direktor (bei Seite): Brem bi du selber!

Frau Stadtrath: De Herr Wild!

Achtzehnte Szene.

Vorige. Hermann von links.

Hermann (anscheinend unbefangen, aber stets nach Anna und ihrer Mutter schielend, grüßend): Ah! da trifft me ja die ganz Gsellschaft byn enand! jä was! und sogar b'Frau Brunner häts gwaget (Anna winkt ihn herbei), die nues i doch extra go bigrüeße.

Direktor (zu Frau Stadtrath, leise): Deet änne git's en Abschied.

Frau Stadtrath (idem): Das wär aber nüd was Sie erwartet händ.

Direktor (idem): Wol ebe, e Jumpfer Brunner nimmt Abschied.

Frau Stadtrath (idem): Wil sie e Frä Wild gitt, jä so? Aurelie und Natalie essen tapfer. Frau Burkhard lorgnettirt nach der Gruppe Annas. Kurze Pause. Man sieht, wie Hermann und Anna sich umarmen.

Hermann, Anna und Frau Brunner treten zur Gesellschaft.

Frau Brunner: Ich ha b'Ehr, Jne da es Bruutpaar vorz'stelle.

(Alle stehen auf. Aurelie giebt dem schlafenden Eduard einen Rippenstoß. Derselbe erhebt sich etwas, reibt sich die Augen und legt sich wieder schlafen.)

Direktor: Gratulieren allersyts vu Herze.

Frau Stadtrath: Und ich au. Es freut mi, i cha nüd säge wie.

Frau Brunner: Dankene, dankene.

Direktor: Jetz reised Sie aber nüd ab.

Frau Brunner: Emmel nüd morn.

Direktor: D'Familiegründ halbeb ietz uf bisi Syte. — Mer sind halt ebe in Berge, da chehrt 's Wetter gschwind.

Frau Brunner: Hoffetli blybts ietz aber.

Direktor: Fryli, fryli — 's heißt vu ietz a nu na: keine Aenderung im Witterungscharakter.

Direktor tritt zu Jean, welcher Flaschen entkorkt, und füllt Gläser. Frau Stadtrath tritt zu Frau Burkhard und redet mit ihr. Anna und ihre Mutter reden leise mit Hermann; dieser tritt, während sie zurückbleiben, zu Aurelie und Natalie, die im Vorbergrunde stehen.

Natalie: Gratulierene Herr Wild.

Aurelie: Ich au.

Hermann: Jä würkli? (zu Natalie) Sie sind mer nüd bös, Fräulein?

Natalie: Bitti, worum ä?

Aurelie: Aber losed Sie, Herr Wild, das säged Sie dänn Niemertem, daß mir zwei (auf Natalie und sich deutend) da obe e chli ohnmächtig worde sind.

Natalie: Daß mer d'Bergchranket gha händ et caetera.

Hermann: Ne nei, sind Sie ganz ruehig. Und müssed Sie was, Fräulein Natalie; ich möcht Sie ietz scho zu mym Hochsig ylade, und Sie au, Fräulein Aurelie.

Natalie: Isch nen Ernst?

Hermann: Allweg! scho us Dankbarkeit.

Aurelie: Natali los! (Die Beiden treten auf die Seite.)

Aurelie: Was meinst, gömmer?

Natalie: Natürli gömmer. Kä besseri Glegeheit als es Hochsig, um neui Bikanntschafte azknüpfe. (Sie treten wieder zu Hermann.)

Natalie: Also mer nemmed Ihri Yladig mit Dank a.

Hermann: 'S freut mi herzli. (Sie schütteln sich die Hand.)

Direktor: Jetz chömmed Sie aber go astoße!

Während des Anstoßens treten Jean und Rosa nach vorn.

Jean: Glust's bi ietz nüd?

Rosa (nestelt an der Schürze).

Jean: Rose, my Alperose, lueg ä wie schön, eso es Bruut=
paar!

Rosa: Ja das weiß i scho — halt di ietz guet bis in
Herbst, dänn wemmer öppe luege.

Jean (stößt einen Jauchzer aus).

Direktor: Was gits ä beet vorne?

Jean: Ergüsi — 's ist nu us Freud am schöne Wetter.

Direktor: Was es doch nüd Alles git, wemmen i d'Edel=
wyß gaht!

Frau Stadtrath: Alles, nu kä Edelwyß.

Anna: Wol fryli, ich ha gfunde. (Effnet ein Körbchen.) Da
häts für die ganz Gsellscheft. (Allgemeines Ah!)

Hermann: Aber 's schönst bhalt ich für mich! (Er zieht
Anna an sich.)

Der Vorhang fällt.

Druck von Fisch, Wild & Cie. in Brugg. — 87715

Sammlung

deutsch-schweizerischer Mundart-Literatur

—◦≫⊰≪◦—

Aus

dem Kanton Zürich

Zwölftes und dreizehntes Heft.

———

Gesammelt und herausgegeben

von

Professor O. Sutermeister.

Verlag von Orell Füssli & Cie. in Zürich.
1889.

Buchdruckerei „Effingerhof" in Brugg.

„Züridütsch"

in der Heimatkunde.

Die glehrte Herre chönnd verwändt guet brichte
Von euyrem Züri allerhand für Gschichte;
Si chlübed Sache=n uuse, säg ich dir,
Die macȟed ein bigoft schier z'hinderfür.

Da schribed si von allerältfte Zite,
Und was de „großi Hafner" heb z'bidüte;
Am Üetliberg erchläred f' n=iedere Stei,
Und was er vor Jahrtufige gleiftet hei.

Si zeichned n=ieders Chrut i Fäld und Garte
Und d' Mugge, Chäfer, Würm und Vogelarte;
Und z'ringelum die Höger, groß und chly,
Und alli Wäfferli erforfched fi.

Der Einti chan is schier uf 's Tüpfli säge,
Wie mänge Zäntner Hagel, Schnee und Räge
Uf euyre Bode=n abetätscht im Jahr —
Jez säg emal: ift das nüd wunderbar?

En Andre red't vo Gwerbe=n und Fabrike
Und was für Züg me tüeg i's Uhland schicke.
Und na en Andre zeigt uf d' Wüffeschaft:
Da liggi euyre Ruehm und euyri Chraft,

So wänd si ase Schönheit, Gstalt und Wäse
Vom Zürcher Land und Völchli hübsch erläse.
Nu fräg i blos: Ob nüd e chlises Bild
Na sehli zum e rächte Zürischild?

Was manglet dänn? De wirsch es bald errate,
De merkst, daß i scho lang dervo prälate:
Mer bruucheb ebe na e Conterfei
Von euserer Zürischnabelplanderei.

Me söll mer eusri liebi Sprach nüd schälte.
Zwar isch=i breit und grob, das lan i gälte;
Doch chräftig eineweg (voruus am See),
Und volle gsundem Witz — was will me meh?

I säg es vil und mues es cister säge,
Daß mir dem Mueterspröchli Sorg müend träge.
En Lappi ist und schlächte Patriot
Wer si verlache=n und verspotte wott.

Eduard Schönenberger.

De Zürisee.

Wo cha me=n öppis Schöners gseh
As eusere herrli Zürisee?
Er ist so blau, so wunderbar,
Und wie=n en Spiegel hell und chlar.
Die Dörfer alli z'ringelum
Sind eben au so süberli drum,
Wil si si chönnd wie itli Fraue
Vo früeh bis spat im Spiegel gschaue.

Seebuebe lustig,
Lustig am Zürisee,
Heißa Juhe!

Im Maie, was ist das en Pracht,
Wänn nah=n ere warme Rägenacht
Uf eimal früeh im Sunneglanz
'S Land dalyt wie=n en Bluemechranz!
Wänn d' Chriesibluest wie reine Schnee
Ufg'gange=n ist am blaue See,
Wänn d' Wise grüened allethalbe
Und d' Lerche cho sind, d' Spyre, d' Schwalbe.
  Seebuebe luftig,
   Luftig am Zürifee,
    Heißa Juhe!

Im Summer, wänn am Abig spat
D' Sunn hinderem Albis abegahd,
Wie isch es schön an euserem See!
Am Glärnisch glänzt na rot de Schnee,
Wie Für und Gold gfehnd d' Feifter uus
Im Oberland a jedem Huus;
D' Schiff fahred hei und d' Schifflüt finged
Und über's Waffer d' Glogge chlinged.
  Seebuebe luftig,
   Luftig am Zürifee,
    Heißa Juhe!

Und chunnd de Herbft zu=n eus i's Land,
Wie tropfed lingg' und rächter Hand
Die Hügel all vo Moft und Wy!
Me fingt und jubiliert derby;
Bis tüf i d' Nacht dem See etlang
Tönt Jubelgschrei und Glefechlang —
Das ift e Sach, das ist es Läbe...
Gang hol e Halbi ufe, Bäbe!
  Seebuebe luftig,
   Luftig am Zürifee,
    Heißa Juhe!

J. Hardmeyer.

———

En Herbſtabig am Züriſee.

J gahn am See duruf am Abig ſpat.
De Näbel ziehd vom Berg dem Waſſer zue,
En ſüechte Herbſtwind ruuſcht im türe Laub
Und jagt verwelkti Blettli ſurt vom Baum;
'S eint ſallt uf d' Straß, en anders ſallt in See,
So wie 's de Luft verweht, wohi=n er 's treid,
Und d' Wälle plätſchered am Uſer a
Und gurgled ſunderbar mit dumpſem Ton
In Löchere vo der alte=n Uſermuur,
Me gſehd in Räbe=n und im Acherfäld
Ken Werchme meh und ghört kes Arbetsgrüüſch.
Nu det am chale=n alte=n Öpſelbaum
Stahd na es Bücbli und rüehrt Stei dernah;
Es gſehd en Öpſel ame=n Aſt na hange
Und g'luſt dernah und möchte=n abelange.
Von äne dure ſahrt es chliſes Schiff
Dem Hääbli zue; es wird, dänk woll, der alt
Hansruodi ſy; er blanget gwüß au hei.
Sy Frau häd i der Stube 's Liecht azündt,
Damit er 's dur de Näbel ſchyne gſäch,
Er gſehd nüd wohl und chönnt gar liecht verirre.
D' Bättglogge tönt im alte Chilleturn,
Und eini tönt dert äne=n überem See.
Jetz ſchlahd die a, die ander aber ſchwygt,
Und jetz ſchwygt euſeri ſtill, die ander tönt.
Häd eini na der andere 's Heiweh wohl?
Me wurd's faſt meine=n a dem trüebe Ton.
— Es gid e tunkli Nacht, i gſeh ken Sterne,
J gſeh de Maa au nüd am Himel ſchwäbe:
Im ſüechte Näbel iſt verlöſcht ſyn Schy.
Erhalt is, Gott, im Schlaf, und wo=n es Läbe
Im Todesnäbel löſcht, bis du derby!

J. Hardmeyer.

Toast am Bankett der Schulsynode in Eglisau
den 19. September 1887.

Verehrti Herre und ihr liebe Fründ,
Wo da am Synodus versammlet sind!
J weusche, 's heb hüt niemer nüt dergäge,
Wänn ich „guet züridütsch" mis Sprüchli säge.

Es laust mer ebe gar vil ringer so,
Wil All's, grad wie 's mer ist, chann use cho;
Und dänn ist no en andere, tristige Grund
Für's Züridütsch i dere säftliche Stund:
Me säit im Volch — doch nei, nu i der Präß
Erfindeb s' öppe dere schlimme Späß —
Me schrybt, mir Lehrer, alli mit enand,
Mir pflegid nu de Chopf und de Verstand,
Und 's stecki doch de Mänsche=n im Geblüet
Au no es Herz und drin es bitzeli Gmüet;
Doch fragid mir na dem kei Virestyl —
Persee! mir hebid sälber halt nüd vyl,
Und was na ume sei, werd' ganz und gar
Dänn z'Grund und z'Bode g'richt im Seminar.
Da werdi Tag für Tag nüd Anders gweckt
Im junge Mänsch als — trochne=n Intellekt.
Jez frag i: Isch nüd eusi heilig Pflicht,
Daß mir da sorgid für es Gegegwicht?
Am Synodus dha das am Beste gscheh;
Da soll me s' Mueterspröchli vüre neh
Und dänn so chräftig als mer nu e me cha
Im rostige Gmüet dermit a b' Saite schla.

. . . Ärgüsi jez, i chume doch alsgmach
So mit dem Schwätze=n ändtli dänn zur Sach.
„Was für es Thema häst dänn aber a?"
Ich spriche=n über de Fästort Eglisau.

'S ist 's erst Mal jo, sit d' Schnelsynode bstahd,
Daß si de Tron so näch am Rhy usichlahd,
Und mänge Lehrer z'Züri und am See
Häd, grad wie=n ich, die Stadt na nie just gseh.
Vo wägem Rafzerfeld, das weiß i no,
Han i der Schuel ich Haarrüpf übercho,
Wil bi der Rhygränz' ich vergässe ha,
Säb sei „de dritti Wähblätz änne dra".
Sust ghört me nüd als Guets vo der Provinz,
Und 's läbt e tapfers Völchli dusse, schynt 's,
Das baut e prächtigs Chorn, en guete Wy,
Und weiß bim stränge Wärch na glückli z'sy;
Vo dem, was a der Gränze=n öppe lauft,
Wo Mänge billi chauft und tür verchauft,
Han ich mir vom=e Kenner säge la,
Das göng uschließli nu d' Badänser a;
De Züribieter machi nüd am Schmuggel,
Da bruuchi's gar en ebig härte Buggel.

... Jez aber, lueged doch, ihr guete Fründ,
Das Örtli a, wo mir z'Visite sind.
Isch' nüd, as hett men ärtra zsäme treit
Da a das Eggli alli Herrlichkeit:
En grüene Hügel lacht di fründli a,
Im chüele Tannewald chast dich ergah,
Und da zu Füeße ruuschet stolz vorby
Und reist zum Meer de trotzig Vatter Rhy.
Doch d' Stadt, mit Allem, was drin ine lyt —
Si mahnt ein an e gueti, alti Zyt
Es ist eim, da die Muure chönntid brichte
Eus Wundernase schöni Räubergschichte.
I mueß zwar gstah zu miner große Schand:
D' Gschicht vo der Stadt is mir gar nüd bikannt;
Do hoff i, daß dervo e chlises Bild
Eus hüt na zeigt de guet Herr Pfarrer Wild.
Ich blybe bi der schöne Gegewart
Und säge: Eglisau häd Läbesart.
Nüd blos us Pflicht, nei, au us Herzesdrang
Dank ich der Stadt für fründliche=n Epfang.

... Es häd e Nase, wänn men Obdach büt
De Lehrere=n — i dere schlimme Zyt,
Wo=n obedry Erdbebe=n ag'kündt sind:
Da sorget me doch z'erst für Wyb und Chind,
Und luegt, daß Hus und Hof nüd öppe gar
Dur schlimmi Gastig chömm i Not und Gfahr.

... Au d' Pädagoge da sind tapfer Lüt;
Si fürched b' Prophezeiig, schynt 's, au nüt,
Sust hättid 's nüd das Wagnis undernah,
Mit der Synode hüt uf 's Wasser z'gah. [1]
Churzum, ihr merked 's allweg alli scho,
Mir sind hüt an en rächte Fästort cho,
Wo, was de Lehrer schafft, zur Gältig chunnd,
Und wo men em dänn au sis Freudli gunnt.

... Mit Spys und Trank traktiered s' ein famos;
Nu Eis, ihr Herre, dunkt mi kurios:
Warum men ächt au wol zu gueter Letzt
D' Schuellehrerschaft prezys i's Kurhuus setzt?
Ihr müssed, daß, wer öppe „vorigs Fett"
Mit ume trait, da usse magere sett.
Jez frag i: Ist das nüd en schlächte Witz?
Dänn, ach! wie wenig feißt Lehrer git's!

... Jez Spaß apart! I gibe nonig lugg
Und chehre wider zu mim Thema zrugg.
En ernsteri Bitrachtig fallt mer i:
Ist Eglisau nüd euseri Wacht am Rhy?
Und isch es schwer z'verstah, was das Symbol
An eusem Ehretag bidüte soll?
Da sinned mir doch alli mit enand
An eusers großi, schöni Vaterland.
Und schlüßed 's all i's Herz und gänd is 's Wort,
Daß für si Ehr en Jede a sim Ort,
I Schuel und Huus well strite Stund um Stund,
Daß, wänn emal de bitter Wehruef chunnd
Und a der Gränze blast en scharfe Wind,

---

[1] Der Rheinklub hatte zu Ehren der Lehrer eine Rheinfahrt planirt.

Für d' Freiheit z'ſterbe=n Alli g'rüſtet ſind.
Min Trinkſpruch ſoll der große Wacht am Rhy:
Der brave Schwizerjuged gwidmet ſi.
Die Wacht am Rhy ſoll höch und chreftig läbe —
Doch euſi liebi Gränzſtadt au dernäbe!

E. Schönenberger.

Zum Jahresfeſt der Sechsundzwanziger.

(26. April 1869.)

So wird 's jetzt cho, ihr liebe Fründ:
Mer merked, das mer älter ſind.
'S gahd äne=nabe, ſtarch bireits,
Und über euſer Chöpf hi ſchneit's.

Die Füfzgi chönted — 's ruckt, es ruckt!
Das Lyde chunnd, dä Preſte truckt.
Der Eint häd äug, Dä häd 's im Gnick,
Dä da nimmt ab, und Dä wird z'dick.

Dä merkt 's im Bei, wänn 's rägne wott,
Und Dem ſyn Uswurf — bhüet=is Gott!
Sid ſern vertreid Dä ſchier kei Wy
Und ſchütt — Gott hälf mer! — Waſſer dry.

Dä hät be Wueſte, ſchüli halt:
J ſäge 's ja, mer werded alt.
En Andere chlagt ſi über b' Gicht,
Und wie ſo arg abnemm ſys Gſicht.

Dä häd e Spur vom Podagra,
Und 's chöm en oft en Schwindel a.
Im Mage chlagt ſi Mänge=n au,
Und über Mänge chlagt ſy Frau.

Churz, wie=n i fäge, 's Alter chunnd,
Es ruckt, es ruckt, es ruckt all Stund,
Und allbott chlopft scho bi=n is a
Dä Tod, dä wüest, dä grusig Ma.

Er lahd is nie keis Jahr meh Rueh,
Und füegt is arge Schade zue.
Vor churzer Zyt, zu euserem Leid,
Häd er der Eschme [1] z'schlooffe gleid,
De Schangli Eschme=n, eusere Chly:
'S ist eim, es mües und mües nüd sy.

Dur frohe Sinn und Heiterkeit,
Wie häd er is so oft erfreut!
Und häd er erst sys Gygeli gipillt,
Wie häd is das mit Luft erfüllt!
Es häd bald lut tönt und bald lys,
I trüeber und i heiterer Wys.
Er und sys Gygeli, isch nüd wahr?
Händ z'säme paßt gar wunderbar.

Wer von eus Aile dänkt nüd dra,
Wie z'Waldshuet euserem Zug vora
De Schangli Tänz gipillt häd und Märsch
Und gjolet häd und ta wie närrsch?
'S ganz Stedtli Waldshuet, Groß und Chly,
Ist plötzli uf de Beine gsy.
Vom obere bis zum undere Tor
Rännt Alls a b' Feister und spitzt 's Ohr.
Die ältste Wybli gruggcd her:
„Wer musiziert so hübsch dänn, wer?"
Dur b' Blueme dur am Feisterbank
Seid em mängs Jumpferegsichtli Dank.
Und dert dä hellblau Zollgardist
Im höchste Grad verwunderet ist:
„'S sind Schweizer," seid er, „hätt nid glaubt,

---

[1] Jean Eichmann, Violinvirtuos und Musiklehrer in Zürich. geb. 1826, gest. 1869.

Daß die so musiziere kennte —"
Und chlatscht mit syne große Hände,
Jetz chlatschet Alles, Jung und Alt,
Daß 's Stedtli Waldshuet widerhallt.
Und under 's Schanglis heiterem Spyl
Erreicheb mer bald eufes Zyl.
Bim Räbstock dur be Torweg y
Tönt eißter furt sys Gygeli,
'S tönt d' Stäge=n uuf und bis in Saal —
J dänke dra vill tusig Mal.

So häd er eißter b' Fröhlichkeit
Im Gygeli mit si uue treib,
Und Alle gern mitteilt derva . . .
Da chunnd de Tod, dä grusam Ma,
Und häb en plagt mit Herzesqual,
Mit schwere=n Ängste=n ohni Zahl
Gar mänge Tag und mängi Nacht,
Und häb en ändtli undere bracht . . .
Still hangt sys Gygeli a der Wand,
Und drunder sitzt im schwarze Gwand
Sy Frau voll Schmerz und voller Truur,
Und gschaut drü Chind dur Träne dur.

Wo bist dänn hy? Mer wüsseb 's nüd.
Doch wänn 's en anders Läbe git,
So häsch' du guet und 's ist der wohl,
Du reins Gmüet, aller Liebi voll!

Und bi der hinmlische Musik
— J zwyfle dra ken Augeblick —
Dert sitzt er gwüß nüd bloß so da,
Um sich amusiziere z'lah.
Er winkt, und 's chunnd es Ängeli her
Und fragt en: „Was wär dy Begehr?"
Er seid: „Dörft ich villicht e chly
Mitspile uf eme Gygeli?"
— „Warum dänn nüd, wenn d' Eppis chast?"
Seid 's Ängeli druuf, doch zwiflet 's fast.

Es langt em vo der Himmelswand
Es Gygeli und gid 's ihm i d' Hand.
Da fangt er a und spilt so fyn
Uf sälbem Ängelsviolin,
Daß Alles chlatschet, wie sälb Mal
Z'Waldshuet in euserem Erdetal.
Er richt' gwüß y, i mach es Gwett,
Es lieblis Ängelsstrychquartett.
Und schlaht dänn eim von eus sy Stund —
Vorusgsetzt, das er in Himel chunnd —
So weißt de Petrus Alles scho
Und rüeft: „Soglych, i will grad cho!"
Gschwind brichtet er de Schangli na:
„Es ist en Sächsezwänzger da!"
Jetzt gahd b' Tür uuf, und ne tritt y —
Da stahd de Schangli, eusere Chly,
Da stahd er mit sym Strychquartett
Und luegt wie=n eißter dry, so nett.
„Gott grüez di," seib er, „bis willkumm!
Mir göhnd vorus, du folgst is, chumm."
Dänn spillt er uuf, die Andre mit,
So schön, so fyn as b's ghöre witt.
So zieh mer y i's Paradys,
Wie z'Waldshuet unne, glycher Wys.

———

Bis dänn läb wohl, du liebe Fründ,
Gott schütz dy Frau und dyni Chind!
Zu dym Gedächtnis, dir zur Ehr
Trinkt still sys Glas en Jedere leer.

J. Hardmeyer.

Ruodi und Nägeli, Braut= und Nachbarsleute.

Ruodi in seinem Haus am Ambos:

'S ist spat, 's gahd geg de Zwölfe scho,
Und eißter wibt nis Nägeli noh.
Es wibt und wibt und d' Lade tönt,
Ach, wänn i bi=der sitze chönnt!
Doch Nägeli wart, i dänk der dra,
Wänn di emal zum Wybli ha.
Tätsch mit der Lad, laß 's Schiffli schütze,
Liebs Nägeli, laß di's nüd vertrütze!

Nägeli am Seidenwebstuhl in seiner Stube:

'S ist spat, 's gahd geg de Zwölfe scho,
De Ruodi schmidet immer noh.
De Blasbalg gahrt, der Ambos tönt,
Ach, wänn i zue der=übere chönnt!
Doch Ruodi, wart, i dänk der dra,
Wänn ich dy Frau bi, du min Ma!
Schmid zue und laß de Blasbalg surre,
Frisch, Ruodi, frisch, tue's ohni z'murre!

Ruodi:

Das ist es Meitli, Sappernänt,
Es Meitli, wie me wenig kännt!
Es jagt sis Schiffli her und hy
Und eister dänkt 's a mich derby.
Sis Sümmli häd es bis im Merz
Gwüß binenand, min Schatz, mis Herz!
Dänn heißt 's: Juhe, jetzt Hochsigläbe!
Drum frisch, i schmide nüd vergäbe.

Nägeli:

Das ist en Kärli, Sappermost!
'S gid wenig derig, ja bigost!
Er schafft und schafft, daß 's tönt und chracht
Und dänkt a mich, bis tüf i b' Nacht.

Er häd sis Sümmli, er verstahd 's,
Bald binenand, mis Herz, min Schatz!
Juhe, bald heißt 's: Jetzt Hochsigläbe!
Drum will i weidli fürschi wäbe.

* * *

Und ändtli händ s' nah Mitternacht,
Um halbi Eis, Fyrabig gmacht.
De Ruodi chlopft a's Nägeli's Huus
Und es lehnt halb zum Feister uus.
Es Chüßli er, es Chüßli sy:
De Mond luegt ganz verwunderet dry . . .
Du närrsche Mond, lueg erst im Merze,
Wie s' chüssed und enand tüend herze!

J. Hardmeyer.

Vom Schlyßmärt.

„Mädeli, chomm, hüt ist de Schlyßmärt,
Mädeli, chomm doch mit mer z'Märt!
Lueg, i hän en neue Chittel
Und mis Hemp isch prächtig g'klärt.

Und a Gäld, da fehlt 's mer au nüd,
'S hät grad hüt no öppis g'geh;
Meinst, i heb jez sibe Franke?
Nei, i hä gwüß über zäh! . . ."

'S Mädeli gaht gern mit em Fridli,
'S leit sis bladruckt Röckli a,
Und de Fridli hilft mit Freude,
Wänn er 's scho nüd bsunders cha.

Stönd dänn z'säme vor de Spiegel,
Lueget Eis dem Andre nu:
„Nei, bim Tusig, wel es Maidli!"
„Ja, und wel en Kärli du!" —

Ufem Schlyßmärt git's vil z'gschaue
Und si nähmed 's zimli gnot;
Fragt de Fridli dänn, was 's chosti,
Süszget Mädeli: „Bhüet mi Gott!"

'S Mädeli ist gar schüli bscheide
Und de Fridli hufet gern;
Beedi jäged, 's sei hür allweg
Alles tüürer, weder fern.

Und erst z'Abig werded s' einig,
Es und Er und Er und Es:
'S mües nüt g'kauft sy, als für 's Mädeli's
Mueter blos en Vierlig Chäs.

Jakob Senn.

O ich Naar, hett ich nid gwybet!

O ich Naar, hett ich nid gwybet,
Ach wie chönnt 's mer doch so woll sy!
Jezed han i Wyb und Chinder,
Und die leere Büüch wänd voll sy.
  Eimal Chnöpfli, zweimal Chnöpfli,
    Drümal Chnöpfli tägli,
    Si chnöpfled mer alles Mehl eweg,
    Die Hungerlydermägli!

Not und Hunger chömed z'schlyche,
Glürled hinne a der Türe;
Jag i s' det mit schaffe, chyche,
Güggsled si am Feister füre.
  Eimal Chnöpfli, zweimal Chnöpfli,
    Drümal Chnöpfli tägli,
    Si chnöpfled mi na z'Lumpe zletzt,
    Die Hungerlydermägli!

A. Corrodi nach Rob. Burns.

D' Cherndlete.

Ame Winterabig grochfet d' Frau vom Huus:
„Ach, jetz gahd is währli eufers Öl bald uns!" —
„Dem mueß ghulfe werde!" feid der Ma; „mer wänd
Cherndle, will mer Nuffe gnueg im Vorrat händ;
Uf der obre Winde find vo hür und fern;
Vilicht hälfed 's Nachbers Chind und Buebe gern." —
„Ja, das wär jetz," feid fi, „grab nüb ufem Wäg.
Gang zu 's Nachbers dure, Chuerli, gfchwind und fäg:
Eb f' morn z'Abig wetted e chli zue=n is cho
Goge hälfe chernble; fäg, mer wäred froh!" —
Und de Chuerli gumpet furt i's Nachbers Huus,
Richt' fin Uftrag redli und mit Freude=n uus.
„Lueg, fcho chunnd er ume! Säg, was häft für Bfcheid?" —
„„Fryli wänn=mer hälfe, herzli gern! händ f' gfeid."" —

Und de Vatter rüftet jetzd fcho druf zue,
Daß me heb morn z'Abig vorem Chlopfe Rue.
Uf em Gwichtftei fähd er d' Nuffe z'töden a,
Weiß fi fchön z'verfpalte, ohni f' ganz z'verfchla.
Au probiert 's de Chuerli; doch zu fim Verdruß
Trifft er d' Fingerbeeri, ftatt dem Spitz der Nuß.
Mornbeß chönnmed 's Nachbers; jetz gahd 's Cherndlen a.
Jedes mueß es Gfchirrli für fi Cherne ha;
Und zum Ufegrüble bringt me Nägel her.
Alles cherndled flyßig, und de Tifch wird leer;
Und e neui Zeine voll wird anegfchütt.
Cherne gid 's e Mängi, gwüß binah en Mütt.
Aber fryli Schale gid 's beftimmt na meh;
Uf em Stubebode cha me 's dütli gfeh:
Wä=men umetrampet, chnällt 's, es fürcht eim drab;
Doch jetz lad me f' ligge; morn dänn rnumt men ab.

Währed dem me chernblet, fchwätzt men allerlei,
Oder fingt es Liedli — ä wie gid 's es Gfchrei!

Zwüschet inne bringt me rychli Brod und Wy;
Und die muntre Lütli schänked flyßig y.
Burebrod und Cherne schmöckt doch herrli guet;
Aber wänn 's dem Mage nu ke Schade tuet!

Um zum Schluß sich z'mache Freud und churzi Wyl,
Trybt me nach em Chernble=n allerlei für Spiel:
Hamperch, Appithegger, Schüeli=abe=schla,
Blinzemüsli, oder was me sust na cha.

D' Mueter und de Vatter lönd das aber sy,
Rumed unterdesse lieber b' Chernen y.
Potz, de Sack wird volle! „Fraueli, wänn b' witt,"
Seid de Mia, „se gahn i morn i b' Öli mit."
S' Fraueli erwidret: „Ja, das wär au brav;
Muest sust Öl ge chaufe, und das wär e Straf.
Wä me cha de Schillig spare, mueß me 's tue;
Euserein chunnd währli nüd im Schlaf derzue!"

Heinrich Nägeli.

D' Wöscherwyber.

Im Badhuus gaht 's hüt yfrig zue
Mit Seupfe, Sechte, Wäsche;
Da chömed b' Finger nid zur Rueh
Und b' Müüler au vo dene Blaubertäsche.
Si müssed, wie 's zentume staht
Und was i jedem Huushalt gaht,
Und chönned tuusig Gschichte
Us allen Egge brichte.

D' Frä Nägel füert be Reigen a,
Die weiß am allermeiste;
Wänn Andri schwige müend, si cha
A neuste Neuigkeite mängs na leiste.

„Me seit, — seb's wahr sei, glaub i chuum,
„Es göng en Geist im Pfarrhuus um,
De ryti uf=em Bese,
E schröckli grüüsligs Wese."

Und gschwind seit 's Rogge Chuertlis Frau:
„Er tüent mer b' Zunge löse.
J känn die Sach scho lang und gnau,
J glaube dra und halt es usem Böse.
J will nid wyter blaudret ha.
De Pfarer ist en rächte Ma,
Er tuet nu z'vil studiere
Und gheimi Chünst probiere."

„Ja, ja," druf d' Töde wyter fahrt,
„Es hät mer ä scho gruuset
Im Pfarhuus. 'S ist halt doch kei Art,
Wie=n eusre Pfarer mit Steglette [1] huuset;
Die Chnöche, Schädel, Totebei,
Nitrotte und na allerlei,
De Gruch, 's chönnt ein umbringe —
Gaht 's zue mit rächte Dinge?"

„Ä, schwätzed doch au nid so dumm,"
Rüeft d' Käter zwüschetine.
„Es gönd gwüß niene Geister um.
De gschynde Lüüte sind na kei erschine.
Das macht eim au de Lehrer chlar.
Meh schynt mer öppis Anders wahr:
D' Frä Pfarer, just nid witzig,
Sei ganz erschröckli gyzig."

„Das weiß i besser," b' Töde seit,
„J gah ja det go wäsche.
J han 's na immer guet verträit
Bin irer Chost und ire guete Fläsche.
Si hät halt Zind, und 's ist nid rächt.
Doch Eini kenn i, die git 's schlächt:

---

[1] Skeletten.

D' Frä Dokteri, die gschebig,
Die ist verfluemert ghebig.

Und wil mer grad a Dere sind,
So tuet 's mi doch ä wundre:
Me seit, e Brut sei ihres Chind;
En arme Znacht, wo die nimmt, de mues undre!
Grab wie dem Presidänt syn Bueb,
Wo d' Lise gnah hät uf der Hueb.
'S gaht öppe lätz bim Wybe;
'S ist gschyder ledig z'blybe."

„Heb 's Muul zue!" chräht nu d' Nägel wild,
„Du chast ä wol prelagge,
Du userläses Ängelsbild,
Du Hoger, mit ere Nase wie=n en Hagge.
Daß Dich e xene nimmt, weißt scho.
I lah nüt a d' Frä Dokter cho;
Und chürzli, gäl, hät d' Lise
Der ghörig d' Türe gwise!"

Jetzt, wie wänn Ein es Wäspi sticht,
Schüüßt d' Töde=n uuf und pfnunset
Und rüert der Nägel gschwind i's Gsicht
Es Gätzi Sechtbrüeh, daß Eim wäger grunset.
Und an die Andre gryssed y
J's Gfäch und sprützed wüetig dry
Mit ihre breite Hände.
Wie wird be Stryt wohl ände? . . .

Los, Vieri schlaht 's. O schönsti du
Von alle=n Arbetsstunde.
„De Kafi staht parad!" Im Nu
Ist alli Wöscherwyberwuet verschwunde.
Ja, wänn bä liebli Ruef ertönt,
Sind alli Gmüeter gschwind versöhnt,
Dänn gaht 's erst recht a 's Wäsche
Bi dene Blaudertäsche.

Otto Haggenmacher.

Ärgüfi!

Häft Öppertem es Urächt ta,
Staht 's allethalbe wohl der a,
Di schön z'verärgüsiere.
'S händ alli Mänsche 's glychli Rächt;
Drum feb 's en Herr fei oder Chnächt,
Säg, ohne di z'scheniere:

"Ärgüfi!"

Mit Pflegeleie günnt me nüt,
E fründtlis Wäse schätzed d' Lüüt,
Und 's Höfli-sy tuet f' freue.
Me schüßt im Läbe mänge Bock,
Und schüüßift eine, bis ken Stock
Und laß di 's Wort nid greue:

"Ärgüfi!"

Gang graduus ohni Schmeichelei,
Ken Hüüchler und im Urtel frei;
'S mag's Mänge nid verträge,
Doch blyb nu eineweg deby
Und überwind di, höfli z'fy,
So lang 's es tuet, und z'fäge:

"Ärgüfi!"

Doch mueft au wüffe, z'vil ift z'vil;
Wänn 's Öpper gar au trybe will
Mit Lügen und Betrüge,
Dänn säg dys Sprüchli frank und frei,
Daß Jede merkt, wie 's uufz'neh fei;
"Es ift e Schand, fo z'lüge —

Ärgüfi!"

Gfehſt Chly und Groß vil Böſes tue
Und tritt der Öpper z'grob uf b' Schue,
So mueſt di tüchtig wehre,
Säg friſch dänn: „Rächt ſöll blybe Rächt,
Was ſchlächt iſt, iſt bi Jedem ſchlächt
Und tüend 's di gröſchte Herre —

Ärgüſi!"

Gryſt a der Ehr di Einen a,
Und iſt ken Richter für en da,
Sy 's Muul, ſy wüeſt's, em z'ſäge,
He nuſe, wenn 's es juſt nib tuet,
Und flickſt em eis i grächter Wuet,
So magſt bezue ja ſäge:

„Ärgüſi!"

Und chunnſt emol a 's Himmelstor
Und ſtaht de Petrus denn devor
Und fraget di: „Ärgüſi,
Wer biſt und Wie biſt dunne gſy?"
So ſäg dänn hübſchli bſcheideli:
„En arme ſchwache Chrüſi —

Ärgüſi!"

Drum gaht er und fragt binne a,
Seb ſo ne Seel me bruuche cha
Im ſchöne Himelsgarte.
Und freu di, bringt er zletzt de Bſcheid:
„Därfſt inne cho. Es tuet mer leid,
Daß i di han la warte —

Ärgüſi!"

Otto Haggenmacher.

„'S hockt Eine hinnenuuf!"

E Guutsche sprängt dur 's Dorf und macht
Deby en Höllelärme;
Just chunnt e muntri Buebeschar
Zum Schuelhuus use z'schwärme.
Und sitzt au stolz de Presidänt
Im Guutscheschlag, das Gschärli räunt
Halt doch mit Johle hinnedry,
Und alli rüefed, Groß und Chly:

    'S hockt Eine hinnenuuf!

Es fahrt so Mänge höch dert her,
Grad seb 's em z'gmein wär, z'laufe,
Und tuet, als würd er, chönnti 's sy,
Dem Herrgott d' Wält abchaufe;
Und tuet, als hett' er ganz elei
Na Oppis z'säge, just kes Vei —
Nu nid so gsprängt! Lueg, Schritt für Schritt
En Hochmuetstüüfel fahrt no mit:

    'S hockt Eine hinnenuuf!

O Wohl vom Volch und Vatterland,
Du schöni Sach all Zyte!
Wie zangged si d' Parteie drum
'S wott jedi z'vörderst ryte.
Die Manne säged 's Sprüchli her:
I sueche gwüß nid myni Ehr,
I bin en guete Patriot —
Wer lacht da, wo 's nid glaube wott?

    'S hockt Eine hinnenuuf!

En fromme Glaube Niemert schelt',
Me bruucht si nie drab z'schäme,
Doch widret 's a, mit Glaubessalb
D' Lüüt eister z'überschwämme.
Wenn Öpper gar so düüsli fahrt
Und süüfzt e frommi Redesart
By jedem Chabis, säg i frei,
I glaub by aller Frömmelei:

'S hockt Eine hinnenuuf!

Was schlychst du det so duuch devo?
Häst wol es böses Gwüsse?
Was plagt di, häst au Hüüsse Gält
Bi alle dyne Gnüsse?
Und luegt di Öpper graduus a,
So luegst in Bode. Arme Ma!
Und lupfed b' Lüüt der au de Huet,
I merk, de fahrst nid frisch und guet —

'S hockt Eine hinnenuuf!

Mer stürmed gern so sicher dry
Uf eufre Läbeswäge;
Doch wänn 's für immer heißt: Hüüf öh!
Cha Kene von is säge.
Vergiß das nid, bist na so groß,
Gschwind grptt de Tod i's Gschyr dem Roß,
Stygt uuf und seit: Dy Zyt ist da!
Drum bis nid stolz, dänk öppe dra:

'S hockt Eine hinnenuuf!

                                    Otto Haggenmacher.

Du sollst nicht reden!

Ein kleines Lustspiel in einem Aufzug.

Personen.

Hans Chasper,
Chlese, Patientin, dessen Frau.
Ein Arzt,
Beeth ⎱
Bab ⎰ Weiber aus der Nachbarschaft.

(Die Szene ist eine Bauernstube; Chlese liegt krank im Bett.)

Erster Auftritt.

Arzt (der Kranken den Puls fühlend).
Jä — Frau — potz Wätter! Ihr händ Fieber! Ihr
Händ starchi Fieber — starchi Fieber — do
Chönnt 's gfohrli werde — gfohrli werde — drum
Mueß ich Eu alles Ernsts ermahne, daß
Ihr jo keis Wörtli rede solled, als
Was nu höchst, höchst notwändig ist;
Sust chönnt 's i, weiß Gott, 's Läbe choste. Ei,
Wie heftig schloht de Puls! Ihr sind
Ja fürchtig eschoffiert. Da chönnt 's no fehle!

Chlese.

I gspüre 's wäger sälber au, Herr Dokter.
Drum will i folge, will mi halte, s' guet
As 's mügli ist, sei do wer well,
Und chöm wer well, und wänn 's fürwohr
Die eige Mueter wär, so red ich nüd,
Nei sicher red ich nüd, keis Wort,
Keis Wörtli und kei Silb, kein Düt.

601

Und wänn de Pfarer chem, 's ist glych,
Ich rede nüd und will i folge, säg
Keis Wort, keis Wörtli und kein Düt,
Kei Silb, nüd weder jo no nei.
Churz, nüt, gar nüt, kei Silb, kein Düt,
Verrod mi nüd, tue grad, wie wänn
I schlofe wor und gstorbe wer.
Mira cha 's ungern ha wer will,
Es ist mer glych — 's goht b' Gsundheit a,
Und das ist jo 's Best uf der Wält,
Goht über Rychtum, Guet und Gäld.

Arzt.

Still, still! Ihr redet z'vil, 's ist lang scho gnueg.

Hans Chasper.

Ja, bitt di, Frau, dä redst gwüß z'vil.

Chlese.

Ja, ja, Herr Dokter, merke 's wol,
Es wird mer grusam heiß im Chopf.
Es hammret scho bi 'n Schlöse zue. Ja, ja,
Es wer jetzt gnueg, will müsli stille sy
Und schwige, will keis Wort meh rede, nei,
Kei Silb, kein Düt, nüd weder jo no nei;
Die gröste Fieber sind jo scho
Nu wegem vile Rede cho,
Drum mueß de Paziänt si chönne halte.
I weiß wohl, wie 's der Seechtre g'gangen ist;
Hett si em Dokter gfolget und nüd eisig
'S Mul offe gha, i wette drruf:
Si wor grad jetzig no am Läbe sy,
Aber das tusigs wätters Plaudermul
Hät eisig mueße gredt und gschnablet ha;
Drum nimm ich 's ebe mir zur Warnig a.

Arzt (für sich).

Nei, das ist doch efang infam! O du
Impertinänti Chlappermühli! Nei
Do hilft doch aber Alles, Alles nüt!

(Zur Patientin, ernst.)

I mueß i no mol abhortiere, Frau;
Um Gottes Wille, sind jez au mol still,
Und folged miner Vorschrift!

Hans Chasper.

Folg doch au!

Arzt (ihr die Hand reichend).

Abjö, abjö! Wünsch gueti Besserig!
(Er geht schnell ab.)

Zweiter Auftritt.

Hans Chasper und Chlese.

Chlese (dem Arzt nachrufend).

I folg i gwüß, Herr Dokter, nei, Jhr müend
Gwüß gwüß kei Chumber ha. I folge gwüß,
Es wer jo au nüd rächt, e großi Sünd.
Hans Chasper, bitt di, sorg doch au däfür,
Und lueg, wänn öppe-n Öpper öppe chunnt,
Daß Niemed öppe-n Öppis öppe zue mer säg.

Hans Chasper.

Will Alles, Alles tue, will Alles tue!
Bis nu rächt still.

Chlese.

Ja, ja, will stille si.

I bi gar grusam schwach und grusam blöd,
Und so e Blödi ist e großi Strof,
Und wer e Strof hät, ist en plogte Mänsch,
Und ploget Lüt sind grusam übel dra.
Ach, und wer übel dra ist, hät kei Freud,
Und wer kei Freud hät, hät e großes Leid,
Und wer so eißter 's Herz voll Leid mueß ha,
Dem ist halt d' Wält nüt as es Jommertal.

Und im e Jommertal diheime z'fy,
Ach min Gott, min Gott, wie ist das es Chrüz!
Und wer fo grufam g'früziget mueß fy,
Hät 's Herz voll luter Trüebfal, Angst und Not,
Und wer 's Herz volle:n Angst und Not — —

   Hans Chafper (einfallend).
Nei, bitt di, bitt di, fchwig jez au e mol!
Und dänk, was Dir —

   Chlefe (einfallend).
    De Dokter gfäit —

   Hans Chafper (einfallend).
Säb au! Nei, was der berig Fieber chönnt
Erwecke. Du bift jo fcho ziegelrot
Dur um und um im ganze Gficht, fäb bift —

   Chlefe.
   Säb bin i. Ach i fpür es ja nu z'guet.

   Hans Chafper.
Hei jo! Drum richt di au e chli dernoh
Und dänk doch au —

   Chlefe (einfallend).
    'S chönnt Hitze geh. Ja, ja.

   Hans Chafper.
Nei, daß 's di eiuers Mols eweg chönnt neh!
Dänn dänk, um Gottes Wille, wie das wär!

   Chlefe.
Drum ebe will i müsli ftille fy,
So ftill, grad wie wänn i gftorbe wer,
Kei Zunge meh verlupfe, nei, nüd rede,
Nüt, weder lut no lys, keis Wörtli,
Churz, nüt, gar nüt, keis Wort, kei Silb, kei Düt.
Hans Chafper, los! 's chunnt wäger Öpper ie —
Heb doch au Sorg, daß Niemed mit mer red.

Dritter Aufzug.

Beeth (die Vorigen).

Ich chume — Guet Tag gäb i Gott! Möcht ebe
Cho luege, wie 's der Chlefe ämel gang.

Chlefe.

Wer isch', wer ist au cho?

Beeth.

Nu ich, ich, Chlefe.

Hans Chasper.

Jä, 's goht 're gar nüd guet, hät grusam Fieber.
Jetz hät ere der Dokter alles Ernsts
'S Rede verbotte.

Beeth.

Nei, was säist, so wol!
Nei, Tufig au! 's Rede verbotte! — Nu
Das wird guet sy, 's schadt nüt, säb schadt's.

Chlefe.

Worum wott mir au Niemed Antwort gäh?
I hä so gfröget, wer au cho sei? —

Beeth.

Nu ich bi do, ich Chlefe, d' Beeth — Ich, ich.

Chlefe (streckt ihr die Hand entgegen).

So so, so bisch es Du? — Willkumm, willkumm!
Gäll au, wie bin ich au en arme Tropf,
Und grusam, grusam, grusam übel dra.
Ich darf nüd rede, mues ganz müüsli=stille sy.

Beeth.

Ja, ja, 's ist besser, bis du nu ganz still
Und red keis Wort, und sei dänn do wer well,
Und gib kei Antwort, wä=me=n Oppis fröget.
Was tuet der au äso am mehrste weh?

Chlefe.

Ach, min Gott! alles zsämme: 's Herz und b' Bei,
De Chopf und b' Füeß, de Rugge, b' Chnü und 's Gnick
Und hä de Stich und Fröst.

Beeth.

Ja, ja, me gieht der 's wäger a.

Chlefe.

Säg, häsch es du au scho e deh Wäg gha?

Beeth.

Ja, fern e Mol do hä=n i au
Nüd dörfe rede, gwüß keis enzigs Wort.
I hä=n e großi Strof gha, und säb hä=n i.

Chlefe.

Und hät 's bi au allbott so grusam dürst?

Beeth.

Ä, Jesis! Halt en Durst zum Gotterbarm.
Häst ebe du jetz au so grusam Durst?

Chlefe.

En Durst wie Tags und mines Läbes nie.
Säg, häst du au kei Wasser dörfe trinke?

Beeth.

Mi Seel kein enzige Tropfe. Du au nüd?

Chlefe.

Bi Chopfabhaue hät er mer 's verbotte,
De Dokter.

Hans Chasper.

Ja, und au bi Chopfabhaue,
Daß d' jetz nüt rede dörfist, Frau. Dänk dra.

Chlefe.

Ja, ja, i dänke dra.

Beeth.

Ja dänk doch dra
Und halt 's doch au und tue kei Mul meh uuf.
Weist au, daß 's Ghoorlis Fecke Chind, bi Not,
E jungi Tächter hät?

Chlefe.

Hä nei! Was du
Nüd säist! Wänn isch es worde?

Beeth.

Gester z'Nacht;
So hät mer 's b' Chüechlimueter grad verzellt;
Es sei es tolls, es gsunds und wackers Chind.
Jetz jom'red Er und Sie halt schröckeli,
Wil j' ebe meined, 's chömm dävo — —

Chlefe.

Und halt scho öppe Sächsi häub?

Beeth.

Gäll, Sächsi?

Chlefe.

Wo nüd meh? — Ich meine gar,
Si häieb Sibni? — Oder nüd, Hans Chasper?

Hans Chasper.

Ach, schwig und wund're doch au nüd. Gohjt 's mich
Dänn Öppis a?

Chlefe.

Wänd lieber hoffe, nei.
Wie ist au ase 's Wätter dusse, Beeth?

Beeth.

Es gitt en herrli, herrli schöne Tag.
De Gugu schreit, 's chyt über Berg und Tal,
Und b' Vögel singeb, j' vil as j' mönd.

Vierter Auftritt.

Vorige. Bab.

J cha nüd anderst, mueß fürwohr cho luege —
Tag gäbi Gott — wie 's dir au ase gang? —
Händ er wol gschlooffe? Was d' au ase machist,
Chlese. Hän ebe ghört, 's gang gar nüd guet.
Dä dörfist jo nüd rede, isch au wohr?

Chlese.

Ja, ja, 's ist wohr, keis Wörtli darf i rede,
Nüd eis. Do mueß i sy grad wie=n en Stumm,
Darf höchstes säge: Jo und nei, suß nüt,
Gar nüt.

Bab.

Sust nüt?

Chlese.

Gar nüt.

Bab.

Jo wol, gar nüt?

Chlese.

Nei wäger nüt, gar nüt.

Bab.

Gotts Name, 's besseret nu desto eh.
Es freut mi herzli, daß di so chast halte.
Und bis du nu rächt standhaft immer furt.
Gäll, aber 's wird der halt langwylig sy?

Chlese.

Grusam langwylig isch mer öppedie.

Bab.

Ja, ja, i cha mer 's dänke. Bhüet is Gott
Und gsägn=is Gott! So Öppis hät e Nase —

608

Beeth.

Nänäi, so Öppis ist mi Seel kein Gspaß.

Chlese.

Jo, glaubet 's nu, das sei e großi Plog.

Beeth und Bab.

Gäll, 's ist e Plog?

Chlese.

Ja, 's ist e großi Plog.

Bab.

Häst au ghört vo dem große Chrieg?

Chlese.

Ach Gott!
Gitt 's öppe wider Chrieg?

Bab.

Em Bohnepardli werd der Ufall goh [1],
Und dänn de Chaiser z'Östrych äne sei
Am affidiere. Witer hä=n i ghört:
De Schwobe=n und de Baier-König müeßed
Au so versluemeret vil Schulde ha.

Chlese.

Die Chätzers Lumpehünd. Verzieh mer 's Gott!
Und jez gitt 's ebe Chrieg?

Bab.

Ja, ja, 's gitt Chrieg.
Und ganz Italie und Rom sei Alls
Ei Räuberbande, sei —

Chlese.

Es Räuberland?
Si möged bloß gnueg Dölch und Spieß
Und Metzgermässer gmache, gheißt 's.

---

[1] Bankrott machen.

3

Chlefe.

Jo wol, jo wol, 's gitt Chrieg! Wer hät 's au gsäit?

Hans Chasper.

Eidli bim Eid, ghörst, Frau, Du redst mer z'vil.

Chlefe.

I hä mi doch in Acht gnoh, alliwill.
Hä dänkt, i well em Dokter folge, punkt,
Well gar nüt rede, weder jo no nei,
Keis Wort, kei Silb, kein Düt; churzum, gar nüt.
Und hä 's au ghalte bis der Augeblick.
Jez merk i ämel, 's besseret im Gnick,
Und dürste tue=n i nümme halbe so,
Und d' Hitze händ fast alli nohe glo.
An i de Beine=n isch mer wider liecht,
Und uf=em lingge Herz au, wie 's mi büecht.
Gott Lob und Dank, daß i mi ghalte ha!

Beeth und Bab.

De Dokter ist allweg en gschickte Ma.

Nach Jakob Stuz.

Die Hochzeits-Gratulanten.

Dramatische Szene, zum Uffführen mit Kindern.

(Ein Bauer und sein Weib mit 7 Kindern — alle in Wehntaler=
tracht gekleidet — treten in den Hochzeits=Saal).

Vater (vortretend): Guete Tag, ihr wertiste Hochsiglüt!
Argüsi es bitzli — und zürned is nüt,
Wänn mir Eu gschwind störed an Euerem Asse.
Mer blibed nüd lang — nu stille gsässe!
Das ist mi lieb Frau und mi sibe Chind,
Wo=n ebe na nie am e Fest gsy sind.

Drum lügged s' mer eister, Tag für Tag
In Ohre mit ihrer ebige Chlag:
Si wellid gwüß au emal Firtig ha,
Und drum a dem Nachbar sis Hochsig gah.
Jez wärid mer da. Nu säg i vorus:
Vil Chöstli's träged mer nüd i's Hus,
Es mag's nüd g'geh für eus Burelüt,
So vil Gäld z'vertue i der schlächte Zit.
Mir gänd, was mer händ — was will me meh?
Und mir dörfed is eineweg au la gseh.
Was mer bringed, ist luter reali Waar,
Und nu eigis Gwächs — ja gwüß isch' wahr.

Mutter (leise): Hör au emal mit der Predig uf;
Es losed dir nümme die Halbe druf.
Säg lieber de Buebe, was Astand sei!
Lueg au, wie s' det stönd, die säbe drei!

Vater (zu den Buben): Potz Stickelspitz und Bohnebluest!
Seh, Heiri, mach gleitig, daß d' Chappen abtuest!
Putz d' Nase, Hans Chueret, und stand e chli grad!
Nu, tisig, Hanoppel, bist nanig parad?
Jez mached er all e schön's Kumplimänt,
So, wie mer 's de Morge-n eu zeiget händ.
(Die Kinder machen sehr linkische Bewegungen.)

Mutter: Herr Jesis, Herr Jesis, was mues mer erläbe?
'S ist doch mit eu alli Arbet vergäbe!
Das sind Sparginienter! Da mues mer drab lache!
Chum, Vater, mer wänd en-es nomal vormache!
(Vater und Mutter machen die Begrüßungs-Komplimente vor; die Kinder ahmen sie nach.)

Vater (entschuldigend): Die Bürschli sind eben au gar na jung,
Drum mached s' d' Sach nüd mit dem rächte Schwung!
Und hüt sind s' derzue na vertrüblet und schüüch
Und vergässed im Schräcke die Sitte-n und Brüüch.

Mutter: Schwig jez, se chönd s' ihri Sprüchli säge
Und dem Hochsigpaar i d' Ürte träge.

Vater: So fanged dänn a und gänd au rächt Acht,
Daß e Keis öppe bsteckt oder Fehler macht!

Zuſanneli	Zwei Tübli bring i, wyß wie Schnee — —
Heiri	Es Burebrot legg ich Eu y — —
Hanoppel	Nu Brot ellei, das cha's nüb tue — —
Chaſper	Will gern gieh, wie mi Ankeballe — —
Chucret	Ihr Hochſiglütli, lueged da — —
Hans	Es gahd e Red in eujem Land — —
Peter	Lönd iez de Chlinſt au no gſchwind ſäge —

(ſchreien zugleich):

Mutter (ſchellend): Ihr wüeſte Grüsle, was ſchreied er ſo!
S'mues ordli Eis nach em Andre cho.

Vater (gleichfalls): 'S gahd dem Alter nah, i han i's doch gſeit:
Fang a, du Zuſanneli, und ſtand nüd ſo breit. —

Zuſanneli (tritt vor und überreicht einen Korb mit zwei weißen Tauben):
Zwei Tübli bring i, wyß wie Schnee,
Ihr händ gwüß na kei ſüberi gſeh!
Si ſtönd dem Hochſig prächtig a,
Dänn 's ſind prezys au Frau und Ma.
Wie gſehd — ſi händ enand ſo lieb,
Keis macht dem Andre s' Läbe trüeb.
Er wott was ſie, und ſie was er! —
Wänn 's nu i n'jederem Hus ſo wär!
Was ſoll das Gſchänt dem Hochſigpaar?
En Wunſch bedütet's, das iſt chlar:
Daß Ihr in Euerem Cheſtand
Wie d' Tübli läbid mitenand,
So ſanft und ſtill, ſo fromm und froh —
Dänn mues es ordli uſe cho!

Heiri (mit einem großen Laib Bauernbrot):
Es Burebrot legg ich Eu y,
Keis Göbli chönnti gſchickter ſy!
All Mänſche bätted i der Not
Zum liebe Gott um's tägli Brot;
Dänn Beſſeres z'äſſe git 's halt nüt;
Drum liebed 's rych und armi Lüt.
Häd öppe=n i den erſte Tage
'S jung Paar nüd z'byße=n und nüd z'gnage,
So chunnd 's em wohl i dere Zit,
Wänn ſo es es Stuck im Chäſtli lit.

... J weuſch, es göng in Eurem Hus
'S Brot Euer Läbtig gar nie us;
J weuſch, er möchtid vorigs ha
Für mänge=n arme plagte Ma!

Hanoppel (mit einem Korb Weinflaſchen):

Nu Brot ellei, das cha's nüd tue;
Da gieng 's au gar ſo troche zue.
Drum ſchüttet me dänn hinnedry
Na gern es Gütſchli guete Wy.
De hämm=mer pflanzt am Chilleräi.
(J han au mängmal gſchwitzt debei.)
De Vatter ſeit: Das ſei en Tropfe,
De bring de Puls eim ſtarch zum Chlopfe,
Und ſeig eim 's Herz au na ſo chrank,
'S werd wider munter vo dem Trank.
Drum ſüggeled fröhli nu devo,
So werded er zu Chräfte cho!
Doch glych nüd z'vil, nänd Eu in Acht,
Will er ſuſt ſchlimmi Spuse macht!

Chaſper (mit einer Butterballe):

Will gern gſeh, wie mi Ankeballe
Dem Brutpaar öppe möchti gfalle.
J ha ſi ärtra ſälber gmacht
In euſerem Fäßli geſter z'Nacht.
Zäh Liter Nidel häd's brucht derzue —
Si fött 's Eu wol drei Wuche tue.
Du, jungi Frau, nimm aſe friſch
Es Mödli an zum Kaſitiſch;
Mei, wie das ſanft de Hals abſchlycht,
Wänn me's ordli uf es Brötli ſtrycht!
Machſt du demit es Söbeli a,
Tuen au es Schnäfeli Bölle dra.
Es iſt dänn überhaupt au guet,
Daß me der Anke ſpare tuet.
Me chan e bruche=n allethalbe,
Weiſcht ja — zum Schmiere und zum Salbe!

Chueret (mit einem großen Schinken):

Ihr Hochſiglütli, lueged da,
Was Schöns ich i mim Zäinli ha:

E hinderi Hamme, feiß und rund,
Si wiegt uf 's mindift fibe Pfund.
Si ftammt vom fchwarze Säuli na,
Wo z'Liechtmes häd müeje 's Läbe la.
Graukt ift fi tüchtig — und drum git 's
Dervo famofi Hammefchnitz;
Die müend Eim fchmöcke delikat,
Am befte=n allweg zum Salat.
J ha vernoh, s'Säufleifch fei hür
Ganz heidemäßig rar und tür.
Drum chönnd er vo dem, was ich verehre,
Na grad es bitzeli „hufe" lehre.

Hans (mit einer großen Schüffel voll Sauerkraut):

Es gahd e Red in eujem Land,
Si ift Eu alle wolbekannt;
Bim Hochfigha tüend b' Spötter lache:
„Die Zwei wänd au Surchrut ymache!"
Was heißt dänn das? — J nimme=n a,
Es fei allweg e fo z'verftah:
'S git mängi furi, trüebi Stund
Zäntume=n im=en Ehebund;
Dänn Freud und Leid mues 's Lebe ha,
Und eister dörf's nüd luftig gah.
Nu weufch i Eu im Herze ftill,
'S geb böfi Stündli nüd gar vil.
Und mueß doch Surchrut g'gäffe fy,
So nähmed's grad bi Zite=n y;
Dänn lyt das Züg in alte Tage
Eu nümme bfchwerli uf=em Mage.

Peter (mit einem Salzfaß):

Lönd jez de Chlinft au na gfchwind fäge,
Was er Eu möcht i d'Ürte träge.
So gueti Sache=n allerlei,
Wie da mi Brüedere, han i kei;
Mis Gfchenkli choft nu wenig Gält,
Me bruucht 's ja i der ganze Wält.
Räß ifch es wol und byßt und brännt,
Doch git 's de Spyfe 's Fundamänt!

'S heißt: Wer tei Salz a d' Suppe tüe,
Heb nu e blödi Lürebrüe.
Das Gwürz ghört dir, du jungi Frau,
„Das Salz der Ehe" nennt mer's au.
Du mueft dem liebe=n Ehema
All Tag es Hämpfeli geh derva
Und er git dir en Mumpfel zrugg.
So schlucked brav und gänd nüd lugg,
Bis ihr es Viertel g'gäffe händ;
Dänn find er mit der „Prob" am Änd,
Und Eure Ehbund ist so fest,
Wie=n uf=em Fels es Adlernest.

Mutter (mit einem Korb voll Eier):

Und wil jez b' Chinde fertig find,
Bring ich mis Sächli au na gschwind.
In Ehstand paßt es Ei nüd schlächt;
Was meined er? Han i wol rächt?
Es git allpot en fule Tag,
Wo d' Husfrau nüd vil chöchle mag,
Da nimmt fi 's Pfännli und macht rätsch
Dem Ma en große=n Eiertätsch,
Au Stierenauge=n öppedie —
Da haut er y — und dänn na wie!
Und überhaupt find d' Eier gfund
Für Jung und Alt zu 'n jederer Stund.
Dänn chunnd mer z'Si na obedry,
Mis Gschänk chönnt au es Glychnis fy.
'S ist mit dem Ei e leidi Gschicht:
En Stupf, en Druck — und es verbricht.
So cha 's au i der heilige=n Eh
Gar gly en chlyne=n Unfall geh;
Und bruched d' Ehlüt kei Verstand,
Laßd d' Schale plötzli abenand.
Dänn isch' um Glück und Fride gscheh
Und hälfe cha kein Dokter meh.

Vater (mit einem lebendigen Hahn in einem Korbe):

J bi de Vatter und mache de Bschluß,
Sust hett die Sach kein rächte Guß!

Gänb Acht, i bringe=n öppis mit,
Wo Läbe hät unb Läbe git!
„En Hahn im Korb" für de Chema!
De wirst mi öppe=n au verstah!
Ist au das Bürschli na so chly,
Es cha dir glych es Münster sy
Vo Männerstolz unb Männerchraft,
Unb wie=n eu rächte Vatter schafft
Unb wacht unb sorget früeh unb spat,
Daß 's fürsi unb nüb hinbersi gaht.
Mach 's au eso, min guete Fründ,
Stanb ane fest für Wyb unb Chind,
Teil treu mit ihne Lust unb Weh
Unb las ene nüb Leib's la gscheh.
So packt en rächte, brave Ma
Das Gschäft im Eheläbe=n a;
Dänn nues 's es geh i churzer Frist,
Daß er de „Hahn im Chörbli" ist.

Mutter: Unb jezig wär die Predig us;
Doch, eb mer furtgönd usem Hus,
Wird au na gsunge. Stimmed a, —
En Jebers singt, so lut as 's cha.

(Die Kinber treten in einen Halbkreis unb singen ein Hochzeitslieb.)

[Melobie: Morgenrot, leuchtest mir 2c.]

O wie schön! O wie schön!
Schalled d' Hochsig=Gloggetön!
'S isch, as well de Länz erwache!
Erb' unb Himmel möged lache,
Wänn zwei Mänsche zämme chönnb.

Blib 's eso! Blib 's eso!
Möchti 's doch nie anberst cho!
Wänn er wänb, so mues es glinge;
Halteb nu vor alle Dinge
A der Lieb · unb Treui fest.

Schänkeb y! Schänkeb y!
'S Läbe=n ist so balb verby!

Wer 's vergißt, es ordli z'gnüße,
De wird 's na mal schwer verbrüße;
Aber dänn — isch' wäger z'spat.

Vater: Jez bhüet i Gott, ihr Hochsiggest!
Mer wünsched Glück zu'n Euerem Fest!
Doch halt — da fallt 's mer grad na y:
Mer bitted — um es Gläsli Wy!

(Nachdem die Gesellschaft sich mit einem Glas Wein erfrischt hat, tritt sie, unter großen Bücklingen rückwärts marschirend, ab.)

E. Schönenberger.

Neue Glocken.

Euse Vetter, de Trünggeler Chappi, tubäßlet am Sundig
Vor siner Schür, wo 's lüt't, und rüeft dem Chüng, wo vorby gahd:
„Pfleger, jez dhunnst mer grad rächt! Säg, dunkt 's di nid au ase
                                                                      truurig,
„Wie=n eusers Chilleg'lüt tönt! Es ist bald nümme zum loje!
„Wie sie an scherblet, die Groß, und just na falsch chyt, zu'r And're,
„Daß 's Eim schier d' Ohre versprengt! J mues mi allimal ärg're
„Am e Sundig am Morge, wänn z'ringelum us alle Gmeinde
„D' Gloggetön chömed so schön — und druf eusers Bimbele=n
                                                                      agahd.
„Schlöhnd s' wider d' Becki zämme? So spotted d' Nachbere z'Roßbach,
„Und was chömm=mer da säge — wänn d' Spötter meh weder
                                                                 Rächt händ?"
Doch es säid em de Pfleger: „Du machst dänn glych au en Lärme;
„'S würd Eine meine, das Ding müeßt starregangs grad über
                                                                 Nacht gscheh.
„'S wird ja scho anderst cho, wenn d' nu es bitzli magst g'warte;
„Sit 's a der Bätzitglogge bis halbe=n use'n en Sprung häd,
„Hämm=mer's fest an im Plan, und 's ist scho schier i der Ornig,
„Daß bis am nächste Neujahr en anders Glüt mües im Turm sy.
„'S dhunnd wahrschinli vor d' Gmeind am Sundig über acht Tage;
„Bist du so sürig defür, so chumm und heb e schöns Redli."

Und es lachet de Chappi und säid: „So lah mer 's la gsalle.
„Jetz ha=n i wider Respäk vor euserer hohe Behördi;
„Bringt si die Sach vor d' Gmeind, so wird si dänn 's Ander scho
.mache."

* * *

Und i der andere Wuche, da lauft be Wäibel i b' Hüser
Und verchündet: Es sei am Sundig dänn e Versammlig,
Grab na der Chille=n am Morge, und wer dänn öppe diheim blib,
Zahli en Franke Bueß — de Herr Presidänt heb 's befohle.
'S seig e wichtigi Sach, es handli si wäge de Glogge,
Ob mer die alte well bhalte oder well neui la mache.
Also rucked s' dänn y am nächste Sundig am Morge.
Us alle Löchere chrüched s', und 's fehlt, uf Ehr, au nüd Eine.
Lang vor der Chilletür stöhnd s', und macheb wichtigi Gsichter,
Strecked b' Häupter dänn z'jämme und disputiered so yfrig,
Daß mer meinti, es gieng allweg uf Läbe=n und Stärbe.
Druf i der Chille=n erchlärt de Presidänt dänn die Umständ
Mit dem scherblige Glüt, und daß halt b' Chillepfleg findi,
'S chönn gwüß nümme so gah; dänn de Sprung werd' alliwil ärger
Und mer erläbi's wol na, die Gloggestück flügid zum Loch uus.
Drum sei 's Besti, mer tüeg sofort zwo neui la gäße,
A der „untere Straß" bim weltberühmte Herr Chäller;
('S seigi de Ma, wo z' Roßbach die prächtige Glogge=n erstellt heb.)
Au sei 's durchuus nüd gsaid, daß eusers Glüt müesi schwer si;
Dänn das wüssi mer wol, es fehli echli an Finanze;
Choste werdi das Ding dreitusig und umgradi Franke —
'S chönnti villicht au si, de Herr Chäller würd zimli vil ablah,
Wänn 's Metall vo den alte Glogge sich bruchbar erwysi.
„Und jetz spräched J uus", so häd de Redner dänn gschlosse,
„Niemer brucht si z'scheniere, und n'jederi Meinig mueß ghört sy.
„Nu das Einzig verlangi, daß Ihr mit Astand verhandlid
„Und nüd öppe, wie früehner, bim Disput Eu schimpsirid."
Wo=n er jetz schwigt, da gahb 's an es Brummle=n und an es Bruuse,
Prezys, wie wänn de Sturm bur 's Chämi ab chäm cho rumore.
Jeder schnäderet halt und exiziert mit de Hände;
Doch die mehrste, so dunkt 's mi, niggelid „Ja" mit de Chöpfe.
Nu i der vorderste Bank ist allweg es Trüppeli nüd zfride,
Dänn bet heped 's so lut und fusted na gar i der Täubi.

Zletſcht, wo de Herr Preſidänt an Eim furt chlopft mit dem Bleiwys,
Lahd de Lärme doch nah, und es mäld't ſi hurtig en Redner:
'S Rote Hans Chueret mit Name, er wohnt im vordere Taßberg,
Und i n'jederer Gmeind wott er z'allererſte halt ſchwätze.
„Hochgeachtete Preſis, und Ihr, mini wertiſte Bürger,"
Alſo fangt er dänn a, und git ſiner Stimm echli Salbig,
„'S dunkt mi, wäg dene Glogge ſött me nu gar nüd vil rede,
„Dänn, was b' Chillepfläg wott, das hett ſcho lang ſelle gmacht ſy.
„Drum ſo ſprich i der Pfläg im Name-n Aller min Dank us,
„Daß ſi eus öppis Nächts und Gſchids zur Abſtimmig bracht häd.
„Und ich träge druf a, me ſöll der wackre Bihördi
„Eiſtimmig Rächt werde lah. Jetz Punktum und Streuſand druf ane."
Chum ſitzt er ab, ſo ſchützt in eim vo de vordere Bänke
Gſchwind de Püntacherbur, de gizig Joggli, i d' Höchi,
Hueſtet vürnehm und ſcharf und luegt umenand aſe grimmig:
„Loſed, ihr Fröſchwyler Bürger, ich han e ganz anderi Meinig,
„Und vo der Läber eweg red ich, ob 's hau oder ſtächi.
„Iſt dänn würkli das Glüt e ſo e ſchülis Bedürfnis
„Für ſo en ärmlichi Gmeind, wo ſuſt ſcho deweg mues ſtüre,
„Daß ere 's Ligge weh tued? I frage: Bitti, warum au?
„Tät 's nüd en einzigi Glogg eme Dorf vo zweihundert Seele?
„Wänm=mer die ander verchuff, ſo hettid mer na en Profit gmacht.
„Sägid, ihr Manne, was nützt das Gvätterlizüg, wänn me nachher
„Schulde mues zahle wie Heu, und Hunger häd wie b' Zigüner?"
„„Halt!"" ſo rüeſt jetz de Preſis; „„ich wyſe de Joggli zur Ordnig;
„„Dänn das gahd doch nüd a, von Glogge ſo ſpöttiſch go z'rede.""
„Nu dänn!" chrähet de Joggli „ſo mues i, dänk i wol, ſchwige.
„Doch, das ſäg i zum Schluß : Wänn ihr das Gloggewärch bſchlüßed,
„Gahn i ſicher nu hei, verchaufe ſchlünig mis Heime
„Und am künftige Mai ziehn ich mit minm Gäld zu der Gmeind us."
Aber jetz git's no emal en Lärme wie=n a me Jahrmärt;
Für und gege de Joggli redeb ſ' im luſtigſte Wirrwarr.
Und es ſchreit Eine lut: „De Püntacherjoggli häd 's rächt gſäid;
„Huſe müend mer, ihr Lüt, das iſt im Läbe doch b' Hauptſach."
Doch de Trünggeler Chappi iſt glych na ordli zum Wort cho,
Und mit chräftiger Stimm ſpricht er: „Preſidänt und ihr Bürger!
„'S lupft vo Bode=n ein ſchier, wänm=me derigi Rede mues ghöre,
„Wie da die letzt. Mir ſchynt 's, de Joggli ſei nüd bi Troſt hüt.

„Wohi chämed mer ächt, wenn Jede=n allimal fragti:
„Was träid 's y und was nützt 's und was müend mer dänn defür ſtüre?
„Aber mi Meinig iſt die: De Plan mit dene zwo Glogge
„Gfallt mer würkli nüd rächt; das iſt nüd Halbs und nüd Ganzes.
„Zum en ordliche Glüt müend allermindiſtes drei ſy;
„Dänn git 's erſt Harmony, ſo hämm=mer 's ja ſcho i der Schuel ghört.
„Und na en witere Grund, en triftige, git 's für de Dreiflang:
„'S Puntenöhri der Gmeind, ihr wertiſte Fründ und Bürger,
„Soll eus 's Rosbacher Volch dänn hinedry wider cho ſoppe:
„„O ihr arme Fröſchwyler, wie tönt Euer's Glüt ſo erbärmli!
„„Händ er ebe kei Gäld me gha zum oberſte Glöggli?""
„Wänn de Joggli denn ſäid, er ziehi uf Maie zur Gmeind uus
„Mit ſim Vermöge — nu, nu, das dunkt mi es bitzeli ſchmutzig.
„Aber er ſoll doch au gah! Mir zahled ellei euſer Schulde.
„Ja, e harmoniſches Glüt, das ſtahd euiem Dörfli ſo wohl a,
„Und dänn dörf men emal au ſäge, wo me diheim iſt.
„Drum, wer e chli Rebidaz und e rebli's Fröſchwyler Herz häd,
„Stimmt für drei Glogge hüt und underſtützt ſo min Atrag."
Wo de Chappi do ſchlützt, ſo chlatſched ſ' und rüeſed em: Bravo!
Etli ſäged au lut: Er häd mer ganz us der Seel gredt.
De Preſidänt, de meint: Mer wänd emal jetz etſcheide.
Lueg, da ſtimmt die ganz Gmeind mit Jubel zum Atrag vom Chappi;
Blos vier Ma blibed ſitze (drei müend dem Joggli halt zeiſe):
Und ſi göhnd mit em furt und mached böſi Geberde.
— Doch, es häd dänn de Bſchluß zäntume=n im Dörfli e Freud gmacht,
Wie wänn d' Fröſchwyler Gmeind uf eimal en andere Wärt hett.
Aber de Pfleger Chüng chlopft uf em Heiweg dem Chappi
Fründtli uf d' Achsle=n und ſäid: „Los, liebe Vetter, du häſt hüt
„Gredt wie=n es Buech und d' Sach ſcharmant und gründtli verſochte;
„Bruuch i en Fürſpräch emal, ſo chum i dänn Dir cho ge rüeſe."

*   *   *

Früeh am Ziſtig dernah, da gſeht me b' Fröſchwyler Pfleger
Schön im Sundiggruſt bim Pfarhuus obe verſammlet.
Au de Herr Pfarer deby; es träid en Jedre=n en Stäcke,
Wil ſi ebe wänd z'Fueß es Reiſli jez mache go Züri
Und a der „untere Straß" die neue Glogge go bſtelle.
'S iſt en prächtige Tag, und ſi reiſed obe dem Holz nah,
Bald uf ſunniger Straß und bald dur ſchattigi Wälder;

Chömed am Zächni i b' Stadt und nähmed bim Schneebeli z'Nüni.
Gäg den Elfen aſä ſpaziered ſ' duruuf gägem Milchbuck,
Und da träffed ſi ſchön de Meiſter i ſiner Wärchſtatt.
'S nimmt de Herr Pfarer 's Wort und ſäid: „Mir chömed us Uftrag
„Vo der ehrbare Gmeind Fröſchwyl am Pfanneſtiel obe,
„Sie, Herr Chäller, cho frage, ob Sie nüd öppe das Jahr na
„Chönnted drei Glogge=n eus güße (ſüſzg Zäntner müeſted ſi wäge)
„Ob Sie die alte zwo nüd zum Vorus a Zahligſtatt nähmid
„Und was ändtli die Gſchicht an Summa Summarum möcht choſte?"
Druuf, ſo lächlet de Ma und git ene früudtlichi Antwort:
„Bis am Neujahr, ihr Herre, da werded die Glogge nüd fertig,
„Dänn es laſted uf mir no alti preſſanteri Uſträg.
„Doch bis öppe=n im Mai, da chönnt i's dänn ſicher verſpräche.
„Choſte wird 's uf all Fäll ſächstuſig und einigi Franke,
„Wänn au für 's alti Glüt en ordli's Sümmli chaun abgah!"
. . . Aber jetz ſchnibed die Pfleger uf eimal länglichi Gſichter;
Dänn ſie händ im Kredit für d r e i — und nüd ſ ä ch s tuſig Franke.
Und da halted ſi Kat und zucked gar ernſt ihri Achsle,
Bis de Verwalter, de Chüng, zletſcht ſäid: „Wer wend's au risgiere,
„Choſti's, was 's well — me macht jez nümme=n uſe=n und abe.
„Und e chli gſchämig wär 's au, wänn 's heißti, mer hettid nüd uſgricht."
Also mached ſ' dänn ab; de Herr Pfarer gid na dem Meiſter
Uf eine Zeddel drei Sprüch, wo=n er uf d' Glogge mües ſchrybe,
Und de Lehrer macht gſchwind vom Fröſchwyler Wappe=n e Zeichnig
('S ſind obedure zwee Chärſl und drunder une=n en Wäggis.)
Das mües ſuber und groß uf n'iederer Glogge dänn z'ſeh ſy.
Ändtli am halbi Eis, da nähmed di Herre ſchön Abſchied.
Äſſed z'Mittag i der Chrone und trinked im Nietli de Kafi,
Und gegen Nnachte ſind ſ' vergnüegt und gſund wider heicho.
Chömed dänn gwundrigi Lüt der Eint und Ander cho frage,
Wie 's mit de Glogge=n jetz ſtöhnd, ſo gänd ſ' ene richtigi Antwort
Bis uf en einzige Punkt: das iſt die Sach wäg de Chöſte;
Dänn ſi fürched mit Nächt, de Püntacherjoggli chönnt Lärm ſchlah.
Und da wüſſed ſi hübſch prezys wie d' Chatz um de Brei z'gah:
„'S ſei nüd wichtig, was 's meh choſt, au chönn me 's g'nau nanig ſäge."
(Derigi Usrede git 's, und b Hauptſach tuet me vermunggle.)
Sächstuſig Franke! — das Wort lahd ja kein Pfleger zum
                                     Muul uus;
Daß dem husliche Volch ſi mächtig Freud nüd verderbt werd.

＊   ＊   ＊

'S chunnd en Winter i's Land und zwar en grüseli rruche;
Gfrore=n ist Stei und Bei und 's Heize häd nüd welle bschütze;
D' Kälti ist asä groß, wenn d' Glogge=n im Turm obe schlottred;
Emel die groß z'Fröschwyl häd gjammeret halt zum Erbarme;
'S Lüte tuet ere weh, und be Sprung wird alliwil witer,
Bis de Sigrist am Änd die Grochseri gar nümme=n aziehd,
Und dem Herr Pfarer erchlärt, er lüti jetz nu na mit Einer.
Aber dem Volch usem Berg gfallt 's nüd, das eitönig Bimble;
'S planget drum Alls uf de Mai, wo schöneri Musik in Turm bringt.
Ändtli chunnd dänn en Brief mit großer, fröhlicher Botschest:
Daß am seusten Abril 's Fröschwyler G'lüt werdi g'gosse
Da git 's wider im Dorf e munters Gjäg und Verhandle,
Und zum andere mal müend d' Pfleger uf Züri usrucke,
Dänn bi dem wichtige Akt dörf ja d' Bihördi nüd sehle.
Etlichi Burger göhnd mit (vor Allem de Trünggeler Chappi)
Und begeisteret sind s', wo 's nachtet erst wider hei cho;
Händ na im Wirtshus verzellt, wie 's g'gange sei bi dem Güße:
Vo dere schülige Hitz i säbem gmuurete=n Ofe,
Und vo dem Becki, wo 's Erz so fürchtig südi und strobli.
Wie dem Gießer si Lüt drin uune chellid und nodrid,
Bis dänn es Türli usgöng und d' Brüch zum Loch use strätzi
Grad wie=n en fürige Bach — und dänn uf sichere Wege
Abe lausi i d' Form, wo=n underem Boden erbaut sei,
'S heb dänn öppedie g'sprützt und g'klöpft, wie wänn me würd schütze,
Wänn das glüehnig Metall nu es Bitzeli Füechti verwütscht heb;
Nach ere Viertelstund sei aber Alls scho vorby gsy.
'S heb de Herr Chäller dänn gsäid, er hoffi, die Sach sei em g'rate,
'S werd de Guß möge g'falle i zweimal vierezwänzg Stunde;
D' Forme bräch' er dänn uf und lupfi d' Glogge=n i d' Höchi,
Butzi s' suber mit Sand und syli d' Höger und d' Flärz ab;
'S göng nu zwo Wuche, bis drei, dänn sei das Glüt i der Ornig.
… Und drei Wuche vergöhnd; da chunnd e neui Staffete
Ab der „untere Straß": „D' Fröschwyler Glogge sind fertig:
'S chönned die Herre das Glüt an Ort und Stell cho
ge prüefe."
Zwee, wo d' Musik verstöhnd — de Lehrer und de Herr Pfarer —
Übernähmed das Amt (doch bschicked s' dänn na. en Dritte
Mit em e sinere Ghör — er orglet, glaub', im Großmünster —

Daß men au Eine heb, uf de me ſi ſicher verlaß chön.)
Wo de Herr Chäller die Drei zu ſiner Werchſtatt begleitet,
Hanged b' Glogge ſcho frei, und b' Expertiſe chan agaß.
Mit de Hämmere ſchlößnd ſ', bald ſtarch und bald e chli lyſer,
Zerſt a die groß — ſie heißt F — und dänn a b' Terz und a
b' Quinte,
D' Stimmgable nehmed ſ' i b' Hand, und lösled und mached Fatune;
Aber bald ſind ſi Eis: „Es ſeig en prächtige Dreiklang,
Und wänn au die groß Terz es bißli ſchärfer ſott klinge —
Sei 's e harmoniſches Glüt und g'rate, daß beſſer nüd nützti."
Mit dem Bricht göhnd ſi hei, und b' Chillepfleg freut ſi unändrli,
Daß die Sach ſo guet ſtahd und daß me de Lüte chann ſäge,
'S werdib im Monet Mai die neue Glogge in Turm cho.

* * *

'S iſt bi der Chille z'Fröſchwyl am e Fritig früeh ſcho en Gräbel,
Und öppis Hamperchslüt g'hörſt im Chilleturm boldre wie bſäſſe!
Was ſi mached, das merkſt: ſi lupfed die alte zwo Glogge
Jetz uſem Turm und lönd ſ' mit Seile-n obe zum Loch uns.
Une laded ſi ſ' grad uf b' Brugg vo 's Sprürmüllers Wage.
Wil men uf Züri hüt mües die neue Glogge go hole,
Chön me die alte grad mitnäh, 's göng dänn in glychlige Chöſte.
'S ſtöhnd vil Fraue-n au det und Manne mit tubwyße Haare,
Träne wüſched ſi ab und ſchüttled b' Häupter und chlaged:
Bhüet i Gott wohl, ihr Fründ und Züge vo beſſere Zite,
„Wo ſo vertraut ſind mit eus ſit der Juged glückliche Stunde.
„Hunderte händ er ſcho grüeßt gar trurig zum letzte Spaziergang;
„Jetz iſt 's Sterben an eu — und bald wird's villicht an eus cho."
Aber die jüngere Lüt mached kei e ſo ſchweri Gidanke.
'S gid ja en fröhliche Tag, das lieſt me-n uf jederem Gſichtli.
Hüt wird da obe z'Fröſchwyl i Hus und Fäld e ken Streich gſchafft;
Au mit der Schuel iſch es nüd — wer wett möge ſchrybe und rächne
Und ſtill ſitze-n im Bank, wänn's duſſe-n e ſo es Feſt git?
Uf de Beine-n iſt Alls, die Große grad wie die Chlyne,
Halbe-n im Sundig und ganz, und munter, gſpröchig und gſchäftig;
Dänn es heißt: „Bis am Drü mües 's Chirchli na gſchwind dekeriert iy
Und en Boge-n uufgricht — es heb ſuſt kei Art und kei Gattig."
D' Buebe ſind ſcho i's Holz abgreiſt mit dem Trünggeler Chappi
Epheu go hole-n und Mies mit Chrätte, Zäine-n und Graschorb;

Blüemli us Garten und Wald, das bringed die jüngere Mäitli,
Und i's Herr Pfarers Schür hantiered dänn d' Jumpfren und b' Fraue,
Büschled Bluemen und Mies und mached Girlande=n und Chränz
druus.

Hine bim Ygang i's Dorf regiert de Rote Hans Chueret,
Grabet Löcher i d' Straß und pföhlet i n' jeders e Tann y,
'S sett en Triumpfboge gäh — de Lehrer schafft a der Inschrift.

Une=n und obe=n im Dorf, da wüsched j' d' Stäge=n und d' Strößli,
Butzed d' Ortgräbe=n uus und mached d' Miststöck i d' Ornig,
(Dänn de Herr Pfarer häd gjäid, es chömid frönd Herre=n i's
Dorf hüt.)

Aber am Eis z'Mittag, da ist das Fröschwyler Dörfli
Grüstet zum Gloggen=Epfang — wie=n es Badedrückli so suber;
G'gässe händ d' Lüt scho lang und stöhnd vorusse=n und lueged
Gäge der Mülli durab und zähled d' Minute und planged
— Bis dänn de Sigerst im Turm sin Chopf zum Gloggeloch uus
streckt

Und mit mächtiger Stimm i's Dorf abe hepet: „Si chömed!"
Aber de Trünggeler Chappi häd uf es Zeie nu gwartet
Obe=n am Schuelhusplatz, und us sim alte Kanönli
Gschwind der erst Schutz abglah, daß alli Hüser erzittred,
Und en zweite druf na us 's Gmeindrats Chatzechopf abbrännt.

Druf so gieht men au grad de Wage=n erschyne bim Umrank,
D' Rößli laufed im Trab und liebli häd ihres Gschell tönt;
'S Völchli juchzet und d' Chind galoppiered dem Wage=n etgäge.
Flugs ist er da und macht Halt bim Gmeindsplatz näbet der Chille.
Aber wie häd's da jetz erst e Freud abgsetzt und es Stuune,
Wo me das neu hübsch Glüt e chli i der Nächi cha gschaue.
Bhüetis! en Gammel häd's ggäh — wil 's Jedes am beste halt
gseh wott,

'S ist zum Drucke schier cho und de Wächter weiß nüd, wo wehre.
'S sangt dänn de Hans Chueret Roth die Glogge=n asäh verhandle,
Und was er z'rüchme vergißt, ergänzt na der Eint und der Ander.
Vo dem „reine Metall" und vo dene „schwungvolle Forme"
Plauderet er und zeigt das g'rate Fröschwyler Wappe
(Obedure zwee Chärst, und drunder une=n en Wäggis)
Mitzt uf de Glogge=n, und 's Jahr vom Guß und de Name vom
Gützer.

'S Schönst aber seigid dänn d' Sprüch; er well 's dene Lüte=n erchläre;

'S sei latinisch, wo halt nüd Mänge von ihne verstah werd.
„Vivos voco" — stöhnd da — „De Läbede chum i cho rüefe,"
„Mortuos plango" — det änne — „Die Tote möcht i beklage,"
„Fulgura frango" — uf säber — „De Blitz, de gahn i go
bräche."

— Und die Fraue händ gsäib: Nei z'tusig, wie glehrt ist be Chueret!
Aber de Wächter chunnd z'springe und rüeft: „Ihr Lütli, jetz Platz
gmacht!

„D' Glogge müend under Dach, wil grad de Herr Chäller na da ist.
„D' Chinde sellid jetz cho, wenn s' wellid hälfe bim Ufzug."
Oben im Chilleturm ist en Fläschezug agmacht, und 's lampet
Abe=n e zweifachs Seil, der eint Teil bindt men a d' Glogg a,
Aber 's ander Änd langt bis ahne=n use=n im Dörfli.
'S händ alli Chind dra Platz und chönd behagli dra zehre.
Und im Gloggeloch stahd de Herr Chäller und kumidiert: Vorwärts!
Lueg, wie das lustig jung Volch jetz hinderfi furt mit dem Seil springt,
Und da flügt dänn wie gseupft ei Glogg na der andre=n i d' Höchi.
Ist eini under=em Loch, so schlahd mer en Eis mit dem Hammer,
Daß sie chräftig erschallt — und d' Gselle hööggled si inne,
Stelled si flingg in Stuehl und löhnt si schwinge in Pfanne,
Hünked de Chahl dänn y und nieted und nagled, wo 's Not tued.
... Und jetz lüt me die chlinst ellei, und 's tönt ihres Stimmli,
O, so syn und so rein! Me meinti schier, 's wär vo Silber:
Dänn chund die mittler — es lyt en weiche und herzliche Klang
drin;
Aber die groß hinena, wie die en prächtige Baß brummt!
Nach ere churze Rast, da werded all mit enand g'lüt:
Ach! wer würd nüd erquickt vo dem liebli singede Dreiklang!
Au dem Fröschwyler Volch häd 's tüf bis i's Herz abe wolta.
„Nei au!" ghört me, „wie schön!" — und die ältere Fraue händ
b'brieget.
Wo 's dänn still wird, so tritt de Gsangverein uuf mit dem Fahne,
Stahd in en Chreis und singt es Lied us der „Glogge" vom Romberg,
Und de Herr Pfarer ist cho und häd mit fründliche Worte
Vo de Glogge=n jetz gredt und ihrer hehre Bidütig —
„Wie si de Mänsch bigleitid als Fründ so trauli dur 's Läbe,
„Hüt mit em jublid und morn dänn wider trurid und chlagid.
„Wie sie an Tag um Tag ihn ernst a si Pflichte=n ermahnid
„Und mit harmonischem Ton am Sundig zu christlicher Liebi.

„Aljo hoff er au 's Beſt vo dene drei eherne Stimme,
„Wo=u is zum erſte mal hüt vom höche Turm abe rüeſib.
„Möchteb ſi doch,“ jo ſchlüßt er, „die ſtritende Mänſche verſöhne
„Und eufrer liebe Gmeind de Fride und d' Eintracht erhalte.“
Wo=n er ſchwiget, ſo ſtimmt de Lehrer ſcho wider es Lied a
Mit ſine Chinde — es tönt nüd ſtarch, aber rein und erbauli.
Und zum Bſchluß vo der Fyr iſt b' Fröſchwyler Blächmuſik uſgruckt,
Blaſt en Choral mit Schwung, und Alles, was nu e Stimm häd,
Singt mit: „Lobe den Herrn, den mächtigen König der Ehren.“

*   *   *

Aber es gahd ſcho de Tag und mit ihm das Feſtli zur Neigi,
— Und da git 's für b' Chind e ganz apartis Vergnüege.
Under der Linden am Rai iſt tiſchet für Chlini und Großi,
Zwar nu en eiſachs Mahl — en Wy, e Wurſt und en Wegge —
Doch es ſchmöckt ene guet — und de Jubel wott e keis And neh.

. . . .

Allerlei chönnt i jetz na vo dem, was gloſſe=n iſt, brichte,
Wenn i nu wett; doch es tuet 's, und Mängs blibt beſſer verſchwige;
Dänn die Manne z'Fröſchwyl händ b'bächeret bis gäg de Morge,
Und wo b' Begeiſterig chunnd, da wird öppe grüsli Grampol gmacht.
Eis doch ſäg i na gern: Es betrifft de Püntacherjoggli,
Wo mit der ganze Gmeind ſcho ſit eme halbe Jahr ſchalket.
'S händ die Gloggetön hüt an ihm a 's Herz ane g'griffe
Und de Giz drus verjagt und an de Trotzchopf ihm b'broche.
Lueged, wie häd 'er e Freud! Er trinkt mit dem Trünggeler Chappi
Fründſchaft wider und bringt uf de Gloggegüßer es Hoch
uus.
Wo=n Eine ſpöter dänn red't vo ſäbe ſächſtuſig Franke,
Säid er mit Lache: „'S iſt glych! Die neue Glogge ſind 's wol wärt;
Git 's en ordelis Jahr — ſo zahled mer ſ' ab vor Martini.“

E. Schönenberger.

'S Werchtischli.

Ein Hochzeitsgeschenk an Kunigunde.

———

'S Werchtischli feit:

Chüngeli, lueg mi an a mit dyne liebliche=n Auge,
Möcht di nu grüeze=n und öppis echli i Fründlikeit sprächle.

'S Chüngeli feit:

Hett i nu besser der Zyt! Gsehst nüd, grad hüt han i Hochsig?
Doch, wenn d' weidli machst, so will i der lose. Was häit däun?
Und wohar chunnst wohl? Und mueß es grad eben uf hüt fy?

'S Werchtischli:

Wo=n i harchömm, fälb cha der eso grad ane nüd fäge;
Bist so ungmerkig nüd; und 's cha nüd lang währe, fe findsch es
Eimel von Öpperem chum i, daß d' chännst scho lang und daß
      d' lieb bist,
Und daß meint, de föttisch es glauben und au echli lieb ha;
Sälb cha der fäge. Rat iez mira! De wirsch es wohl träffe.
Daß i hüt chunnte, verzieh mer; i ha 's mit Fluß eso yg'gricht;
Nüd daß i meini, de föttist just iez a d' Werchete finne;
Näi, verstand mi wohl, ich weiß der Unterscheid z'mache=n
J der Zyt; ich möcht di nüd bleftige=n und i bi höfli.
Seig i no se hölzi, fe wurd 's mi i d' Seel ine schäme,
Dir die hütigi Freud es Augeblickli z'verderbe.
Nei kunträr! J füere=n im Sinn, wenn 's mir neime will grate,
Dyner Freude Zahl do au um eini no z'mehre;
Cha fi vo de große nüd fy, de zellsch mer fi einist
J dim guete Herze=n und nimmsch es se grüseli gnau nüd.

'S Chüngeli:

Fryli, 's ist dem eso; doch wett i lieber, de miechisch 's
Chürzer echli. De schwätzisch mer z'lang; i mueß zu de Lüüte.

627

S Werchtischli:

Ja, be häft rächt, 's ist wahr, doch gsehst, i mueß der 's nu säge:
De, wo mi schickt, häd en Huufe Züüg und Sache mer uuftäit,
Daß der sött säge. J han em wohl agmerkt, 's Herz ist em groß gsy:
Reime, wie wenn er mücßt Abschied neh für lang und für äister,
Und dänn altet er starch und wird asange=n au gschwätzig.

'S Chüngeli:

Zieh 's echli zsämme i 's Churz, se will i dir einist no lose.

'S Werchtischli:

Nu, se will i 's probiere. J merke, 's ist, wien er mer gseit hät:
Du seigist fründtli und guet, i häig mi keis bitzeli z'schüüche
Zue der z'cho, be werdist mer gwüß es Winkeli gunne.
J bi's heimlichist Stübli, i's Gmächli, wo d' schlafst, will mi schicke.
Giehst, i bi der se still und se treu, i verrate keis bitzli.
Wahr isch 's — gäll i darf 's säge? — am liebste wär i näch by der.
Und i meine für gwüß, dys Mannli wurd mer nüd scheeche,
Wenn d' mer scho echli Liebi erzeigst; i verschlau em keis Plätzli.

'S Chüngeli:

Heb kei Chumber für das! Er ist der se gschyt und se=n artig.

'S Werchtischli:

'S fehlt mir nüd, gsehn i; am rächte=n Ort bin i und 'freut mi
vo Herze.
Gäll, be wottest vil by mer zue sy und näbet mer sitze?
Nüd zum Schwätze; i schwätze nu hüt und mi Läbtig dänn nümme;
Aber winke will i der tägli se fründtli. De glaubst nüd,
Wien i der b' Zyt se churz will mache und b' Stunde se heiter.
Lueg, be machst, will 's Gott! dänn bald eso artigi Sächli —
Chäppli, Schlüttli, Strümpfli und zarti Windle=n und Brüechli.
O die will i der suuber und nett all Abig verwahre,
Bis d' e ganzes Bigli mit stille, herzliche Freude
Chaist betrachte=n im Schubtruckli da am Morge, wänn d' 's uusziehst.
'S ist mer au gseit, de heigist vo Jugeb uuf äister im Bruuch gha,
Daß d' meh sinnist und dänkist als b' schwätzist; mach 's bu eso
witer!

628

Lueg, i schick mi se wohl zu dem, will b' näbet mer sitzist;
Wil b' mit zartem Fingerli werchist, so walted Gedanke
A 's Vergange, a 's Jezig, a 's Künftig i der, und wysli
Ziehst us Allem e gueti Empfindig, e Lehr für dys Läbe
Und en fröhliche Muet für Alles, was der iez oblyt.
Eppedie chunnt dis Mannli dänn zue der, ge luege, was b' machist,
Schlüüßt di in Arm und seit: „Wie bist du se flyßig, mis Herzi!
J bi 's wåhrli au gsy; es gaht mer Alles se hurtig,
Sit du my bist. — Jezt han i der Zyt, witt, daß i der läsi?"
Druuf, so langst us em Trückli e lehrrychs Büecheli füre,
Weiß für gwüß, daß b' iezt au allwyl derigi drinn häst.
Chüngeli, mach 's iez eso; i weiß, es wird di nüd greue!

'S Chüngeli:

'S blybt derby! Gang iezt i's Stübli! Se bald i denn neime der
                                                          Zyt ha,
Churmm i zue der und will 's probiere=n, ob 's wahr sei, was b'
                                                          gseit häst.

Alpenrosen 1815.

Die neu Schlacht bi Sempach.

Es ist im höche Summer gsy
Bim schöne=n Abigsunneschy.
D' Schuelbuebe stöhnd vor 's Uechels Huus
Und sinned neui Speeler uus.

Da chund denn na de Heiri Fehr
Und seit: „Jez chömmed Alli her!
Der Abig wird emal e Schlacht
Und zwar grad die vo Sempach gmacht."

Und weidli händ se si erstellt.
Die Truppe werded pünktli zellt:
Für Eidgenosse häd 's feuf Ma
Und Österrycher füfzäh gha.

De Heiri Fehr de Herzog spilt,
Wil er, schint 's, für de Bürnähmst gilt;
Doch au de Murer Joggli „ziehd",
Er ist der Arnold Winkelried.

Die Mustermanne vo Östrych,
Die stellt me=n in e Reihe glych;
Si strecked spitzig Ruete=n us
Und lueged dry, es ist en Gruus.

Und vor dem dicke Spießewald
Erzittered d' Eidgenosse bald!
De Herzog uf=em stolze Roß
Ryt hinne=n une mit sim Troß.

De Winkelried mit chächem Schritt
Vor d' Eidgenosse=n ane tritt:
„Ihr sorged mer für Wib und Chind,
„Dänn mach ich Eu e Gaß zum Find!"

Er packt drei Spieß mit starchem Arm
Und schränzt und zehrt zum Gotterbarm.
Drei Manne fällt er jez zuglych;
Doch wird er sälber au e Lych.

Und dur das Loch, gschwind wie der Blitz,
Rännt jez das Chriegsvolch vo der Schwyz
Und es traktiert mit Hieb und Stich
Die Österrycher fürchterlich.

De Herzog ab sim Rößli gaht
Und kämpft als brave Fueßsoldat;
Da haut em Einen Eis a 's Bei —
Dem Herzog isch es einerlei.

Da rüest en tapfre Schwizerma:
„Ja, ja, Herr Herzog, dich häd 's gha
„Und du bist tod!" Doch de gid zrugg:
„Weg säbem gib i nanig lugg!"

Jez fangt dänn Alles z'zangge=n a;
De Herzog, de vertäubt si dra;
Er säit: „Jez mach i nümme mit!"
Und lauft dervo mit schnellem Schritt.

Und wo me rüeft: Bis nüd so dumm!
Du dörfst ja läbe, chehr doch um!
Da macht er glych de Schalkchopf na
Und häd si nüd erweiche la.

Drum nimmt die Gschicht jez au es Änd,
Wil d' Truppe nümme g'chrieget händ.
Si säged no enand: Guet Nacht!
Und fertig ist d' Sempacherschlacht.

E. Schönenberger.

Inhaltsverzeichniss.

———✦———

———✦———

Sammlung

deutsch-schweizerischer Mundart-Literatur.

---·◆·---

Aus dem Kanton Zürich.

Vierzehntes und fünfzehntes Heft.

Am Sängerfest,

Lustspiel in fünf Akten von Leonhard Steiner.

Gesammelt und herausgegeben

von

Professor O. Sutermeister.

Zürich,

Druck und Verlag von Orell Füssli & Co

●

Am Sängerfest.

—

Lustspiel in fünf Akten.

Perſonen:

Sänger, Präſident des Männerchors „Euterpe".

Frau Sänger.

Marie Sänger.

Karl Sänger.

Fritz Fink, Roth, Schwarz, Mitglieder } der Euterpe.
Heiri Chüberli, Vereinsweibel

Singer, Präſident des Männerchors „Orpheus".

Dr. Hans Friſch, Direktor „ „ „

Weiß, Goßweiler, Mitglieder „ „ „

Dr. Grütz.

Fräulein Winter, Tante von Dr. Friſch.

Liſette, Süſette, Babette, } Damen der Euterpe.
Roſa Hübſch,

Rudi Trüeb, Wirth.

Chaſper, ſein Knecht.

Ein Mitglied des Feſtkomité.

Mitglieder der Euterpe, des Orpheus und des Männerchors Pech=
hauſen. Kellner.

Schauplatz:

Erſter Akt: Kaſinoreſtaurant in Nienenſtadt.

Zweiter „ Wohnung von Präſident Sänger in Nienenſtadt.

Dritter „ „ „ Direktor Friſch in Nienenſtadt.

Vierter „ Rathhausſaal } am Sängerfeſtort.
Fünfter „ Gartenwirthſchaft

Zeit: Gegenwart.

Erster Akt.

Saal im Kasinorestaurant.

Trüeb (rasch eintretend, zu den Kellnern): So; 's Kunzert ist
bald uus; mach-ed i parat, 's gib Arbet. Sie chömmed ja hütt vu
beede Vereine da anne, vu der Euterpe und vum Orpheus. Und
daß er i derna richtet: 's gid hütt nu Münchner Bier; mer chönned
nüd zweierlei wirthe, mer möged sust nüd koh. Also, 's Erlanger
ist uusggange, merked is! — (Zu Chasper): Ja, und loset, Chasper,
das Musterfaß, womer bä Morgen ag'stoche händ, das wird z'erst
gwirthet, das ist grad recht für de Konzertdurst. Wie vil ist na drin?

Chasper: Na wol drei Viertel. Aber das ist ja kä Münchner.

Trüeb: Ja, wär gspässig! wenn mir säged, 's sei Münchner,
so wirds wol sy. Jetz gönd und schlömmer de Spunte wider y,
so gits dänn frische Astich, wenn d'Lüüt chömmed. (Für sich, achsel-
zuckend): S'ist eigetli nüd recht; aber d'Lüüt wend's eso ha. Das
Bier ist uusgizeichnet; aber wenn i saiti, 's sei hiesigs, so dunktis
Niemer guet; als Münchner werdeb s'es samos finde. (Hammer-
schläge hinter der Szene.)

Frau Sänger, Karl und Marie treten ein.

Frau Sänger: So, Gottlob, da wäred mer. I gieng
zwar lieber hei, aber i möchts dem Bape nüd z'Leid thue.

Marie: Isch der ietz wider ganz wohl, Mame?

Frau Sänger: Emmel eso ordeli, ganz channi nüd säge.

Karl: 'S ist aber au e Hitz gsi i dem Kasinosaal.

Trüeb (herantretend): Frä Präsident, Fräulein Sänger!
grüezi Karl.

Karl: Salut, Ruedi.

Trüeb: Ist öppis gfällig?

Karl: En Kaffee für bie Dame. Ich mues namal ufs Po=
bium, go be Schlußchor helfe mitsinge.

Frau Sänger: Ä, sie werdeb's wol emal chönne ohni dich.

Karl: Weiß nüb; 's ist ba neime so en verzwackten Psatz
im zweite Tenor; wenn ich ba nüb beby bi, so singeb s' en halbe
Ton z'tüüf.

Marie: Also bist bu 's Chrüüz vu byner Stimm?

Karl: Schwösterli, Schwösterli! Also Abie unberbesse.

Frau Sänger: Abie, Karl, heb ber Sorg!

Marie: Abie, Brüeberli.

(Karl ab.)

Marie: Und wie häts ber ietz gfallen im Konzert, Mame?

Frau Sänger: Herrli isch gsy; halt würkli prächtig!

Marie: Gell, die Kantaten ist wunbervoll?

Frau Sänger: Ja, aber b'Volkslieder sind halt boch wider
s' Schönst gsy. Bi ber Kantate da hämmer be Gottsname halt
mengsmal die Sänger leib tha.

Marie: Bitti worum au?

Frau Sänger: Sie hänb ja gwüß schön gsunge, und
allweg ä luut, denn Chöpf hänb s' gha wie Gurri; aber wenn
ammel die Trumpeten und Posuune cho sind, han ich vun Stimme
halt nüüt meh ghört. Villicht fehlts a mynen Ohre; sie sind halt
ebe nümme gestrig.

Marie: Nenei, Mame, be häst ganz Recht. De Bape sait
ja s' Glych. 's fehlt am Lokal, me cha kä rechti Uusstellig mache.
Mer sötted halt eben e neus Kasino ha.

Trüeb (Kaffee bringenb): Deet hänb Sie Recht, Fräulein.
Wenn euseri Verein nu einig wäred, so brächted sie 's scho anne.

Marie: Ebe ja, die Einigkeit! Wie schön isches nüb hütt
gsi, wo b'Euterpe unb der Orpheus das Konzert mit enanb ggeh
hänb. Aber es bruucht es Landesunglück, um sie z'sämme z'bringe.

Frau Sänger: Ach, und ietz chunnt dänn s'Sängerfest;
da wirb be Chrieg erst recht wieder los gah.

638

Marie: J fürches au, bsunders wil f' ietz im Orpheus bä neu Direkter überchömmed. Es soll en ganz junge sy, gelled Sie, Herr Trüeb?

Trüeb: Ja, so hani ghört, erst feufezwänzgi.

(Tritt zu den andern Gästen.)

Marie: Nu, vor so enne junge Schnuufer bruucht sich eusere Herr Direkter ietz dänn glych nanig z'fürche!

Frau Sänger: Du redst ja, wie wenn d' en Euterpianer wärist.

Marie: Das bin i ä, wenn i scho nüd dörf singe. Der Tochter vum Präsident wirds wol na erlaubt sy, sich für de Ver= ein z'wehre.

Frau Sänger: Bhüetis, bhüetis, nu nüd so yfrig; ich verbüüte der's ja gar nüd. Aber mei, wen han ich gseh im Konzert!

Marie: Bitti, wen ä?

Frau Sänger: De häst en zwar villicht au gseh: de Herr Dr. Frisch!

Marie: Wo mit is im Gurnigel gsy ist?

Frau Sänger: Wo du all Tag mit em musiziert häst!

Marie: Dä ist hie? Dä ist im Kunzert gsy?

Frau Sänger: J der Pause han i en vu Wytem gseh; i ha der en welle zeige, do ist grad de Bape zuenis cho, und drüber han is vergesse.

Marie: Was! De Herr Dr. Frisch!

Frau Sänger: Gäll dä intressirt di meh als be neu Direkter vum Orpheus!

Marie: Aber Mame, was saist ä!

Frau Sänger: Das Konzert gahd ietz doch e fürchtigi Längi; ich meine, mer wänd hei.

Mari. Hest, 's ist gwüß dä Augeblick uus.

Frau Sänger: Aber dänn gits e so es Gstürm, wenn all die Sänger chömmed, und ich sött ietz würkli e chli Rueh ha. Die Blödi vum Kasinosaal ist mer doch nüd ganz vergange.

Marie: Dänn wemmer gah. Herr Trüeb, säged Sie dänn ä em Bape, mer seiged hei; b'Mame ist e chli müed.

Trüeb: Wills usrichte.

Frau Sänger: De Herr Sänger zahlt dänn eusere Kaffee.

Trüeb: Guet, guet!

Frau Sänger: Lebed Sie wohl!

Marie: Adieu, Herr Trüeb!

Trüeb: Epfell mich Jne! Chömmed Sie guet hei!

(Trüeb tritt zu den andern Gästen.)

(Frau Sänger und Marie kreuzen sich mit dem eintretenden Dr.
Frisch und bleiben stehen.)

Dr. Frisch: Ah! Frau Sänger! Fräulein Sänger!

Frau Sänger: Herr Dr. Frisch!

Marie: Herr Dokter!

Dr. Frisch: Das ist ja wunderschön, daß ich Sie da triffe.
Und, wie ischene ggange sit dem Gurnigel?

Frau Sänger: Ganz guet, i danke. J ha würkli halt
so e gueti Kur gmacht.

Dr. Frisch: Jne gahts ä guet, Fräulein?

Marie: O ja.

Frau Sänger: So, so, Sie chömmed e chli zu eus?

Dr. Frisch: Hüt nu wegem Konzert, nächstes aber für
blybed.

Frau Sänger: Jä was! das ist ja prächtig!

Dr. Frisch (zu Marie): Sie intressiered sich wol nüd für
Männerchor?

Marie: Wol fryli, mer sind au im Konzert gsy.

Dr. Frisch: Dänn dörfi mer viellicht erlauben, Jhne mit=
z'theile, daß ich hie e Stell als Männerchordirekter ag'nah han.

Marie: Aber Sie sind doch nüd de neu Direkter vom
Orpheus?

Dr. Frisch: Woll ebe, dä bin i!

Marie: Dänn gratulier ich dem Orpheus.

Dr. Frisch: Jä, und mir nüd?

Marie: Das ist mer leider nüd mügli.

Frau Sänger: Aber Marie!

Dr. Frisch: Darf i frage, warum?

Marie: Sie werdeb's bald gnueg erfahre. Chumm, Mame, mer müend gwüß gah.

Frau Sänger: So lebed Sie wohl, Herr Dokter!

Marie! Herr Dokter!

Dr. Frisch: Ghorsame Diener! — Was ist iez das da? (zu Trüeb, der herantritt) Charmanti Dame, die Frau und Fräulein Sänger!

Trüeb: Jäso! seb wetti meine!

Dr. Frisch: Sie kenned wol de Herr Sänger au?

Trüeb: All beed, 's sind mini beste Fründ!

Dr. Frisch! Chönned sie mir villicht säge, stönd die Herren in irgend ere Beziehig zum Männerchor Orpheus?

Trüeb (lachend): Ja, ja, säb denn fryli scho!

Dr. Frisch: Jä, wie meined Sie das?

Trüeb: Hä, 's ist wyter nüüt, als daß sie a der Spitze vu der sindlichen Armee stönd.

Dr. Frisch: Bitti, reded Sie ä dütlicher.

Trüeb: Also. De Vater Sänger ist be Sängervater vu der Euterpe, syt zwänzg Jahre Präsident vu dem Verein, und be Karl, be jung Herr Sänger, ist Aktuar.

Dr. Frisch: Jä, und ist denn so e Findschaft zwüscheb Euterpe und Orpheus?

Trüeb: Erlaubeb Sie, dörf i fröge, wie lang sind Sie iez ä scho z' Nienestadt?

Dr. Frisch: Sit be zechne, also guet sibe Stund.

Trüeb: Sibe Stund, und Sie wüßeb na nüüt vu dere Findschaft? Ich ha gmeint, b'Konbukteur sägeb eim das scho uf der Ysebahn. Luegeb Sie, Montecchi und Capuletti ist nüüt bergege!

Dr. Frisch: Also wie Hund und Chatz?

Trüeb: Nei, bä Berglych stimmt gar nüb, zwüschet Hund und Chatz ist b'Findschaft e natürlichi; sie lyd im Bluet und wird offe zeiget; aber zwüschet Orpheus und Euterpe eristiert en un= natürlichi, e gmacheti Findschaft; drum leit sie ä Händschen a über b'Chrallen ine, und trait e Maske, wil si si eben im Grund e chli schämt.

•

Dr. Frisch: Kenned Sie beedi Verein?

Trüeb: Ich bin i beede Paffivmitglied.

Dr. Frisch (lachend): So, so!

Trüeb (achselzuckend): Was wend Sie! Ich bin Wirth, es chömmed beed Verein da anne, da chann i nu i beede sy oder i keim. 'S Eint choft nüüt, 's Ander choft viere zwänzg Franken per Jahr, rendiert aber doch beffer.

Dr. Frisch: Sie sind uufrichtig.

Trüeb: Pah, 's macht si. So vill als mügli! Mit be Nieueftädtere, müffed Sie, da chann sich Eine scho in Acht neh; da nnes men immer z'erft lösle öb mer 's Orpheus= oder 's Euterpe=Regifter söll zieh; defto lieber redt me dänn mit Frön= den e chli vu der Leberen eweg.

Dr. Frisch: Das bigryf i. Bitti, erzälled Sie mer ä na chli meh vu dene Vereine, wenn Sie ämmel Zyt händ!

Trüeb: Na es Wyli, bis 's Konzert uus ift. Sie kenned die Verein gar nüd?

Dr. Frisch: Ihri üffer Gschicht scho; vum Andere weißi nüd vill.

Trüeb: Alfo lofed Sie. Oder nei, bä Herr da chann ene das vill beffer fägen als ich (sich an Dr. Grütz wendend, der seit einiger Zeit eingetreten ift und in der Nähe Platz genommen hat): Herr Tokter, Sie händ ja ghört, was mir da verhandled.

Dr. Grütz: Ja ja, so zimli.

Trüeb: Se bitti, verzelled Sie ä dem Herr na chli meh vum unfere beide Vereine! (Ab zu andern Gäften.)

Dr. Frisch: Sie würded mi sehr verbinde.

Dr. Grütz: Sie sind hie frönd, wieni merke?

Dr. Frisch: Ja.

Dr. Grütz: Dänn chann ich Jne d'Sach am befte mit eme Verglych klar mache.

Jmene Landguet ftönd zwee großi alti, aber cherngfundi Obftbäum, beides wahri Staatskerli. 'S eint ift en Birrebaum, bä trait prächtigi gäli Butterbirre; 's änder en Oepfelbaum, bä git en uusgfuechti Sorte Goldreinette. Der eint Baum ift vil=

licht e chli höcher, der ander streckt sie dafür meh i b' Breiti.
Träge thüend s' beed viel und schön, aber natürli doch e chli
unglych. 'S eint Jahr grathed d'Birre besser, 's ander Jahr
d'Oepfel. De Guetsherr hät natürli a beide Bäume die größt
Freud; aber nu sind da syni Chind. Die hend sust Alli b'Oepfel
und Birre gern wie überal, wenn s' nu recht groß sind; trotzdem,
wie wenn en böse Geist is g'fahre wär, sönd sie a, die einten
in Birrebaum, die anderen in Oepfelbaum sich rein z' vernaare,
aber eso, daß alli Vernunft uufhört und 's würkli nümme schön
ist. Wenn öppe de Birrebaum e chli serblet und der Oepfelbaum
glychzytig schön trüehet, so ist natürli Freud und Leid bi de
Parteie. Aber b' Hauptfreud ist bin Oepfle, daß es de Birre
schlecht gahb, und 's bitterst Leid bin Birre, daß es den Oepfle
grathet. Jetz was säged Sie zu dem?

Dr. Frisch: Hä, was sunst, als daß 's en Unsinn ist. J
ha Sie scho verstande.

Dr. Grütz: Das freut mi. Lueged Sie, b' Euterpe und
der Orpheus, das sind Beides ganz famosi Verein, und wer
ussert oder über de Parteie staht, häd a beide sy größt Freud,
und wünscht nu, daß es beide recht guet göng. Und wenn 's
ene nüd immer ginau glych guet gahb; wenn 's bim einten öppen
i der Stimm e chli haperet, bim anderen i dieser; wenn der eint
ame Sängerfest villicht um en Punkt oder zwee wyter fürre
cho ist als der ander, so bigryft er das als e ganz natürlichi
Erschynig und denkt, 's Sängerglück ist e Gygampfi; bald sind
b' Aepfel doben und bald Birre; i der Waag werded sie selte
stah. Deswege blybt doch jede Verein, was er ist, und ist ginau
so vil werth als er durchschnittlich leistet.

Dr. Frisch: Das ist vernünftig gredt.

Dr. Grütz: 'S hät natüürli im Orpheus und i der Eu=
terpe Lüüt gnueg, wo b' Sach ganz glych alueged; aber dernebet
gits halt immer i beide Vereinen en Azahl uruehigi Chöpf, wo
ganz unglückli sind, wenn öppen emal, wie zum Byspil grad ietz,
e chli Friden im Land ist; und wo dänn nüd lugg gend, bis
b'Milch wider gscheiden ist. Schwachi Seele häds gnueg, die

balb Rauch im Chopf händ, die nimmt me z'erſt underhänds; dänn gahts a die ſchwiriger Uufgab, die ernſthafte Lüüt z' biarbeite. Aber mit brav Wüehlen und Zueträgen und Verdrehe grath das z'letſcht am End regelmäßig au. Ich ha ſyner Zyt immer zum Fride g'redt, trotzdem händ ſ' mi gwöuli au übereglupſt, bis 's mer z'letſcht verleidet iſt und i mi ganz zruckzoge han.

Dr. Friſch: Das iſt ſchad. Derig Lüüt ſotted blybe.

Dr. Grütz: Nu, wer weiß, wenn ietz dänn dä neu Direkter vum Orpheus chunnt, ſe tritti villicht wider y. 'S chunnt druf a, wien er ſie metzget. Offe gſtande, traui em zwar nüd vill Guets zue.

Dr. Friſch: So? warum?

Dr. Grütz: Er iſt mer z' jung. Derig ſind Füürtüüfel.

Dr. Friſch: Er iſt e keine.

Dr. Grütz: Kenned Sie en?

Dr. Friſch: Sehr guet.

Dr. Grütz: Sehr guet? — ſo — hm — am End ſind Sie en öppe gar ſelber?

Dr. Friſch: Da Sie 's errathe händ, ſo bärſi mi nüd verlängne.

Dr. Grütz: Nüüt für unguet!

Dr. Friſch: Säged Sie nüüt vu dem! Ich danken Jne für Jhri Mittheilige, ſie ſimmer vu großem Werth.

Dr. Grütz: Kennt me Sie ſcho hie?

Dr. Friſch: Uſſert zwei Dame kennt mich Niemert.

Dr. Grütz: Dänn müſſed Sie was. Bhalted Sie Jhres Jncognito na es Wyli, und miſched Sie ſich e chli under d' Sänger vu beide Vereine, won ietz dänn chömmed. Sie ghöred dänn am beſte, wie's ſtahd.

Dr. Friſch: Sie händ Recht, i wills eſo mache.

Dr. Grütz: Dänn lebed Sie wohl, ich mues gah. Ich wenſch ene recht vill Glück!

Dr. Friſch: Dankene vill Mal, Herr — — ä — —

Dr. Grütz: Dr. Grütz iſt myn Name.

Dr. Frisch: Dr. Frisch. Ich hoffe bestimmt, Sie werded wider in Verein ytrete.

Dr. Grütz: Das chunnd uf Sie a.

Dr. Frisch: A mir solls nüd fehle.

Dr. Grütz: Guet, guet. Uebriges, wenn i ytritte, so gahni wider i b'Euterpe, woni gsy bin.

Dr. Frisch: Jä so! — Nu, Sie chönned zum Wohl vum Ganze byträge, seig's da oder deet.

Dr. Grütz: Jetz gsalled Sie mer. Also lebed Sie wohl!

Dr. Frisch: Lebed Sie wohl, Herr Tokter, uf Widersehe!

(Dr. Grütz geht nach der Thür und trifft auf den eintreten-den Roth).

Roth: Grüezi Tokter, bist nüd im Koncert gsy?

Dr. Grütz: Wol fryli, bis fast am Schluß.

Roth: Häts der gfalle?

Dr. Grütz: O ja, b' Sach ist recht gsy. Aber de säb Herr deet vorne müend er frage, 's ist en Kritiker, Korrespondent vunere tüütsche Musikzytig.

Roth: Potz Herrschaft! Isch en hiesige?

Dr. Grütz: Nei, das glaubi nüd, aber en Schwyzer ische, Adie.

Roth: Adie, Tokter. (Dr. Grütz ab.)

(Sänger der Euterpe, worunter Schwarz, strömen herein und besetzen einen Tisch neben Dr. Frisch. Roth tritt zu ihnen und macht sie auf letzteren aufmerksam.)

Schwarz: Bier, Bier!

Trüeb: 'S wird grad ag'stoche. (Hammerschläge hinter der Scene.)

Roth: O! han ich en Durst! Da chunnt de Präses.

(Präs. Sänger und Karl treten ein, mit andern Euterpianern.)

Schwarz: Präses! züenis! Euterpianer, da anne!

(Die Obigen lassen sich am Euterpetisch nieder.)

Präs. Sänger: So, wider Öppis hinder is. Herr Trüeb, wo sind myni Frauezimmer?

Trüeb: Sie sind da gsy, aber 's ist ne z' lang ggangen, und do sind sie hei. D' Frau Präsident ist e chli müed gsy.

Präf. Sänger: 'S ift aber ä e Galgehitz gfy i dem Saal.

Schwarz: Aber erft ufem Podium! Da ifches fo heiß gfy, wenn Einen e warms Glättyfen agrüehrt hätt, fo hätt er de Thuenagel übercho.

Roth: Guet gfaid. J chäm der Öppis, wenn i Bier hätt. Ah, da chunnts ja grab.

(Bier wird gebracht. Anftoßen, Profitrufen.)

Schwarz: Brillants Bier hütt.

Karl Sänger (zu Trüeb): So Ruedi, hütt häft di ietz emal ufebbiffe! Das ift ietz ä es Bierli!

Roth: Das hät Ghalt!

Karl Sänger: Und bie Frifchi!

Schwarz: Göng mer Einen ewegg! 's gahd halt doch nüüt übers Münchner; efo es Bier bringed mir i der Schwyz nie z' Stand!

Präf. Sänger: So trinked, er händs müefe verbiene.

(Präf. Singer, Weiß und Orpheoniften treten ein.)

Schwarz: Da chömmed d' Orpheonifte.

Karl Sänger: De Bruederverein. (Kichern am Tifch.)

(Orpheus befetzt den Tifch, an beffen Ende — nach der Euterpe hin — Dr. Frifch fitzt.)

Präf. Sänger (zu Orphens hinüber): Salut Kollega! Hend Sie au Durft?

Präf. Singer: Und wie! Euferi Verein händ meini hütt müefe wettfchwitze.

Präf. Sänger: Rüd übel! Wettfchwitz Abtheilung Kunftgefang!

Schwarz: Erfter Preis: En Ehranz vu türe Bohnen und zwölf Tozet Rastücher.

Dr. Frifch (zu Präf. Singer): 'S ift au im Saal unne heiß gfy.

Präf. Singer: Aha, Sie find fchynts im Koncert gfy?

Dr. Frifch: O ja; 's hät mi gfreut, emal die hiefige Verein z' g'höre, vu denen i fcho fo vill glefe han. (Allgemeine Aufmerkfamfeit.) 'S ift für en Mufifer, wien ich bin (Dr. Frifch

schneuzt sich, allgemeines leises Ah, Kopfnicken, Ellbogenanstoß, Stuhl=
rücken zc.), immer höchst interessant, wieder neui Verein kenne z'
lehre. (Er grüßt nach beiden Seiten.) Ihri Herre Direktore sind
meini nüd da?

Präs. Singer: Nei. Euseren ist en alte Herr, dä hütt
zum letschte Mal dirigirt häb; dä mag de Rauch nümme guet
verlybe.

Präs. Sänger: Und eusere trinkt kä Bier.

Dr. Frisch: Aber en Brise nemmed s' dänk Beed gern,
wie alli Musiker.

Präs. Singer: Ja, ja, seb scho!

Roth, Schwarz, Weiß (strecken Dosen): Dörfenen uf=
warte?

Dr. Frisch: Sie sind güetig! (Nimmt dankend eine Prise.
Zu Singer): Sie sind wol de Herr Präsident . . .

Präs. Singer: Singer, Präsident vum Orpheus.

Präs. Sänger: Sänger, Präsident vu der Euterpe.

Dr. Frisch (zu Sänger): Sie chönned sich zu ihrem Verein
gratuliere. Sie händ e ganz prachtvolls Stimmmaterial, 's
nimmt mi nu Wunder, wo Sie Ihri brillanten erste Tenör her
händ. Die klinged ja, 's ist e wahri Freud. (Euterpianer entzückt,
Orpheonisten geben Zeichen des Aergers, kehren Frisch den Rücken zc.)
Ihri Rhythmik ist ganz vorzüglich, da ist au nüd 's Mindist
dra nuszj'setze. Die punktierten Achtel mit de bitressede Sechs=
zehntel händ Sie würkli ganz famos uusgführt. Und en Schwung
händ Sie etwicklet, dä hät ein eisach higrisse. Bsunders das
groß crescendo am Schluß, die Generalpause, und dänn dä
frei fortissimo Psatz, das 'sind Sache gsy, säg ich Jne, meister=
haft, wien ich sie na nie besser ghört han. Das häd ein packt,
myni Herre (auf die Brust klopfend) packt! Erlaubed Sie mir, mit
Jnen uf Jri hütigi Leistig az'stoße.

(Anstoßen mit Euterpe, geräuschvolle Aeußerungen der Freude bei
Euterpe. Die Orpheonisten kehren in stummem Verdruß den Rücken,
Gemurmel und Grimacen.)

Dr. Frisch (wendet sich zu Präs. Singer): Au Jne chann ich nu vu ganzem Herze gratuliere. (Die Orpheonisten wenden sich, lange Gesichter bei Euterpe.) Sie händ nametlich e wunderschöns ensemble zeiget, eso de rechte noble Chorklang, wie men e wunderselte ghört. Und dänn Jhri zweite Bäß, das ist ja Öppis Großartigs, das ist das reinste Hochgewitter, wenn die eso bether z'rolle chömmed. (Euterpianer beginnen zu besertiren.) E ganz bsunders Kompliment mues ich aber Jhrer Uussprach mache, die ist so büütlich, so dialektfrei, daß me sich würklich frage mues, öb me dänn eigetli Dilettante vor sich heb. Und dänn es pianissimo händ Sie uusgeführt, das ist nu in der That zauberhaft gsy. 'S ist aber au e Stilli gsy im Saal, me hätt e Nadle ghört an Bode falle. Myni Herre, erlaubed Sie mer, mit enen az'stoße. Also ufs Wohl vum Orpheus!

(Anstoßen, Bravo= und Prositrufen bei Orpheus. Unterdessen ver= schwinden die letzten Euterpianer, mit ihnen die beiden Sänger.)

Dr. Frisch (sich nach Euterpe umwendend): Wo sind ä die Herre hicho?

Präs. Singer: Hä, sie händ e chli e Luftveränderig g'macht. Deet änne g'sehnd Sie's, sie sönd just a jasse.

(Euterpe hat im Hintergrund Tische besetzt.)

Dr. Frisch: Fatal, fatal! Also händ die nüd emal das Lob vertrait, das ich Jne g'spendet han. Ich han ietz grad na Einiges am Vortrag vu der Euterpe welle table, i cha mer schynts die Müh erspare. Desto schlimmer für die Herre; sie hätted nu chönne profitiere dervu.

Präs. Singer: Allweg. Die händ si be läz Finger ver= bunde.

Dr. Frisch: En wohlmeinede Tadel chann eim ja nu nütze.

Weiß: Das ist ja ganz klar.

Dr. Frisch: Bill meh als 's größt Lob.

Präs. Singer: Ä natürli.

Dr. Frisch: Für Jhri Lüüt hätti ä na e paar Bimerkige.

Präs. Singer: Bitti erfreued Sie is ä demit.! (er setzt sich neben Frisch, auf der Euterpeseite.)

Dr. Frisch: Was bi Jhrem Vortrag z'wünschen übrig g'lah hät, das ist die harmonisch Reinheit gsy. Da hätt en Kampfrichter verschideni Bengel notirt.

Präs. Singer (gedehnt): Soo? (Lange Gesichter bei den Mitgliedern.)

Dr. Frisch: Ja, namentlich d' Tenör sind d' Schuld gsy. Der erst Tenor hät forcirt und ist g'stige, de zweit hät fast immer e chli abedruckt. (Zeichen des Unwillens bei den Mitgliedern.)

Präs. Singer: Meined Sie würkli?

Dr. Frisch (mehr und mehr warm werdend): Ganz sicher. Und das müend Sie Jhre Lüüte säge: sie lueged z'wenig uf de Dirigent. Die Einte händ b' Nasen in Büecheren inne, die andere koketticred mit dem Publikum. (Die Sänger beginnen zu desertiern.)

Präs. Singer: 'S chunnt mer kurios vor, daß Sie . . .

Dr. Frisch: Lueged Sie, ich han au scho Verein dirigiert, ich weiß, was es ist, wenn d' Sänger kei Disciplin händ.

Präs. Singer: Ke Disciplin! Herr . . ä . .
(Der Orpheustisch leert sich.)

Dr. Frisch: Ja, ja, da hät's e chli g'fehlt bi Jne. D' Ulfstellig ist ä lotterig gsy, das ist en Fehler vun Stimmfüehrere.

Präs. Singer: Jetz losed Sie . . . .

Dr. Frisch: Da fehlt dänn b' Füehlig vun Sängeren unter enand. Jch appelliren an Jhri eigne Mitglieder.

(Beide wenden sich nach dem Orpheustisch, den sie in der Hitze des Gesprächs unbeachtet gelassen hatten und erblickten die Leere. Die Or-pheonisten haben sich nach dem Hintergrund verzogen.)

Präs. Singer: O hä!

Dr. Frisch: J bin en schlechte Pfaarer. J predige d' Lüüt zur Chillen uus.

Präs. Singer (kurz): Glaubes scho.

Dr. Frisch: Damit Sie übriges g'sehnd, worum ich mi eso eryfere, so erlaub ich mir, mich Jne vorz'stelle: Dr. Frisch, Jhre neu g'wählt Dirigent.

Präs. Singer: Jä so, dä sind Sie! das ist jetz öppis Anders! Jetz bigryf ich Jhri Sprach. Sind Sie mir herzli will-komm. Jch will myni Lüüt grad wider go hole.

Dr. Frisch: Nei, warted Sie na. Mer wend lieber na es Wörtli ellei mit enand rede. Mer müend jetzt z' allererst druf uus gah, euseren erst Tenor z' verstärchen und z' vereble.

Präf. Singer: Ja, ja, weiß scho, daß's beet e chli haperet.

Goßweiler tritt eilig heran.

Goßweiler: Pardon, myni Herre!

Präf. Singer (vorstellend): Herr Goßwyler, Herr Dr. Frisch, eusere neu Direkter!

Goßweiler: Ach, freut mi unendli.

Präf. Singer: Das ist eusere Sängersänger. Dä mues is ietzt Tenör zuetrybe.

Goßweiler: J han eben eine, drum chumm i zuenene. J ha scho lang anem ummeg'schaffet, ietz glaubi, ist er ryf. Er hät mer versproche, nach em Concert da anne z'cho.

Präf. Singer: Wer isch es?

Goßweiler: Sust Niemert weder de Fritz Fink.

Präf. Singer: Was! de Fritz Fink? (zu Dr. Frisch.) Das ist e ganz brillanti Stimm! 'S höch c mit Brust.

Goßweiler: Am Morgen am sibni scho.

Dr. Frisch: Mufikalisch?

Präf. Singer: Fryli. Er spillt ganz hübsch Violin.

Goßweiler: Da chunnd er, ich hol en da anne .... (Ab nach Hintergrund zu dem eben eingetretenen Fritz Fink. Die Sänger im Hintergrund bemerken den Vorgang.)

Präf. Singer: Dä müemer ha. Das ist a ganz brillanti Aquifition!

Dr. Frisch: Also, keile, keile! Ich willne helfe was i cha.

Präf. Singer: Ja bitti, thüend Sie ä das!

Goßweiler und Fink treten herzu.

Goßweiler (vorstellend): Herr Präf. Singer, Herr Direk= tor Frisch, Herr Fritz Fink.

Präf. Singer: Freut mi sehr. Wend Sie villicht e chli Platz neh?

Fink: En Augeblick. J ha nüd vill Zyt. J mues na in e Soirée.

Präf. Singer: Ah! Sie singed da wahrschynli.

Fink: Ja, mer singed en Anzahl Madrigals.

Dr. Frifch: Das ift intreffant!

Fink: Anderft als Männerchor!

Präf. Singer: Nu, Männerchor, en guete Verein, das ift au nüd z'verachte.

Fink: Nenei. Sie nötheb ebe da immer amer umme, i foll ä ytrete, b'funders da Ihre Fründ Goßwyler, dä laht mer Tag und Nacht kä Rueh. Merkwürdig, dä weiß immer, won ich higah. Überallhi chunnt er au und plaget mi wien e Brem. Us lunter Verzwyflig han em endli fo halb und halb verfproche, i well in en Männerchor ytrete, i welle, weiß i felber nanig.

Präf. Singer: Chömmed Sie doch zu eus in Orpheus.

Dr. Frifch: Ja thüend Sie das. Es wird mer e ganz b'funders Vergnüege mache, Ihri Stimm na wyter uusz'bilde.

Fink (trocken): Dankene.

Dr. Frifch: Gwüß, 's ift mer Ernft.

Fink (aufftehend:) 'S ift heiß da. J will myn Paletot g'fchwind go uufhenke.

(Singer und Goßweiler helfen ihm den Paletot ausziehen.)

Goßweiler: Gend Sie nu, i will en fcho go uufhenke.

Fink: J chumme mit, i mues beet änne na en Fründ bigrüeße.

(Goßweiler und Fink nach dem Hintergrund. Während Erfterer den Überzieher aufhängt, wird Fink von einem Euterpemitglied begrüßt, und dem Präfidenten vorgeftellt.)

Präf. Singer: Wenn er is nu nüb wider abfchlipft! Sie hätted nüüt folle fäge vum Uusbilde. So Herre find fcho uusbbildet.

Dr. Frifch: Y'bbildt wend Sie wahrfchynli fäge.

Präf. Singer: Ja ja, fo meinis. Lueged Sie, jetzt fitzt er an Euterpetifch.

(Fink hat fich zu Präf. Sänger hingefetzt, die Euterpianer ftoßen mit ihm an.)

Goßweiler (eilig nach vorn kommend): So, ietz hämmer de Schutz. D' Euterpe häd en keilt. Jetz hani es Vierteljahr vergebis g'schaffet. (Singer und Dr. Frisch zeigen Bestürzung.)

Da sind Sie b' Schuld, Herr Tokter. Sie möged en uus= gezeichnete Direktor sy, ich glaube das; aber nehmed Sie mers nüd übel, en Sängerfänger sind Sie e keine! (Ab nach Hintergrund).

Präs. Singer: Hend Sie da, i hanenes g'sait.

Dr. Frisch: Da hört aber alle Verstand uuf!

Präs. Singer: En infami G'schicht! (geht in der Mitte der Bühne aufgeregt hin und her und läßt Dr. Frisch vorn stehen.)

Dr. Frisch (für sich): Es fangt nüd guet a. In einer Viertelstund e liebs jungs Franezimmer vertribe, zwee Verein, wo grad en frisch lakirte Fride händ welle fyre, wider us enand bracht, mym Rival en Has i b' Chuchi g'jagt und myn Präsident vertäubt! Würkli en allerliebsti Liserig eso als début! Es git eso Zuetroue! — Macht nüüt! ich gahne myn grade Weg vor= wärts, ich bi jung und will nüd umesust Hans Frisch heiße!

(Vorhang fällt.)

Zweiter Akt.

Wohnzimmer bei Präs. Sänger.

Präs. Sänger und Karl (schreibend am Tisch.)

Präs. Sänger: So! Das ist 's letscht.

Karl: Au fertig! Dank der villmal, Vater. Das ist sust e ke Präsidentenarbet, Cirkular z' adressiere.

Präs. Sänger: Macht nüüt. D' Hauptsach ist ietz, daß nüüd lige blybt, süst möged mer nüd gwehre. De wirst scho na erfahre, was so es Sängerfest z' thue git.

Karl: I merkes ietz scho.

Präs. Sänger: 'S chunnt na ganz anderst. Sind d'Mladige parat zur Vorstandssitzig?

Karl: Da ligged s'. De Chüderli chunnt 's ietz dänn go hole. Dänn chann er grad die Circular mitneh.

Präs. Sänger: 'S ist doch en glungne Chnopf, eusere Chüderli. Dä trannt ietz nu na vu syner Weibeluniform, won ich em ufs Sängerfest versproche han.

Karl: Mer müend em Öppis recht Fidels uusdenke.

Präs. Sänger: Las mi nu mache. D' Zeichnig ist scho parat.

Karl: Das git en Heidejur.

Präs. Sänger (Die Zeitung durchgehend): Lueg ietz da wider! (liest vor:) „Der Männerchor Orpheus hat unter der energischen Leitung seines jungen Direktors Dr. Frisch das Studium seines Wettgesanges „Die Kreuzfahrt" begonnen. Wir sind überzeugt, daß der Verein den großen Schönheiten der dramatisch bewegten Komposition vollauf gerecht werden und sich am Sängerfest neue Lorbeeren erobern wird." (Giebt die Zeitung an Karl.)

'S ist immer die alt Gschicht, immer mues brüemselet sy! 'S nimmt mi nu Wunder, daß 's Morgeblatt dä Schund uufnimmt!

Karl: Jä, meinſt du, dä Artikel ſei nüd vu der Redaktion?

Präf. Sänger: Ja woher ä! Das häb der Orpheus ſelber ygſchickt, die Lüüt kenn ich ſcho!

Karl: Halt, da ſtahd aber na Öppis. (Lieſt vor:) „Auch unſere altbewährte Euterpe iſt ſeit Wochen mit dem Einſtudiren ihres Wettgeſanges beſchäftigt. Derſelbe, bekanntlich die vom Deutſchen Sängerbund preisgekrönte großartige Kompoſition „Bergpſalm“, enthält ſehr bedeutende Schwierigkeiten; wir zweiſeln aber nicht daran, daß der Verein dieſe mit ſeiner erprobten Meiſterſchaft überwinden und mit vollen Ehren aus dem Wettkampfe hervorgehen wird.“

Präf. Sänger: Bravo! das iſt famos gſchribe! Das freut mi ietz königlich!

Karl (lacht.)

Präf. Sänger: Was iſt ä da z' lache?

Karl: Hä, 's iſt mer nu en Vers ygfalle:

„Wie anders wirkt dies Zeichen auf mich ein!“

Präf. Sänger (lacht): Ja, be häſt Recht. — Das Zeichen iſt halt eben es Sängerzeiche, und die hend Herechraft. J ha dem Orpheus vorig Urecht tha, i gſehnes y. Aber ſo gahts; die Wettſingerei ſtygt eim in Chopf und trüebt eim de Verſtand.

Karl: Abfahre mit dem Wettſinge!

Präf. Sänger (gereizt): Chumm mer ietz nüd wider mit Dem! De weiſt, ich bi bim Wettſinge grau worden und lahne nüd dra rüttle, nach em Sängerfeſt gib ich 's Präſidium ab und zieh mich under b' Veterane zruck; dänn mögeb ſ' mynetwege de Wettgſang abſchaffe.

Karl: Oder reformiere!

Präf. Sänger: Nüüt! Die Chlütterlete mit dem Klaſſen und Gruppenſyſtem iſt ken Bluzger werth. Entweder gar e kes Kampfgricht und 's Publikum laß urtheile, oder Wettſinge na der alte Mode; was zwüſchet inne lyt, iſt nüd Fiſch und nüd Vogel, en ſuule Compromiß, bi dem gar Niemert z' friden iſt.

(Es klopft.)

Karl: Herein!

Waibel Chüderli.

Chüderli: Wünschenen en guete Tag, Herr Präsident, Herr Aktuar!

Präs. Sänger: Tag Chüderli.

Karl: Tag. Wender die Mladige zur Vorstandssitzig?

Chüderli: Wenn Sie wetted so guet sy.

Karl: Da. Das Pack Circular bringed er uf b' Post; aber 's pressiert, 's sind Sängerfestsache.

Chüderli: Sängerfestsache — i springe grad. Ja — bitti — ja — das na — erlaubed Sie, sind das ebe Cirkular a d' Mitglieder?

Karl: Hä natürli.

Chüderli: Gälled Sie, Sie händs doch nüd vergesse?

Karl: Was meined er?

Chüderli: Hä Sie wüsseds scho! wege myner . . .

Karl: Wegen eurer Tenorstimm? jä die chönned mer grüüß nüd bruuche bim Wettsinge.

Chüderli: He nei, wege myner U—ni—

Karl: Universalbildig?

Chüderli: Uniform! wege myner Uniform als Vereins= waibel.

Präs. Sänger: Bhüetis, sind nu ganz ruehig. 'S ist scho uf Paris gschribe derwege.

Chüderli: Uf Paris! e Pariseruniform chumm ich über! e Pariser?

Präs. Sänger: Jä ja, und erstna was für eini!

Chüderli: Dankene doch vill vill Mal! (Will Sänger die Hand gebe und nimmt Packet unter linken Arm, dabei läßt er es fallen.)

Karl: Seh seh, gend Acht!

Chüderli (das aufgelesene Packet abwischend): 'S häd em nüüd tha. E Pariseruniform! Herrjeegergott, was wird mys Babeli diheimen e Freud ha! Jetz wämmer aber ä bätte mit enand Tag und Nacht, daß Sie der erst Prys überchömmed; jä, ietz mues es grathe!

Karl: Dänn müend aber die Circular uf b' Poſt und die Pladige vertrait ſy.

Chüderli: I ſpringe grad mit. Lebet Sie wol, Herr Präſident, Herr Aktuar! (Mit mächtigen Schritten ab.)

Präſ. Sänger: |
Karl: } Abie.

Präſ. Sänger: Dä Mah hämmer glückli gmacht.

Karl: Alſo der erſt Prys hämmer.

Präſ. Sänger: Wenn b' Sänger nu halbwegs leiſted was de Komponiſt von euſerem Wettgeſang, ſo chunnts nüd ſchlecht uſe.

Karl: 'S iſt wahr, die Kompoſition iſt wundervoll.

Präſ. Sänger: Herrſchaft, wenni nu ä wüßt, wer de Komponiſt eigentlich iſt. Das Johann Sebaſtian, won uf der Partitur ſtaht, iſt ja natürli es Pſeudonym.

Karl: Per se. Sebaſtian heißt Niemert zum Gſchlecht.

Präſ. Sänger: Kei Menſch weiß Öppis vu dem Komponiſt, i han überall nahegfraget, de Direkter weiß ä nüüt.

Karl: Räthſelhaft!

Präſ. Sänger: Was ſteckt ächt ä da derhinder!

(Es klopft.)

Karl: Herein!

Dr. Grütz.

Präſ. Sänger: Ah, Tokter, gſeht me dich wider emal!

Dr. Grütz: Grüeßgott, Präſes!

Karl: Herr Tokter!

Dr. Grütz: Herr Sänger!

Präſ. Sänger: Was für en guete Wind blaſt dich da anne? Nimm Platz! (Dr. Grütz ſetzt ſich. Priſe.)

Dr. Grütz: I chumme wegen euerem Wettgeſang.

Präſ. Sänger: Wottſt öppe mitſinge?

Dr. Grütz: 'S chönnt na ſy.

Präſ. Sänger: Das wär famos. Zweite Baß hät me nie z' vill.

Dr. Grütz: In erſter Linie han ich dem Herr Präſident vu der Euterpe en Gruez uuszrichte.

Präſ. Sänger: So? freut mi. Vu wem?

Dr. Grütz: Vume gewüſſe Herr Johann Sebaſtian.

Präſ. Sänger: { Was? vum Komponiſt von euſerem
Karl: { Wettgſang?

Dr. Grütz: Uf de Tupf.

Präſ. Sänger: Du kennſt en?

Karl: Dä iſt hie?

Dr. Grütz: Ich kenn en und han emmel geſter mit em grebt.

Karl: Wie heißt er?

Präſ. Sänger: Worum häſt en ä nüd grad mitbracht?

Dr. Grütz: Da chann ich kei Uuskunft geh.

Präſ. Sänger: Das heißt, de wottſt nüd.

Dr. Grütz: I dörf nüd.

Präſ. Sänger: Loſed ä euſere Dr. Grütz, wo nüd dörf!

Dr. Grütz: Ich han em Johann Sebaſtian 's Ehrewort ggeh, en nüd z' verrathe. Er häd dä Chor wiener müſſed pſeu=donym publiciert und will ſys Incognito wahre bis jedefals nach em Sängerfeſt, dänn wird er ſich villicht demaskire.

Präſ. Sänger: Sonderbar. Und erſtna villicht.

Karl: Was hät ietz dä für en Rappel?

Dr. Grütz: Villicht fürcht er, er gheied abe mit ſym Chor und will d' Blamage eu ellei überlah.

Präſ. Sänger: Würd er is lieber helfe mit ſym Rath als Komponiſt!

Karl: Euſere Direktor chönnts bruuche.

Präſ. Sänger: Und wurds au aneh.

Dr. Grütz: De Meiſter Johann Sebaſtian hät mich vu ſich uus da anne g'ſchickt, grad precis, um eu ſyn Rath als Komponiſt z'offerire.

Präſ. Sänger: Jä würkli?

Karl: Das iſt ja famos!

Dr. Grütz (ein Schreiben hervornehmend): Er hät mich bi=uuftrait, eu für der Aſang das da z'übergeh.

Präf. Sänger: Gib, gib! (ſtrerkt die Hand)

Dr. Grütz: Halt! unber g'wüſſe Bibingige. Da inne ſtönd en Anzahl Bimerkigen über de Vortrag vum Bergpſalm, bie ſtützeb ſich uf b' Biobachtig vu g'wüſſe Fehlere, bien ihr bim Stubium macheb.

Präf. Sänger: Jä, iſt er bänn beby gſy?

Dr. Grütz: Eſang brüü Mal.

Präf. Sänger: Bi euferm Stubium vum Wettg'ſang?

Karl: Drüü Mal beby gſy?

Dr. Grütz: Drüü Mal. Unb er nimmt ſich vor, wiber z'cho unb euers Stubium z'überwachen unb ſyni Korrekture — bur my Vermittlig — az'bringe, wenn ihr ſyni Bibingigen acceptireb.

Präf. Sänger: Unb die ſinb?

Dr. Grütz: Erſtes, baß euere Direktor überhaupt mit ber Intervention yverſtanben iſt, respective ſich b' Oberleitig vum Komponiſt g'falle laßt.

Präf. Sänger: Für bas chann ich guet ſtah. Euſere Direkter hät ſelber ſcho bibuuret, baß er ſich nüb chönn mit bem Komponiſt birathe.

Dr. Grütz: Guet. Zweiti Bibingig: Daß b' Sach zwüſchet mir unb euerem Vorſtanb G'heimniß blybi. Eueri Sänger börfeb vu bem g'heime General nüüb wüſſe. Myn Fründ verlangt bas, um b' Autorität vum euerem Direkter gegenüber em Verein unfrecht z'erhalte.

Präf. Sänger: Die Bibingig macht bym Fründ alli Ehr.

Karl: Nüb jebe Komponiſt wär ſo b'ſcheibe.

Dr. Grütz: Alſo agnah?

Präf. Sänger: Verſteht ſich, mit Vergnüege.

Dr. Grütz: Dritti unb Hauptbibingig. Das er i ſtreng verpflichteb, 's Incognito vu mym Fründ z'reſpektire, b. h. jebe Verſuch underlöſeb, is G'heimniß vu ſyner Perſönlichkeit y-z'bringe; nüb nu bas, funber au, baß wenn er zuefällig behinber chämeb, baß er bänn vum euerer Etbecfig fei Gibruuch macheb, funder daß b' Sach ihre Furtgang nämm, wie wenn er nüüt g'merkt hätted.

Präf. Sänger: Vollkommen yverstande.

Dr. Grütz: Also abg'macht. J nimme die zwee Herre a Stell vum ganze Vorstand is Handg'lübb.

Präf. Sänger: Guet.

(Dr. Grütz drückt beiden die Rechte.)

Dr. Grütz: Da ist de Zedel. A der Handschrift studiered nu nüd umme; 's ist myn Taape, er hät mer's diktiert. So, myni Mission ist fertig; ietz nu na Eis. De Meister Johann Sebastian häd g'wünscht, daß ich im Bergpsalm mitsingi. Also notiered mi für de Zweit Baß.

Präf. Sänger: Mit tuusig Freude.

Dr. Grütz: So. Und ietz Adie Präsident!

Präf. Sänger: Lebwohl. Myni beste Grüez dem großen Unbikannten und vorläufig euseri wärmst Dank.

Dr. Grütz: Scho recht. Adie Herr Sänger!

Karl: Lebed Sie wol, Herr Dokter! (Dr. Grütz ab.)

Präf. Sänger (das Blatt durchfliegend, indeß Karl gespannt zuschaut): Unsgizeichnet — — — brillant — Das hani b'denkt — — — Das ist merkwürdig, 's mues Opper vum eusere Lüüte sy, dänn dä ist deby gsy, 's chlynst Bitzeli weiß er.

(Gibt das Blatt an Karl.)

Karl: (lesend): Potz Herrschaft, aber eusere Wachtel hätt e ke Freud dra!

Präf. Sänger: Wer ist das? de Fritz Fink?

Karl: Ebe ja. Wer säged em nu Wachtel, er schleckts inne, daß 's e Freud ist.

Präf. Sänger: Was sait er ietz ä vum Tenor?

Karl (lesend): „Dem ersten Tenor, der gegenüber den andern Stimmen allzusehr dominirt, ist Mäßigung zu empfehlen. Namentlich eine an und für sich sehr schöne Stimme drängt sich ungebührlich vor. Das Schmettern sei den Finken des Waldes überlassen."

Präf. Sänger: Wahr! wahr!

Karl: Los Vater, dä Fink gäb ich eigetli billig wider eweg.

Präf. Sänger: Ich au; aber mer chönned e nüd fprenge, juft gahb er in Orpheus, woner grab die Lucken uusfüllt, die fie im erften Tenor händ, wâhred er bi eus eigetli überflüffig ift.

Karl: Säg nu, meh fchabt als nützt. Aber de häft Recht, mer chönnede nüd gah lah. Er gieng fcho; er häbs fcho gnueg g'faid, be Wettg'fang vum Orpheus feig vill fchöner, vill dankbarer für der erft Tenor.

Präf. Sänger: Weiß er dänn das?

Karl: Er häb e Partitur vu der Chrüüzfahrt biheimen und cha die erft Tenorftimm uswendig.

Präf. Sänger: Sapperlot, da heißts uufpaßt, daß er is nüd abfchlipft. Mer hend fo wie fo en fchwere Stand gegenüber dem Orpheus mit fym Hans Frifch. Dänn, under eus g'faid, dä Direkter ift en Prachtskerli.

Karl: 'S ift nu Eis fchad an em.

Präf. Sänger: Was?

Karl: Daß mir e nüd händ.

Präf. Sänger: Ebc. So, ietz mues ich aber gah, es ift Zyt.

Karl: I chummen ä grab mit.

Präf. Sänger: Mer chönned ja underwegs na chli a dem Räthfel vu dem Komponift umeftudiere. (Während des Paletotanziehens.)

Karl: Säg Vater, de Dr. Grütz ift am End felber de Komponift.

Präf. Sänger: Ja hätt gmeint! Das ift eu famofe zweite Baß, aber e kennt e kei Not.

Karl: Wie mer derig Sänger nah meh händ.

Präf. Sänger: O herrjeh! i will nüd fäge wie vill!

Karl: Daher der Name Kunftgefang.

Präf. Sänger: Was faift?

Karl: Hä ja, 's ift doch gwüß e Chunft, fchwierigi Kompofitione fchön z'finge, wemme d'Note nüd kennt.

Präf. Sänger: Bueb, wart ich will der!   (Beide ab.)

Aus einer Seitenthüre:

Marie Sänger und Frl. Winter.

Marie: Chömmed Sie nu da ine, die Herre sind furt.

Frl. Winter: Wenn Sie 's erlaubed.

Marie: Nemmed Sie Platz!

Frl. Winter: Sie sind güetig. (Sie setzen sich.)

Marie: Also Sie chönnted die Stickerei überneh?

Frl. Winter: Ja fryli, Fräulein Sänger.

Marie: Händ Sie ä scho berigi Arbeten usgführt?

Frl. Winter (Papiere hervorkramend): Da hanenen es paar Züügniß vu Vereine, denen ich Fahne gstickt han.

Marie: Aha, guet, guet. D'Sach wär also die. Es handlet sich um e neui Fahne, wo de Männerchor Euterpe ufs Sänger= fest vu synne Dame soll übercho.

Frl. Winter: Eben ebe.

Marie: J der Hauptsach wurd d'Stickerei vun Jne uus= gführt; aber dänn chämed euseri Damen eso glegetlich zuenene, und 's miech dänn Jedi Öppis dra, öppen e Bluem, oder es paar Blätter oder eso.

Frl. Winter: Ebe ja, wiemes eso macht! 'S wird mi freue, wemmer die Dame b'Ehr gend; nu natürli müend sie halt mit myner Stube verlieb neh.

Marie: Bitte, säged Sie nüüt vu dem. Sie sind schynts nanig lang hie?

Frl. Winter: Nei, Fräulein.

Marie: Aber Sie wohned doch nüd ganz ellei?

Frl. Winter: Nenei, seb nüd: mit mym Neveu z'sämme.

Marie: Aha. Aber Sie händ Jhres eigen Arbeitszimmer?

Frl. Winter: Ja bhüetis fryli, sind Sie da ganz ruehig, myn Neveu wird die Dame nüd geniere.

Marie: Er gaht wol in es Gschäft?

Frl. Winter: Das nüd, nei, er arbeitet diheime.

Marie: Das wird ene lieb sy.

Frl. Winter: Sie chönned sich denke! Ja ich ha's herrli! Und ich genieren in nüd, my Arbet macht ja ken Lärme. Ich cha Fähne sticke so vill ich will; er chann glych Klavier spille.

Marie: Ihre Herr Reveu ist Mustker?

Frl. Winter: Denked Sie sogar Mustkdirekter.

Marie: Poz tuusig! Gratulierene.

Frl. Winter: Dankene. Villicht kenned Sie eu dem Namme nahe: Dr. Frisch, Direkter vum Gsangverein Orpheus.

Marie: Das ist Ihre Herr Reveu? Ja ja, bä Namme hani scho ghört. De Herr Dokter soll sehr tüchtig sy.

Frl. Winter: Ja ja, das ist er gwüß. Und brav! Es staht mer eigetli nüd a, en z'rüehme, aber nemmed Sie's eneren alten Jumpfer, die just ganz ellei i der Welt stahd, nüd übel, wenn sie vu Dem Guets redt, won eso für sie sorget, und won eren eso alles Liebs erwyst wie myn Hans. (Taschentuch.) Hend Sie, Sie glaubeds nüd, wie artig er mit mer ist — aber ich eifältigi Schwätzbäsi, i will höre, das cha Sie ja nüd intressiere.

Marie: Wol fryli. Ich ghöre gern vu guete Menschen erzälle, wenn s'mi schon nüüt agönd.

Frl. Winter: I will eue nu Eis säge. Lueged Sie, er cha b'Chatze nüd lyde.

Marie (sich schüttelnd): Äh, ich ä nüd! Falschi Thier!

Frl. Winter: Falsch! O Sie sötted nu myni Finette kenne! Hend Sie, e treuers, liebers, gschyders, schöners Thierli gits nüt uf der Welt.

Marie: Und doch chas de Herr Direkter nüd lyde?

Frl. Winter: Nei ebe leider nüd. Aber glych will er partout nüd ha, daß ich my Finetten eweg gibe.

Marie: Sie händ das welle thue?

Frl. Winter: Ja gwüß, und thäts grad iez na, so schwer's mi achäm, aber de Hans gits nüd zue. Ist iez das nüd schön? (Taschentuch.)

Marie: Ich gratulierene zu so eme Reveu.

Frl. Winter: Um bä umme chunnts e Frau emal guet über, ich binyde die grab iez scho.

Marie: Nu i denke, er werd wol öppen e Bruut hu z'Korn- thal, wo Sie früeher gsy sind.

Frl. Winter: Bhüetis Gott, kä Red dervu! aber wie wüssed Sie ä, Fräulein, daß mir z'Koruthal gsy sind?

Marie: Er hät mers selber gsaid.

Frl. Winter: De Hans?

Marie: Nenei, was denked Sie ä, myn Bape. Es wird natürli bi eus ä öppen über de Herr Dr. Frisch verhandlet.

Frl. Winter (seufzend): Ja das benki mer.

Marie (warm): Sie meined, wieni gsehne, es werdi schlecht über en gredt. Da sind Sie ganz im Irrthum. Eso simmir nüd, daß mer offekundigi Verdienst nüd gelte liesib. Es ist in euserem Huus na nie anderst als mit Achtig vum Herr Dr. Frisch gredt worde.

Frl. Winter: Ach das freut mi ietz doch ä über Alles! Und wie wird erst de Hans e Freud ha, wenn er das ver= nimmt!

Marie (schnell): Sie säged em nüüt dervu!

Frl. Winter: Wol bitti erlaubed Sie mers doch! Hend Sie, er häts gwüß schüüli nöthig!

Marie: Was säged Sie?

Frl. Winter: Es plaget en halt fürchtig, i gsehnes ganz guet, daß er meint, wege bere Findschaft zwüschet dene Vereine werdi uf der Euterpesyte so schlecht über en gredt.

Marie: Hät er ne Das gsait?

Frl. Winter: Mit Worte nüd, aber us Abüütige hanis gmerkt. Was em übers Leberli krochen ist, das ist grad das, daß er meint, i willenes offe säge, aber nemmed Sie mers nüd übel, grad in Ihrem hochverehrte Huus seig er bsunders schlecht agschribe.

Marie: Bhüetis Gott!

Frl. Winter: Also bitti bitti, erlaubed Sie mer, en z'bi= ruehige, sust wird er mer na chrank.

Marie (erschrocken): Chrank?

Frl. Winter: Hend Sie, Sie erschrecked selber vor Ihrer Verantwortig. Ja ja, i channenes säge, er ist scho nümmen eso pusper wien er gsy ist. Me gseht, es naget Öppis an em.

Marie (leise): Also säged Sie 's am End dem Herr Direkter, aber lönd Sie myn Namen usem Spiel.

Frl. Winter: Sind Sie da ganz ruehig. Mir wurds gar nüb biene, wenn er meinti, daß sich junge Dame für ihn intressiered. Wenn er aber partout will müsse, wer mers gsait heb?

Marie: Dänn säged Sie my Mame. J gibene mys Wort, daß sie gnau würd rede wien ich.

Frl. Winter: Guet. Dankene vill, vill Mal. Jetz erlaubed Sie mir aber, daß ich gahne, i will ietz grab na go wegem Stoff luege für de Fahne.

Marie: 'S Müsterli und b'Zeichnig hand Sie?

Frl. Winter: Ja ja. Und biehred Sie mi recht bald mit Ihrem Bsuech!

Marie: Die Dame werded cho, ich selber ha nüb der Zyt.

Frl. Winter: Wol bitti, chömmed Sie doch emal.

Marie: J zwyfle dra.

Frl. Winter: Wowoll. Hendsi, i channenen us Erfahrig säge, die Dame chömmed nüb, wenn b'Präsidentin vum Comité nüb chunnd.

Marie: Euseri chömmed scho.

Frl. Winter: Und wenn's nüb wegem Fahnen ist, so chömmed Sie bitti, bitti emal wegem —

Marie (streng): Was wegem?

Frl. Winter: J dörfs gwüß schier nüb säge, wegem Büsi.

Marie (lächelnd): Wege der Finette?

Frl. Winter: Was, Sie müssed na, wie sie heißt? ja dänn chömmed Sie scho! J gsehne, b'Finette hät Sie möge, eb Sie nu mit ihre Bikanntschaft gmacht händ. Da müend Sie ja cho, gälled Sie!

Marie: Nu me cha ja öppe luege!

Frl. Winter: Dankene, dankene! Also lebed Sie wol!

Marie (sie zur Thür begleitend): Lebed Sie wolund grüezed Sie mer . . .

Frl. Winter: De Hans? dankene. J wills uusrichte.

Marie: Renei! D'Finette!

Vorhang fällt.

Dritter Akt.

Zimmer bei Direktor Frisch.

Dr. Frisch. Frl. Winter an der Stickerei.

Dr. Frisch (Handschuhe anziehend): J will mache, daß i furtchumme, eb die Damen grucked.

Frl. Winter: De häst nüüt z'preffiere, 's ift na e Viertel. Übrigens wenn f' di ä gfäched, wärs denk e kes Unglück.

Dr. Frisch: Meinst nüd, fie chönnted ohnmächtig werde, wenn f' uf einmal a bä Bölimah annerennted?

Frl. Winter: Du en Bölimah?

Dr. Frisch: Hä ja. La bête noire vu der Euterpe; i bi gwüß fchwarz agftriche gnueg i feber Gfellschest.

Frl. Winter: Bin Sängere wahrschynli fcho; die werdeb di halt fürche und fie händ ä ganz recht; mit be Frauezimmere hingegen ift das öppis anbers; für die bist du nu um das intreffanter, wil di b' Herre verfchimpfed.

Dr. Frisch: Aber ä, Tante! Chaft du na efo Kompliment mache!

Frl. Winter: Bhüetis, bhüetis, 's ift mer Ernst.

Dr. Frisch: Sind fcho vill efo Dame da gfy?

Frl. Winter: Efange fiben oder acht.

Dr. Frisch: Aber wie weist du denn, daß fie zur Euterpe ghöred? 's chönnted ja a vun eufere cho go e chli wundere.

Frl. Winter: Wien ihre Direkter usgfäch?

Dr. Frisch: Nenei, fy Tante!

Frl. Winter: Hans, Hans! Nenei, da wird nüüd gmoglet, 's Frl. Sänger führt e ftrengs Regiment. J dörf kem Frauezimmer ä nu bä Fahne zeige, uffert es heb es Uuswyschärtli vun ihre.

Dr. Frisch: Wie gsehnd die denn uus?

Frl. Winter: Eifach b' Visitechart vu dem bitreffede Frauezimmer und dänn hät b' Frl. Sänger na ihre Name druuf gschribe.

Dr. Frisch: Zeig mer au emal e paar eso Chärtli; 's intressirt mi, ob i Öpper kenni vu dene Dame.

Frl. Winter: So so, das intressiert di! (Seufzend, indem sie die Karten aus der Schublade nimmt): Hä ja, 's ist ja ganz natürli; emal wird die alt Tanten enere junge Frau müese Platz mache!

Dr. Frisch: Wer wett ietz ä grab uf so Gidanke cho! Uebriges heb nu kei Angst, ich hüürathe nüd, i chäm's ja niene so guet über wie bi dir!

Frl. Winter: Emmel lieber hätt di Niemert weder ich. Da sind die Chärtli!

Dr. Frisch (sie durchgehend): I kenne Niemert. So, das ist o' Handschrift vu der Frl. Sänger? Schynt e chli e rässi Jumpfer, scharfi Schriftzüg. Da, sä, verforgs wieder. (Er giebt ihr die Karten zurück mit Ausnahme von einer, die er behält und in sein Portefeuille steckt, nachdem er sie mit schmerzlichem Ausbruck geküßt hat.)

Frl. Winter (beim Verschließen die Karten betrachtend): Ja, d' Handschrift ist e chli scharf; es ist halt e gschyb's Frauezimmer; aber seeleguet.

Dr. Frisch: Weischt du dänn das?

Frl. Winter: Pah, ich weiß, wie sie mit mir gsy ist, so lieb und fründli, und sie hät doch gwüßt, daß ich du Tante bin.

Dr. Frisch: Gwüßt? (Er zieht die Karte wieder hervor, betrachtet und küßt sie mit bald glücklicher, bald trauriger Miene.)

Frl. Winter: Ja und denk sie hät mer gsaid, in ihrem Huus werdi nu mit Achtig vu dir gredt.

Dr. Frisch: Das hätti nüd glaubt.

Frl. Winter: Jä gäll! Ja und los ä, wie luftig, sie cha b' Chatzen ä nüd lyde wie du!

Dr. Frisch: Bravo! das freut mi ietz!

Frl. Winter: Wie unartig! (triumphirend:) Aber deßwege will sie glych expreß da anne cho, goge my Finette gschaue! Gäll hä, ietz häts bi!

Dr. Frisch: Was?

Frl. Winter: Ja ja! gsehst da, my Finette gwünnt die sindliche Herzen, eb d' Lüüt sie un gseh händ. I erwarte hüt bä Bsuech, 's häts gester e Dam gsaib.

Dr. Frisch: Hütt chunnd d' Fräulein Sänger? Jetz dänn?

Frl. Winter: Wahrschynli.

Dr. Frisch: Jetz isch aber die höchst Zyt für mich. Ich mues go myni Stunde geh. Adie Tante!

Frl. Winter (herbei eilend:) Wart, wart! Seh wie gsehst ä uus? wart i will di na chli bürste (thut es). Ach, und da häst ja na 's Aufhenkschnüerli dusse. — So. — Häst es Nastuech?

Dr. Frisch: Ja ja.

Frl. Winter: Se gang de Gottsname. Heb der Sorg wegem Durzug.

Dr. Frisch: Ja ja! Adie Tante!

Frl. Winter: Adie Hans! Vergiß de Schirm nüd!

(Dr. Frisch ab.)

Frl. Winter: 'S ist doch en Staatsmensch! Jetz mues i aber go luege, wo d' Finette steckt, daß sie ämmelä ummen ist, wenn das lieb Fräulein chunnt. (Oeffnet Seitenthür und ruft hinein: Finette! Büsi! geht hinein und wiederholt den Ruf hinter der Koulisse. Kommt wieder heraus.) Sie ist nüd da, dänn ist sie usem Gang usse! (Oeffnet Zimmerthür und ruft hinaus:) Finette! (Im nämlichen Augenblick treten ein:)

Lisette, Süsette, Babette.

Lisette: Nei, ich heiße Lisette!

Süsette: Und ich Züsette!

Babette: Und ich Babette!

Frl. Winter: Herrjeß, wie händ Sie mich erschreckt! Bitte höfli ab, myni Dame, i ha gwüß halt mym Büsi grüeft.

Lisette (auf Süsette deutend): Das ist ietz halt ebe 's Züsi

ſtatt em Büſi. Sägeb Sie, iſt das de Herr Direkter Friſch
gſy, womer im Huusgang unne atroffe händ?

Frl. Winter: Wahrſchynli. Myn Neveu iſt grab ietz be
durab.

Liſette: Das iſt aber en feine Herr! Das iſt en andere
Direkter als euſeren alt Chrüſi vu der Euterpe! Meineb Sie,
dä häb is grüeßt! Grab wien en Feldweibel, wenn drei Oeberſt
an em verby gönd. E däweg iſt er anegſtande, ganz militäriſch,
nu natürli chapeau bas. Aber aglueget häb er ein ſtramm,
ämmel mich!

Süſette: Bhüetis, mich au!

Babette: Und mich! Er müend dänn nüd meine!

Liſette: De Herr Direkter Friſch ſött ietz au zu ſym Män=
nerchor Orpheus na en Franechor gründe, dem ſaiti me dänn
Euridice, da wurdet mir drüü grab ytrete. Gelled?

Süſette: Allweg gwüß.

Babette: Verſtaht ſi.

Frl. Winter: J wills dem Herr Direkter ſäge, 's wird
en freue.

Liſette: Das wämmer hoffe! Er ſoll ſi wohl in Acht
neh, wenn's en nüd freut! Jetz aber, Jumpfer Summer!

Frl. Winter: Ich heiße Winter.

Liſette: Weiß ſcho. Ich ſägenen aber lieber Summer, es
paßt beſſer. Sie händ eſo e fründlis Gſicht, Sie gänd eim or=
deli warm.

Frl. Winter: Sie tuuſigi, Sie!

Liſette: Gelled Sie, Sie ſind nüd bös?

Frl. Winter: Bhüetis trüüli.

Liſette: Ja was i ha welle ſäge. Mir chönnneb alſo na=
türli wege dere Büezete.

Frl. Winter: Ergüſi, Sie werdeb die Chärtli ha?

Liſette: Füre mit dene Heimetſchyne! (Karten werden ab=
gegeben.) D' Impfſchy hämmer gwüß vergeſſe, müemers öppe
go hole?

Frl. Winter (lachend): Sie chönned's ja dänn schicke! Also wend Sie so guet sy (führt die Damen zum Stickrahmen). Da wär bä Fahne.

Lisette: Gälled Sie, Sie thüend ammel wider unf, was die Frauezimmer sind cho dra umme schnürpfe?

Frl. Winter: Nei aber Sie!

Lisette: Wer mues iez z' erst?

Frl. Winter: Ganz wie Sie wend.

Lisette (zu Süsette und Babette): Wer z'erst by säbem Tischli ännen ist! I zähle: Eis, zwei, drei!

(Wettlauf. Lisette langt zuerst an.)

Lisette: Ich has ggunne! Also iez sticke!

Frl. Winter: Wend Sie es Blatt oder e Bluem?

Lisette: Häts keni Buechstabe?

Frl. Winter: Wol fryli, da chönned Sie uuslese.

Lisette: Also. Gelled Sie, Hans heißt der Herr Direkter?

Frl. Winter: Ja, ja.

Babette: Aber Lisette!

Lisette: Me wird doch na dörfe fräge? 's ist ja nu, damit me chönn en andere Buechstabe neh. Da ist es Jot, das will ich mache. (Stickt.)

Süsette (zu Babette): Johannes, das ist en Underschid!

Babette: Das ist es Chind!

Frl. Winter (zu Süsette und Babette): Die Dame müend sich iez halt gwüß es Wyli gidulde.

Lisette: So ich bin fertig! (Springt auf.)

Frl. Winter: Nüd mügli!

Lisette: I ha nu drei Stich gmacht. Sie händs dänn bälder wider uuftha. Babettli, gang iez du!

(Babette geht sticken.)

Lisette (zu Süsette): Gahst du au as Sängerfest?

Süsette: Ja was denkst ä!

Lisette: Ich gahne sicher. Wie weißi nanig. Wenni nu e chli größer wär, so chönnti be Fähndrich mache.

Süsette: Aber aber!

Lisette: Hä ja, da mit euserem Chunstwerk.

Babette (aufstehend): So, Züsi, iez isch a dir.

(Süsette geht sticken.)

Lisette: Ist eigetli euseri Jumpfer Präsidentin ä scho da gsy?

Frl. Winter: Nei, bis iez nanig.

Lisette: Thüend Sie dänn ämmelä e chli bikränze, vor
sie chunnt und es paar Rauchzäpfli azünde, daß es so e chli en
syrliche Dampf gib.   (Es klopft.)

Lisette: Herein!

Marie Sänger.

Lisette: Ja, iez isch z'spat.

Marie: Wieso z'spat?

Lisette: Zum Bikränze für dich.

Marie: Immer de glych Bajaß.

Süsette: So, ich bin ä fertig (steht auf.)

Frl. Winter: Frl. Sänger, es freut mi unsägli, daß Sie
mer b' Ehr erwysed.

Lisette (zu Babette): Schmöckst 's Rauchzäpfli? — So
mir gönd denk! (Zu Frl. Winter.) Mer lösed dänn de Herr Feld-
weibel grüeze! Abie Mari! Abie Jumpfer Summer!   (Ab)

Marie: (lachend): Das ist Eini!

Süsette, Babette: Abie mit enand!

Marie: Abie!

Frl. Winter: Lebed Sie wohl!

(Babette und Süsette ab.)

Frl. Winter: Das ist e munters Fräulein.

Marie: Ja ja, seb scho. Wend Sie mer villicht be Fahne
zeige?

Frl. Winter: Wend Sie so guet sy? (führt sie hin.)

Marie: 'S wird schön. Euseri Sänger chönned z'fride sy.

Frl. Winter: Da sind b' Charte vu dene Dame, wo bis
iez sind cho sticke.

Marie (sie durchgehend): Kurios. Bu der Frl. Hübsch ist
e käni da, und doch hät sie g'sait, sie sei bynene gsy. Das sind
doch alli Chärtli?

Frl. Winter: Fryli, fryli.

Marie: Dere willis fäge dä Abig. So, iez willi mys Theili ä g'schwind mache. (Setzt sich an die Stickerei.) Wenn Sie Oeppis z'thue händ, so geniered Sie si ämmelä nüd.

Frl. Winter: 'S ist g'wüß schüüli uverschant, aber wenn Sie's erlaubed, so giengi gern g'schwind e chli i b' Chuchi.

Marie: Gönd Sie, gönd Sie!

Frl. Winter: De Hans hät hütt de ganz Morge Klavier-stunde z'geh, da mues er Oppis Rechts z'Mittag finde, wenn er heichumnt.   (Ab durch Seitenthür.)

Marie: (stickend): De ganz Morge Klavierstunde. Desto besser, so bini ämmelä sicher. — Ich glauben immer, dä Fahne füehrt b' Euterpe nüd zum Sieg; eusere guet alt Herr Direkter mag lang nüd koh gege die jung Chraft bim Orpheus. Ja ja, eso en Erfrischig chönnted mir au bruuche.   (Es klopft).

Marie: Aha, eis vun eusere Frauezimmere! am End 's Fräulein Hübsch. Herein!

Dr. Hans Frisch.

Marie (aufspringend): Sie, Herr Dokter!

Dr. Frisch: Fräulein Sänger!

Marie: Ich ha g'meint, Sie hebed de ganz Morge Klavierstunde.

Dr. Frisch: Ja, aber vorig amen Ort, woni hichumme, so heißts: 's Fräulein schlafi na, 's seig nächt anne Baal gsy, und me dörfis g'wüß nüd wecke. Ist das nüd nett?

Marie: Herzig. Herr Dokter, 's häd mi g'freut (will gehen).

Dr. Frisch: Wend Sie scho furt?

. Marie (auf Fahne deutend): I bi fertig.

Dr. Frisch: Jä, und händ Sie 's Büsi scho g'seh?

Marie: Jä so, b' Finette!

Dr. Frisch: Expreß wege dere sind Sie ja cho, wiemer b' Tante g'said häd.

Marie: Da muesi denk na es Augeblickli warte.

Dr. Frisch: Bitti nemmed Sie ä Platz. (Sie setzt sich.)

Marie: Wetted Sie nüd so guet sy und 's der Fräulein Winter fäge? Sie ist i der Chuchi.

Dr. Frisch: Fryli gern.   (Ab.)

Marie: 'S ist furchtbar schenant. Söll i ächt ä hei? i chönnt mi ja schriftli etschuldige. Aber nei, i dörfs dere guete Jumpfer nüd z'leid thue, und dänn g'sächs ja uus, wie wenn i e schlechts G'wüsse hätt. I mues de Gottsname blybe.

Dr. Frisch zurück.

Dr. Frisch: D' Tante chunnt grad.

Marie: Dankene.

Dr. Frisch: Denked Sie ä na öppen an Gurnigel?

Marie: Pah ja, hie und da, und Sie?

Dr. Frisch: Vill, vill! Das ist e wunderschöni Zyt gsy.

Marie: Mer händ prächtig Wetter gha.

Dr. Frisch: Gelled Sie! 's sind halt do na keni sindliche Stern am Himmel g'stande.

Marie: Wie isch Inen ä g'gange mit Jrer Komposition bi dem Prysuusschrybe vum düütsche Sängerbund?

Dr. Frisch: Das bruuched Sie mich nüd z'fräge. Dä Chor, wo d' Euterpe am Sängerfest singt, ist ja prämirt worde.

Marie: Kenned Sie dä Componist Johann Sebastian?

Dr. Frisch: Das ist offebar es Pseudonym; wie soll ich wüsse, wer da dehinder steckt?

Marie: Wüssed Sie, a was mich dä Chor manet?

Dr. Frisch: Chönnts nüd säge.

Marie: Es sind Stelle drin, die erinnered mich a die Klavierphantasie, die Sie eus g'spillt händ, wo Sie vum Stock= horn obenabe cho sind.

Dr. Frisch: So? Ja es git eso Ähnlichkeite. Neus chamme ja überhaupt nümme schrybe. Denked Sie ä na an euseri Tour uf de Niese?

Marie: Wie wetti nüd!

Dr. Frisch: Ich ha die sebe Enzianen immer na, wo Sie mir deet verehrt händ. Hend Sie 's da! (Er nimmt die Blumen aus dem Portefeuille, eine Karte fällt zu Boden.)

Marie (nickt stumm): Wetted Sie nüd namal luege, ob b'Fräulein Winter nüd chunnd?

Dr. Frisch: Sofort. (Ab.)

Marie (hebt die Karte auf): Richtig! mys Aug hät mi nüd troge! Roja Hübsch. Jetz warted Sie, Herr Frisch!

Dr. Frisch und Frl. Winter.

Frl. Winter: J wär gwüß gschwinder cho, aber de Hans hät mer gsaid, i söll mer der Zyt lah, 's pressieri nüd. J willne grad d'Finette hole. (Dr. Frisch stumme Zeichen der Verlegenheit.)

Marie (kalt): Nei warted Sie ä na gschwind! 'S Fräulein Hübsch ist dänn würkli da gsy, da ist ihri Chart, de Herr Direkter hät si vorig us sym Portefeuille lah an Bode falle.

Frl. Winter (harmlos): Aha! dankene. Das ist ietz ä recht. (Nimmt Karte.)

Dr. Frisch: Gib nu; i will si versorge. Hol ietz du dys Büsi.

Frl. Winter: Ja ebe.

Marie: Lönd Sie 's nu sy, i ha nümme der Zyt.

Frl. Winter: 'S gaht ja nu es Augeblickli. J bin im Schwick wider da. (Ab.)

Dr. Frisch: Fräulein Sänger.

Marie (kämpft mit den Thränen).

Dr. Frisch: Wenn uf eme soe Chärtli zwee Name stönd, welles ist ächt de wichtiger? Meined Sie, wege dene druckte Buechstabe da, wonich i jedem Gschäft cha mache lah, heb ich der Tante das Chärtli unsgfüehrt und zu den Enziane versorget? Ich bin en Autographejammler, aber en Uusnahm vu der Sorte; denn ich bignüege mich mit emen einzigen Exemplar. Dem hebi aber Sorg.

Marie: 'S macht si. Myn Namen ist ja ganz verschlirpet.

Dr. Frisch (küßt ihr rasch die Hand): Das chunnt vu dem.

Fräulein Winter tritt ein, Finette im Arm tragend.

Frl. Winter: So, da wär ietz die Finette. Jetz lueged Sie emal wie schön.

Marie: Wunderhübsch!

Dr. Frisch: E wahri Pracht!

Frl. Winter: Und so guet! Sie dörfed si ruehig streichle, sie macht nüüt.

Marie (streichelnd): Das ist würkli e Finette.

Dr. Frisch (streichelnd): Ja ja.

Frl. Winter: Nu dörf me nüd gege be Strich fahre, sust sötted Sie dänn gseh, wie sie si stellt!

Marie: So iez dank ich Jnen und iez lebed Sie wol!

Frl. Winter: Lebed Sie recht wol, Fräulein, und bankene vill, vill Mal für de Bsuch. Hans, gell, be bigleitist das Fräulein abe.

Marie: Bhüetis, 's ist gar nüd nöthig.

Frl. Winter: Wowoll, 's ist e chli e dunkels Stegehuus.

Dr. Frisch (die Thür öffnend): Wend Sie so guet sy.

(Marie und Dr. Frisch ab.)

Frl. Winter: Jetzt rüüchts mer erst uuf wege dem Chärtli, wo de Hans vorhinnig hät lah falle: das häb im das Fräulein Hübsch ja natürli selber ggeh! Hä per se, da ist ja ken Zwysel, vu wem wetters sust übercho ha? — Also e Liebschaft! Gottsname, mer müend is dry schicke; wenn nu ämmelä 's Frauezimmer recht ist. Wends hoffe, sust hätt si ja dem Hans nüd gfalle. Aber glych 's nächst Mal, wo's Fräulein Sänger wider chunnt, thuenis e chli uusfrägle, die chann mer allweg be best Bricht geh. Nu, i mues mi halt tröste. Gottlob, wenn de Hans vu mer ewegg gaht, bini ämmelä nüd ganz ellei; denn 's blybt mer ja — my Finette!

(Vorhang fällt.)

Vierter Akt.

Rathsaal (mit einigen Kantonswappen decorirt). Vor Aufgehen des Vorhangs hört man in der Ferne einen Militärmarsch, der rasch näher kommt.

Comitémitglied mit den Damen Sänger.

Comitémitglied: So, mer möged grad na ko. A dem Fenster gsehnd Sie de Zug am beste.

Frau Sänger (zu Marie): Jetz wämmer dänn euere Fahne gschaue.

Marie: Jä, dä gsehst erst z'Mittag, das ba sind d'Volks= gsangverein.

Comitémitglied: Epfell mich dene Dame. (Ab.)

Dr. Frisch und Frl. Winter.

Dr. Frisch: Gschwind, gschwind, 's ist die höchst Zyt!

Marie (zu Frau Sänger): Mame, lueg ä, 's Fräulein Winter!

Frau Sänger (zu Frl. Winter): Fräulein Winter, chöm= med Sie da anne! Guete Tag, Herr Direkter!

(Gegenseitige Begrüßung.)

Musik hier am stärksten, nimmt von da an wieder ab.

Frl. Winter: I will Sie da nüd geniere. Chunm, Hans, mir gönd a seb Fenster.

Frau Sänger: Nenei, blybed Sie by mir. Die Alte ghöred zsämme. De Herr Direkter ist scho so guet und thuet der Marie seb Feister uuf.

Dr. Frisch: Bitte recht gern.

(Fräulein Winter tritt zu Frau Sänger; Marie zu Dr. Frisch, der das Fenster in der vordersten Coulisse öffnet. Musik nach und nach schwächer. In der Ferne vielstimmiges Hochrufen.)

Marie: Die guet Mame, wenn ſi ä müßt!

(Marie und Dr. Friſch treten nach vorn.)

Dr. Friſch (innig): Marie!

Marie: Hans!

Dr. Friſch (ſieht ſich vorſichtig um und küßt Marie die Hand) Jetz iſch nu na um en Tag z'thue, dänn chummi go fräge!

Marie: Denk, 's iſt mer gar nüb Angſt!

Dr. Friſch: 'S gaht mer preciß eſo. Und doch ſimmer eſo en Art Romeo und Julie.

Marie: Aber 's gü wills Gott e kes Truurſpil. Du, Hans!

Dr. Friſch: Was meinſt, Schatz?

Marie: Wenni ietz nu ä müßt, wem i eigetli ſött be Sieg wünſche, der Euterpe oder dem Orpheus!

Dr. Friſch: Weiſt du was, wünſchen du beede, ſe chaſt nüb verirre. Gib Acht, d'Mame!

(Frau Sänger und Frl. Winter nach vorn.)

Frau Sänger: So, Marie, häſt ietz de Zug gſeh?

Marie: 'S iſt herrli gſy. Dankene villmal, Herr Direk= ter, für die guet Unberhaltig.

Dr. Friſch: Bitte, danken Jne!

Frau Sänger: Mer wend denk gah!

Dr. Friſch: Sie chönned ſuſt ſcho blybe, wenn Sie wend. D'Euterpe häd ietz dänn Wettgſangprob.

Frau Sänger: Da im Rathhuusſaal?

Dr. Friſch: O ja.

Frau Sänger: Nei, mer wend die Herre nüd geniere, mer wend gah.

Dr. Friſch: Dörſi ſo frei ſy. (bietet Frau Sänger den Arm.)

(Dr. Friſch und Frau Sänger gehen voraus, Frl. Winter und Marie folgen.)

Frl. Winter: Säged Sie, Fräulein Sänger, wüſſed Sie nüb, iſt 's Fräulein Hübſch ä da am Sängerfeſt?

Marie: Ja i ha ſie gſeh.

Frl. Winter: Kenneb Sie ſie näher?

Marie: Ja fryli.

Frl. Winter (unter der Thüre): Bitti, erzelled Sie mer ä
e chli vunere, das Fräulein intreffirt mi halt fürchtig.

Marie: Recht gern. (Beide ab.)

Weibel Chüderli.

Er trägt die Uniform: weiß und blau gestreiften Schwalbenschwanzfrack,
dito Hosen, weiß und roth carrirte Weste, grüne leberne Tellermütze,
Militärtornister.

Chüderli (Tornister ablegend): So! das ist 's anderletscht
Mal, daß i dä Wettgsang umenand schleife. Jetz dänn na 's
Konzert und dänn abie Guetnacht in Chaste bis anno Tubak.

(Selbstgefällig sich betrachtend und dann sich umsehend.)

'S ghörts Niemert, i dörf's scho säge: de schönst Mah am
Sängerfest ist dänn glych de Heiri Chüderli! Mag si wol ä
verlybe die Guniteh mit dere halb Ell Bändel am Arm und
die Fähnderich mit dene Federctschüüpe! Ich bin e ganze Mah!
Seh, wie häd ietz ä der Herr Präsident gsaid, daß ich uusgsäch?
richtig: stylvoll! i weiß zwar nüd, was 's heißt, aber 's ist all-
weg öppis Vornehms.

Soo, also da inne hämmer Prob? Dä Saal cha si meine,
daß mir drin chömmed go singe. Seb dörfi dänn fröli säge: so
schön als mir ietz dänn singend, ist allweg da inne na nie gredt
worde.

Dä arm Orpheus, er chann ein eigetli schier verbarme!
Dä singed mer dä Imbig z'Bode, aber eso, daß em 's Ligge
weh thuet.

(Einige Bassisten der Euterpe erscheinen.)

Chüderli: Aha, da chömmed esang e paar Euterpianer.
Guete Tag, ihr Herre!

Erster Bassist: Ghorsame Diener, Herr Chüderli!

Zweiter Bassist: Blume aller Vereinsweibel, sei mir ge-
grüßt! (umarmt ihn.)

Chüderli: Bitti, um Alles! nu fä Mosen as Gwändli!

Zweiter Bassist: Dies Kind, kein Engel ist so rein ...

Erster Bassist: Chüderli, hender ken Brise?

Chüberli: Meineb Sie öppe? (eilt zum Tornister unb kramt
eine riesige Dose hervor.) Henb Sie da!
Erster Bassist: Lueged ä da! de Vereinscaisson häb er
mitbracht! (Man schnupft.)
Chüberli: Jä gälled Sie, ich weiß na, was zum Singe
ghört! Nüb nu de Hals uusbürste, me mues ä 's Chämi säge!
Erster Bassist: Ebe ja (niest).
Chüberli: Gsundheit! (verschließt die Dose wieder.)
Erster Bassist: Danke. Mer sind na z'früeh, 's chunnd
na kes Bei.
Zweiter Bassist: I meine, 's thät's na zum suure Leberli
beim Urscheli änne.
Erster Bassist: Unb en Dreier vu sebem Margräfler!
Roth, Schwarz unb anbere Euterpianer.
Zweiter Bassist: Aha, da chömmeb wiber e paar
azwimmle.
Erster Bassist: Fast alles Tenoriste. Aber de Groß=
mogul ist nüb bynene.
Zweiter Bassist: Chumm, mir gönb. (Beibe ab.)
Schwarz: Es gaht mer esange bis z'oberst use! Dä
Hochmueth!
Roth: Mer sötteb strike machen im Tenor!
Schwarz: De Fink gar nüb la mitsinge, meinst?
Roth: Natürli. Mer hänbs ja ammel ä chönnen ohni
bä Lappi.
Fink mit einigen Tenoristen.
Schwarz: Da chunnd er. Lueg, wien er si wiber laht bä
Hof mache.
Roth: De Jupiter mit es paar Mönbe!
Schwarz: S wird mer ganz übel. Mer wend na chli use.
Roth: Se chumm. (Beibe ab.)
Fink: Da inne isch aber morbschalt. Gschwinb genb Sie
mer myn Ueberzieher.
Erster Tenorist: Warteb Sie, i will ne helfe (zieht ihm
Paletot an.)

Zweiter Tenorist: Da bitti, nemmed Sie na 's cache-nez. (Fink legt es um.)

Fink (hüstelt): J meine, 's hät mi scho.

Dritter Tenorist: Bitti, nemmed Sie na e paar Gummizeltli (offrirt ihm Düte).

Vierter Tenorist: Oder wend Sie öppen en Schluck? (produzirt halbe Champagnerflasche).

Fink: Dankene. Nachher. Sie händ mer ä na Sorg.

Erster Tenorist: Nüüd als euseri Pflicht.

Zweiter Tenorist: Es ist is en Ehr.

Fink: J meinen aber, 's ist besser mer göngid na chli a d' Wärmi use. Chüderli chömmed mer dänn go rüefe, wenn Alls byn enand ist!

(Im Abgehen kreuzt er sich mit eintretenden Weiß und andern Orpheonisten.)

Fink: Aha, das sind Herre vum Orpheus. Guete Tag.

Weiß: Guete Tag, Herr Fink.

Fink: Jetz gaht de Tanz bald los.

Weiß: Ebe ja.

Fink: Jch bynyde Sie nu um Jhre Wettgsang! Dä ist anderst dankbar für der erst Tenor als eusere; ä, das höch h, wo Sie z' singe händ, das wär ä es Fresseli für euserein!

(Fink mit Tenoristen ab.)

Weiß: Ja ja, 's höch h das hämmer, aber Gott wie mager!

Ein Orpheonist: Wenn ä de Fink bei eus wär, Himmel, was hätted mir für en Chor!

Präs. Singer eilig herein.

Präs. Singer: Ach da triffi Orpheoniste! Weiß Niemer vu dene Herre, wou eusere Direkter steckt?

Orpheonist: Mer händ erst in ere Stund Prob; ist er öppe na chli is Volksgsangconcert?

Präs. Singer: Nei, i bi scho deet gsy.

Weiß: Er wird mit syner Tante spaziere.

— 48 —

Präj. Singer: Die hani grad ieß allei atroffe. Sie weiß nüd woner ist. Er heb ere vor zeh Minute Abie gsaid für bä Vormittag.

Weiß: Was pressiert eso? ist Deppis läß?

Präj. Singer: Ja! leßer nüßt nüüt.

Weiß: Was isch? was isch?

Präj. Singer: Mer werdeb gar nüd chönne wettsinge!

Weiß: Ja hätt gmeint!

Orpheonist: Worum dänn?

Präj. Singer: De Schangli Zünd ist chranf worde!

Weiß: De Schangli Zünd!

Orpheonist: Eusere best Tenor!

Präj. Singer: Sägeb nu, euseren einzig Tenor, dänn ohni bä simmer am Bode! Uff, 's ist zum b' Haar uusryße!

Weiß: Jä, und chammene nüd furiere?

Präj. Singer: Er ist stockheiser! nüd en Ton bringt er use! Chömmeb, helfeb mer be Direfter sueche, mer müend grad be Vorstand bisammle.

(Singer und Orpheonisten ab.)

Präj. Sänger, Noth, Schwarz und andere Euterpianer.

Präj. Sänger: En schöne Saal! Da inne singt sichs allweg guet.

Noth: Wenn ieß nu b' Lüüt chämeb, i zeh Minute sötteb mer asäh singe.

Schwarz: Wo ist be Direfter?

Präj. Sänger: De Karl ist en go abhole. Chüderli, händ er b' Musif da?

Chüderli: Ja fryli, Herr Präsident, mir sind i ber Ornig!

Präj. Sänger: Se gömmer ieß go b' Lüüt e chli zjäm= merüese.

Chüderli: Gern, Herr Präsident! Ää, Herr Präsident (geheimnißvoll), b' Schnupstrufen ist dänn im Tornister.

(Chüderli mit mächtigen Schritten ab.)

Schwarz: Wemmir so schön singed als eusere Weibel bru gsehn, so hämmer der erst Prys.

Dr. Grütz.

Dr. Grütz: Tag, Präses.

Präs. Sänger: Tag, Tokter.

Dr. Grütz: Los gschwind. (Treten nach vorn.) Sä ba! das sind die letschten Instruktione vum Johann Sebastian.

Präs. Sänger: Wänn häst die übercho?

Dr. Grütz: Dä Morge.

Präs. Sänger: Per Post?

Dr. Grütz: Jä biwahr, er hät mer's in persona übergeh.

Präs. Sänger: Jä was, er ist hie?

Dr. Grütz: Hä natürli, er wird doch welle syn Chor ghöre.

Präs. Sänger: Hä ja, 's ist ja wahr.

Dr. Grütz: Also gibs em Direkter.

Präs. Sänger: So wien er chunnt.

Karl Sänger, athemlos.

Karl Sänger: (Ringt nach Athem.)

Präs. Sänger: Was häst ä? wo häst be Direkter?

Karl Sänger: Gar nüd hani en, chrank ist_er!

Präs. Sänger (entsetzt): Was! chrank!

(Die Euterpianer kommen herbei.)

Karl Sänger: Sibe Schuech tüüf im Bett lyd er.

Dr. Grütz: Wo fehlts?

Karl Sänger: Podragra. J der Nacht häts en apackt.

Dr. Grütz: Ja ja, das kennt me.

Präs. Sänger: Tokter, chumm, und du, Karl!

(Die Dreie treten nach vorn.)

Präs. Sänger: Dokter, du muest is helfe.

Dr. Grütz: Ich cha dä Mah nüd gsund mache bis z' Mittag.

Präs. Sänger: J meines nüd eso: es git nu Ei Rettig aus euserer Noth: dyn Johann Sebastian mues de Verein dirigiere!

Karl Sänger: Das hani grad ä welle säge.

Dr. Grütz: Myn Johann Sebaſtian mueß nüb.

Präſ. Sänger: Bitti, bitti, nu ä ietz nüb Wörtli chlüübe! Mir chönneb en nüb zwinge, aber ſys Intereſſe als Komponiſt, ſy Pflicht als Chünſtler, bie zwingeb en bezue, ſys Werk nüb im Stich z' lah.

Dr. Grütz: Schön gſait.

Präſ. Sänger: Du biſt ſyn Vertrouesma, biſt Euter= pianer, en alten, ächte Sängerveteran, hilf is us ber Chrott!

Dr. Grütz: Unb wenn be Herr Johann Sebaſtian Bi= bingige ſtellt?

Präſ. Sänger: Zum Byſpil?

Dr. Grütz: Zum Byſpil, wenb ſäge, bä Herr Fink mües eweg uſem Tenor?

Präſ. Sänger: Zueggeh!

Dr. Grütz: Jä halt, bas iſt nüb ſo eiſach. De Herr Fink laht ſich nüb eſo eweg ſchicke, bä will ſinge.

Präſ. Sänger: Guet, ſo ſingi er mynetwege mit bem Orpheus!

Karl Sänger: Aber Vater!

Dr. Grütz: Au bas iſt balb gſaib. Wenn er hätt welle ber Ueberläuſer mache, ſo hätt er bas ſcho lang chönne thue. Er iſt en yle Tenoriſt, wie's nüb balb en zweite git; aber als Eu= terpianer häb er Treni biwiſe.

Präſ. Sänger: Das iſt fryli wahr.

Dr. Grüetz: J weiß nanig, wie bas eventuell z' machen iſt. Laß mi e chli überleggen, unberbeſſe ſo rüeſ bu byn Vorſtanb zſämue unb las en Bſchluß faſſe, bä mir möglichſt ſreii Hanb git, b' Sach ſo ober ſo z' rangiere.

Präſ. Sänger: Guet. Chüberli!

Chüberli: Herr Präſibent!

Präſ. Sänger: Holeb mer b' Herre vum Vorſtanb ba anne, gſchwinb!

Chüberli: Grab, Herr Präſibent! ⎱ (Veibe ab nach
Karl Sänger: J will em go helfe. ⎰ Hintergrunb.)

Präſ. Singer mit einigen Orpheoniſten.

Präſ. Singer: Pardon, Herr Kollega, wenni ſtöre. Aber Noth kennt kei Gebot. Cha mer keine vu dene Herre ſäge, won euſere Direkter hidjo iſt? Mer ſuecheb en allethalbe.

Präſ. Sänger: Lueg ä Eine da zue! Euſere Direkter lyb im Bett und die händ ihre verlore!

Präſ. Singer: Was! Ihre Direkter iſt chrank!

Präſ. Sänger: Wemmer kei Erſatz findeb, ſo müemer ufs Wettſinge verzichte.

Präſ. Singer: Und mir chömmeb eh weder nüd in glyche Faal. Ich ſuechen euſere Direkter, um em mitztheile, daß euſere beſt Tenoriſt chrank worden iſt und ohni Zwyſel wird er unber denen Umſtände nüd welle wettſinge.

Dr. Grüetz. Das wird ja tragiſch. (Zu Singer:) Warteb Sie ietz ä nu en Moment, ich han enen Öppis Wichtigs mitzutheile. (Zu Sänger:) Gang heb du dy Vorſtandsſitzig, ich will underdeſſe luegen, öb ich Öppis chönn yſägme.

(Präſ. Sänger nach Hintergrund.)

Dr. Grütz (zu Singer): Herr Präſident. Numero eis, Ihre Direkter cha nüd wyt eweg ſy, ich hauen vor ere Viertelſtund na gſeh. Numero zwei, was ſaiteb Sie berzue, wenn ich enen euſere Fritz Fink wurd zuehebe?

Präſ. Singer: Sie wend mich ſoppe!

Dr. Grütz: In allem Ernſt, wenn ich's us ganz biſtimmte und durchuus ehrehafte Gründe berzue brächt, daß be Tenoriſt Herr Fritz Fink mit dem Orpheus wurd wettſinge? Sie müſſeb, daß er b' Partie chann.

Präſ. Singer: Aber das wär ja en unerhörts Glück!

Dr. Grütz: Wäreb Sie zunere Gegeleiſtig bireit?

Präſ. Singer: Mit tuuſig Freude!

Dr. Grütz: So rüeſeb Sie grad Ihre Vorſtand da anne!

Präſ. Singer: Sofort.

(Präſ. Singer ſchnell ab mit Orpheoniſten.)

Vorſtand der Euterpe tritt vor.

Präſ. Sänger: Mer händ eiſtimmig b'ſchloſſe, im Fall

de Komponist vnn euserem Wettg'sang eus will dirigiere und er's eso wünscht, dem Herr Fritz Fink der ehrevoll Abschied us der Euterpe z'ertheile, i der Meinig, daß es ihm nüd übel uufg'nah werdi, wenn er alefals mit dem Orpheus wurd wettsinge.

Dr. Grütz: Guet. So wyt wäred mer yverstande. Jetz aber e wichtigeri Frag. Sie kenned ietz de Meister Johann Sebastian nüd. Müglicherwys g'fallt er Jne nüd, wenn Sie en g'sehnd. Acceptiered Sie en ungsechligen als Wettgsangdirigent, seigs wer's well? Ich mues da myner Sach sicher sy, sust chann ich nüd mit em verhandle.

Präs. Sänger: Ich denk, 's wird wol en rechte Kerli sy.

Dr. Grütz: Ja ja. Unehr macht er i keni.

Präs. Sänger: Also dänn acceptiered mer e, nüd wahr, myni Herre?

(Allgemeine Zustimmung.)

Dr. Grütz: Also unter allen Umstände, au wenn's zum Byspil en . . . .

Präs. Sänger: Was? gibs vu der!

Dr. Grütz: En Orpheonist wär?

Präs. Sänger: Jä, potz Tunderine, a das hämmer nüd denkt. Myni Herre, na e churzi Birathig (zu Dr. Grütz.) Mer chömmed uf der Stell wider.

(Euterpevorstand nach Hintergrund.)

Dr. Grütz (für sich): Eu hani am Bändel!

Singer und Orpheusvorstand treten vor.

Präs. Singer: So, da wäred mer. Die Herre wüsseb bireits, um was sich's handlet.

Dr. Grütz: Guet. Also losed Sie, b' Gegeleistig. De Direkter vu der Euterpe ist chrank worde, das wüsseb Sie. Nu chönnt aber de Komponist ihre Wettg'sang dirigiere.

Präs. Singer: Ist dä hie?

Dr. Grütz: Under em Pseudonym Johann Sebastian verbirgt sich en Ywohner von euserem liebe Nienestadt, de Sie Alli wahrschynli kenned. Dä wär ohni Zwyfel bireit, und wär au im Stand, b' Euterpe z'dirigire, aber . . . .

Präs. Singer: Was aber?

Dr. Grütz: Es ist en zartfühlede Mensch, dä das nüd thuet, ussert Sie erchläred sich im Name vum Orpheus demit yverstande.

Präs. Singer: Mir? worum?

Dr. Grütz: De Vitressed ist en warme Fründ vun Ihrem Verein, er hät Ine scho vilfach syni Sympathie biwyse und fürcht daher, Sie nemed em's übel, wenn er Ihre Rival dirigiert.

Präs. Singer: Jä hebts nu a dem? Dänn ist d' Sach eifach: mir erchläred is yverstande.

Dr. Grütz: Sie williged y, daß de Komponist vum Berg= psalm, seigis dänn wer's well, de Wettgsang vu der Euterpe dirigiert?

Präs. Singer und Vorstand des Orpheus: Ja.

Präs. Singer: Welle vernünftig Mensch wett au eme Komponist verbüüte, sys Werk z'dirigiere? Nüd wahr, myni Herre, Sie findet das au?

Vorstand des Orpheus: Ja.

(Dr. Grütz wendet sich nach Sänger um, dieser tritt mit seinem Vorstand nach vorn.)

Dr. Grütz (zu Sänger): Und? chaufed er die Chatz im Sack?

Präs. Singer: Mer händ kei anderi Wahl.

Dr. Grütz (zu beiden Vorständen): Sind Sie ä so guet und chömmed Sie e chli näher.

(Die Vorstände stellen sich zu beiden Seiten von Dr. Grütz.)

Dr. Grütz (zu beiden Vorständen): Es wär also usg'macht, daß de Herr Fritz Fink astatt mit der Euterpe mit dem Orpheus wettsingt, wenn de Componist vum Bergpsalm d' Euterpe dirigirt, nüd wahr, myni Herre?

Beide Vorstände: Ja.

Dr. Grütz (zu Euterpe): Sie acceptiered die Persönlichkeit, die sich underem Name Johann Sebastian verbirgt, als Wett= g'sangdirigent, seig's wer's well?

Euterpevorstand: Ja.

Dr. Grütz (zu Orpheus): Und Sie genb Jhri Zueſtimmig, daß de Componiſt vum Bergpſalm b' Euterpe dirigieri, ſeig's wer's well?

Orpheusvorſtand: Ja.

Dr. Grütz: Guet, ſo wemmer bä Johann Sebaſtian füre= neh, er iſt nüb wyt eweg.

(Dr. Grütz tritt zu einer Seitenthür, öffnet mit einem Schlüſſel, den er bei ſich trägt, und tritt hinein, die Thür hinter ſich verſchließend.) (Athemloſe Stille.)

(Die Thür geht wieder auf und Dr. Grütz erſcheint mit Dr. Friſch.) (Halblaute Ruſe der Überraſchung: Euſere Direkter! De Dr. Friſch — Lueged ä dazue. — Das hani denkt ꝛc.)

Dr. Grütz: So, myni Herre links und rechts, ich ha b' Ehr, Jhne de Componiſt vom Bergpſalm vorz'ſtelle: Herr Dr. Johann Sebaſtian Friſch.

Verlegene Stille.

Dr. Friſch: Myni Herre, ich han 's Gſühl, daß ich da en Erchlärig ſchuldig bin.

Jch ſchrybe mich allerdings bloß Hans, myn ganze Tauf= name aber iſt Johann Sebaſtian. Under dem han ich a der Prysuusſchrybig vum Düütſche Sängerbund konkurriert und by ſo glücklich gſy, mit mym Bergpſalm der erſt Prys z' erringe. Under em glyche Pſeudonym, wenn Sie 's eſo wend heiße, iſt die Kompoſition an druckt worde. Jch wär mit mym volle Name ſcho lang uſetrete, wenn dänn nüb bezwüſchet cho wär, daß der Opheus mich zu ſym Direkter und b' Euterpe myn Chor als Wettgſang gwählt hät. S' Verhältniß zwüſchet dene Vereine, wien ich mi vun Aſang a ha müeſen überzüüge, iſt leider derart gſy, daß ich zwunge gſy bin, mys Incognito z' biwahre, ſuſt hätt der Orpheus 's Vertroue zu ſym Direkter und b' Euterpe 's Vertroue zu ihrem Wettgſang ybbüeßt Sie werdeb mer zuegeb, myni Herre, daß das eſo gſy iſt.

Gemurmel: Ja, er häd Recht — leider wahr ꝛc.

Dr. Grütz: Was wyter i der Sach g'gangen iſt, das nimm ich uf myni Achsle.

De Herr Dr. Frisch, desse näcsheri Bikanntschaft ich vu Afang a gmacht han, hät mir emal sy's Leib klagt, daß er sich eso ganz passiv mües verhalte, währet i der Euterpe syn Chor ystubiert werdi. Uf myn Vorschlag, und under myner Mitwirkig häb er vu da a vu Zyt zu Zyt ganz im Gheime de Probe vu der Euterpe bygwont. Ich gsehne, Sie wundered sich, wien er's agstellt heb, um sich unsichtbar z' mache. Das ist ohni Tarn= kappe, ist ganz mit natürliche Dinge zueggange. Nebet Ihrem Uebigssaal im Kasino, myni Herre vu der Euterpe, lyt, wie Sie wüssed, 's Bibliothekzimmer vu der Kasinogsellscheft, zwüschet beide, die früener vereiniget gsy sind, ist en eifachi tünni Holz= wand. I das Zimmer han ich ammel durs hinder Stegehuus de Herr Dr. Frisch ygschmugglet, was mir, als em Bibliothekar vu der Kasinogsellscheft, wie Sie bigryse werded, nüd übertribe schwer g'fallen ist. Er hät da, währeddem b' Euterpe dusse studiert hät, syni kritische Bimerkige nidergschribe, und ich han's dänn ammel in Abschrift der Direktion vu der Euterpe i d' Händ gspillt. Alli Achtig vor em Direkter der Euterpe, de so bscheide gsy ist, sich den Anordnige vum Komponist z' füege, so daß dä hütt sys Werk chann dirigiere, wie wenn er's selber ystubiert hätt.

Al der hültige Wendig vum Dinge hät, wie Sie wüssed, de Zuefal de größt Antheil. Ich hanem allerdings e chli de Handlanger gmacht, ha, wenn Sie wend, e chli e Figarorolle gspillt.

Weiß (halblaut): Ja, ja, seb scho.

Singer: Sßt!

Dr. Grütz: Nu aber säged Sie selber, myni Herre, isch es nüd besser eso, als wenn beedi Verein, nach ihre langen Astreugige, ufs Wettsinge hälted müese verzichte? und meined Sie, der Orpheus hätt der Euterpe syn Direkter und b' Euterpe dem Orpheus ihre Fritz Fink herggeh, wemme nüd e chli diplo= matischi Chünst brucht hätt?

Sie kenned also, myni Herre, die Situation, wie sie de Zuefal und syn Handlanger gschaffe händ. Jetz chönned Sie sie acceptieren oder nüd. Ihri Vorständ sind bbunde dur ihres Wort,

da iſt nüüt z' rüttle. Aber 's Volk chann allerdings ſy Regie=
rig abſetze und dänn mache was 's will, nu nüb ſinge.
(Kurzes Stillſchweigen; dann Ruſe im Hintergrund: Singe!
ſinge! nach und nach allgemeiner Ruf mit Hüteſchwenken: Singe, ſinge!)

Präſ. Singer: Ich han en einzigs Bidenke: wemmer
bie Sach eſo macheb, iſch es nüb gege's Wettgſangreglement?

Präſ. Sänger: Herr Kollega, da chann ich Sie beruehige.
Daſür hät b' Wysheit vum Gſetzgeber gſorget. Daß en Sänger
i zwee Vereine wurd wettſinge, bas wär es Staatsverbrechen und
iſt ſtreng verbote. Daß hingegen en Direkter es halb Dotzed
Verein dirigieri, bas iſt e Bagatell und hät gar nüüt z'ſäge.

Präſ. Singer: Danke für b' Unskunſt, 's git alſo da
wyter nüüt meh z' verhandle. Herr Direkter, i müest lüge, wenn
i wett ſäge, i heb grab e ſpezielli Freud dra, daß Sie b' Euterpe
hütt dirigiered. Aber en Vorwurf chann Jne Niemert mache und
ich bin ä überzüügt, baß Sie Jhres Intereſſe als Komponiſt nüb
höher ſtelle werded, als Jhri Pflichte gege der Orpheus, deſſe
Direkter Sie ſind.

Dr. Friſch: Ich wirden uſ beide Seite myn ganze Ma
ſtelle, wyter han ich nüüt z' ſäge.

Präſ. Singer. Das iſt mir ä gnueg. (Drückt ihm die Hand.)

Präſ. Sänger: Herr Kollega, ich han 's Vorgſühl, baß
bie hütig Wendig derzue byträge werd, euſeri Verein enand
wider näher z' bringe.

Präſ. Singer: Das ſoll mich vu Herze freue.
(Die Beiden drücken ſich die Hand.)

Dr. Friſch: Jetz aber, myni Herre! mer händ zwei wich=
tigi Probe vor is und kä Minute Zyt z' verlüüre. En neue
Tenoriſt am einte, en neue Direkter am anderen Ort, das will
probiert ſy. Alſo myni Herre vu der Euterpe, mer wend behinder!

Präſ. Sänger: Chüderli, de Wettgſang!
(Chüderli packt die Noten aus.)

Präſ. Singer: Herr Kollega, das iſt au es Glück, baß
es ſich hütt bloß drum ghandlet häd, en erſte Tenor und en
Direkter z' remplacire; wenn Jhre Weibel chrank worde wär, für
bä hätti me kei Erſatz gſunde.   (Der Vorhang fällt.)

Fünfter Akt.

(Gartenwirthschaft. Dekorirt mit Inschriften, Guirlanden, Flaggen, Lampions ꝛc.)

Frau Sänger, Marie und Frl. Winter, eintretend.

Frau Sänger: Das ist doch zue dumm, daß ich die groß Hitz nüd mag verlyden ime so en überfüllte Lokal, ihr wäred ietz allweg gern blibe zur Prysvertheilig.

Marie: Ä das macht ja nüüt. D' Zyt gahd eim da na gschwinder umme und de Bape weiß ja woner sind. Sobald 's Resultat dusſen ist, so nimmt er e Droschken und chunnt da anne.

Frl. Winter: 'S Glych hät mer de Hans ä versproche.

Frau Sänger: Aber gwüß, Frl. Winter, wenn Sie ä lieber wieder gönd i b' Prysvertheilig, so thüend Sie's doch ämmelä, 's Marie chunnt scho mit ene. (Rosa Hübsch und ein älterer Herr erscheinen im Hintergrund.)

Frl. Winter: Jä bhüetis, wie wetted mir Sie eso ellei lah!

Frau Sänger: Pah, i gseh deet änne 's Frl. Hübsch, die cha mich scho e chli vergsellschafte.

Frl. Winter: 'S Frl. Hübsch, bitti wo ä?

Frau Sänger: Deet·änne mit ihrem Bape.

Marie: I will sie da anne hole. (Ab nach Hintergrund.)

Frau Sänger: Sie kenned sie ja, sie wird ä cho sy go sticke.

Frl. Winter: Ja ja fryli ist sie cho, aber ich ha sie nümme so ·recht im Sinn. (Für sich: Herrjeh, wie gieht sie ächt ä us, 's böpperlet mer ganz.)

(Rosa Hübsch verabschiedet sich von ihrem Papa und kommt mit Marie nach vorn.)

Frau Sänger: Grüezi, Fräulein.

Rosa: Frau Präsident! — Ah, Fräulein Winter!
(Frl. Winter grüßt stumm. Man setzt sich.)

Marie: 'S ist dem Herr Hübsch grad recht gsy, er ist
wieder i b' Festhütte.

Rosa: Ä, das Sängerfest! — ich bi froh, wenn das
überen ist!

Frl. Winter: Ich ietz gar nüd. Ich bi gsy wie im Him=
mel i dene prächtige Konzerte; Sie dänn nüd, Fräulein?

Rosa: Wenns im Himmel eso langwylig ist wien i bere
Festhütte.... Säged Sie ietz ä, Frä Präsident, händ Sie ietz
ä, uusgnah die paar Nienestädter Dame, en einzigi ordetlichi
Toilette gseh a dem ganze Sängerfest?

Frau Sänger (kurz): Uf das han ich nüd Acht ggeh.

Rosa: 'S ist ene nüd ernst. Ich han ietz bdenkt, i gsäch
da Öppis Rechts, aber, Jemine, da ist dänn es Wettrenne bi
eus glych öppis Anders! Und erst die Herre!

Frau Sänger: D'Sänger meined Sie?

Rosa: Ja ebe. Das ist dänn glych starch gsy, sie händ
ja nüd emal Händschen agha.

Frl. Winter: Aber, Fräulein, die Wettgsäng, händ ene
die dänn nüd gfalle? und erst b'Hauptuffüerig?

Rosa: Ach, es sind ja e paar ganz netti Sache deby gsy,
aber säged Sie selber, verglyched Sie ietz ä mal eso es Sänger=
fest mit ere feinen Operette, der Underschied ist doch gwüß kolossal!

Frl. Winter: Ja ja, da händ Sie Recht.

Rosa: Hend Sie da. — Ah, Herr Lüütenant! (Ein Offi=
zier, der grüßend vorbeiging, bleibt stehen.)

Rosa (zu Frau Sänger): Myn Better! Pardon, myni Dame!
(Rosa geht auf den Offizier zu, sie flüstern, dieser beut ihr den Arm
und sie geht mit ihm davon, nach den Damen zurücknickend.)

Frau Sänger (zu Marie): Ihre Better? hm!

Marie (zuckt die Achseln): Weiß nüd.

Frl. Winter (sinkt leise stöhnend zurück).

Marie: Fräulein, Jnen ist unwohl!

Frl. Winter: 'S vergaht grad wieder.

Marie (einer Kellnerin winkend): Fräulein, e halbs Fläschli Bordeaux, aber gschwind.

Frau Sänger: 'S ist allweg vu der Hitz i der Festhütte; wend Sie e chli spaziere?

Frl. Winter: Ja i meine, i wells probiere. (Steht auf und läßt sich wieder sinken.) 'S thuet mer leid, es gaht nüb, i ha ganz gschwampeligi Bei. Aber 's besseret scho just wider.

Marie: Ihre Herr Neven hät gester en schöne Tag gha.

Frl. Winter (sich sichtlich erholend): Findeb Sie?

Marie: Syni zwee Verein händ nach myner Meinig am schönste gsunge.

Frl. Winter: Gälled Sie!

Marie: Jetz welle vu Beide der ander übertrosse heb, wüßt ich nüb; 's ist ja ä glych.

Frl. Winter: Ä per se.

Frau Sänger: Wie gahts enen ä? Sie gsehnd scho wider vill besser uus.

Frl. Winter: Ja, 's hät mer gwohlet.

Marie: Das ist emal sicher, als Komposition ist de Bergpsalm Numero Eins gsy.

Frl. Winter: Meineb Sie? Ä, das ist ä gspässig, ietz bini wider ganz busper.

Marie: Äh, Sie händ e chli Heiweh gha na der Finette.

Frl. Winter: 'S chönnt na sy. Ach mys lieb Büsi! wie gahts em ächt ä? wenn-'s nu ä sy Leberen all Tag übercho häb. (Kellnerin bringt Wein.)

Marie: So, ietz trinked Sie es Schlückli, das wird Sie wider ganz herstelle. (Schenkt ein.)

Frl. Winter: Ä 's fehlt mer gar nüüt meh (trinkt).

Frau Sänger: Säg, Marie, die Jumpfer Hübsch hät mer ietz hütt ä gar nüd gfalle.

Frl. Winter (sinkt mit leichtem Schrei zurück).

Marie: Chunnts namal? da gschwind na en Schluck! (nöthigt sie zum Trinken.)

Frl. Winter: Dankene. Ach Sie liebs Fräulein! (Tam=
bour hinter der Szene,)

Frau Sänger: Was ist ä das?

Der Männerchor Pechhausen betritt die Bühne. Tambour und Pfeifer
an der Spitze spielen einen alten, langsamen Schweizermarsch; dann
folgt der Verein im Gänsemarsch. Alle tragen komische Masken (Papier=
köpfe aller Art), nasse Taschentücher werden fortwährend ausgerungen,
umflorte Fahne. Zwei Mann tragen einen Sarg mit der Aufschrift:
Wettgesang.

Ein Sänger (die bekannte Melodie nachäffend im hohlen
Trauerton): Die Schlacht ist aus, die Hoffnung schwand,

Chorus: Oh — Oh!

Sänger: Blamirt ist die Armee!

Chorus: Oh — Oh!

Sänger: Der Kranz, darnach mein Sinnen stand,

Chorus: Oh — Oh!

Sänger: Häst mer e niene gseh?

Chorus: Oh — Oh!

Sänger: Jetz aber wolln mer emal, wolln mer emal,
heirassassa, lustig sein, fröhlich sein, trallallallah!

Chorus (repetirt. Die Sänger fassen sich an und tanzen
singend ab).

Dr. Grütz und Lisette.

Dr. Grütz: Aha, da finded mer die Dame!

Lisette: S'ist schad.

Marie: So! i danke.

Lisette: O, es ist eso herrli gsy, mit dem Herr Dokter
um enand z'spaziere.

Dr. Grütz: So? das freut mi ietz ä!

Lisette: Gelled Sie? Ach 's ist so herzig gsy, wie d'Lüüt
an is e Freud gha händ! Wommer durre cho sind, häds tönt: Nei
lueged au, wie nett! bä Großpapa und das Enkeli!

Marie: Nei aber, wie wüest!

Dr. Grütz: Nenei, sie häb Recht, i has ä ghört. Gelled
Sie, mit dem Herr Dr. Frisch wäred Sie doch na lieber ummezoge!

Lisette: Nei! dä ist mer z'gschyd.

Dr. Grütz: Danke fürs Kumpliment.

Lisette: I ha meini Öppis Trumms gsaid, gelled? Sie händ mi halt nüd recht gsund gmacht, Herr Dokter, woni b'Chinde-blaatere gha han, 's ist mer na en Reste blibe.

Dr. Grütz: Bhalted Sie dä nu, bis Sie sibezgi sind.

Lisette: Was ist ä das vorig für en lustige Chirchgang gsy?

Dr. Grütz: De Männerchor Pechhuuse hät sym Wett-gsang die letscht Ehr erwiese. Sie welled ebe das arme Lychli go verbrenne.

Lisette: Die erst Lycheverbrennig i der Schwyz! da hätt iez de Bappe diheimen e Freud; er ist ja au im Gibuldverein.

Marie (zu Dr. Grütz): Kenned Sie dä Männerchor Pech-huuse?

Dr. Grütz: Ja fryli, 's ist sunst en ganz guete Verein, dä zuefällig Unglück gha häd. — Es weiß Keine, wie's em gaht, nüd emal die, wo schön gsunge händ. Die Urtheil vum Sibe-gistirn entzieched sich jeder menschliche Birechnig.

Lisette: Ich wett nu, ich wär im Kampfgricht gsy!

Dr. Grütz: Was hätted Sie dänn gmacht?

Lisette: Ich hätt gsaid: Herr Präsident, Hochgiachti Herre! Gend Sie dem Orpheus und der Euterpe mit enand der erst Prys; die andere chönned Sie dänn vertheile, wie Sie wend.

Dr. Grütz: An Ihrer Stell hätt ich das grad nach der Melodie gsunge: Es wär zu schön gewesen, es hat nicht sollen sein.

Frau Sänger: Weiß me na gar nüüt, wie's für euseri Verein use chunnt?

Dr. Grütz: Nüd 's Mindist, aber allweg nüd eso, wie's mys lieb Enkeli vorgschlage hät. Sicher sind nu zwei Ding: erstes, daß euseri beide Verein wyt fürre chömmed, zweites, daß eusere Dr. Frisch mit sym Bergpsalm en glänzenden Erfolg als Komponist errunge hät.

Frl. Winter: Gelled Sie! me merkt, daß er die Kom-position in Berge gschribe häd.

Dr. Grütz: Jä, ist das so?

Frl. Winter: Ja ja fryli, fern im Gurnigel.

Lifette: Dänn weiß ich, wie's ggangen ist. Da ist nnder de Kur=
gästen e schöns Fräulein gsy, i die häb er sich uf ere Bergtour verliebt
und dänn häb er syner Abetig inere Kompofition Luft gmachet.

Dr. Grütz: 'S häb Öppis.

Lifette: Aber Marie, was fallt mir y! Du bist ja im
Gurnigel gsy de letfcht Summer!

Marie: Ja, das ist ietz Öppis neus!

Lifette: Mit dem Herr Dr. Frisch, gell!

Marie: Mit circa fenfhundert Perfone, worunter de Herr
Dr. Frisch.

Frl. Winter: Jä gwüß?

Frau Sänger: Ja ja, ich bin ä deby gsy.

Frl. Winter: D'Fräulein Hübfch villicht au?

Frau Sänger: Nei.

Lifette (in die Hände klatfchend): Das ist es Sängerfest!
Zwei Bruntpaar gits:

    Herr Orpheus   — Fräulein Enterpe
    Herr Dr. Frisch   Fräulein Marie Sänger

    empfehlen sich als Verlobte.

Frau Sänger: Seh, feh, das gahd ietz z'rnyt!

Lifette: Ach, 's ist mer gwüß fchüüli leid! Bitti, bitti, Herr
Dokter, gend Sie mer ä es Nezept zum Stillfchwygge, i cha 's
fuft gwüß nüd.

Dr. Grütz: Gern. (Schreibt.) Da!

Lifette (lieft): Auf einmal zu nehmen: ein halbes Duzend
Nidelpaftelli. Dankene, dankene.

Frau Sänger: Da chunnd ja de Bape!

Frl. Winter: Und myn Hans!

Dr. Grütz: Und de Präsident Singer vum Orpheus, Alli
Arm in Arm! da ist Öppis ggange!

(Präf. Sänger, Dr. Frisch, Präf. Singer
    Arm in Arm, nach vorn kommend.)

Präf. Sänger: Ich ha b'Ehr, bene Herrfchafte en drei=
fach gekrönte Chünftler vorz'ftelle.

Präf. Singer: En Art Sängerpapst.

Präf. Sänger: Ein Chranz häb er errungen als Kom=
ponist vum Bergpsalm, nach allgemeinem Urtheil de schönst Chor,
dä am Fest g'sunge worden ist.

Lisette (zu Marie): Du, bis ä e chli stolz!

Präf. Singer: En wytere Chranz als Dirigent vu der
Euterpe,

Präf. Sänger: Und einen als Dirigent vum Orpheus,

Präf. Singer: Die beid mit enand

Präf. Sänger: Der erst Prys übercho händ.

Frau Sänger: Isch ä mügli!
Dr. Grütz: Bravo!   mit einander.
Frl. Winter: Hans!

(Frau und Marie Sänger treten zu Präf. Sänger, Frl. Winter zu
Dr. Frisch, Dr. Grütz zu Singer, Glückwünsche darbringend.)

Lisette: Und mich laht me stah, won ich's doch ganz ellei
errathe ha, wie's chunnd!

(Dr. Grütz, Frl. Winter, Präf. Singer nach vorn; Sänger und Dr.
Frisch, Frau Sänger und Marie nach dem Hintergrund.)

Dr. Grütz: Nenei, mer händ Sie nüd vergesse. Chönnted
Sie ietz ä nüd das Restli vun Chindeblaatere na gschwind mir
ahenke? Ich heiße Grütz, und Sie händ sie.

Präf. Singer: Herr Dokter, Sie händ meini Grütz
gnueg biwise. Ohni Sie wär das glücklich Resultat nie z'Stand cho.
(Präf. Singer ab nach dem Hintergrund, der sich mit Orpheonisten und
Euterpianern zu füllen beginnt.)

Frl. Winter (zu Dr. Grütz): Hend ene nie d'Ohre glüüt,
Herr Dokter? Wenn Sie ä wüßted, was myn Hans und ich
vun Ine gredt händ. Aber bitti, wo steckt ä de Hans?

Lisette: Sie mached beet hinne nu na gschwind de zweit
Theil vu myner Prophezeiig i d'Ornig.

(Man erblickt im Hintergrund Präf. Sänger und Frau, Marie und
Dr. Frisch, in eifrigem Gespräch.)

Präsident Singer, gefolgt von zahlreicher Schaar von Orpheonisten
und Euterpianern, nach vorn.

— 64 —

Präf. Singer (besteigt einen Stuhl): Sänger! e ganz churzi Red! Me weiß usem Altertum, daß der Orpheus en Mah gsy ist, bä schön hät chönne singe, aber b' Augen öppedie am letzen Ort gha häd. D'Euterpe, als eini vu de Muse, hät natürli immer an Himmel ufe g'stuunet. Mir händ da en Mah, en wysen Odysseus, bä hät für Beidi glueget und für Beidi de richtig Weg g'funde. Dem Herr Dr. Grütz e dreifachs donnernds Lebehoch!

(Lebehoch.)

(Präf. Sänger und Dr. Frisch nach vorn.)

Präf. Sänger (ebenfalls einen Stuhl besteigend): Liebi Fründ! mer lebed im Zytalter vun Allianze. 'S Schlachteglück hät hütt der Orpheus und b' Euterpe z'sämmeg'füehrt. Ich hoffe, daß die Verbindig e festi und buurebi werdi, umso meh als ich Ihne mittheile chann, daß de Herr Direkter Frisch und mi Tochter Marie sich bä Augeblick mit enand versproche händ.

(Brausendes Bravo und Klatschen.)

Dr. Grütz: Das Bruutpaar lebe hoch!

(Lebehoch.)

Roth: Herr Dr. Grütz! e Red!

(Rufe: Dr. Grütz, vor! Rede! ꝛc.)

Dr. Grütz (einen Stuhl besteigend mit einem Pokal): I wills au ganz churz mache. Sie händ grad ietz g'hört, daß euseri beide Verein durch Personalunion mit enand verbunde worde sind. Es läg näch, nu enere förmliche Verschmelzig 's Wort z'rede. Ich thunes nüd. Die beide Verein solled in ihrer Originalität nebet enand furteristire und ä wyter mit enand wettysere. Aber was so chlyni Dyersüchteleie sind, furt mit ene, ab de Schine! (Bravo.) Das Guet, wonen Jedere vu sich selber glaubt, das glaubi er au vum Andere, und das Schlecht, das er verabscheut, troui er au bisem nüd zue! (Bravo.) Mys Hoch gilt der wahren und treue Fründschaft zwüschet eusere Vereine; die beide guete Kamerade Orpheus und Euterpe sie lebed hoch!

(Lebehoch.)

Schwarz: Herr Direkter Frisch!

696

Dr. Frisch: Myni Herre! En Redner bin ich nüd, Sie werdet das scho na erfahre. Übriges, aller guete Ding sind drüü und en fröhliche Cantus wär glaub' ich ietz besser am Platz als na e vierti Päuki.

(Bravo.)

So singed mer dä sidel Chor vum Wettgsang; aber wenn Sie's erlaubed, so dirigirt en myn Stellvertreter und ich ziehne mich unterdessen e chli is Privatlebe zruck.

(Rufe: Ja ja, fryli, natürli!)

Präs. Sänger: Chüderli, d'Büecher!

Chüderli: Guet, Herr Präsident! — Gälled Sie, Herr Präsident, es hät glych ghulfe, daß ich und mys Babeli eso flyßig für sie bbätted händ!

Präs. Sänger: Ja ja, er händ eueri Sach recht gmacht.

(Während Büecher vertheilt werden, unterhält sich Dr. Frisch mit Marie, Dr. Grütz mit Lisette, Präs. Sänger mit Präs. Singer, Frau Sänger mit Frl. Winter.)

Marie: Denk ä, Hans, es hät der Tante schier 's Herz abdruckt, wo sie hüt der Fräulein Hübsch ihri Bikanntschaft gmacht hät.

Dr. Frisch: Worum?

Marie: Sie hät gmeint, weischt wege sebem Chärtli, du hebisch es uf sie abgseh.

Dr. Frisch: Ach Herrjeh, die guet Tante. (Ruft) Tante!

Frl. Winter: Hans! (eilt herbei).

Dr. Frisch: Du häst schynts gmeint, ich ziehi dem Fräulein Hübsch nahe?

Frl. Winter: Ja, hest, 's hät mi halt hütt fürchtig b'elendet.

Dr. Frisch: Bu der Rosa Hübsch kenn ich einzig de Name, mit Wüsse hanich das Frauezimmer na nie gseh.

Frl. Winter: Nu Gott Lob und Dank, daß 's ietz eso uscho isch! Ach wie mag ich's eu ä ggunne! Aber gälled, über euerem Glück vergessed er die alt Tante dänn glych nüd ganz.

Dr. Frisch: Bis ganz ruehig, be wirst gseh, wie mer di in Ehre halted!

Marie: Mit fammt der Finette!

Dr. Frisch: Seb grüß, denn dere fimmer bfundere Dank schuldig.

Frl. Winter (ihnen beide Hände reichend): Ihr liebe Lüüt!

(Die Sänger nehmen den Ton ab.)

Dr. Frisch: Aha, bä Chor!

Der Chor singt das satyrische Lied für vierstimmigen Männerchor: „Chor der Wettsänger" von Attenhofer.

(Es kann auch ein beliebiges anderes Lied gesungen werden.)

Nach Schluß der dritten Strophe Bravo und Klatschen auf der Bühne, während dessen der Vorhang fällt.

Ende.

Druck von Fisch, Wild & Cie. in Brugg. — 8771c

FSC
www.fsc.org

MIX

Papier aus ver-
antwortungsvollen
Quellen

Paper from
responsible sources

FSC® C141904

Druck:
Customized Business Services GmbH
im Auftrag der KNV-Gruppe
Ferdinand-Jühlke-Str. 7
99095 Erfurt